BASTEI
LÜBBE

Von Mattias Gerwald sind die folgenden Bastei Lübbe Taschenbücher erschienen:

12802 Der Ketzer
14828 Die Gesandten des Kaisers
15127 Die sterbende Sonne

Mattias Gerwald

Der Entdecker

Historischer Roman
über Alexander von Humboldt

BASTEI
LÜBBE

BASTEI LÜBBE TASCHENBUCH
Band 14616

1. Auflage: Oktober 2001
2. Auflage: November 2004

Bastei Lübbe Taschenbücher ist ein Imprint der
Verlagsgruppe Lübbe GmbH & Co. KG

Originalausgabe

Umschlaggestaltung: Tanja Østlyngen
Titelillustration: AKG, Berlin
Satz: KCS GmbH, Buchholz/Hamburg
Druck und Verarbeitung:
Maury Imprimeur S. A.
Printed in France
ISBN: 3-404-14616-6

»Männer müssen handeln
und sich nicht dem Schmerz überlassen.«

»Es ist ein Treiben in mir, dass ich oft denke,
ich verliere mein bisschen Verstand.
Und doch ist das Treiben so notwendig,
um rastlos nach guten Zwecken hinzuwirken.«
(Alexander von Humboldt an Wilhelm Gabriel Wegener)

Inhalt

Vorbemerkung

Dieses Buch ist ein Roman. Dennoch sind die Personen der Handlung und die geschilderten Ereignisse nicht durchweg zufällig, sondern beruhen zu einem großen Teil auf tatsächlichen Geschehnissen. Der historische Hintergrund ist die Reise, die der deutsche Forscher Alexander von Humboldt mit seinem Sekretär und Freund, dem französischen Arzt und Botaniker Aimé Bonpland, zwischen 1799 und 1804 nach Südamerika unternahm, um die unerforschten Gebiete zu erkunden und eine physische Geographie zu entwickeln. Der Roman rekonstruiert diese einzigartige Reise, wenn auch nicht in der Absicht, trockene Gelehrsamkeit zu verbreiten. Der Autor nimmt – aus rein ästhetischen Gründen – mitunter Umwege oder Abkürzungen in Kauf, beschleunigt oder verlangsamt die Fahrt, führt Gestalten und Begegnungen ein, die es in der Realität nicht gegeben hat. So fand beispielsweise die Reise durch die venezolanischen Llanos später statt als in diesem Roman, die Reisen nach Kuba bleiben unerwähnt, und ob die Begegnung zwischen den Expeditionsteilnehmern und dem südamerikanischen Revolutionär Simon de Bolivar wie geschildert stattgefunden hat, darüber streiten die Historiker. Soweit die historischen Tatsachen jedoch für die Bedeutung Alexander von Humboldts und seines wissenschaftlichen

Werks von Belang sind, wurden sie getreu wiedergegeben. Die ständige Lebensgefahr dieser unglaublichen Reise, deren Abenteuer nicht abrissen und deren tatsächliche Geschehnisse bis heute unfassbar bleiben, mussten ebenfalls nicht erfunden werden. Für den geneigten Leser, der am exakten Verlauf dieser Reise interessiert ist, findet sich am Ende des Buches neben Humboldts Lebensdaten eine Chronologie der tatsächlichen Route.

Der Verfasser

Aufbruch

Die Sonne beginnt ihre Reise über den Hügeln der Kanaren, »die glücklichen Inseln«, wie sie genannt werden. Sie streicht mit feinen, goldenen Fingern über die Wälder von Lorbeer und Heidekräutern, über die grünen Teppiche des Ginsters und der Erdbeersträucher. Hier tastet sie schon in das heiße Tal zu Füßen des Pic de Teide, den die Männer in der Nacht mit spuckenden Kienfackeln in den verbrannten Händen bestiegen haben; ihre Strahlen fahren über die stachligen Kronen der Drachenblutbäume, die von den bizarren, bleichen Armen ihrer Äste in die schon flirrende Luft gestemmt werden; sie taucht die Dörfchen, Weinberge und Gärten an der Küste in ein Licht, so durchsichtig wie Glas. Im lärmenden Hafen von Santa Cruz, dieser schmutzigen, betriebsamen Karawanserei zwischen Indien und Amerika, erwachen in diesem Moment nicht nur die unersättlichen Schiffe und überladenen Boote mit ihrer ängstlich bewachten Fracht, sondern auch die Langschläfer unter den hungrigen und zerlumpten Kaiarbeitern, die rund um die inzwischen verlöschten Johannisfeuer im Freien schlafen. Es ist der 25. Juni 1799. Ein schöner Tag.

Die beiden Männer, die mit nagelneuen Ledertaschen in den Händen am Kai entlang stolpern – einer schlenkert dazu eine verbeulte Botanikertrommel in der Linken –, erregen sofort aller Aufmerksamkeit.

Auf ihren Köpfen sitzen schwarze Hüte mit großer Krempe. Von den gerüschten weißen Hemden abgesehen, ist auch ihre übrige Kleidung schwarz, bis hinunter zu den Stulpenstiefeln. Sie sehen ernst aus, sind nach den Anstrengungen der Nacht jedoch nur müde und haben es eilig. Dann aber lachen sie plötzlich und müssen ihr Gepäck absetzen, weil sie sich vor Übermut krümmen und sich gegenseitig in die Seite boxen. Der eine von ihnen, etwas kleiner und drahtiger als der andere, kräftigere, reckt sogar die ausgestreckten Arme zum tiefblauen Himmel und ruft etwas in einer fremden Sprache. Die einheimischen Hafenarbeiter mit den blonden Haaren und dem hellen Teint der Guanchen blicken aus blauen, wenn auch noch verkaterten Augen erstaunt zu dem seltsamen Paar hinüber. Spricht der braun gebrannte Europäer mit den fein gezeichneten Gesichtszügen, dem fröhlichen Mund und dem krausen, braunen Haar etwa mit seinem Gott hinter der Sonne, die jetzt über den blendend weißen Häusern, offenen Holzhütten und unzähligen Denkmalen aus karrarischem Marmor aufgetaucht ist? Oder will er die wilden Kanarienvögel grüßen, die schon des Nachts im Krater des Teide aufstoben, als heiße Schwefeldämpfe Löcher in die Kleidung der Männer fraßen, und deren Schwarm nun für einen Moment den Himmel verdunkelt?

Nein, Aimé Bonpland, dem der weiße Hemdkragen über der kräftigen braunen Brust weit offen steht, hat nur über die Navigationskünste seines Gefährten aus Berlin gewitzelt, die ihn bei allen Kapitänen unbeliebt machen. »Du kannst es besser als sie, Alexander, deshalb lass sie abmustern, dann fahren wir allein um die Welt. Das ist doch viel gemütlicher.«

»Und du meinst, wir schaffen das – allein?«

Bonpland erwidert: »Du zweifelst doch wohl nicht daran, dass wir alles schaffen, wenn wir wollen – und wenn wir es zusammen tun.«

»Ich bin nicht jeden Tag mit dir zusammen, um die Welt zu erobern, Aimé«, sagt sein Gefährte verschmitzt.

»Sondern?«

»Weil ich die ständige Bewunderung und Anerkennung eines ergebenen Sklaven brauche.«

»He, he, he!«, protestiert Bonpland. »Preußischer Hochmut kommt vor dem Fall!« Dann biegt er sich wieder vor Lachen.

Der andere blickt ihn spöttisch an. Er besitzt ein energisches Gesicht mit ausgeprägten Wangenknochen, sinnlichweiche Lippen und eine gerade, schmale Nase. Unter den anmutig geschwungenen Brauen blicken auseinander stehende Augen; ungebändigte braune Locken fallen ihm beim Gehen in die hohe Stirn, und er besitzt Körperkraft, gepaart mit Anmut. Er kennt seinen stets heiteren Gefährten, dieses echte Kind der Vendée, in- und auswendig und bewundert dessen Optimismus und abenteuerlichen Tatendrang. Aber tief im Inneren ist ihm nicht wohl. Die Gefahren der bevorstehenden Reise werden alles dagewesene übersteigen, und das weiß er.

Er fragt sich für einen Moment, warum er nicht das bequeme Leben eines reichen preußischen Diplomaten gewählt hat, das ihm vorbestimmt ist, oder endlich die glänzende Finanzkarriere anstrebt, die seine jüngst verstorbene, herrische und standesbewusste Mutter für ihn vorsah. Hat er das Recht, das Leben seines Freundes und Assistenten in den furchterregenden Tropen aufs Spiel zu setzen? Er schaut Bonpland in einem Anflug von Furcht an und verspürt das Bedürfnis, ihn zu umarmen, als wäre es das letzte Mal.

Noch weiß keiner der beiden Männer, was sie erwartet. Vielleicht wird ihre Freundschaft die Strapazen nicht überstehen. Können sie überhaupt ernsthaft damit rechnen, lebend aus diesem Abenteuer zurückzukehren?

Ach was!, wehrt der Preuße die düsteren Gedanken ab. Sind sie erst einmal auf der »Pizarro«, erübrigen sich solche Fragen. Dann wartet nur noch die schweißtreibende Überfahrt auf sie. Das brüllende Meer, Woche für Woche. Dass er Nichtschwimmer ist und sich einer Nussschale anvertraut, ist dabei nicht einmal entscheidend. Das wahre Abenteuer beginnt erst jenseits der tosenden Wasser, an Land, auf der anderen Seite der Erdkugel. Er atmet tief durch und ergreift ebenso wie sein drei Jahre jüngerer, unbändiger Gefährte die vollgepackten Reisetaschen. Doch schon im nächsten Moment lässt er sie mit einem Ausruf des Erstaunens wieder fallen und bückt sich.

»Du bist wie ein Kind, Alexander. Alles musst du aufsammeln, von allen Seiten betrachten und einstecken!«

»Ich weiß«, erwidert der Angesprochene ungerührt und lässt die besonders schöne Muschel in der Rocktasche verschwinden. »Deshalb wird die Caravelle wahrscheinlich sinken.«

Als sie wieder nebeneinander gehen, stoßen sie sich wie Schuljungen die Taschen in die Seite. Sie beachten die Scharen von weißen Transportkamelen mit ihren Treibern am Rand des Hafenbeckens nicht, auch nicht die quirligen, bunten Boote der Fischer und die mächtigen Segler auf der Reede. Sie passieren das alte Zollhaus zur Rechten und machen einen großen Bogen um die stinkenden Haufen aus Schmutz und Abfall, die überall im Hafen liegen und den

Duft nach Rosen und Fisch ebenso vertreiben wie den nach Aprikosen und Limonen, mit denen die Schweine gefüttert werden. Auf einem der Haufen liegt ein verwesender Hund.

Dann stehen sie vor dem mächtigen Schiff. Einen Moment lang verharren sie andächtig, als wollten sie die bevorstehende Reise vor ihrem geistigen Auge vorüberziehen lassen. Doch als von der Reling die raue Stimme des Kapitäns Manuel Cagigal ertönt, der sie drängt, an Bord zu kommen, da die Gelegenheit günstig sei, weil die englischen Kriegsschiffe an diesem Morgen durch ein Manöver abgelenkt sind, kommt Leben in sie, und sie stolpern voran über knarrende Bohlenbretter. Sie werden von halb nackten Männern mit Lendenschurzen erwartet.

Die Gefährten sind im Besitz von Pässen, die der »Consejo de Indias«, der spanische Rat von Westindien, ihnen ausstellte und die von Minister Caballero unterschrieben wurden. Das Gepäck mit den Messinstrumenten, den Zelten und den Waffen ist verstaut, das Schiff, eine Caravelle mit drei Masten und hundert Tonnen, die zehn Knoten segeln kann, steht unter Segel und ist zum Auslaufen bereit.

In diesem Moment kommt eine Brise auf und verteilt die in dieser Stadt stets stickige, nach fauligem Fleisch stinkende Luft, wird stärker und fängt sich bereits in der ächzenden Takelage. Die Brise kommt aus Nordosten. Die beiden Reisenden wissen, was das bedeutet.

»Er weht nach Westen!«

»Es ist unser Wind!«

Der Wind bläst sie hinaus ins Unerforschte, an die Ränder der bekannten Welt. Wo nie zuvor jemand war, dort wollen sie hin.

Das Abenteuer kann beginnen.

Buch Eins

Wasser

I.

Die lange Reise

An Bord

»Humboldt, du bist zu nahe! Du bist viel zu nahe! Pass doch auf! Willst du dich umbringen!«

Erst drei Tage waren vergangen, doch schon war Santa Cruz de Teneriffa – das alte Anaza der kanarischen Urbevölkerung, der Guanchen – nur noch Erinnerung. Eine schöne, friedliche Erinnerung, wie die an Melonenbäume, blühende Zimtsträucher und an die von Palmen umstandene Villa La Paz in der Calle Viera, in der Alexander von Humboldt und Aimé Bonpland ein halbes Jahr gewohnt hatten, um auf der Insel botanische und geologische Untersuchungen und Messungen mit Spiegelsextant, Chronometer und Barometer vorzunehmen. Aber das war die Vergangenheit. Die Gegenwart war die tobende See.

Alexander stand nass wie ein Hund an der Reling und versuchte, in die Kajüte zu kommen, indem er fest die Führungsleine packte, die man rund um das Deck mit Eisenkrallen befestigt hatte. Doch immer wieder wurde das Schiff von Böen und meterhohen Wellen geschüttelt, und die wenigen Menschen, die es an Deck aushielten, taumelten wie hilflose Betrunkene umher. Humboldt kämpfte gegen den Wind an und geriet immer wieder gefährlich nahe an die Reling; jede der herüberschwappenden mannshohen Wellen konnte ihn mit in die Tiefe reißen. Aimé Bonpland hatte es voller Entsetzen bemerkt, beobachtete mit aufgerissenen Augen und schrie dem Freund von der Tür zum Zwischendeck aus zu.

Schwere, blauschwarze Wolkenmassen jagten drohend von Osten herauf, Donner grollte, Regen peitschte. Das Thermometer zeigte 28 Grad. Die Luft dampfte, und die Männer wünschten sich sehnlichst den frischen Passatwind herbei. Große Bündel schwimmenden Tangs und einer tropischen Seetraube trieben mit wagenradgroßen Fädenquallen auf der graugrünen Wasseroberfläche, dazwischen schossen, bunten Pfeilen gleich, Schwärme Fliegender Fische aus dem tosenden Meer, erhoben sich bis zu sechs Meter hoch über die Wellen, fielen wieder herunter und hüpften wie geschleuderte Steine im flachen Bogen hundert Meter weit über die Kämme der Wogen, wobei ihre großen Flossen ihren Flug verlängerten.

Alexander erreichte endlich die Kajütentür, völlig außer Atem, und klammerte sich an Aimé Bonplands Arm fest.

Er hatte trotz der Gefahr die seltsamen Fische aus den Augenwinkeln beobachtet und wollte sie später zeichnen.

»Was für elende Wesen, Aimé ...!«, keuchte er.

»Ja, ja, aber nun komm erst einmal, du bist ja nass bis auf die Haut«, unterbrach ihn der Freund. »Verflixt, Alexander, hast du denn nicht bemerkt, wie nahe du der Reling kamst? Einmal ausgerutscht, und es hätte deinen Tod bedeuten können.«

Alexander von Humboldt achtete nicht auf die Worte seines Gefährten »... Sie bringen einen Großteil ihres Lebens in der Luft zu ... so scheint es zumindest«, stieß er kopfschüttelnd hervor, »aber dadurch werden die Gefahren für sie nicht geringer. Denn verlassen sie das Meer, um den gefräßigen Goldmakrelen zu entgehen, werden sie Opfer der

Fregattvögel, Albatrosse und anderer Meeresvögel, die sie im Flug aus der Luft schnappen. – Da, schau nur! Hast du gesehen?«

Aimé Bonpland seufzte. »Leicht haben wir es im Moment auch nicht, Alexander. Zumindest nicht hier draußen. Wenn wir schon das Privileg einer Kajüte haben, sollten wir jetzt nach unten gehen und uns trocknen.«

Sie stolperten über die ausgetretene Holztreppe ins Zwischendeck, wo es finster war und nach Fäulnis roch. Doch die beiden Männer merkten nichts davon, sie waren beseelt von dieser Reise, genauer gesagt von dem Gedanken, ihr Heimatland hinter sich gelassen zu haben – erst allmählich wurde ihnen klar, dass sie Europa damit meinten.

Auf dem Weg in ihre winzige Kajüte – es gab noch zwei weitere, in denen anscheinend verliebte junge Ehepaare schliefen – begegneten sie nur einem der insgesamt zwanzig Mitreisenden des bis oben hin vollgestopften Correo Maritimo, eines Paketbootes, das die Post für den Monat Juni nach Venezuela, Mexiko und Kuba transportierte und in dessen bis obenhin vollgestopftem Frachtraum neben Tonnen voller Oliven und rotem Pfeffer auch etliche Fässer Wein lagen. Hier hauste in den noch freien Nischen, soweit sie es bemerkt hatten, auch der Rest der Reisenden, allesamt Bewohner der Kanaren, die in die Neue Welt auswanderten. Kanarier wie der junge Don Francisco Salcedo, ein unendlich zutraulicher, sympathischer Geist, der mit seiner Frau das Nachbarzimmer bewohnte. Er trat soeben daraus hervor und grüßte die Gefährten im geisterhaften Halbdunkel, das nur von dem Licht erhellt wurde, das durch die Ritzen der Decksplanken fiel. Humboldt bemerkte das breite, offene Lächeln Salcedos, grüßte zurück und beschloss, ihn bald zum Essen einzuladen.

Als sie in der Kajüte saßen und in trockene Kleider geschlüpft waren, endete schlagartig das Schwanken und Stöhnen des Schiffsleibes. Die beiden Reisenden warfen einen prüfenden Blick zur niedrigen Decke des mit einem runden Butzenfenster versehenen und deshalb halbwegs erhellten Raumes, als könnten sie den Himmel sehen.

»Der Sturm hört auf. Wenn die Wolken verschwinden, können wir heute Nacht das Kreuz des Südens sehen«, murmelte Alexander.

Aimé Bonpland schüttelte seine noch immer nassen, braunen Haare aus dem offenen, breiten Gesicht mit dem schmalen Mund und den großen, lebendigen Augen und sagte begeistert: »Das Kreuz des Südens? Das wäre was! – Wenn man es sieht, wirkt es wie der Mittelpunkt der Wolken. Die flammen dann auf wie Silberlicht, wenn das Wetterleuchten durch sie hindurch zuckt. Ein herrlicher Anblick, das sage ich dir. Wenn es soweit ist, hole ich das Kreuz des Südens vom Himmel herunter und schenke es dir, Alexander!«

»Du hast es schon einmal gesehen?«

»Ich habe es schon einmal gesehen, ja.«

»Und wo?«

»Bei Callao, auf der Fahrt zu den Osterinseln.«

»Seltsam. Ich wusste gar nicht, dass du dort warst!«

»Wir kennen uns zwar gut, wissen aber nicht von jedem Moment im Leben des anderen, nicht wahr?«

»Wäre das erstrebenswert? Ich glaube nicht. – Willst du von der Reise erzählen?«

»Nun, ich war mit einer holländischen Expedition, die von Bougainville angeregt wurde, auf Rapanui, dem Nabel der Welt, wie die Inseln auch genannt werden – sehr befremdlich. Ich will lieber nicht davon erzählen, denn es ist eine düstere Geschichte. Zu düster für diese Stunden auf stürmischer See. Ein anderes Mal.«

Humboldt blickte seinen französischen Gefährten an. Es kam ihm in den Sinn, wie er den jungen Mediziner und Botaniker in Paris kennen gelernt hatte. Paris, der Mittelpunkt der Welt, wo große Forschungsreisen erträumt, geplant und in die Tat umgesetzt wurden.

Er arbeitete damals – es war nicht einmal drei Jahre her – am »Observatoire de Paris«, der Sternwarte, um den Theodolyten kennen zu lernen, der ihm ermöglichte, bei seinen zukünftigen Reisen in unerforschte Länder wie ein Seemann navigieren zu können. Er wohnte im Hotel Boston, in der Rue Colombier Nr.7, ein nettes Haus, in das hin und wieder auch einmal junge Huren kamen. Auf dem Flur traf er des Öfteren, wenn er morgens todmüde aus dem gerade eröffneten deutsch-französischen Salon seiner Schwägerin Caroline nach Hause kam, einen blutjungen Mann mit einer zerbeulten Botanisiertrommel, die er zu allen Vorlesungen von Corvisart mitnahm, dem späteren Leibarzt Napoleons. Der Junge war gut gebaut und bewegte sich geschmeidig, seine Stimme war hell und freundlich. Er war als Mitglied der vor kurzem aus Geldmangel gescheiterten Baudin-Expedition, die im Auftrag Napoleons zur Mündung des Rio de la Plata und zum Königreich Quito hätte aufbrechen sollen, in Paris gestrandet.

Sie lernten sich kennen. Seitdem verging in Paris keine Stunde, die sie nicht zusammen waren.

Tagsüber steckten sie im »Cafe Cocotte« die Köpfe zusammen, dem geselligen Treffpunkt der Literaten und Wissenschaftler der Stadt. Sie malten sich in den leuchtendsten Farben eine gemeinsame Reise nach Südamerika aus, von La Coruña und Teneriffa aus auf jener Route, die schon Kolumbus genommen hatte, über den Atlantik nach Cumaná in das Land Venezuela, das Vespucci wegen der Pfahlbauten der Indios an Venezia erinnert hatte, und weiter quer durch den ganzen Kontinent – auf eigene Faust und Humboldts Rechnung aus seinem mütterlichen Erbe. Er, der preußische Edelmann und Oberbergmeister, seit seiner Ausbildung in den Gruben des sächsischen Freiberg von der Idee besessen, ganze Länder wie ein Bergwerk zu vermessen und darzustellen, hatte gerade sein Erbe angetreten, nachdem die Mutter Marie Elisabeth nach langem Krebsleiden verstorben war. Abends sah man die beiden Unzertrennlichen in den Salons, Pinten und Opernhäusern der Metropole. Arm in Arm schlenderten sie des Nachts durch die Straßen zu ihrem Hotel. In Paris fiel das nicht auf, und wäre es jemandem zu Augen oder Ohren gekommen, hätte er bloß die Schultern gezuckt und wäre zum Tagesgeschäft übergegangen. Dann aber verließ Bonpland die Stadt an der Seine, um als damals vierundzwanzig Jahre junger Arzt an Napoleons Ägyptenfeldzug teilzunehmen. Humboldt war an der Seine geblieben, um ein Dutzend Instrumente einzukaufen, Chronometer, Thermometer, Mikroskope, den Spiegel-Sextanten von Ramsden und sogar einen Zyanometer zur Bestimmung der Himmelsbläue.

»Du kannst die Bläue des Himmels messen?«, hatte Bonpland ihn damals gefragt.

»Ja.«

»Dann folge ich dir, wohin auch immer!«

Alexander blieb an der Seine, wartete ungeduldig auf die Rückkehr des Freundes, sehnte sich nach den warmen Regionen der Erdkugel – und nach dem großen Abenteuer der Tropen, das ihm seit seiner Kindheit vorgeschwebt hatte.

In der Erinnerung gefangen, musste Humboldt unwillkürlich schmunzeln. Nach seiner Rückkehr in das elterliche Schloss Tegel, das er in seiner Jugend nur »Schloss Langeweile« genannt hatte, durfte sich die Berliner Salongesellschaft über seine pikante Freundschaft zu Aimé die Mäuler zerreißen. Die abtrünnigen Adligen, gefühlvollen Jünglinge und geistreichen Frauen der Salons von Henriette Herz und Rahel Levin-Varnhagen, diesen Oasen in der geistigen Öde Berlins, liebten diese pikanten Geschichten; sie waren trotz ihrer Aufgeklärtheit wie Manna für sie. Alexander und Caroline, die aus Paris zurückgekehrte zärtliche Schwägerin und Frau seines geliebten, zwei Jahre älteren Bruders Wilhelm, dem das Schloss nach dem Tod der Mutter Maria Elisabeth nun gehörte, spielten das affektierte Gerede und den Klatsch der Salons mit verteilten Rollen nach. Sie amüsierten sich gemeinsam darüber, wenn sie wie Kinder, die ein Geheimnis teilen, auf dem Dachboden des kleinen, vom Baumeister Schinkel wie eine bezaubernde, weiße Schmuckschatulle zwischen Park und See errichteten ländlichen Kleinods saßen. Caroline war eine aufgeklärte Frau, und Humboldt dachte innig an sie. Stets ging sie der Mode voraus und besaß schon lange vor dem König die erste Badewanne Preußens, in der sie jeden Tag ausgiebig badete. Mit Caroline steckte er oft den Kopf zusammen. Sie verstand alles, zog ihn aber mit seinen Vorlieben auf.

Humboldts Gedanken kehrten nur zögernd wieder in die Gegenwart zurück. Er seufzte. Es war eine schöne Zeit gewesen. Die Zeit der Vorbereitungen auf das größte Abenteuer des Lebens. Lange her … und doch nicht so lange. Drei Jahre, was sind schon drei Jahre …

Bonpland schob ihm einen Zinnbecher über den Tisch. »Trink einen Schluck weißen Rum, es wird dir gut tun.«

Humboldt zögerte nicht. Im Augenblick war es wirklich

der beste Vorgeschmack auf das, was sie erwartete. Scharf und süß rann das tropische Getränk seine Kehle hinunter.

Da das Schiff jetzt ruhig lief, beschlossen die beiden Männer, die stickige Kajüte wieder zu verlassen und an Deck zu gehen. Oben war es herrlich. Der Passatwind war endlich da und fächelte eine milde, nach Tang und Weite duftende Brise über das Deck. Zwar ballten sich schwarze, scharf umrissene Wolken im Osten zusammen, direkt über ihnen aber war Himmelblau. Humboldt und Bonpland blickten über das beruhigte Meer und lauschten dem Geschrei der Matrosen, die ihr Tagwerk verrichteten. Der wilde Haufe der Männer in der Takelage, die vom Sturm beschädigt worden war, hatte alle Hände voll zu tun. Die Marssegel mussten gerefft und die Leinen in Ordnung gebracht werden. Das Thermometer stand auf 24 Grad.

Die beiden Reisenden ließen ihre Blicke über die grün schimmernde Wasseroberfläche schweifen. Jeder war in seine eigenen Gedanken versunken.

Humboldt wies plötzlich mit dem ausgestreckten Zeigefinger nach Westen. »Schau nur, Aimé. Am Horizont. Ist das nicht ein Schiffswrack! Siehst du es?«

»Tatsächlich!«, entfuhr es dem anderen. »Ein Wrack.«

Sie schauten angestrengt hinüber. Humboldt verwünschte, dass er sein Fernrohr nicht zur Hand hatte, wollte aber nicht in die Kajüte gehen. »Man kann den Mastbaum erkennen. Ganz von Tang überzogen.«

»Welch eine Tragödie! Was mag sich dort ereignet haben?«

Auch andere Passagiere hatten das Schiffswrack jetzt bemerkt und kamen aufgeregt an die Reling. Humboldt sagte: »Was wohl aus den Besatzungsmitgliedern geworden ist?«

Bonpland schüttelte sich. »Vielleicht gerettet – wahrscheinlich aber auf dem Meeresboden.«

»Damit müssen Seefahrer stets rechnen«, sagte Humboldt nüchtern.

»Auf See liegen solche Vorstellungen immer nahe«, ergänzte Bonpland. »Man glaubt, sein bequemes bürgerliches Leben führen zu können …«, er lachte, »… Verzeihung, Herr von Humboldt! … und ist doch nur durch ein paar lächerliche Holzplanken vom tödlichen Abgrund getrennt, der einen jederzeit verschlingen kann.«

»Sicher. Und doch, selbst im Angesicht dieser traurigen Reste dort und unserer unsicheren Situation, gibt es im Moment keinen schöneren Ort für mich als dieses Schiff auf diesem Meer.«

»Sehr mutig, Herr Humboldt«, sagte Aimé spöttisch.

Humboldt stieß ihm den Ellbogen in die Seite.

Bonpland sagte nachdenklich: »Wo mag sich das Unglück ereignet haben? Man sieht nur Trümmer von einem einzigen Schiff, also kann es kein Zusammenstoß gewesen sein.«

»Vielleicht kommen die Trümmer aus den nördlichen, stürmischeren Meeren und treiben jetzt mit den Passatströmungen nach Westen – so wie wir.«

Das Wrack verschwand aus ihrem Blickfeld, und sie vergaßen es ebenso bald wie die anderen Mitreisenden. Andere Eindrücke drängten sich auf. Die Freunde schauten zum Himmel, ergriffen von der Ausdehnung und der Schönheit der südlichen Breiten. Immer neue Sternbilder zeigten sich jetzt, da die Sonne mit großartigem Farbenspiel unterging. Ein sonderbares, ihnen bis dahin gänzlich unbekanntes Gefühl erfasste beide, als sie sahen, dass mit der Sonne auch die Sterne und deren Figurationen, die sie von ihrer Kindheit her kannten – der eine aus dem märkischen Tegel, der andere aus der Seine-Metropole –, immer tiefer hinabrückten und endlich am Horizont verschwanden, als hätten sie aufgegeben.

Nichts mahnte die Reisenden so auffallend an die Entfernung von ihrer Heimat wie der Anblick des neuen, südlichen Himmels. Sie hatten das Gefühl, dass mit den vertrauten Sternbildern auch ihre Vergangenheit, Kindheit, Jugend und Heimat unwiderruflich versanken. Es war ein trauriges Gefühl, das einsam machte. Aber da sie es teilten und ihnen dies bewusst war, schuf es auch ein Einvernehmen zwischen ihnen.

Alexander erzählte: »Als ich mich vor sieben Jahren in Sachsen aufhielt, um Versuche über die Zerlegung der Grubenwetter und über die wunderbaren Erscheinungen der unterirdischen Meteorologie durchzuführen, fühlte ich mich einmal ähnlich einsam und verlassen. Ich war Zeuge, wie ein unglücklicher Bergmann tief unter der Erde in einem giftigen Wetter erstickte. Ich war unten im Schacht und stand vor der Strecke, in der der Erstickte liegen musste. Frag mich nicht, woher ich es wusste – ich wusste es einfach. Und plötzlich überfiel mich ein lähmendes Gefühl. Ich konnte nicht mehr vor noch zurück. Es gelang mir einfach nicht, mich zu überwinden, in den dunklen Gang vorzudringen, den meine flackernde Grubenlampe kaum erhellen konnte. Über mir lastete der Fels, und um mich herum war nichts als bedrohliches Gestein. Und der gewundene Schacht vor mir, kaum anderthalb Meter hoch und nicht mehr als einen Meter breit, barg den Tod. Es war grässlich! Ich wusste zudem, dass ich den Bergmann nicht mehr retten konnte und dass ich Vorkehrungen hätte treffen müssen, um mich selbst nicht zu gefährden, denn oft treten die Wetter weiter vor und zwingen die Retter, unverrichteter Dinge wieder umzukehren – ja, ich habe selbst gesehen, wie der tödliche Schwaden gleich einer Säule aus schwarzem Kohlendampf um das Haspelgeviert lagerte, sodass man sich auf vier Fuß nicht der Hängebank nähern konnte. Da hilft auch kein mit Wasser oder Harn getränktes Tuch vor Mund und Nase, wie es beherzte Hauer benutzen, oder das Wedeln mit Tannenreisern, um die Wetter zum Abziehen zu zwingen. Fünfzehn Minuten in diesem Schacht, und ich starb selbst, das wusste ich. Dennoch blieb ich wie angewurzelt stehen, indes die brennenden Schmerzen in Hals, Augen und Nase infolge der schnellen Zersetzung der aufgelösten Arsenik- und Schwefelkiese unerträglich wuchsen. Irgendetwas hielt mich fest, eine geheimnisvolle Kraft aus der Tiefe des Berginneren, vielleicht die betäubenden Giftschwaden. Ich schloss mit dem Leben ab. Nichts oben bedeutete mir irgendwas. Ich war am Ende.«

»Ein Albtraum«, murmelte Bonpland. »Und wie hast du dich aus dieser fürchterlichen Situation befreit?«

»Mir fiel plötzlich ein, dass ich ein Licht erfinden musste, das unter Tage in jeder Gasart brennt. Der Gedanke elektrisierte mich.«

»Ein Licht?«

»Ja. Ich konstruierte in Sekundenschnelle eine Grubenlampe, deren Luftzufuhr nicht wie bisher von der sich bildenden Kohlensäure in ein explosives Gemisch verwandelt werden konnte. Die neue Grubenlampe mit Lebensluftflasche stand mir in allen Einzelheiten deutlich vor Augen, das Bild hauchte mir wieder Leben ein – und ich konnte den Rückzug antreten, bevor die giftigen Wolken mich ohnmächtig machten.«

»Und seitdem gibt es deine neue Lampe?«

»Ja«, sagte Alexander ohne jede Eitelkeit. »Wir haben sie in der alten Fürstenzeche zu Goldkronach erprobt, und sie erfüllte ihren Zweck. Heute ist jeder Bergmann damit ausgestattet. Und jeder Retter mit meiner Atemmaschine – eine Maske aus konvexem Eisenblech, die mit Leinwand und Baumwolle gegen die Giftzufuhr von außen ausgestopft wird, verbunden mit einem Schlauch, der zum Mund geht und einem Luftsack, den man auf dem Rücken trägt.«

»Das hast du erfunden?«

»Ich hatte das Glück, nachmittags frei zu haben. Während der Vorlesungen konnte ich mir meine Gedanken machen. Vormittags, ab sechs Uhr morgens, waren wir Studenten zwar unten im Schacht und verrichteten Dienst eben wie die Bergleute, aber danach ging es wieder an die Sonne.«

»Wann hast du Freiberg verlassen?«

»Im März 1792, vor mehr als sieben Jahren. Es kommt mir vor, als wär's gestern gewesen.«

Die beiden Männer verloren sich wieder ganz in der Betrachtung des Himmels. Jeder hing seinen Gedanken nach. Die Anordnung der hellen Sterne, ein paar zerstreute Nebelflecke, die an Glanz mit der Milchstraße wetteiferten und Abschnitte, die sich durch ihr tiefes Schwarz auszeichneten, verliehen dem Südhimmel über ihren Köpfen ein ganz eigentümliches Aussehen. Selbst wenn die Reisenden keine astronomischen Kenntnisse gehabt hätten, würden sie gefühlt haben, dass sie in diesem Moment, da die leuchtenden Magellanschen Wolken am Horizont aufstiegen, nicht mehr in Europa waren. Hier war alles anders.

Und plötzlich, unter 16 Grad Breite, sahen sie das südliche Kreuz. Es war stark geneigt und erschien von Zeit zu Zeit zwischen den Wolken. Humboldt ergriff aufgeregt den

Arm seines Gefährten, »Seit meiner Jugend habe ich von diesem Anblick geträumt.«

»Es ist für Ausreißer wie uns gemacht!«, meinte Bonpland.

»Man möchte einfach nur schauen«, sagte Alexander bewegt.

Aimé Bonpland meinte: »In der Einsamkeit des Meeres begrüßt man einen Stern wie einen Freund, von dem man lange Zeit getrennt war.«

»Gut gesagt, Aimé.«

»Schön, dass ich diesen Anblick mit einem treuen Freund teilen kann. Ich möchte dir diesen Moment widmen, Alexander.«

Das tiefe Gefühl ihrer Freundschaft in diesem feierlichen Moment wurde jäh von einem Ausruf unterbrochen.

Jemand rief mit gellender Stimme: »Kapitän! Kommen Sie nach Unterdeck! Schnell doch!«

»Was ist denn?«, rief der kleine, stämmige Schiffsführer zurück, der auf der Brücke stand.

»So kommen Sie doch! Ein Kranker!«

»Das müssen wir auch sehen!«, meinte Bonpland.

Die Flüchtlinge

Mit dem Kapitän und drei Matrosen eilten Bonpland und Humboldt nach unten. Zu ihrer Überraschung ging es tiefer hinab, als sie es für möglich gehalten hatten. Auf dem Grund des Schiffes angekommen, der noch tiefer lag als der Laderaum, mussten sie sich die Nasen zuhalten. Es stank nach Kot, Schweiß und Erbrochenem. Sie erblickten einen großen Schwarzen in einer schmutzigen Ecke, die für die

Leute aus Guinea bestimmt war, wie der Kapitän verlegen erklärte. Der Kranke lag auf seinem Strohlager und warf sich hin und her. Dumpfes Gemurmel von Landsleuten war um ihn herum.

»Lassen Sie mich nachsehen, Kapitän!«, erbot Bonpland sich sofort.

»Sind Sie Arzt, Señor?«

»Ja.«

Bonpland kniete neben dem verschwitzten Leib des Schwarzafrikaners nieder. Er hob die Lider seiner entzündeten Augen und sah nur das Weiße. Der Kranke murmelte im Delirium unverständliche Laute vor sich hin, sein Kopf flog hin und her, und seine Glieder zitterten. Bonpland blickte zu Humboldt auf. Wenn er bisher nicht gewusst hätte, dass man sich in den Tropen befand, jetzt hätte er die Bestätigung bekommen. Beide wussten sofort, mit welcher Krankheit sie es zu tun hatten – das gelbe Fieber. Und sie bedrohte das ganze Schiff.

»Er muss an die frische Luft, sofort.«

Die ungehobelten, aber betroffen dreinblickenden Matrosen ergriffen den Kranken an Beinen und Armen und schafften den schreienden Mann nach oben, dessen schwerer Körper über die Treppe schleifte. Bonpland wühlte aus seiner Arzttasche Chinarinde hervor, die er auf allen seinen Reisen im Gepäck hatte, und verabreichte dem Bedauernswerten eine Dosis. Danach bettete man ihn auf die Rolle einer Schiffsleine. Dort lag er die ganze Nacht. Seine Schreie wurden allmählich leiser. Am Morgen ließ ihn ein phlegmatischer galizischer Wundarzt zur Ader. Danach schlief der Schwarze ein und schnarchte laut. Als die Sonne aufging, konnte er auf wackligen Beinen aufstehen.

»Das hätte schief gehen können«, sagte Bonpland bei Tagesanbruch müde und erleichtert. »Aber wir müssen das ganze Schiff desinfizieren. Noch so ein Fall und die Epidemie ist da, dann schweben wir alle in Lebensgefahr. Bis wir in zwei Wochen – so Gott will – Amerika erreichen, können wir alle tot sein.«

Humboldt sagte: »Ich werde mit dem Kapitän sprechen. Er wird sicher schon die nötigen Anweisungen geben. Aber ich muss gestehen, dass mich der kalte Zorn packt, wenn ich sehe, wie die Ärmsten da unten in diesem Verlies vegetieren, ohne Licht und Luft. Es sind Menschen wie wir und werden wie Sklaven gehalten. In der Karibik sind sie vielleicht sogar Sklaven, werden aber sicher als billige Arbeitskräfte verkauft. Es ist abscheulich!«

»Beruhige dich, Alexander. Sprich mit dem Kapitän«, sagte Bonpland sachlich, der Alexanders moralische Ansichten kannte. Humboldt ging wutentbrannt zur Brücke hinüber.

In der Nacht begannen die drei Frauen an Bord zu singen. Der Passatwind baute erneut Brecher auf, die von achtern über das Schiff hinwegstürzten. Die Stimmung der Passagiere schwankte zwischen Bangen, Hoffen und unbändigem Mut. Die Männer schauten zum Himmel hinauf, wo ein bleicher Mond erschienen war. Aimé und Alexander standen nebeneinander an Deck. Sie hatten Seile um ihre Körper geschlungen, die an einem der beiden Hauptmasten befestigt waren. Falls erforderlich, wollten sie beim Abtakeln mit Hand anlegen.

Um den Kurs zu halten, hatte die Mannschaft achtern einen Rettungsbootkompass montiert. Nach den Sternen zu navigieren, wie es die Vorfahren auf See getan hatten, war vorerst unmöglich, denn am Himmel hingen schwere Regenwolken, und der Horizont war von den Wellen verdeckt, die unaufhörlich heranrollten, als wollten sie das Schiff fressen. An Schlaf war nicht zu denken. Doch bei Morgengrauen, als alle bereits die Verzweiflung packte, schlug das launische Wetter erneut um, und der Sturm legte sich von einer Minute zur anderen.

Danach schien die Sonne. Das Meer rollte zwar immer noch schwer in langer Dünung, doch es war berechenbar geworden.

Humboldt und Bonpland waren doch eingeschlafen – im Stehen. Humboldt hatte schon einmal gesehen, wie Männer im Stehen schliefen. Es war im Berliner Elendsviertel Wedding gewesen, in das er sich als Junge aus den behüteten Gärten Tegels heraus einmal eingeschlichen hatte. Ein groteskes Bild! Da standen in der Schwärze der Nacht große Männer, leicht vornübergebeugt an den Häuserwänden der schmutzigen Straßen, und ihre schlafenden Leiber wurden von einem Seil vor dem Umfallen gesichert. So schliefen sie Nacht für Nacht; am Tag machten sie sich auf, um irgendwo ihren Lebensunterhalt zu verdienen – in einer Bauhütte, auf den märkischen Feldern des Rhinlochs, in einer der Manufakturen oder Brauereien in Moabit.

Humboldts Blick war auf eine der Frauen gefallen, die erstaunlicherweise an Deck geblieben war. Er konnte sie nicht genau erkennen, aber es musste die Gattin des Mannes von den Kanaren sein, eine stille, sehr anmutige Frau mit weißer Haut und langen kastanienfarbenen Haaren, die gefasst aussah, aber immerzu betete. Ihr Körper zeichnete sich mit allen Rundungen unter dem patschnassen, dünnen Kleid aus weißem Leinen ab, aber sie achtete nicht darauf. Ihr Gesicht glich dem eines Engels. Humboldt hatte plötzlich Mitleid mit ihr, und dieses Gefühl irritierte ihn.

Die geduckten Gestalten an Deck schüttelten die Kälte

und die Müdigkeit der Nacht ab. Die eben noch betende Frau verschwand unter Deck. Humboldt mühte sich, vollends wach zu werden. Er wusste nicht mehr, ob er in den langen Stunden der zurückliegenden Nacht einen Albtraum gehabt oder diese Szenen wirklich gesehen hatte. Fliegende Fische waren vor seinem geistigen Auge erschienen wie ein Vorzeichen, und danach bestand der ganze Ozean nur noch aus Fischleibern, die das Wasser verdrängten. Die Fische rückten immer näher. Manchmal schienen sie wie geblendet von der Aussicht, Kontakt mit Menschen aufzunehmen. Riesentintenfische starrten ihn mit ihren phosphoreszierenden grünen Augen ringsherum an, und es leuchtete und blinkte wie in einer Geisterwelt aus Plankton. Ständig bewegte sich etwas im Wasser, stumpf oder leuchtend, tauchte empor, schmatzte und verschwand wieder. Alexander schien es, als sei das Schiff bei den Lebewesen der Tiefe angekündigt worden und diese tauchten nun herauf, um sich ein Bild davon zu machen. Dass dies in stockfinsterer oder mondheller Nacht unheimlich war, hatte Humboldt sich schon vorher vorstellen können. Jetzt, wo die Sonne wieder schien, gelangte er zu der Ansicht, dass es ein Traum gewesen sein musste.

Auch am Tag bekam die »Pizarro« manchmal ungewöhnlichen Besuch. Die bizarrsten Lebewesen aus den Tiefen des Meeres gaben sich an den Seiten der Caravelle ein Stelldichein oder verharrten stundenlang direkt unter dem Gefährt.

In ruhiger Fahrt glitt das Schiff übers Wasser. Die Tage an Bord schwammen gleichförmig in der Hitze über der See dahin. Selbst Alexander, der sonst rastlos tätig war, ließ die Zeit verstreichen.

Jede halbe Stunde drehte ein Leichtmatrose eine Sanduhr

um; auf diese Weise wurden Tag und Nacht in kleine Einheiten geteilt. Sechs vierstündige Wachen, die um drei Uhr in der Frühe begannen, sorgten für die Sicherheit an Deck. Jeden Morgen gegen 11 Uhr legten Matrosen des für Nahrung zuständigen Proviantmeisters auf dem Deck ein Leinentuch aus und breiteten darauf Schiffszwieback, Rinderknochen, Trockenfleisch und geräucherten Stockfisch aus. Das in Teneriffa eingelagerte frische Obst und Gemüse war nach zwölf Tagen aufgebraucht. Zu den kargen Mahlzeiten gab es Wasser und Leichtbier und sonntags einen Becher gewürzten Wein. Die Besatzung schlurfte herbei, dankte dem Herrn und langte zu.

Die Nachmittage dienten der laufenden Instandhaltung des Bootes. Humboldt hörte, wie die Männer dabei haarsträubende Geschichten von hundsköpfigen Menschen jenseits des Äquators und Menschenfressern in der Karibik erzählten. Sie lungerten herum, befreiten ihre Kleider und Haare von Läusen und Flöhen oder besuchten den über die Reling gehängten, wackligen Holzsitz, der als Klosett diente. Einige dösten in der Sonne, andere frönten dem Kartenspiel und fluchten vor sich hin. Nachts legten sie sich einfach dort auf die Planken, wo sie sich gerade befanden, und schliefen bis Sonnenaufgang.

Die Passagiere, die Kajüten ihr Eigen nannten, speisten für sich. Humboldt hatte dafür Sorge getragen, eigene Vorräte mitzunehmen, da er das Einerlei der Schiffsküche kannte, das mit zunehmender Länge der Fahrt unerträglich wurde. Bald jedoch waren diese Vorräte verzehrt. Bevor es soweit war, wollte der Entdeckungsreisende noch einen kleinen Festschmaus veranstalten.

Am folgenden Abend saßen sie mit dem jungen Don Salcedo und seiner blassen, schüchternen Frau, die jetzt ein lindgrünes, luftiges Kleid aus Leinen trug, beim Essen zusammen. Ein Kerzenleuchter verbreitete gemütliches Licht, und die vier Passagiere ließen sich die geschmorten Wachteln mit Weintrauben munden, die Humboldt nach eigenem Rezept auf dem eisernen Feuerbehälter in der verräucherten Kombüse der »Pizarro« zubereitet hatte. Der Koch, der einen dauerhaften Eingriff in seine Hoheitsrechte witterte, hatte zwar gezetert, aber Alexander, ausgestattet mit dem Segen des Kapitäns, war trotz aller seiner Liebenswürdigkeit unnachgiebig geblieben. Und schließlich konnte er »Codornices braseadas con Uvas« nur selbst auf offenem Feuer zubereiten. Eine Kostprobe davon hatte schließlich auch den Koch besänftigt.

Die kleine Gesellschaft aß mit einem Genuss, wie ihn Menschen an den Tag legten, für die schon eine warme Mahlzeit ein Festschmaus ist. Dazu trank man die letzte Flasche eines süßen Weins aus den vulkanischen Rebstöcken von Teneriffa. Danach rauchten die Männer, und Ana Salcedo trieb starken, duftenden Kaffee von den Inseln auf, den neuesten Schrei für europäische Adlige, die zwar soeben die Heißgetränke entdeckt hatten, aber bisher nur an Kräuterbrühe, Heisantee und Kakao gewöhnt waren.

»Ah – ist es nicht eine Freude zu leben?«

Humboldt schob das Porzellangeschirr aus der Königlich-Preußischen Manufaktur zurück. Er hatte es sich nicht nehmen lassen, das kostbare Geschenk seiner Schwägerin Caroline – Teller mit breitem, ornamentalen Goldrand und Berliner Schlossmotiven auf dem Tellerspiegel – zum Grundbestand seiner Ausrüstung zu machen. Er sah die Blicke der drei anderen auf sich gerichtet. Diese Blicke drückten die Erwartung aus, von ihm, dem schon berühmten Forscher, unterhalten und belehrt zu werden. Daran war er inzwischen gewöhnt; wohin er auch kam, er stand im Mittelpunkt. Ja, er war durchaus eitel genug, die Aufmerksamkeit zu genießen.

»Señor Humboldt, erzählen Sie uns von Ihrer Arbeit«, bat Salcedo, »was werden Sie in den Tropen tun?«

»Das kann Ihnen auch Monsieur Bonpland sagen«, erwiderte Alexander. Doch Bonpland deutete nur fröhlich mit dem ausgestreckten Zeigefinger auf ihn.

»Nun. Wir werden das tun, was wir schon auf Teneriffa getan haben, nämlich reisen, messen, sammeln, katalogisieren«, erklärte Humboldt. »Und dabei werden wir die physikalische Geographie voranbringen, eine neue Wissenschaft. Wir werden Pflanzen und Tiere sammeln, die Wärme untersuchen sowie den magnetischen und elektrischen Gehalt der Atmosphäre, und wir werden die Berge vermessen. Vielleicht schaffen wir es auch, den ersten Teil unseres Buches zu schreiben. Es wird den Titel tragen: reise in die Aequinoctial-Gegenden‹ und wird mit dem Aufstieg auf den Pico de Teide beginnen.«

»Wäre es nur schon erschienen!«, rief Donna Ana aus.

»Es wird nach unserer Rückkehr erscheinen, zusammen mit Humboldts ›Ansichten der Natur‹ – so Gott will!«, erklärte Bonpland.

Humboldt fuhr fort: »Aber das alles ist nicht der eigentliche Grund unserer Reise. Der wirkliche Zweck ist, das Zusammen- und Ineinanderweben sämtlicher Naturkräfte zu untersuchen, die rasche Aufeinanderfolge verschiedener geographischer Räume und Mikroklimata – kurz gesagt, wir wollen den Einfluss verstehen, den die unbelebte Schöpfung auf die belebte Tier- und Pflanzenwelt hat, verstehen Sie? Wir werden neue Karten, ja einen neuen Globus schaffen.«

»Ein neuer Globus!«, sagte Salcedo enthusiastisch. »Eine friedlichere Erdkugel, auf der Menschen mit freier Gesinnung nicht mehr verfolgt werden. Können Sie dafür etwas tun?«

Humboldt wiegelte ab: »Ich bin kein Politiker – obwohl die Fragen der Gesellschaft mich interessieren. Fürs Erste kommt es mir mehr auf das soziale Leben der Natur an, wenn ich so sagen darf. Politik war nie mein Fach und wird es nicht werden. Es mag hart und herzlos erscheinen, wenn ich sage, dass ich von dem, was außerhalb meiner Forschung vorgeht, keine große Notiz nehme ...«

Bonpland mischte sich ein: »Er untertreibt. Denn wenn man die Gesetze der Natur erst richtig versteht, kann man sie auch für das Zusammenleben der Menschen nutzbar machen. Vielleicht ergibt das von selbst eine bessere Welt, als Staatsbeamte und Politiker sie einrichten können.«

»Wenn Sie doch Recht hätten!«, entfuhr es Ana Salcedo.

»Natur und Menschen jedenfalls sind eine Einheit, sie gehören zusammen«, stellte Humboldt fest. »Gerade in unserer Zeit malen viele Leute die Schreckgespenster abnehmender Bodenerträge und Überbevölkerung an die Wand. Ich denke, dass uns allein die Natur die Möglichkeit gibt, zu überleben. Das begreifen wir noch gar nicht richtig.«

»Wie meinen Sie das?«, fragte der Spanier.

»Nun, stellen Sie sich vor, wie viele, unübersehbar viele Kräfte in der Natur ungenutzt liegen, deren Entwicklung Tausenden von Menschen Nahrung und Beschäftigung geben können. Unter den 145.000 Menschen in Berlin gibt es kaum vier, die etwas davon verstehen. – Aber wir sollten vor der Dame vielleicht nicht ungehörig fachsimpeln.«

»Vor meiner Frau? Aber ich bitte Sie – keine falsche Rücksichtnahme!«

»Wo haben Sie all diese geographischen, geologischen, navigatorischen und astronomischen Kenntnisse erworben?«, warf die junge Frau ein. »Messungen bei der Reise durch Südamerika werden Sie doch wohl mit Ihren eigenen Instrumenten vornehmen – wenn ich es richtig verstehe?« Ihre bisher blassen Wangen zierten jetzt rote Flecken.

»Sie haben das ausgezeichnet verstanden«, sagte Alexander so charmant, dass Bonpland, der die tiefsitzende Scheu des im Umgang mit jungen Damen sehr schüchternen Gefährten kannte, ihn erstaunt von der Seite anblickte. »Ich durfte diese Kenntnisse nach dem Tod meiner Mutter erlernen, die mir ein erhebliches Erbe hinterließ, was mich mit einem Schlag von der Notwendigkeit befreite, die Laufbahn eines Staatsbeamten zu ergreifen, auf die selbst unser König gedrungen hatte. Aber genauer gesagt habe ich mich in Paris dafür präpariert. Dort erstand ich auch meine allermodernsten Messinstrumente, zum Beispiel einen großartigen zweizölligen Sextanten von Troughton, mit einem künstlichen Horizont aus plan geschliffenem Glas – einfach wundervoll.«

»Sind alle diese Instrumente nicht zu groß, zu schwer, zu kostbar für eine Reise durch die Tropen?«, wollte Salcedo wissen.

»Vielleicht. Aber ich brauche sie, weil sie auf bestimmten Gebieten klüger sind als ich. Ich bin auf sie angewiesen. Wir – Bonpland und ich – sind nur Menschen mit Gefühlen und Schwächen, die Instrumente hingegen sind unbestechlich.«

Bonpland sagte: »Kartographie, Meteorologie, Astronomie, Geodäsie – unserem Humboldt ist nichts fremd. Er ist überall und ganz praktisch ein Experte. Ganz Europa schätzt seine Fertigkeiten.«

»Hör schon auf, Aimé«, sagte Alexander ruhig. »Du bist auch nicht ohne …«

Bonpland konnte es nicht lassen. »Wissen Sie nicht, dass während seiner Geburt in Berlin ein gewaltiger Komet am Himmel stand? Es war der Komet Messier, der ganz Europa in Aufregung versetzte. Erklärt das nicht alles?«

»Aimé! Du bist schrecklich!«

»Sie sind ein freier Geist, Señor«, sagte der Gast mit Bewunderung in der Stimme. »Hatten Sie damit niemals Schwierigkeiten in Ihrer Heimat?«

»In Preußen, »antwortete Bonpland lachend anstelle des Angesprochenen, »hat jedermann Schwierigkeiten, der keinen Zopf trägt.«

»Er übertreibt«, stellte Humboldt fest. »Es gibt genügend Freisinnige in Preußen. Mein Vater Georg – Gott hab ihn selig, er verstarb bereits vor zwanzig Jahren – war ein freier Geist. Und mein älterer Bruder Wilhelm gehört ebenfalls dazu. Ein Liberaler, wie man ihn sich nur wünschen kann. Ja, unsere ganze, weit verstreute Familie ist ein Beweis dafür, dass es sich in Preußen auch mit fortschrittlicher Gesinnung gut leben lässt.«

»Vergessen wir unsere klugen Jüdinnen nicht«, warf Bonpland lachend ein, der Humboldts freundschaftliches Verhältnis zu Rachel Levin und dessen Schwärmerei für seine frühere Hebräischlehrerin Henriette Herz kannte.

»Richtig«, sagte Alexander eifrig, »ich habe mich in Gesellschaft jüdischer Frauen stets besser unterhalten als auf dem Schloss der Ahnen und Vorfahren.«

»Meine Frau Ana und ich«, sagte der Gast von den Kanaren, »haben in Spanien, wo wir eigentlich herkommen, Bekanntschaft mit der Suprema gemacht – wie Sie wissen, die Behörde der Zensur in allen Belangen des Glaubens.

Anschließend fanden wir auf Teneriffa ein ruhiges Zuhause. Aber seitdem man dort zu einem neuen Feldzug gegen die ungläubigen Ureinwohner aufgebrochen ist, waren wir nicht mehr sicher. In Zeiten des Krieges macht man sich sofort verdächtig, wenn man nicht willens ist, für eine der Seiten Partei zu ergreifen.«

»Sie wurden verfolgt?«, fragte Humboldt.

Don Salcedo war unruhig geworden. Offenbar erinnerte er sich nur ungern. »Ja«, sagte er dann. »So kann man es nennen.«

»Sie müssen wissen, dass Bonpland und ich, bevor wir nach La Coruña kamen, um uns einzuschiffen, bei unseren magnetischen und meteorologischen Messungen ebenfalls Bekanntschaft mit der heiligen Inquisition gemacht haben. Wir wurden von Herren des Offiziums beleidigt und von einfachen Leuten auf offenem Weg angespuckt und angegriffen. In Spanien mag man keine Instrumente. »

»Das bourbonische Spanien ist verrottet. Die Verschwendungssucht des Hofes stürzt das Land in Finanzkatastrophen. Es ist völlig von der französischen Direktorialregierung abhängig. Seit Karl der Dritte nicht mehr regiert, ist das mittelalterliche Ketzergericht wieder aus seinem finsteren Schlaf erwacht. Es ist ein Jammer.«

»Und doch verdanken wir diesem Spanien unsere Reise«, erinnerte der bedächtige Bonpland.

Alexander fragte, an Salcedo gerichtet: »Wollen Sie uns Ihre Geschichte erzählen?«

»Warum nicht?« Der Kanarier blickte seine junge Frau an. Als diese ihm zulächelte, sagte er: »Nun, eines Morgens in aller Herrgottsfrühe standen sie vor unserem Haus in Granada. Wir hatten ein kleines maurisches Häuschen am Rand des Gebirges, dort wo morgens und abends die Geierkolonien auf Jagd gingen. Sie schickten drei Schergen, darunter war einer in Kirchentracht, wohl ein Kardinal, ich weiß es nicht mehr genau. Seine Kutsche stand vor meinem Haus in der Dämmerung. Wir flohen zu Verwandten in die Berge, konnten aber nicht zurück, denn wir wären ihnen ausgeliefert gewesen.«

»Es war eine schlimme Zeit«, warf die Frau ein. »Man fühlt sich plötzlich schuldig– von einem Tag auf den anderen. Man hat das Gefühl, allein auf der Straße zu stehen, und die anderen zeigen mit Fingern auf einen.«

»Ich wusste nicht, was ich tun sollte. Wir konnten uns nicht ewig verstecken.«

»Aber warum? Was hatten Sie getan?«, wollte Bonpland wissen.

»Ich bin Wissenschaftler wie Sie. Allerdings auf einem anderen Gebiet. Als Chirurg operiere ich mit den Methoden der Mauren. Ich öffne die Schädeldecke, man nennt es Trepanieren, ich habe es bei den Berbern in Marokko gelernt. Verstehen Sie etwas davon, Señor Bonpland?«

»Es ist in der katholischen Christenheit verboten, deshalb weiß ich nichts Genaues darüber – ich darf es gar nicht wissen. Aber Sie als gläubiger Katholik …«

»Nun, ich bin Chirurg, wie gesagt. Also muss ich arbeiten. Mein Beruf, mein Haus, mein Ansehen! Ich konnte nicht einfach untertauchen wie die Hirten in den Höhlen der Berge im Süden unserer Stadt, den Alpujaras. Aber wenn ich zurückkehrte, würden sie mich nicht mehr von ihrem Strick lassen …«

»Vielleicht war alles nur ein Irrtum. Eine Verwechslung.«

Der junge Mann mit den traurigen Spuren einer unseligen Erfahrung im noch jungen Gesicht sah Humboldt aus tiefen Augen an und schüttelte den Kopf mit den schwarzen Locken. »Allein ihr Anblick widerlegt eine solche Vermutung. Die schwarze Kutsche mit der sie kamen, die schwarzen Rappen, die zugezogenen karmesinroten Vorhänge in den Seitenfenstern – etwas Ungutes ging von ihrem Anblick aus. Ein Irrtum? Nein! Es ist das Gefährt des Todes, das damals im Schatten der Trauerweiden auf uns wartete. Und drinnen saß er selbst – der schwarze Tod, in Gestalt eines Kirchenmannes mit eiskaltem Herzen …«

»Ich konnte ihn nicht trösten. Und mich auch nicht. Dank göttlicher Fügung haben wir keine Kinder, es wäre unerträglich gewesen.« Die junge Frau schüttelte sich in der Erinnerung.

»Wie ging es weiter?«, wollte Humboldt wissen. »Wenn Sie erzählen wollen …«

»Wir versteckten uns drei Tage lang. Wir besaßen noch eine Art Atelier in einem Kornspeicher, davon wussten sie anscheinend nichts. Von dort oben habe ich mein Haus beobachtet. Die Kutsche stand die ganze Zeit unbeweglich da. Tagsüber jedenfalls. Nachts sah ich ein paar Schatten, die kamen und gingen. Wir bekamen es immer stärker mit der Angst und beschlossen, zu verschwinden. In einem Kloster an der Atlantikküste, dort wo der Rio Tinto mündet, schlüpften wir bei Mönchen unter, die die Familie meiner Frau kennen. Es sind Franziskaner, die schon so manchem Zuflucht gewährten. Dort lebten wir in der Zurückgezogenheit ein halbes Jahr, arbeiteten auf den Feldern und kamen wieder zu uns. Mit einem der Brüder machten wir uns dann auf die Reise nach den Kanaren. Erst lebten wir im Norden von Lanzarote, dann in Santa Cruz. Ich fand wieder eine Anstellung am Hospital. Tja, jetzt wollen wir es erneut versuchen – in Caracas oder anderswo. Es muss einfach einen Ort geben, wo man in Ruhe leben und arbeiten kann.«

Bonpland räusperte sich. »Sicher«, erwiderte er mit belegter Stimme. »Ihr werdet euer Glück in der Neuen Welt finden. Ich wünsche es euch!«

»Danke!«, sagte der Chirurg einfach und schüttelte seinen Gastgebern die Hand.

Das Ehepaar verabschiedete sich kurz darauf.

Als die Tür hinter ihnen geschlossen war, schwiegen die Zurückbleibenden eine Weile. Humboldt rauchte eine Zigarre und paffte blaue Rauchwolken. Dann sagte Bonpland: »Meinst du, sie werden glücklich in Venezuela?«

»Sie machen einen guten, tüchtigen Eindruck. Ich glaube, sie schaffen es«, antwortete Humboldt und trank den Becher Wein mit einem Zug leer. »Aber wer kann das schon sagen? Wir wissen nicht einmal, wie es uns beiden ergehen wird. – Übrigens, kannst du schwimmen?«

Verwundert antwortete Bonpland: »Wie ein Fisch. Wieso?«

»Ach, nur so. Vielleicht wirst du diese Fähigkeit in Amerika gut gebrauchen können.«

Sie legten sich bald darauf in ihren Kojen nieder. Doch Humboldt, seit seiner Jugend daran gewöhnt, nur vier Stunden zu schlafen, fand keine Ruhe. Immer wieder musste er an das Ehepaar und sein trauriges Schicksal denken. Auch in Berlin hatte er schon von Flüchtlingen gehört, die den Ideen Napoleons allzu nahe gestanden hatten und nach Amerika fliehen mussten, weil die preußische Geheimpolizei sie jagte. Aber er hatte nie jemanden von ihnen persönlich kennen gelernt.

Nachdem er sich eine Zeit lang hin und her gewälzt hatte, beschloss er, an Deck zu gehen, erhob sich und stieg hinauf. Bonpland schlief friedlich.

Sie stand achtern und schaute über das Meer. Eine schmale, verlorene Gestalt im lindgrünen Kleid, die nur hin und wieder, wenn das Schiff schwankte, vom Schein einer Pechfackel aus dem Dunkel gerissen wurde. Humboldt hielt den Atem an und schaute einfach nur in ihre Richtung. Dann war sie plötzlich verschwunden; der Lichtschein erfasste die Stelle, an der sie soeben noch gestanden hatte und strich wie ein Finger, der Menschen auslöschen kann, über die nackte Reling.

Humboldt hatte schon Sorge, sie könnte in die Fluten gestürzt sein. Dann aber sah er, dass sie ein Stück gegangen war und jetzt wieder zurückkehrte. Unter den wuchtigen Aufbauten der Caravelle wirkte sie zerbrechlicher, als er sie in Erinnerung hatte. Er trat näher.

»Donna Ana?«

Sie erschrak mit einer reizenden Geste, indem sie sich die Hand auf die Brust legte, dort wo das Herz sitzt. »Oh, Sie sind es, Señor Humboldt. Verzeihen Sie, ich habe mich erschreckt. Ich bin kindisch.«

»Nein, ich bitte um Verzeihung. Ich will Sie nicht stören. Wollen Sie allein sein?«

Sie schaute ihn mit ihren eigentümlich intensiven grünen Augen an, in denen etwas stand, das er in der Dunkelheit nicht sogleich erkennen konnte. Dann aber sah er, das es Angst war.

»Ich bin froh, dass Sie da sind, Señor. Sie sind ein so feiner Mann. Verzeihen Sie, ich will nicht plump sein. Aber man trifft in den Kolonien nicht oft jemanden wie Sie, einen – so aufgeklärten Mann.«

Humboldt fragte nicht, warum sie mitten in der Nacht hier stand. Warum sie allein war. Warum Angst ihr Herz zusammenschnürte. Er schaute sie einfach nur an, und eine

Welle der Sympathie überflutete ihn. Er hätte ihr Kompliment erwidern können, aber sie war eine Frau, die Ehefrau eines respektablen Mannes. Er wollte sie keinesfalls kompromittieren. So sagte er:

»Gibt es etwas, Donna, worüber wir reden sollten?«

Für einen Moment waren sie abgelenkt, denn etwas Schwarzes, Nahes rauschte mit einem scharfen Laut an ihren Köpfen vorbei. Ein Nachtvogel. Einer jener seltenen Vögel, die auf dem Wasser schlafen. Sie ergriff mit sanfter Gewalt seine Hände und sagte:

»Señor, können Sie mir helfen?«

Humboldt war überrascht. »Natürlich, wenn es in meiner Macht steht, Señora.«

Sie zögerte. Dann fuhr sie mit leiser Stimme fort: »Ich habe Angst vor dem, was uns erwartet. Wissen Sie ... Franchisco, mein Mann, ist in Gefahr, doch er selbst sieht diese Gefahr nicht. Ich aber sehe sie deutlich. Er hat so viele Niederlagen erlitten. Noch eine einzige, und ich fürchte ...«

»Was könnte passieren? Was befürchten Sie?«

»Wenn er in Caracas keinen beruflichen Erfolg hat«, stieß sie hervor, »wird er aufgeben. Dann stürzt er ins Unglück – er ist so labil. Er könnte es nicht ertragen, erfolglos zu bleiben und mir in die Augen zu sehen. Es würde ihn buchstäblich umbringen. Ich weiß es.«

»Hm«, machte Humboldt. Er war sich einen Herzschlag lang nicht sicher, was er antworten sollte. Dann sagte er: »Ich werde alles tun, was in meiner Macht steht, Señora, glauben Sie mir. Ich weiß jedoch nicht, ob ich über ausreichende Mittel verfüge.«

Sie zog ihre Hände wieder zurück. Die Enttäuschung dieser anbetungswürdigen, zarten Frau war greifbar. Jetzt war es Humboldt, der ihre Hände ergriff. Er wusste, er musste ihr Trost geben.

»Donna Ana, ich verspreche Ihnen, dass ich bei unserer Ankunft in Cumaná mit den zuständigen Leuten reden werde. Ich weiß nicht, ob ich genug Einfluss habe, um etwas zu bewirken, aber ich werde es versuchen, ganz gewiss! Ich werde mich bemühen!«

»Das hilft mir schon!«, sagte sie erleichtert. »Ich vertraue Ihnen grenzenlos, Señor. Und – wissen Sie – ich würde alles tun, was Sie wünschen, wenn Sie ihm helfen. Alles. Ich möchte nur, dass es ihm gut geht!«

Ihr Blick sprach Bände. Humboldt spürte einen kalten Schauer, musste dann jedoch innerlich lächeln über ihren glühenden, wenn auch traurigen Eifer. »Beruhigen Sie sich, Donna. Ich verlange nichts. Ich helfe, wenn ich kann. Sie haben mein Ehrenwort.«

Sie stellte sich auf die Zehenspitzen, berührte ihn mit ihrem Oberkörper und küsste ihn auf den Mund. Es war ein Hauch, das Schweben einer Feder, ein Duft. Er spürte ihre Brüste. Dann verschwand sie auf nackten Füßen, und er hörte nur noch das Geräusch der Tür zum Zwischendeck.

Erst als sie fort war, bemerkte er die tiefe Stille an Deck. Hin und wieder knarrten die Planken, die Masten ächzten, ein Seil rieb sich am Mast, und vorn plätscherte die Bugwelle.

Er schaute sich um. Die wenigen Pechfackeln erhellten ein paar Aufbauten. Der Himmel war schwarz, und die Sterne blinkten; es war Neumond.

Alexander dachte darüber nach, wie er dem Ehepaar helfen könnte und fasste einen Plan, den er bei der Ankunft in Cumaná in die Tat umsetzen wollte. Dann ließ er sich auf den Planken nieder, lehnte sich mit dem Rücken gegen die Reling und schaute nachdenklich zu den Sternen empor. Das Ungeheure dieser Reise – aller seiner Vorhaben für die nächste Zeit – wurde ihm jetzt, da er nichts tun konnte außer abzuwarten, in vollem Umfang deutlich. Konnte es gut gehen, eine solche Expedition zu unternehmen? Reichten seine Kräfte dafür?

Er stellte sich die Route vor, wie er es schon hundertmal getan hatte, und ging alle Einzelheiten durch.

Wenn sie glücklich landeten, würde es von Cumaná aus nach Caracas gehen, dann weiter den Orinoko entlang bis in sein Quellgebiet nach La Esmeralda, die einzige bewohnte Siedlung in einem riesigen Gebiet, so groß wie halb Europa. Sie würden versuchen, sich auf Pferden und mit Maultieren für das Gepäck in die Llanos durchzuschlagen. Dann mussten die weiten alluvialen Ebenen zwischen dem Orinoko und der Ostkette der Anden durchquert werden. Die Reise durch die Savannen bei 50 Grad im Schatten würde die Hölle werden. Stinkendes, trübes Wasser aus den wenigen Wasserlöchern, das sie mit den Tieren teilten, würde ihr Lebenselixier sein. Dann ging es in den dichtesten, unerforschten Urwald, wo wilde Bestien, Vampire und die Zancudo-Mosquitos auf sie warteten, Insekten, deren Fresswerkzeuge groß und kräftig genug waren, um das Tuch von Hängematten zu durchbeißen und die festeste Kleidung zu durchdringen. Zu diesen Gefahren der Übertragung von Krankheiten kamen die Unwägbarkeiten mit wilden Indios,

Wegelagerern, Kopfgeldjägern und Bandidos. Danach ging es wieder den Orinoko aufwärts bis zu den großen Wasserfällen Atures und Maypures, an die sich die vierzig Kilometer langen Stromschnellen anschlossen, die noch niemand lebend überwunden hatte. Sie würden kleine Boote bauen, und wenn sie Glück hatten, überstanden sie die Fahrt auf den reißenden Strudeln.

Aber konnte ihre Ausrüstung, all die hochempfindlichen Präzisionsinstrumente aus Paris und die Karten eine solche Tortur überstehen? Die Boote würden mit gesammelten Dingen völlig überladen sein, und sie selbst, die Steuermänner, waren unerfahren. Jenseits dieses Flusslabyrinths jedoch – Humboldt merkte plötzlich, dass er heftig schwitzte, und wischte sich den Schweiß aus dem Gesicht – jenseits davon erstreckte sich ein noch völlig unbekanntes Gebiet, das Land der Fabeln und fantastischen Visionen, wie die Legenden sagten. Das war El Dorado und der geheimnisvolle See Parima. Die Indios glaubten, die Sterne am Himmel wären nichts anderes als der Widerschein des Goldes und Silbers in diesem See. Vielleicht würden sie bis dorthin vorstoßen. Aber er, Humboldt, war an Reichtümern nicht interessiert, für die Generationen von Abenteurern ihr Leben in dem riesigen Wald gelassen hatten. Er wollte vielmehr herausfinden, ob es tatsächlich eine Verbindung zwischen Orinoko und Amazonas gab.

Die zwei Wochen, die man zu diesem Zweck im Einbaum auf dem giftigen Flüsschen Casiquiare stromab fahren musste, würden die schlimmste Zeit der gesamten Reise werden. Humboldt malte sich im Geiste aus, was sie erwartete: Nase und Mund ständig voller Insekten, Dauerregen, undurchdringlicher Dschungel, in denen sich nur Klettertiere bewegen konnten, krokodilverseuchte Gewässer, unversöhnliche Indianer mit Curare-Pfeilen, die noch nie einen Weißen gesehen hatten. Jede Stunde konnte ihre letzte sein. Sie würden im Boot schlafen müssen, ständig der Gefahr ausgesetzt, abgetrieben zu werden. Und was war, wenn die Nahrung zu Ende ging? Humboldt wagte es nicht, diesen Gedanken weiterzuführen. Es musste einfach gut gehen, denn danach kam die Rückreise – teils auf gleichen Wegen, teils über eine andere Route, um die nötigen Forschungen vorzunehmen. Man würde Ciudad Bolivar ein Jahr später erreichen und nach Cumaná zurückreisen, wenn sie dann noch gesund und in der Lage dazu waren. Danach begannen die anderen Wagnisse, die er und Bonpland sich vorgenommen hatten, die Überfahrt nach Cuba, dann von Cartagena aus über den Rio Magdalena flussaufwärts nach Bogotá, die Überquerung der Anden, die Besteigung des über sechstausend Meter hohen, schneebedeckten Chimborazo und weiter, immer weiter nach Süden, den peruanischen Wüstenregionen zu. Sie würden die aktiven ecuadorianischen Vulkane erkunden und bis zu ihrem kochend heißen Grund hinabsteigen. Schließlich wollten sie alles hinter sich lassen, von Lima aus nach Mexiko reisen und Nordamerika besuchen, um den Präsidenten zu treffen.

Schwindel überkam ihn. Fünf Jahre, dachte Humboldt. Ich brauche fünf Jahre meines Lebens, um dies alles zu schaffen. Danach erst werde ich wirklich wissen, wie das Paradies aussieht. Und ich werde wissen, wo meine eigenen Grenzen liegen. Vielleicht habe ich dann auch erfahren, wer ich wirklich bin.

Er hatte sich in eine Erregung gesteigert, die ihn wie ein Fieber packte. Er dachte an die lange Zeit der Vorbereitung dieser Reise in Berlin und Paris, in Ägypten und in Spanien, wo König Carlos IV. und der allmächtige Minister für das Auswärtige, Don Mariano Luis de Urquijo, ihn erst im Escorial und dann in Aranjuez empfangen und zum ersten Mal seit dreihundert Jahren einem Ausländer die Erlaubnis erteilt hatten, die hispanoamerikanischen Überseebesitzungen zu erforschen!

Es kam ihm im Rückblick wie ein Traum vor. Und dieser Traum hielt noch an.

Amerika hatte ihn immer gerufen. Schon wenn er in Tegel bei den Gräbern seiner Ahnen im hinteren Teil des Parks saß, hatte er den Fieberhauch des Dschungels, das Schreien der Tiere, die Kühle der Nächte im Hochland der Anden gespürt. Amerika, das war seine zweite Heimat – obwohl er es gar nicht kannte. Noch nicht!, dachte Humboldt. Aber mit Gottes Hilfe – und mit der Hilfe des tüchtigen Bonpland – wird es gelingen.

Humboldts linkes Bein war eingeschlafen. Er stand auf und schüttelte es, tanzte wie ein Bär herum, dann setzte er sich wieder. Langsam beruhigte er sich. Nach einer Weile schlief er ein.

Er erwachte von einem schrecklichen Getöse, das sich um einen Schrei rankte.

Er fuhr hoch. Es war hell.

Zwar tanzte die Caravelle über die jetzt wieder stürmischen Wellen, aber sie drehte sich im Kreis. Der graue Himmel taumelte über Alexander wie in einem trunkenen Walzer.

Dann begriff er, woher der Lärm rührte – die Ruder hatten offenbar nicht gehalten. Beide Schäfte aus Irocoholz waren direkt über dem Blatt am Hals abgebrochen und schwammen nun an Tauen hinter dem Schiff her. Humboldt, der achtern saß, hatte Glück gehabt, nicht von dem umherschlagenden Rest des Ruders getroffen worden zu sein.

Ein kräftiger Matrose hatte die Unglückswarnung hinausgebrüllt. Er rannte in diesem Moment geradewegs auf Humboldt zu und riss ihn hoch. Der Mann stank nach Fisch und Urin, seine Kleidung bestand aus dreckigen Lumpen, im Gürtel steckte ein krummer Dolch, und auf der Stirn trug er ein rundes, dunkles Zeichen wie eine Pestbeule. Er besaß keine Kopfhaare, ja nicht einmal Wimpern. Humboldt erschrak erst, dann dachte er: nur ein Mohammedaner, vielleicht sogar ein Derwisch, harmlos.

»Was tun Sie hier hinten?«, schrie der Kerl. »Kein Reisender darf hier sein!«

»Schon gut!«, wehrte Humboldt ab, »es ist nichts passiert.«

»Ich muss es dem Kapitän melden! Fremde haben hier nichts zu suchen.«

»Scher dich zum Teufel!«, schimpfte Humboldt und machte ein böses Gesicht, »oder du bekommst Ärger.«

Mürrisch sah der Matrose ein, dass er an diesem Reisenden sein Mütchen nicht kühlen konnte.

Inzwischen war der Rest der Besatzung auf Deck gestürmt, und der Kapitän rief seine Anweisungen. Jeder wusste, dass die Ruder lebenswichtig waren; mit den Segeln allein konnte die Fahrt nicht gelingen. Plötzlich sah Humboldt, dass die beiden kleineren Ruder, die am Bug als Kielschwerter festgebunden waren, ihre Funktion erfüllten. Sie brachten die »Pizarro« auch ohne breites Ruderblatt auf Kurs und hielten sie dort. Sie wirkten wie die alten Schwertkiele, die »Guaras« der Inkas, die Humboldt bereits aus Erzählungen amerikanischer Reisender kannte. Im Zusammenspiel mit den Segeln schienen sie die notwendige navigatorische Leistung zu erbringen.

Bonpland kam verschlafen hinzu und machte Humboldt Vorwürfe, dass er ihn nicht geweckt hatte.

»Du hattest einen so friedlichen Ausdruck im Gesicht, als ich aufstand«, erklärte Alexander.

Zum Zuschauen verdammt, betrachteten sie die hektischen Anstrengungen der Besatzung. Die Männer rannten mit roten Gesichtern hin und her und brüllten in mehreren Sprachen durcheinander. Das Schiff hatte seine Manövrierfähigkeit eingebüßt. Jetzt konnte man sich nur noch auf Wind und Strömung verlassen und mit Segel und Guaras korrigieren. Humboldt war nicht sicher, ob das gelang.

In den nächsten schweren Stürmen verlor die »Pizarro« ein Segel. Die Besatzung wagte es nicht mehr, überhaupt noch Segel zu setzen, nachdem der ständig drehende, böige Wind sie zu zerreißen und den Mast zu knicken gedroht hatte. Danach brach mit einem herzzerreißenden Stöhnen auch noch die Rahstange mittendurch. Jetzt bekamen es auch die hartgesottensten Seeleute mit der Angst. Nach dem Verlust beider Ruder und einem Segel trieb die Caravelle auf dem Meer, gänzlich den Naturgewalten ausgeliefert.

Aufgeregt stritt die Besatzung darüber, was zu tun war. Der Kapitän behielt zwar seine Würde, doch war ihm anzusehen, dass er allmählich in Panik geriet. Schließlich beschloss er, dass die Rahe notdürftig geflickt und ein Notsegel gesetzt werden sollte. Auch eines der Steuerruder wurde gesplisst und konnte bei den Kurskorrekturen helfen. Tagelange, doppelt anstrengende Arbeit gegen Wind und Wellen lag vor der Mannschaft.

Am sechzehnten Tag waren die Reparaturen soweit gediehen, dass die »Pizarro« auf Kurs gehalten werden konnte. Man setzte die Fahrt fort.

Alexander von Humboldt und Aimé Bonpland vertieften sich sofort wieder in ihre Karten und Pläne. Mit jedem Tag, den sie der Küste Südamerikas näher kamen, stiegen ihre Vorfreude und Erregung.

Aimé hatte sich mit einem friedlichen, rotblonden, sommersprossigen Berber angefreundet, der bei jeder Gelegenheit ein schneeweißes Gebiss sehen ließ. Der Mann hieß Zafi und war aus seiner Bergheimat, in der türkische Paschas und Beis ein grausames Regime errichtet hatten, zur See geflohen. Er berichtete, dass die Berber ein Volk auf ewiger Flucht seien, so wie die Juden. Schon seine Ururahnen seien einst mit den rotgefärbten Haaren des auserwählten Volkes nach Westen gesegelt – auf Flößen, um in Mexiko Zikkurattempel zu bauen. Humboldt ließ sich erklären, wie das Gefährt ausgesehen haben mochte, mit dem sie sich auf den Ozean gewagt hatten. Er zeichnete es mit Kohle nach Zafis wortreichen, von Lachen unterbrochenen Erklärungen: ein großes Schilfboot aus Papyrus, ähnlich denen, wie die alten Ägypter sie gebaut hatten, mit Segel, schnabelförmigem Bug und einer Hütte für Fracht und Passagiere. Sie hatten es mit Ananas und Avocados, Theophrasta-Beeren, Bananenstauden und Kokosnussblüten aus Afrika beladen, hatten ihre Zeichnungen mesopotamischer Pyramiden auf dünnen Blättern aus gebleichtem und gefaltetem Ziegenleder mitgeführt und waren eines Morgens bei Sonnenaufgang losgesegelt. Ob sie angekommen waren, wusste Zafi nicht zu sagen.

»Aber ich glaube es«, sagte er munter. »Denn in Mexiko und Guatemala gibt es ja heute die Pyramiden, die sie gebaut haben. Oder nicht?«

»Das müssen wir erst noch feststellen«, erwiderte Humboldt.

Aimé Bonpland schaute den jungen Berber mit Blicken an, die Alexander nicht gefielen. Konnten sie es sich leisten, ihre Konzentration von der Planung ihrer beschwerlichen Reise durch Schwärmereien abzuwenden? Aber als er sah, wie brüderlich Aimé mit dem Jungen umging, beruhigte er sich. Wie konnte er daran zweifeln, dass er sich auf seinen Gefährten verlassen konnte!

In den folgenden Tagen bekam Alexander das Ehepaar Salcedo nicht zu Gesicht. Als er sich schon Sorgen machte, berichtete ihm Aimé, er habe sie in der Messe getroffen, und sie bereiteten sich mit Rosenkranz-Gebeten auf ihre Ankunft in Venezuela vor. »Sie lassen dich grüßen, Alexander. Besonders die Frau scheint dich ins Herz geschlossen zu haben.«

Die nächste Zeit verlief ruhig. Zum Ende der dritten Woche jedoch signalisierte der Mann im Mastkorb eine verdächtige Bewegung im Norden. Sie wurde schließlich als feindliches englisches Geschwader ausgemacht.

Die Caravelle hielt sofort und blieb auf den leichten Wellen dümpelnd stehen. Schon während dieses Manövers wurden die Passagiere unruhig, da mehrere ihr kleines Vermögen in Waren gesteckt hatten, die sie in den spanischen Kolonien zu verwerten gedachten. Alle hielten den Atem an. Humboldt sah angestrengt mit dem Fernrohr hinüber. Das Geschwader der Engländer, die im Krieg gegen Napoleon mit ihren Schiffen seit einiger Zeit die Meere abriegelten und auch die gesamte spanische Küste blockierten, blieb auf Position.

»Was siehst du?«, drängte ihn Bonpland.

»Es müssen gut zwei Dutzend Schiffe sein. Man könnte die Segel für Klippen halten – sieh selbst.«

Mannschaft und Passagiere verharrten. Dann holte die

Besatzung die Segel ein, denn so hoffte man, sich vor den Blicken des Feindes auf dem Meer unsichtbar zu machen. Nachts vermied man es, die Fackeln anzuzünden. Unwillkürlich verständigte man sich nur noch flüsternd. Als nachts Wind aufkam, wurde vorsichtig, mit Handgriffen wie in Trance, wieder aufgetakelt. Die »Pizarro« lag auf dem Sprung.

»Ist es nicht zu gefährlich, wieder unter Segel zu gehen?«, fragte Aimé den Kapitän.

»Wir müssen uns bereit halten«, erklärte der. »Falls die Engländer uns entdecken, darf keine Minute Zeit vertrödelt werden.«

Der Mann schwitzte, trotz der Kühle der Nacht.

»Und wenn der Wind uns in ihre Arme treibt?«

Darauf antwortete der Kapitän lieber gar nicht erst.

»Lass ihn, Aimé!«, flüsterte Alexander. »Er ist der Kapitän.«

Als nichts geschah, beschloss man, die Weiterfahrt zu wagen.

Die »Pizarro« nahm langsam Fahrt auf, begünstigt durch kräftige Ruderschläge und den stetigen Wind. Allmählich lichtete sich die Nacht. Als das Morgenlicht kam, war der Spuk am Horizont verschwunden.

Alle atmeten auf und verbreiteten jetzt besonders laute Betriebsamkeit. Der junge Berber vollführte einen bocksbeinigen Tanz zum Klang einer Handtrommel, wobei er einen kehligen, unverständlichen Gesang hören ließ. »Wie eine marokkanische Gebirgsziege«, urteilte Bonpland vergnügt.

Das Wetter hielt. Nach Sonnenuntergang wurde der Wind zunehmend schwächer, und je näher der Mond zum Zenit rückte, desto mehr klarte der Himmel sich auf. In den

Nächten beobachtete Alexander einen ganzen Regen von Sternschnuppen; gegen Norden zeigten sie sich nicht so häufig wie im Süden. Diese Verteilung schien für den aufmerksam beobachtenden Reisenden darauf hinzudeuten, dass die Meteore, über die er sehr wenig wusste, teilweise von örtlichen Ursachen abhängig sein mussten. Aber was war es, das ihren leuchtenden Fall auslöste?

Alexander maß mit seinem Chronometer ihre Route nach. Am 11. Juli erregte er allgemeines Erstaunen, als er verkündete, dass in zwei Tagen, noch vor Sonnenaufgang, Land in Sicht sein werde. Mondbeobachtungen hatten seine Annahme gefestigt, noch bevor der Kapitän mit seinem Steuermann zu einem solchen Ergebnis kommen konnte.

Man glaubte ihm nicht. Der Steuermann, ein zahnlückiger Bursche mit Pusteln im Gesicht und der Frisur eines Igels, lachte ihn unverfroren aus. »Das können Sie gar nicht wissen, Señor! Ich fahre schon lange zur See, keiner kann das so genau bestimmen!«

Alexander verzog nur das Gesicht zu einer Grimasse, und der Mann trollte sich.

Humboldt wusste zwar, wo die Caravelle sich genau befand, doch wo das Land lag, zu dem ihr Kurs sie führte, konnte er nur vermuten. Der Grund war, dass dieses Land – es mochte Trinidad oder Tobago sein – auf den französischen, spanischen und englischen Karten, die er besaß, unterschiedlich eingezeichnet war.

Eigentlich glaubte ihm nur Aimé – wenn er auch Scherze darüber machte. Und er war es auch, der Humboldt am Morgen des übernächsten Tages stürmisch umarmte und einen halben Meter in die Luft hob. Es war gerade sechs Uhr, als der Ruf aus dem Mastkorb ertönte. »Land in Sicht!«

Alle stolperten zum Bug des Schiffes. »Wo denn? Wo ist

das Land? Man sieht ja nur Nebel!«, rief man durcheinander.

»Abwarten, bis der Nebel sich verzieht!«, tönte es von oben zurück.

Mit gemischten Gefühlen schauten die Reisenden nach vorn. Die einen begeistert, die anderen voll ängstlicher Erwartung. Das Ziel rückte näher. Und was immer man für Träume und Albträume gehabt haben mochte, jetzt wurde es Wirklichkeit.

»Da!«

Aimé hatte den Freund am Arm gepackt. Hinter den Nebelbänken, die in der feuchten Nacht aufgezogen waren, zeigten sich die schemenhaften Umrisse einer Bergkette, die immer wieder im Dunst verschwand. Jetzt kam erneut starker Wind auf, und die See wurde unruhiger.

Nun war auch das Ehepaar Salcedo an ihrer Seite. Die Hoffnung, die sie mit der Landung verbanden, war ihnen auf rührende Weise ins Gesicht geschrieben. Ana bewegte stumm die Lippen.

Jetzt hob sich ein bizarrer Felsen aus dem Dunst. Blendendes Weiß des Gesteins stach vom Grün zerstreuter Baumgruppen ab. Ein Raunen ging durch die Beobachter an Deck. Humboldt konnte Einzelheiten unterscheiden. Hohe zylindrische Fackeldisteln krönten die Bergkämme und verliehen der tropischen Landschaft ihren Charakter. Der Forscher hätte im Schlaf gewusst, dass er eine amerikanische Küste vor sich hatte, denn die Kakteen, die er sah, gehörten so ausschließlich der Neuen Welt an wie die sandigen Kiefernwälder, die Birkenhaine und die Heiden seiner märkischen Heimat.

Bonpland legte Alexander den Arm um die Schulter. »Wie es aussieht, sind wir da, Alexander!«

»Noch nicht ganz, mein Lieber. Das ist ja höchstens das Nordkap von Tobago oder die Insel St. Giles.«

»Ich weiß. Aber es ist Land. Ende der Überfahrt.«

»Das wurde auch Zeit.«

Humboldt ließ sich von der Begeisterung des Freundes anstecken und rief mit zurückgelegtem Kopf einen Berliner Fluch in die Wolken.

Die »Pizarro« machte weiter Fahrt und passierte das Landmassiv, das tatsächlich St. Giles war, wie sich herausstellte. Die Insel verschwand bald wieder im Dunst.

Jeder an Bord bereitete sich aufgeregt für die Ankunft auf dem Festland vor, das hinter den Inseln lag. Man setzte höchstens zwei weitere Tage dafür an. Aimé musste ein Kind in Sicherheit bringen, das in Gefahr geriet, von Humboldts umstürzendem braunem Schrankkoffer aus Leder und Eisenscharnieren verletzt zu werden. Die Kleine schrie, als er sie rettete, aber er wirbelte sie ein paar Mal herum, und nun jauchzte sie vor Freude.

Das Deck füllte sich mit schäbigen Bündeln und stattlichen Kisten, mit Fässern und Bildern und Gerätschaften. Sogar ein Käfig mit einem empört krächzenden Papagei kam zum Vorschein.

Aber noch gab es kein glückliches Ende der Überfahrt. Das Schicksal meinte es nicht gut mit dem Schiff.

Es war der 15. Juli 1799. Die Festlandküste von Terra Firma blieb weiter unsichtbar, was besonders quälend war, denn jeder spürte ihre Nähe. Die schwüle Feuchtigkeit nahm zu. Das Thermometer stand bei Nacht regelmäßig zwischen 22 und 23 Grad, bei Tage zwischen 25 und 30 Grad.

Und plötzlich war die Seuche wieder da.

Bonpland bemerkte es zuerst. Ein junger Passagier aus

Asturien, gerade 19 Jahre alt, einziger Sohn einer Witwe, lag am Morgen tot auf seinem Strohlager. Bonpland entdeckte ihn und stellte fest, dass der Körper des Jungen bereits erkaltet war. Der Arzt aus Paris geriet außer sich. Er schrie einen anderen, noch jüngeren Asturier an, der neben dem Strohlager hockte. Der herbeieilende Humboldt konnte ihn kaum beruhigen.

»Warum habt ihr verdammten Narren uns nichts von seiner Krankheit gesagt! Ihr gefährdet das ganze Schiff, begreift ihr das nicht!«

Der Junge jammerte nur. Er selbst war von dem gelben Fieber oder schwarzem Erbrechen offenbar verschont worden, obwohl er, wie er aussagte, die letzten beiden Tage neben dem Sterbenden Wache gehalten hatte. Er erzählte, dass der Junge in Santa Cruz nur widerstrebend an Bord gegangen sei, weil er die Mutter durch seiner Hände Arbeit in den Kolonien unterstützen wollte.

»Es kann jeden treffen«, sagte Humboldt düster. »Die Seuche kennt kein Gewissen.«

»Holt die Mutter her!«, ordnete Bonpland an.

»Er hat es nicht verdient zu sterben! Er ist noch so jung!«, klagte sein Freund.

Die Witwe kam herbei. Ihr verhärmtes Gesicht zuckte im Schmerz.

Es half nichts, man musste den Jungen ohne Aufschub der See übergeben. Die Leiche wurde in eine Wolldecke gewickelt und mit einem Strick festgezurrt. Man legte sie auf ein Brett, ließ sie über die Reling ins Meer rutschen und vernahm das Aufklatschen, bevor sie ins Meer eintauchte. Die Prozedur, die in Ermangelung eines Geistlichen herzlos, wenn auch unter dem Bimmeln einer Glocke vonstatten ging, betrübte alle Anwesenden.

Bonpland sorgte sich um die anderen.

»Schau, Alexander«, nahm er seinen Gefährten zur Seite. »Die Kongestionen gegen den Kopf, die Trockenheit der Haut, das Erlahmen der Kräfte – die Symptome bei uns allen an Bord stimmen mich bedenklich. Wir sind so dicht am Ziel unserer Fahrt, aber wenn wir nicht spätestens morgen die Insel Margarita oder den Hafen von Cumaná erreichen, die wegen der nahen Schneeberge ein gesundes Klima besitzen, sehe ich schwarz.«

»Aber was können wir bis dahin tun?«

»Ich weiß zunächst nur eins: Wir müssen so schnell wie möglich von Bord! Aber zuvor schon müsste das ganze Schiff ausgeräuchert werden. Das Fieber hat einen bösartigen Charakter angenommen. Es kann sich verbreiten, das lässt sich nicht mehr leugnen. Ein wahres Wunder, dass nach dem Guineer bisher nur ein weiteres Opfer zu beklagen ist.«

»Aber wie sollen wir das Schiff ausräuchern? Wir können doch nicht ins Wasser springen.«

»Natürlich nicht, obwohl wir's eigentlich müssten – und zwar sofort. Jede Stunde Untätigkeit ist verschenkt. Vielleicht können wir etappenweise vorgehen, erst am Heck, dann achtern oder umgekehrt.«

»Vor allem müssen die Schwarzen aus dem Unterdeck an die frische Luft, meinst du nicht?«

»Unbedingt!«

Humboldt, der sonst in Krisenmomenten stets ruhiger wurde, spürte selbst, dass jetzt gehandelt werden musste. »Verdammt, uns muss etwas einfallen, Aimé!«

Die leise bewegte See leuchtete unbeteiligt in einem schwachen phosphorischen Schein. Man hörte nichts als das eintönige Geschrei einiger großer Meeresvögel, die das

Land zu suchen schienen wie die Reisenden auch. Nach dem raschen Begräbnis herrschte ringsum tiefe Ruhe, doch sie war trügerisch und stand im Widerspruch zum Entsetzen der Reisenden.

Bonpland ging auf die Brücke und redete eindringlich auf den Kapitän ein, hatte aber ebenso wenig Erfolg wie zuvor Alexander. Der Mann wollte noch keine Gegenmaßnahmen ergreifen. Offensichtlich hoffte er nur darauf, baldmöglichst anzulegen. »Señor«, sagte er, »eine Seuche kommt und geht. Es hängt vom Willen Gottes ab, nicht von ärztlichen Maßnahmen.«

»Was reden Sie da!«, stieß Bonpland hervor. »Wenn wir nichts unternehmen, können wir alle sterben! – Räuchern Sie wenigstens Teile der Caravelle aus!«

»Ich warte noch ab.«

»Verdammter Idiot!«, murmelte Aimé.

Gegen sechs Uhr morgens erklang zum zweiten Mal die Totenglocke. Der wilde Haufe der zahnlückigen, fleckigen, abgerissenen Matrosen aus allen Spelunken der Welt unterbrach für einen Moment widerwillig die Arbeit und ließ sich noch einmal zu einem kurzen Gebet auf die Knie nieder. Humboldt spürte keine Angst; er fand den Moment nur ergreifend. So stellte er sich die Zeiten vor, als die ersten Christen als Glieder einer Familie im Gefühl der Gefahr einander nähergerückt waren.

»Aimé«, sagte er dennoch leise, »sind wir noch gesund, oder hat die Seuche uns schon gepackt?«

»Beruhige dich«, antwortete der junge Arzt widerwillig. »Es gibt zum Glück keine Anzeichen dafür. Es ist zwar ein Wunder, aber die Wahrheit ist, dass die Seuche sich manchmal aus unerklärlichen Gründen nicht ausbreitet. Den Grund dafür kennt man noch nicht. Aber ich weiß, dass die

Seuche sich nicht wirklich eindämmen lässt, wenn man keine Gegenmaßnahmen ergreift. Und der verdammte Kapitän tut nichts.«

»Und gegen ihn sind wir ohnmächtig.«

»Er sagt, er habe die Krankheit schon oft an Bord erlebt, und sie stelle keine Gefahr dar. Er ist ein phantasieloser Gottgläubiger.«

»Und hat er nicht vielleicht Recht? Müssten wir nicht alle längst tot sein, wenn die Seuche wirklich so ansteckend ist?«

»Unsinniges Geschwätz – entschuldige! Schon in diesem Moment können wir uns alle anstecken! Noch sind wir vielleicht gesund, aber nur eine Minute später, und wir tragen den Tod in uns! Die Übertragungswege kennen wir leider nicht. Ich habe es auf dem Feldzug in Ägypten erlebt, wie Männer, die stark wie Ochsen waren, urplötzlich zusammenbrachen! Das Fieber hatte sie innerlich so ausgehöhlt, dass sie wie entkernte Baumstämme zusammenknickten, die nur noch aus Rinde bestehen. Auch der General selbst entkam nur mit knapper Not der Krankheit – man reservierte das bißchen Chinarinde, das in vier Wochen Krieg noch vorhanden war, für ihn, und er überlebte.«

Humboldt war in medizinischen Dingen nicht bewandert, wenn er auch mit Magnetismus am eigenen Körper experimentiert hatte. Und wenn er in Berlin zusammen mit Wilhelm kleine Tiere sezierte, dann nur, um ihre Muskelreflexe zu testen. Überdies hatte er sie zuvor stets getötet, indem er ihnen den Kopf abschnitt oder das Rückenmark mit einem anatomischen Messer durchbohrte, um ihnen Qualen zu ersparen.

Krankheiten und Verfall interessierten den vorwärtsdrängenden Forscher nicht. Aber er teilte Bonplands Ansicht, dass sie schnellstmöglich das verseuchte Schiff verlassen mussten. Alexander wusste ebenso wie sein Gefährte noch nicht, dass sie unter einem paradoxen Glücksstern standen. Die Seuche auf der »Pizarro« sollte sie immun machen für spätere Gefährdungen in den Sümpfen und Urwäldern der Äquinoktialländer. Die Seuche wirkte wie ein Schutzschild; besonders der in seiner Kindheit oft unter Fieberattacken leidende, kränkelnde Alexander wurde kerngesund. Oder ließ ihn die Aussicht, als freier Mann ein ganz neues Universum umarmen zu können, alle gesundheitlichen Risiken vergessen?

Darüber jedoch dachte er im Moment nicht nach. Er schaute besorgt zur Brücke hinüber. Aimé stritt wieder heftig mit dem Kapitän. Alexander hörte es bis zum Bug, wo er nach dem Land Ausschau hielt. Aimé war laut und aufgeregt, hatte aber keinen Erfolg.

Bonpland holte das Ehepaar Salcedo herbei und redete auf sie ein. »Sie müssen an Deck bleiben, an der Luft. Überall sonst auf dem Schiff ist es zu gefährlich. Da der Kapitän sich weigert, sein Schiff wenigstens abschnittsweise auszuräuchern, können wir nichts anderes tun, als diese geringe Vorsorge zu treffen. In medizinischer Hinsicht ist es nicht viel, obwohl ich glaube, dass Seuchen in einem gesunden Umfeld aufgehalten werden können. Nur im Mittelalter nahm man an, sie kämen aus dem Inneren des Körpers und hätten nichts mit den äußeren Lebensbedingungen der Menschen zu tun. Und deshalb glaube ich, dass die Krankheit Sie befallen wird, wenn Sie unten bleiben.«

»Dann müssen auch die anderen an Deck, meinen Sie nicht?«, warf Salcedo ein.

»Unbedingt! Und dafür werde ich jetzt sorgen – Kapitän hin oder her!«

»Ich helfe dir, Aimé!«, erbot sich Alexander.

Die Freunde verschwanden in den Bauch des Schiffes. Nach und nach kamen sämtliche Passagiere an Deck, auch die Schwarzafrikaner, die verstört ins Tageslicht blinzelten. Jeder suchte nach einem freien Fleck, der nicht mit Utensilien vollgestellt war, und ließ sich auf den Planken nieder. Bonpland ging unermüdlich von einem zum anderen und schaute sich alle genau an. Er stellte fest, dass die meisten einfach nur erschöpft waren von den jämmerlichen Verhältnissen unter Deck. Er erreichte, dass man ihnen zu essen und zu trinken gab.

»Señor, was tun Sie da?« Der Kapitän kam mit zwei Wachen herbeigerannt, doch merkte man, dass sein Widerstand bereits gebrochen war.

»Ich helfe, Mann! Im Gegensatz zu Ihnen!«

»Lassen Sie gut sein, Kapitän!«, vermittelte Humboldt. »Bonpland weiß, was er tut.«

Humboldt wusste, dass Bonpland als moderner Mediziner der Französischen Verhältnisse die Auffassung vertrat, schwere Krankheiten würden in unhygienischen Verhältnissen übertragen. Er wusste noch nicht wie, wollte es aber herausfinden. Die mittelalterliche Vorstellung, man müsse den Patienten nur zur Ader lassen, dann würde das Verhältnis seiner Körpersäfte sich von selbst regulieren, lehnte er ab. »Ist es nicht klar, dass frische Luft und Sonne bessere Bedingungen für den Körper und seine Abwehrkräfte schaffen als stickige, dunkle Behausungen?«, hatte er Bonpland oft dozieren hören. Doch mit dieser Ansicht stieß der Arzt überall auf taube Ohren, denn sie war gefährlich, besaß eine politische Dimension. Die Regierungen und Monarchen würden sich gezwungen sehen, etwas für das Wohl ihrer Untertanen zu tun. Wohnungen und Abwässerkanäle bauen, die Rattenplage bekämpfen, für ausreichend Nahrungsmittel sorgen und eine Hospitalversorgung sicher stellen. Damit war es in allen Monarchien Europas nicht weit her.

Humboldt war gespannt, was sie diesbezüglich in Westindien erwartete.

Während die Passagiere an Deck taumelten, kam gegen 11 Uhr morgens ein der Küste vorgelagertes, sehr niedriges Eiland in Sicht, auf dem sich Sanddünen erhoben. Humboldt betrachtete es durchs Fernrohr. Es ließen sich keine Spuren von Bewohnern oder von Anbau entdecken, nur einige zylindrische Kakteen standen wie Kandelaber auf dem Boden, der ansonsten pflanzenlos war und sich infolge der starken Brechung der schräg einfallenden Sonnenstrahlen wellte, als wäre er in ständiger Bewegung. Sofort vergaß er das Geschehen an Deck; der Forschergeist packte ihn. Er hatte dieses Phänomen, dass die Luftspiegelung Wüsten und sandigen Strand in eine bewegte See verwandelt, schon in Nordafrika beobachtet.

Das flache Land, das er vor sich sah, stimmte jedoch nicht mit seiner Vorstellung von der Insel Margarita überein. Während er damit beschäftigt war, die Angaben der Karten zu vergleichen, rief der Mann im Mastkorb: »Fischerboote steuerbord! – Menschen!«

Augenblicklich ließ der Kapitän einen Kanonenschuss in die Luft abfeuern. Er war bestrebt, die Fremden an Bord zu holen. Die erschreckten Einheimischen ergriffen jedoch die Flucht.

»Wir brauchen einen Lotsen«, jammerte der Kapitän. »Wir dürfen nicht das Risiko auf uns nehmen, auf Riffe unter der Wasseroberfläche aufzulaufen.«

»Und wenn wir nicht schleunigst an Land kommen, krepieren wir auf Ihrem verdammten Schiff!«, rief Bonpland wütend.

»Das alles ist in Gottes Hand!«

»Lass gut sein, Aimé!« Humboldt sah, dass der Kapitän nicht ganz Unrecht hatte; jede unnötige Hast barg neue Gefahren. So ruhig die See im Moment auch war, niemand wusste, was sich unter der Oberfläche verbarg. Die Lotleine zeigte gefährliche Untiefen an, und das mit Fett beschmierte Senkblei kam stets ohne Ablagerungen von Sand oder Muscheln herauf. Der Grund musste also felsig sein.

Schließlich warf man Anker.

Eine kleine Expedition wurde ausgeschickt, das flache Gewässer und die dahinter liegende Küste zu erkunden. Humboldt wollte unbedingt mit dabei sein. Bonpland sagte besorgt: »Lass die Matrosen gehen, Alexander. Sie verstehen ihr Geschäft.« Doch Humboldt witterte die Tropen und war nicht mehr zu halten.

Als sie eben aufbrechen wollten, kamen zwei Piroggen in Sicht, lange Kähne aus ausgehöhlten Baumstämmen, darin saßen jeweils achtzehn bronzene Gestalten. Der Kapitän ließ die Kanone sofort ein zweites Mal abfeuern und die Flagge von Kastilien hissen.

Die Eingeborenen schienen ebenfalls wenig Lust zu verspüren, näher zu kommen. Sie verharrten in zweihundert Meter Entfernung. Erst als der Kapitän sich dazu herabließ, sie höchstpersönlich in ihrer Landessprache anzurufen, ruderten sie näher.

»Wenn wir Glück haben, sind es Guaqueries«, sagte Humboldt bei ihrem Anblick, »spanischsprechende Indianer.«

»Jedenfalls scheinen es prächtige Menschen zu sein. Das erwartet man nicht unbedingt in den Tropen«, sagte Bonpland. »Was sind Guaqueries?«

»Sie sind hochherzig. Und sie genießen Vorrechte, weil sie seit der ersten Zeit der Eroberungen sich als Freunde der Spanier bewährt haben.«

»Es sind keine Wilden?«

»Wenn überhaupt, dann stolze Wilde, wie Rousseau sie beschrieben hat. Ihre Hautfarbe ist beinahe kupferrot, aber sie denken wie Weiße.«

»So? Woher weißt du das?«

»Ich weiß es. Es sind jedenfalls keine Wilden. Es sind zivilisierte Menschen wie du und ich.«

»Gehst du jetzt nicht ein wenig zu weit?«

Humboldt hatte die Seuche vergessen, der aufklärerische Geist in ihm meldete sich zu Wort. Wie es seine Art war, fasste er sein Gegenüber an, während er es belehrte, und sagte bestimmt: »Wild sind höchstens die herumziehenden Horden. Diese hier, wenn es wirklich Guaqueries sind, sind gut und schutzwürdig.«

Die Einheimischen befanden sich jetzt an den Schiffsplanken und machten sich mit Worten und Gesten verständlich. Die beiden Freunde verfolgten das Schauspiel. Humboldt sagte: »Sie haben von uns Zivilisierten viel erlitten. Schon vor 250 Jahren kamen aus deutschen Landen Konquistadoren wie Nicolaus Federmann her. Es heißt, die Ärmsten seien als Sklaven in Ketten gelegt oder wie die Säue abgestochen worden. Oder nimm unser Augsburger Handelshaus der von Welser – es raubte und plünderte hier im Auftrag Kaiser Karls des Fünften, um dessen Kriegskasse aufzufüllen. Auf Menschenleben kam es dabei nicht an. Wer sind, frage ich dich, lieber Bonpland, unter solchen Umständen die Wilden?«

»Du magst Recht haben. Andererseits soll es Stämme am Amazonas geben, die alle benachbarten Völkerschaften, mit denen sie im Krieg leben, wie Wild jagen. Sie bringen sie um wie die Jaguare im Wald, und dann essen sie die Opfer. Sie hassen alles, was nicht zu ihrem Stamm gehört. Pflichten gegenüber Familie und Verwandtschaft sind ihnen vielleicht bekannt, keineswegs aber die Pflichten gegenüber der Menschheit. Erst unsere Zivilisation hat dem Menschen die Einheit des Menschengeschlechts zum Bewusstsein gebracht und ihm offenbart, dass ihn auch mit Wesen, deren Sprache und Sitten ihm fremd sind, ein Band der Blutsverwandtschaft verbindet. Davon wussten sie nichts. Deshalb nenne ich sie Wilde.«

»Sie haben von uns gelernt, sicher. Aber was ist mit ihren eigenen Fähigkeiten? Haben sie keine Vorzüge gehabt?«

»Sicher. Dennoch mussten sie erst mit uns Weißen in Kontakt kommen, um ihre besseren Möglichkeiten zu begreifen.«

»Man darf Früchte nicht vor der Blüte erwarten«, ließ Alexander vernehmen. »Es sind Menschen, und sie sind frei wie wir. Sie stehen zumindest unter dem Schutz der Schöpfung, und wir müssen sie wie unsereins behandeln«, erklärte er kategorisch.

Bonpland sah ihn zustimmend an, sagte aber nichts. Er wusste, dass Alexander, seit er mit Georg Forster den Rhein hinauf gefahren war, von solchen Gedanken beseelt wurde.

Zögernd kamen ein paar Einheimische an Bord. Ihre hochgewachsenen Gestalten verrieten große Muskelkraft. Und als die Mannschaft sie mit Handschlag und Schulterklopfen begrüßte, verloren sie ihr Misstrauen und redeten wild mit spanischen und anderen Sprachbrocken durcheinander. Die Reisenden erfuhren durch einen landeskundigen Dolmetscher, dass sie vor der unbewohnten Insel Coche geankert hatten und an den Küsten von Margarita und in den

Vorstädten von Cumaná wohnten. »Sie haben den nahen Hafen von Cumaná in der Nacht verlassen, um Bauholz in den Cedrowäldern zu holen, die sich vom Kap San José bis über die Mündung des Rio Carupano hinaus erstrecken«, erklärte der Dolmetscher.

Da Humboldt und Bonpland des Spanischen mächtig waren – Alexander hatte die Sprache 1791 in Hamburg gelernt –, fragten sie die Einheimischen aus. Besonders einer hatte es ihnen angetan, der sich durch sein ganzes Wesen empfahl. Er besaß ein makellos geschnittenes, kluges Gesicht, schien ein scharfsinniger Beobachter zu sein und wusste alles über seine Heimat. Sie erfuhren, dass er Carlos del Pino hieß. Als sie fragten, ob er ihnen einen Tag lang als Lotse dienen wolle, sagte er sofort zu.

Unter großem Geschrei luden die Indios frische Kokosnüssse und einige Choetodon-Fische aus; man brachte Bananenbüschel herbei und frisches Trinkwasser. In den Augen der Reisenden waren diese einfachen Dinge im Moment wahre Schätze. Ana Salcedo brach sogar in Tränen aus, als sie in kleinen Schlucken die Kokosnussmilch genoss.

Das Ende der ersten Etappe der Reise schien nun tatsächlich nahe. Das junge Ehepaar umarmte sich und sprach törichte Worte. Humboldt verstaute seine Geräte, die er während der Reise benutzt hatte. Doch da völlige Windstille herrschte, verging der Tag, und ein weiterer Abend brach heran, während die Küste kaum näher kam.

Der Lotse der Guaqueries machte seine Sache gut. Der Kapitän jedoch scheute sich, bei Nacht den Hafen von Cumaná anzulaufen.

»Was ist? Warum fahren wir noch nicht weiter?«, fragte Bonpland ihn.

»Beruhigen Sie sich, Señor. Einer der Indianer hat mir erzählt, dass vor kurzem ein Paketboot, das in der Nacht ankerte, von den Batterien Cumanás unter Feuer gesetzt wurde. Man hielt es für ein feindliches Fahrzeug, das im Dunkeln böse Absichten verfolgte. Dabei starb der Kapitän, und einem Seemann wurde ein Bein weggerissen. Er starb ebenfalls wenige Tage später. Wegen der englischen Piraten rundum sind die Spanier unruhig. Ich gehe kein Risiko ein.«

»Aber, Herrgott noch mal, wir müssen von Bord! Wie oft muss ich es noch wiederholen! Sie wissen es!«

»Kein Risiko, Señor.«

Bonpland raufte sich die krausen Haare. Schließlich gab er mit einem Fluch auf.

Sie verbrachten die Nacht an Deck, über sich die karibischen Sternbilder. Sie sogen die milde Luft und die Düfte von Land ein, mit ihrem Versprechen nach allen Abenteuern der Welt. Doch sie wussten die lauernde Seuche unter sich. Schlafen konnte niemand. Alle wälzten sich hin und her, und wenn jemand einen Nebenmann anstieß, gab es unterdrückte Flüche oder lautes, unflätiges Geschrei, sogar Schläge.

Alexander und Aimé Bonpland saßen neben dem Ehepaar Salcedo, das sich an den Händen hielt. Sie lauschten den Erzählungen des indianischen Lotsen. Er berichtete in vollendetem Spanisch von den Tieren und Gewächsen seiner Heimat, und Humboldt vernahm mit großer Freude, dass nur wenige Meilen von der Küste entfernt ein gebirgiger, von Spaniern bewohnter Landstrich liege, wo das Klima trocken und gesund sei. Als der Guaquerie von der Absicht der Reisenden erfuhr, das Land bis tief hinunter in den Süden zu erforschen – wohin niemand wollte, der nicht verbannt worden war –, schüttelte er erst verwundert, dann mit ernster Miene den Kopf.

»Señores«, sagte er, »das ist zu gefährlich. Wissen Sie nicht, dass es dort überall von bösartigen Krokodilen, riesigen Boas, tödlichen Zitteralen und Piranhas, Tigern und anderen Bestien nur so wimmelt?«

»Wir wissen es«, entgegnete Humboldt. »Gerade deshalb reisen wir ja in diese Gegend.«

Fassungslos schaute der Indianer sie an; dann wandte er den Blick zum Nachthimmel. »Extranjeros blancos son locos!«, murmelte er.

»Begleite uns. Wir können einen Führer wie dich, der sich auskennt, gut gebrauchen«, schlug Bonpland vor.

Nach einem Moment des Nachdenkens erhellte sich das ernste Gesicht des Guaquerie. Er antwortete: »Naturalmente! Vamos a juntos!« Sie gaben sich reihum die Hand. Damit war ein Pakt besiegelt, der sechzehn Monate lang halten und dann tragisch enden sollte.

Fester Boden

Bei Tagesanbruch lag eine grüne, malerische Küste direkt vor ihnen. Und als die Anker endlich gelichtet waren, erschien kurz darauf Cumaná mit seiner mächtigen Festung zwischen Kokosbäumen. Um 9 Uhr morgens hatten sie ihr erstes Ziel erreicht. »Einundvierzig Tage nach unserer Abreise aus La Coruña und drei Wochen seit dem Ablegen der ›Pizarro‹ von der Mole in Santa Cruz de Teneriffe«, rechnete Bonpland nach.

Das Schiff ging im Hafen vor Anker, genau gegenüber der Mündung des Rio Manzanares, neugierig beobachtet von Menschen aller Hautfarben. Die geschwächten Passagiere aus dem Unterdeck taumelten an Deck empor, und selbst die für den Arbeitsmarkt vorgesehenen Schwarzen schienen erleichtert, dass ihre Leiden vorerst ein Ende hatten.

Von Bord durfte noch niemand. Man musste zunächst den Besuch des Hafenbeamten abwarten. Als der Mann – ein unglaublich dicker, schwitzender Spanier, der unaufhörlich auf seinem Zigarrenstummel herumkaute – endlich kam, nahm der Kapitän ihn beiseite. Bonpland wusste, dass es um die Seuche ging, und wartete gespannt auf den Ausgang ihrer Verhandlungen.

»Sie können uns alle in Quarantäne schicken«, argwöhnte er, und auch Alexander wusste es. Schließlich einigte man sich. Das Ehepaar und der indianische Lotse konnten mit den Forschern zusammen das Schiff verlassen; offenbar verdächtigte man den Seuchenbazillus nicht, sich bei so zivilisierten Wesen eingenistet zu haben. Den Forschern war das recht. Die anderen blieben. Sie wurden tatsächlich unter Quarantäne gesetzt.

»Sorgen Sie für die Zurückbleibenden!«, ermahnte Bonpland den Kapitän.

»Ein Seuchenarzt wird sich um den Fall kümmern«, antwortete dieser mürrisch. Bonpland schwante, dass die Bedauernswerten keine Zuwendungen zu erwarten hatten. Aber er konnte nichts für sie tun. Eine Abteilung dunkelhäutiger Soldaten zog bereits auf, das Schiff wurde bewacht.

Begleitet vom Kapitän, der unaufhörlich beschwichtigende Gesten machte, steuerte man das Büro im Palast des Statthalters der Provinz an. Don Vicente Emparan erwies sich als eleganter, überheblicher Mann, um den herum sich eine Schar einheimischer junger Mädchen drückte, die den Eintretenden ungeniert musterten. Man überreichte ihm die Pässe. Zufrieden, Fremde belehren zu dürfen, verhielt der Statthalter sich beinahe überschwänglich. Der Beamte besaß die ungesunde Hautfarbe eines Trinkers. Er bat sie, Platz zu nehmen, und erwies sich – entgegen dem ersten Eindruck – als zuvorkommender Baske, der ihnen in allen Belangen zu helfen versprach.

»Sie kommen als Abenteurer, Señores?«

»Als Forscher, Exzellenz.«

»Gut, gut! Bleiben Sie eine Weile hier bei uns in Neuandalusien, Señores! Es wird Ihnen gefallen. Ich weiß, man kennt in Europa kaum unseren Namen. Aber für Forschungsreisende, wie Sie es sind, bietet unser Land das reichste Feld der Beobachtung. Und die übrigen sinnlichen Genüsse, wenn ich so sagen darf, sollten Sie ebenfalls nicht verachten.«

Die Mädchen im Hintergrund, allesamt mit Spuren von Ausschweifungen in ihren hübschen Gesichtern, aber blitzsauber gekleidet, kicherten. Donna Ana errötete. Humboldt fühlte sich unbehaglich und räusperte sich, doch fiel es ihm nicht schwer, sich diplomatisch zu verhalten.

»Sie sind zu gütig, Exzellenz, und wir wissen Ihre Einladung zu schätzen. Aber wie gesagt, sind wir Wissenschaftler – verzeihen Sie.«

Süßsauer erwiderte der Spanier: »Ich weiß, Señor, Ihr Ruhm ist durchaus schon zu uns gedrungen. Man nennt Sie ja überall den preußischen Kolumbus. Aber auch der Entdecker Amerikas war, wenn ich so sagen darf, ein sinnlicher Mann, den irdischen Freuden nicht abgeneigt, bevor er bei Hofe heilig wurde.«

»Gewiss. Aber sehen Sie, mir erscheinen die starken Bewegungen unserer Seele und das Bild physischer Gefahren größere Vorzüge zu haben als alle Genüsse, die wir entbehren, wenn wir unsere täglichen engen Kreise verlassen, Don Vicente.«

Der Statthalter grunzte. Dann fasste er sich und erwiderte: »Sie müssen ein gesunder Mann sein, um in den Tropen zu bestehen.«

»Das bin ich. Außer einem längeren Leiden an Nesselfieber, als Folge einiger Experimente, die ich in der Studienzeit an mir selbst vorgenommen habe …«

Don Vicente schaute erst ihn, dann Bonpland fragend an, doch Alexander reagierte nicht auf den Blick, und sein Gefährte machte nur eine Geste, die bedeuten sollte: besser nicht fragen. Humboldt beendete seinen Satz:

»… außer dem hatte ich nie Grund zur Klage.«

»Darf ich fragen, wie alt Sie sind, Señor Humboldt?«

»Ich werde am Orinoko dreißig, wenn die Mosquitos es gestatten.«

»Und Ihr Begleiter?«

Bonpland antwortete: »Achtzehn-Acht-Dreiundsiebzig – also 26 Jahre alt.«

Der Statthalter schlug in gespieltem Entzücken die Hände gegen die feisten Wangen. »Mein Gott! Was für ein Alter! Ich wünschte, ich könnte die Uhr zurückdrehen, Señores.«

»Wir wären Ihnen dankbar, Exzellenz, wenn wir am Abend unsere Instrumente ausschiffen könnten. Sie verstehen, es sind wertvolle Geräte, die wir nicht gern an Bord lassen würden.«

»Aber gewiss, Señores«, säuselte der Mann. »Wie Sie wünschen, ganz nach Bedarf. Ich werde Anweisungen geben, dass man die kostbaren Dinge holt. Und wohin sollen Sie gebracht werden?«

»Ein Hotel müssen wir noch finden. Können Sie uns womöglich auch dabei behilflich sein?«

»Sie beleidigen mich, Señor Humboldt! So hochgeschätzte Gäste lasse ich in keines der verlausten Hotels dieser Stadt. Unsere Gastfreundschaft ist zwar unendlich, aber die Hotels – bewahre!« Er schüttelte sich in aufrichtigem Ekel. »Nein, ich stelle Ihnen für die Dauer Ihres Aufenthalts ein Haus zur Verfügung, in dem Sie nichts vermissen werden. Selbstverständlich finden auch Ihre Freunde von den kanarischen Inseln darin Platz.«

»Danke, Señor, sehr freundlich. Ich weiß Ihre Liebenswürdigkeit zu schätzen, und wir nehmen Ihr Angebot natürlich an.«

Bonpland amüsierte das Geplänkel, und er nickte zu allem. Die Salcedos schauten einander erleichtert an.

Am Abend bezogen sie das Haus am Stadtrand. Es war aus weißem Sinabaum und Atlasholz gebaut und lag auf einer Anhöhe, direkt am Meer, besaß jedoch nur scheibenlose Fenster, nicht einmal mit Papier bespannt, das in der Stadt üblicherweise das Glas zu ersetzen schien. Aber der Seewind ging leicht durch die Räume und schuf eine angenehme Kühle. Kurz nachdem die vier Reisenden sich notdürftig eingerichtet, gewaschen und neu eingekleidet hatten, brachten Indianer – einige bis auf einen Lendenschurz nackt, andere nach Art der Kolonialherren vollständig bekleidet, sogar behütet – ihr Gepäck. Keines der Instrumente war beschädigt oder fehlte.

Glücklich, die erste Etappe der Reise unbeschadet überstanden zu haben – auch wenn es nur die allergeringste war – saß man auf der Veranda des geräumigen Holzbaus zusammen und ließ sich einheimischen Rotwein mit Orangenscheiben schmecken. Die Männer trugen weiße Leinenanzüge, Humboldt dazu seine orangefarbene Weste. Francisco Salcedo hatte sich sogar zu einem Tropenhut mit breiter Krempe hinreißen lassen. Donna Ana hatte ein enges, langes Kleid aus Hanf angelegt, dessen Blau wunderbar zu ihrem weißen Teint passte; sie wirkte entspannt, denn Humboldt hatte sie beiseite genommen und versprochen, gleich am nächsten Tag in ihrer Angelegenheit mit dem Statthalter zu sprechen.

Humboldt erzählte angeregt von den Sommern seiner Kindheit auf dem Landgut Ringenwalde in der brandenburgischen Neumark, wo er Eichkatzen gejagt hatte, von den Wintern seiner Jugend in Tegel, wo er in einem Zimmer mit dem Bruder Wilhelm aufwuchs. »Ich träumte im märkischen Sand vom großen Wasser und weiten Fahrten. Eigentlich wollte ich als Junge Soldat werden. Aber als ich in Ostende zum ersten Mal das Meer sah, kannte ich meine Berufung.«

»Sie wollten um jeden Preis fort?«, fragte Ana.

»Ich wäre in die fernste Südsee geschifft, und hätte ich nie einen wissenschaftlichen Zweck erfüllt! An Berlin erinnere ich mich stets – so auch jetzt – ohne Wehmut, eher wie an eine gute Bekannte. Denn Sie müssen wissen, dass ich mich in Berlin oft eingeschränkt fühlte. War ich unterwegs, wollte ich nicht nach Berlin zurück, in diese märkische Sandwüste voller Polizisten und Moralhüter. Eine solche Rückkehr schwebte oft wie nahes Ungewitter wolkendick über mir. So sehr ich Tegel liebte – nein, meine Sache war das Unterwegssein, waren die Länder, in denen wir durch grenzenlose Räume von den Unsrigen getrennt sind.«

»Er nennt das Schloss seiner Eltern immer nur Schloss Langeweile«, verriet Bonpland, wobei ein Grinsen um seinen skeptischen und fröhlichen Mund spielte.

»Bonpland!«, rief Humboldt in gespielter Entrüstung.

Ana lachte auf. »Überraschend«, meinte sie.

»Nun, wenn ich an den Küsten stand, sah ich weniger das Meer als die Länder, zu denen mich dieses Meer eines Tages führen würde. Ich besaß offenbar Einbildungskraft.«

»Die besitzt du zum Glück noch heute«, bemerkte Aimé. »Erstaunlich für einen Gelehrten.«

»Mir ist aufgefallen, dass Sie in den Stürmen der Überfahrt nie Beschwerden hatten«, warf Salcedo ein.

Humboldt beugte sich vor und legte dem Kanarier die Hand auf den Arm. »Das haben Sie richtig beobachtet, ich werde nicht seekrank. Ein Geschenk für jemanden wie mich, der reisen will.«

»Ein Geschenk, fürwahr!«, warf Ana in Erinnerung an ihr eigenes Unwohlsein schaudernd ein.

Humboldt spürte die Anteilnahme der anderen und erzählte lebendig und angeregt weiter. Von seiner Kindheit in Tegel mit dem Bruder Wilhelm, mit dem er wohlbehütet in einem Zimmer wie Zwillinge aufwuchs. Von seiner Freundschaft zu dem großen deutschen Literaten Schiller, der ihm in einem besonders schönen Sommer ein Mädchen weggeschnappt hatte, vom preußischen Hof mit seinen korrupten Cliquen und endlich von seinen befreienden Lehrjahren bei der Verwaltung der preußischen Salinen, Hütten und Gruben in Sachsen, die ihm den Weg in die Erkundung der Tropen gewiesen hatten.

Die anderen hingen an seinen Lippen. Seine Liebenswürdigkeit fesselte sie.

Wie es in diesen Breiten üblich war, ging die Sonne von einer Minute auf die andere unter. Die farbige Helligkeit wich einem Pechschwarz, das weder von den milchigen Sternen noch von den Fackeln und offenen Feuern in den

Pechfässern der unter ihnen liegenden Stadt nennenswert erhellt wurde. Die Europäer zündeten Windlichter an. Man besprach noch dies und jenes und legte sich bald todmüde auf die Strohmatten zum Schlafen nieder.

Zum ersten Mal seit gut drei Wochen schwankte der Boden nicht.

Buch Zwei

Erde

2.

Cumaná – und dahinter die Unendlichkeit

Was für ein schreckliches Land

Noch verbarg die Nacht mit ihrem schweren, süßen Tropenduft den neuen Kontinent und die Stadt Cumaná. Vom Rio Manzanares her stiegen Nebelschwaden auf, und der Golf von Cariaco schickte seine eigentümlichen Geräusche herüber, die an nächtliche Phantasien gemahnten. Die Bewohner des luftigen Hauses hoch über dem Hafen schliefen noch, nur das Kleingetier in seinen Mauern, die weißen Ameisen, Spinnen und Würmer waren schon unermüdlich bei der Arbeit, um den baldigen Einsturz des Hauses vorzubereiten. Schließlich kündigte sich der tropische Morgen an.

Alexander von Humboldt stand immer als Erster auf. Seit acht Wochen war es wie ein Ritual – er hörte das Hantieren des kleingewachsenen indianischen Hausmädchens Zita in der Küche, trat auf die Terrasse und machte einige gymnastische Übungen an der zu dieser frühen Stunde noch herrlich kühlen Luft. Dann kam Bonpland mit guter Laune und ächzenden Geräuschen hinzu, während er sich dehnte und streckte, und schließlich meist ganz leise die Salcedos. Alexander bemerkte amüsiert, dass sie regelmäßig das Kreuz in Richtung des sich verfärbenden Osthimmels schlugen.

Das junge Ehepaar wohnte noch immer mit den Forschern zusammen, denn die Pläne für ihr weiteres Schicksal lagen trotz Humboldts fast täglicher Besuche im Büro des Statthalters noch in den Schubladen der Ämter. »Ich tue mein Bestes, aber mein Einfluss ist leider beschränkt«, tröstete Alexander die hübsche Kanarierin, wenn er ergebnislos vom Statthalter zurückkehrte.

Man frühstückte mit starkem Kaffee, frischem Brot, süßen Fruchtsäften, Eiern und Speck auf der Veranda – manchmal brachte Zita auch geröstete himmelblaue oder gelbe Krebse, die wunderbar schmeckten, aber bei Ana stets Schreie des Abscheus hervorriefen.

Beim Essen ließ man die Fragen der vorüberschlendernden Einheimischen, die aus den Bergen herunter auf den Markt zogen, über sich ergehen – Fragen, die sich auf nichts anderes als die mögliche Tagestemperatur bezogen und darauf, welche Temperatur der Fluss heute wohl erreichen werde.

Lästig waren nur die ungeniert eintretenden, stets neugierigen Indiofrauen, die sich laut schnatternd über die Instrumente der Forscher hermachten. Sie wollten unbedingt Mond und Sterne im Mikroskop sehen – oder die Läuse, die sie aus ihren verfilzten Haaren kratzten. Zita schob sie meist unsanft hinaus, doch Alexander meinte: »Lass sie, sie kommen ohnehin immer wieder. Wenn sie keinen Schaden anrichten, sollen sie ihre Neugier stillen dürfen.« War das überstanden, bereitete man sich auf Ausflüge in die Umgebung vor.

In der neunten Woche fand Humboldt endlich Zeit, seinen ersten Brief nach Deutschland zu senden.

Er schrieb an Ludwig Bollmann, einen amerikanischen Kaufmann deutscher Herkunft, den er neun Jahre zuvor in

Hamburg kennen gelernt hatte. »Da die Korrespondenz mit Europa so unterbrochen ist und so viele Menschen sich für meine Reise interessieren, so bitte ich Sie, in ein oder zwei der meistgelesenen amerikanischen Zeitungen, die in Deutschland erscheinen, die schlichte Notiz einrücken zu lassen, dass Humboldt, nachdem er physikalische und mineralogische Beobachtungen auf dem Gipfel des Pico von Teneriffa angestellt, sehr gesund und glücklich Anfang Juli mit der Sammlung seiner physikalischen und astronomischen Instrumente im Hafen von Cumaná angelangt ist, von wo aus er seine Arbeiten in den Gebirgen von Paria und Nueva Andalucia aufgenommen hat. Er wird von hier nach Mexiko abgehen ...«

Mit ausgedehnten Sammlerexpeditionen in die angrenzende Bergregion vergingen die Tage für die beiden Forscher wie im Fluge. Anfänglich wurden sie ein paar Mal von der Nacht überrascht und mussten im Freien schlafen, was wegen der Klapperschlangen gefährlich war, die vom Geruch der wilden Ananas angezogen werden und in den heißen, trockenen Sand ihre Eier legen. Doch sie hatten Glück und trachteten seitdem sorgfältig danach, den Sonnenstand zu beobachten.

Nach dem langen, heißen Sonnenumlauf kam man gewöhnlich ermattet in das kühle Haus zurück. Man erholte sich eine Weile auf der Terrasse. Alexander breitete dann gewöhnlich die Ergebnisse ihrer Sammeltätigkeit aus. »Mal sehen ...«, war seine ständige Redensart, wenn er die Schätze auf ein Tuch auf den Fußboden legte.

Danach gingen die drei Männer oft zum Rio de Cumaná hinunter, der aus dem Landesinneren kam. Dort stellten sie bei Mondschein Stühle ins Wasser, blieben ein paar Stunden im Wasser sitzen und schauten den herannahenden Bavas zu, kleine Krokodile, die wild mit dem Schwanz schlugen, aber nicht angriffen.

Sie tranken mit Rum versetzte Säfte, rauchten Zigarren und erfreuten sich der leichtbekleideten Frauen und Mädchen, die wie in den europäischen Badehäusern freizügig, aber nicht still und genüsslich, sondern mit lautem Geschrei badeten. In Cumaná, wo das ganze Jahr eine furchtbare Hitze herrschte, brachten die Bewohner einen Teil des Lebens im Wasser zu. Alle Einwohner, auch die Mitglieder der Oberschicht, konnten schwimmen, und die Kinder wollten gar nicht mehr an Land.

Humboldt stand jeden Morgen mit nicht nachlassender Begeisterung auf dem Flachdach des Hauses, wo er bereits eine Reihe astronomischer Messungen durchgeführt hatte. Die Einheimischen, die zur Tagelöhnerarbeit in die Stadt hinuntergingen, kannten das Bild schon und winkten ihm zu. »Buen suerte!«, grüsste Humboldt jedes Mal zurück.

Er konnte sich nicht sattsehen am Blick über die Stadt. Cumaná, mit seinen 15.000 Seelen, lag traumhaft in einer ausladenden Bucht, davor drei kleine, gebirgige Inseln, die einst zum Festland gehört hatten. Leuchtend weiße Häuser aus Sinaholz und Atlasbäumen zogen sich – wegen der häufigen Überschwemmungen in der Vergangenheit hoch gebaut – wie ein Kranz an den Hängen der Stadt empor und wurden von Tamarindenbäumen umsäumt.

Oberhalb, knapp unter den bizarren Rändern der höchsten Bergkette, des Brigantin, thronte das halbzerstörte Schloss Santa Maria, das von fast undurchdringlichen, natürlichen Dornenhecken umgeben war, den *Tunales*; darüber befand sich das Fort San Antonio, wo an Festtagen die kastilische Flagge im Wind knatterte.

Entlang des Rio de Cumaná lagen in Sichtweite sieben

Klöster und Plantagen mit ausgedehnten Gärten. Seltsamerweise alle im englischen Parkstil – obwohl die Spanier das Barocke liebten. Das entzückte Humboldt besonders, der ein Anhänger jener europäischen Idee von Landschaftsgärten war: dreidimensional begehbare Naturbilder, in denen sich die Harmonie von Natur und Mensch spiegeln sollte.

Ihr indianischer Lotse Carlos del Pino hatte ihm auch voll Stolz seinen ummauerten Garten im Indianerviertel gezeigt. »Ein Paradiesgarten«, kündigte der Guaquerie an. Doch der Garten glich in seinem wilden Durcheinander von Nutzpflanzen und Gestrüpp mehr dem Dschungel, überragt von zwanzig Meter hohen, blühenden Guamas.

Dennoch lobte Humboldt: »Eine schöne Arbeit, Carlos. Jeder Europäer wäre stolz auf ein solches Stück lebendiger Natur.« Die Freude in den Augen des Einheimischen machte Humboldt froh.

Die vier Europäer waren oft Gäste von Don Vicente Emparan, der jeden zweiten Abend, unabhängig vom Wochenkalender, üppige Feste feierte. Seine Exzellenz, der spanische Statthalter, stellte die Fremden gern der kreolischen Oberschicht von Cumaná – ausnahmslos am Ort geborene Spanier – als eine Art kostbarer Besitz aus Übersee vor, als menschliche Diamanten, die hochgebildet, wenn auch von liberaler Gesinnung waren. Humboldt und Bonpland amüsierten sich, so oft sie konnten – wer wusste, wie lange das noch möglich war. Spätestens dann nicht mehr, wenn sie ihre Papiere in der Tasche hatten. Die jungen Gelehrten lernten altmodische, steife spanische Tänze ebenso kennen wie den Animalito, den rhythmischen Zambo und das Menuett Congo von den französischen Inseln, die sie mit üppigen schwarzen Damen tanzten, die die lerneifrigen, europäischen Herren an ihre Busen drückten.

Die Europäer waren die Helden der Vergnügungen. Sie zierten die von immer mehr Menschen besuchten geselligen Empfänge von Don Vicente; so war es verständlich, dass dieser sich für ihren Wunsch, die Reise fortzusetzen, insgeheim doch nicht recht erwärmen wollte.

Die Tage verstrichen in der immer gleichen Hitze. An diesem Morgen jedoch geschah etwas, das die gewohnte Ruhe störte und alle in helle Aufregung versetzte.

Schon am Abend zuvor hatte Humboldt eine merkwürdige Lichtkrone um den Mond beobachtet, und die den klaren Sternenhimmel beherrschende Venus lag in einem dunstigen Hof aus Purpur, Orange und Violett. So etwas hatte er noch nie gesehen. Vorbeiziehende Indios machten seltsame Zeichen und murmelten etwas vom Untergang der Welt.

Bonpland spürte es als Erster. »Was ist das?«, fragte er beunruhigt. »Verflixt noch mal, merkt ihr das auch?«

»Was meinen Sie, Bonpland?«, wollte Pedro wissen.

»Mein Gott, der Boden bebt!«, rief Donna Ana.

Und dann spürten es alle. Erst zitterten die dicken Mauern des Hauses, und der Putz fiel von den Wänden; dann knackte es unter ihnen in der Veranda. Schließlich riss das Holz des Anbaus auf.

Fluchtartig verließen die Europäer den Platz, an dem sie eben noch gespeist hatten. Gerade noch rechtzeitig, denn eine Stütze der Veranda brach bereits kurz über dem Felsen zusammen, in dem sie verankert war, und riss die gesamten Aufbauten mit sich. Polternd verabschiedeten sich die Bohlen den Abhang hinunter. Der Frühstückstisch stürzte in sich zusammen, und Humboldts kostbares Porzellan aus der königlich-preußischen Manufaktur zerfiel in tausend Scherben.

Humboldt versuchte, Ruhe zu bewahren, doch das Gefühl der Furcht war stärker. »Schnell! Raus hier! Salcedo, nehmen Sie Ihre Frau an die Hand, und dann nichts wie fort!«, rief er.

Sie stürmten ins Freie. Zita war als Erste draußen. Dort angekommen, trauten sie ihren Augen nicht. Der Boden vor ihnen, in Richtung auf Cumaná, bewegte sich wellenförmig. Es sah aus, als wolle sich alles Feste in Wasser auflösen.

Donna Ana stieß einen Entsetzensschrei aus.

Und aus noch einem Grund konnten sie keinen Schritt weiter: Die an dieser Stelle gepflasterte Straße war direkt vor ihnen aufgerissen. Eine Erdspalte von mindestens fünf Meter Breite klaffte bedrohlich auf, und eine heiße, nach Schwefel stinkende Fontäne schoss plötzlich daraus hervor, die sich immer höher schraubte und Sand und Steinbrocken mit sich führte.

»Vorsicht!«, rief Bonpland. »Das Zeug kommt wieder herunter! Verdammt noch mal!«

Sie suchten Schutz unter einem überhängenden Felsen.

Ein Sausen und Zischen lag in der Luft, das von harten Stößen begleitet wurde. Alles war in Auflösung. Sie hörten Namen rufen und schrille Entsetzungsschreie. »Tembla! Tembla – sie bebt!«, schrien die Bewohner in der Nachbarschaft.

Ein Blick in die Bucht zeigte ihnen, dass der Strand binnen weniger Minuten überschwemmt worden war. Das Meer fiel über das Land her. Wo noch in der Nacht ein kleines Fort aus dem letzten Jahrhundert gestanden hatte, lagen jetzt nur noch verdrahtete Mauerbrocken. Man konnte zuschauen, wie die Wasser anstiegen und die Einwohner flüchteten; klein und behände wie Bergziegen, eilten sie auf den Cerro de San Antonio hinauf, auf dem ein kleines Kloster der Franziskaner stand. Dort konnte man Beistand erflehen.

Die Europäer sahen alledem fassungslos zu. Humboldt murmelte: »Was für ein Schauspiel!«

Aus dem Wasser schlugen plötzlich Flammen empor; ganze Feuergarben schienen zu wandern, und Rauch hüllte alles ein.

Sie konnten nur dastehen und zusehen.

»Was für ein schreckliches Land!«, entfuhr es Salcedo.

»Nein, es ist ein wunderbares Land, Francisco, trotz allem!«, gab Humboldt zurück.

Trotzdem konnte er es nicht fassen. Zwar wusste er, dass die Überlieferungen der Indios voll waren mit Schreckensgeschichten von Erdbeben, und die schriftlichen Berichte der Spanier über Erdstöße und Feuersbrünste stammten noch aus der Zeit der ersten Kolonisation vom Ende des 15. Jahrhunderts. Aber dass ihnen in diesem Moment etwas Ähnliches widerfahren könnte, daran hatte er in keiner Sekunde gedacht.

»Ich hätte mit so etwas rechnen müssen«, machte Humboldt sich Vorwürfe, als Erdstöße für einen Moment aussetzten.

»Unsinn! Wie denn?«, sagte Salcedo.

»Erst vor zwei Jahren ist die venezolanische Küste von einem Erdbeben heimgesucht worden, das ganze Städte zerstörte.«

»Mein Gott«, hörte er Bonpland verzweifelt sagen. »Die letzten acht Wochen waren so friedlich!«

Die Vibrationen unter ihren Füßen wurden wieder stärker. Dadurch verlor auch Humboldt den Rest seiner Zuversicht. Die Wut der Natur erzeugte in allen ein Gefühl völliger Hilflosigkeit. Mit schreckgeweiteten Augen hielten sie sich aneinander fest, teils um sich gegenseitig zu schützen, teils um Halt zu suchen. Die Lage wurde bedrohlich.

»Alexander, was tun wir? In die Stadt?«, stieß Bompland hevor.

»Nein, nein, zu gefährlich. Da stürzt ja alles ein.«

»Zum Wasser!«, rief Salcedo atemlos.

»Nein! Sehen Sie doch, die Flut steigt unaufhaltsam!«, sagte Humboldt, um Fassung bemüht.

Zita wimmerte. Und Donna Ana murmelte nur leise: »Ist das unser neues Zuhause? Ist das unsere Zuflucht?«

Ihr Mann drückte sie zärtlich tröstend an sich. Doch sein Gesicht sprach Bände.

Urplötzlich endete das Beben. Das Grollen aus den tiefsten Tiefen verstummte, und die Erde schien sich zu beruhigen. Aber Humboldt schöpfte noch keine Hoffnung. Zwar sank der Staub der Zerstörung langsam zu Boden, und nach dem Höllenlärm trat Totenstille ein – aber das war beinahe noch furchterregender.

Alexander löste sich als Erster aus der Erstarrung. »Gehen wir ins Haus. Schauen wir nach, was noch steht, und sehen wir nach den Instrumenten.«

Aimé rannte bereits los.

Es zeigte sich, dass sie Glück gehabt hatten. Das Haus stand fest auf seinen Fundamenten, was der Tatsache zu verdanken war, dass es in das poröse, weiche Felsgestein hineingebaut war, das die Erdstöße abfing. Bis auf die herabgestürzte Veranda und einige leichte Risse in den Wänden zeigten sich keine ernsthaften Beschädigungen. Auch den unersetzbaren Instrumenten war nichts passiert.

Die Salcedos freuten sich wie die Kinder. Ana räumte auf. Und Humboldt sammelte gewissenhaft, wie es seine

Art war, sofort alle Objekte – Tiere, Pflanzen, Erdproben –, die er vier Wochen lang in den umliegenden Urwäldern gesammelt hatte, vom Boden auf und legte sie zurück auf ihren Platz zwischen den sie bezeichnenden Pergamenten und kleinen, beschrifteten Täfelchen. Das beschäftigte ihn so, dass er seine Umgebung für Augenblicke vergaß.

»Mein lieber Mann«, ließ Aimé Bonpland, der ihm half, sich vernehmen, »das hätte schief gehen können – schiefer als schief!«

Humboldt musste nun doch lachen, wenn es auch gequält klang. »Ja, wir haben Glück gehabt.«

An die Arbeit eines normalen Tages war heute nicht zu denken. Zu sehr saß allen der Schreck in den Gliedern.

»Was machen wir jetzt?«, fragte Bonpland, der es gewöhnt war, zuerst die Meinung des Gefährten einzuholen.

Alexander meinte: »Vielleicht gehen wir doch los, wie Francisco vorgeschlagen hat, und suchen einen Weg hinunter in die Stadt. Vielleicht können wir irgendwo helfen.«

»Glauben Sie, dass die Stöße nicht wiederkommen?«, fragte Ana.

»Ich glaube nicht. Aber wissen kann man es nicht. In Bergwerken jedenfalls ...«

»Ich laufe nach Hause!«, verkündete die eingeschüchterte Zita und rannte los. Alles Rufen nützte nichts; sie eilte davon.

Als sie die Holzbrücke über den Fluss überquert hatten, die gefährlich schwankte, aber hielt, und unter der ausgewachsene Kaimane die braunen Fluten peitschten, sahen sie ihre schlimmsten Erwartungen bestätigt. Zugleich verblüffte sie der Anblick.

Überall rauchten die Trümmer der zusammengestürzten, meist einstöckigen Steinhäuser. Die Zinnen der im plateresken Stil verkleideten Kirche lagen ebenso im lehmigen Boden der Straßen wie zerborstene Dächer und entwurzelte Palmen; schreiende Menschen liefen wie Termiten im Gebälk der schmucken Kolonialbauten herum. Tote Kühe streckten ihre Hufe in die Luft. Seltsamerweise bewegten sich dazwischen Scharen von Galizano-Geiern, Alcatras, Reihern und Flamingos, die sonst weit draußen am Ufer der Bucht ihr Revier hatten. Unter der Eichenbohlentür eines Palacios, die mitsamt einem kunstvoll mit Schiffsmotiven verzierten Fries herausgebrochen war, lagen unbeweglich zwei blutende Landarbeiter in zerfetzter Kleidung und wurden von alten Frauen beklagt. Bonpland stellte rasch fest, dass sie tot waren, und schloss ihnen die Augen.

Die Holzhütten in den Vierteln der Kupferindios jedoch, die mit Bambusrohr verkleidet und mit Kokosblättern gedeckt waren, hatten das Beben unbeschadet überstanden. In diesen Armenvierteln trugen die Menschen nur einen Lendenschurz, und die Mädchen warfen sich bloß ein Tuch über, wenn Fremde kamen. Im Moment achtete niemand auf die Weißen. Die Europäer gingen, um sich ein Bild zu machen, in eine der Hütten, deren Türen stets offen standen. Darin saß am Tisch eine zahnlose, wenn auch noch junge Mutter mit sieben Kindern auf Korallenstämmen, welche die Indios aus dem Meer zogen. Die Familie aß ungerührt Fische aus Kokosschalen und schaute den Eintretenden freundlich aus Mandelaugen entgegen.

»Que tal usted?«

»Muy bien, gracias.«

»Todo bien?«

»Si, si! Estamos contento.«

In den Gassen roch es nach Steinstaub, Feuer und Exkrementen, und doch schienen auch hier die Einheimischen das Geschehen wie etwas Alltägliches zu ertragen. Das Überraschendste aber war, dass weiter unten auf der Plaza Mayor der Sklavenverkauf in den umlaufenden Bogengängen weiterging, über die verzierte, hölzerne Galerien wie in einer Stierkampfarena verliefen.

Junge Schwarze von der afrikanischen Westküste zwischen fünfzehn und zwanzig Jahren mussten sich ihre nackten Körper mit Kokosöl einreiben, damit sie stärker glänzten, was sie wertvoller aussehen ließ. Am Morgen, kurz vor dem Beben, hatte ein dänisches Sklavenschiff angelegt und sie zum Verkauf ausgesetzt.

Humboldt fand dieses Schauspiel stets empörend. Aber jetzt, im Angesicht des Erdbebens, kam es ihm grotesk vor.

Donna Ana wandte sich beschämt ab. Sie wollte rasch weitergehen, doch eine Horde von Männern, die sich in diesem Moment näherten, hinderte sie daran. Es waren Käufer, die mit gierigen Blicken vor die Sklaven traten und ihnen den Mund aufrissen, als wären es Pferde, um ihren Wert und ihren Gesundheitszustand nach der Beschaffenheit der Zähne zu schätzen. Sie brüllten Zahlen und Befehle zu den Verkäufern im Schatten der Bogengänge hinüber. Die Verkauften wurden dann mit Schlägen zusammengetrieben.

»Unglaublich. Die Geschäfte gehen weiter, als wäre nichts passiert. Was für eine Gesellschaft!«, entrüstete sich Bonpland.

»Jesus Christus! Selbst ein Erdbeben erschüttert sie nicht in ihrer Schachergesinnung!«, rief auch Salcedo empört.

Donna Ana meinte: »So behandeln sie Menschen, die anderen Menschen die Mühe des Aussäens, Ackern und Erntens ersparen.«

»Immerhin werden die Sklaven nicht wie auf den Antillen mit Glüheisen gezeichnet wie Vieh«, sagte Bonpland.

Humboldt zuckte die Schultern. »Es sind dänische Sklavenhändler. Die Dänen haben die Sklaverei offiziell gerade abgeschafft – sie waren das erste Land der Welt, das auf solche Geschäfte verzichtete. Und nun sehen wir, dass hier in den Kolonien, fern der sich aufgeklärt gebenden Mutterländer, alles beim Alten geblieben ist.«

»Lasst uns diese Stadt verlassen!«, bat Ana.

Ihr Gatte versuchte, sie zu beruhigen. »Aber Ana, das können wir nicht – zumindest nicht ohne die amtliche Erlaubnis des Statthalters! Das weißt du!«

»Wenigstens für ein paar Tage. Wenigstens für einen Tag!«

Salcedo sah ratlos aus. »Und wohin, meine Liebe?«

»Irgendwohin, wo es dieses Elend nicht gibt.«

»Sollten wir nicht schauen, ob wir uns nützlich machen können?«

Donna Ana blickte beschämt zu Boden. »Gewiss.«

Doch Humboldt ermunterte sie. »Der Wunsch ist verständlich. Ich denke auch, man kommt ohne uns zurecht. Man sieht es ja an dem Treiben hier.«

Bonpland kannte ein Ziel. »Wir könnten auf die Halbinsel Araya reisen. Dort wollten wir schon vor Tagen hin, und es ist wunderschön – sehr erholsam wegen des Klimas. In drei Stunden sind wir mit Maultieren an der Anlegestelle, von dort fährt man drei weitere Stunden mit der Barke hinüber.«

Sein Vorschlag schien den anderen wie ein Lösungswort in einem Rätsel. Araya! Seit ihrer Ankunft in Cumaná war den Reisenden der Landstrich wegen seiner kühlen, frischen Luft, dem gesunden Klima und dem besten Wasser an der gesamten Küste gerühmt worden.

»Trefflich, Aimé! Wir kämen in eine andere Welt! Zwei

Wochen lang können wir uns ohne behördliche Genehmigung außerhalb Cumanás bewegen.«

Man beschloss, den Vorschlag sofort in die Tat umzusetzen. Also machten sie sich auf den Weg zurück ins Haus, um sich mit festem Zeug einzudecken. Der Guaquerie Del Pino wollte sie unbedingt begleiten; weil er die Halbinsel kannte, stimmten die anderen zu. Sie mieteten Maultiere aus dem Stall eines verwegen dreinblickenden Mulatten am Ortsrand und ritten bald aus der halb zerstörten Stadt hinaus.

Araya

Auf dem Weg zur Küste besprachen sie, wie sie sich weiterhin als gern gesehene, aber nicht ernst genommene Fremde in der Stadt zu verhalten gedachten. »Ich bin der Meinung, wir sollten uns aus dem Elend Cumanás weitgehend heraushalten, aber bei Bedarf die vorhandenen Kenntnisse zur Verfügung stellen«, erklärte Bonpland.

Salcedo meinte: »Die Alltagsgeschäfte hier gehen auch ohne uns blendend voran.«

»Was wir tun können, um zu helfen, müssen wir tun«, sagte Humboldt.

Vor allem Alexander bewegte stets die Sorge um das Wohl der anderen. Seit seiner Ausbildung in Freiberg, wo er Not und Elend unter den Bergleuten kennen gelernt hatte, neigte er dazu, eigene Interessen zurückzustellen. Dem leidenschaftlichen Bonpland ging das oft zu weit.

»Insgesamt müssen wir uns eingestehen, dass unsere Situation unbefriedigend ist«, sagte er missmutig. »Man nimmt uns nicht ernst.«

Humboldt ergänzte: »Wir haben keinen Einfluss. Unsere Papiere sind nicht weit reichend genug.«

Humboldt und Bonpland beschäftigten sich zwar, warteten jedoch ungeduldig auf die Erlaubnis, endlich ins Landesinnere vorstoßen zu können, was ihnen noch immer verwehrt war – Alexander vermutete, dass es eher aus Nachlässigkeit denn aus bösem Willen geschah.

Die Salcedos wollten nach Caracas. Vor allem Donna Ana gefiel das raue, geschäftstüchtige Cumaná überhaupt nicht, und an den zügellosen, rauschhaften Vergnügungen der Oberschicht fand die zarte, sensible Frau keinen Gefallen. Sie gab den Behörden der Kolonialmacht die Schuld, die mit Geschenken bei Laune gehalten werden mussten. Nie hatte Alexander bisher Gelegenheit gehabt, auf dem glatten Parkett im Haus Don Vicentes mit ihr zu tanzen.

»Was bleibt uns anderes übrig, als uns in Geduld zu üben und die Zeit zu nutzen?«, fragte Humboldt rhetorisch, und Aimé nickte zustimmend.

Die beiden Forscher suchten ihr Heil im Botanisieren und Beschriften und katalogisierten ihre Funde. Doch das Ehepaar ging kaum noch aus dem Haus, und Salcedo wurde immer unruhiger.

»Du fühlst dich an jedem Ort wohl, der dir Studien gewährt«, sagte Bonpland. »Manchmal bist du dabei zu selbstgenügsam.«

»Das kann sein«, brummte Humboldt. »Aber das ist mein Auftrag. Und mein Temperament.«

»Übertreibst du nicht?«

»Ich habe nun mal beschlossen, dass keine starke Leidenschaft mich hinreißen soll …«, sagte Alexander.

Aimé warf spöttisch ein: »… ach ja?«

Alexander fuhr fort: »Ich sperre zwar, wie du weißt, Nase

und Ohren auf vor den Wundern – zu denen übrigens auch andere Menschen gehören. Doch ernsthafte Geschäfte und das Studium der Natur werden mich von der bloßen Sinnlichkeit zurückhalten.«

In der Tat, Bonpland wusste es besser als jeder andere, Humboldt war acht Wochen lang rastlos tätig gewesen, nutzte jede Minute, in den Bergwäldern zu verschwinden, die gleich hinter Cumaná begannen. Wenn er, meist von seinem Gefährten begleitet, abends mit prall gefülltem Tornister wieder daraus auftauchte, zerkratzt von Dornen, zerstochen von Mosquitos – einmal zählte er fünfundzwanzig Stiche allein auf dem Handrücken – war er zufrieden.

Humboldt hatte mit jedem Mosquitostich mehr das Gefühl, die Flucht aus »Schloss Langeweile« sei ihm endgültig gelungen.

In diesem Moment tauchte die Halbinsel Araya aus dem Dunst auf.

Die Reiter mussten über die gewundenen Pfade steil bergab, dorthin, wo sich die Anlegestelle der Barke befand. Jetzt scheuten die Maultiere ein ums andere Mal, stießen ihr wieherndes Gebrüll aus, warfen den Kopf hin und her, bewegten die Ohren auf und ab, als müssten sie überlegen, und stemmten ihre Hufe in den Boden, als wollten sie sich nie mehr von der Stelle rühren. Aber das nützte ihnen nichts, und bald hatten die beharrlichen Reisenden, die mit den störrischen Tieren geschickt umgingen, die Talsohle erreicht.

Als die Reiter flussabwärts an die Pflanzungen kamen, sahen sie Feuer. Dünner, gekräuselter Rauch stieg zu den Wipfeln der Palmen auf und gab der bereits tiefstehenden Sonne einen rötlichen Schein. Gitarren schickten eine rauschende, eintönige Musik herüber, und man konnte gedrungene, ekstatisch tanzende Gestalten erkennen. Vom Meer her fächelte eine Brise und verscheuchte allmählich die Bedrückung aus den Herzen der Eintreffenden.

»Araya besaß in früheren Zeiten den üblen Ruf, ein Versteck von Sklavenjägern, Schatzsuchern und Perlenschmugglern zu sein«, erklärte der Guaquerie in seinem melodischen Spanisch. »Aber das ist vorbei, heute leben hier nur zivilisierte Menschen, Llaneros, Bewohner der Savannen. Die lang gestreckte Landzunge in der Bucht von Cariaco ist übrigens überwiegend von Schwarzen bewohnt, denen es gelungen ist, sich mit der gesetzlich vorgeschriebenen Summe von 300 Piaster von ihren weißen Herren loszukaufen. Man sagt, sie leben hier in Unabhängigkeit von Fischfang und Landwirtschaft.«

Die Ankömmlinge stellten die Maultiere an der Station unter. Schwärme leuchtender Insekten glänzten in der Luft.

Del Pino handelte einen guten Preis aus. Die Barke, in der man über den Meerbusen von Cariaco fahren musste, wartete schon an einem kleinen Pier. Sie machte keineswegs einen stabilen Eindruck, war aber geräumig. Große, gegerbte Jaguarfelle bedeckten den roh gescheuerten Plankenboden.

Ein lachender Mulatte mit breitem Gesicht servierte während der Überfahrt Tee und Rum, dazu gab es am offenen Feuer geröstete Schalentiere. Niemand sprach mehr über das Erdbeben. Humboldt betrachtete verstohlen Ana Salcedo, die ihm heute noch blasser und schöner erschien als sonst. Irgendetwas schien sie zu quälen, aber war das ein Wunder, nach all den Vorkommnissen des Tages?

Während das Schiff dahinglitt, versank die Sonne, und es wurde immer kühler. Die Reisenden mussten sich in die Felle hüllen. Das war umso erstaunlicher, als sie bei ihrer

Überfahrt auf der »Pizarro« selten gefroren hatten. Es musste von einer eiskalten Strömung herrühren. Humboldt wusste, dass die Wasser des Golfes die Tageshitze nicht speicherten wie die Felsen, an denen eine Stadt wie Cumaná sich anlehnte, weshalb dort durch die Rückstrahlung die Hitze auch nachts kaum abnahm.

Er fror wie die anderen, nahm aber auch dies als Geschenk, das es ihm ermöglichte, über die meteorologischen Verhältnisse in den Tropen ein paar Notizen in sein Tagebuch zu machen. Er schrieb: »Hier stoßen in Wirbeln aus unterschiedlichen Richtungen die Strömungen zusammen. Die Folge ist eine sehr gute Nährstoffversorgung mit allen positiven Konsequenzen für das Wachstum des Planktons an der Wasseroberfläche, was wiederum den Fischreichtum und hohen Seevogelbestand im küstennahen System zu erklären scheint. Die Strömung wendet sich übrigens am Cabo Blanco in Richtung auf die Galapagosinseln nach Westen.«

Bonpland blickte ihn an. Der Gefährte lag mit offenen Augen schweigend da, und Humboldt war froh über seine Nähe.

Aimé hatte ihm tagsüber mit seiner besonnenen Art geholfen, die Schrecken des Bebens in gebührendem Abstand zu halten. Dennoch musste er sich eingestehen, dass eine wissenschaftliche Haltung nur begrenzt dazu taugte, gegenüber dem unmittelbaren Leben ein Gleichgewicht zu bewahren. Diese Einsicht widerstrebte seiner leidenschaftlichen Forschernatur.

Nach mehr als drei Stunden verriet ein Rumpeln den inzwischen Eingeschlafenen, dass die Barke anlegte. Del Pino stand schon hochaufgerichtet an Deck und spähte hinaus. Draußen, jenseits des Feuers, lag die Schwärze der tropischen Nacht.

Bei völliger Dunkelheit stolperten sie mit steifen Gliedern von Deck. Es war fast Mitternacht. Sie froren immer noch, waren aber guter Dinge. Die Barke war an der nördlichen Landspitze von Araya gelandet und entließ die Fahrgäste bei einer Saline.

Der Mulatte erklärte ihnen gestenreich den Weg, und die Reisenden erblickten ein einzelnes Haus mit zwei Türmen. Es stand auf einer kahlen Ebene neben einer Batterie von drei Kanonen, auf die sich seit der Zerstörung des spanischen Forts St. Jakob die Verteidigung dieser Küste gegen Engländer und Franzosen beschränkte. Sie gingen im Gänsemarsch darauf zu. Salcedo führte seine Frau, die ganz verschlafen dreinblickte. In dem Gebäude stöberten sie den Salineninspektor auf, der in seiner Hängematte schaukelte.

Alexander, der die betriebsamen Salinen von Lanzarote kannte, wunderte sich, dass sich sonst niemand blicken ließ. »Seid Ihr allein, Señor? Wo sind Eure Arbeiter?«, fragte er den Direktor, einen fetten Mestizen mit öligen Haaren und Pockennarben im Gesicht, der sich als Jose Maniquarez vorstellte.

»Unter der Erde, Señor.« Der Mann grinste. »Dort ist mehr Platz.«

»Wie meinen Sie das? Es gibt doch genug Platz hier.«

»Sie kennen Araya nicht, Señor. Wenn wir die Schwarzen nicht nachts in die Höhlen einsperren, die es aus der Zeit der Conquistadoren gibt, flüchten sie.«

Erstaunt fragte Humboldt: »Sind es Sklaven? Ich dachte, die Halbinsel sei ein freies Land.«

»Auf dem Papier, Señor. Nur auf dem Papier. Glauben Sie denn, die Schwarzen würden in der Saline auch nur einen Tag freiwillig arbeiten, würden wir sie nicht dazu zwingen?«

»Hast du gehört, Carlos?«, wandte Alexander sich an ihren Guaquerie. Der erwiderte nichts.

»So ist das«, murmelte Bonpland.

Humboldt wollte das Thema nicht weiter vertiefen. »Wo können wir die Nacht verbringen?«

Maniquarez sah einen Moment lang unglücklich drein. Es war offensichtlich, dass er nicht geneigt war, die unvorhergesehenen Gäste zu beherbergen, obwohl sein Haus groß genug war. Nachdem er sich in seinem glänzenden Haupthaar gekratzt hatte, kam ihm eine Erleuchtung. Er lud sie ein, in einer indianischen Hütte unweit der Trümmer des alten Schlosses die Nacht zu verbringen.

»Es ist nicht weit, Señores. Dort ist es für Sie behaglicher als in meiner eigenen, bescheidenen Behausung. Sie können dort tun und lassen, was Sie wollen. Allerdings gibt es kein fließendes Wasser, nur einen Brunnen draußen.«

»Gut, gut«, sagte Bonpland unfreundlich, und Humboldt fügte versöhnlich hinzu: »Bitte zeigen Sie uns die Hütte.«

Der Mann erbot sich seufzend, sie zu begleiten. Man wanderte nach Süden. Zuerst ging es über die kahle, mit Salzton bedeckte Ebene, dann über zwei aus Sandstein bestehende Hügel, zwischen denen die Lagune lag. Die Nacht war weiterhin stockfinster, nur die Sterne leuchteten jetzt klarer.

Sie mussten ein paar Minuten auf einem schmalen Pfad gehen, der einerseits vom Meer, andererseits von senkrechten Felswänden begrenzt wurde. Die Flut stieg an und engte ihren Weg mit jedem Schritt mehr ein. Ihr Führer drängte zur Eile. Dann aber waren sie endlich am Fuß der alten Festung angelangt. Ihre Augen hatten sich an die Dunkelheit gewöhnt, und Alexander wurde von einem Anblick ergriffen, der so melancholisch und romantisch war, dass seine Stimmung sich hob.

Der Eindruck von der Großartigkeit der Felsformationen, an denen sich die Reste der Burg schmiegten, konnte weder durch die Kälte, die Finsternis oder die karge Fremdheit der Gegend gemindert werden. Alexander nahm wahr, dass der bizarre Burgfelsen auf einem fast vollständig kahlen Berg lag, der nur zur Meerseite von Agaven, Säulenkakteen und Mimosen bewachsen war. Das Bild unter dem Sternenhimmel erinnerte den Bergmeister Humboldt nicht an ein Werk von Menschenhand, sondern an Felsmassen, die in den ältesten Umwälzungen der Erde ausgespien worden waren.

Humboldt blieb stehen und sagte: »Man müsste das zeichnen, Aimé. Ich kann kaum die Morgensonne abwarten. Unsere romantischen Freunde zuhause in Winkel und Trages hätten ihre wahre Freude an dem Anblick.«

Bonpland antwortete: »Ich glaube, man sieht von hier aus über das ganze Land. Morgen früh werden wir es wissen.«

»Das ist wahr, Señor«, ließ der Salinendirektor sich vernehmen. »Sie sehen bis weit in die Ebenen hinter Cumaná, dorthin, wo die Unendlichkeit beginnt.«

»Es ist nicht die Unendlichkeit, mein Freund«, belehrte ihn Bonpland gutmütig, »es ist nur das Hinterland.«

»Nein, Señor«, erwiderte der Kreole hartnäckig, »es ist die Unendlichkeit. Denn dort ist nichts mehr. Es ist wie ein Abgrund, man steht an der Küste auf einem Strich, der festen Halt gewährt, und darunter ist ein riesiges schwarzes Loch – eben nichts. Haben Sie das noch nicht gespürt?«

Ana hatte leise aufgeschrien. »Er hat Recht«, sagte sie dann, »das habe ich schon genauso verspürt. Es schaudert einen, wenn man hinunterblickt.«

»Aber nein, ich muss Ihnen widersprechen«, entgegnete Humboldt, »hinter Cumaná beginnt weiteres Land, festes Land, das nur darauf wartet, erkundet und abgesteckt zu werden. Wir werden dort die schönsten Dinge sammeln.«

»Und Gefahren erleben, Señor, die Sie sich nicht vorstellen können«, ergänzte mit schiefem Lächeln der Salinendirektor. »Aber dort ist die Hütte.«

»Frierst du noch?«, fragte Salcedo seine Frau und umfasste ihre schmalen Schultern.

»Ein wenig, aber nicht mehr so wie auf der Barke.«

»Dann sollten wir hineingehen.«

Die Hütte erwies sich als geräumig und mit Teppichen ausgelegt. Sie gehörte einem einheimischen Vogelkundler, der vor kurzem auf einem ecuadorianischen Schiff angeheuert hatte und verschwunden war. Maniquarez versprach, in zwei Tagen nach ihnen zu schauen und Proviant mitzubringen. Er verabschiedete sich grinsend, als wüsste er mehr.

Die Reisenden zündeten Kerzen an und verzehrten einen Teil ihres mitgenommenen Mundvorrats. Vor der Hütte gab es frisches Brunnenwasser. Sie waren zu müde, viel zu reden, und richteten sich auf den herumliegenden Teppichen ein. Schnell schliefen sie ein.

Es herrschte völlige Stille; selbst das Meer schien zu schlafen.

Am nächsten Morgen sahen alle ausgeruht aus, und Ana lächelte zum ersten Mal seit Wochen. Sie reckte sich, wobei ihre wunderbaren Rundungen unter dem Leinenkleid reizvoll zur Geltung kamen, und machte sich daran, auf einer Feuerstelle Kaffee zu kochen. Auch die Männer erwachten gleichzeitig und gingen sofort vor die Hütte.

Der Blick, der ihnen hier gewährt wurde, hatte die Reise

schon gelohnt. Das ganze Land lag zu ihren Füßen. Unwillkürlich fragte sich Humboldt, ob man jenseits des Ozeans nicht sogar die Spitze des Pic de Teide sehen konnte.

Bonpland stieß ihn bloß in die Seite, als er diesen Gedanken äußerte.

Sie blieben eine ganze Woche.

Wie versprochen, kam am zweiten Tag der Salinendirektor in Begleitung eines kräftigen Schwarzen und brachte ihnen Tee, Speck, Tomaten, Leguaneier und Brot.

Das Klima auf der Halbinsel war erholsam, auch für die Seele. Bei einem Ausflug an den Strand entdeckte Humboldt am dritten Tag ein seltsames Lebewesen. Aber war es überhaupt ein Lebewesen? Es war eher ein Gebilde aus Kalkerde, es schien Stein und Tier zugleich zu sein. Er fand es im Sand; es rührte sich nicht. Doch als er es aufhob und auf eine ebene Fläche legte, begann der »Stein« davonzuschleichen. Als Humboldt ihn mit in die Hütte nahm und auf einen Zinnteller legte, begann er erneut fortzukrabbeln. Humboldt befragte ihren indianischen Freund, ob er diesen seltsamen Stein kenne, und der antwortete: »Piedra de los ojos.«

»Augenstein? Warum das?«

»Sehen Sie, Señor«, antwortete Carlos. »Wenn Ihnen etwas ins Auge geflogen ist, und Sie nehmen den Stein und legen ihn an Ihr Auge, dann dreht er sich um sich selbst und drückt den Fremdkörper heraus.«

»Im Ernst?« Humboldt blickte ihn ungläubig an.

Dann machte er das Experiment, streute sich ein paar Sandkörner ins linke Auge, was sehr unangenehm war, und legte den seltsamen Stein an. Es geschah, wie der Indio es gesagt hatte: Der Stein bewegte sich solange, bis das letzte Sandkorn verschwunden war.

»Hast du so etwas schon mal gesehen, Aimé?«, fragte er den Freund. Auch Bonpland machte den Versuch – mit dem gleichen Ergebnis. Humboldt zog sein anatomisches Messer aus dem Rock und zerlegte das Gebilde. Es entpuppte sich als Körper mit dünnen, porösen Überlagerungen kleiner einschaliger Muscheln, die auf fremde Einwirkungen wie intelligente Wesen reagierten. Der Forscher zeichnete das Gebilde auf einem großfaserigen Blatt. Mit solchen und ähnlichen Untersuchungen verbrachten sie die nächsten Tage und vergaßen Cumaná vollständig.

Die Halbinsel hielt noch andere Überraschungen bereit.

Nach zwei weiteren Tagen verließen Humboldt und Bonpland um 5 Uhr morgens kurz entschlossen ihre kanarischen Freunde, um in das Innere der weitläufigen Halbinsel vorzustoßen. Sie wollten die Chaymasindianer aufstöbern, die überwiegend in Missionsstationen lebten.

»Warum besuchen Sie nicht meinen Stamm, Señor?«, fragte ihr indianischer Führer Carlos del Pino. »Ich möchte Ihnen die große Familie meiner Rasse zeigen. Sehr liebenswerte Leute.«

»Wir könnten sicher auch die Guaqueries auf der Insel Margarita besuchen, Carlos, aber das haben schon andere getan und darüber berichtet«, erklärte Alexander. »Dieses Terrain ist ausgemessen. Wir könnten auch die Guaraunen aufsuchen, die auf den Inseln im Delta des Orinoko – wo übrigens Robinson Crusoe gelebt haben soll – ihre Unabhhängigkeit behauptet haben, oder eines der anderen vierzehn indianischen Völker der Küste, aber mir haben es die Chaymas angetan.«

Carlos Del Pino hatte die Schultern gezuckt, war aber nicht beleidigt gewesen – er wollte sie jedoch nicht begleiten. Überhaupt besaß er stoische Tugenden, die den Reisenden noch wertvolle Dienste leisten sollten. Alexander schätzte den ruhigen, erfahrenen Mann sehr.

Die Salcedos beschlossen, an der Küste zu bleiben und inzwischen für frischen Fisch zu sorgen. In zwei Tagen wollten die Forscher zurück sein.

Das Landesinnere von Araya wird von dem hoch aufragenden Vorgebirge Paria beherrscht. Kolumbus sah seine Kämme auf der zweiten Reise als ersten Boten des Festlandes. Vor dem mächtigen Gebirge laufen die Täler aus, in denen einst die kriegerischen, menschenfressenden Kariben wüteten, die später von nicht weniger grausamen europäischen Handelsvölkern unter Führung der Spanier bekämpft und besiegt worden waren. Die Spanier besuchten danach diese Küste nur, um sich mit Gewalt Sklaven, Perlen, Gold und Edelhölzer zu holen. Salcedo drückte es so aus: »Durch den Anschein ihres Religionseifers meinten sie ihre Habsucht in ein mildes Licht heben zu können.«

Jedenfalls waren die Täler und ihre Ansiedlungen in den zurückliegenden Jahrhunderten immer wieder verwüstet worden.

Die jungen Forscher schritten tatendurstig aus. Del Pino hatte ihnen geraten, wegen der sehr beschwerlichen Wege das Gepäck einzuschränken. Humboldt hatte also nur einigen Proviant und ein paar Stoffstücke zum Pflanzentrocknen eingepackt. Einige Instrumente wie der Taschensextant, ein bleistiftdünnes Reisethermometer von Cary und sein kleines Fernrohr von Caroché waren allerdings ebenso unverzichtbar wie Temperafarben, Tinte und Papier. Bonpland trug die Nahrung und die Kleidung zum Wechseln.

Der Morgen war wunderbar kühl, die Luft prickelnd, das Licht durchsichtig, der Himmel indigoblau. Der Weg nach Cumanácoa führte am rechten Ufer eines verwilderten

Flusses entlang, der auf der Halbinsel ins Meer mündet, an Wäldern von Gayacbäumen und baumartigen Capparis vorüber, die sich wie dunkelgrüne Teppiche ausbreiteten. Immer wieder öffnete sich ihren Blicken die mit goldgelb blühender Bava bedeckte Ebene mit ihren klaren Seen und die dahinter aufragenden flimmernden Berge.

Nach zwei Stunden auf einem Landstrich, der einst Meeresboden gewesen war, gelangten sie an den Fuß der Bergkette im Inneren, die in Ost-West-Richtung verlief. Sie bemerkten, dass der quellenreiche Boden in allen Richtungen von Wasserfäden durchzogen war. Bäume von riesiger Höhe, vollständig mit Schlinggewächsen bedeckt, stiegen aus den Schluchten empor; ihre schwarze, von der Sonnenglut und vom ozonhaltigen Sauerstoff verbrannte Rinde stach ab vom frischen Grün der Pothos und der Dracontien – Gewächse, deren lederartige, glänzende Blätter mehrere Fuß lang werden.

Die beiden Forscher waren ganz in ihrem Element. An Gefahren dachten sie nicht. Man bewegte sich wie in einem großen, natürlichen Labor; es galt nur, zu sammeln und das Gesichtete später in dafür bereitstehende Reagenzgläser zu legen.

Einmal breitete sich vor ihnen eine endlose Wiesenlandschaft aus, über die der stetige Wind fächelte. Dann wurde der Boden morastig, und sie rutschten oft auf schlüpfrigen Stellen aus, der Schmutz trocknete jedoch rasch wieder auf ihrer leichten Kleidung.

Die Reisenden kamen an vereinzelt stehenden Hütten vorbei, die überwiegend von Mestizen bewohnt waren. Jede dieser Hütten lag mitten in einem Gehege, in dem Bananenbäume, Melonenbäume, Zuckerrohr und Mais wuchsen. Die Bewohner des urbar gemachten Landes reagierten nicht, als die Fremden grüßten; offenbar waren sie misstrauisch. Indios und Mulatten kreuzten ihren Weg mit Maultieren, die hoch beladen waren. Herden von Ziegen weideten in den Ebenen vor den Ansiedlungen.

Dann verließen sie das Tal von Caripe und stiegen wieder in die Berge. Humboldt wunderte sich, in eintausend Meter Höhe eine äußerst seltene Kreuzblüte zu finden. Während er sie pflückte, hielt Bonpland Ausschau nach den Bartgeiern, die oben aufgeregt kreisten.

Plötzlich ertönte vor ihnen ein Geschrei aus hundert Kehlen. Die Freunde blieben verwundert stehen.

Die Höhle

Als sie der dichten Vegetation weiter folgten, erhob sich heiseres Vogelgeschrei. Das Getöse schwoll an. Nach einer Biegung, als es unter einem Felsüberhang hindurchging, der den Himmel verbarg, standen sie vor einem seltsamen Schauspiel.

Eine unüberschaubare Menge halbnackter Gestalten rannte vor dem ungeheuer aufklaffenden Eingang einer Höhle umher, über den sich riesenhafte Genipabäume in die Höhe stemmten und Orchideen aus jeder Felsspalte wuchsen. Dabei schlugen die Männer mit Stangen auf herausflatternde Vögel von Hühnergröße ein. Vor der Höhle standen kleine Hütten aus Palmblättern, um die herum dunkel qualmende oder hoch auflodernde Feuer brannten. Ein durchdringender Geruch nach verbranntem Fett breitete sich aus.

»Hast du eine Ahnung, was da vor sich geht?«, fragte Aimé verdutzt.

»Sieht nach einer Jagd aus.«

»Ja, anscheinend jagen sie Vögel. Was für ein riesiger Schwarm!«

Sie gingen näher. Hunderte von toten Vögeln mit zerzausten Federn lagen bereits vor dem Höhleneingang. Immer wieder formierten sich Gruppen von Indios, um in das Innere der Höhle zu rennen, die erleuchtet schien. Wildes Kampfgeschrei drang heraus. Vor dem Eingang saßen buntgeschmückte ältere Frauen an kleinen Feuern und bearbeiteten die toten Vögel mit scharfen, kleinen Messern.

Da man die Forscher nicht beachtete, betraten sie neugierig die Höhle, deren gewölbeartiger Eingang sich nach Süden öffnete und die dichte Vegetation in sich hineinzog, in deren Mitte ein breiter Bach verlief.

Singende, im Falsett schreiende und lachende Einheimische liefen in beiden Richtungen an ihnen vorbei. Andere kletterten auf dicken Stämmen bis zur Höhlendecke hinauf. Sie schlugen dort Nester herunter. Panisch flatterten die Vögel auf. Gespenstisch erleuchtet von Fackeln, tanzten wie bei einem religiösen Ritual die Schatten gigantischer Vogelschwärme über den Fels und die tief herabhängenden Stalaktiten.

Ein paar der gellend schreienden Tiere, deren Echo aus der Tiefe der Höhle zurückkam, flogen Bonpland mitten ins Gesicht, und er stürzte auf die glatten, feuchten Felsen. Als er sich ächzend aufrappelte, stellte er erleichtert fest, dass er unverletzt geblieben war.

Je tiefer die Forscher in die Höhle eindrangen, desto heißer wurde es. Und die Urwaldvegetation hörte seltsamerweise auch in der Dunkelheit nicht auf. Aber jetzt zeigten sich neben dem üppigen Grün auch unterirdische Gewächse, die bleich und formlos wie Gespenster hervortraten. Offenbar handelte es sich bei diesem Ort auch um die Grabstätte wilder Tiere, denn überall sah man die Gerippe verendeter Bären, Hyänen und Jaguare.

Wieder rannten Gruppen halbnackter Gestalten an den beiden Forschern vorbei dem Höhlenausgang zu.

Ganz unten angelangt, wo die Decke sich immer mehr senkte, öffnete sich ein See, in dem offensichtlich eine Quelle sprudelte. Auch hier flatterten kläglich schreiende Vögel über dem Wasser. Dann aber wurden die Männer plötzlich gewahr, dass sie allein waren. Die Indios waren zurückgelaufen, die Vögel verschwunden, das Geschrei verstummt. Ein mulmiges Gefühl beschlich Humboldt.

Plötzlich, ohne ersichtlichen Grund, erloschen ihre Fackeln aus Baumrinde und Harz, die sie beim Höhleneingang aufgegriffen hatten und deren beißender Rauch die Augen tränen ließ. Bonpland packte Humboldts Arm.

»Lass uns zurückgehen.«

Humboldt zögerte. »Warte! Hörst du das?«

Ein feines Klacken wie von Kastagnetten drang aus dem Höhlenhintergrund zu ihnen. Wie das Kreischen zuvor hörte es sich an, als käme es nicht von dieser Welt.

»Was ist das?«, flüsterte Bonpland.

»Still!«

Beide starrten in die Finsternis. Dann war das Klacken über ihnen. Und jetzt begriffen sie. Jedes Klacken bedeutete ein Signal, mit dem die Vögel in der Dunkelheit – jetzt, da die Fackeln und Feuer verlöscht waren – ein Flugsignal ausschickten. Noch einmal flatterte ein Rudel dicht über die Köpfe der Forscher weg und verschwand dorthin, wo sich ein SchimmerTageslicht zeigte. Sie ahnten mehr als sie sahen, wie die Vögel hinausflogen, erst vereinzelt, dann in

Schwärmen. Hunderte kreisten plötzlich über ihren Köpfen, als sammelten sie sich zum Angriff.

»Lass uns aus dieser verfluchten Höhle verschwinden«, drängte Bonpland noch einmal.

Jetzt stimmte Humboldt zu.

Vor der Höhle war es inzwischen ruhiger geworden. Alle Vögel schienen mittlerweile erschlagen worden zu sein. Die braunen Gestalten saßen auf dem Boden und nahmen sie aus. Von einem hageren, übergroßen Mann, der auf einem Auge blind war und Spanisch sprach, erfuhren sie den Sinn des Spektakels.

»Es sind Guàcharos. Nachtvögel, Señor. Sie kommen nur zweimal im Jahr aus der Höhle. Dann erschlagen wir sie, denn wir brauchen ihr Fett. Zweimal im Jahr ist Fetternte. Denn sehen Sie, Señores, das Bauchfell der Guàcharos ist mit Fett durchwachsen, und eine Schicht läuft vom Unterleib zum Hinterteil und bildet zwischen den Beinen des Vogels eine Art Pfanne. Sehen Sie hier?«

Er hielt einen der dunkelblauen, mit herzförmigen Flecken übersäten Vögel, der wie ein Geier aussah und Büschel steifer weißer Seide um den krummen Schnabel trug, an einem Bein hoch.

»Mit dem Fett werden alle Missionen in der Region versorgt. Schmeckt sehr gut und hilft gegen Krankheiten wie das Wechselfieber.«

»Aber jetzt sind alle erschlagen. Bei der nächsten Jagd werdet ihr leer ausgehen.«

Der Indio blickte ihn aus einem starren Auge an. »Sie sind immer wieder da. Denn sie wachsen im Inneren der Erde nach. Es sind heilige Vögel, die uns Indios geschenkt werden.«

»Sie gehören euch? Ihr allein macht Jagd auf sie?«

»Natürlich, Señor. Es sind unsere Vögel, man trifft sie nur hier in dieser Höhle. Sie sind tief drinnen, dort wo es ganz dunkel wird, mit den Seelen unserer Vorfahren zusammen. Haben Sie das nicht gespürt?«

Humboldt musste innerlich verneinen. Er hütete sich jedoch, seinen Unglauben in Worte zu fassen.

»Wir sagen, wenn man weit genug in die Höhle hineingeht, dann stirbt man – man geht zu den Guàcharos. Deshalb gehen wir nicht bis ans Ende, dorthin, wo die Vögel immer lauter schreien. Dort wird man hilflos. Es sei denn, man kann den obersten der bösen Geister beschwören: Ivorokiamo.«

»Wir hatten ihn offenbar auf unserer Seite«, bemerkte Humboldt.

»Jedes Volk hat seinen Mythos«, sagte Bonpland leise.

»Das stimmt. Überall werden Vögel, die in Höhlen leben, mit dem Tod in Verbindung gebracht«, erwiderte Alexander. »Denk nur an die stygischen Vögel. Diese Höhle ist der Tartarus der Griechen.«

Nach einer Weile machten die Forscher sich wieder auf den Weg. Die Einsamkeit der mächtigen Sierra zog sie an. Erneut wurden sie von den Bergen verschluckt.

Nach kurzem Aufstieg blieb Bonpland plötzlich stehen. Rauch stieg vor ihnen auf. »Erinnert dieser Ort dich an etwas? An eine andere Örtlichkeit?«, wollte er wissen.

»Was meinst du?«

»Weißt du nicht mehr? Die Nächte oben auf dem St. Gotthard? Es hatte an mehreren Stellen in den weiten Waldungen um den Berg herum gebrannt. Und wir taumelten durch die Nacht, trunken von der großartigen Natur und gesättigt von den Ideen unserer französischen Freunde aus Straßburg, die uns besucht hatten.«

Humboldt wusste, was der Freund meinte. Auch hier brannte vor ihnen der Berg. Die rötlichen, halb in ungeheure Rauchwolken gehüllten Flammen boten ein Schauspiel, das tatsächlich an jene Nacht in den Alpen erinnerte.

Bonpland sah glücklich aus bei der Erinnerung an schöne, gemeinsame Stunden. Er erklärte:

»Die Einwohner, so habe ich gehört, zünden die Wälder an, um die Weiden zu verbessern und das Unterholz zu vertilgen, unter dem das Gras erstickt. Häufig entstehen ungeheure Waldbrände aber auch nur durch Unvorsichtigkeit der Indios, wenn sie auf ihren Zügen die Feuer, an denen sie gekocht haben, nicht auslöschen. Viele Unschuldige sind dabei schon ums Leben gekommen. Und die richtig alten Bäume sind dadurch selten geworden.«

»Das kennen wir ja zur Genüge von zuhause, wo Jahr für Jahr im Herbst ganze Wälder durch die Brandrodungen der Bauern abgefackelt werden«, bemerkte Humboldt, der nach dem raschen Aufstieg außer Atem war und stehen blieb.

Auch Bonpland hatte an seiner Seite Halt gemacht. Sie standen auf einer kleinen Ebene unter einem prachtvoll blauen Himmel, blickten über die Savannen und genossen die feierliche Stille, die Einsamkeit und die Fülle der sie umgebenden Natur. Es kam ihnen vor, als biete der mit Gewächsen überladende Boden nicht Raum genug für deren Entwicklung; überall versteckten sich die Baumstämme hinter einem grünen Teppich. Auf Heuschreckenbäumen und Feigenbäumen wuchsen allerdings herrlich duftende Orchideen und Pfefferblüten.

Sie waren als Reisende an diesen Ort gelangt, als Fremde, die einen Ausflug unternahmen, um ihre Freundschaft zu beflügeln, doch ihr Blick blieb stets geschärft für die Phänomene der Schöpfung.

Plötzlich sagte Bonpland: »Ich weiß nicht warum, aber ich muss dauernd an meine Heimat denken. Auch an unsere Ausflüge in deiner Heimat. Es war mir eben, als hörte ich Stimmen, die mir über den Ozean etwas zuriefen, und plötzlich fühlte ich mich wieder zuhause.«

»Das macht die Hitze, du bist nichts gewohnt«, scherzte Alexander.

»Du meinst, ich habe einen Sonnenstich? Mag sein. Jedenfalls ist es sonderbar, wie man sich mit Zauberkraft aus einer Hemisphäre in die andere versetzen kann, wenn einen etwas Vertrautes anweht – ein Geruch, ein Bild, ein Laut.«

»Du meinst die Einbildungskraft? Sie ist eine ewige Quelle von Freuden und Schmerz. – Allerdings habe ich den Eindruck, man braucht sie in den Tropen kaum, wo alles viel phantastischer ist als die Phantasie.«

»Trotzdem – was wären wir ohne sie. Die Einbildungskraft hilft uns über manche Alltagsuntiefe hinweg.«

»Ich weiß. Früher hatten eigentlich nur die Dinge, die ich aus Schilderungen der Reisenden kannte, einen ganz besonderen Reiz für mich. Alles Entlegene, das nur undeutliche Umrisse besaß, beflügelte meine Einbildungskraft. Genüsse, die mir nicht erreichbar schienen, waren unendlich verlockender als das, was sich in meinem engen Kreis des bürgerlichen Lebens bot.«

»Ja, deshalb bist du bis hierher gekommen.«

»Und zusammen werden wir noch weiter gehen.«

Bonpland schaute den Freund seltsam an. Plötzlich verspürten beide das Verlangen, einander zu umarmen. Sie verstanden sich. Sie waren frei. Alles schien in dieser paradiesischen Natur möglich.

Ihre innere Unruhe drängte sie weiter. Erst nachdem sie einen Pfad passiert hatten, der immer mehr anstieg, bemerkten sie, dass sie in ihrer dünnen Kleidung nass waren, als wären sie gerade in einem Dampfbad gewesen.

»Schau!«, rief Bonpland.

Alexander folgte mit dem Blick dem ausgestreckten Zeigefinger des Freundes und bemerkte, dass die Verdunstung unter den Strahlen der Sonne an dieser Stelle so stark war, dass die Dämpfe zu ihren Füßen alles einhüllten. Nebelschwaden zogen herauf – auch dies wieder ein vertrautes Bild wie in den Alpen. Doch die seltsam schwankenden, mehr als doppelt mannshohen Bambusrohre, deren glatte, glänzende Stämme beim leisesten Luftzug in Bewegung gerieten, boten wieder ein unvergleichliches Bild. Überhaupt beschloss Humboldt, keine Vergleiche mehr mit der Heimat zu ziehen. Zu fremd, bizarr und einzigartig üppig war die Natur in diesen Breiten.

»Da! Häuser!«, rief Aimé plötzlich.

»Das muss die Station sein.«

Bei den Chaymas

Zwischen dem immer höher aufragenden Bambus hindurch führte sie der Pfad hinunter in ein Dorf, das auf einer schmalen, von sehr steilen Kalksteinwänden umgebenen Ebene lag. Sie befanden sich in der von Kapuzinern gegründeten Mission der Chaymas.

Humboldt spürte jene innere Erregung, die sich immer dann in ihm regte, wenn er Menschen kennen lernte, die im Herzen der Natur lebten, die er bereiste. Während sie hinunter ritten, erklärte er: »Die Indios hier sind für mich wie – nun, wie soll ich sagen – fleischgewordene Zeichen, zwar menschlich und lebendig, zugleich jedoch abstrakt. Was eine Religion an Fremdheit bietet, kristallisiert sich für mich immer bei den Menschen heraus.«

Sie erreichten die ersten Behausungen, bei denen sich nackte Männer unter flatternden Fahnen im Bogenschießen übten. Die Hütten, deren Wände aus Letten und Lianenzweigen bestanden, lagen weit auseinander. Sie waren von Gärten umgeben, in denen Indigo und Tabak wuchs. Alexander war sofort aufgefallen, wie breit und gerade die Straßen waren; sie schnitten sich im rechten Winkel und bildeten einen überschaubaren, beinahe städtischen Aufriss.

»Wie bei den fleißigen Hugenotten«, scherzte Bonpland.

Die gleichförmige Bauart, das ernste, schweigsame Wesen der Einwohner, die neugierig aus den Türen traten, um die Fremden zu begutachten, die Reinlichkeit der Häuser – alles das ließ Humboldt den Entschluss von vorhin vergessen. Es entsprach seiner Natur, die Dinge miteinander in Beziehung zu setzen, und so stellte er insgeheim einen Vergleich an mit den protestantischen Gemeinden der mährischen Brüder Zinzendorfs, die er vor Jahresfrist besucht hatte.

Bonpland sagte: »Ich bin gespannt, ob wir hier eine Unterkunft finden.«

»Keine Sorge«, meinte Alexander. »Irgendetwas finden wir schon.«

Sie fragten sich bei den gleichgültigen, wenn auch freundlichen Indios durch und machten dabei die Bekanntschaft eines ortskundigen spanischen Schiffszimmermannes, der sich in der Mission angesiedelt hatte. Er hieß Mathias Yturbiri, besaß große, schwielige Pratzen und führte sie zu einer Wirtschaft. Unterwegs erklärte er ihnen die hiesigen Besitzverhältnisse.

So erfuhren sie, dass draußen vor dem Dorf jede Familie eigenen Boden besaß und morgens wie abends je eine Stunde das gemeinschaftliche Land, die »Conuco de la Communidad« bearbeiten musste. Der Gewinn wurde zur Erhaltung der Kirche und zum Kauf ihrer Ausstattung verwendet. Die Kirche erhob sich feierlich und unübersehbar auf dem großen Platz in der Dorfmitte.

Die kleine, verräucherte Wirtschaft nannte sich »Casa del Rey«. Es war eine Art Karawanserei für Durchreisende, im Augenblick jedoch menschenleer, wenn auch vollgestellt mit Fässern, Kisten und Gerätschaften. Dort verbrachten sie den Abend.

Als sie am offenen Feuer saßen und beratschlagten, ob man eine Art Versammlung der Einheimischen einberufen konnte, trat der indianische Wirt zu ihnen, ein gebückt gehender, noch junger Mann mit Tätowierungen an den Oberarmen. Unaufgefordert setzte er sich ans Feuer und erzählte eine seltsame Geschichte.

»Señores, Sie haben den richtigen Ort ausgewählt. Es ist ein Ort der Wunder. Denn es gibt hier den gläubigen Indio Lozano, der als einziger Mann auf der Welt seinen Sohn mit seiner eigenen Milch aufgezogen hat. Sie fragen, wie das möglich ist? Als die Mutter, die er mit vierzehn geheiratet hatte, wie es bei uns üblich ist, gestorben war, nahm Lozano das Kind zu sich ins Bett, um es zu beruhigen, und drückte es an die Brust. Lozano hatte es bis dahin nicht bemerkt, dass er Milch gab – wie sollte er auch! Aber infolge der Reizung seiner Brustwarze, an der das Kind saugte, schoss die Milch ein. Verstehen Sie? Die Milch war fett und süß. Der Vater schien nicht wenig erstaunt, als seine Brust schwoll, und er säugte das Kind fünf Monate lang dreimal am Tag. Die Nachbarn wurden aufmerksam, aber er schickte sie weg. Er wollte keine Aufmerksamkeit erregen. So machten sie seine Hütte zu einem Ort des Wunders. Es ist jene dort drüben – sehen Sie?«

»Eine ungeheuerliche Geschichte«, bemerkte Bonpland amüsiert.

Der Wirt kam mit einem Pergament zurück, auf dem das Geschehen protokolliert worden war. »Der Statthalter Don Vicente Emparan hat eine ausführliche Beschreibung des Falles nach Cádiz geschickt«, fügte er so stolz an, als adelte diese Tatsache den ganzen Ort.

»Was ist dann mit dem Kind geschehen?«, fragte Humboldt, nur mäßig interessiert.

»Es ist erwachsen, Señor, und lebt mit seinem Vater in Cumaná. Sie können beide besuchen, wenn Sie wollen.«

Später am Abend machten sie Bekanntschaft mit dem Missionar des Dorfes, einem bejahrten, aber munteren Kapuziner aus der spanischen Provinz Aragón. Der füllige Mann, der gerade von einem Nachbardorf im Busch zurück kam, strotzte von Humor und unterhielt die Reisenden mit Anekdoten von Kriegen und Scharmützeln, die nicht zum Bild passten, das Humboldt sich von einem katholischen Missionar gemacht hatte. Der Spanier lud sie zu sich ein, weil er ihnen die flohverseuchten Strohsäcke in der »Casa del Rey« ersparen wollte.

Die Reisenden verschoben daraufhin die Befragung der Indios auf einen späteren Zeitpunkt, spannten Hängematten im Hausgang ihres Gastgebers auf, mussten aber noch tausend Fragen beantworten, bevor sie endlich zur Ruhe kamen.

»Was ist der eigentliche Zweck Ihrer Reise, Señores? Er will mir nicht einleuchten.«

»Vielleicht, Pater Julian, erscheinen Euch unsere Motive

zu gewagt, vielleicht dem verwegenen Abenteuergeist oder den Köpfen gelangweilter Mitteleuropäer entsprungen. Aber ich versichere Euch, es besteht allerhand Interesse an Forschungen, wie wir sie durchzuführen beabsichtigen. Es gilt, eine neue Welt zu verstehen, um damit die alte zu bereichern.«

»Warum bereichern?«

»In Europa ist es immer noch so wie zu der Zeit, als Sie dort lebten – man ist materialistisch, man sucht nach Erkenntnissen, um das Leben der Menschen zu erleichtern. Dafür ist alles recht.«

»Sie meinen Gold? Alle haben hier nach Gold gesucht.«

»Und? Gibt es Gold?«, fragte Bonpland.

Der Pater schüttelte den Kopf und sagte beinahe höhnisch: »Nur Sand.«

»Wunderbar«, sagte Alexander.

»Sie suchen also wirklich nach den Grundlagen?«, wunderte sich der Pater. »Sind Sie interessiert an der Natur und den Entstehungsgeschichten?«

»Selbstverständlich. Wir interessieren uns für die Geschichte der Erde. Und dazu gehören Pflanzen, Tiere, Menschen und Landschaften. Die Natur hat eine Geschichte, und hier in den Tropen kann man sie noch erleben.«

»Die Historia Telluris – Humboldt will sie begründen«, warf Aimé ein. »Alles andere ist unwichtig.«

»Ich kann es kaum glauben – nach all denen, die hier in der Vergangenheit erschienen sind. Jeder brachte seinen Teil Unglück mit. – Und Sie suchen wirklich keine materiellen Reichtümer?«

»Aimé, sag dem Pater, was wir suchen.«

Bonpland grinste. »Unsere Ruhe vor dem Lärm der Salons in Paris und Berlin. Und vor den Neugierigen.«

Humboldt lachte. »Manchmal hat mein Sekretär einen Hang zum Witz, und am nötigen Ernst fehlt es ihm ständig.«

»Und Humboldt hat ein Schandmaul!«, sagte Bonpland liebevoll.

»Ich nenne es lieber Spottlust.«

»Schon als Junge hat er sich über alles und jeden lustig gemacht.«

»Aber ich war immer gutmütig – und harmlos«, sagte Alexander lachend.

Der ernste Pater schüttelte den Kopf. »Ich bleibe dabei, ich bin nicht überzeugt von Ihren Absichten.«

Alexander sagte sich, dies sei verständlich für einen Mann, der mit seiner Stellung im Busch vollkommen zufrieden war. Er behandelte die Indianer gut, sah die Mission tagtäglich gedeihen, pries begeistert das Wasser, die Bananen, die Milch und die Menschen. In seinem Weltbild war kein Platz für etwas Neues. Es stellte höchstens etwas Bedrohliches dar.

Später in der Nacht entstand ein Feuerschein. Aus zwei geräumigen Höhlen in einer Erdspalte schlugen Flammen empor, die so mächtig waren, dass die benachbarten Berge davon erleuchtet wurden. Der flackernde Widerschein verursachte ein gespenstisches Bild, das die Berge wie lebendig erscheinen ließ.

Humboldt und Bonpland erwachten davon und beobachteten das Feuer bis zum Morgengrauen.

Als sie – übermüdet zwar, aber tatendurstig – beschlossen, das Phänomen näher zu untersuchen, warnte der Missionar sie vergeblich. Die jungen Forscher waren nicht mehr zu halten. Sie brachen gleich auf.

Drei Meilen kamen sie gut voran. Danach aber blieben

sie in der üppigen Vegetation mit verschlungenen Lianen und dichten Dornensträuchern stecken. Sie konnten bald nicht mehr vorwärts und nicht mehr zurück. Es war ein beängstigender Moment, und Bonpland fluchte laut, wurde jedoch mit einem Schlag still, als das Fauchen einer Raubkatze ganz in der Nähe ertönte.

Die Männer verfluchten ihren Leichtsinn, die Gewehre nicht mitgenommen zu haben. Sie vermieden es, sich zu bewegen, um das Tier im Unterholz nicht zu reizen.

Ein weiteres Mal ertönte das Fauchen, diesmal aus zwei Kehlen.

Humboldt löste sich vorsichtig aus den Dornbüschen, die seine Hosen bereits zerrissen hatten, und bedeutete dem Freund mit stummen Gesten, auf einen verkrüppelten Baum zu klettern, der zwanzig Fuß hoch vor ihnen emporragte. Er folgte Bonpland auf dem Fuße, und von oben sahen sie in unmittelbarer Nähe ein frisch zerrissenes Stachelschwein.

Der strenge Geruch nach Kot, der dem einer europäischen Hauskatze glich, stieg ihnen in die Nase, und im Gebüsch gab es verdächtige, wenn auch langsame Bewegungen. Sie beschlossen, eine Weile abzuwarten und versuchten, sich in der unbequemen Lage auf den weit verzweigten Ästen einzurichten. Alexander wusste genau: Wenn die Raubtiere ihnen folgten, hatten sie nichts entgegenzusetzen.

Humboldt fiel eine Geschichte ein, die ein Jagdaufseher ihm erzählt hatte, und er berichtete sie Bonpland im Flüsterton. Ein Jaguar, der in einer Erdspalte bei einem Dorf lebte, überfiel eines Nachts eine Pferdekoppel. Er schleppte ein Pferd bei hellem Mondschein über die Savanne unter einen ungeheuer dicken Ceibabaum. Vom Jammern des verendenden Pferdes erwachten die Sklaven im Hof. Sie rückten mitten in der Nacht aus, bewaffnet mit Macheten und Speeren. Der Jaguar lag auf seiner Beute und ließ die Männer ruhig herankommen. Er dachte gar nicht daran, zu fliehen. Er schien satt und zufrieden und von seiner Kraft überzeugt, dass die Zahl der Angreifer ihn nicht scheu machte. Man tötete ihn auf dem Pferd.

»Warum erzählst du mir das, Alexander?«

»Weil ich glaube, dass die Raubtiere da unten im Gebüsch uns als Mahlzeit gar nicht nötig haben. Sie besitzen genügend Nahrung.«

»Hoffentlich wissen sie das und beschließen nicht, dass sie noch einen Nachtisch verdienen.«

Als sich nichts mehr rührte, nahmen die Männer allen Mut zusammen und kletterten den Baumstamm wieder hinunter. Die Raubkatzen blieben verschwunden. Die Forscher schlichen weiter. Wenig später durchwateten sie einen Kanal und hatten nichts mehr zu befürchten.

Am Fuß einer Höhle ruhten sie aus.

»Was meinst du – hätten die Bergkatzen uns angegriffen, wenn sie uns gerochen hätten?«, wollte Bonpland wissen.

»Sie haben uns gerochen, davon kannst du ausgehen. Sie besitzen ja einen hundertmal schärferen Geruchssinn als Menschen«, sagte Alexander und streckte sich auf dem glatten Felsboden aus. »Wahrscheinlich gefiel ihnen unser Geruch nicht.«

»Hattest du Angst?«

»Klar! Kennst du das Gebiss eines Jaguars? Es durchtrennt ohne Mühe den Nacken eines Ochsen.«

»Sehr beruhigend!«, meinte Bonpland erschauernd.

»Es ist vorbei«, besänftigte ihn Humboldt, »bis zum nächsten Mal.«

»Sicher. – Fragst du dich manchmal, warum wir das auf uns nehmen?«

»Nein, Aimé. Ich weiß die Antwort. Es ist unsere Bestimmung. Meinst du nicht?«

»Ich weiß nicht – manchmal zweifle ich an meinem Tun. Ich hätte bei Napoleon bleiben sollen. Verglichen mit dem Urwald ist der Krieg, wenn man als Medicus daran teilnimmt, weniger aufregend.«

»Ist das dein Ernst?«

»Na klar! Man kann sich immer in Deckung halten, wenn man aufpasst. Aber hier gibt es keinen Schutz. Alles ist nach allen Seiten offen, ständig hat man das Gefühl, beobachtet zu werden – und das nicht in freundlicher Absicht. Es sind feindselige, heimliche Beobachter, die den Geschmack taxieren.«

Humboldt begriff, dass der Freund noch innerlich zitterte. Deshalb beschloss er, ihn abzulenken. Er überlegte kurz.

»Erinnerst du dich an das Feuer von heute Nacht? Es gibt interessante Theorien über sein Entstehen. Über den Ausbruch dieser brennenden Feuersäulen aus Felsspalten, wie wir sie beobachtet haben. Willst du sie hören?«

Bonpland erkannte die Absicht des Freundes und brummte zustimmend.

»Ich habe oft beobachtet«, erklärte Humboldt und fasste den Freund dabei am Arm, »dass man zuweilen die Luftsäule, die über dem Krater brennender Vulkane aufsteigt, in hellem Licht glänzen sieht. Dieser Lichtschein, den man von brennendem Wasserstoffgas herleitet, wurde von Chillo aus auf dem Gipfel des Cotopaxi zu einer Zeit beobachtet, als der Berg ziemlich ruhig schien. Ist das Feuer aus den Höhlen, das wir sahen, brennendes Wasserstoffgas? Nach meiner Ansicht können die Erdstöße, die man in der Provinz Cumaná spürt, so wenig den Gebirgsarten zugeschrieben werden wie die Stöße, die beispielsweise in Europa den Apennin erschüttern. Alle diese Erscheinungen, davon bin ich überzeugt, rühren von tiefer liegenden Ursachen, und der Herd der vulkanischen Wirkungen ist nicht in den sekundären Gebirgsbildungen zu suchen, aus denen die äußere Erdrinde besteht, sondern in sehr bedeutender Tiefe unter der Oberfläche in den Urgebirgsarten. – Kannst du mir folgen? Je weiter die Geologie fortschreitet, desto mehr sieht man ein, wie wenig man mit den Theorien ausrichtet, die sich auf wenige, rein örtliche Beobachtungen gründen. Jedenfalls wird mir das immer klarer.«

Bonplands Unruhe war verflogen. »Sehr wohl, Herr Oberbergrat, danke für das Seminar!« Er grinste erleichtert. Mit hinter dem Kopf verschränkten Armen hatte er zum Himmel gestarrt, aber aufmerksam zugehört.

»Keine Ursache!« Humboldt erwiderte das Grinsen.

***

Humboldt und Bonpland kehrten nach dem Ausflug zu den Felsenfeuern in die Chaymas-Mission zurück.

Begleitet vom eintönigen Geheul roter Brüllaffen waren die jungen Gelehrten am Abend zur Siedlung hinuntergestiegen. Sie hatten einen Umweg gemacht, weil Alexander eine bestimmte Pflanzenart sammeln wollte. Bei Sonnenuntergang erreichten sie hungrig und durstig und sehr erschöpft ihr Ziel, weil sie ein Gebiet durchquert hatten, in dem zwischen dichtem Pflanzenfilz ganze Felder von Manglebäumen im feuchten Boden wurzelten, die giftige Ausdünstungen absondern. Bonpland wusste, dass diese bei schwachen Naturen Fieber und Ruhr hervorriefen.

Da die Rückkehr der beiden Europäer ebenso durch Trommeln angekündigt worden war wie ihr Erlebnis mit den Raubkatzen, wurden sie diesmal erwartet. Singende Indios führten sie in die Dorfmitte, wo schon ein großes Feuer brannte. Dort ruhten sie sich aus.

Trotz ihrer Erschöpfung sprachen sie in dieser Nacht mit einigen der klein gewachsenen, gedrungenen Indios, die ihr kastilisches Spanisch notdürftig verstanden. Zwar erfuhren sie, welche Schwierigkeiten die Einheimischen im Erlernen der Fremdsprache hatten, die in jeder Hinsicht ihrem eigenen Sprachsystem widersprach; umso erstaunlicher war die Zahl derer, die Spanisch verstanden. Sie verstanden alles, vermochten es aber nicht immer, sich verständlich zu machen.

»Man sieht ihnen die geistige Anstrengung, sich auszudrücken, auf rührende Weise an, findest du nicht?«, flüsterte Bonpland.

»Es ist merkwürdig. Sie sprechen drei bis vier indianische Sprachen, aber nur mit allergrößter Mühe spanisch«, wunderte sich Alexander.

Bonpland flüsterte weiter, während die Indios über irgendwas kicherten und sich ausgestreckte Finger in die Seite stießen. »Das stimmt. Ich habe gehört, sie verkehren mühelos mit Indios anderer Nationen in einem anderen Idiom – karibisch, tamanacu oder cumanágotisch. Auf Spanisch können sie aber nie weiter als bis dreißig zählen.«

»Ihre Idiome sind nun mal überall in ihrem Leben verwurzelt, die Idiome der Spanier dagegen nicht. Stell dir vor, wir müssten ihre Sprache lernen – hätten wir nicht die gleichen Probleme?«

»Wahrscheinlich. Nur wir sind es, die der Meinung sind, die Indios müssten unsere Dinge lernen.«

»Sie dagegen denken das nicht. Das können wir von ihnen lernen.«

»Ja. Und wir müssen begreifen, dass sie eine eigene Sprache und eine eigene Welt haben. Und es ist eine fremde Welt. Beispielsweise erinnert nur ihr Gebrauch der Hilfszeitwörter entfernt an die uns bekannten Sprachen, wie das Lateinische – übrigens auch an Sanskrit.«

Alexander bedachte den Gefährten mit einem bewundernden Seitenblick. »Ich werde Wilhelm darüber schreiben, das wird ihn interessieren.«

Die Indios hatten mit dem Gekicher aufgehört und wandten sich wieder an die Forscher. Sie waren bereit, zu erzählen.

Humboldt und Bonpland erfuhren viel über die Lebensumstände dieser Halbwilden, die sich kaum veränderten, wenn sie älter wurden. Alexander machte trotz seiner vor Müdigkeit brennenden Augen unaufhörlich Notizen in sein Tagebuch aus gestoßenem Ziegenleder, das hier in der Feuchtigkeit bereits Stockflecken bekam.

Die meisten der lohfarbenen Ureinwohner besaßen ein wildes, finsteres Gesicht. Sie waren jedoch friedlich, auch wenn sie ständig mit Pfeil und Bogen herumliefen und von Zeit zu Zeit, vom wilden Jagdfieber gepackt, für Tage im Urwald verschwanden. Sie wirkten eher ernst, schweigsam und verdrossen als naiv und fröhlich, wie man die »edlen unverdorbenen Wilden« von Europa aus einschätzte. Humboldt hatte das stets als falsch erachtet und sah sich beim Anblick der gutmütigen, aber in sich gekehrten, geheimnisvollen Menschen bestätigt. Sie bemalten sich nicht mehr die Haut und fügten sich auch keine Narben mehr im Gesicht zu, wie sie es vor dem Leben in der Mission getan hatten. Doch ihren Aberglauben, von dem schon die Kinder gepackt sind, hatten auch die Priester nicht ausrotten können.

Am meisten überraschte es Alexander, als der Missionsleiter, Pater Julian erzählte, dass die Indios, die in ihren Häusern nackt lebten und nur in der Öffentlichkeit ein knielanges Baumwollhemd überzogen, sich für Bekleidung schämten. Sie flohen in die Wälder, wenn man sie mit Gewalt einkleidete. Ihr Natursinn war stärker.

»Bei Regen«, erklärte der Pater, »ziehen sie jedes Kleidungsstück aus, um die Nässe als Geschenk auf nackter Haut zu erfahren. Ich lasse sie gewähren, sie sind so unschuldig.«

Das alles beeindruckte Humboldt. Er erinnerte sich, wie er Rousseaus Maxime »Zurück zur Natur« als jugendlicher Schwärmer im märkischen Tegel, zwischen den Schilfverstecken an den Seen und den dichten Kiefernwäldern in den weißen Sandbergen versteckt, zu seinem wenn auch noch halbverdauten Leitmotiv erklärt hatte.

Die Indio-Mädchen durften bis zum neunten Jahr nackt in die Kirche gehen; Hosen, Schuhe und Hüte waren eine unbekannte Last. Die jungen Frauen hatten etwas Sanftes, Melancholisches in den braunen Augen, das die Forscher einnahm, doch ihre Münder waren oft hart und die Gesichter von fremder Wildheit. Ihre Haare banden sie zu langen Flechten; manche färbten sie rot oder indigoblau. Sie sprachen nie unaufgefordert. Jetzt aber, am abendlichen Feuer, blickten sie die beiden Weißen unverhohlen an.

Vor allem ein junges Mädchen, wohl kaum fünfzehn, hatte es Alexander angetan. Sie war vollendet gebaut, schlanker und größer als ihre gedrungenen Schwestern. Ihre nackte Haut glänzte warm im Widerschein des Feuers. Sie räkelte sich wohlig und öffnete dabei unschuldig die Schenkel. Alexander versank, wenn er zu ihr hinüberschaute, im Versprechen ihrer Blicke. Aimé bemerkte es und räusperte sich gelegentlich.

Die weitgehend selbstverwaltete Mission, in der alle gleich waren, machte auf die Besucher einen günstigen Eindruck, vor allem was den Gesundheitszustand der Indios betraf, der sich vorteilhaft von dem der Bewohner Cumanás unterschied, die im Gestank der Abwässer durch die Straßen der Altstadt wateten, sich periodisch mit dem gelben Fieber herumplagten und der Rattenplage nicht Herr wurden. In jedem Herbst raffte die Ruhr etliche Einwohner dahin.

Erst tief in der Nacht fühlten die Forscher sich gesättigt von den Erzählungen und Eindrücken im Dorf. Sie fielen in die Hängematten und schliefen sofort ein.

Bei ihrer Rückkehr aus der Mission zu der Strandhütte, warteten die Salcedos schon ungeduldig mit einer köstlichen, riesigen Urta auf sie. Es wurde ein Festschmaus. Am nächsten Morgen kam ihnen ein Abgesandter auf einem stolzen, schnaubenden Braunen nachgereist, der sie zum Gouverneur rief. Etwas war in Gang gekommen, und man beschloss, sofort nach Cumaná zurückzufahren.

Die Reisenden verließen die Halbinsel. Bepackt mit Rucksäcken voller Pflanzen und getöteter Kleintiere steuerten sie wieder das Festland an.

Araya hatte ihnen allen gut getan. Die Salcedos hatten sich gut erholt. Donna Ana erbot sich sogar, den spärlichen Rest der Ausrüstung zu tragen. Guter Dinge kehrte man nach Cumaná zurück.

Die Stadt in der Bucht war heiß und stickig wie zuvor. Nach dem reinigenden Klima der Halbinsel kam die Stadt den Rückkehrern noch ungesunder vor. Im Haus, das Zita inzwischen aufgeräumt und wieder bewohnbar gemacht hatte, lag eine Aufforderung des Gouverneurs und Statthalters, am nächsten Morgen im Oficina de las Colonias zu erscheinen. Der Tonfall erregte Humboldts Verdacht; er war unpersönlich und anmaßend.

Als er am nächsten Morgen Don Vicente gegenübertrat, ging von diesem eine seltsame Stimmung aus.

»Señor Humboldt«, empfing ihn der stämmige Baske, »es gibt keine guten Neuigkeiten.«

»Das bedauere ich, Exzellenz.«

»So wie ich. – Aber bevor ich dazu komme, muss ich Ihnen zum Verständnis eine kleine Geschichte erzählen.«

Humboldt setzte sich in einen Ledersessel mit Armlehnen aus einheimischem Edelholz, die in Tierköpfen mündeten. Der Statthalter zündete sich eine Zigarre an. Humboldt wollte nicht rauchen und lehnte auch ein alkoholisches Getränk ab.

»Bevor ich zum Statthalter von Portobelo und Cumaná ernannt wurde, war ich Schiffskapitän in der königlichen Marine. Erinnert Sie mein Name nicht an einen Vorfall während der Seekriege?«

Humboldt verneinte.

»Nicht? Nun. Zwei meiner Brüder waren ebenfalls Schiffsführer. Nach dem letzten Bruch zwischen Spanien und England schlugen sie sich bei Nacht vor Cádiz mit ihren Schiffen, weil jeder das andere Schiff für ein feindliches hielt. Der Kampf war so furchtbar, dass beide Schiffe fast gleichzeitig sanken. Nur ein kleiner Teil beider Mannschaften konnte gerettet werden. Und meine Brüder? Nun, sie hatten das Unglück, erst kurz vor ihrem Tod ihren Irrtum einzusehen. Sie erkannten einander – jedoch erst, bevor ihr Augenlicht brach.«

»Wie furchtbar.« Humboldt räusperte sich.

»Nicht wahr? Und warum erzähle ich Ihnen das, Señor? Es hat einen Grund, der mit Ihnen zu tun hat.«

»Sie werden ihn mir sicher gleich nennen, Exzellenz.«

»Am gleichen Tag, dem 21. Oktober 1766, wurde die Stadt Cumaná von einem der vielen Beben dem Erdboden gleichgemacht. Kein Stein blieb auf dem anderen. Die Erde tat sich auf und spie Feuer und Schwefel. Ein geschlagenes Jahr lang – der Teufel hol's – mussten die Einwohner in den Straßen übernachten. Jetzt hat die Erde wieder gebebt. Cumaná ist verflucht. Ich bin verflucht. Sie sind es. Deshalb möchten wir, dass Sie unsere Stadt verlassen. Wir haben Angst, Sie und Ihre Gefährten ziehen ein neues Erdbeben an.«

»Wie bitte?«

»Sie haben verstanden.«

»Aber das ist doch absurd, Exzellenz. Cumaná wird seit Jahrhunderten von Erdbeben heimgesucht. Sie haben ja soeben selbst eins geschildert. Was hat das mit unserer Anwesenheit zu tun?«

Der Kolonialbeamte verzog das Gesicht. »Nun – natürlich, in Ihren Augen nichts. Aber ich muss auf meine Leute hören. Und die sind abergläubisch. Sie sagen: Die Fremden mit all diesen rätselhaften Instrumenten, die Gott nicht wohlgefallen, sind schuld. Sie müssen fort.«

»Das haben alle Unwissenden zu allen Zeiten von Fremden behauptet. Die Juden wissen davon ein besonders trauriges Lied zu singen, ebenso die Hugenotten und die Christen in mohammedanischen Ländern. Nur die Spanier, mit Verlaub, haben das nie erfahren.«

»Wollen Sie bitte nicht ablenken, Señor Humboldt.«

»Exzellenz. In dieser Angelegenheit bin ich, das werden

Sie verstehen, völlig anderer Meinung. Aber was die Konsequenz betrifft, so widerspreche ich Ihnen gar nicht. Wir wollen ja seit Wochen fort. Deshalb trifft Ihr Vorwurf mich auch nicht übermäßig.«

Der Beamte schien aufzuatmen. »Vortrefflich, Señor Humboldt. Dann sind wir uns einig, dass Sie uns verlassen?«

»Ja, natürlich!«

»Und wann?«

»So schnell es geht!«

»Nun – lassen Sie uns nichts überstürzen. Bereiten Sie in aller Ruhe Ihre Abreise vor, Señor. Ich werde alles Nötige in die Wege leiten. Zuvor aber werde ich Ihnen zu Ehren ein großes Fest geben, an das sich Cumaná noch lange erinnern wird. Sie sollen mit allem Respekt, den Ihr Ruf verdient, verabschiedet werden – das bin ich Ihnen schuldig.«

Humboldt dachte: Das Fest gibst du dir zu Ehren, Feigling. Aber er sah das ratlose Unglück in den Augen seines Gegenübers. Etwas anderes, Unausgesprochenes schien ihn zu bedrücken.

»Werden Sie kommen?«

»Ich danke Ihnen, Exzellenz. Wir kommen mit Freuden. Und noch vor der Regenzeit werden wir am Orinoko sein.«

In der kommenden Nacht zog ein Gewitter auf. Dicke, schwarze, tiefhängende Wolken lösten sich in Regen auf; es schüttete drei Stunden lang, und das Thermometer fiel um zehn Grad. Gegen Morgen hörte der Regen auf, die Sonne kam aber kaum zum Vorschein, und das Hygrometer neigte dem Trockenpunkt zu. Zwei Stunden später jedoch war Cumaná schon wieder in eine dicke Wolkenschicht gehüllt. Kein Luftzug war zu spüren.

»Beginnt die Regenzeit in diesem Jahr früher, Alexander?«, argwöhnte Bonpland. »Dann können wir den Orinoko erst einmal vergessen.«

Humboldt wusste keine Antwort darauf.

Die nächsten Tage zeigten, dass es sich nur um ein feuchtes Zwischenspiel gehandelt hatte. Es war Anfang September, und strahlender Sonnenschein machte sich breit. Die Tage vergingen mit Zurüstungen aller Art. Instrumente mussten ausgewählt werden, die sich auf engen Kanus über unbekannte, gefährliche Wasserwege transportieren ließen. Die zehnmonatige Reise im Binnenland, das in keinem Kontakt zu den Küsten stand, erforderte genaue logistische Überlegungen.

Humboldt und Bonpland arbeiteten fieberhaft. Beide wussten, dass die eigentliche Reise, das große Abenteuer, erst jetzt begann. Die große Bewährungsprobe stand noch aus.

Man wartete auf die angekündigte Einladung seiner Exzellenz, die aber auf sich warten ließ. Seit seinem Besuch im Kolonialamt vor zwei Wochen hatte Humboldt nichts mehr von Don Vicente gehört.

Auch seine Getreuen von den Kanaren wurden immer unruhiger – und trauriger. Denn man war sich darüber im Klaren, dass sich ihre Wege nach dem Fest beim Statthalter trennen würden.

Ein unglückliches Ereignis drohte alles über den Haufen zu werfen.

Der Überfall

Es war am Abend vor einer angekündigten Sonnenfinsternis. Die Uhren standen auf acht; der Seewind hatte sich noch nicht aufgemacht. Der Himmel war bedeckt, und bei der Windstille war es unerträglich heiß im Haus. Humboldt und Bonpland spazierten gerade am Ufer der Bucht entlang, um sich von der Hitze des Tages zu erholen und das Eintreten der Flut zu beobachten. Bonpland war verdrießlich.

»Ich verstehe nicht, warum der Mann uns zappeln lässt. Begreift er nicht, dass jeder Tag in Cumaná ein verlorener Tag für uns ist?«

»Seine Motive sind auch mir unbegreiflich. Einerseits will er uns loswerden, andrerseits offensichtlich nicht.«

»Er ist einfach gedankenlos und eitel wie jeder Kolonialbeamte. Immer hat man es als Reisender mit solchen Leuten zu tun, die nur groß im Behindern sind. Jede Verwaltung ist auf jeder Ebene voll mit solchen Leuten.«

Die Freunde überquerten gerade den Strand zwischen dem Landungsplatz und der Vorstadt der Guaqueries. Sie unterhielten sich auf Französisch, da Aimé nur unvollkommen deutsch sprach. Humboldt hörte plötzlich jemand hinter ihrem Rücken gehen. Er drehte sich um. Ein hochgewachsener Farbiger mit dem Aussehen eines Zambo-Indios, nackt bis zum Gürtel, war unmittelbar hinter ihnen und starrte sie an.

Und was Humboldt erschrecken ließ – er zog in diesem Moment eine Macana, eine Keule aus Palmholz.

»He«, rief Alexander, »was …«

Der Zambo holte aus und schwang die Macana. Gerade noch konnte Alexander dem Hieb ausweichen. Der Angreifer taumelte nach vorn, vom Schwung seines Schlages mitgerissen. Bonpland, der zur Rechten von Humboldt ging, hatte den Angreifer zu spät bemerkt. Der fing sich trotz seiner Körpergröße behände und schlug erneut zu, diesmal von unten herauf. Er traf Bonpland an der Schläfe. Es gab ein unangenehmes Geräusch.

»Verdammt! Du Hundesohn!«, rief Humboldt verzweifelt. Bonpland stürzte mit einem erstickten Laut zu Boden.

Alexander suchte einen Ausweg. Der Zambo war dreimal stärker als er. Und er selbst war unbewaffnet. Er sah aus dem Augenwinkel, dass auf der weiten Ebene des Strandes weit und breit niemand zu sehen war.

Als er gerade den Entschluss gefasst hatte, sich dennoch auf den Angreifer zu stürzen, drehte der furchteinflößende Mann ab, der kindlich vor sich hin grunzte, griff sich Bonplands Hut, der fünf Meter weit geflogen war, setzte ihn auf den riesigen Schädel und trat den Rückzug an.

Humboldt kniete beim regungslos liegenden Gefährten nieder. »Mein Gott, Aimé! Hörst du mich?«

Bonpland stöhnte leise. Er kam zu sich und blickte augenrollend und ohne Verständnis um sich.

»Aimé! Bist du klar?«

»Wer …«

»Aimé, verstehst du mich? Sag mir deinen Namen. Sag mir, wie du heißt.«

»Aimé Bonpland. Ich heiße Aimé Bonpland. Ich reise mit …«

»Schon gut. Kannst du aufstehen?«

»Ja, ja. – Verflucht, wer war der Kerl?«

Der Schmerz und die Wut verdoppelten Bonplands Kräfte. Humboldt hielt ihn fest, aber schon wollte er dem Zambo hinterher stürzen.

»Langsam, Aimé …!«

Bonpland rannte ein paar Schritte und stolperte. Er fiel in den Sand, wo er einige Augenblicke benommen, mit gesenktem Kopf, auf den Knien hocken blieb.

»Aimé! Du musst vorsichtig sein. Es war ein fürchterlicher Schlag …!«

»Unsinn! Den Kerl schnapp ich mir!«

Schon sprang Bonpland auf die Beine und rannte dem Schwarzen hinterher. Humboldt folgte ihm.

Der kräftige Schwarze rechnete nicht mit einem Angriff, sondern lief leicht und locker dem Buschwerk am Ende des Strandes zu. Die Verfolger kamen ihm näher. Als der Kerl begriff, was los war, drehte er sich mit einem erstaunten Laut um. Dabei strauchelte er und fiel hin. Bonpland sprang ihn an, doch der Zambo stieß ihn zurück wie ein lästiges Insekt und zog ein langes Messer.

»Aimé! Achtung!«, rief Humboldt und versuchte, den Farbigen abzulenken, indem er um ihn herum rannte. Er wollte ihn von hinten packen. Der Zambo fuchtelte wild mit dem Messer und stach mehrmals zu, aber die beiden Europäer konnten ausweichen.

»Das Messer weg, du Hund!«, rief Alexander. Bonpland ging wie ein wildes Tier vor dem Bewaffneten in die Hocke und formte die Hände zu Krallen.

Der Zambo änderte seine Taktik. Langsam ging er auf Humboldt zu, wobei er das Messer von einer Hand in die andere springen ließ. Alexander verkrampfte sich. Im selben Moment ertönten vom Buschwerk her Stimmen. Fünf Spanier mit andalusischem Dialekt, die zum Meer hinunter wollten, hatten den Überfall beobachtet und näherten sich rufend.

Bevor Bonpland ihn erneut anspringen konnte, ergriff der

schwarze Koloss die Flucht. Und als man ihn gemeinschaftlich durch das von Kakteen bestandene Gestrüpp verfolgte, tauchte er im Gewirr der Altstadtgassen unter.

Später hörten sie, der Zambo sei von der Polizei gefasst worden. Auf der Station der Guardia sahen sie den Mann wieder.

Ein Polizist erklärte: »Er stammt aus einem der indianischen Dörfer, die am See Maracaibo liegen, hat auf einem Kaperschiff von Santo Domingo gedient und war infolge eines Streits mit dem Kapitän, als das Schiff aus dem Hafen von Cumaná auslief, an der Küste zurückgelassen worden.«

Humboldt und Bonpland wohnten seinem Verhör bei. Seine Antworten klangen so verworren, dass weder die Polizisten noch die beiden Forscher klug daraus wurden. Doch der Schwarze behauptete, er sei erbittert über die schlechte Behandlung an Bord des Kapers und habe deshalb nicht widerstehen können, die beiden Französisch sprechenden Weißen niederzuschlagen, ohne sie indes ausrauben zu wollen.

Die Reisenden bemühten sich, den Vorfall rasch zu vergessen. Zumal Bonpland zwar in der Nacht heftiges Fieber und Kopfschmerzen hatte, sich aber selbst versorgen konnte und am nächsten Tag schon wieder an der Arbeit war. Der Schlag der Macana hatte seine Kopfhaut bis zum Scheitel aufgerissen, und er sollte die Nachwehen des Angriffs noch mehrere Monate später im Regenwald spüren. Aber im Moment überwog sein Tatendrang.

Am nächsten Morgen um sechs Uhr beobachteten beide vom Dach ihres Hauses aus die angekündigte Sonnenfinsternis. Der Himmel war klar. Die Sichel der Venus und das Sternbild des Schiffes, das durch seine gewaltigen Nebelflecke stark hervortrat, verschwanden in den Strahlen der aufgehenden Sonne. Dann schob sich der Schlagschatten der Erde vor die leuchtende Kugel und ließ nur noch eine strahlende Corona übrig.

Die Luft war erfüllt von erstickten Geräuschen; rötliche, dichte Nebel waberten vom Meer herüber. Die Hitze nahm stärker und schneller zu als an gewöhnlichen Tagen nach Sonnenaufgang. Die Luft schien wie Glut.

Nach einer Stunde begann es über ihnen zu donnern, doch ungemein hoch am Himmel, ohne Rollen – trockene, oft kurze, abgebrochene Schläge. Lautes Schreien ertönte von den Straßen her. Ein Getöse aus einem Brunnen versetzte alle in Schrecken, die das letzte Erdbeben gerade erst verdaut hatten. Und dann trat ein heftiger Sturm ein, bei dem sich die Beobachter nicht mehr auf dem flachen Dach halten konnten. Auf den Sturm folgte wieder eine völlige, beinahe unheimliche Windstille, als hielte die Schöpfung den Atem an.

Humboldt beobachtete merkwürdige Feuermeteore im Osten. Bonpland, der zu den immer noch herumliegenden Resten der Veranda hinuntergegangen war, bemerkte sie ebenfalls. Tausende von Feuerkugeln und Sternschnuppen fielen drei Stunden lang wie ein bunter Regen vom Himmel. Sie zogen lange, in der dunstfreien Luft strahlend weiß schimmernde Lichtschleppen hinter sich her, die manchmal zehn Sekunden nachleuchteten.

Als die Sonne um neun Uhr zurückkam, vergoldete sie die Wolken und Strahlenbündel in den schönsten Regenbogenfarben. Auf allen großen Plätzen Cumanás war das Volk zusammengeströmt, das ab sechs Uhr morgens gewöhnlich die Frühmesse in der Kirche hörte.

Am Tag nach diesem Ereignis wurde ihnen endlich von

einem zugeknöpften Mestizen in von Goldfäden durchwirkter Uniform die langersehnte Einladung zum Fest überbracht. Es war schon für den folgenden Abend anberaumt.

Das Fest

Die Flügeltüren schwangen auf, die Marmortreppen lagen hinter ihnen, der Saal öffnete sich. Überall war Glanz.

Der Glanz setzte sich von draußen fort, wo die untergehende Sonne ein blau-goldenes, rotes und blaues Gemälde über die grünen Teppiche der Tropenbäume und Blüten gemalt hatte. Drinnen war mehr als ein geselliger Abglanz – was die erwartungsfreudigen Gäste im Palast von Don Vincente Emparan empfing, bot ein ebenbürtiges Schauspiel.

Alexander hatte Anas Arm genommen. Die junge Frau trug ein weißes Kleid mit violettem Seidenschal, und in ihrem Haar steckte eine Orchidee, die Alexander am Morgen aus dem Urwald mitgebracht hatte. Sie sah glücklich aus. Aimé und Francisco Salcedo folgten, angeregt in ein Gespräch über Betäubungsmethoden bei Operationen vertieft.

In Humboldt kämpften zwiespältige Gefühle, denn ihm schwante, dass von diesem Abend einiges für die bevorstehende Expedition abhängen könnte, aber er wollte heute vor allem auch eines: sich amüsieren.

Rechts vom Eingang zum Palast stand hinter einem schmiedeeisernen Gitter eine Gruppe farbiger Kokotten. Es waren hübsche junge Mädchen in bunten Kleidern, mit wehenden Schleiern und wedelnden Fächern, für die späteren Vergnügungen vorgesehen. Sie lachten, bogen sich, steckten die Köpfe zusammen und winkten neckisch vorbeifahrenden Kutschen und den Eintretenden zu. Alexander warf ihnen übermütig eine Kusshand zu.

In den Innenräumen eilten schwarze Diener mit silbernen Tabletts umher, auf denen sich Früchte, gesüßte Teigtaschen, Schokoladenkreationen, gewürzte Weine und Schälchen mit duftenden Essenzen befanden.

Der Statthalter empfing sie im Foyer mit ausgestreckten Armen. »Willkommen, meine Freunde! Donna Ana! Welche Ehre! Alle warten nur auf Sie!«

»Danke, Exzellenz. Wir sind sehr geehrt von Ihrer überaus freundlichen Einladung.« Humboldt verbeugte sich formvollendet.

Alexander trug einen blauen Frack mit vergoldeten Knöpfen, seine gelbe Weste, gestreifte Hosen, eine weiße Halsbinde und seinen schwarzen, abgetragenen Hut. Damit wollte er seinen monarchistischen Gastgebern seinen Geschmack aus dem französischen Directoire demonstrieren. Mit der Kleidung war auch seine Stimmung auf einen offiziellen Abend eingestellt. Benehmen war ihm schon in Berlin eingeimpft worden, und er wusste sich auf glattem Parkett zu bewegen.

Der Statthalter schüttelte auch Bonpland, der seiner Neigung zu offenen Hemdkragen an diesem Abend entsagen musste und ebenfalls einen Frack trug, sowie Francisco Salcedo im eleganten grauen Anzug überschwänglich die Hand. »Fühlen Sie sich wohl, meine Herren, fühlen Sie sich wohl im Hause des Statthalters dieses wundervollen Landes!«

Festliche Geigenmusik von Musikanten ertönte, die sich dezent über alle Ecken des Saales verteilt hatten. Und überall bewegten sich Menschen durch prächtige Säle, ein ständiges Hin und Her.

Die Ankömmlinge durchquerten einen mit spiegelglatten Marmorfliesen ausgelegten Raum, in dem Kronleuchter so tief hingen, dass sie Anas Augen zum Leuchten brachten. Sich graziös bewegende Damen in Weiß am Arm steifer, meist korpulenter Würdenträger aus den Neuen Kolonien kreuzten ihren Weg zum Tanzsaal. Die Frauen warfen Alexander, den sie zu kennen schienen, vielsagende Blicke zu. Eine junge Mulattin mit einer Perlenkette im Haar schaute ihn hinter ihrem bunten Fächer so hingebungsvoll an, dass Ana zu lachen begann.

»Sie werden noch für Skandale sorgen, mein lieber Humboldt. So wie die Mädchen Sie anschauen, garantiere ich für nichts.«

Humboldt nahm ihre Hand und küsste sie galant, und dann schritten sie der Musik entgegen. Dorthin, wo ein warmes Licht von tausend Kerzen für eine geheimnisvolle Stimmung sorgte – in den Festsaal mit seinen Spiegeln, wo fröhliches Lachen und Gläserklirren erklang.

An der Schwelle machte Don Vicente die Gäste mit seiner Frau bekannt, einer Dame mit länglichem Gesicht, gedrehten Locken und kostbaren Gehängen an den langen Ohren. Ihr Augenaufschlag aus braunen Mandelaugen war sehr schön. Als Humboldt sich zum Handkuss beugte, fächelte aus ihrem mit einer sündhaft teuren Perlenkette verschönten Dekolleté ein Hauch süßer Schwere. Alexander machte ihr artige Komplimente.

»Was wünschen Sie zuerst, verehrter Humboldt, bevor die Tafel beginnt? Trinken, Naschen, Konversation, andere Belustigungen? Sie haben die Wahl.«

Alexander wandte sich seinen Gefährten zu. »Alles steht uns offen, was machen wir zuerst?«

»Möglichst alles zugleich.« Salcedo lachte. »Was

nimmst du, Ana?« Sie wünschte einen Blütensaft. Er entschied sich für einen andalusischen Champagner als Aperitivo auf der Terrasse. Bonpland folgte ihm.

Humboldt war sich seiner offiziellen Funktion bewusst und sagte zu Emparan: »Ein wunderschöner Abend, ein betörendes Fest! Gastfreundschaft ist eine der großartigen Seiten der Tropen! Und wir dürfen dank Ihrer Güte davon profitieren.«

Don Vicente nickte nur und beobachtete den Gast. Sein prüfender Blick, während er eine Zigarre rauchte, kroch Alexander unter die Haut. Der Statthalter taxierte ihn unter gesenkten Lidern mit Kennerblick; seine in den Mundwinkeln sichtbar werdende Geringschätzung, wenn er sie denn empfand, tarnte er durch heftiges Ausstoßen von Zigarrenrauch. Als Humboldt darauf aufmerksam wurde, leckte der Statthalter sich spöttisch die Lippen.

Humboldt wurde von Don Vicente aufgefordert, von seinen Eindrücken in Cumaná zu erzählen. Er tat es, war aber unkonzentriert, denn eigentlich wollte er tanzen. Als der Gastgeber für einen Moment abgelenkt war, weil ein Diener ihm etwas zuflüsterte, und seine Gattin den huldvollen Handkuss eines neu hereintretenden Gastes entgegennahm, entführte Ana ihren Humboldt spornstreichs zur Tanzfläche.

Dort drehten sie hundert Runden, so schnell und ausgelassen, dass die weißen Köpfe der Umstehenden, die neugierig hinüber gafften, sich zu einer weißen, endlosen Schliere verflüchtigten, bis Ana sich schließlich erschöpft und mit roten Wangen an ihn lehnte. Er spürte ihren süßen, jungen Leib, dem ein schwacher, warmer Geruch entströmte, wie die Sonne ihn blühenden Beerensträuchern entlockt. Humboldt wollte sie in einem jähen Impuls an sich ziehen, beherrschte sich aber. Dafür gab sie ihm einen Kuss auf die Wange.

»Setzen wir uns einen Moment, Humboldt«, sagte Ana außer Atem, und er führte sie zu einer Sitzgruppe.

»So habe ich sehr lange nicht getanzt«, freute sich Alexander.

»Puh«, machte sie.

»In Tegel haben wir nicht ein einziges Fest gefeiert. Nur in Charlottenhof in Potsdam.«

»Ich hörte, in Preußen haben die Männer ebenso viele Vornamen wie die Spanier«, sagte Ana. »Stimmt das?«

»Mag sein, ich besitze fünf.« Alexander lachte.

»Und welche?«

»Friedrich Wilhelm Karl Heinrich Alexander, im gleichen Jahr wie Napoleon geboren, zu Ihren Diensten, Señora!«

Ana amüsierte sich. »Und dann hat man Sie immer nur Alexander genannt?«

»Und Sie Ana?«

»Nein. Ich heiße eigentlich Carmen Valesca Ana de Montalban. Als ich klein war, nannte mein Vater mich Faultierchen, weil ich immer so lächelte.« Sie verzog den Mund lausbubenhaft in die Breite.

Alexander nahm erst jetzt eine winzig kleine Narbe an ihrer Oberlippe wahr. Er hätte sie berühren mögen, schaute aber schnell weg.

Als Ana sich puderte, bemerkte er aus den Augenwinkeln, wie Bonpland an der Terrassentür dem Champagner zusprach. Der treue Freund hatte es verdient, einmal unbeschwert zu genießen. Francisco Salcedo hatte in den zurückliegenden Wochen Gefallen an dem jungen Mediziner und seinen Ideen von der Anästhesie gefunden, und er wich ihm kaum noch von der Seite.

Humboldt war in sentimentaler Stimmung. Als er den Blick über die Gesellschaft im Salon schweifen ließ, dachte er weiter an schöne Feste in Schloss Charlottenhof. Die Frauen seines Lebens kamen ihm in den Sinn. Da war vor allem eine. Er musste sich eingestehen, dass er es noch immer kaum verwunden hatte, dass seine erste Geliebte, Amalie von Imhoff, ihn verlassen hatte. Sie war zwanzig gewesen, schön und klug, als er sie in Jena kennenlernte, und er fühlte sich schon wie der erklärte Bräutigam dieses Wunderwesens.

Wie wankelmütig Frauen doch sein können, vor allem, wenn sie so jung sind, dachte Humboldt. Er sah die neben ihm beschäftigte Ana wohlgefällig, aber mit einem beinahe väterlichen Gefühl an, das ihn erschreckte. Sie haben Angst, sich an einen zu binden, weil sie damit das Begehren aller anderen verlieren. Aber die Bewunderung bleibt ihnen doch.

Amalies Flucht war ein Schock für ihn gewesen. Seitdem hatte er beschlossen, sich ganz seiner Arbeit und der Freundschaft zu widmen. Aber die Verlockungen der Frauen waren manchmal stärker, und er war kein Mönch.

Als hätte Ana, die mit der Toilette fertig war, seine Gedanken erraten, sah sie ihn schelmisch an. »Wo sind Sie, Humboldt? Bei jungen Damen in Berlin?«

Alexander antwortete ehrlich: »Bei einer. Aber das ist unwichtig, verzeihen Sie.«

»Nein, nein, Erinnerungen sündigen ja nicht.«

»Und Sie, Ana? An wen erinnern Sie sich?«

»An meinen Vater, meine beiden Brüder, meine Vettern …«

»Olala, nur keine falsche Scham!«, sagte Humboldt lachend. »Es wird andere Männer gegeben haben.«

Sie schüttelte ganz ernsthaft den Kopf. »Keine, glauben Sie mir. Ich habe nur auf ihn gewartet.« Ihre Augen wanderten zur Terrassentür hinüber.

Humboldt wollte nicht weiter in sie dringen. Aber er blieb doch neugierig.

Ana wurde von einem gerade eingetroffenen Schönling mit matadorenhaften Bewegungen zum Tanz entführt. Humboldt verzichtete nur ungern auf sie. Sie war mehr als eine angenehme Begleitung, sie gefiel ihm.

Hinter einem grünen Vorhang bemerkte Alexander zwei junge Frauen, offensichtlich Kreolinnen, die ihn unablässig zu beobachten schienen. Die eine war jung, höchstens sechzehn, schlank und besaß straff nach hinten gekämmtes Haar, das ihr schönes Gesicht auf einem Schwanenhals krönte. Ihre vielleicht vier Jahre ältere Begleiterin trug einen schwarzen Haarturm und Fransen in der Stirn; sie war mit Ketten behängt und weiblicher; ihr Gesicht war gröber als das der anderen. Beide schürzten die Lippen, als hätten sie gerade ein abfälliges Urteil über den Deutschen gefällt.

Humboldt war für solche Situationen empfänglich. Er bezog Blicke und Gesten oft auf sich, auch dann, wenn sie für einen ganz anderen gedacht waren. Die Intimität der beiden Frauen schloss ihn, den eigentlich Fremden, in eine Welt ein, zu der er keinen Zutritt hatte, und das beunruhigte und befremdete ihn. Denn gleichzeitig war er ausgeschlossen, und das hasste er.

Ana Salcedo kam zurück. Sie benutzte emsig ihren Fächer. Humboldt wurde von der erhitzten jungen Frau abgelenkt und konnte kaum seinen Blick von ihrer schlanken Gestalt wenden. Sie führte den Fächer über den Hals, an ihrem schnell atmenden weißen Busen vorbei wie eine zärtliche Feder. Wieder dachte Alexander, diese Geste sei nur für ihn bestimmt.

Trompetenstöße ertönten, das Zeichen für das Festmahl. Alles strömte zur Tafel.

An langen Tischen, die mit bestickten Tüchern belegt und mit vielarmigen Kerzenständern bestückt waren, standen bereits kostbare Geschirre und Kristallgläser. Jeder wurde an seinen Platz gewiesen. Humboldt musste sich von Ana trennen, die neben ihren Gatten platziert wurde. Bonpland saß ihm schräg gegenüber und strich sich mit einer behäbigen Geste, die Hunger ausdrückte, über den Bauch.

Die Bediensteten trugen riesige Silberschüsseln und Platten herein. Reis duftete in bunten Schalen, auf Tranchierbrettern lagen dampfende Antilopenfilets, Fasane, kleine gebratene Ferkel und etwas, das wie gebackener Leguan in Palmblättern aussah. Humboldt beugte sich interessiert nach vorn und sog den Duft der Gewürze ein. Es roch nach wildem Thymian, Anis, Nelken, Pfeffer, einem ihm unbekannten scharfen Aroma und nach Orangen. Die Diener gossen leuchtenden Rotwein in die mit Pfirsichblättern belegten Gläser, und der Festschmaus begann. Alexander aß ohne Hunger, aber mit dem neugierigen Appetit desjenigen, der die tropische Küche probieren will.

Als er nach einer Weile in die Runde blickte, sah er überall errötete Gesichter, trinkende, sich zuprostende Menschen und schmatzende Münder, die unaufhörlich neu gestopft wurden. Man aß und rülpste, wischte sich die Hände ab, die eben noch das Fleisch zerrissen hatten, oder tauchte sie in Rosenwasser. Der Nachtisch bestand aus eingelegten Früchten, etlichen verschiedenen Cremes und wunderbar duftenden Sommersalaten.

Alexander aß und trank langsam und gemächlich. Er genoss es, nicht angesprochen zu werden. Seine Gedanken kreisten um die bevorstehende Expedition. Nach zwei Stunden leerte sich die Tafel allmählich, aber viele Gäste konnten nicht von den Köstlichkeiten lassen.

In diesem Augenblick begann am Ende des Saales ein Spektakel. Eine lärmende, singende Horde blutjunger Artisten aus den Tropen zog mit Affen und Hunden herein, begleitet von Musik, die ins Blut ging. Eine junge Frau führte einen Leoparden an der Leine, der sich duckte und misstrauisch knurrte. Da er offenbar auch Angst hatte, verrichtete er seine Notdurft auf dem spiegelglatten Boden. Alexander wurde durch den Geruch an das Erlebnis mit den Raubtieren im Urwald erinnert. Die Anwesenden erstarrten und rümpften angewidert die Nase, und alle hörten mit dem Essen auf. Auf einen Wink des parfümierten Zeremonienmeisters beseitigte ein Schwarzer den Schaden. Nun begannen die Artisten mit einem tollen Wirbel springender Leiber, flink gebauter Pyramiden und erstaunlicher Kunststücke.

Die sitzenden und stehenden Gäste schauten ihnen gebannt zu und bemerkten nicht, wie mit Säbeln bewaffnete Uniformierte aufzogen und sich an sämtlichen Ausgängen postierten. Auch Alexander und seinen Freunden war es nicht aufgefallen. Doch als der Auftritt der Artisten beendet war und die Musik mit einem Schlag erstarb, ertönte plötzlich das harte Aufschlagen des Stabes, den der Zeremonienmeister schwang.

»Aufmerksamkeit! Seine Exzellenz wünscht, zu seinen Gästen zu sprechen!«

Don Vicente war auf ein kleines, von duftenden Blütenzweigen und zwei liegenden Kampfhunden eingerahmtes Podium getreten und gab ein Zeichen. Von rechts wurde plötzlich von zwei Bewaffneten ein Mann in Ketten herein geführt. Man drückte ihn vor dem Statthalter zu Boden, und ein Soldat trat ihm mit dem Stiefel ins Genick.

Don Vicente verkündete mit zufriedener Stimme: »Ich sah mich gezwungen, um der Sicherheit meiner Gäste willen meine Garde aufzubieten. Bitte, erschrecken Sie nicht. Zwei Unwürdige haben sich eingeschlichen, um einem meiner geschätzten Gäste ein Leid zu tun. Sie sind der frevlerischen Meinung, Barón Humboldt habe durch seinen Aufenthalt hier unserem Land geschadet. Ich ließ sie überwachen und festnehmen. Einer hat inzwischen seine gerechte Strafe bekommen. Der andere hier wird der seinen gewiss nicht entgehen.«

Er ließ den Beschuldigten abführen. Alexander war konsterniert. Ana hielt ihn am Arm, weil sie nicht wollte, dass er zu Don Vicente stürmte und Aufklärung verlangte. »Warten Sie, Alexander«, flüsterte sie. »Mischen Sie sich nicht ein.«

Humboldt fragte sich, ob es Theater war, das hier gespielt wurde. Aber wenn, aus welchem Grund? Wollte der Spanier vor aller Welt demonstrieren, wie viel Unordnung der Aufenthalt der Fremden nach Cumaná gebracht hatte? Die Antwort darauf sollte er erst viele Wochen später am Orinoko bekommen.

»Barón?«, sagte plötzlich eine Stimme an seinem Ohr, »kommen Sie einmal mit.«

Alexander drehte sich überrascht um und sah einen schwitzenden Mann im engen Reitanzug mit Halstuch. Seine Augen besaßen seltsam herabhängende Lider, was ihm einen traurigen, aber auch verschlagenen Ausdruck verlieh.

»Wohin? Was wollen Sie?«

»Nur einen Augenblick«, drängte der Fremde, »dort hinten.«

Ana nickte ihm zu und trat zur Seite. Humboldt folgte dem anderen. Im halbdunklen Nachbarzimmer warteten bei einem Paravan noch zwei andere Männer. Als er eintrat, hoben sie beruhigend die Hand. »Keine Sorge, Barón Humboldt. Nichts von Belang. Nur eine Information.«

»Nennen Sie mich nicht Barón, sagen Sie Herr Humboldt, das genügt«, berichtigte ihn Alexander.

Der Wortführer war im Halbschatten nicht genau zu erkennen, musste aber noch sehr jung sein und besaß eine heisere Stimme, wie durch eine Verletzung der Stimmbänder. »Wir möchten Ihnen etwas sagen. Und das ganz schnell. Dann verschwinden wir wieder. Wir wollen, dass Sie, ein liberal und republikanisch denkender und humanistisch empfindender Mann, eines wissen: Dieses Land besitzt eine Opposition. Es gibt nicht nur die Emparans und ihren Clan, nicht nur die spanischen Kolonisten. Wir sympathisieren mit sozialen Ideen, und in nicht allzu ferner Zeit werden Sie hier andere Verhältnisse antreffen – auch wenn wir im Augenblick noch Opfer beklagen müssen, wie Sie selbst soeben gesehen haben.«

»Ach?«, machte Humboldt.

»Machen Sie Ihre Reise in die südlichen Zonen, Herr Humboldt. Wenn Sie zurückkommen, werden wir an der Macht sein. Und dann hoffen wir, dass Sie sich an uns erinnern und unsere Sache unterstützen.«

»Wer sind Sie? Wie heißen Sie?«

Eine stolze Stimme antwortete: »Don Simón Bolivar aus Caracas.«

Alexander überlegte, hatte von einem Mann dieses Namens aber noch nie gehört. Er versuchte, sein Gegenüber genauer zu erkennen, was ihm auch gelang. Er erblickte einen hoch aufgerichteten, höchstens zwanzigjährigen Kreolen mit breitem Schädel, spitzem Kinn, dichtem Haar und langen Koteletten, der wie ein Stutzer auf Kavalierstour gekleidet war. Ein müder Zug um die heruntergezogenen Mundwinkel und die weit auseinanderstehenden Augen fiel ihm auf, der im Gegensatz zu der fiebrigen Energie seiner Gesten stand.

»Interessieren Sie sich für Politik, Señor Humboldt?«

»Politik?«, erwiderte Alexander skeptisch. »Wollen Sie mich in Ihre Sache einspannen?«

Sein Gegenüber lächelte. »Sie sind ein Mann der Aufklärung, Señor. Sie haben Rousseau gelesen, nicht wahr?«

»Nun – und?«

»Genügt es, wenn ich Ihnen sage, dass wir Rousseaus Schriften und die Erklärung der Menschenrechte in Privathäusern verstecken und vervielfältigen müssen? Dass die, die damit erwischt werden, ihr Leben verwirkt haben?«

»Ich kenne Sie und Ihre Freunde nicht.«

»Das macht nichts. Sie werden uns – wenn ich so sagen darf – noch kennen lernen. Wir sehen uns bald wieder, glauben Sie mir.«

»Alexander?« Anas Stimme näherte sich.

Humboldt hob, seinen Gegenübern zugewandt, ratlos die Schultern.

»Wir sehen uns wieder. Vielleicht genau dann, wenn Sie es nicht erwarten.«

»Alexander?«

»Denken Sie an meine Worte. Und nun gehen Sie wieder zu den anderen. Wir haben gesagt, was wir zu sagen hatten. Gehen Sie und vergnügen Sie sich, Señor Humboldt. Adiós!«

Wie ein Spuk verschwanden die drei Männer im Dunkel. An der Terrasse klappte eine Tür, dann hatte die Nacht sie verschluckt.

»Ah, da sind Sie, Alexander! Schön. War es etwas Besonderes?« Ana war nähergetreten.

»Nein«, sagte Humboldt nachdenklich. »Nur ein paar Worte.«

»Dann können wir ja wieder tanzen.«

»Ja«, sagte Alexander, »gehen wir tanzen.«

Im Festsaal schaute er sich nach den Gefährten um. »Wo sind Bonpland und Francisco?«

»Ich glaube, Sie haben heute Abend große Freundschaft geschlossen«, sagte Ana schelmisch, »sie unterhalten sich schon die ganze Zeit dort, wo es die Getränke gibt, über Hospitäler. Das scheint ein unerschöpflicher Gesprächsstoff zu sein.«

»Sie sind Mediziner«, gab Humboldt zu bedenken. »Bonpland ist es, ebenso wie Francisco, mit Leib und Seele – genauso übrigens, wie er Seefahrer ist. Das liegt in seiner Familie. Der Vater war Arzt, der Großvater fuhr zur See. Das färbt ab.«

Wieder tanzten sie einen Reigen. Alexander genoss es, wie schnell die Welt um sie herum versank. Der Kreis der anderen Tanzenden schloss sie in einen Kokon von Bewegungen, Düften, Freudenlauten und Musik ein.

Und wieder kamen sie nach einer Weile unvermittelt in die Gegenwart zurück. Im großen Saal nebenan entstand ein Getöse, alle liefen hinüber. »Kommen Sie, Alexander!« Ana war vergnügt und wollte alles mitansehen. Sie zog Humboldt an der Hand mit.

Bunt gekleidete Indios tanzten unter Trommelschlägen hinein. In ihrer Mitte bewegten sich graziös nackte, kupferfarbene Jungfrauen von den Chaymas. Die Männer trugen Federbüsche und Kriegsschmuck, und ihre Waffen glänzten im Kerzenlicht. Plötzlich schrie einer gellend auf, bewegte sich wie eine menschliche Schleuder und warf einen Speer. Die Waffe flog eine endlose Zeitspanne – so erschien es den Zuschauern – durch die Luft und blieb zehn Zentimeter neben dem Kopf des Statthalters im Ebenholz der Podiumsverkleidung stecken.

Panisches Entsetzen lähmte die Gäste. Es war, als verschlucke ein großes Loch alle Geräusche. Der Statthalter lehnte sich gemächlich und langsam, als zöge ihn jemand von hinten am Frack, im Sessel zurück. Einen Moment saß er unbeweglich da. Dann lachte er lauthals auf, konnte sich gar nicht mehr beruhigen und schlug sich brüllend auf die Schenkel. Auch die Indios lachten. Aber wie auf Bestellung, nicht aufrichtig heiter.

Don Vicente prustete. Dann rief er: »Nur ein Spiel, nur ein Spiel! Alles abgekartet! Ist er nicht ein zuverlässiger Speerwerfer?«

Die Gäste begriffen und brachen ebenfalls in Gelächter aus. Die Spannung löste sich, und die Stimmung mündete in ein heilloses Durcheinander.

»Nun ja«, sagte Bonpland, der auf der Bildfläche erschienen war. Salcedo hatte ihn untergehakt. Beide hatten offensichtlich mehr als ein Glas zusammen getrunken. »Hab schon mehr gelacht.«

»Billige Vergnügungen«, sagte Francisco, »aber dennoch gebe ich zu, dass ich mich amüsiere. Ich hoffe du auch, Ana?«

»Wir haben getanzt. Mir ist ganz schwindlig.«

»Willst du dich setzen?«

»Gern.«

Salcedo führte seine Frau an die Seite. Humboldt fasste Bonpland ins Auge. »Amüsierst du dich, Aimé?«, fragte er den Gefährten. Der erwiderte verschwörerisch: »Die Frauen hier faszinieren mich – vor allem die Artenvielfalt ihrer Läuse im Haar.«

Humboldt musste lachen. Er wollte gerade antworten, da trat der Statthalter auf ihn zu, in seiner Begleitung ein Dutzend Männer.

»Nein, nein, Barón, jetzt gibt es kein Entkommen mehr!«, rief der Statthalter schon von weitem. »Jetzt sind Sie diesen Ehrenmännern hier Rede und Antwort schuldig. Sie haben viele Fragen.«

»O Gott, ich verziehe mich«, sagte Bonpland und war schon verschwunden.

Humboldt steckte zwei Finger zwischen Gurgel und Hemdkragen, sah den Ankömmlingen aber gefasst entgegen. »Meine Herrschaften«, sagte er nach einem Räuspern, »ich stehe Ihnen selbstverständlich zur Verfügung.«

Ein älterer Mann mit einer Warze auf der Wange blickte ihn abschätzig an und verkündete: »Ich habe Sie mir anders vorgestellt, Señor. Größer, prächtiger!«

»Tut mir Leid.«

»Ist das alles, was Sie dazu zu sagen haben?«

»Wissen Sie, die Einbildungskraft …« Humboldt kratzte sich hinter dem Ohr.

»Was Señor Gonzales sagen will, ist sicher dies«, schaltete der Statthalter sich ein. »Sie verkörpern so ganz und gar nicht das, was wir hier in Neuandalusien von einem Eroberer erwarten.«

»Ach nein?«, erwiderte Alexander spöttisch. »Warum entspreche ich denn nicht Ihren Erwartungen. Was fehlt mir? Größe? Körpergröße?«

»Es ist eher innere Größe. Nein! Sagen wir besser, die richtige innere Einstellung! Ich verstehe darunter einen Hang zu den Werten der Monarchie, wenn Sie wissen, was ich meine. Aber Sie, der Sie aus dem Bürgertum kommen und mit einem Citoyen der Französischen Revolution aus dem Land dieses Bonaparte zusammen reisen, nun« – hier verzog er den Mund,als hätte er auf einen Mistkäfer gebissen – »Sie werden wohl nicht verstehen können, was wir damit ausdrücken wollen, nicht wahr?«

Alexander spürte eisige Kälte. Er wurde ganz Diplomat. Andererseits kochte es in ihm. Schließlich sagte er:

»Nun, meine Herren. Ich dachte, ich besäße als Gast eine Art Immunität. Nein? Ist es noch nicht bis in diesen Winkel der Welt gedrungen, dass man seine Gäste nicht beleidigt? Und glauben Sie überhaupt, Sie könnten mich mit solchen Anwürfen beleidigen? Das täte mir Leid für Sie.«

Unwirsches Gemurmel der Männer im Gefolge des Statthalters erhob sich. Humboldt versuchte, es richtig zu deuten. War er zu scharf geworden? Nein, es zeigte an, das der Gastgeber zu weit gegangen war. Emparan hob auch schon beschwichtigend die Hände.

»Verzeihen Sie, Barón, verzeihen Sie. Ich wollte Sie keineswegs beleidigen. Ich hoffte nur, mit Ihnen in eine offene Diskussion eintreten zu können, und bin wohl ein wenig über das Ziel hinausgeschossen. Nehmen Sie es als Ausdruck meiner überbordenden Freude, einen so großen Mann, von dem so viel zu erwarten ist, an meinem bescheidenen Hof begrüßen zu können.«

Feigling, dachte Humboldt. Aber er nahm die Arroganz des Kreolen für einen Ausdruck provinzieller Abgeschiedenheit in den Kolonien. Und er beschloss, auf keinen Fall nach dem Hintergrund des Vorfalls von vorhin zu fragen.

Ein hagerer Vogelkopf mit kalten Augen warf ein: »Aber damit ist die Fragestellung von eben nicht erledigt. Wie stellen Sie sich zu den Belangen der Monarchie, Señor Humboldt! Das wüssten wir gern.«

Alexander schüttelte den Kopf. »Heute Abend, verzeihen Sie, beantworte ich solche Fragen nicht, mein Herr. Schon gar nicht nach dem Geplänkel, das wir soeben erlebt haben …«

»Geplänkel? Sie nennen die Wühlarbeit der republikanischen Subversion, die unser Königtum verrät, ein Geplänkel, Señor?«

Humboldt riet sich, kühlen Kopf zu wahren. »So beliebe ich es zu nennen, ja. Denn für mich als Kosmopolit – und ein solcher bin ich bis in die Fingerspitzen – ist die Politik in diesem Land nicht von vordergründigem Interesse. Ich habe der spanischen Krone, die mich mit weit reichenden Privilegien ausgestattet hat, viel zu verdanken, aber ich bin nicht ihr Untertan. Mich bewegen außerdem mehr die Probleme, wie ich meine Fundstücke unbeschadet nach Europa transportieren kann. Das werden sie verstehen.«

»Eine sehr unbefriedigende Haltung für einen so großen Geist, Señor!«, rief einer im Gefolge des Statthalters.

»Mag sein. Aber sehen Sie, ich halte es für höchst ungewiss, ja sogar eher unwahrscheinlich, dass mein Gefährte, der Citoyen Bonpland und ich lebend in die Heimat zurückkehren werden. Aber zu klagen ist nicht meine Art. Ich denke nur daran, wie traurig es wäre, wenn die Früchte unserer Arbeit für die Wissenschaft verloren gingen. Vor diesem Hintergrund sind mir politische Ränke unwichtig.«

»Nein. Man muss Partei ergreifen, Señor«, sagte ein würdevoller Weißhaariger aus ihrer Mitte, der genüsslich mit einer langen Zigarre hantierte, »sonst wird man unglaubwürdig, und man macht sich verdächtig.«

»Es ist unser letzter Empfang bei Don Vicente. So die

glückliche Fügung es will, sind wir schon in den nächsten Tagen im Urwald. Und glauben Sie, dass dort die Zugehörigkeit zu der einen oder anderen Partei von Belang ist?«

Jemand lachte. Der Vogelkopf schaute säuerlich drein und erwiderte: »Das sind Ausflüchte, Señor. Haben Sie etwas zu verschweigen?«

»Ich wünschte«, sagte Alexander, »wir könnten über andere Dinge sprechen. Ich bin Wissenschaftler, kein Politiker. Vielleicht darf ich Ihre Aufmerksamkeit auf diese Tatsache lenken?«

»Tun Sie das, Barón«, ertönte es aus der Gruppe. »Geben Sie uns einen Einblick in Ihre Forschungen. Ihre Reiseberichte werden bei uns, seien Sie versichert, als Amüsement sehr geschätzt.«

Humboldt besaß zwar normalerweise ein quecksilbriges, beredsames Wesen, neigte jedoch bei Projekten stets zur Geheimniskrämerei. Und an diesem Ort war besondere Vorsicht geboten. Andererseits musste er den Spaniern ein paar Brocken hinwerfen. Also sagte er: »Gut. Setzen wir uns einen Augenblick, und ich vertraue Ihnen ein paar kleine Geheimnisse an.«

Er ging mit den Herren zu einer Sitzgruppe vor schweren Gobelins mit Schlachtenmotiven. Don Vicente zog sich mit einer angedeuteten Verbeugung zurück.

»Zunächst einmal«, sagte Alexander, »muss ich mich dagegen verwahren, dass von meinem Reisegefährten, dem großartigen Bonpland, abfällig als Citoyen gesprochen wird. Mit diesem Mann verbindet mich eine bewährte Freundschaft. Er ist ein trefflicher reisender Naturalist, überaus tätig und arbeitsam. Er findet sich leicht in Sitten und Menschen, ist sehr mutig und unerschrocken. Seine fachlichen Fähigkeiten sind unbezahlbar. Einen solchen Mann, und mag er auch nicht von Stand sein, behandelt man nicht abfällig.«

Alexanders Gesicht, das gewöhnlich Liebenswürdigkeit ausstrahlte, hatte einen unwilligen Zug angenommen, wie immer, wenn er sich mit etwas beschäftigen musste, das ihn nicht weiterbrachte.

»Da haben Sie recht, Humboldt«, sagte ein junger Mann mit glühendem Gesicht, »es kommt auf den Charakter und die Fähigkeiten der Menschen an, nicht auf ihre Herkunft, nicht wahr?«

»Ich kann das insoweit selbst bestätigen«, gab der wieder besänftigte Humboldt ihm Recht, »als unsere Familie den Adelstitel erst vor rund sechzig Jahren in Gestalt meines Großvaters geerbt hat. Er hatte sich als Offizier im schlesischen Krieg und als Hauptmann von Kolberg verdient gemacht – ich bin sicher, das sagt Ihnen etwas ...« Er schaute in die Runde und sah verständnislose Gesichter. »... und auch wenn König Friedrich Wilhelm II. an meiner Wiege stand und Prinz Heinrich von Preußen mein Taufpate ist, so blieb ich doch in der bürgerlichen Welt zuhause.«

»Sie standen doch in Diensten Seiner Majestät, wie Ihr Vater, von dem wir wissen, dass er Offizier Friedrichs des Großen und später Kammerherr der Kronprinzessin war. Sie müssen ihn doch glühend lieben!«, rief jemand.

»Ich liebte meinen Vater und meine Mutter, und ich liebe meinen Bruder Wilhelm und meine Schwägerin Caroline, mein Herr. Kann man eine Majestät lieben?«

»Das sollten Sie! Das müssen Sie! Dazu sind Sie als Untertan verpflichtet!«, entrüstete sich der Zwischenrufer.

»Da sind wir wieder bei der Politik!« Humboldt lachte. »Ich bleibe bei meinen Leisten.«

»Und welche sind das? Erzählen Sie doch endlich!«

»Wir werden reisen und Abenteuer erleben. Gefahren. Und wenn ich einer wilden Raubkatze gegenüberstehe, muss ich entscheiden, ob ich das Gewehr oder den Zeichenstift zücke … Sehen Sie, das sind meine Probleme.«

Gelächter. Jemand sagte: »Ein Aphoristiker ist er auch noch.«

Und eine andere Stimme warf ein: »Eher ein Abenteurer, hoffentlich von der Vernunft legitimiert.«

Humboldt beachtete die Einwände nicht und fuhr fort: »Ich will nichts weiter als die Welt begreifen – von Tegel aus geht das nicht. Ich will verstehen, wie das Zusammenspiel von Luft, Wasser, Feuer und Erde all das schuf, was wir Natur nennen. Trotz aller Aufregungen und Anstrengungen der nächsten Monate wird die einfache botanische Arbeit im Vordergrund stehen. Da wir eine vollständige Pflanzengeographie entwerfen wollen, müssen wir Pflanzen trocknen, pressen und ordnen, ihren Fundort mit Angabe der Höhe beschreiben, und sie zeichnen. Das wird vor allem Monsieur Bonplands Aufgabe sein, denn er ist zwar Arzt, aber auch ein instinktsicherer Botaniker – so wie ich. Wir werden unsere Aufzeichnungen in Französisch, Spanisch und Deutsch machen und auf getrennten Wegen, zusammen mit den Objekten, über den Ozean an verschiedene Orte nach Europa zurückschicken. Und das Stück für Stück, damit wir nicht unbeweglich werden. Denn obwohl wir das Ganze generalstabsmäßig vorbereiten und mit zehn Packtieren ziehen wollen, muss die Expedition unbedingt schnell reagieren können, wenn alles in Bedrohung gerät.«

»Und was weiter, Señor? Erzählen Sie doch weiter …!«, drängte der junge Mann mit dem erhitzten Gesicht.

»Ich bemühe mich«, sagte Alexander lächelnd, angetan von dessen ehrlichem Interesse.

»Wann haben Sie den Entschluss gefasst, Westindien zu bereisen, Señor Humboldt?«

»Vor nicht einmal drei Jahren. Es war im Schloss Schönbrunn bei Wien, wo ich Gelegenheit hatte, mit großen Männern zusammenzutreffen und ihren Spuren zu folgen. Ich fühlte mich dort einsam, und obwohl ich die Einsamkeit liebe, reifte in mir die Idee, alles hinter mir zu lassen. Die Idee dieser Reise war geboren.«

»Welche Instrumente werden Sie mit in den Urwald nehmen?«, wollte der Junge wissen.

»Es werden viele sein. Aber vor allem den vortrefflichen Spiegelsextanten von Ramsden, der genaueste Noniusmessungen gestattet, den Quadranten von Bird und den Chronometer von Louis Berthoud, wenn Ihnen das etwas sagt, junger Freund.«

Der Frager errötete noch mehr, lächelte aber glücklich.

»Die Indianer erzählen sich schaurige Geschichten«, warf ein vorgebeugter Mann mit Zylinder ein, » von einäugigen und hundsköpfigen Menschen jenseits der Katarakte, von Menschenfressern und von männerverschlingenden Amazonen. Glauben Sie an so etwas?«

»Erst wenn ich es sehe. Und wenn ich es zu Gesicht bekommen sollte, werde ich vorurteilslos darauf reagieren …«

Einige Zuhörer lachten jetzt offener und herzlicher.

»Woran ich allerdings felsenfest glaube, sind die erwähnten Katarakte im Urwald bei Maypures, siebzig Kilometer wild schäumende Wasser, das Ende der Welt. Noch niemand hat sie bezwungen und in die Welt dahinter geschaut. Wenn wir diese Hürde nehmen können, wissen wir mehr. Und vielleicht werden hundsköpfige Menschen noch das Geringste sein, dem wir in den angrenzenden Regenwäldern und unbekannten Gebirgen begegnen, meine Herren.«

»Oh, wie ich Sie beneide, Señor!«, seufzte der erhitzte Junge.

»Wie wollen Sie vom Orinoko aus den Weg zurückfinden, Señor Humboldt? Etwa auf dem gleichen Fluss – gegen die Strömung?«

Wieder lachten einige hämisch; offenbar hatten sich zwei Fraktionen gebildet. Humboldt erwiderte: »Wir werden beweisen, dass es einen Fluss gibt, der Orinoko und Amazonas verbindet. Daraus folgt, dass wir wieder nach Norden fahren und dort über Land an die Küste zurückkehren.«

»Eine Verbindung zwischen Orinoko und Amazonas? Das ist lächerlich! Wüssten wir nicht davon?«

»Wir werden sehen. Lassen Sie uns abwarten. Ich weiß, es gibt diese Verbindung.«

»Und woher wissen Sie das?«, rief die Stimme, jetzt heiser vor Wut.

»Berechnungen, Señor. Quellen. Berichte.«

Die Stimme lachte überspannt. »Niemand kennt einen solchen Fluss. Und jetzt kommen Sie aus diesem Tegel und wollen ihn befahren!«

»Ein Phantast«, pflichtete jemand ihm bei.

Ein Mann im schlampig sitzenden Einreiher, der ständig Notizen gemacht hatte, fragte: »Glauben Sie, dass Ihre Expedition die wichtigste der Neuzeit werden könnte, Señor Humboldt?«

»Warten wir es ab. Man darf Früchte nicht vor der Blüte erwarten. Erst einmal werden wir reisen.«

»Aber der Stellenwert Ihrer Forschungsreise!«

»Sind Sie von der Presse, Señor?«

»El Mundo Caracas, sí.«

»Dann schreiben Sie: Diese Forschungsreise wird vor allem eines sein, die Geburtsstunde der physikalischen Geographie, eines vollständigen Bildes der Tropen – also der Natur und der darin lebenden Menschen. Diese ganzheitliche Herangehensweise erfordert Geduld, Zeit, Glück. Welche Bedeutung spätere Geschlechter ihr zumessen werden, bleibt ihre Sache.«

»Sagen Sie uns noch etwas, das unsere Leser erfreuen kann, Señor Humboldt!«

Alexander überlegte kurz. Dann sagte er: »Es ist mir wichtig, Folgendes festzustellen. Sie hier leben in einem wundervollen Land mit vielen Rassen. Und deshalb sage ich Ihren Lesern, dass für mich die Indios keine Menschen zweiter Klasse sind. Sie sind zweifellos keine großen Kinder, die man erziehen muss. Es gibt vielleicht bildsamere Volksstämme, aber es gibt keine edleren Völker. Sie sehen, ich gehe von der Einheit des Menschengeschlechts aus. Alle Menschen sind gleich zur Freiheit geboren.«

Alexander blickte in die schweigenden Gesichter seiner Zuhörer. Er sah skeptische, verärgerte, sogar bitterböse Mienen. Nur der Junge lächelte, dann applaudierte er heftig. Die anderen räusperten sich und standen auf. Ihr Interesse schien beendet. Der Reporter sagte: »Vielen Dank, Señor, ich werde sehen, ob diese Meinung meine Leser wirklich erfreut.«

Alexander stand allein da und schaute zu der Gesellschaft hinüber. Man vergnügte sich jetzt fast ausschließlich im Tanzsaal. Er überlegte, ob der Abend seinen Absichten sehr geschadet hatte. Zumindest war er auf mehr Ablehnung gestoßen, als er erwartet hatte. Sicher lagen die Gründe dafür in dem Freiheitskampf, den offenbar eine Gruppe republikanischer Hitzköpfe gegen die Kolonialherren begonnen hatte. In einer solchen Situation ist man auf der Seite der Angegriffenen taub für Zwischentöne und versichert sich seiner Verbündeten.

Alexander beruhigte sich damit, dass er sich im Besitz weit reichender königlicher Vollmachten befand. Man konnte ihm Schwierigkeiten bereiten, aber verhindern konnte man seine Expedition nicht. Und er wusste jetzt, dass er keine Rücksicht mehr auf die königlichen Beamten in Neuandalusien zu nehmen brauchte. Hatte er nicht schon viel zu lange gezögert? Worauf wartete er!

Der Gedanke erleichterte ihn. Und noch bevor er ihn zu Ende denken konnte, begann draußen das Feuerwerk.

»Das ist für Sie, Señor Humboldt!«, rief Don Vicente ihm zu und winkte. »Kommen Sie!«

Gut, entschied Humboldt. Ab morgen packen wir. Wir haben genug Zeit vergeudet. Und er ging hinaus zum Feuerwerk, um Bonpland Bescheid zu sagen.

3.

Flussauf ins Unbekannte

Die Instrumente

»Uno! Dos! – Uno! Dos!«

Der stämmige Mestize mit dem ausgefransten Strohhut stand am Heck und warf mit jedem Befehl, den er brüllte, seinen nackten, schweißüberströmten Oberkörper nach vorn. Acht dunkelbraune Ruderer des zwei Meter breiten, mit einem Decksaufbau aus Bast im hinteren Drittel und einem Ausläufer am Bug versehenen Bootes stießen gleichmäßig die herzförmigen Ruderblätter ins lehmige Wasser. Ein riesiger Schwarm wilder Reiher fühlte sich durch das schnell herannahende Gefährt gestört, stob kreischend auf und verfinsterte den Morgenhimmel. Kaimane glitten lautlos in die trüben Fluten. Das flach im Wasser liegende Ruderboot legte endlich an, und Bonpland sprang an Land.

Alexander wartete schon. »Endlich! Es hat lange gedauert.«

»Ich weiß. Aber unsere indianischen Ruderer waren schwer zu bekommen. Jetzt haben wir aber die besten.«

Alexander deutete auf die wartenden Indios bei den Packtieren. »Alles ist verstaut, die Instrumente sicher verpackt. Wir müssen nur noch die Mulis damit beladen, dann kann es losgehen. Wir haben elf Tiere für das Gepäck. Drei werden die Speisen, den Felltisch und den Nachtstuhl tragen, zwei die Betten. – So sehr ist unser Luxus schon gestiegen.«

Bonpland freute sich wie ein Kind. »Ich kann es kaum erwarten. Also – worauf warten wir noch!«

»Ich weiß nicht«, sagte Humboldt, »ich habe ein ungutes Gefühl, die Koffer mit den Instrumenten, den vielen Manuskripten, Zeichnungen, Mineralien und Pflanzen auf den Rücken der schwankenden Maultiere zu sehen. Wir müssen Flüsse durchqueren, die reißend genug sind, alles zu verschlingen.«

»Es hilft nichts, wir müssen es riskieren. Wir können schließlich nicht alles von den Indios tragen lassen. – Übrigens habe ich unterwegs, auf dem Weg vom Dorf der Guahani hierher, Weiße gesehen, die sich von Indios tragen lassen. Ein abscheulicher Anblick.«

»Nach meinem Gefühl ist es unmöglich, sich von Menschen tragen zu lassen«, sagte Humboldt nur und war schon mit den Packtieren beschäftigt.

Auch Bonpland zurrte das Zaumzeug fest. Die kleinen Mulis waren am unruhigsten.

»Carlos!«, rief Alexander. »Es geht los. Gib meine Anweisungen an die Männer weiter!«

»Also, welche Tiere tragen welche Instrumente?«, wollte Bonpland wissen.

Humboldt winkelte beide Arme an und deutete mit den Zeigefingern wie ein Dirigent auf die Instrumentenkoffer. »Mal sehen – das will gut überlegt sein. Geht etwas kaputt, kann das schlimme Folgen haben. Beispielsweise die Kompasse, aber auch der Quadrant von Bird. Er ist ohnehin so schwer, dass ich überlegt habe, ob wir ihn überhaupt mitnehmen sollen. Ein Maultier allein muss ihn schleppen.«

»Wir brauchen ihn, obwohl er uns zugegeben mehr behindert als nützt. Aber sonst können wir bei den Messungen mit Mikrometerschraube, Bleilot und Libelle nicht die entscheidenden zwei Sekunden im Sexagesimalsystem bestimmen«, konstatierte Bonpland.

»So ist es«, bestätigte Humboldt. »Also – nehmen wir ihn mit.«

In diesem Augenblick näherte sich das Ehepaar Salcedo. Die beiden sahen blass aus. Sie kamen zum Abschied. Beim Generalkapitän und Gouverneur der sieben Provinzen Venezuelas, Guevara y Vasconzelos, hatte Humboldt endlich erreicht, dass die Salcedos nach Caracas reisen konnten, wo Don Francisco seinen Beruf ausüben durfte. »Mein Gott, Humboldt!«, rief Don Francisco schon von weitem, »was nehmen Sie alles an den Orinoko mit!«

»Es war auch schon auf dem Schiff!«, rechtfertigte Alexander sich lachend.

»Jetzt, wo es herumsteht, sieht es mehr aus.«

»Was ist das alles?«, fragte Ana neugierig.

»Bonpland und ich fingen gerade an, über die Notwendigkeit der Instrumente zu streiten.«

»Zu reden«, korrigierte der Franzose, »wir streiten nie.«

Ana bat amüsiert: »Würden Sie mich aufklären?«

Bonpland blickte skeptisch zum vorangeschrittenen Sonnenstand empor, Humboldt jedoch vollführte eine große Geste und erklärte: »Sie wissen, dass Ihr Interesse mir schmeichelt, Señora Ana.«

»Es ist wirklich reine Neugierde!«

»Ich weiß. Also – hier vorn haben wir zuallererst eine Uhr zur Bestimmung der Länge. Sie ist von Louis Berthoud Nr. 27 und gehörte dem berühmten Borda. Dann wären hier ein Halb-Chronometer von Seyffert zum Transport der Zeit in kurzen Zeitintervallen sowie ein achromatisches Fernrohr von Dollond mit drei Fuß Brennweite zur Beobachtung der Satelliten des Jupiter. – Soll ich weitermachen?«

»Aber ja! Ja!«

»In der Kiste daneben ein kleineres Fernrohr von Caroché mit einer Vorrichtung, die es erlaubt, das Instrument an einem Baumstamm in den Wäldern zu befestigen. Dann ein Messfernrohr mit einem Glasmakrometer von dem Dresdner Astronom Köhler, es dient zum Nivellieren von Grundlinien, zum Messen des Ablaufs einer Sonnen- oder Mondfinsternis und zur Bestimmung des Wertes sehr kleiner Winkel, unter denen weit entfernte Bergspitzen erscheinen, daneben mein Lieblings-Sextant von Ramsden mit zehn Zoll Radius, einem silbernen Teilkreis und Fernrohren, die bis sechzehnfach vergrößern …«

Bonpland räusperte sich. Da Donna Ana jedoch Humboldts Ausführungen mit großer Aufmerksamkeit und geröteten Wangen folgte, schwieg er. Humboldt fuhr fort:

»Im Ledersack daneben befinden sich ein Dosen-Sextant von Troughton mit einem von Minute zu Minute geteilten Nonius, mit dem wir die Windungen von Flüssen messen werden: ein Repetitionsspiegelkreis von Le Noir mit 12 Zoll Durchmesser; ein Thedolit von Hurter, dessen Azimutalkreis acht Zoll misst und mit dem wir den genauen Reiseverlauf bestimmen; ein künstlicher Horizont von Caroché mit ebenem Glas und sechs Zoll Durchmesser; der Quadrant von Bird; ein Graphometer von Ramsden zum Aufstecken auf einen Stativstab; ein Inklinometer mit 12 Zoll Durchmesser von Le Noir nach dem Prinzip von Borad konstruiert. Dieses Instrument ist von besonderer Qualität und wurde mir vom Bureau des Longitudes de France bei meiner Abreise überlassen. Es ist so kostbar, dass ich überlege …«

»Ana, meinst du nicht, wir sollten Señor Humboldt nicht

länger aufhalten?«, warf Don Francisco ein. »Alle warten schon.«

»Nein, nein«, beeilte Alexander sich zu versichern. »Es ist ja vorerst das letzte Mal, dass ich Donna Ana etwas zu erzählen habe – ich tue es sehr gern, glauben Sie mir.«

»Ja, dann …«

Humboldt hatte sich in Fahrt geredet. »Also, der große Graue mit den besonders spitzen Ohren dort wird den größten Koffer tragen. Darin befinden sich ein Deklinatorium von Le Noir, das nach den Prinzipien von Lambert konstruiert und mit Visiereinrichtungen ausgestattet ist; eine Nadel von 12 Zoll Länge, ausgestattet mit Diopten und nach der Methode von Coulomb an einem torsionsfreien Faden aufgehängt; ferner der Magnetometer von Saussure, von Paul in Genf konstruiert, mit einem Teilkreis von vier Fuß Radius …«

»… ein Magnetometer übrigens«, warf Bonpland ein, der zwischendurch den Indios Anweisungen zum Aufladen gegeben hatte, »der sich als wenig exakt herausgestellt hat …«

»Richtig.« Alexander nickte. »Aber wir brauchen das Gerät dennoch. Nun, was haben wir noch … hier, ein invariables Pendel, konstruiert von Megnié in Madrid; zwei Barometer nach Ramsden; zwei weitere Barometer, mit deren Hilfe man die mittlere Höhe bestimmt; dann weitere Thermometer nach Paul, Ramsden, Megnié und Fortin; Hygrometer nach Saussure und De Luc mit Haaren und Fischbein; zwei Elektrometer nach Bennet und Saussure, mit Goldblättchen und Holundermarkkügelchen …«

»… mit Goldblättchen und Holundermarkkügelchen«, wiederholte Ana genüsslich, »was für Schätze …«

»… die Elektrometer sind ausgestattet mit Stangen von

vier Fuß Höhe, um die Elektrizität der Atmosphäre nach der Methode von Volta mittels einer brennenden, Rauch entwickelnden Substanz zu sammeln und ein Cyanometer nach Paul, um uns in die Lage zu versetzen, mit einiger Präzision das Blau des Himmels in den Kordilleren mit dem in den Alpen zu vergleichen. Herr Pictet hatte die Güte, das Cyanometer wie dasjenige kolorieren zu lassen, das Saussure auf dem Gipfel des Mont Blanc und während seines erinnerungswürdigen Aufenthalts am Col de Geant verwendet hatte. Als letztes …«

»Señor Humboldt!«, rief Carlos del Pino, »können wir weiter aufladen? Die Sonne steht schon …«

»Warte, Carlos, gleich. – Bonpland, erkläre du Donna Ana den Rest …«

Bonpland machte es kurz und bündig, wenn auch liebenswürdig. »Der letzte Koffer, liebe Señora Ana, nimmt folgende Geräte auf. Ein Eudiometer nach Fontana mit Salpetergas, ein Phosphor-Eudiometer nach Reboul, ein Gerät von Paul …«

»Wozu dient es?«, fragte Ana, die offensichtlich den Zeitpunkt ihrer Trennung hinauszögern wollte.

Bonpland begriff es und zügelte seine Ungeduld. »Es ist ein Instrument, das geeignet ist, mit extremer Genauigkeit die Temperatur des Siedepunktes des Wassers in verschiedenen Höhen über dem Meeresspiegel zu messen. Ferner haben wir hier noch eine Thermometersonde von Dumotiez, bestehend aus einem zylindrischen Gefäß mit zwei konischen Ventilen, das ein Thermometer einschließt, zwei Aräometer nach Nicholson und Dollond zur Dichtebestimmung des Wassers, ein zusammengesetztes Mikroskop von Hofmann, ein Normalmeter von Le Noir, welches das von der französischen Nationalversammlung 1798 beschlossene neue Längenmaß in Amerika bekannt machen soll, was mich persönlich besonders freut …«

Humboldt, der sich wieder genähert und Bonplands Ausführungen gelauscht hatte, beendete nun das Seminar. »Summa summarum bleibt dem letzten treuen Muli noch die Aufgabe, eine Messkette, eine Probierwaage, ein Hyetometer, ein Absorptionsröhrchen, elektroskopische Apparate, Gefäße für die Messung verdampfender Luft, ein künstlicher Horizont mit Quecksilber, galvanische Apparate, Reagenzien und etliche Werkzeuge zu tragen …«

»Du hast die kleinen Leidener Flaschen vergessen, die sich durch Reibung laden lassen, dein Lieblingsspielzeug …«

»Richtig. Aber die werden wir vielleicht ersetzen können, wenn wir am Orinoko Zitteraale fangen.«

»Puh!«, staunte Donna Ana. »Eine wahrhaft stolze Ausrüstung. Ich hoffe für Sie, dass keines dieser gewiss unersetzbaren Instrumente bei den Gefahren der Expedition beschädigt wird.«

»Ganz reibungslos wird es kaum gehen«, argwöhnte Bonpland.

»Wo haben Sie eigentlich den Umgang mit den Instrumenten gelernt?«

»An der Pariser Sternwarte.«

»Humboldt ist ein Virtuose der Instrumente«, erklärte Bonpland. »Allerdings bekam er oft damit Ärger. Einmal saß er deswegen sogar im Gefängnis. Es war in Kastilien …«

Peinlich berührt unterbrach Humboldt den Gefährten. »Lass nur, Bonpland, ich glaube, wir hatten schon davon erzählt. – Liebe Señora, wann sticht Ihre Caravelle in See?«

»In zwei Stunden«, erwiderte mit traurigem Blick Donna Ana. »Dann trennen sich unsere Wege.«

»Hoffentlich regnet es in Caracas nicht unaufhörlich,

dort geht die Regenzeit ja von Oktober bis März, und ich habe schon Schlimmes gehört ...«

»Und Ihre Route, Señores, bleibt ebenso genau festgelegt wie unsere?«, fragte Don Francisco dazwischen.

»Wir müssen einen kleinen Umweg in Kauf nehmen«, erwiderte Aimé. »Um die landwirtschaftlich besonders blühenden Täler um Zaraza kennen zu lernen, werden wir mit dem Kanu vorstoßen, während die Karawane mit den Instrumenten über Land nach Süden geht. Wir rücken also auf getrennten Wegen vor. Während wir unsere Flussfahrt unternehmen, schleppt der Treck die Ausrüstung durch den Dschungel. Wir durchqueren alsbald die Llanos. Irgendwo am Apure werden wir ausgiebig unsere Ergebnisse sichten. Wir reisen südwärts zum Orinoko, treffen an den Katarakten von Maypures, die wir umgehen müssen, wieder mit der Karawane zusammen, schiffen uns in Egua wieder ein und werden unsere Route geographisch durch genaue Ortsbestimmungen aufnehmen. Auf den Flüssen Orinoko, Rio Arabapo und Rio Negro bis zum brasilianischen Grenzort San Carlos folgen wir dem schwarzen Fluss. Dabei werden wir beweisen, dass der natürliche Kanal des Rio Casiquiare den Rio Negro und den Orinoko verbindet.«

»Ein umstrittenes Phänomen. Die Geographen bezweifeln seine Existenz – das wissen Sie!«

»Es gibt ihn. Wir finden ihn.«

»Wenn wir dann noch am Leben sind, sehen wir weiter«, ergänzte Humboldt.

»Aber Humboldt, reden Sie doch nicht so!«, entsetzte sich Don Francisco.

»Manchmal glaube ich, wir können das niemals schaffen – ganz ehrlich gesagt.«

»Ich mag Ihnen gar nicht zuhören!«

»Man erzählt von Kopfjägern, Kannibalen, bestialischen Banden, die das Gebiet unsicher machen. Deshalb stoßen in La Urbana am Orinoko andere Reisende zu uns. Gemeinsam können wir uns besser verteidigen.«

»Also dann – leben Sie wohl«, sagte Donna Ana. »Und tausend Dank für alles! Ohne Sie hätten wir es niemals geschafft, in diesem Land Fuß zu fassen.«

Sie umarmte Humboldt und legte ihr Gesicht an seine Brust – länger als es schicklich war. Aber ihr Gatte lächelte verständnisvoll. Donna Ana küsste Bonpland auf beide Wangen, dann eilte sie davon. Ihr Gatte schüttelte den Reisenden stumm die Hand. Er fand keine Worte, aber auch so sahen die Gefährten den Dank in seinen feuchten braunen Augen. Sie wünschten ihm Glück.

Dann wurde aufgeladen. Weisungen flogen hin und her, es wurde gesungen und gescherzt, wobei sich vor allem die Schwarzen hervortaten. Nachdem die Lasten verstaut waren, setzte sich die Karawane, bestehend aus sechzehn Mulis, drei Reitpferden und zwanzig Indios, unter Führung eines vertrauenswürdigen Verwandten von Carlos del Pino langsam in Bewegung. Auch Humboldt und Bonpland stiegen zu ihren indianischen und schwarzen Ruderern in das Boot.

»In einem Monat am Apure!«, rief Carlos, schon vom Boot aus, den Treibern in seiner Sprache zu. »Wenn nichts passiert. – Und achtet mir auf die Instrumente!«

Damit begann die Expedition, die Humboldt seit seiner Kindheit in Tegel stets erträumt hatte. Das wahre Abenteuer Amerika lag vor ihnen.

***

Humboldt fiel während der Reise auf, dass die drei Schwarzen unaufhörlich redeten, während die fünf Indios kein einziges Wort sagten. Doch alle ruderten gleichmäßig und mit großer Ausdauer.

Die kleine Arche Noah glitt über die Wasser dahin. Als lebenden Proviant, zu Studienzwecken oder auch nur zum Amüsement hatte die kleine Expedition unterwegs an den Ufern Tiere aufgekauft. Auf dem mit bunten Teppichen verhängten Bastdach des Bootes saßen Papageien mit blau, grün und gelbem Gefieder, zwei haarlose, braune Hunde starrten im Schatten der Ruderbank mit tränenden Augen zum Himmel, ein Leguan fuhr die Krallen aus und beäugte misstrauisch die in Leguanleder gebundene Reiselektüre, ein Pinselaffe mit buschigen Brauen schrie in den Pausen, die er nicht zum Zerfleddern der Reisetagebücher nutzte, im Falsett die Ruderer an. Und in Bonplands Zylinder hatte sich ein weißes Faultier eingerichtet, das sich nur bewegte, um das gebogene Zahlenlineal des Quadranten zu betätigen, wobei es behäbig grinste.

Während die Sonne über das Blätterdach des undurchdringlichen, von Tierlauten erfüllten Dschungels wanderte, notierte Humboldt mit Tinte und Gänsekiel: »Es gibt keine anstrengendere Arbeit als die der Ruderer. Unsere Fahrt mit dem Boot auf dem tückischen Fluss wurde schon jetzt, wo wir sechs Tage unterwegs sind, zu einer schrecklichen Tragödie. Von den ursprünglich acht Ruderern lebt nach den plötzlichen Attacken des Fiebers keiner mehr. Die Ersatzmannschaft ist inzwischen bleich und hat schrecklich stinkende Fußgeschwüre. Wie soll einer glauben, sagen uns die Indios, dass ihr euer Vaterland verlassen habt, um euch auf diesem Fluss von den Mosquitos auffressen zu lassen und Land zu vermessen, das euch nicht gehört …«

Sie hatten die Toten in einer kleinen Missionsstation beerdigt. Die Indios hatten unerklärlicherweise schon dem ersten Angriff des Fiebers nicht standgehalten. Zum Glück fand sich sofort Ersatz, und nach einem Tag Verzögerung konnte es weitergehen.

Alexander hatte Karten gezeichnet, die ersten, die von dieser Region existierten. Und Bonpland sichtete unaufhörlich den Inhalt seiner gefüllten Botanisiertrommel. Wenn die Wasser jedoch wilder wurden und das Boot gefährlich mit rissen, galt es nur eins – sich festhalten. Die Europäer bewunderten den Mut der Indios, die des Öfteren einfach in das tosende Wasser sprangen, um auf herumwirbelnden Baumstämmen flussabwärts zu schwimmen, wenn die reißenden Strudel ihre Ruderarbeit nicht erforderten. Irgendwo voraus warteten sie dann, schwangen die Arme und freuten sich kindlich, die Ersten gewesen zu sein. Ihr Guaquerie Carlos del Pino beschimpfte sie, doch Humboldt ließ die Übermütigen gewähren, denn sie arbeiteten hart.

Eines Abends kamen sie zu einem Dorf, in dem sich die Bewohner nach Sonnenuntergang auf einem großen Platz versammelten, um sich Bilder einer Laterna Magica anzuschauen. Ein alter Spanier mit weißer Mähne warf kreisrunde, erstaunlich scharfe Ablichtungen der europäischen Hauptstädte an eine Häuserwand, darunter auch von Berlin.

Humboldt war entzückt. Er erinnerte sich, wie er in seiner Kindheit mit Wilhelm auf dem Dachboden von »Schloss Langeweile« eben solche bunten, runden Bilder angeschaut hatte, die ihm von der Weite der Welt zuflüsterten. Dabei vergaß er einen Moment lang den Dschungel und glaubte, den Staub des Schlosses und die rauchige, märkische Luft Tegels zu riechen. Und erhob sich nicht für einen

Moment das Krächzen der Krähen, die im Flug ihre schwarzen Löcher in den Herbsthimmel gravierten?

Die Reisenden blieben drei Tage in dem Dorf. Am letzten Tag badete Bonpland weit nach Mitternacht im Rio Guanipa, danach zogen sie weiter. Es war zwei Uhr nachts; sie wollten schon vor der Tageshitze unterwegs sein und am Vormittag rasten.

Der feuchte, von Schlangen bevölkerte Dschungel barg alle möglichen Gefahren, doch für die Botaniker bot er auch die reichste Ausbeute. Die Entdeckungen nahmen kein Ende.

Zehn Meter hohe Baumfarne bogen sich in der Brise; die Brownea, von den Eingeborenen Rosa del monte oder Palo de Cruz genannt, begeisterte sie mit fünfhundert purpurroten Blüten in einem einzigen Strauß. Jede Blüte besaß immer elf Staubfäden. Carlos berichtete, das prachtvolle Gewächs, dessen Stamm 15 bis 20 Meter hoch wuchs, würde selten, weil sein Holz eine sehr gesuchte Kohle ergäbe. Den Boden bedeckten Ananas, Hemimeris, Polygala und Melastomen. Eine kletternde Grasart schwebte in leichten Windungen zwischen Bäumen, zwischen ihrem tiefen Grün zeigten sich blutrote Gespinste wie in einem farbenreichen Traum.

Sie kamen sehr spät nach San Tomé. Die Personen, an die sie empfohlen worden waren, empfingen sie nicht. Aber eine junge, kanarische Familie, die sich bis in diesen Vorposten der Zivilisation vorgewagt hatte, nahm sie mit liebenswürdiger Herzlichkeit auf. Großeltern und Tochter bereiteten ihnen ein Mahl und vermieden sorgfältig alles, was einen Zwang dargestellt hätte. Der Hausherr, Don Alexandro Gonzales, war in Handelsgeschäften auf Reisen, und seine junge Frau genoss seit kurzem Mutterfreuden. Sie war außer sich vor Freude, als sie hörte, dass Humboldt und Bonpland auf dem Weg an den Orinoko seien und nach Zaraza kommen würden, wo sich der Gatte befand. Die beiden Forscher sollten als Boten dienen und von der Geburt des Erstlings künden. Humboldt versprach es der jungen Frau, die ihn mit ihrem schüchternen Wesen, aber herausfordernden Blicken an Donna Ana erinnerte.

Man saß unter kühlen Ceibabäumen, im Schatten eines großen Zamang, und von den Granitbergen des Rincon del Diablo fächelte ein duftender Wind herüber. »Wenn die Mosquitos nicht wären«, meinte Bonpland, »hier wäre das Paradies.«

Als sie aufbrachen, trug man ihnen das Kind zu. Humboldt küsste es auf die Stirn. Sie mussten versprechen, es dem Vater Zug für Zug, Eigenschaft für Eigenschaft zu beschreiben.

»Aber Señores!«, rief die Gastgeberin entsetzt. »Ich sehe, Sie haben so viele Bücher und Instrumente! Auf einer so langen Reise und bei so vielen Geschäften, die Sie zu erledigen haben – werden Sie dabei nicht vergessen, was für Augen mein Kind hat?«

»Seien Sie unbesorgt«, beruhigte Humboldt die junge Mutter, »wir werden den Anblick des Kleinen so getreu wie eine Zeichnung übermitteln.«

»Und Humboldt kann zeichnen«, ergänzte Bonpland. »Hätte seine strenge Mutter Marie Elisabeth Colomb ihm sonst erlaubt, ihr Schlafzimmer in Schloss Tegel auszumalen?«

»Dann reisen Sie mit Gott!«

Ein Indio hatte die Bubas bekommen, eine von haardünnen Würmern verursachte, gefährliche Hautkrankheit, unter der viele Sklaven auf den Zuckerpflanzungen litten. Er musste in San Tomé ausgetauscht werden. Die restliche Mannschaft gewöhnte sich allmählich an die Strapazen der Reise. Humboldt und Bonpland blieben gesund.

»Hinter San Tomé wird der Fluss sich ändern«, warnte sie ein Indio.

»Was erwartet uns?«, wollte Humboldt wissen.

»Stromschnellen, Señor!«, antwortete der Einheimische und legte das Gesicht in unbehagliche Falten.

»Es wäre nicht das erste Mal«, meinte Humboldt.

»Abwarten«, meinte Bonpland. »Hier weiß jeder etwas anderes. Im Grunde kennt diesen Fluss doch niemand genau.«

Am folgenden Nachmittag erkannten sie, dass es diesmal Ernst wurde. Die Indios hörten mit dem Rudern auf, hielten die Blätter regungslos und stumm vor der Brust und starrten voraus.

Der Fluss löste sich in weiße, schäumende Gischt auf. Darüber funkelten bunte Wasserschleier. In der Flussmitte türmten sich vor Nässe glänzende Granitfelsen. Wo das Wasser zwei, drei Meter hinabstürzte, bildeten sich grüne Fontänen.

Auch Alexander richtete sich halb auf. Ein mulmi-ges Gefühl überfiel ihn, doch sein quecksilbriges Wesen verscheuchte die Angst sofort. »Kommen wir da durch?«, rief er dem Guaquerie zu.

»Nein.« Der schüttelte bedächtig den Kopf. »Nicht lebend.«

»Dann können wir nur eins tun«, erklärte Bonpland. »An Land gehen und das Boot mit einer Leine sichern. Danach folgen wir dem Ufer so lange, bis der Fluss sich stark krümmt, und holen das Boot mit dem straffen Seil über.«

»So könnte es gehen«, meinte Humboldt. »Carlos, was meinen die Ruderer?«

Der Guaquerie verhandelte mit ihnen. Dann sagte er: »Einer will versuchen, ins Wasser zu gehen, mit der Strömung an das gegenüberliegende Ufer zu schwimmen und das Seil drüben zu befestigen, dann können wir das Boot sichern.«

»Und kommen nur ganz langsam voran!« Humboldt schüttelte den Kopf. »Außerdem ist es viel zu gefährlich.«

»Ich versuch's«, sagte Aimé plötzlich.

»Nein! Auf keinen Fall – auf gar keinen Fall du! Entweder wir machen es, wie du vorgeschlagen hast und gehen eine Weile zu Fuß, oder ich werde mit dem Seil ins Wasser springen.«

»Warum du?«

»Ich bin kräftiger gebaut als du ...«

»Haha ...«

»Außerdem wollte ich schon als Kind unbedingt Soldat werden. Ich bin als Draufgänger geboren.«

»Was? Du hast mir einmal erzählt, dass du wie dein Vater Arzt und wie der Großvater, bevor er im schlesischen Krieg Hauptmann von Kolberg wurde, Seefahrer werden wolltest!«

»Meine Vorstellungen mussten eben erst reifen.«

»Das zählt nicht.«

»Aimé! Ich trage einfach die Verantwortung für die Expedition. Deshalb muss ich auch mehr riskieren!«

»Alexander, warte ...!«

Doch Humboldt hatte sich entschieden. Wenn er sich etwas in den Kopf gesetzt hatte, war er nicht mehr davon abzubringen.

»Achtung!«, rief er gegen die immer lauter tosenden Wasser an. »Wir machen es so. Wir landen am rechten Ufer, dort drüben bei den Flussweiden. Dann suche ich eine Stelle, wo ich die Strömung zwischen den Felsen ausnutzen kann, um ans andere Ufer zu kommen. Irgendeine Längsfurt wird es geben. Wir binden das Seil um meinen Körper. Wenn ich drüben bin, ziehe ich es fest, und ihr kommt alle hinüber – mit dem Boot.«

»Aber Señor, lassen Sie uns das machen!« Carlos del Pino blickte den Forscher besorgt an.

»Wir machen es so, wie ich gesagt habe.«

Am Ufer anzulegen war kein Problem. Noch war die Strömung nicht reißend. Nach hundert Metern jedoch änderte das Bild sich schlagartig. Die Wasser tobten und schäumten, türmten sich zu weißen Säulen auf und zerstoben an den Felsen. Dennoch fanden die Männer eine Stelle, an der es möglich schien, ans andere Ufer zu kommen.

Alexander zog das Wams, Schuhe und Strümpfe aus und ließ sich das dreißig Meter lange Hanfseil von doppelter Fingerdicke um den Leib binden. Dann sprang er in Kniehose und weissgerüschtem Hemd in die Fluten. Schon nach ein paar Schritten merkte er, dass die Gewalt des Wassers stärker war als er. Er glitt auf glattem Untergrund aus, die wütenden Fluten rissen ihn mit.

»Pass auf!«, rief Aimé entsetzt. Er packte das Seil, das zusätzlich um mehrere Bäume gebunden war, und zog es gemeinsam mit den Indios heran. Aber das nützte dem im Wasser kämpfenden Humboldt nichts. »Wenn wir jetzt Spiel lassen, kann er sich sämtliche Knochen brechen!«, rief Bonpland seinen Helfern zu.

Alexander versuchte verzweifelt, Grund unter die nackten Sohlen zu bekommen. Das Wasser schleuderte ihn herum. Schon schluckte er so viel, dass er keine Luft mehr bekam und nach Atem rang. Und erneut schlugen die eiskalten, tosenden Fluten über seinem Kopf zusammen.

›Es geht nicht! Ich schaffe es nicht!‹, erkannte er voller Entsetzen. Er wurde gegen einen Felsen geworfen und versuchte sich dort irgendwo festzukrallen, doch seine inzwischen blaugefrorenen Finger rutschten ab. Ein Schmerz in der linken Schulter ließ ihn aufschreien. Er kämpfte weiter, umkrampfte mit der Rechten das Seil und ruderte, bis der Schmerz ihn betäubte. Dann ließ er sich treiben – es hatte keinen Zweck.

»Er schafft es nicht! Alexander schafft es nicht!«

»Wir müssen das Seil zurückziehen, sonst ertrinkt er!«

»Nein! Wenn wir es zu schnell anziehen, wird er erneut gegen die Felsen geschleudert!«

Humboldts durchtränkte Kleidung wurde immer schwerer. Alexander glaubte, eine Zentnerlast zu tragen. Das Hemd schlotterte um seinen Oberkörper wie der Fetzen einer weißen Fahne, die zur Kapitulation aufrief. Aber plötzlich geriet er in Rückenlage. Er spürte, wie er gegen einen Felsen geworfen wurde, auf dem er für kurze Momente liegen konnte. Er riss sich zusammen und stemmte die Beine gegen die Strömung an einen weiteren, glitschigen Stein. So gewann er allmählich Halt. Er zerrte an dem Seil und rutschte Zentimeter um Zentimeter auf dem Felsen in Richtung Ufer. Wieder warf ihn ein wilder Strudel zur Seite. Er brüllte seine Angst und Wut heraus – und das setzte seine letzten Kräfte frei. Er bekam einen trockenen Fels zu fassen und konnte für einen Moment verschnaufen.

»Vamos! Al otro lado!«

»Arriba! Todos juntos!«

Humboldt hörte das Brüllen der Gefährten nicht. Er kämpfte mit den Elementen; für den Ausschnitt seines Lebens, in dem er sich augenblicklich befand, galten nur die zehn Quadratmeter Wasser und Stein, die Kälte und Schläge der Strudel, die ihn vernichten wollten.

Es gelang ihm, weiterzurutschen. Die Felsen wurden trockener, sein Halt besser. Er ging in die Hocke, konnte sich schließlich aufrichten, zerrte das nun schwere, nasse Seil zu einer verkrüppelten Birke am Uferrand und band es mühsam fest. Auf der anderen Seite sicherte man das Seil inzwischen an einem dickeren Baum. Jetzt war die Brücke hergestellt. Drei Indios sprangen ins Wasser und hangelten sich am Seil flussaufwärts; sie erreichten Humboldt nach kurzer Zeit ohne Mühe. Die anderen folgten mit dem Boot.

Am Schluss blieb Bonpland übrig, er hatte die Aufgabe, das Seil zu kappen und mit diesem den Sprung ins Wasser zu wagen. »Schnell, schnell! Zieht ihn hinüber!« Humboldt feuerte seine Männer an. Die aber refften das Seil zu schnell, sodass Bonpland vornüber stürzte. »Mein Gott, langsamer! Wieder nachgeben!« Jetzt konnte Aimé gut schwimmen. Er schoss wie ein Fisch durch die Stromschnellen.

Noch einmal stürzte auch Humboldt in die Fluten, als er bei der Sorge um den Freund zu heftig am Seil riss und auf dem nassen Untergrund ausrutschte. Zum Glück verletzte er sich nicht. Und dann war das Boot ohne Schaden auf der sicheren Seite und auch die Nachhut in Gestalt Bonplands im Trockenen.

Die Männer hieben sich auf die Schultern und beglückwünschten sich gegenseitig. Die Indios äfften das Schulterklopfen noch lange mit begeistertem Gelächter und den Stimmen der Weißen nach.

Als sie erschöpft auf die Böschung fielen und am Ufer

ausruhten, schmerzten ihre Glieder. Jeder zeigte seine blauen Flecken und Hautabschürfungen. Humboldts Schulter war blutunterlaufen, aber nichts war gebrochen. »Dios mios!«, stieß Carlos hervor, »und das wollen Sie vier Jahre lang auf sich nehmen, Señores? Für nichts weiter als ein paar Steine oder Gräser?«

Humboldt und Bonpland saßen nackt in der Sonne und trockneten ihre Kleider. Die Indios schämten sich und behielten ihre zerlumpten Leinen an. »Ein paar Steine oder Gräser sind es wert!«, erklärte Humboldt und wrang sein Hemd aus.

Und Bonpland fügte hinzu: »Es geht ja nicht immer so rasant zu wie eben.«

Sie mussten den unberechenbaren Fluss noch fünfzehn Mal auf die gleiche Weise überqueren. Dann, am Ende der zweiten Woche, als sie des kräftezehrenden, feuchten Spiels gründlich leid waren, erreichten sie Zaraza.

Hier hatte man eine Nachricht von der Expedition zu Pferde erwartet; die aber lag nicht vor. Humboldt und Bonpland waren beunruhigt, denn von hier aus wollten sie in die Llanos, und damit riss der Kontakt gänzlich ab. Vorher jedoch taten sie ihre Pflicht und überbrachten dem überglücklichen Gonzales die Nachricht von der Geburt seines Kindes. »Er hat graublaue Augen, in der Mitte wie bei einem Kaleidoskop mit grünen und gelben Sprenkeln – ein Goldkind.«

»Señores, Sie machen mich sehr glücklich! Bitte bleiben Sie! Seien Sie meine Gäste, so lange Sie wollen!«

Bonpland bedankte sich und fügte hinzu: »Es ist schön zu wissen, dass wir darauf zurückkommen dürfen. Aber uns ruft die Weite.«

Händeringend beschwor Gonzales: »In den Ebenen hausen gefährliche Banden. Sie können unmöglich durchkommen!«

»Wir brechen morgen bei Sonnenaufgang auf.«

»Dann nehmen Sie wenigstens für eine Woche Trinkwasser mit!«

Humboldt überlegte. »Werden wir soviel brauchen?«, fragte er dann.

»Sie müssen mit Pannen rechnen und sich vielleicht länger in den kargen Ebenen aufhalten«, gab Gonzales zu bedenken.

»Und wir müssen unser Wasser ja auch mit den Tieren teilen«, sagte Bonpland. »Andererseits haben wir ortskundige Führer. Sie wissen, wo Wasser zu finden ist.«

Sie kauften für jedes Muli einen großen Wassersack aus gegerbter Tierhaut, füllten diese Säcke und befestigten sie an den Sattelspornen. Gonzales begleitete sie mit dem Pferd bis weit außerhalb des Dorfes. Dort, wo ein steiniger Pfad nach Westen abbog, verabschiedete er sich. »Gott mit Ihnen, Señores! Ich werde für Sie beten!«

Gut gelaunt schwenkten die Forscher ihre Hüte. »Adiós! Hasta luego!«

Durch die Llanos

Unter dem neunten Breitengrad betraten Humboldt und Bonpland das Becken der Llanos.

Die Sonne stand bereits im Zenit, der Boden zeigte überall, wo er keine Vegetation trug, eine Temperatur von 50 Grad. Humboldts beinahe meterlanges, bleistiftdünnes Reisethermometer, das er in seiner Hülle aus gelbschwarzem Horn nie aus der Hand gab, war kurz davor, zu platzen. In der Höhe, in der sich die beiden Forscher nun zusammen mit sechs einheimischen Begleitern befanden, regte sich kein Lufthauch. Doch in der scheinbaren Ruhe erhoben sich fortwährend kleine Staubwirbel infolge von Luftströmungen, die dicht am Boden durch die Temperaturunterschiede zwischen dem Sand und den mit Gras bewachsenen Flecken hervorgebracht wurden. Diese Sandwirbel und Winde steigerten die Hitze der Luft und erzeugten bei den Reisenden Erstickungsängste.

Dennoch kamen sie ordentlich voran, und ihre gute Laune versiegte nicht. Am Nachmittag stiegen sie von den Reittieren, die in tiefen Sand einsanken. Jetzt quälten Mulis und Männer sich gleichermaßen weiter.

Die Ebene ringsum schien zum Himmel anzusteigen, und die unermessliche Einöde stellte sich ihren Blicken wie eine mit Tang und Meeralgen bedeckte, leicht vibrierende See dar. Erde und Himmel verschmolzen ineinander. Durch den trockenen Nebel und die Dunstschichten gewahrten die Gefährten in der hitzeflimmernden Ferne Stämme von Palmbäumen. Ihrer grünen Wipfel beraubt, erschienen diese wie Schiffsmasten, die am Horizont auftauchen.

»Ein bizarres Bild. Man weiß gar nicht mehr, wo man sich eigentlich befindet.«

»Eine Fata Morgana. Ich habe das schon in Nordafrika erlebt«, sagte Bonpland.

»Erzähl!«, forderte Humboldt ihn auf.

»Ach, meine Kehle ist so verdammt trocken. Erzähl du lieber was, Alexander.«

»Als ich 1797 mit dem genialen, halb tollen Lord Bristol nach Ägypten fahren sollte, um Kunstwerke zu zeichnen und zu vermessen, habe ich solche Erscheinungen in der Theorie studiert. Da aber die Reise wegen des napoleonischen Krieges, an dem du, lieber Aimé, als Arzt auf der feindlichen Seite teilgenommen hast, nicht zustande kam, sah ich die Fata Morgana nie in der Wirklichkeit. – Übrigens sollte damals auch die ehemalige Hauptmätresse Friedrich Wilhelms II. von Preußen, die schöne Gräfin Lichtenau mit von der Partie sein. Sie hieß eigentlich Wilhelmine Enke. Man erzählt sich von ihr …«

»Señores, es ist unerträglich! Wie weit noch?«, fragte einer ihrer Begleiter, ein Junge mit sanften Augen.

»Weiter, immer weiter«, erwiderte Bonpland mit krächzender, trockener Stimme.

Calabozo im Westen zu erreichen, konnten die Forscher kaum hoffen. Aber sie wollten so weit wie möglich kommen. Die Karawane zog bedächtig voran. Der Boden wurde immer trockener; tiefe Risse im ausgedörrten Sand machten das Vorankommen schwierig. Hin und wieder stießen sie auf ausgebleichte Tierskelette und einmal auf eine kleine Gruppe von menschlichen Überresten.

»Die Ärmsten!« Aimé schüttelte sich, als er sich lebhaft vorstellte, wie das Ende der Unglücklichen ausgesehen hatte.

»Weiter«, sagte Humboldt.

In seinem Kopf formulierte er schon die Worte, die er am Abend ins Tagebuch schreiben wollte: ›Der erhärtete Boden klafft auf, als wäre er von mächtigen Erdstößen erschüttert. Wir leiden sehr unter der Hitze. Die Luft ist voller Staub. Der einförmige Anblick dieser Steppen hat etwas Großartiges, aber auch etwas Trauriges und Niederschlagendes. Wir kommen nur langsam voran.‹

Die Männer steckten sich Laub in die Hüte, um einem Sonnenstich zu entgehen. Aber die Hitze in diesem endlosen Nichts wurde immer ärger. »Kaum zu glauben, dass die

Llanos in der Regenperiode zwischen Juni und Oktober unter Wasser stehen und alles grün ist«, meinte Humboldt. »Dann tummeln sich hier Reiher, Schwarzkopfstörche, rosafarbige Flamingos und Kondore zwischen den weißen und braunen Rindern. Aber jetzt wird alles zu Staub.«

»Wäre doch jetzt Regenzeit und ich ein Schwarzkopfstorch«, seufzte Bonpland.

Zuerst brach das grauweiße Muli zusammen. Es knickte unter seiner Last zusammen und verendete, kläglich schreiend. Die Indios, die als Führer und Träger den Zug begleiteten, zeigten keine Regung. Sie trieben die noch verbliebenen fünf Mulis stoisch durch die scheinbare Einöde. Die Savanne flimmerte vor ihnen wie ein endloses Meer.

Einmal kam ihnen eine gespenstische Herde weißer Kühe entgegen – ausgemergelt, brüllend, ohne Treiber. Die halb verdursteten Tiere mit den halbmondförmigen Hörnern trotteten vorbei, sichtlich am Ende ihrer Kräfte. Hatten sie sich verirrt? Hatte ihr sonst sicherer Instinkt nach Wasser sie verlassen? Man konnte nichts für sie tun.

Nach vier Tagen ging die Expedition dazu über, nachts zu marschieren und tagsüber im dürftigen Schatten mannshoher Sträucher zu schlafen. Am fünften Tag bekam Bonpland einen Anfall.

»Es ist der eigentümliche Zug dieser Steppe, die völlige Abwesenheit irgendeiner Erhöhung – es macht mich ganz krank«, stöhnte er, bevor die Nacht hereinbrach und die Karawane weiterziehen wollte. »Wir können vorankommen, wie wir wollen – der Horizont scheint sich vor uns zurückzuziehen. Wir erreichen nie unser Ziel. Die Spanier haben das Gebiet nicht umsonst ›Los Llanos‹ genannt, die Ebenen – und nicht Wüsten, Steppe oder Prärie.«

»Es ist wirklich kein Ort für Ferien«, seufzte auch Alexander. »Glühender Himmel, stauberfüllte Luft – es ist, als wäre die ganze Natur erstarrt. Aber wir haben unsere Karten gezeichnet, und alle folgenden Expeditionen werden uns dankbar sein. Obwohl – für den Augenblick sollten wir an dich denken, Aimé. Also? Was tun wir? Kehren wir um? Ich bin dazu bereit.«

»Calabozo erreichen wir ohnehin nicht – und wozu auch!«, ächzte Aimé. »Dort sieht es aus wie hier – und wer will schon an einen Ort, der ›das Verlies‹ heißt. Und so viel Zeit haben wir auch nicht. Spätestens in drei Wochen wird die Landexpedition mit unseren Geräten am verabredeten Platz eintreffen – sofern nichts passiert ist.«

»Also kehren wir um.«

»Nein, lass uns noch zwei Tage weitergehen. Wenn ich sehe, es geht nicht, sage ich Bescheid.«

»Gut.«

Der Horizont wich ständig vor ihnen zurück. Nach Humboldts Messungen mussten die Llanos eine Ausdehnung von 1300 Kilometer Länge und rund 500 Kilometer Breite besitzen, größer als Frankreich. »Ich wäre nie auf den Gedanken gekommen, mein Heimatland zu Fuß zu durchwandern. Aber mit dir, Humboldt, kommt man auf die tollsten Ideen.«

»Schön, dass du deinen Galgenhumor wieder hast!«

Am nächsten Tag stießen sie auf Überreste einer Ansiedlung. Mitten im Hitzeglast der Ebenen von San Mauricio erhoben sich Mauern und Reste von Statuen. Dazwischen erkannten die Reisenden kegelförmige Erhöhungen aus harter Erde. »Was ist das?«, fragte Bonpland. »Es sieht aus wie von Menschenhand errichtet. Oder sind es korrodierte natürliche Hügel?«

»Ich vermute, die Hügel enthalten menschliche Gebeine.

Das Ganze sieht nach einem Friedhof aus. – Ich erinnere mich, dass die Indios einmal von Serrillos de los Indios sprachen, Gräber der Indios. Dies könnten sie sein – und das hier draußen. Sehr seltsam.«

»Und von welcher Ethnie könnte das stammen?«

»Das weiß niemand. Dieses Volk kennt keiner«, meinte Humboldt. »Es befindet sich sozusagen auf keiner Anwesenheitsliste der Menschheit. Keiner hat davon erzählt.«

»Vielleicht doch nur eine ehemalige Missionsstation?«

»Nein, die Überreste sind zu umfangreich.«

»Jedenfalls eine untergegangene Gemeinschaft. Wir sollten kleine Gesteinsproben mitnehmen und das Alter später bestimmen.«

Nachdem die Forscher weitere zwei Nächte zu Pferde gesessen und tagsüber vergeblich unter Gebüsch von Murichipalmen Schutz vor der Sonnenglut gesucht hatten, kamen sie vor Sonnenuntergang zu einer seltenen menschlichen Behausung. Es war ein kleiner Hof, der auf einem roh behauenen Holzbalken die Aufschrift »El Caiman« trug, das Krokodil.

Das einsame, ausladende Haus in der Ebene war umgeben von ein paar kleinen, mit Rohr und Häuten bedeckten Hütten. Rinder, Pferde und Maultiere liefen frei umher, nirgends war eine Umzäunung zu sehen.

»He! Hallo! Buena noche!«, rief Humboldt einigen reitenden Männern zu, die bis zum Gürtel nackt und mit einer Lanze bewaffnet, die Herden bewachten. Zwei wild aussehende Arbeiter mit sonnenverbrannten Schultern glühten ein Eisen am offenen Feuer.

»Als wäre es nicht schon heiß genug!«, meinte Bonpland.

»Es sind Peones Llaneros, sie brandmarken ihr Vieh«, vermutete Humboldt.

Ein Llanero lenkte seinen Gaul in ihre Richtung. Sein hageres Gesicht war verkniffen. »Was wollen Sie?«, sagte er misstrauisch und hob die Lanze ein wenig, aber in einer unmissverständlichen Geste.

»Gemach, Freund!« Bonpland hob die Hand. »Begrüßt ihr Landesunkundige immer auf diese Weise?«

»Hier treiben Bandidos ihr Unwesen«, erwiderte der Mann entschuldigend. »Sie rauben unser Vieh oder schlachten es einfach ab, wenn sie Fleisch brauchen. Ruben ist ihnen vor vier Wochen zum Opfer gefallen. Sie haben ihm mit der Machete den Kopf abgeschlagen, als er sie bei ihrem schändlichen Tun überraschte.«

»Das tut uns aufrichtig Leid, mein Freund. Aber wir sind keine Bandidos, sondern harmlose Reisende. Und jetzt könnten wir ein paar Schluck Wasser und eine kleine Mahlzeit vertragen!«

»Hier gibt es nichts als luftgedörrtes, gesalzenes Fleisch! Ihr könnt es mit uns teilen. Und Wasser gibt es dort hinten am Wasserloch. Ihr könnt es nicht verfehlen. Dort, wo die Jaguare sind!« Der Llanero lachte rau.

»Netter Kerl. Ob hier alle so sind?«

Humboldt befürchtete es. »Wir rasten an dem Wasserloch!«, rief er über die Schulter den Indios zu.

Sie luden die Maultiere ab. Tatsächlich entdeckte Aimé sofort einen Jaguar, der sich in unmittelbarer Nähe in den Staub duckte. Das Raubtier verzog sich aber, als Carlos del Pino einen Schuss aus der Muskete abfeuerte. Die Männer ließen sich am Wasserloch auf die Bäuche fallen, in dem sich eine trübe Brühe aus Brackwasser befand. Zweige und feste Lehmkügelchen schwammen an der Oberfläche. Der Rand der Wasserstelle sah aus wie ein Rinnstein im Berliner Norden. Aber das Wasser war trinkbar und schmeckte nur im ersten Moment faulig. Allerdings mussten sie das rare Nass mit durstigen Rindern teilen, die ihre gehörnten Köpfe geifernd gegeneinander schlugen, um mit langen rosa Zungen ein paar lebenspendende Tropfen aus der großen Pfütze zu erwischen.

Kaum war abgepackt und die Instrumente aufgestellt, trieben die Llaneros die Maultiere mit Peitschenhieben davon. »He! Lasst das!«, rief Carlos.

»Sie sollen ihr Wasser in der Savanne suchen!«, lautete die grobe Antwort.

Es stellte sich heraus, dass sich rund um den Hof kleine Teiche mit klarem, sauberem Wasser befanden. Die Mulis rannten mit aufgestellten Mähnen brüllend davon und fanden sie sofort.

»Die Kerle wollten uns das frische Wasser vorenthalten. Mistböcke!«, schimpfte Bonpland.

»Vergiss nicht, dass hier jeder Tropfen zählt. Und ein guter Llanero tränkt erst einmal seine Tiere, bevor er selbst trinkt.«

Die Reisenden sehnten sich nach einem Bad und gingen den Mulis nach –müde, von Staub bedeckt und verbrannt vom Sandwind, der die Haut mehr angreift als die Sonnenstrahlen. Nach knapp fünfhundert Meter Fußweg fanden sie ein stehendes Gewässer, von Palmen umgeben. Das Wasser war trüb, aber zu ihrer Verwunderung kühler als die Luft. Gewöhnt zu baden, so oft sich die seltene Gelegenheit ergab, und mit dem Gefühl, völlig ausgetrocknet zu sein, ließen sie die nötige Vorsicht vermissen.

Bonpland riss sich schon im Laufen die Kleider vom Leib. Die durchgeschwitzten, schmutzigen Einzelteile markierten im Staub einen modischen Steg Pariser Haute Couture des Directoires bis zum Ufer. Auch Humboldt zog sich aus und sprang ins Wasser. »Aaah! Herrlich! So lassen sich die Llanos ertragen!«

Bonpland schaufelte wie ein Kind Wasser in Richtung des Gefährten und rief: »Hey, hey, hey!« Beide tollten herum wie junge, übermütige Büffel. Plötzlich fiel ihnen eine Bewegung am anderen Ufer auf. Sie hielten inne und erblickten drei Krokodile, die soeben ins Wasser glitten. Zu ihrem Entsetzen nahmen sie nun auch wahr, dass sich im Wasser zu ihrer Linken eine Echse geradewegs auf sie zu bewegte. Über der Wasserlinie war ein weit auseinander stehendes, gelbgrünes und in der Mitte geschlitztes Augenpaar mit der mächtigen gehörnten Stirnwulst darüber zu erkennen.

»Raus aus dem Wasser, Aimé!«, rief Humboldt.

Bonpland erkannte im gleichen Moment die Gefahr, stieß einen Schreckenslaut aus und wollte mit rudernden Armen fliehen. Aber er rutschte aus und schlug der Länge nach klatschend ins Wasser.

Humboldt sah den Gefährten einen Moment lang nicht mehr. Er zerteilte das Wasser so schnell es ging, um Bonpland zu Hilfe zu kommen. Da schoss dieser unmittelbar vor ihm in die Höhe.

»Verflixt!«, sagte Aimé, eigentümlich ruhig.

»Meine Güte, du kannst einem einen Schreck einjagen!« Humboldt riss den anderen am Arm mit sich. Es ging ums nackte Überleben. Das Ufer war noch zehn Meter entfernt, das Krokodil ebenfalls. Und von hinten näherten sich die anderen drei Angreifer. Dass sich in diesem Moment aus dem Uferschlamm sechs weitere Echsen gruben, die dort in der Tageshitze verharrt hatten und nun eine Abendmahlzeit witterten, spielte keine Rolle mehr. Binnen weniger Sekunden hatte das Krokodil die flüchtenden Männer erreicht.

Wieder war Carlos del Pino zur Stelle. Ein gezielter

Schuss drang der angreifenden Bestie ins rechte Auge. Das Tier überschlug sich, als wäre es gegen eine Mauer gerannt, und der Schwanz peitschte die Fluten. Das Wasser färbte sich rot. Angestachelt vom Geruch des Blutes änderten nun die anderen Krokodile die Richtung und fielen über ihren Artgenossen her.

Vom Ufer her, das sie gerade atemlos erreichten, sahen die Männer dem grausamen Schauspiel zu. Die verwundete Echse diente den Artgenossen als Fraß. Sie wurde von neun gewaltigen Zahnreihen zerrissen, bis am Ende nur noch blutige Reste auf dem Wasser trieben.

»Danke, Carlos!«, keuchte Bonpland und zog den Kopf des Guaquerie zu sich heran. »Das war knapp.«

»Wir müssen vorsichtiger sein, schließlich sind wir nicht am Plötzensee«, meinte Humboldt.

»Und das sagst du mir erst jetzt?«, schnaufte Bonpland.

Als er zufällig hinter sich sah, erblickte er eine Gruppe von Llaneros auf Pferden. Die von feinem, weißem Staub der Ebene überzogenen Männer standen unbeweglich und schweigend da und schauten ihnen zu. Humboldt bezweifelte, dass sie ihnen zu Hilfe gekommen wären. Wie auf Kommando wendeten die Gestalten ihre Tiere und ritten in die offene Ebene hinaus.

Nachdem sie trocken waren, machten die Männer sich auf den Rückweg zur Farm der Peones. Sie waren über eine Stunde unterwegs, und das Ziel kam nicht in Sicht.

In der kleinen Gruppe machte sich Unruhe breit. Als Erster blieb Humboldt stehen. Er schielte nach dem Sonnenstand. »Das kann nicht sein! Wir müssen nur nach Westen gehen!«

»Stimmt das wirklich?« Bonpland kratzte sich am Kopf. »Bist du sicher? Ich dachte das auch, aber jetzt …«

Carlos del Pino suchte den Boden ab. »Wir müssten unsere Spuren sehen. Aber da ist nichts.«

»Verdammter Leichtsinn!«, schimpfte Alexander. »Wir hätten besser aufpassen müssen. Und das uns!«

Die Sonne ging unter, die Nacht brach herein. Am Himmel über den Llanos funkelten die Sterne.

»Was tun wir jetzt?«

»Mal sehen. Der Kompass zeigt nach Westen. Die Stellung des Canopus und des südlichen Kreuzes ist auch klar. Aber die Frage ist, ob wir wirklich vom Hof aus nach Osten gegangen sind.«

»Klar, die tief stehende Sonne war doch direkt vor unseren Augen.«

»Aber sind wir nicht auf der Suche nach dem See ein paar Mal abgebogen?«

»Hm«, machte Aimé nur.

Humboldt wandte sich an Carlos. »Du bist uns gefolgt. Bist du geradeaus gegangen oder abgebogen?«

Der Guaquerie zuckte die Schultern. »Ich habe nur auf Sie geachtet, um Sie nicht aus den Augen zu verlieren.«

»Na, das ist ja heiter. Wir sitzen in der Patsche!«

»Gehen wir zum Badesee zurück. Dann folgen wir unseren Spuren rückwärts bis zur Farm.«

Sie taten, was Bonpland vorschlug, fanden nun den See aber nicht mehr. »Das ist doch nicht möglich!«, rief Aimé. »Ist die Savanne verhext, oder was?«

»Nein. Wir sind zu dumm, uns zu orientieren«, schimpfte Humboldt.

Die drei Männer suchten weiter. Ihre Schritte wurden immer schneller. Sie wussten, sie konnten es nicht riskieren, eine Nacht mit nur einem Gewehr und ohne Möglichkeit, Feuer zu machen, im Freien zu verbringen. Nachdem sie eine Zeit lang herumgeirrt waren, beschlossen sie, unter einem Palmbaum zu rasten, an einem trockenen, mit kurzem Gras bewachsenen Ort. Sie fürchteten eher Krokodile und Wasserschlangen als den Jaguar.

»In der Trockenzeit liegen die Echsen und große Schlangen in der aufgebrochenen Erde begraben«, erzählte Carlos. »Meistens erwachen sie zum Ende der Trockenperiode bei den ersten Regenschauern aus ihrem todesartigen Schlaf. Aber manchmal auch schon vorher, ihre Witterung ist ausgezeichnet.«

»Unsere Indios werden uns suchen«, meinte Bonpland. »Hoffe ich jedenfalls.«

»Das bezweifle ich«, meinte Humboldt. »Zumindest werden sie erst essen und sich ausruhen. Sie sind träge und gleichgültig.«

Sie versuchten noch einmal, ihren Weg zum See zu rekonstruieren, mussten sich aber eingestehen, dass sie dazu nicht in der Lage waren. Die Situation wurde bedenklich. Der Mond wanderte. Aus der Savanne drangen Tierlaute, die wenig Vertrauen erweckend waren, darunter ein Knurren, dem durchdringendes Keifen folgte.

Plötzlich ertönte Hufschlag. Die Männer sprangen auf. Ein Reiter näherte sich. Sie erkannten einen Indio mit einer Lanze. Er kam wohl vom Viehtrieb zurück.

»He! Halt!«, rief Aimé.

Der Reiter riss am Zügel, und das Pferd stieg erschreckt auf die Hinterhufe. Offensichtlich dachte der Indio beim Anblick der drei fremden Männer in der Dunkelheit an Banditen. Doch kurz bevor er die Flucht ergreifen konnte, bewirkte Carlos durch ein paar Worte, das er stehen blieb und sich seine Erklärung anhörte. Schließlich deutete er wortreich zur Seite.

»Die Farm liegt im Norden«, sagte Carlos. »Er führt uns hin.«

Während des Rückweges, den der Berittene im flotten Trott anschlug, wodurch die Männer rennen mussten, um Schritt zu halten, redete der Indio pausenlos. Carlos übersetzte außer Atem. »Er sagt, eine Menge Leute verirren sich in den Llanos. Manche werden im Zustand völliger Erschöpfung gefunden. Andere nie mehr. In letzter Zeit, sagt er, seien einige Peones von Räubern überfallen, ausgeplündert und an Palmstämme gefesselt worden. Dort sind sie gefressen worden oder verdurstet. Man findet irgendwann nach Wochen ihre Überreste. Ob wir nicht den Geruch nach Verwesung riechen, den der Wind über die Llanos weht.«

»Kam mir auch schon so vor«, murmelte Bonpland.

Die drei Männer waren froh, als die Farm nach zwei Stunden endlich in Sicht kam. Ihre Indios versicherten wortreich, sie hätten bereits angefangen, sich um sie zu sorgen.

***

Die Entdeckungsreisenden schliefen eine Nacht auf dem nackten Lehmfußboden einer ungemütlichen, aber sicheren Kammer der Farm. Ein alter Schwarzer erzählte ihnen vor dem Einschlafen unaufgefordert von einem Erlebnis. Er war eine Woche zuvor nachts von einem Kaiman geweckt worden, der im harten Lehm unter seinem Bett die viermonatige Trockenzeit zu überstehen gehofft hatte. Durch den Haciendero oder den Geruch des Hundes der Farm im Schlaf gestört, brach das Tier aus dem Fußboden heraus, warf erst Erdschollen, dann den Mann in die Luft und ging auf den Hund los, der auf der Türschwelle lag. Er verfehlte das entsetzte Tier knapp und flüchtete durch die Tür in Richtung Fluss.

»Manchmal finden wir auch ungeheure Boas«, erklärte der Alte. »Man muss sie mit Wasser begießen, um sie aus der Erstarrung zu wecken. Wir töten sie und hängen sie in einen Bach, um durch die Fäulnis die sehnigen Teile der Rückenmuskeln zu gewinnen, aus denen wir Gitarrensaiten machen. Sie sind weit besser als die aus den Därmen der Brüllaffen.«

»Und ist der Kaiman noch einmal zurückgekommen?«, wollte Bonpland wissen.

»Nein. Aber seitdem schlafe ich in einer Hängematte«, erklärte der Alte.

Mehr als Kakerlaken und Sandflöhe störten die Europäer jedoch nicht. Am nächsten Morgen beschlossen sie, den Rückzug zum Rio Manapire anzutreten, wo ihr Boot wartete. Sie waren nun eine Woche unterwegs und glaubten, genug gesehen und gesammelt, gemessen und sortiert zu haben.

Unter der Last der Steine, Mineralien und Pflanzen schleppten sich die Lasttiere voran.

»Oft ist es der Rückweg, an dem Expeditionen scheitern«, unkte Bonpland.

Humboldt blieb guter Dinge. »Wir haben keinen Grund zur Furcht. Alles was wir vorhatten, ist uns bisher gelungen.«

Die Expedition begegnete unterwegs galoppierenden Herden wilder Pferde. Die dunkelbraunen Tiere, die von den Pferden der Spanier abstammten, waren tagsüber vor dem Wassermangel und den Mosquitos und nachts vor angreifenden Vampir-Fledermäusen auf der Flucht.

Jeden Morgen brach die Sonne erneut über die Llanos

herein wie ein Verhängnis und besorgte ihr Hauptgeschäft, das aus Verbrennen und Vernichten bestand. Die aasfressenden Bestien, Reptilien und bösartigen Fledermäuse krochen und flogen in ihre Verstecke zurück, nur fleckige Geier kreisten als ständige Begleiter hoch am Himmel. In den Bärten der Reisenden, die sie seit dem ersten Tag in den Llanos sprießen ließen, weil Rasuren zu anstrengend waren und jeder Tropfen Wasser zu wertvoll, sammelten sich weißer Staub und Flöhe. Zwei Stunden Schlaf am Tag reichten den Forschern und ihren indianischen Begleitern jetzt, den Rest des Tages bis zum frühen Abend dösten sie in Resten von Schatten unter dürren Palmen. Bei jedem Dösen träumte Humboldt von seiner Familie zuhause, von den dunklen Stollen in Freiberg und den wirbelnden Wassern der Havel bei Oranienburg. Wenn er aufwachte, fiel die Hitze über seinen Verstand her wie ein ausgekippter Eimer heiße Brühe. Manchmal phantasierte er, unter dieser feindseligen Sonne zu Staub zu zerfallen und sich unter einem gnadenlosen und endlosen Himmel in der Ebene im Wind zu zerstreuen, ohne eine Spur zu hinterlassen.

Eines Abends, in der Nähe der ärmlichen Ansiedlung Dos Matas, die schon am Rand der Llanos lag, brachten umherziehende Guaqueries der Reisegruppe einen mehr als anderthalb Meter langen Fisch. »Ein Templador, er macht uns die Hände starr«, sagten sie. »Aber er schmeckt.«

Humboldt war begeistert. »Ein Zitteraal! Ein Gymnote! Seit meiner Jugend wollte ich immer einen sehen. Du weißt, Aimé, ich habe schon in Berlin einschlägige Versuche mit organischer Elektrizität betrieben.«

Er berührte den Fisch und erhielt Schläge, die jedoch nicht sehr stark waren.

»He, wo habt ihr diesen Fisch gefangen?«, rief Bonpland.

Die Guaquerie deuteten nach Norden. »Manzanes, es ist ein kleiner Fluss, eher ein lehmiges Rinnsal. Dort leben sie im Schlamm.«

»Das muss ich sehen! – Könnt ihr uns führen?«

Die Guaqueries bejahten, und die Karawane zog nach Norden. »Dieser Fisch hier ist eine neue Art Raya, ich habe ihn noch nicht gesehen. Er hat kaum sichtbare Seitenflecken, dem Zitterrochen Galvanis ziemlich ähnlich. Die Zitterrochen haben ein elektrisches Organ, das wegen der Durchsichtigkeit der Haut schon außen sichtbar ist. Sie bilden eine eigene Untergattung der eigentlichen Rochen. Dieser hier ist sehr munter, seine Muskelbewegungen scheinen kräftig.«

Carlos berichtete: »Meine Landsleute sagen, sie bekämen die Zitteraale nie zu Gesicht, aber wenn sie im Fluss baden, erhalten sie dauernd elektrische Schläge. Einige sind schon daran gestorben. Sie haben große Angst vor den Fischen.«

»Ich setze eine Belohnung von zwei Piastern aus für den, der mir einen Gymnotus bringt«, rief Humboldt.

»So viel?«, wunderte sich del Pino. »Damit kann man in den Llanos zwei junge Bullen kaufen.«

»Zwei Piaster!«

Sie erreichten den Manzanas, an dem das kleine Dorf Abaxo lag. Ein Guaquerie, dessen Haut mit rötlichen Pusteln übersät war, führte sie zum Fluss, der in dieser Jahreszeit ein schlammiges Wasserbecken bildete, das jedoch von schönen Bäumen umstanden war: Clusia, Amyris und Mimosen mit duftenden Blüten. Die Indios bemühten sich sofort, einen Zitteraal mit Netzen zu fangen. Aber die Fische gruben sich nur umso tiefer in den Schlamm.

»Embarbascar con Cavallos! Embarbascar con Cavallos!«, rief ein kleiner Indio mit rachitisch verkrümmten Beinen und spitz zulaufendem Brustkorb.

»Mit Pferden wollen sie fischen?«, fragte Bonpland.

»Ja«, erwiderte Carlos, »sie halten das für eine gute Methode.«

Bald darauf kamen die Fischer aus der Savanne zurück. Sie hatten dreißig ungezähmte Pferde und Maultiere zusammengetrieben. Mit lautem Getöse jagten sie die Tiere ins Wasser.

Humboldt und Bonpland beobachteten das nun folgende Schauspiel fasziniert. »Was meinst du?«, fragte Aimé. »Schaffen sie es?«

»Für zwei Piaster schaffen die alles«, erwiderte Carlos anstelle von Humboldt.

Der Lärm der stampfenden Tiere trieb die Fische aus dem Schlamm. Sie gingen zum Angriff über. Plötzlich tauchten sie an der Wasseroberfläche auf – schwarz und gelb gescheckte Wasserschlangen, die sich unter den Bauch der Tiere drängten. Der Kampf zwischen den so völlig unterschiedlichen Tieren begann.

Die Guaqueriee mit Harpunen und langen, dünnen Rohrstäben hatten sich in dichter Reihe um den Teich gestellt. Einige stiegen auf die Bäume, deren Zweige sich tief und waagerecht über die lehmige Wasserfläche ausbreiteten. Durch ihr Geschrei und mit den Rohren scheuchten sie die immer verängstigteren Pferde zurück, wenn sie ans Ufer flüchten wollten. Die Aale, betäubt und gereizt vom Lärm, verteidigten sich durch pausenlose elektrische Schläge.

»Die Fische siegen. Es ist ein ungleicher Kampf!«, sagte Humboldt erregt. »Abwarten«, meinte Bonpland.«

Schon waren fünf Pferde den elektrischen Attacken erlegen, von denen vor allem ihre unteren Organe betroffen waren. Sie ersoffen jämmerlich in den nicht einmal tiefen Fluten. Betäubt von den starken, unaufhörlichen Schlägen, sanken weitere Tiere ins Wasser; andere – schnaubend, mit gesträubter Mähne und wilde Angst im weißen Auge – rafften sich auf und suchten dem tobenden und unsichtbaren Ungewitter zu entkommen, doch die unbarmherzigen Guaquerie trieben sie ins Wasser zurück. Einigen Mulis gelang dennoch die Flucht ans Ufer. Doch sie strauchelten bei jedem Schritt und warfen sich zu Tode erschöpft in den Sand, ihre Glieder steinhart und erstarrt. Die Angst machte sie irre.

Nach fünf Minuten ertranken zwei weitere Pferde. Humboldt sah, wie ein fast zwei Meter langer Aal sich an den Bauch eines Pferdes drängte und ihm auf der ganzen Länge seines elektrischen Organs einen Schlag versetzte, der das Herz, die Eingeweide und den Plexus coeliacus traf. Das Pferd wurde gelähmt und versank im Wasser.

»Ein erbärmliches Schauspiel. Mir reicht es langsam«, sagte Bonpland. Aber Humboldt war hingerissen. »Ich bin Forscher, kein Tierschützer – zumindest in diesem Moment nicht«, erwiderte er gereizt. Aimé kannte das an seinem Gefährten: Humboldt konnte etwas Hastiges und Bitteres bekommen, wenn er sich mit etwas Lästigem, Einfachem abgeben musste. ›Das findet man oft bei Männern von großer Rastlosigkeit‹, überlegte er. ›Soll ich darauf dringen, dem Schauspiel ein Ende zu bereiten?‹

Noch während er darüber nachdachte, wurden die Angriffe der Fische matter. Bonpland sah es daran, dass die Pferde bald weniger Angst verrieten; ihre Mähne sträubte sich nicht mehr, ihre Blicke wurden ruhiger. Humboldt sagte: »Siehst du, sie haben ihre Energie schon verbraucht, keine Gefahr mehr für die Pferde.«

Die Zitteraale streckten sich und schlängelten ans Ufer. Schon hielten die Indios an Stricken befestigte Harpunen bereit.

Wenige Augenblicke später lagen zwanzig Aale im Sand. Auf dem Trockenen verfärbten sie sich olivgrün, der Unterteil ihres Kopfes blieb rötlichgelb. Sie zuckten noch eine Weile und verendeten dann. Humboldt untersuchte sie, erhielt aber keine Schläge. Zwei Reihen kleiner gelber Flecken liefen symmetrisch über den Rücken vom Kopf bis zum Schwanzende der Fische. Der Forscher war hingerissen. »Jeder Fleck umschließt einen Ausführungskanal«, staunte Humboldt. »Die Haut ist mit einem Schleim bedeckt, hier kann man es deutlich sehen. Wie Volta gezeigt hat, leitet er die Elektrizität zwanzig bis dreißig Mal besser als Wasser. Ist das nicht kurios?«

»Es ist überhaupt merkwürdig«, meinte Aimé, »dass keiner der Fische mit Schuppen bedeckt ist.«

»Vielleicht würden Schuppen die Elektrizität abschwächen. Den ersten Schlägen eines großen, stark gereizten Gymnoten kann man sich ohne Lebensgefahr nicht aussetzen. Bekommt man zufällig einen Schlag, bevor der Fisch verwundet oder durch lange Verfolgung erschöpft ist, sind Schmerz und Betäubung so heftig, wie man es sich kaum vorstellen kann.«

»Hast du schon einmal Schläge von einem solchen Vieh erhalten?«, fragte Bonpland.

»Nein, nur von einer Leidener Flasche, wie du weißt.«

Carlos sagte: »Ich habe einmal unvorsichtigerweise beide Füße auf einen solchen Aal gesetzt, der eben aus dem Wasser gezogen worden war. Ich empfand den ganzen Tag heftigen Schmerz in den Knien und fast in allen Gelenken. Es war höllisch.«

»Das kann ich mir vorstellen.«

»Alle Bewohner des Wassers fliehen die Gemeinschaft der Zitteraale. Auch andere Tiere, Eidechsen, Schildkröten und Frösche suchen Sümpfe auf, wo sie vor diesen Bestien sicher sind.«

Humboldt erklärte: »Die Zitterrochen und die Zitteraale verursachen eine Art Sehnenhüpfen vom Glied an, das die elektrischen Organe berührt, bis zum Ellbogen. Man glaubt, bei jedem Schlag innerlich eine Schwingung zu empfinden, die ein paar Sekunden anhält und der eine schmerzhafte Betäubung folgt. Ein überaus interessantes Phänomen. Ich habe darüber in Hamburg gearbeitet.«

»Sie sagen hier Temblador. In der Sprache der Tamanaken heißt der Fisch Arimna, ›der die Bewegung raubt‹«, erklärte Carlos.

»Das ist auch genauer«, meinte Humboldt.

Noch in der Nacht zog die rastlose Karawane weiter. Man musste einen weiteren Fluss durchwaten, in dem zahlreiche, auffallend wilde Krokodile hausten. »Lasst auf keinen Fall eure Hunde im Fluss saufen!«, rieten die Guaquerie. »Die Krokodile liegen im Schlamm auf der Lauer, und sie verfolgen die Hunde sogar ans Ufer, und sie sind schneller!«

Man durchwatete das flache, unruhige und undurchsichtige Wasser. Des Öfteren kündeten ein Peitschen und aufwirbelnde, lehmige Fluten von der Flucht eines großen Tieres, aber sie wurden nicht angefallen. Humboldt, beinahe enttäuscht darüber, ließ einen Kaiman fangen und sezierte ihn an Ort und Stelle. Er zückte seine Zeicheninstrumente und zeichnete den Rachen und das Stimmorgan der gewaltigen Echse.

Die anderen schauten ihm neugierig zu. Ein Indio flüsterte etwas von Zauberei.

»Hierher ist noch kaum ein Weißer gekommen«, berichtete Carlos. »Nur eine Hand voll armer Mönche aus den Missionen. Es ist das Land der unberechenbaren Stämme.«

Humboldt beendete seine Arbeit und erklärte: »Wir werden nach Santa Rita ziehen. Der kleine Ort ist zwar erst vor gut zehn Jahren gegründet worden, aber dort finden wir alles, was wir für die Weiterreise brauchen. Und wir nähern uns dann dem Apure auf einer südlichen Route.«

»Ich könnte neue Unterwäsche gebrauchen«, meinte Aimé, »und meine Stiefel sind aufgerissen.«

»Vielleicht kann ich eine neue Pfeife kaufen«, sagte Carlos. »Ich habe meine in den Llanos verloren.«

Sie erreichten den Ort am nächsten Morgen. Die Ansiedlung bestand nur aus ein paar Hütten und flachen Steinhäusern am Fluss. Aber sie war angefüllt mit regem Markttreiben. Häute, Kakao, Baumwolle und der weithin berühmte Indigo von Mijagual wurden hier umgeschlagen. In der Regenzeit kamen große Fahrzeuge herauf und zogen weiter an die Mündungen des Orinoko, doch auch jetzt platzte der Ort schon aus allen Nähten.

Bonpland faszinierten die Scharen von schwangeren Frauen und Kindern in den festgestampften, lehmigen Straßen. An Nachwuchs für die Arbeitsplätze dieses aufstrebenden Ortes schien kein Mangel. Er machte Humboldt darauf aufmerksam. »Stimmt«, sagte der, »wo sind die Männer? Haben alle Arbeit? Das wäre ungewöhnlich.«

Die Antwort auf diese Frage erhielten sie beim Spaziergang durch den Ort, über dem ein Geruch von verfaultem Fleisch lag. Die Männer, soweit sie nicht mit dem Verladen der Waren beschäftigt waren, hielten sich in den Gaststuben auf, die meist aus Bretterbuden mit Tischen und Stühlen im hinteren Schatten bestanden. Die Männer saßen wortlos herum und tranken gewürzten Wein, den die Missionare eingeführt hatten. In einem Gasthof der besseren Sorte fanden die Forscher eine Unterkunft und konnten zum ersten Mal seit langer Zeit wieder in einem Bett schlafen. Ihre Indios begnügten sich mit Hängematten und Bastdecken auf hartem Untergrund.

Ihr Wirt, ein schwerer, rotgesichtiger Kreole, erzählte: »Während der großen Überschwemmungen leben hier Pferde, Maultiere und Rinder wie amphibische Tiere zusammen mit Krokodilen, Wasserschlangen und Seekühen. Das Wasser steigt bis zu sechs Meter! Wilde Pferde in den Savannen gehen zu Tausenden zu Grunde, weil sie die Plateaus nicht erreichen. Man sieht die Stuten, hinter ihnen ihre Füllen, tagelang umherschwimmen und die Gräser abweiden, die nur mit den Spitzen über das Wasser reichen. Aber irgendwann erlahmen ihre Kräfte, und sie ersaufen elendig.«

»Es ist ein Wunder, dass in dieser Region die Echsen und Wasserschlangen nicht längst das Regiment übernommen haben«, scherzte Bonpland.

»Das stimmt, Señor! Und in der Regenzeit scheint es auch so«, griff der Wirt lebhaft den Gedanken auf. »Und dennoch erhält sich, nach den unabänderlichen Gesetzen der Natur, jede Art im Kampf mit den Elementen und Feinden, mitten unter zahllosen Plagen und Gefahren – auch der Mensch.«

»Und fällt das Wasser wieder, was dann?«

»Wenn die Flüsse in ihre Betten zurückkehren, überzieht sich die Ebene mit angenehm duftendem Gras. Jeder kehrt an seinen Platz zurück. Ein altes, geheimnisvolles Spiel.«

Am nächsten Tag zogen Humboldt und Bonpland um in das Haus eines wohlhabenden Kapuziner-Missionars. Er hatte die Absicht, Uferbauten anzulegen, um den Fluss daran zu hindern, den Boden zu untergraben, auf dem der Ort lag. Humboldt, mit seiner Erfahrung im Bergbau, sollte ihm raten. Dafür gewährte der Missionar den Gästen die Wohltat seiner Gastfreundschaft.

Nach Sonnenuntergang erklangen in der noch immer heißen Luft Gesänge. Es waren eigentümliche, eintönige Melodien zum Klang von Saiteninstrumenten, Rasseln und Trommeln. Die Bewohner tanzten auf der Straße. Es war soviel zu verstehen, dass die Sänger von der Ankunft der Forscher im Dorf berichteten. Die Gäste beschlossen, gemeinsam zum Dorfplatz zu gehen.

Unten war alles auf den Beinen. Vor allem junge Einheimische wiegten sich zu den Rhythmen. Mädchen blickten den Europäern herausfordernd entgegen. Ein alter Mann im fleckigen Hemd von undefinierbarer Farbe und einem zerbeulten Lederhut schürte ein riesiges Feuer, das sein flackerndes Licht auf dunkle, freundliche Gesichter warf. Die Männer tranken scharfe Getränke. »Probieren Sie!«, rief ein Einheimischer ihnen zu, »das ist nicht das Pinkelwasser der Missionare!« Ein Junge mit langem, schwarzem Haar und pockennarbigem Gesicht und ein älterer, dickbäuchiger Bursche mit grüner Kappe und eingefallenen braunen Wangen, der eine Schnapsflasche schwenkte, sangen um die Wette. Dann sprangen Mädchen in den Kreis, der vom Feuer gebildet wurde. Die Europäer verstanden nicht viel von den Gesängen. Der Pater erklärte: »Sie drücken ihre Liebe zu den Llanos aus. Und sie wünschen, dass ihr wiederkommt, Señores.«

Am 28. März erlebten die Gefährten das erste Gewitter der sich ankündigenden Regenzeit. Es donnerte von allen Seiten, und der Fluss schlug starke Wellen, die der Ostwind aufwühlte. Humboldt vermaß die Breite des Flusses und bemerkte plötzlich, wie anderthalb Meter große Cetaceen aus der Familie der Spritzfische, ähnlich den Delfinen, sich in langen Reihen an der Wasserfläche tummelten. Die Krokodile, langsam und träge, schienen die Nähe dieser lärmenden, in ihren Bewegungen ungestümen Tiere zu scheuen.

Humboldt blieb bis zum Abend am Fluss. Bonpland zog es vor, auszuruhen. In der Nacht bewirtete der Kapuziner erneut seine Gäste. Humboldt beriet ihn ein letztes Mal in Fragen der Erdaufschüttungen. Der Gastgeber riet ihnen, ein vor kurzem gegründetes Dorf der Otomaken aufzusuchen und auf dem Rio Mocapra bis zum Apure zu fahren.

»Der Landweg würde durch eine ungesunde, von Fiebern heimgesuchte Gegend führen«, meinte der Pater. »Außerdem haben Sie ja gesehen, Señores, wie traurig einförmig die Vegetation auf den Llanos ist. Zum Apure kommen sie schneller mit einer Piroge.«

»Und wo treiben wir ein Gefährt auf?«

»Sie bekommen es von mir.«

Die Reisenden konnten sich ein Boot auswählen und entschieden sich für eine sehr breite Piroge. Zur Bemannung waren ein Steuermann und vier Indios ausreichend. Also trennten sie sich von ihren bisherigen, erschöpften Helfern.

»Was kosten die neuen Leute?«, fragte Bonpland.

»Die vier Ruderer einen Peso pro Tag, der ortskundige Lotse einen halben.«

»Auf dem Boot müssen unsere Instrumente, die Herbarien Bonplands und die Bücherkiste Platz haben.«

»Kein Problem. Am hinteren Teil wird außerdem eine mit Coryphablättern gedeckte Hütte hergerichtet«, meinte der Pater. »Das dauert nur ein paar Stunden. Die Hütte wird so geräumig sein, dass Tisch und Bänke Platz darin finden, die aus straff gespannten Ochsenhäuten bestehen, die über Rahmen von Brasilholz genagelt sind. So können Sie Ihre Schätze auswerten.«

»Vorzüglich!«

»Wir sind Ihnen sehr dankbar, Pater.«

»Als Proviant können Sie auf dem Markt Hühner, Eier, Bananen, Maniokmehl und Kakao erstehen. Von mir bekommen Sie einen ausreichend großen Schlauch mit Limonade aus Xereswein, Orangen und Tamarinden. Das wird Sie bei Laune halten.«

»Und die Indios? Verpflegen sie sich ebenso wie wir?«

»Sie werden sich auf ihre Netze und Angeln verlassen, nehme ich an. Übrigens rate ich Ihnen, Gewehre mitzunehmen. Es gibt wilde Stämme am Ufer des Orinoko, wilder als Tiere.«

»Branntweinfässer als Tauschmöglichkeit wären mir eigentlich lieber«, gab Humboldt zu bedenken. »Wir sind keine Kolonisatoren, wissen Sie.«

Am 30. März, um 4 Uhr in der Frühe, verabschiedeten sich die Forscher von ihrem Gastgeber. Der Mann stand noch lange an der Anlegestelle und winkte ihnen nach. Schließlich machte eine Windböe, die ihm die Kopfbedeckung fortriss, dem Abschiednehmen ein Ende.

Fieber

Die Reise nach Süden wurde so beschwerlich, dass die Forscher den gut gemeinten Rat des Kapuziner-Missionars bald verfluchten. Nach einem dreiviertel Jahr in tropischen Zonen merkten die Freunde, dass die pausenlosen Anstrengungen nicht spurlos an ihnen vorübergegangen waren. Eines Abends sagte Bonpland: »Ich fühle seit Tagen etwas in mir, das mich schwächt. Ich weiß nicht, was es ist.« Humboldt meinte: »Lass uns einen Tag ausruhen und überhaupt nichts tun.«

Sie legten bei der Indiosiedlung der Otomaken an, eines rätselhaften, scheinbar herkunftslosen Volkes, dem man nachsagte, sie verehrten die Weißen als Götter. Alexander hatte gehört, die Indios seien ein besonders hässliches, wildes und aufrührerisches Volk mit zügellosen Sitten und berüchtigt ob seiner Unberechenbarkeit.

Die Siedlung wirkte schäbig, besaß aber ein winziges Hotel mit einem Steinfundament, weil hier als einziger Weißer ein Mann lebte, der aus der nordandalusischen Stadt der Geier gekommen war, aus Cazorla. Er hatte die Siedlung am Rand der Llanos deshalb genau so genannt – Cazorla. Der geschäftige dicke Mensch mit schütterem, schwarzem Haar begrüßte sie überschwänglich mit Zuckerrohrschnaps. Er besaß neben anderen Ausdünstungen eine unangenehme Schnapsfahne.

Die Reisenden ließen auspacken, versorgten als Erstes wie immer die Instrumente und richteten sich für eine Nacht ein. Sie teilten ein Zimmer, so wie sie Tag für Tag, Nacht für Nacht den Dschungel und die Savannen geteilt hatten.

Alexander beobachtete den Freund besorgt, in dessen verschmitztes, munteres Wesen ein müder Zug eingekehrt war. Um ihn aufzumuntern, erzählte er: »Seit ich hier bin, fühle ich mich so gesund wie nie zuvor. Als Junge war ich dauernd krank, litt unter Fieberattacken. Das lag wohl an meinen unausgelebten Sehnsüchten, die sich in Berlin in mir aufstauten. Ich fühlte mich engbrüstig. Jetzt, wo ich alles in der Hand habe, bin ich unanfechtbar.«

»Im Grunde geht es mir genauso«, erwiderte Aimé. »Alle die Wunder hier halten mich in Hochform. Man hat ja gar keine Zeit, krank zu werden.«

»Aimé?«

»Was?«

»Bist du … gern mit mir zusammen?«

Überrascht schaute Bonpland seinen deutschen Gefährten an. »Ja! Wieso fragst du?«

»Bist du sicher?«

»Was hast du, Humboldt? Bist du krank?«

»Aimé, ich meine es ernst. Hast du es noch nicht bereut, mit mir zusammen durch die Tropen zu ziehen? Wird es dir nicht zu viel?«

»Ich versichere dir, Hombre, ich bereue keine Minute! Und deine Freundschaft bedeutet mir mehr als alles andere!«

Sie schliefen nebeneinander auf den ziemlich weichen Strohsäcken eines schmalen Bettes und stießen sich nachts im Schlaf an. Wenn der eine sich umdrehte, erwachte der andere. Schließlich wurde Humboldt wach, als jemand den Vorhang am Fenster aufriss und stöhnte: »Diese Hölle! Diese Fieberhölle hier! Es erstickt einen manchmal!«

»Aimé! Was hast du?«

Bonpland taumelte und ließ sich aufs Bett fallen. Humboldt entzündete eine Kerze und sah das blasse, verschwitzte Gesicht des Freundes. »Aimé! Du bist krank!«

Bonpland schüttelte den Kopf. »Nein. Ich – weiß auch nicht, was mit mir los ist. Es ist diese schwarze Wand da draußen, sie rückt immer näher. Ich konnte nicht mehr schlafen.«

Humboldt nahm den Gefährten in den Arm. »Aimé«, sagte er, »du bist überarbeitet. Das ist alles.«

»Vermutlich«, erwiderte Bonpland. Dann legte er den Kopf an Humboldts nackte Brust. Schließlich rollte er sich zusammen und schlief am Körper des Gefährten ein.

Alexander sorgte sich um ihn, genoss aber gleichzeitig seine vertraute Nähe, die Intimität. In solchen Momenten konnte sich seine phantasiereiche, lebendige Gefühlswelt in einer tiefen Freundschaft verströmen; in Berlin hatte er aus Freundschaften zeitweilig einen regelrechten Kult gemacht. In »Schloss Langeweile« stapelten sich auf dem Dachboden die Briefe von jungen Männern und Frauen, die den Vorzug seiner Zuneigung genossen hatten.

Tiefer in der Nacht wachten beide wieder auf. Das Gefühl, draußen im Dschungel lauere etwas auf sie, hatte beide gepackt.

Humboldt trat an die Fensteröffnung, riss nun seinerseits den fleckigen Vorhang ab und starrte in die Dunkelheit. Er sah zum unendlichen Sternenhimmel auf. »Es ist etwas Grauenhaftes um die Einsamkeit, die man vor einem solchen Universum empfinden kann«, sagte er. »Ich muss das zeichnen, sonst schlägt es mir aufs Gemüt.«

Alexander holte sich seine Stifte und Papier. Von nebenan kamen jetzt unterdrückte Geräusche der schlafenden Indios. Vor dem Haus ging etwas vorbei, blieb jedoch unsichtbar.

»Nimm das Fernrohr, Alexander«, sagte Bonpland. Er lag ausgestreckt auf dem Rücken und starrte zur Decke. »Damit kannst du alle Geheimnisse ergründen. Es verleiht dir Macht und nimmt dir die Angst vor dem Alleinsein.«

Humboldt befolgte seinen Rat. Er stellte die Schärfe des Fernrohrs ein und starrte auf die hervorstechende Sternenkonstellation des Stiers. Vor seinem geistigen Auge entstand jedoch plötzlich ein anderes Bild. Es war eine Ansammlung stummer, dunkler Männer. Sie duckten sich unter roten Ponchos aus grobem Leinen, bewegten ihre Kaumuskeln, stopften sich Maiskörner in die Münder, kauten und sahen ihn an. In ihren Gesichtern lag kein Ausdruck. Eine so völlige Leere und Bedürfnislosigkeit hatte Humboldt noch nicht wahrgenommen. Gleichzeitig fiel ihm ein, dass die Gesichter ihm bekannt vorkamen. Ja, es waren ihre neuen indianischen Ruderer, einer nach dem anderen. Er gestand sich ein, dass sie ihm fremd blieben wie alle anderen indianischen Helfer. Sie zeigten niemals ein Zeichen von Anteilnahme. Und sie strahlten eine ebenso große Einsamkeit aus wie der nächtliche Sternenhimmel. Vielleicht, dachte Alexander, fühlen sie sich als Kinder der Planeten.

Der Forscher rieb sich die Augen. Danach war der Spuk verflogen, und er konnte seinen Blick wieder auf den Sternenhimmel richten. »Was ist? Was hast du?«, vernahm er Bonplands leise Stimme in seinem Rücken.

»Es ist schrecklich. Jeder ist sein eigener kleiner Stern. Sie berühren sich nicht«, entfuhr es Humboldt.

»Wen meinst du?«

»Ach, nichts. Nur eine Phantasie. Versuch zu schlafen, Aimé.«

»Vielleicht ist es ganz gut, ein bisschen Angst zu haben«, sagte Bonpland.

Humboldt strich sich die wilde Haarmähne zurecht und lauschte auf das vollkommene Schweigen draußen. Er erwiderte nichts. ›Ja, vielleicht ist es gut, Angst zu haben‹, überlegte er. ›Es schärft den Verstand für die Gefahren. Andererseits müssen Männer handeln und dürfen sich nicht dem Schmerz überlassen.‹

Wenig später hörte Alexander die tiefen Atemzüge seines Gefährten. Er trat an das Bett und betrachtete Bonpland im flackernden Kerzenlicht. Sein glatter, haarloser Körper war gebräunt. Er war so jung! Humboldt konnte nicht anders, er musste ihn berühren. So strich er mit den Fingerspitzen über die Stirn des Schlafenden. ›Wir sind von wilden Tieren umgeben, und er schläft wie ein Kind‹, dachte er. ›So möchte ich mich einmal im Schlaf sehen können.‹

Humboldt spürte plötzlich ein Hungergefühl, holte sich eine viertel Kokosnuss aus der Provianttasche und setzte sich an das Bett. Seine Bootsfahrt mit Georg Forster den Rhein hinauf bis nach Holland und Belgien fiel ihm plötzlich ein. In Ostende hatte er zum ersten Mal das Meer gesehen, ein überwältigender Eindruck. In seiner Erinnerung spürte er die kühle Brise der Nordsee.

Humboldt schaute liebevoll auf Bonpland hinunter. Dann merkte er, dass Mosquitos, vom Kerzenlicht angezogen, herbeischwirrten, und er löschte die Kerze. In der völligen Dunkelheit schweiften seine Gedanken wieder zurück nach Deutschland und seine Reise mit Georg Forster. Vor seinem geistigen Auge stieg die nebelverhangene Flusslandschaft des Rheins auf, die Segelboote, die im Morgengrauen wie phantastische Wesen an der romantischen Wasserburg Kaub vorbeiglitten – warum war im Rückblick alles sepiabraun? Er war damals zwanzig gewesen und begleitete den weitaus älteren Forster, der schon mit 18 Jahren mit James Cook die Welt umsegelt hatte. Humboldt fiel ein, wie ungeduldig er damals gewesen war. Er wollte das Leben packen, wie er es sich vorstellte, und nie mehr loslassen. Reisen, Abenteuer, Menschen – er hätte alles an sich reißen wollen. Damals kam ihm selbst diese kleine Reise, den Rhein hinunter nach Düsseldorf, Aachen, Brabant, Holland, England und durch Frankreich auf dem Rückweg, wie ein Wunder vor. Um es intensiver zu spüren, hatte er stundenlang den Kopf in Wind und Regen gesteckt, bis er völlig durchnässt und unterkühlt war.

Schon während dieser Reise hatte er von den südlichen Meeren geträumt. »Ich gäbe alles darum, den Namen Alexander einmal auf Tahitisch zu hören«, sagte er zu Forster. Doch der deutsche Jakobiner war seinerseits in seinen Erinnerungen an seine Abenteuer versunken und außerdem gerade dabei, die Französische Revolution nach Mainz zu bringen.

›Nein‹, dachte Humboldt am Bett des unruhig schlafenden, schwitzenden und phantasierenden Bonpland. ›Jeder muss sein eigenes Fieber ertragen. Wir kommen uns nur in Bruchteilen näher.‹ Andererseits war er sicher, dass kein Wort die Anschauung ersetzen konnte, keine Beschreibung die Tat. Man musste alles selbst erleben.

Für Forster war die Rheinfahrt damals eine Überlebensreise gewesen. Er klagte, sein Kopf sei leer, und er habe der Welt nichts mehr zu sagen. Und während der Regen peitschte und die Sonne mit dünnen Fingern nur selten durch Nebel und Dunst stieß, hatte er mit Tränen in den Augen ein Medaillon betrachtet, das seine Geliebte Therese zeigte, die ihn soeben mit einem beliebigen Nichtsnutz betrog. »Warum müssen wir Menschen eigentlich so von Gefühlen abhängig sein? Von Trieben, die sich aller Vernunftherrschaft entziehen? Und wenn man glaubt, sie zu beherrschen, rächen sie sich unerbittlich, indem sie unsere innere Harmonie zerstören …«

Humboldt hatte genauso gedacht und jedes Wort des bewunderten Mannes in sich aufgenommen. Er schwor sich damals zum ersten Mal, nur sich selbst zu genügen. ›Ich werde mein Leben der Forschung widmen‹, hatte er sich gesagt. Forster hatte im Schmerz geschluchzt: »Alexander, üben Sie, mit sich selbst glücklich zu werden!« Humboldt hatte ihn mitleidig angeschaut und sich in jugendlicher Sprunghaftigkeit überlegt, ob er bei der Überfahrt nach England seekrank würde. Er spürte, wie klein sein großes Vorbild Forster plötzlich war. Und im gleichen Augenblick kreuzten zu beiden Seiten unaufhörlich Segelboote, lautlos, wie Totenvögel mit Flügeln aus Segeltuch. Und das Licht war sepiafarben.

Am Meer war er dann durch die Dünen geeilt, und in seinem Kopf dröhnte eine gewaltige Musik. Er sah die Nordsee und wusste genau, dies war der Moment, da seine Rastlosigkeit begann, die ihn um die Welt führen musste. »Sie und ich«, sagte Forster atemlos an seiner Seite, »wir sind Privilegierte, Humboldt.« Und Alexander, der dies genauso fühlte, rannte und rannte, dass seine Lederstiefel das flache Wasser aufspritzen ließen. Als die Landzunge ins offene Meer überging, ließ er sich in den feuchten Sand fallen und schrie außer sich in die tiefstehende Sonne, die nun endlich schien.

Alexander schlief im Sitzen ein und sank schließlich auf die Laken.

Bei Sonnenaufgang wurden die Gefährten von Geschrei geweckt. Draußen machten sich die Einheimischen der Ansiedlung mit Mulis zu schaffen. Offenbar wurde ein Warentransport vorbereitet. Der Hotelbesitzer ging mit einer Peitsche auf und ab. Als ein Indio ein Seil reißen ließ und eine schwere Kiste vom Packtier stürzte, sprang der Weiße herbei und prügelte auf den Unachtsamen ein. Humboldt konnte es nicht mit ansehen. Er setzte mit einer Flanke durch die Fensteröffnung und trennte den Peiniger von seinem Opfer.

»Lassen Sie gut sein, Señor! So etwas kann passieren!«

»Es ist besser, Sie mischen sich da nicht ein, Hombre! Dies sind meine Indios!«

»Und es ist mein moralisches Gefühl, das Sie verletzen, Señor. Also hören Sie auf!«

»Moral? Bei diesen Kreaturen? Die Hunde saufen und stopfen Drogen in sich hinein – haben Sie schon einmal ihren Wahnsinn erlebt, wenn sie *Niopo* fressen! Nein? Dann würden Sie anders reden.«

»Es sind Menschen. Behandeln Sie sie nicht wie Tiere.«

»Sie haben doch überhaupt keine Ahnung! Die Otomaken fressen nichts als Erde! Sind das Menschen? Monatelang verschlingen sie nichts als riesige Mengen an klumpigem Sand! Sie sind schlimmer als Schweine!«

»Sie essen doch nur dann Erde, wenn die reißenden Flüsse den Fischfang unmöglich machen. Fleisch bekommen sie dann nicht.«

»Egal. Schauen Sie doch in ihre Hütten! Dort finden Sie den Dreck aufgeschichtet zu zwei Meter hohen Pyramiden – ihre Hauptmahlzeit!«

»Es sind dennoch Menschen!«, beharrte Humboldt.

Der Mann trollte sich murrend. »Mas cuidado. Pass besser auf!«, ermahnte Humboldt den Indio, der sich noch immer ängstlich duckte. Ein Indiojunge von vielleicht neun Jahren hatte die Szene beobachtet und schaute Humboldt neugierig an. Der lächelte ihm zu und ging wieder ins Haus, wo Bonpland ihn mit einem Kopfschütteln erwartete. »Du kannst nicht alles Unrecht verhindern, Alexander.«

»Nicht alles. Aber in meinem Bereich doch!«

»Na schön. Und was gibt es zum Frühstück, Freiheitskämpfer?«

»Draußen backen Frauen Brot. Dazu gibt es geräucherten Fischrogen und Kokosmilch. Noch Wünsche?«

»Lass uns hinausgehen.«

»Aimé? Fühlst du dich besser?«

Bonpland reckte sich. »Prächtig. Es war nur eine kleine nächtliche Schwäche. Nichts Ernstes.«

Vor dem Haus hatten die Otomaken inzwischen mit dem Lärm aufgehört und flüsterten nur noch. Doch der Patron ließ sich nicht blicken. Die Einheimischen verschmolzen in ihren rotbraunen Umhängen und tief hinuntergezogenen Hüten von undefinierbarer Farbe mit dem Schatten vor dem Wald. Die Mulis stampften nervös. Und eine Frau in weißer Bluse und langem, weitem Rock ging vorbei. Humboldt sah sie nur von hinten, ihr schwarzer Haarzopf reichte bis zur Hüfte, der Gang ihrer hoch aufgerichteten Gestalt erinnerte ihn an Schwärmereien seiner Jugend. Andere Frauen mit bunt bestickten weißen Blusen trugen Krüge und Körbe. An Feuerstellen brannten Fackeln. Es war ein schönes, friedliches Bild.

»Wie kommen Weiße dazu, hier einzubrechen und Herren zu spielen?«, sagte Humboldt. »Es ist eine eigene Welt. Und eine Anmaßung, sie für nichtig zu erklären.«

Bonpland zuckte die Schultern. »Wer die besseren Waffen hat, der hat das Sagen. So war es schon immer. – Lass uns essen.«

Sie setzten sich an eine Feuerstelle. In kleinen länglichen Steintrögen backten Kinder Brot; ihre braune Haut glänzte unter fleckigen Ponchos. Eine junge Frau drehte eine Handmühle, Rauch stieg auf. Frauen formten kleine, feste Teigkugeln und schoben sie auf langen Brettern in einen Erdofen. »Wozu die vielen Brote?«, fragte Humboldt eine junge Indianerin. Sie wischte sich den Mund an ihrem roten Halstuch ab und antwortete: »Wir haben einen christlichen Feiertag. Die ganze Umgebung feiert. Alle Missionen. Mehr als fünfhundert Leute kommen.«

Während sie frühstückten, beobachteten die Reisenden weiterhin neugierig die Gemeinschaft der unter christlicher Herrschaft lebenden Indios. Sie verrichteten ihre Tätigkeiten wie gut funktionierende Handwerkszeuge. Als Humboldt sich sattgesehen hatte, fragte er: »Was meinst du, wollen wir bleiben oder weiterfahren?«

Bonpland sprang auf. »Weiter, weiter! Wir rosten sonst in diesem feuchten Klima.«

»Oho! Bist du aus Eisen?«

»Du etwa nicht?«

Sie beendeten das Frühstück scherzend. Dann kümmerten sie sich um ihre Ruderer, bezahlten die Zeche bei ihrem Wirt, der ihnen nicht in die Augen blickte, und verluden das Gepäck. Gegen zehn Uhr waren sie wieder auf dem Fluss und ruderten dem Apure entgegen, wo sie auf ihre Mulis mit den restlichen Instrumenten treffen würden.

***

»Wenn diese Wunder nicht aufhören, werde ich verrückt!« Bonplands glückliche Stimme bildete einen eigentümlichen Gegensatz zu seinen Worten.

Ihr schmales Boot zerteilte seit Tagen ausgedehnte Teppiche mächtiger Seerosen, deren rosa und schneeweiße Blüten betörend dufteten. Humboldt blickte zu den Scharen gesprenkelter Hoazin in den roten und grünen Baumwipfeln auf, majestätische Vögel mit einer prächtigen, regenbogenfarbenen Federkrone auf den kleinen Köpfen.

Die Tage und Nächte lagen so endlos vor ihnen wie der sich dahinschlängelnde Fluss. »Ich glaube, ich bin schon verrückt«, erwiderte Humboldt. Und Bonpland sang plötzlich unsinnigerweise aus Leibeskräften: »He, ça ira, ça ira, ca ira! Hängt Aristokraten an die Laternen! He, ça ira, ça ira, ça ira …«

Das Klatschen seiner Hand auf dem nackten Hals beendete den Gesang. Obschon sich die Reisenden mit den Ausscheidungen eines Brüllaffen eingerieben hatten, war die Plage der Mosquitos auf diesem Teil des Flusses unerträglich.

Am rechten Ufer tauchten des Öfteren Hütten aus Rohr und Palmblattstielen auf. »Yaruoros«, erklärte Carlos respektvoll. »Sie wollen keinen Kontakt mit anderen Völkern. Obwohl sie den christlichen Glauben angenommen haben, gehen sie niemals zur Kirche oder sonst wohin.«

»Wovon leben sie?«

»Jagd und Fischfang, soviel man weiß. Besonders geübt scheinen sie im Erlegen von Jaguaren. Die Missionare verkaufen ihre Felle bis nach Spanien.«

Plötzlich erschienen am Ufer einige Männer. Humboldt fiel auf, dass sie größer, brauner und nicht so stämmig waren wie die anderen Naturvölker. Sie besaßen ernsthafte, beinahe traurig wirkende Gesichtszüge, die Augen waren auffallend stark in die Länge gezogen, die Jochbeine wulstig, die Nasen schlank und edel. Bonpland winkte ihnen zu. Sie verschwanden.

Humboldt schrieb Tag für Tag auf – im Kanu, im Nachtlager, bei den Pausen –, was ihm Bemerkenswertes aufgefallen war. Durch den manchmal überfallartig hereinbrechenden Regen und die ungeheure Meute winzig kleiner Stechmücken, von denen die Luft wimmelte, blieben seine Eintragungen jedoch unvollständig. »Wann willst du das zu Ende schreiben, Alexander?«, zog Bonpland ihn auf. »Wenn wir wieder in Europa sind? Dann wirst du unter dem Ansturm deiner Bewunderer keine Zeit mehr dafür haben.«

»Glaubst du im Ernst, wir kommen jemals nach Europa zurück?«

»Davon gehe ich aus! Meinst du, ich nähme all diese Strapazen hier auf mich, wenn ich nicht jeden Tag an die Belohnung denken könnte? Ich tue das alles nur, um mich in Paris guten Gewissens mit exzellentem Cognac besaufen zu können.«

Die Expedition kam durch eine Region, in der bis zum Flussufer alles niedergebrannt war. Nur die Stämme härtester Mahagonibäume hatten die Feuersbrunst überstanden, Humboldt untersuchte sie und fand sie lediglich 5 cm tief verkohlt. Ihm fiel auf, dass an manchen Ufern eine Art Hecke stand, die wie künstlich beschnitten wirkte. Vorn stand eine Reihe von Sauso-Büschen, dahinter kam ein Gehölz von Brasilholz und Gayac. Palmen waren ziemlich selten, nur hin und wieder tauchte der stachelige Stamm einer Piritupalme auf, unter denen Tapire und Pecarischweine herumstreunten. Im Ufersand lagen regungslos Krokodile in einer Reihe, die Kinnladen bis zum rechten Winkel aufgerissen.

»Es como en el Paraiso!«, flüsterte Carlos mehr als einmal.

Humboldt klopfte ihm freundschaftlich auf die nackte Schulter. »Du hast Recht, alter Freund. Alles erinnert an den Urzustand der Welt, an Unschuld und Glück.«

»Na, Vorsicht«, stellte Bonpland fest, »das Verhalten der Tiere legt doch nahe, dass sie sich meiden und gegenseitig fürchten.«

»War das im Paradies nicht so?«, wollte Carlos wissen.

Bonpland meinte trocken: »Ich war nicht dabei.«

Gegen Abend hielten sie und gingen an Land, um ein totes Krokodil zu messen, das der Fluss ans Ufer geworfen hatte. Es war 7,22 Meter lang. Bonpland schätzte es auf ein Alter von 28 Jahren. »In Angostura«, erzählte Carlos, »vergeht kein Monat, in dem nicht zwei, drei Frauen beim Wasserschöpfen am Fluss von diesen fleischfressenden Echsen zerrissen werden.«

»Alexander, erinnerst du dich an die Geschichte von dem Mädchen und dem Krokodil, die ein Indio uns erzählte?«

»Sicher. Erzähl sie trotzdem. Carlos kennt sie nicht.«

»Also. Ein junges Mädchen aus Uriticu wird von einer Echse angefallen. Sobald sie sich gepackt fühlt, greift sie nach den Augen des Tieres und stößt ihre Finger mit solcher Gewalt hinein, dass das Krokodil sie vor Schmerz fahrenläßt. Sie verliert durch den Angriff ihren linken Unterarm. Trotz des ungeheuren Blutverlustes gelingt es der Indianerin, mit der übrig gebliebenen Hand zu schwimmen und glücklich das Ufer zu erreichen. Sie ist gerettet.«

»In diesen Einöden«, ergänzte der Guaquerie und nickte zustimmend, »wo der Mensch in ständigem Kampf mit der Natur liegt, unterhält man sich täglich über die Kunstgriffe, einem Jaguar, einer Boa oder Traga Venado zu entgehen. Jeder rüstet sich auf die drohende Gefahr.«

»Es ist wichtiger, als lesen und schreiben zu können«, überlegte Humboldt.

»Genau. Das Indiomädchen sagte später, sie habe genau gewusst, dass die Bestie von ihr ablässt, wenn sie ihr die Finger in die Augen drückt. Erstaunliche Kaltblütigkeit – ich weiß nicht, ob ich das könnte.«

Während sie erzählten, erklang ganz in der Nähe ein Geräusch. Es hörte sich an, als würden schwere Hornplatten gegeneinander reiben. »Ein Krokodil. Es hat gelauscht«, scherzte Bonpland mit ungutem Gefühl. Dann brach eine riesige Echse durch das Unterholz und zum Fluss hinunter.

Im Maul trug es eine Beute. »Cavia Capybara, ein Wasserschwein. Interessante Tiere«, bemerkte Humboldt ruhig. »Sie leben in Rudeln mit den Echsen wie gute Nachbarn zusammen und lassen sich widerstandslos von ihnen fressen.«

Während er sprach, waren die Indios erschreckt aufgesprungen und brachten sich in Sicherheit.

»Du wirst mit deiner Kaltschnäuzigkeit selbst noch mal im Maul eines solchen Ungeheuers landen, Alexander«, sagte Bonpland besorgt.

»Man muss nur auf seine Bewegungen achten«, erwiderte Alexander. »Wenn es geradeaus stürmt, besteht keine Gefahr. Diese großen Echsen brauchen lange, bis sie sich zu einer Richtungsänderung entschließen. Sie besitzen gewissermaßen zu viele falsche Rippen, die ihre Halswirbel verbinden. Die wirken wie ein Korsett oder wie der Gipsverband bei einem Menschen, der sich den Hals verrenkt hat. Im Wasser verhalten sie sich übrigens genauso.«

»Stimmt«, erinnerte sich Bonpland. »Ich sah einmal, wie ein Krokodil im Wasser einen Hund verfolgte. Es war schon ganz nah, da kam der Hund auf die Idee, zu wenden. Er drehte sich einfach um und schwamm gegen den Strom zurück. Bis das Krokodil so weit war, hatte der Hund das rettende Ufer erreicht.«

Nachdem sie ein Lagerfeuer entzündet hatten, sagte Carlos plötzlich: »Ich weiß nicht, ob wir weiterfahren sollten.«

»Was meinst du?«, fragte Humboldt.

»Die Indios erzählen, dass der Fluss hinter der nächsten Biegung unüberwindlich wird. Der Wald hört auf und verwandelt sich in Eisen, in dem Geister wohnen. Dichter Nebel, der Atem der Gespenster, liegt fortwährend über den Wassern. Es ist das Ende der Welt.«

»Hmm«, machte Humboldt.

»Die Indios erzählen sich schaurige Geschichten von Einäugigen und hundsköpfigen Wesen auf den nächsten fünfzig Kilometern bis zum Apure. Von Menschenfressern und männerverschlingenden Amazonen.«

»Was meinst du dazu, Carlos?«

»Möglich ist alles ...«

Bonpland wollte wissen: »Können wir dieses Gebiet umgehen?«

»Nein«, meinte Carlos. »Es würde uns verfolgen.«

»Wie meinst du das nun wieder?«

»Die Gefahr ist hier überall. Man kann ihr nicht entgehen.«

»Wir riskieren es«, entschied Humboldt mit einem feinen Lächeln. Er blickte Bonpland an, und der nickte.

Carlos erklärte die Entscheidung den Männern. Ein Murren war die Folge. Aber sie fügten sich. Am nächsten Morgen waren sie zuverlässig zur Stelle, wenn auch mit ängstlichen Blicken.

Im Bestiarium

Überall lauerten Gefahren. Aber sie waren auszurechnen; man konnte ihnen ausweichen. Fabelwesen begegneten der Expedition nicht.

Endlich, am 27. März, erreichten sie den Apure. Ihre Instrumente waren schon vor einer Woche eingetroffen, die Expedition allerdings schon aufgelöst, die Indios in alle Winde zerstreut. Nur der Verwandte von Carlos, der die Männer ausbezahlt hatte, bewachte die Schätze der Europäer. Er berichtete von den Strapazen der Landreise. Zwei Indianer waren von Jaguaren zerrissen worden.

Humboldt und Bonpland waren rastlos. Sie verluden ihr Gepäck auf ein längeres Boot. Es war eine Lancha, ein Segelkanu. Nachdem alles verstaut war, vertrauten sie sich wieder dem Apure an. Sie wollten ihm nach Südosten folgen, bis er in den Orinoko mündete.

Die Haare der Gefährten wuchsen, aber sie hatten sich wieder rasiert und trugen ihre europäische Kleidung, die sie aus Humboldts unergründlichem Schrankkoffer aus braunem Ziegenleder ausgruben. So glichen sie auf ihrer Fahrt über die dunklen Gewässer des Regenwaldes exaltierten europäischen Gelehrten auf einer Amüsierfahrt. Aber das täuschte gewaltig, denn sie arbeiteten achtzehn Stunden am Tag im Schweiße ihres Angesichts und auch des übrigen Körpers. Von den restlichen sechs Stunden gönnten sie sich vier für den Schlaf und zwei für den Vorgang der Nahrungsaufnahme, die sie jedoch meist ungeduldig und nebenbei erledigten. Nur wenn Carlos del Pino einen Leguan am offenen Feuer briet, dessen weißes, zartes Fleisch den besten Geschmack eines Dschungeltieres besitzt, genossen sie das Mahl in Ruhe und leckten sich hinterher noch die Finger. Dass die Indios, die ihren Teil vom Leguan abbekamen, das Ende ihrer Mahlzeit mit lautem Rülpsen verkündeten, war Gewohnheit.

Als sie eines Abends am Ufer anlegten, bemerkten sie einen riesigen Jaguar. Er lag träge im Schatten eines Zamangbaumes und hatte soeben einen Chiguire erlegt, ihn jedoch noch nicht gefressen. Eine Tatze der Raubkatze lag auf der Beute. Um ihn herum hatten sich Zamuros, eine geduckte Geierart, in Scharen versammelt; sie wagten sich bis auf einen halben Meter an den Jaguar heran. Beim Geräusch der näher kommenden Männer erhob das Tier sich langsam und verbarg sich hinter den Sausobüschen des

Ufers. Diese Chance wollten die Geier sich nicht entgehen lassen und fielen über die Beute her, doch der Jaguar kam mit einem einzigen Satz zurück und schleppte zornerfüllt, wie die gebannt zuschauenden Männer an seinem Gang und dem Schlagen seines Schwanzes sahen, seine Beute in den Wald.

»Was meinen Sie, Señores, soll ich uns auch ein Wasserschwein besorgen?«

»Wir könnten mal wieder Fleisch gebrauchen, Carlos«, stimmte Bonpland zu. »Aber wenn du einen Leguan erlegen kannst, wär's mir lieber.«

»Aber Vorsicht, wegen der Raubkatzen!«, warnte Humboldt.

Im gleichen Augenblick war ein Seufzen aus dem Dschungel zu hören. Die Männer lauschten. Und Carlos stürzte los. Wenig später kam er mit einem Chiguire zurück, der beim Davonlaufen seltsame, leise Seufzer ausstößt; er hatte dem Tier seine Lanze in den Leib gerammt. Humboldt bewunderte einmal mehr die starken und langen Backenzähne des Tieres, mit denen es mühelos einem Jaguar die Tatze abbeißen konnte.

Eine Stunde später war das Schwein gebraten. Sein Fleisch besaß einen leichten, aber nicht unangenehmen Moschusgeschmack. Carlos ließ das Tier durchbraten und zerteilte es nach der Mahlzeit in Portionen, die er als Proviant in Palmblätter einwickelte. Der Guaquerie war ein umsichtiger Mann.

Noch in der gleichen Nacht machten sie Bekanntschaft mit einem Zambo. Bonpland griff bei seinem Anblick unwillkürlich nach seinem Messer, denn er erinnerte sich an den Überfall eines Zambos am Strand von Cumaná. Aber der völlig nackte, erstaunlich weißhäutige Mann, der in der

Dunkelheit aus dem Dschungel trat und sich in Begleitung seiner ebenfalls nackten Frau und Tochter ungeniert näherte, hob die Hände und sagte: »Señores, kommen Sie aus Madrid? Me interessa todas las cosas de allá!«

»Er kann Spanisch!«, sagte Carlos erstaunt.

»Wo kommst du her?«, fragte Bonpland misstrauisch.

»Wir wohnen hier, hinter dem Bananengehölz. Ich besitze eine Plantage. Kommen Sie mit uns, seien Sie meine Gäste, Señores!«

Die Gefährten wurden neugierig und folgten der Einladung. Wie groß aber war ihre Enttäuschung, als der Wohnsitz der Familie sich als Ansammlung von drei Hängematten erwies. Der eingebildete, sich weiss dünkende Zambo – er hieß Ignacio, Don Ignacio, wie er betonte – hatte nicht einmal die Mühe auf sich genommen, eine Ajupa aus Palmblättern und Bananenstauden zu errichten. Die hübsche, nackte Tochter des Mannes, vielleicht 14 Jahre alt und schon zur Frau entwickelt, reichte den Ankömmlingen Schalen mit lauwarmem Maniokwasser. Ihr Vater, der von der Jaguarjagd lebte, wie sich herausstellte, entwickelte jedoch entgegen seiner Ankündigung wenig Interesse an den Europäern, sondern erzählte unaufhörlich von seinen Kriegszügen am Rio Meta, wo er sich ein blutiges Gefecht mit den Guahibos geliefert hatte. »Welche Dienste habe ich nicht Gott und meinem König geleistet! Ich habe den wilden Eltern die Kinder weggenommen und in die Missionen verteilt.«

»Das ist Raub und Entführung!«, entfuhr es Bonpland.

»Ach was! Es geht um die Seelen der armen Kreaturen!«

Nach Mitternacht erhob sich ein furchtbarer Sturm. Blitze durchzuckten den Horizont, der Donner rollte. Der Regen durchnässte alles. Während es in Strömen auf die Instrumente und die Hängematten regnete, die die Europäer inzwischen auf ihren Rudern aufgespannt hatten, erklärte der Zambo: »Was für ein Glück Sie haben, dass Sie nicht am Ufer übernachten, Señores, sondern sich auf meinem Gut befinden. Unter Weißen und Leuten von Stand lässt sich so ein Unwetter doch am besten überstehen, nicht wahr?«

Danach blieb die Nacht still, der Mond stand prachtvoll am Himmel. Krokodile krochen heran und legten sich in einiger Entfernung so hin, dass sie das Feuer der Zambofamilie im Auge behielten. Gegen Morgen erhoben sich die leisen Flötentöne der Sapaju, die Seufzer der Aluaten, das Brüllen des Jaguars und des Kuguars, das Geschrei des Bisamschweines und des Hocco, des Parraguass und anderer hühnerartiger Vögel. Über allem lag das schrille Pfeifen von Affen auf der Flucht. Und als die Sonne endlich aufging, ertönte der Dreiklang des Pirols wie die melancholische Kadenz einer Oboe. Rings um die Lagerstatt entdeckte man Spuren großer Raubkatzen.

»Warum machen die Tiere des Dschungels zu bestimmten Stunden einen solch höllischen Lärm?«, fragte Bonpland.

»Sie feiern den Mond«, antwortete Don Ignacio und kratzte sich das Schamhaar.

Die Forscher brachen sofort auf, um die Morgenkühle zu nutzen. Um sechs Uhr herrschten 28 Grad, zwei Stunden später bereits 36. Zwei Sonnen gingen auf – der trockene weiße Sand an den Ufern des Apure strahlte die Hitze des Sonnenballs am wolkenlosen Himmel zurück.

Das Boot glitt ruhig dahin. Auf dicken Courbarilstämmen, die aus dem Wasser ragten, saßen Hunderte von Vögeln, die Bonpland als Plotus bestimmte. Regungslos hockten sie da, die Schnäbel zum Himmel gerichtet, was ihnen ein ungemein einfältiges Aussehen verlieh. Der Anblick erheiterte die Männer so sehr, dass ihre Aufmerksamkeit für Minuten nachließ. Das wurde einem der Ruderer zum Verhängnis.

Der Indio stand auf und schrie den Vögeln etwas entgegen, um sie aufzuscheuchen. Dabei fuchtelte er wild mit den Armen, verlor das Gleichgewicht und stürzte ins Wasser. Weil er sich dabei das Bein aufschrammte, blutete er. Noch bevor das Kanu stoppen und der Unglückliche einsteigen konnte, begann das trübe Wasser plötzlich zu brodeln.

Zuerst begriffen die Männer nicht, was geschah. Erst als der Indio in Todesangst aufschrie, erkannten sie die Gefahr. Doch es war bereits zu spät. »Karibenfische, Umati!«, rief Carlos. Und Bonpland flüsterte: »Mein Gott, Piranhas …!«

Zehn Zentimeter kurze Fische mit dreiseitig schneidenden, spitzen Zähnen im weiten Maul tauchten empor und fielen zu Hunderten über das Opfer her. Im Nu färbte sich das Wasser blutrot. Der in drei Meter Entfernung vom Boot schwimmende Indio schrie unaufhörlich; dann starrte er zum Himmel, sein Blick brach, und er versank im Wasser. Nun schäumten die Fluten noch stärker. Kleine, blutige Fleischstücke tauchten an die Oberfläche. Und noch mehr kleine, blutgierige Fische stritten sich um den Fraß.

Bonpland schlug die Hände vor den Mund, um nicht vor Entsetzen aufzuschreien.

Die Indios schwiegen und beeilten sich, weiterzurudern. Erst nach etlichen Kilometern fand Humboldt die Sprache wieder. »Lasst uns kurz anlegen, ich muss an Land.«

Sie landeten an einem einsamen, sandigen Ufer. Humboldt war übel. Er ging an graugrünen, mit trockenem

Schlamm überzogenen, in der Sonnenglut schlafenden Krokodilen vorbei, auf denen kleine, schneeweiße Reiher saßen, zum Waldrand und ließ sich im Sand auf die Knie fallen. Dort übergab er sich. Als er aufblickte, bemerkte er die frische Fährte eines Jaguars. Und als er weiter sah, erblickte er in zwanzig Meter Entfernung eine gewaltige Raubkatze, die unter dem dichten Laub eines Ceibabaumes lag.

Noch nie war ein Jaguar ihm so groß vorgekommen. Erschreckt mahnte Alexander sich zur Ruhe und rief sich ins Gedächtnis, welche Verhaltensregeln die Indios ihnen für einen solchen Fall eingebläut hatten. Er erhob sich und ging betont langsam weiter, wobei er es vermied, die Arme zu bewegen. Humboldt beschrieb einen Bogen und unterdrückte das Verlangen, sich umzudrehen. Jede Sekunde befürchtete er das Gebrüll und den heißen Atem des Raubtiers im Nacken. Mit zunehmender Entfernung wagte er schneller zu gehen. Atemlos kam er schließlich zum Boot zurück und erzählte von seinem Abenteuer. Carlos und Bonpland luden die Gewehre und kehrten zum Waldrand zurück. Aber die Raubkatze war verschwunden, vielleicht auf der Jagd nach einer Herde Capybaras, die in einiger Entfernung ins Wasser davonstob.

Der Rest des Tages verlief ohne besondere Ereignisse. Humboldt schüttelte sein flaues Gefühl im Magen ab.

Und am Abend erreichte die Expedition den Orinoko.

Als die Mündung in Sicht kam, richteten sich die Männer im Boot auf und ließen sich mit der Strömung treiben. Vor ihren Augen dehnte sich eine ungeheure Wasserfläche, einem See gleich. Der Horizont war von einem Waldgürtel begrenzt, aber nirgends traten die Wälder bis ans Bett des Stromes vor. Breite, der Sonnenglut schutzlos ausgelieferte Ufer, kahl und dürr wie der Meeresstrand, glichen infolge der Luftspiegelung von weitem riesigen Lachen stehenden Wassers. Es war ein eigentümliches Bild: das dahingleitende Boot schnitt eine kleine Welle in einen endlosen, glatten Spiegel, in dem die wenigen weißen Wolken und der blaue Himmel so klar und deutlich zu sehen waren, als täte sich ein doppelter Boden darin auf. Vorn am Bug saß Carlos unbeweglich. Mit dem Strohhut und dem lang herabfallenden rotbraunen Poncho sah er aus wie die Gallionsfigur des Bootes.

Alexander löste sich als Erster von dem lang ersehnten Anblick. »Endlich!«, entfuhr es ihm. »Der äquatoriale Dschungel. Das Unbekannte. Du wirst einzigartige botanische Schätze heben, Aimé. Du wirst berühmt! Alle hübschen Pariserinnen werden dir nachlaufen.«

»Und du wirst deine erdmagnetischen Messungen vornehmen können, um sie mit denen auf der nördlichen Halbkugel zu vergleichen.«

»Zuerst werden wir heute Abend das Ereignis mit Zuckerrohrschnaps und Seekuhfilet feiern!«

Humboldt ließ seiner Ankündigung Taten folgen. Er ließ es sich nicht nehmen, für das Festmahl persönlich eine Seekuh zu jagen. Er kannte das Verhalten dieses drei bis vier Meter langen, grasfressenden Wassersäugetiers, das die Indios Apcia oder Avia nannten. Er schoss ein Tier am Ufer.

Während Carlos die Filetstücke am Feuer briet, zerlegte Alexander das Tier, mehr von ständiger wissenschaftlicher Neugierde als von Appetit erfüllt. Besonders der Kopf hatte es dem Forscher angetan. Die Mundhöhle, die noch ganz warm war, zeigte einen eigentümlichen Bau. Die Zunge war unbeweglich, aber davor befand sich in jeder Kinnlade ein fleischiger Knopf und eine mit harter Haut ausgekleidete Höhlung, die ineinander passten. Die Seekuh verschluckt gewöhnlich so viel Gras, dass der Forscher den in mehrere Fächer geteilten Magen und auch den 35 Meter langen, verschlungenen Darm ganz damit gefüllt fand. Er schnitt das Tier am Rücken auf und staunte über die Größe und Lage der Lunge. Sie hatte ungemein große Zellen, glich ungeheuren Schwimmblasen und wies die Länge von einem Meter auf. Die Indios mieden das Fleisch der Seekuh, sie hielten es für fiebererregend.

Als sie sich die inzwischen fertig gebratenen Filets munden ließen und der Schnapskrug wanderte, fühlten sich alle wohl und entspannt. Der Orinoko war erreicht, und ihr erster, vorherrschender Eindruck war, dass noch größere Naturwunder ihrer harrten als bisher, aber auch noch größere Strapazen.

Die Seekuh war äußerst schmackhaft. Carlos erzählte: »Die Manatis gilt bei den Missionaren in Cumaná als Fisch, weil sie größtenteils im Wasser lebt. So können die braven christlichen Brüder das Fleisch auch in der Fastenzeit essen, ohne ein schlechtes Gewissen zu haben.«

Die Männer lachten. »Das Gleiche gilt für den Biber«, ergänzte Bonpland. »Obwohl er auch ein Vierfüßler ist und eigentlich nicht verzehrt werden dürfte, gilt er in den Klöstern als Delikatesse und wird als erlaubtes, kaltes Fleisch verzehrt.«

Carlos erklärte unter Schmatzen: »Die Seekühe haben ein äußerst zähes Leben. Man harpuniert sie und bindet sie dann fest, schlachtet sie aber erst, wenn man sie an Land gezogen hat. Am leichtesten sind sie am Ende der Überschwemmungen zu fangen, wenn sie aus den Strömen in die umliegenden Seen und Sümpfe geraten sind und das Wasser schnell fällt.«

Bonpland sagte: »Wie ich hörte, wird übrigens das Fett des Tieres, die manteca de manati, für die Kirchenlampen verwendet. Und man kocht auch damit. Es hat nicht den penetranten Geruch von Walfischöl.«

Kariben

In den kommenden Tagen, während sie dem Lauf des Orinoko folgten, waren die Männer beeindruckt von der Großartigkeit und Einsamkeit der Landschaft. Die sandigen Ufer verwischten die Grenzen des Stromes, und im wechselnden Spiel der Strahlenbrechung schienen die Ufer immer weiter wegzurücken, je mehr die Expedition sich ihnen zu nähern versuchte.

Schließlich erreichten sie eine enge Bucht, in der mehrere Flöße mit starken Mästen und Segeln auf den plätschernden Wellen schaukelten.

»Was sind das für Fahrzeuge?«, fragte Bonpland erstaunt.

»Balsaflöße«, erklärte Carlos. »Damit fahren Kaufleute der indianischen Völker die ganze Westküste entlang von Mexiko bis Chile. Gute, seetüchtige Gefährte.«

Im kleinen Hafen von Encaramada trafen die Männer zum ersten Mal auf Kariben. Man hatte ihnen erzählt, dieser Indiostamm gehe noch immer der Menschenfresserei nach. Der Pater einer Missionsstation behauptete: »Wenn an ihren heimischen Feuern in den kultischen Nächten die Trommeln erklingen, dann schlachten sie Feinde und braten sie.« Humboldt hatte das nicht glauben wollen, obwohl er wusste, dass die Geschichten, die man sich in den Salons des kultivierten Europa erzählte, voll waren von den Gräueln der Kannibalen, die angeblich besonders gern weißes Fleisch verzehrten.

Humboldt beschloss, einem Kaziken zu folgen, der mit seinem Anhang flussaufwärts zum Schildkröteneierfang unterwegs war. »Unsere Besatzung kann im Hafen warten, ich bin zwei Tage unterwegs. Dann können wir weiterfahren«, bestimmte Humboldt.

»Glaubst du, ich lasse dich allein mit den Kariben?«, fragte Bonpland. Doch es war ihm anzumerken, wie unangenehm der Entschluss des Freundes ihm war.

»Du musst nicht mitkommen, Aimé. Ich kann verstehen, wenn du keine Lust auf einen solchen Abstecher hast. Bleib hier und ruhe dich aus, wir treffen uns ja in zwei Tagen wieder.«

»Und wenn du gefressen wirst?«

»Sei nicht albern! Das sind doch Schauergeschichten. Mich interessieren die Kariben nicht wegen ihrer Speisepläne, sondern in ihrem Kulturverhalten.«

»Das sind durchaus keine Erfindungen«, mischte Carlos sich ein. »Alle Indiostämme glauben, dass Kariben Menschenfresser sind. Ich kenne Männer, die auf den Inseln vor Cumaná auf welche gestoßen sind. Sie erzählten von abgehackten Gliedern, glühenden Rosten und barbarischen Ritualen.«

»Ich für meinen Teil glaube, dass unsere Vorstellungen von Kannibalen aus dem schlechten Gewissen heraus kommen, das unser Kolonialverhalten hinterlassen hat. Wenn wir die Kariben zu Menschenfressern machen, haben wir einen Grund, alle Farbigen zu Untermenschen zu erklären und sie dementsprechend zu behandeln.«

Carlos war nicht überzeugt. »Man muss vorsichtig sein, etwas Wahres ist immer an den Geschichten.«

»Ich komme mit«, entschied Bonpland, und Humboldt merkte am Klang seiner Stimme, dass er keine Widerrede duldete. Es erleichterte ihn.

Auch Carlos wollte sich – wenn auch widerwillig – als Dolmetscher anschließen, was sich jedoch als unnötig erwies, denn der Kazike sprach Spanisch. Carlos war sichtlich zufrieden, im Hafen bleiben zu können, und beaufsichtigte das Entladen des Gepäcks. Außerdem musste das lange Bongo-Boot am Heck geflickt werden.

Humboldt sprach den Kaziken an. Der splitternackte Mann saß auf seinem Boot unter einer Art Zelt, das, gleich dem Segel, aus Palmblättern bestand. Sein kalter, einsilbiger Ernst, die Ehrerbietung, die seine Sippe ihm bezeugte, zeigte, dass es sich um einen großen Häuptling handeln musste. Er war mit Pfeil und Bogen bewaffnet und mit Onoto bemalt, dem roten Farbstoff des Rocou. Er selbst und seine gesamte Dienerschaft, die Geräte, das Fahrzeug, die Segel – alles war rot.

Der athletisch gewachsene Kazike hieß Orongo und war ein freundlicher Mann, dessen mächtige Zähne blitzten. Humboldt fand, dass er einen friedlichen Eindruck machte. Er hatte glattes, dichtes Haar, das auf der Stirn wie bei Mönchen geschnitten war. In seinem rot bemalten Gesicht stachen die schwarz getönten Augenbrauen hervor, die seinem finsteren und doch lebhaften Blick etwas Hartes, Herausforderndes verliehen. Um ihn herum saßen nackte Frauen von erstaunlicher Körpergröße, die Humboldt schmutzig vorkamen; ihre Kinder trugen sie mit breiten Baumwollbinden auf den Rücken.

Der Karibenhäuptling wies befehlsgewohnt auf Bastmatten an seiner Seite. »Sie sind willkommen, weiße Männer. Setzen Sie sich dorthin. Wir fangen Schildkröten und ihre

Eier. Sie dürfen unsere Gäste sein. Meine Frauen sind Ihnen zu Diensten.«

»Danke, danke!«, wehrte Alexander lächelnd ab. »Das ist sehr freundlich. Aber wir Europäer dürfen ein solches Entgegenkommen nicht annehmen.«

»Erzähl keinen Quatsch«, murmelte Aimé auf Deutsch. Er blinzelte einer blutjungen Frau zu, die wohlgeformte Brüste und Schenkel besaß und ihre Scham rasiert hatte.

»Kommt die Zeit, werden die Frauen gewünscht«, sagte der Kazike sybillinisch.

Der auffrischende Nordostwind brachte die Piroge, die ein kleineres Kanu im Schlepptau führte, mit vollen Segeln zur Boca de la Tortuga. Dort stiegen die Männer an einer Insel mitten im Strom aus. »Sie ist bekannt wegen ihrer Schildkröten«, erklärte der Kazike.

Humboldt beobachtete den Kariben fortgesetzt, wenn auch unaufdringlich. Der Mann besaß etwas Bedrohliches; aber das mochte von seiner hohen sozialen Stellung herrühren. Gewohnt, Befehle zu erteilen, umgab sein herrisches Wesen etwas Unnachgiebiges. Als alle außer ihm ausstiegen und im Sand der Insel umhergingen, nahm die Suche nach den Schildkröteneiern auch Humboldts Aufmerksamkeit in Anspruch.

Die Kariben stocherten mit langen Stangen in den Boden. Das erinnerte den Oberbergrat Humboldt an die Arbeit von Bergleuten, wenn sie die Grenzen eines Lagers von Mergel, Raseneisenstein oder Steinkohle ermitteln. »Stößt man die Vara senkrecht in den Boden«, erklärte ihm unaufgefordert einer der Kariben, ein noch junger Mann von gedrungenem Wuchs, in gebrochenem Spanisch, »spürt man sofort, wenn der Widerstand aufhört und das Erdreich erreicht ist, in dem die Eier liegen.«

Am anderen Ende der Insel lagen Hunderte von Riesenschildkröten im Sand, die Arraus. Die von den Spaniern *torgugas* genannten, furchtsamen Tiere, waren vom Eierlegen so erschöpft, dass sie sich nicht rührten. Aber das Interesse der Kariben galt zunächst ausschließlich den Eiern, deren nahrhafter Verzehr in ihren Augen auch noch heilsame Wirkungen im Körper hinterließ und das Blut reinigte.

Man grub Hunderte von Eiern aus dem heißen Sand. Sie lagen in zwei Schichten übereinander, waren größer als Taubeneier und besaßen eine sehr harte Schale. »Die Otomaken«, erklärte der junge Karibe, »benutzen die Eier manchmal sogar für Ballspiele.« Einige Eier wurden an Ort und Stelle aufgeschlagen und roh verschlungen. Humboldt versuchte eines und fand den Geschmack angenehm, Bonpland allerdings verzog angeekelt das Gesicht. »Sie riechen nach Urin«, bemerkte er.

»Ja«, sagte der Karibe, »das kommt daher, dass die Schildkröten den Ufersand mit ihrem Harn besprühen, um ihn zu befestigen. In den Eiernestern ist der Geruch besonders stark.«

Humboldt fand die emsig arbeitenden Kariben trotz ihres wilden Aussehens so zutraulich, dass er sich ihre angebliche Menschenfresserei immer weniger vorstellen konnte. Er hätte liebend gern den jungen Kariben in ein Gespräch darüber verwickelt, unterließ es aber. »Das würde ihn beleidigen«, meinte Alexander zu Bonpland, der tatenlos im Sand kniete. »Es wäre so, als fragte uns einer, ob nicht alle Weißen Mörder seien, weil sie sich auf diesem Kontinent so aufgeführt haben.«

Am Boot entzündeten die Frauen ein hoch aufloderndes Feuer. »Jetzt werden wir gebraten, wie alle weißen Missionare in der ganzen Gegend auch«, scherzte Bonpland. Die Kariben gruben den Sand weiter mit den Händen auf, legten eine Hälfte der Eier in kleine Körbe, die sie Mappir nannten, und trugen sie zum Boot. Dort warfen sie die Eier in mit Flusswasser gefüllte Tröge. Die Frauen zerdrückten die Eier nun mit den Händen, bis das Eigelb dick geworden war. Sie schöpften es ab und kochten es am Feuer. »Wir braten unser Fleisch mit diesem Öl«, erklärte der junge Karibe den Forschern.

Humboldt kostete das Fett. Es war ganz hell, völlig geruchlos und besaß keinen Nebengeschmack. »Ob die Kariben nun Menschenfresser sind oder nicht, sie achten auf ihre gute Küche«, sagte er.

»Ihr Öl ist anscheinend begehrt. Der Karibe erzählte mir, sie verkaufen es am ganzen oberen Orinoko.«

Der Kazike winkte die beiden Forscher zu sich auf das Boot. Er deutete auf seine Frauen. Wieder winkten die beiden Europäer lächelnd ab. »Dann esst wenigstens einige Eier und trinkt frisches Maniokwasser«, sagte der Häuptling. Humboldt und Bonpland ließen sich überreden. Der Kazike schaute die Weißen finster an. »Warum haben Sie uns wirklich auf die Schildkröteninsel begleitet – doch nicht wegen der Eier?«

Humboldt druckste herum. »Nein. Nicht ganz, jedenfalls. Es war einfach – unser Interesse an allem, was Sie tun, Häuptling. Wir sind Forscher. Alles ist spannend und neu für uns.«

»Ich glaube Ihnen nicht. Sie lügen«, sagte der Kazike plötzlich.

»Wie bitte?«

»Vorsicht, Alexander!«, zischte Aimé.

»Sie lügen – wie alle Weißen!« Der Kazike richtete sich

aus seiner halb liegenden, bequemen Haltung auf. »Es gibt keine Weißen, die sagen, was sie wirklich denken.«

»Sie irren, Häuptling. Wir sind die Ausnahme.« Alexander hatte sich zu einem harmlosen Tonfall entschlossen.

Der Kazike winkte einige Männer heran. »Packt sie. Werft sie ins Feuer!«, rief er. »Sie haben es nicht anders verdient, als unseren Speiseplan zu bereichern.«

Entsetzt sprangen Humboldt und Bonpland auf. Die Krieger kamen schnell näher. Einige sprangen auf das Boot und griffen nach den Europäern. Einer hob die Machete. Humboldt zückte sein Messer, Bonpland bückte sich nach dem Gewehr. Da erklang das dröhnende Gelächter des Kaziken.

Der Karibe schlug sich auf die muskulösen Schenkel und schien sich köstlich zu amüsieren. »Ist es nicht das, was Sie dachten?« Er konnte kaum sprechen vor Lachen. »Dachten Sie nicht, wir sind Menschenfresser und Sie könnten uns unsere kleinen Küchengeheimnisse entlocken? Menschenfilet in Manioksoße?«

Den beiden Forschern saß der Schreck noch in den Gliedern. Bonpland war so weiß, wie sein Hemd vor Antritt der Reise gewesen war. »Ein schlechter Scherz, Häuptling!«, sagte Alexander, der sich als Erster fing. »Sehr billig.«

»Verzeihen Sie mir, verzeihen Sie mir!« Der Kazike amüsierte sich noch immer. Die Krieger waren inzwischen wieder zur Eiersuche zurückgekehrt. »Aber jetzt sagen Sie, habe ich Recht?«

»Wenn es Sie zufrieden stimmt – ja, Sie haben nicht ganz unrecht. Aber ich für meinen Teil glaube ohnehin nicht, dass …«

»Und der andere?« Der Kazike fixierte Bonpland.

»Meine Meinung ist völlig unwichtig«, sagte Aimé unwillig. »Reden wir lieber von anderen Dingen. Mir ist die Lust an diesem Thema gründlich vergangen.«

»Gut«, erwiderte der Kazike, »reden wir von Frauen.«

Nach und nach kamen die Kariben zum Boot zurück. Die Eierernte war beendet. Jetzt ging es daran, Schildkröten zu töten. Man drehte die trägen Tiere auf den Rücken und erschlug sie mit Knüppeln. Viele Tiere konnten sich ins Wasser retten, am Ende aber lagen Hunderte leblos im Sand. Sie wurden ausgeweidet und zerteilt.

Humboldt und Bonpland verspürten keine rechte Lust, sich das Schauspiel aus der Nähe anzusehen. Sie hielten sich abseits und warteten auf die Rückfahrt.

Zwei Stunden später war die Schlachterei der Kariben beendet. Das Wasser färbte sich blutrot, und an einigen Stellen brodelte es – die Piranhas holten sich ihren Teil. Als die Sonne sank, waren die Ölschläuche, die restlichen Eier und das Schildkrötenfleisch verstaut. Die kleine Expedition fuhr zurück, und aus den Kehlen der Kariben ertönten triumphierende Gesänge.

Nächte im Freien

Während man sich in den jüdischen Salons an der Spree allabendlich versammelte, um über das Schicksal der Forscher zu debattieren, von denen es kein Lebenszeichen gab, und der Rest Berlins sich langweilte; während die politischen Kabinette Preußens unter verfehlter Politik zusammenstürzten; während Napoleon, die Hände frech in den Hosentaschen, durch märkische Kirchen spazierte, Tausende von Soldaten der Koalitionsheere an der deutsch-französischen Grenze sich gegenseitig den Schädel spalteten, das deutsche Reich zerbröckelte und zahlte; Caroline von Humboldt sich nach dem Schwager und Gespielen sehnte – währenddessen verloren sich Humboldt und Bonpland immer mehr in den Tiefen des venezolanischen Dschungels.

Schwärme rosafarbener Löffelgänse, Flamingos und gefräßiger Gallinazogeier verdunkelten den Himmel; Herden von Wasserschweinen ruderten wie zahme Hunde um das Segelkanu herum; längsseits spielten Süßwasserdelfine; an den Ufern trotteten Tapire und Nabelschweine entlang, ohne auf die Reisenden zu achten. Krokodile erhoben sich aus dem glühenden Sand und stürzten ins Wasser, wo bereits Kannibalfische und giftige Stachelrochen warteten. Wenn sich in der Mittagshitze nichts mehr regte und die Tiere in den Schatten zurück taumelten, krochen, schwammen oder flogen, nahmen Humboldt und Bonpland ein dumpfes Summen wahr. Es schwoll an und senkte sich, aber es war immer da. Es waren die Myriaden von winzigen Insekten, die man nicht sah, aber hörte, und an den unbekleideten Stellen des Körpers spürte. Die Welt des Orinoko kam den Forschern wie ein riesiger Zoo vor. Sie wussten nicht genau, ob sie selbst darin die Wärter waren oder das schon lang erwartete Frühstück für hungrige Mäuler.

Die Zeit verging wie im Flug. Jeder Tag hätte 48 Stunden haben müssen.

Die Forscher sammelten, vermaßen, zeichneten, legten Karten an, pressten Pflanzen zwischen Pergament, sezierten Tiere. Die Instrumente waren ununterbrochen im Einsatz. An das Zuhause in Berlin oder Paris dachten sie nicht, nur Carlos del Pinto ließ manchmal Gesänge vernehmen, die aus der Inselwelt vor Cumaná stammten. Dann nahm sein braunes, zutrauliches Gesicht einen bekümmerten Ausdruck an.

Die Nächte verbrachte man jetzt nur noch im Freien. Wenn der Platz es zuließ, legte man die mitgeführten Instrument und gesammelten Objekte in die Mitte des Lagerplatzes; drum herum wurden die Hängematten der Weißen angebracht, dann die der Indios. Außen herum brannten die Feuer. Der Rauch vertrieb die Raubtiere und Mosquitos, doch ihre Anwesenheit war stets zu spüren. Die zwischen Bäumen aufgespannten Hängematten mussten mit Moskitonetzen verhängt werden.

Eines Nachts um drei Uhr morgens, die Männer waren gerade eingeschlafen, schrie Bonpland plötzlich: »Ameisen! Millionen Ameisen! Winzige Viecher! Sie fressen mich auf!«

Alle sprangen auf. Es stimmte. Eine schwarze Schicht krabbelnder Kleinameisen hatte sich über alles hergemacht – das Gepäck, die Hängematten, die Menschen. Sie krochen unter die Kleidung, in alle Körperöffnungen, in die Haare, in Ohren, Nasen und Münder. Carlos verschluckte sich an ihnen. Alle spuckten und fluchten.

»Nichts wie raus«, rief Humboldt, »wir brechen ab und besteigen das Boot. – Carlos, treib die Indios an!«

Hastig bauten die Männer das Lager ab und verstauten ihre Sachen. Als sie alles zum Segelkanu hinunter trugen, erlebten sie eine böse Überraschung. Auch das Boot war überzogen mit den krabbelnden Ameisen; sie hatten es über das Befestigungsseil geentert. »Wir fahren trotzdem«, entschied Humboldt. »Wir überlassen ihnen unser Lager.«

»Suchen wir einen neuen Lagerplatz!«, meinte Carlos.

»Nein, das lohnt nicht mehr, in drei Stunden geht die Sonne auf.«

»Unterwegs müssen wir alles auswaschen, dann wird das Gekrabbel schon ein Ende haben«, meinte Bonpland und kratzte sich mit zu Schaufeln geformten Händen schwarze, bewegliche Punkte von der nackten Haut.

Nach der gründlichen Reinigung der Lancha versöhnte sie wieder die ruhige Fahrt auf dem Fluss. Der Orinoko blieb ein Traum. Die Kathedralen der Bäume aus unterschiedlichen Grüntönen glitten wie in einem kunstvollen Garten mächtig und gemächlich vorbei. Doch in den folgenden Nächten banden die Männer die Hängematten vorsorglich zwischen die Stützen des Bootsdaches fest, blieben an Bord und befestigten die Leine mit Steinen im Wasser.

Wenn die beiden jungen Wissenschaftler einmal länger bleiben wollten, um ihre gesammelten Objekte gründlich auszuwerten, wurde eine provisorische Hütte aus Palmholz, Blättern und Lianen gebaut. Dann breiteten sie ihre Schätze um sich aus, nahmen die Instrumente aus der Verpackung und reinigten sie. Sie konnten alles um sich herum vergessen. Inmitten des Durcheinanders von Pflanzen und Kleintieren, Instrumenten und Papieren auf dem Ledertisch, den Kisten, dem flach gelegten Schrankkoffer und dem notdürftig gefegten Dschungelboden, waren sie in ihrem Element und fühlten sich glücklich.

»Was ist das – Glück?«, fragte Carlos sie einmal, der die beiden oft kopfschüttelnd bei ihrem Tun beobachtete.

»Die ersten oder letzten Sonnenstrahlen, wenn sie auf meinen Sextanten fallen, während ich die geographische Länge des Ortes messe«, erwiderte Humboldt lachend. Und Bonpland ergänzte: »Und ich sehe ihm dabei zu und weiß, wir sind zuhause.«

»Weiße können komisch sein!«, war des Guaqueries einziger Kommentar.

In Carichana mussten die Reisenden ihre Lancha gegen eine größere Piroge eintauschen, einen mit Axt und Feuer ausgehöhlten Baumstamm von dreizehn Meter Länge, aber nur einem Meter Breite. Der Missionar von Atures und Maypures bei den großen Katarakten, Pater Bernardo Zea, verkaufte sie ihnen billig. »Meine einzige Bedingung ist«, sagte er, »dass Sie mich bis in mein Dorf mitnehmen.«

»Wir haben keinen Platz für eine weitere Person und noch mehr Gepäck, Padre«, wandte Bonpland bedauernd ein.

»Das macht nichts. Ich komme mit. Gepäck besitze ich nicht.«

Pater Bernardo war krank. Den schweren, asthmatischen Mann plagten Atembeschwerden, ein Malariafieber in früheren Tagen hatte ihn nie mehr ganz losgelassen. Er erbot sich, die neue Besatzung zusammenzustellen, denn diese musste sich in den vor ihnen liegenden Labyrinthen von kleinen Kanälen, Katarakten und Wasserfällen zurechtfinden. »Das können nur meine Macos und Guahibos-Indios«, erklärte der Pater. »Ich bin der Einzige, der sie besorgen kann.«

Was die Forscher nun sahen, erzürnte sie. Der Pater ließ sechs Indios zusammentreiben. Man legte sie auf den Boden und steckte ihre Beine durch zwei Holzstücke mit Ausschnitten, um die man eine Kette mit Vorlegschloss legte.

»Ein Pranger! Ich glaube es nicht!«, entfuhr es Bonpland. »Wie im finsteren Mittelalter.«

»Hören Sie, Pater, muss das sein?« Humboldt sah unglücklich aus. »Gibt es keine andere Möglichkeit, die Leute zu gewinnen?«

Der Pater schüttelte den Kopf. »Keine.«

»Suchen Sie andere Indios. Solche, die freiwillig mitkommen.«

»Die Katarakte gelten als unheimlich. Dort wohnen böse Geister. Kein einziger Indio fährt freiwillig dorthin. Diese Unglücklichen hier sind die Einzigen, die es können. Also müssen wir sie die Nacht über festhalten. Glauben Sie mir, Señores.«

Bei Morgengrauen wurden die Reisenden durch Schmerzensschreie geweckt. Als sie auf den Platz hinaus stürzten, sahen sie, wie der Pater einen der jungen Indios aus dem Pranger mit einem Seekuhriemen unbarmherzig auspeitschte. Humboldt fiel ihm in den Arm. »Hören Sie sofort auf! Unter solchen Umständen legen wir keinen Wert auf die Begleitung durch diese Indios – und auch nicht auf die Ihre!«

»Er will noch immer nicht mit«, erwiderte der vom Schlagen erschöpfte Pater nur. »Sonst ist er sehr verständig. Aber er hat Angst. Und ohne ihn kann die Expedition nicht voran.«

»Was ist mit den anderen?«

»Sie haben sich inzwischen durchgerungen.«

»Dann finden Sie für den da einen Ersatz! Oder verdoppeln Sie meinetwegen den Preis für die Arbeit! Aber hören Sie mit der unsinnigen Gewalt auf!«

Der Pater verhandelte mit dem Indio, der Zerepe hieß. Der schüttelte nur den Kopf.

»Sie sehen ja – er will nicht!«

»Verzehnfachen Sie!«

Diesmal nickte Zerepe. Er wurde befreit und abgeführt. Um seine Striemen kümmerte sich eine alte Frau.

»Pater, Pater«, sagte Humboldt missbilligend. »So wird das nichts. Sie werden diese Menschen nicht mit Schlägen erziehen.«

»Doch. Ob Sie es nun glauben oder nicht. Sie werden erleben, dass dieser Zerepe uns allen auf der Reise die besten

Dienste leisten wird – und er wird sich keine Sekunde lang über die Schläge beschweren.«

Humboldt brummelte etwas in sich hinein und ging ins Haus zurück, wo Bonpland ihn mit einem spöttischen »Guten Morgen, Monsieur Weltverbesserer!« begrüßte.

»Das ist nicht komisch, Aimé«, sagte Humboldt schlecht gelaunt. »Ich ertrage so etwas nicht.«

»Du hast ja Recht, mon ami. Aber die Missionare hier haben auch ihre Erfahrungen. Wir sollten ihnen vertrauen und ihre Erziehungsmethoden nicht von der Hand weisen.«

Misstrauisch blickte Alexander den Gefährten an. »Bist du noch der, den ich in Paris über die bürgerlichen Tugenden und die Freiheit des Volkes reden hörte? Es kommt mir so vor, als würde die Hitze deine moralischen Grundsätze aufweichen.«

»Durchaus nicht. Aber manchmal heiligt der Zweck die Mittel.«

Am 10. April des Jahres 1800 setzten sie Segel, um nach Süden zu fahren. Humboldt hatte die Vision, die Katarakte schon tosen zu hören. Er wusste, es würde der schwerste Teil ihrer Reise in die Äquatorialregion werden. Auch Bonpland war die Nervosität anzumerken; er hatte die Nacht kaum geschlafen.

Um auf der neuen Piroge Platz zu schaffen, hatten die Indios achtern aus Baumzweigen eine Art Gitter angebracht, das auf beiden Seiten über den Bootsrand hinausreichte. Mit flinken Händen belegten sie es mit Blättern und Zweigen. Dort konnten, wenn auch beengt, die drei Weißen und der Guaquerie sitzen. Nachts legte man Ochsenhäute und Jaguarfelle aus und schlief auf dem harten Bootsleib. Das Vorderteil des Fahrzeugs nahmen die Indios ein, die ein Meter lange, löffelförmige Pagaien führten. Sie waren nackt, saßen paarweise und ruderten unter eintönigen Gesängen im Takt, den sie immer genau einhielten.

Humboldt, durch den Streit mit Aimé an seine hitzigen Debatten in den Salons der Aufklärung erinnert, schrieb während der Fahrt in sein Tagebuch: »Bei Sonnenaufgang stimmten unsere gefangenen Affen in das Geschrei ihrer Vettern im Wald ein. Dieser Verkehr zwischen Tieren derselben Art, die einander zugetan sind, ohne sich zu sehen, von denen die einen die Freiheit genießen, nach der die anderen sich sehnen, hat etwas Wehmütiges, Rührendes.«

Alexander spürte, dass die Beziehung mit Bonpland angespannt war. Hatte er ihn zu scharf attackiert? Weil er den Gefährten in der nächsten Zeit verstohlen beobachtete, nahm er dessen verschlossenen Gesichtsausdruck wahr. Näherte er sich ihm, spürte er das Abweisende in seinen Gesten; er versteinerte förmlich bei seinem Erscheinen. Alexander beschloss, am Abend mit Aimé zu sprechen. ›Wir sind aufeinander angewiesen‹, ging es ihm durch den Kopf. ›Die Forschungen dürfen nicht gefährdet werden.‹

Aber als sie am Rastplatz die Instrumente ausluden, schien Bonpland die Sache bereits vergessen zu haben. Humboldt war froh über den Eifer, den der junge Franzose in die Auswertung einer Reihe besonders schöner Lianenblüten für sein Herbarium steckte.

»Alles in Ordnung, Aimé?«, fragte Humboldt vorsichtig.

»Aber ja! Alles bestens. Wir können schließlich auch mal eine Meinungsverschiedenheit haben!«

»Ich wollte dich nicht beleidigen.«

»Das hast du auch nicht.«

»Wirklich nicht?«

»Alexander! Wir sind erwachsene Männer. Und mitten im dichtesten Dschungel. Jede Stunde kann den Tod bringen. Wir können es uns gar nicht leisten, kindisch zu sein, nicht wahr?«

Erleichtert atmete Humboldt auf – obwohl er ahnte, dass der Gefährte nicht die Wahrheit sagte.

Auf der inzwischen überfüllten Piroge blieb für die getrockneten Pflanzen, die Koffer, den Sextanten, den Inklinationskompass und die meteorologischen Instrumente immer weniger Platz. Die Forscher wollten auf nichts verzichten. Alles musste deshalb im Stauraum unter dem Gitter aus Zweigen untergebracht werden, wo auch die Reisenden, während die Indios sie gleichmäßig und gleichmütig voranbrachten, den größten Teil des Tages ausgestreckt lagen und die Beine über den Bootsrand hängen ließen. Wollten sie irgendetwas aus einem Koffer holen oder ein Instrument benutzen, musste das Boot anlegen. Zu diesen Unbequemlichkeiten gesellte sich die ständige Plage der Mosquitos, die Bonpland einmal veranlasste, aus heiterem Himmel ins Wasser zu springen. »Nur eine Minute Ruhe vor diesen Quälgeistern!«, rief er anklagend wie ein Jakobiner in der Nationalversammlung.

»Aimé, mach keinen Unsinn!«, sorgte sich Alexander.

»Welch ein herrliches Gefühl!« Bonpland plantschte im Wasser wie eine Ente.

»Bonpland, komm ins Boot, verdammt! Denk daran, was sich hier alles im Wasser tummelt.«

»Können wir nicht grünes, saftiges Holz unter dem Toldo anzünden?«, rief der Gefährte prustend, »der Rauch vertreibt vielleicht die Biester.«

»Aber dann tränen uns ständig die Augen. Lesen kannst du unter solchen Bedingungen nicht.«

»Das ist mir egal. Meine Extremitäten sind von oben bis unten zerstochen. Es juckt wie die Pest!«

Auch die Indios litten unter den Stechmücken, die oft so winzig waren, dass man sie nicht sah. Während der eine sich unter ein Tuch steckte, verlangte der andere von seinem Mitruderer einen Extrakt aus den Drüsen des Lamantins. Andere schmierten sich mit Seekuhmist ein. Alle stanken inzwischen so sehr, dass die anderen nur noch flach atmeten. Aber alles half nichts. Der Orinoko blieb eindeutig Herrschaftsraum der kleinen, bösen Plagegeister.

Im Fluss tauchten von diesem Tag an immer häufiger große Granitblöcke auf. Das konnte nur heißen, dass die Katarakte nicht mehr fern waren. Carlos machte eine entsprechende Bemerkung. Die Expedition ließ den Cano Orupe im Westen liegen und fuhr an dem großen, unter dem Namen Piedra del tigre bekannten Felsen vorbei, der hundert Meter senkrecht zum Dschungelhimmel aufsteigt. Die Männer reckten die Hälse; für ein paar Minuten verdunkelte sich der Himmel. Oben saßen Geier und starrten herab.

Gegen Abend bedeckte sich der Himmel. Windböen und dazwischen ganz stille, noch heißere Luft verrieten, dass ein starkes Gewitter im Anzug war.

»Es ist besser, das Gewitter an Land abzuwarten«, meinte Humboldt. Carlos hielt Ausschau, um am Ufer ein geeignetes Baumdach zu finden. Und schon brach der Regen los. Es war so, als leere sich der gesamte Orinoko von oben über die Reisenden. Das Blätterdach des Bootes bot nicht den geringsten Schutz. »Jetzt ist es auch egal. Wir fahren weiter!«, entschied Alexander.

Zum Glück vertrieben die Regenströme die Stechmücken. »Ach, könnte es doch immer regnen!«, rief Bonpland in einer Art Singsang und reckte die Arme zum Himmel.

»Zum Teufel, hier hat man die Auswahl zwischen Pest und Cholera!«, verkündete Carlos missmutig.

Und dann lag der erste Katarakt vor ihnen. Es war der von Cariven, und der Zug des Wassers war so stark, dass die Männer nur unter Aufbietung aller Kräfte an Land kamen. Immer wieder drückte die Strömung das Boot zurück, und es trudelte hilflos auf dem Fluss herum. Endlich sprangen zwei der Salivas-Indios, die ausgezeichnete Schwimmer waren, ins Wasser, zogen die Piroge mit einem Strick ans Ufer und banden sie an einem natürlichen Horn der *Piedra del Carichana vieja* fest, einer nackten Felsbank mit etlichen Höhlen, auf der die Expedition übernachtete. Das Gewitter hielt noch bis lange in die Nacht hinein an, der Fluss stieg, und die Männer befürchteten schon, die wilden Fluten würden das Boot vom Felsen losreißen. Sie blieben lange wach, aber schließlich forderte die Erschöpfung ihr Recht, und sie schliefen ein.

Auch der Fluss schien zur Ruhe zu kommen. Die Luft war gereinigt. Wenigstens für den Rest der Nacht hielt der Orinoko sich an die stillschweigende Übereinkunft: leben und leben lassen.

Bernardo Zea erwies sich als angenehmer Begleiter. Er erzählte spannende Geschichten und kümmerte sich um die Ruderer. Tatsächlich nahm ihm auch der junge Zerepe die Misshandlung nicht übel. Alle Indios ruderten zwölf Stunden ohne Pause. Sie nahmen nichts zu sich als Maniok und Bananen. Stolz erklärte der Pater: »Eine normale Bootsreise zwischen Orinoko und Amazonas kann zwei Monate dauern, und während der ganzen Reise strengen sie ohne Murren ihre Muskeln an. Ihre Körperkraft und Mäßigung ist wirklich erstaunlich. Aber nur, wenn sie es wirklich wollen. Ich habe auch schon erlebt, dass sie keinen Finger rühren, weil irgendetwas ihnen nicht passte. Und dann kann nichts sie bewegen.«

»Auch nicht Ihre Peitsche?«, fragte Humboldt.

»Nichts, auch keine Züchtigung.«

Im Verlauf des nächsten Tages stieg der Pater in einer neuen, seit knapp zwei Jahren bestehenden Mission namens San Borja aus, um die Messe zu lesen. Die Forscher begleiteten ihn zu einem Dorf, das aus sechs Hütten bestand, in denen noch nicht bekehrte Guahibos wohnten. Die groß gewachsenen, wilden Männer gefielen Humboldt. In ihren ungewöhnlich großen schwarzen Augen funkelte eine Lebendigkeit, die er bei den oft trägen Einheimischen noch nicht gesehen hatte. Einige trugen dünne Bärte, was ebenfalls ungewöhnlich war. Ihre Mädchen und Frauen besaßen schöne, ebenmäßige Gesichter, die von schwarzen Tupfern überzogen waren. »Schönheitspflaster auf venezolanisch«, meinte Bonpland.

»Ja, aber die sind von einer schwarzen Frucht gewonnen, der Caruto«, erklärte der Jesuit, »und deshalb gehen sie nicht mehr weg, man kann sie nicht abwaschen. – Also Vorsicht, falls Sie vorhaben, sich selbst damit zu zieren.«

Der Pater bot den Indios in ihrer Sprache Schnaps an. Ein Kopfschütteln war die Antwort. Während der Jesuit sich mit den einheimischen Männern beschäftigte, schauten Humboldt und Bonpland den Frauen und Kindern bei der Herstellung des Maniok zu, dem wichtigsten Nahrungsmittel der Region.

Das Ganze fand auf dem Fußboden einer Hütte aus Palmblättern statt. Die Knollen lagen aufgehäuft auf dem Boden, kleine Hunde sprangen darüber hinweg. »Der Maniok ist im Rohzustand giftig und muss nach dem Schälen erst genießbar gemacht werden«, hatte der Pater ihnen erklärt. Hauptsächlich waren kleine Mädchen mit der Zubereitung beschäftigt; sie schauten die beiden Weißen aus traurigen, dunklen Augen an, die mandelförmig waren und in flachen, hübschen Gesichtern lagen. Kaum einer sprach und wenn doch, in einem unverständlichen Dialekt. Die Weißen konnten sich nur durch Zeichensprache verständlich machen.

Nach dem Schälen wurde der Maniok gerieben. Die gelbe, feuchte Masse wurde von älteren Frauen in kunstvoll geflochtene Schläuche gelegt, die vor der Hütte an Palmen hingen. Der giftige Saft wurde herausgepresst. Währenddessen erzählten die Alten Dorfgeschichten, träge schaukelten die Hängematten. Andere Frauen stocherten an langen Stäben Ameisen aus dem Boden; dann rieb man die gefangenen Kleinsttiere so lange auf einem großen Sieb, bis die ungenießbaren Teile abfielen. Danach kamen sie in eine bauchige Flasche, die eine trübe, saure Flüssigkeit enthielt. Man forderte die Europäer auf, eine Kostprobe zu nehmen. Es schmeckte herrlich. Der Maniok wurde inzwischen noch einmal gesiebt und in einer großen Pfanne über offenem Holzfeuer geröstet. Das besorgte eine uralte Indianerin mit einer Orchidee in den gebundenen Haaren. Endlich konnten aus dem Maniokmehl Fladen gebacken werden, was mit großem Geschrei geschah.

Den Gottesdienst verfolgten die Männer – die dabei nicht ihren Bogen und die vergifteten Pfeile zur Seite legten – ohne jede Gemütsäußerung. Als die Weißen das Dorf wieder verließen, meinte der Pater: »Sie sind verstockt. Ob sie unseren Glauben angenommen haben oder nicht, weiß der Herrgott allein. Wenn ja, geben sie es nicht zu erkennen.«

Kurz vor den großen Katarakten kamen hoch aufragende Bergketten in Sicht. Sie begrenzten den Horizont nach Südost. Je weiter die Expedition flussaufwärts fuhr, desto großartiger und malerischer wurden die Ufer des Orinoko. Die Forscher hatten in der Bootsmitte einen Stapel Fladen aus

Maniok aufgeschichtet, den die Indios ihnen geschenkt hatten, wodurch der Platz noch enger wurde. Sie knabberten die trockenen Fladen oder eine Hand voll gerösteten, flockigen Maniok und saugten grüne Limonen aus. In Wasser aufgelöster Maniok schmeckte ihnen am besten und stillte den Durst. Einmal tauchten nackte Gestalten am Waldrand auf und hoben ihre Speere über den Kopf, als wollten sie die Waffen auf die Männer im Boot schleudern. Der Pater gab ein paar Musketenschüsse in die Luft ab.

»In den Wäldern hier, die der Strom zu Inseln zerschneidet«, erklärte der Pater, »leben Völker, die niemals Kontakt mit anderen hatten. Es sind Menschenfresser.«

»Das habe ich schon einmal gehört«, sagte Humboldt. »Es sagt sich leicht, aber gibt es Beweise dafür?«

»Vor allem, wo sie doch angeblich keinen Kontakt zu jemandem haben«, meinte Bonpland.

»Wir wissen es einfach«, behauptete der Missionar. »Unsere Indios erzählen es immer wieder. Diese Menschenfresser sind zu träge, den Boden zu beackern. Auch zur Jagd taugen sie kaum. Also leben sie von Fischen und Würmern. Und wenn sie nach einer Fehde Gefangene machen, werden diese verspeist.«

In der Nacht des 15. April erreichte die Expedition den Fuß der Großen Katarakte. Der Pater erklärte den weiteren Weg. »Wir müssen das Boot verlassen und gehen viereinhalb Kilometer zu meiner Mission. Das Kanu muss ausgeladen und noch ein Stück flussaufwärts gezogen werden. Dann wird es zehn Kilometer weit bis zum Atures-Katarakt getragen – ein gischtendes, alles verschlingendes Monstrum. Es folgen rund vierzig Kilometer mit ruhigem Wasser; dann kommt der Katarakt von Maypures – sechs Kilometer lang. Oberhalb der Katarakte ist der Orinoko immer noch 600 Kilometer lang, aber bis nahe an die Quelle doch leichter zu befahren.«

»Leicht zu befahren? Das glaube ich kaum«, warf Bonpland ein. »Aber wir werden ja sehen.«

»Widersprich nicht immer!«, meinte Humboldt im Scherz. »Man meint ja, du wolltest immer Recht haben.«

Bonpland boxte ihm in die Seite.

Der Pater instruierte die Indios. Carlos del Pino beschloss, beim Boot zu bleiben, um alles zu überwachen. In zwei Tagen wollten die Forscher wieder zurück sein.

Vampire

Vor dem großen Abenteuer mit den Stromschnellen ließen die Männer sich Zeit. Sie wollten sich ausruhen und sich angemessen vorbereiten. Humboldt beschäftigte sich einen ganzen Tag lang mit dem Zeichnen des Blattes eines Paranussbaumes, das ein Indio am Apure ihm geschenkt hatte. Dem Pater schien das zu gefallen; er schaute dem Deutschen die ganze Zeit zu. Humboldts ruhige Arbeit drückte für ihn ein Zeitgefühl aus, das der Missionar auch von den Einheimischen kannte.

»Die Stromschnellen von Atures und Maypures sind wie eine Haustür«, erzählte Pater Bernardo. »Sie versiegeln das Land nach Süden. Auch die Zivilisierung des Landes durch unsere Brüder, die Jesuiten, hat hier Halt machen müssen.«

Bonpland wollte wissen: »Hat denn überhaupt schon eine Expedition den Weg in die unbekannten Regionen geschafft?«

»Nur vereinzelt konnten sich Männer durchschlagen – wenn sie genügend fähige Einheimische mit sich führten.

Versucht haben sie es immer wieder, vor allem Abenteurer und Militärs. Erst vor ein paar Jahren zog hier eine ganze spanische Armee durch, 325 Mann unter Waffen, die das Goldland im Süden entdecken wollten. Ganze 13 kamen mit dem Leben davon.«

Die beiden Forscher folgten dem Pater in seine Missionsstation, die er nach einem inzwischen ausgestorbenen Volk Atures genannt hatte. »Die Atures sind fast völlig verschwunden«, sagte er, »wir kennen sie nur noch von ihren Gräbern in der Höhle Ataruipe her, die übrigens an die Grabstätten der Guanchen auf Teneriffe erinnern. – Sie waren doch auf Teneriffe, Señor Humboldt?«

»Aber ja. Sehr interessant, was Sie da sagen. Vielleicht können wir diese Höhlen noch sehen.«

»Wenn Sie einen Führer brauchen …«

Humboldts Eifer war geweckt. »Die Meeresströmungen führen ja über den Atlantik von Teneriffe direkt in den Golf von Mexiko und an das südamerikanische Festland. Vielleicht kamen die Guanchen auf diesem Weg bis hierher.«

Die vier Kilometer durch den Dschungel kamen den Männern wie eine Ewigkeit vor. Die Schwärme kleiner, giftiger Jejenmücken wurden immer dichter. Die Insekten bedeckten Gesicht und Hände. Sie stachen mit ihren Saugrüsseln durch die Kleider und krochen in Nase und Mund. Niemand wagte mehr zu sprechen. Ein Kilometer vor dem Dorf öffnete sich endlich der Dschungel. Eine Savanne breitete sich aus, die von Granitblöcken übersät war. Dort angekommen, erkannten die Männer einander kaum wieder, ihre Gesichter waren von Stichen verschwollen.

»Nicht kratzen«, warnte der Missionar.

Bonpland war nur mit Mühe davon abzuhalten. »Kennen Sie ein Mittel, das gegen die Insekten nützt?«

»Wir versuchen es mit Schildkrötenöl, das hilft manchmal – meistens aber nicht«, gestand der Pater.

»Wie können Sie hier leben? Es ist furchtbar!«, meinte Bonpland.

»Ein starker Glaube hilft immer«, erklärte der Jesuit.

Humboldt erinnerte sich: »Ein Indio sagte mir einmal, wie gut es sein müsse, im Mond zu wohnen. Er sei so schön und hell, dass es dort gewiss keine Mosquitos gäbe.«

Im Ort, der letzten stromaufwärts gelegenen christlichen Niederlassung, erwartete sie eine unangenehme Überraschung. Vier wenig Vertrauen erweckende Goldjäger aus Frankreich hatten sich dort eingefunden. Sie tranken Zuckerrohrschnaps, und ihre geröteten Gesichter verrieten, dass sie schon im fortgeschrittenen Stadium der Trunkenheit waren. Die verkommen wirkenden Kerle saßen am Feuer und warfen mit Gegenständen nach den Horden von herumkletternden Sajuaffen mit grauem Fell und bläulichem Gesicht.

»He, willkommen!«, rief einer, ein kleiner, spitznasiger Kerl mit schlechten Zähnen. »Willkommen in der Hölle!«

»Wer ihr auch seid, Fremde – seid willkommen!«, sagte der Pater und hob die Hände, als wollte er die wüsten Gesellen segnen. Er erntete nur ein rohes Lachen.

»Wer heißt hier wen willkommen, Papa? Waren wir etwa nicht vor euch da, he?«

»Nun, das kann man sehen, wie man will. Dies ist meine Missionsstation. San Juan Nepomuceno de los Atures. Und wer seid ihr?«

»François, René und Bruno. Ich bin Raul. Ihr seid der Chef hier, was?«

Der Jesuit stellte Humboldt und Bonpland als Forscher aus Europa vor. Doch die Goldjäger interessierte das nicht.

Nur der dicke René, der noch den vernünftigsten Eindruck machte, meinte: »Ah, ein Landsmann – und er sammelt nur Pflanzen und Tiere? Kein Gold? Das muss gelogen sein!« Seine Kumpane beschäftigten sich mit dem Schnaps, den sie aus Holzbottichen schöpften. »Es hält die Viecher ab, sonst hält man es hier nicht aus!«, sagte der verschlagen blickende Bruno und bohrte in der Nase. Darauf schmierte er sich Kuhmist, den die Indios gebracht hatten, auf Hals, Brust und Arme.

Der Pater beachtete sie nicht weiter; er begrüßte die über und über mit getrocknetem Lehm bedeckten Bewohner des Dorfes vom Stamm der Guahibos und Macos. Von einstmals 520 waren es jetzt nur noch 47, der Rest war geflohen, an Malaria gestorben oder von Jaguaren zerrissen. Der Missionar besaß auch einen Stellvertreter, der die Gäste in gedrückter Stimmung begrüßte. Es war ein junger Mischling aus Caracas, der seit vier Jahren auf der Station lebte. Er hatte sich ein Tuch vor Nase und Mund gebunden, auf dem die Spuren zerquetschter Stechmücken zu sehen waren.

Humboldt dachte: ›Er ist unglücklich hier und fehl am Platz. Der erste wirklich Unglückliche, dem wir auf dieser Reise begegnen.‹

Der Pater zeigte den Gästen seine kleine Kirche. Darin fanden sich einige Überbleibsel einstigen Wohlstands. Humboldt sah eine silberne Lampe von ansehnlichem Gewicht, die am Boden lag, halb im Sand vergraben. Das Kruzifix war mit Grünspan überzogen.

»Wir bauen Mais, Bohnen, Maniok, Bananen, süße Orangen und Tamarinden an, und hinter dem Dorf weiden Pferde und Rinder«, erklärte der Pater. »Für die Herde halten wir Sklaven und Knechte.«

Der Pater deutete auf den Wipfel eines Baumes. »Dort oben können Sie schlafen; es ist kühl dort und ruhig.«

Humboldt blickte hinauf. Eine Hütte aus Zweigen in einer Baumkrone schwankte im Wind. »Eine blendende Idee. Warum schlafen nicht alle dort?«

»In der Baumkrone wohnen Geister der Verstorbenen«, sagte der Pater und lächelte matt.

Vor Einbruch der Nacht waren die vier Franzosen sturzbetrunken. Einer hatte sich bereits in den Sand gerollt und schnarchte. Bruno lallte: »Noch keiner hat die Stromschnellen bezwungen, verdammt noch mal. Kein einziger gottloser Wichtigtuer. Sie sind einfach unüberwindbar, glaubt mir.«

»Man kann sie überwinden – mit der richtigen Mannschaft.«

»Ihr seid wahnsinnig. Und das alles wegen nichts! Wegen Affenscheiße!«

»Komm, trink noch einen.« Bonpland lachte.

Bruno funkelte ihn aus rot geäderten Schweinsäuglein an. »Du machst dich lustig über mich, was? Hier, mein Junge, ich zeig dir was ...«

Er zog einen gekrümmten Dolch mit verziertem Horngriff und wollte sich auf Aimé stürzen. Doch seine Beine versagten ihm den Dienst, und er fiel ins Lagerfeuer. Als Bonpland ihn herauszog, schimpfte Bruno angesengt, aber unbeeindruckt: »Ihr Narren! Dann verreckt doch! Ihr wollt zu den Stromschnellen? Tatsächlich? Dann macht doch! Nur zu!«

»Das werden wir – in zwei Tagen!«

»Ich war schon dort. Eine meilenweite, schäumende Fläche wird sich vor euch auftun, ihr gottverdammten Selbstmörder! Eisenschwarze Felsen ragen wie Ruinen daraus hervor, und nirgends könnt ihr euch festhalten! Und immer schwebt dichter Nebel über dem verdammten Wasser und nimmt euch die Sicht, wie ein ganzer Haufen Hurenfürze. Ihr wisst nicht, wo ihr seid. Ihr werdet zu Grunde gehen, und ich lasse einen Furz darauf!«

»Hört nicht auf ihn, Señores«, sagte der Pater. »Man kann es zwar so sehen wie er, aber es ist maßlos übertrieben.«

»Wie würden Sie es beschreiben?«, fragte Aimé.

»Nun ja«, erwiderte der Pater schmunzelnd, »ich würde es genauso ausdrücken, nur mit anderen Worten.« Dann bekam seine Stimme etwas Feierliches, wie bei der Messe. »Wenn sich im feuchten Duft der glühende Strahl der Abendsonne bricht, beginnt ein optischer Zauber. Farbige Bögen aus Licht verschwinden und kehren wieder. Die Wasser werden zu Gold – wahres Gold, das Wunder der Schöpfung. Glauben Sie mir, auch wenn die Indianer sich schaurige Geschichten von dem Land jenseits der Katarakte erzählen – es ist ein Paradies. Und auch das Ende der Welt.«

»Scheißdreck, verdammter!«, brüllte der gereizte Goldjäger. »In den Katarakten wartet der behaarte Waldmensch auf euch, der *Salvaje.* Dem entkommt ihr nicht, ha! Er entführt Weiber, baut seiner Brut Hütten und lebt von weißem Menschenfleisch, hahaha!«

»Geschwätz«, sagte der Pater. »Es gibt keinen Waldmenschen, niemand hat je einen gesehen. Eher sind es große Bären, deren Fußspuren dem der Menschen ähneln.«

»Na klar gibt es ihn!«, rief der Goldjäger. »Die Tamanaken nennen ihn Achi, die Mayures Vasitri oder einfach den großen Teufel! Kein Eingeborener zweifelt an seiner Existenz! Alle fürchten sich vor ihm – fragen Sie die Kerle doch! Ihr habt doch alle keine Ahnung, und Feiglinge seid ihr auch noch …!«

Bonpland stand auf und versetzte dem Krakeeler einen Stoß vor die Brust. Der Franzose kippte um und blieb im Sand liegen. Sofort stürzte sich eine Wolke von Mücken auf ihn.

Die Forscher bestiegen auf einer Lianenleiter ihr schwankendes Baumhaus in luftiger Höhe. Unten gruben sich die Indios bis zum Hals in den Sand ein; das Gesicht bedeckten sie mit Kleidungsstücken, um den in der Nacht zu erwartenden Riesenschnaken zu entgehen, den Zancudos. Der Pater legte sich neben die sturzbetrunkenen Franzosen so nahe ans Feuer, dass in der Nacht seine Hosen zu brennen begannen.

»Ich glaube«, sagte Humboldt in der Baumkrone, »ich könnte inzwischen die Tageszeit nach dem Sirren und den Stichen der Insekten bestimmen.«

»Die Indios unten im Sand«, sinnierte Bonpland, »entgehen zwar den Quälgeistern, aber die Sandflöhe werden sie heimsuchen, da bin ich sicher. Diese Viecher sind nicht besser. Sie setzen sich mit Vorliebe unter die Fußnägel und rufen eiternde Entzündungen hervor. Ich kenne das.«

In der Nacht erwachten die betrunkenen Franzosen aus ihrem Rausch. Vielleicht durch das Getöse der Wasserfälle, das bis hierher drang, in der Nacht sogar noch stärker als am Tag. Die Goldjäger begannen zu krakeelen. Humboldt und Bonpland erwachten in luftiger Höhe von spitzen Frauenschreien. Als sie hinunterblickten, sahen sie ein abstoßendes Bild. Zwei Franzosen hielten nackte Indiomädchen fest, drehten ihnen brutal die Arme auf den Rücken und versuchten sie zu küssen. Die Mädchen schrien, die Kerle fluchten immer lauter.

Und was war das? Plötzlich flogen im flackernden Licht des Lagerfeuers sirrende Schatten auf die Männer zu. Erst einer, dann Dutzende. Die Forscher in den Baumwipfeln konnten ebenso wenig wie die Goldjäger unten erkennen, was da vor sich ging. Als erster begriff es Bonpland. »Heiliger Strohsack, es scheinen Vampirfledermäuse zu sein …! Aber wieso …?«

»Das gibt es nicht!« Auch Humboldt war entgeistert.

Sein Blick suchte den Pater. Der saß ebenso wie sein Stellvertreter am Feuer und schaute dem Geschehen tatenlos zu.

Die kleinen, bösen Angreifer flogen auf zwei der Franzosen zu und bohrten ihre Zähne in die Hälse ihrer Opfer. Panik ergriff die wüsten Kerle. Sie ließen die Mädchen fahren und schlugen schreiend und brüllend auf die Blutsauger ein. Die Mädchen rannten davon. Die restlichen Fledermäuse flogen eigentümlich kreischend im Kreis herum. Auch der Versuch der beiden übrigen Kumpane, die flatternden Angreifer, deren Gebisse sich schon an der Halsschlagader festgesaugt hatten, einfach herauszureißen, scheiterte. Die Tiere besaßen scharfe Zähne, die sich wie ein Krontrepan ins Fleisch frästen.

Die Schreie der bedauernswerten Opfer hingen grausig in der Nacht. Bonpland hielt sich die Ohren zu.

Kurz darauf wurde es totenstill. Es war, als hielten die Natur und alle ihre Insassen den Atem an. Bruno und René waren in die Knie gebrochen. Dann fielen sie auf den Bauch und lagen mit dem Gesicht im Sand. Ihre Gefährten starrten fassungslos. Die Vampire flatterten weiter.

Inzwischen waren die Forscher von ihrem Hochsitz heruntergeturnt. Sie sahen sofort, dass den beiden Franzosen nicht mehr zu helfen war. Blut an ihren Hälsen, verzerrte

Gesichter und gebrochene Augen sprachen Bände. Sie rührten sich nicht mehr.

Humboldt suchte mit Blicken den Pater. »Warum haben Sie nicht geholfen?«, sagte er scharf.

»Bei Vampirfledermäusen? Sie träumen!«, erwiderte der Jesuit. »Die Biester sind nicht zu halten. Ich kenne das. Wenn jemand bis zum Stehkragen mit Schnaps voll ist, wirkt das auf diese Viecher unwiderstehlich.«

»Aber es muss doch irgendein Abwehrmittel geben!«

»Denken Sie, das war der erste Vorfall dieser Art? Alle Weißen, die hier auftauchen – Goldgräber, Halunken, Diebe – saufen sich voll. Dann kommen die Fledermäuse.«

»Sie wussten das?«

»Das hört sich fast so an«, meinte Bonpland, »als wären Sie mit dem Ablauf einverstanden. Die Fledermäuse als eine Art rächende Polizei, oder?«

»Eher als eine moralische Instanz«, erwiderte der Pater mit versteinerter Miene.

»Das kann nicht Ihr Ernst sein, Pater«, sagte Humboldt.

Der Jesuit zuckte nur die Schultern und wies die Indios an, die Leichen zu begraben. Man hob Erde aus und warf die Männer hinein. Eine halbe Stunde später hockten ihre beiden Kumpane auf dem zugeschütteten Grab und kratzten sich ratlos die verschwollenen Gesichter. Man sah ihnen an, dass das Geschehen sie im Moment überforderte.

»Was für ein Ort«, entfuhr es Humboldt. »Hier zu leben erfordert wirklich eine Überdosis Glauben.«

»Jede Nacht volles Programm«, murrte Aimé. Er streckte sich und rieb sich die Augen. Sein anschließendes respektloses Gähnen klang wie Tigergebrüll.

Die Nacht war zu Ende, an Schlaf nicht mehr zu denken.

Als die beiden überlebenden Franzosen in die Dorfmitte geführt wurden, der Pater ihnen die Waffen zurückgab und sie mit Nachdruck aus dem Dorf verbannte, beschlossen die beiden Forscher, zum Fluss zurückzukehren. »Christliche Mission hin oder her, hier ist es ungemütlich, findest du nicht? Es schlägt einem aufs Gemüt.«

Humboldt pflichtete seinem Gefährten bei. Im Morgengrauen verabschiedete man sich eilig und unfreundlich.

Auf dem Rückweg versuchten die Forscher, die Ereignisse aus ihren Köpfen zu vertreiben. Bonpland begann vor sich hin zu summen; seine abgewetzte Botanisiertrommel füllte sich schnell.

So früh am Morgen war die Luft klar und kühl. Die Natur zeigte sich wieder von ihrer angenehmen Seite. Die Forscher konnten sich nicht sattsehen und waren in ihrem Element. Alte Bäume hingen voll prächtiger gelber Bannisterien, Bignonien mit blauen Blüten, Peperomia, Arum, Pothos. »Die ganze Palette«, meinte Aimé begeistert. »Auf einem einzigen Baumstamm existieren mehr Pflanzen als in einem ganzen europäischen Land zusammengenommen!« Neben den eigenen Schmarotzergewächsen sahen die Wissenschaftler auch Moose, die zu ihrer Überraschung völlig den europäischen glichen. Sie pflückten die schöne Grimmiaart mit Fontinalisblättern von den höchsten Ästen, die sie erreichen konnten.

»Wenn wir fliegen könnten, hätten wir mehr Ausbeute«, sagte Bonpland.

Gewächse, die Feuchtigkeit lieben, schmückten die Ufer am Wasserfall. Einige Palmenarten, etwa die Cucurito, standen auf dreißig Meter hohen Stämmen; die Spitzen hingen graziös zur Seite. Es waren Federbüsche von zartestem, frischestem Grün.

Wie auf einer märkischen Allee spazierten die Forscher weiter, längst wieder mit allem versöhnt.

Als sie den Fluss erreichten, badeten die Gefährten auf einem Felsendamm. Mit dem Schweiß und dem Mückenöl wuschen sie endgültig auch die Schrecken der Nacht ab.

Das tosende Ende der Welt

Das Wasser brach sich donnernd und kochend an den Felsen. Auf manchen der Felsinseln zwischen Strudeln und schwächerem Gefälle bildeten Cucuritopalmen einen säulenartigen Garten, andere Gewächse ein Dickicht mitten auf der schäumenden Wasserfläche. Granitblöcke waren aufeinandergehäuft wie in Moränen. Überall stürzte sich der Fluss hinab in Höhlen, vielfältig, vielarmig wie ein nimmersatter Krake aus Gischt. Die Wasseroberfläche glich einer schaumigen Decke. Weißer Nebel hing über eisenschwarzen Felsen. Über allem lag der Donner der Elemente wie ein Strafgericht.

Abends krümmten sich Regenbögen, tauchten im gebrochenen Sonnenlicht wie Irrlichter auf und verschwanden wieder. Die Bilder erinnerten Humboldt an die schwärmerische Beschreibung, die der Jesuit in Arupe geliefert hatte.

Längst war die Expedition nur noch am Ufer unterwegs. Das Boot war bis auf die schweren Gepäckstücke geleert, der Rest wurde von allen getragen. Wenn die natürlichen Wehre nicht mehr als einen Meter hoch ragten, wagten es die Indios, im Boot hinabzufahren. Flussaufwärts schwammen sie voraus, brachten nach vielen vergeblichen Versuchen ein Seil um einen aufragenden Baumstamm über dem

Damm an und zogen das Fahrzeug an diesem Seil auf die Höhe der Stromschnellen.

Während der anstrengenden Arbeit füllte sich das Fahrzeug häufig mit Wasser; es schlug an die Felsen, ging aber nicht in Stücke, vielleicht weil der Segen des Jesuiten darauf lag. Die Indios, aus Schürfwunden blutend, rissen sich oft in letzter Minute aus den Strudeln und schwammen zur nächsten Insel. Wenn die Felsen zu mächtig waren, rollte man das Boot auf dünnen Baumstämmen, von denen man die Äste und Zweige abgeschlagen hatte, am Ufer entlang bis zu dem Punkt, wo der Orinoko für eine kurze Wegstrecke wieder schiffbar wurde.

An einer dieser Stellen ließen sich die Forscher vom ruhigen, grün schimmernden Wasser täuschen. Es war der vierte Tag an den Katarakten. Er wurde beinahe ihr Verhängnis und das Ende der ganzen Expedition.

Sie saßen allein im Boot. Die Indios und der Guaquerie trugen die Instrumente und das Gepäck am schmalen Band des Ufersandes entlang. Das Wasser schien ruhig. Humboldt zeichnete den Verlauf des Flusses mit allen seinen Hindernissen, füllte Seite um Seite. Bonpland fischte Algen und Seerosen zum Trocknen aus dem Wasser und entdeckte winzige, feuerrote Läuse darauf. Plötzlich kamen hinter Felsen heftige Stromschnellen in Sicht. Es sah aus, als würden die schäumenden Wellen geradewegs in den jetzt wolkenverhangenen Himmel emporspringen. Wo die Oberfläche eben noch trügerisch glatt gewesen war, löste sich nun alles in Schaum auf.

»Hier ist immer was los«, entfuhr es Bonpland in komischer Verzweiflung. Humboldt wollte über die Bemerkung lachen, musste aber schnell handeln. Heftig begannen die beiden Forscher gegenzusteuern. Im Donnern der Wasser sah Humboldt aus den Augenwinkeln, wie die Indios am Uferdickicht aufgeregt die Arme schwenkten. Wortlos, mit einem einzigen Blick, verständigten sich die Freunde. Sie begannen nach Leibeskräften zu rudern. Doch die Wellen schlugen über das Boot, dass es sich allmählich mit Wasser füllte; um es wieder hinauszuschaufeln, blieb keine Zeit. Eine kräftige Böe von der Seite – in einem Moment, als die heftig arbeitenden Männer in die falsche Richtung auswichen – war schließlich zu viel.

Das Boot kenterte. Die Gefährten stürzten in die Flut, und mit ihnen die Bücher und gesammelten Studienobjekte.

Humboldt geriet unter Wasser. Der Nichtschwimmer begann wild um sich zu schlagen. Die Wirbel waren so stark, dass er nicht mehr wusste, wo oben und unten war. Ein Felsen machte seiner Abdrift ein Ende. Humboldt schlug mit dem Kopf dagegen und verlor das Bewusstsein.

Bonpland tauchte aus dem schäumenden Wasser auf. »Humboldt!«, rief er. »Humboldt!«

Siedendheiß fiel Aimé ein, dass Humboldt ihn auf der Überfahrt nach Cumaná einmal gefragt hatte, ob er schwimmen könne. Er hatte bejaht. Aber in diesem Moment wusste Aimé, dass der Gefährte selbst es nicht konnte. Er musste damals eine Situation wie diese vorhergesehen haben.

Triefend wie ein Hund, die Augen voll Wasser, blickte er sich um und sah zur Linken etwas Schwarzes. Bonpland erkannte, wie der Arm und das Bein eines Menschen emporgeschleudert wurden und gegen den Felsen klatschten; dann versank der Körper. Ein schwarzer Hut trieb im abwechselnd grünen, grauen und in Strudeln schneeweißen Wasser ab.

So schnell er konnte, schwamm Bonpland hinüber. Er packte das nun wieder oben schwimmende Bündel im Genick. Humboldt kam kurzfristig wieder zu sich, paddelte auf dem Rücken, wurde dann erneut bewusstlos, tauchte unter und lief Gefahr, dass ihm Wasser in die Lungen drang. Bonpland hielt den Gefährten gepackt und versuchte, beider Köpfe in den tosenden Strudeln oben zu halten. Auch er schluckte Wasser. »Kannst du schwimmen?«, rief Bonpland atemlos, hustend und spuckend. Der Gefährte schien zu sich zu kommen. Aimé nahm seinen Blick wahr. »Humboldt! Mein Gott! Kannst du schwimmen?«

Der Gefährte blickte ihn verständnislos an. Bonpland ruderte vergeblich gegen die Strömung an und wurde gegen spitze Felsen geworfen. Allmählich verließen ihn die Kräfte »Mon cher, du musst dich an mir festhalten!«

Ein schwaches Nicken. Bonpland schaffte es, Alexander auf seinen Rücken zu befördern. »Halt dich fest, und sei es in meinen Haaren!«, rief Bonpland.

Es wurde ein Kampf ums nackte Überleben.

Die Kleidung war schwer und vollgesogen, die Wasser eiskalt, die Gewalt des Flusses übermächtig. Doch Bonpland gab nicht auf. Es dauerte zehn Minuten, bis er das Ufer erreichte. Immer wieder geriet er in Strudel, die ihn zurückwarfen. Das schwere, leblose Bündel auf seinem Rücken hatte anscheinend nur das eine Ziel, ihn unter Wasser zu drücken. Aus den Augenwinkeln, während er glaubte, aufgeben zu müssen, nahm Bonpland engzeilig beschriebene Pergamente wahr, die zusammen mit aufgeschlagenen Büchern durch das Wasser schwammen.

›Wir werden einen Teil der Aufzeichnungen und Objekte verlieren!‹, durchfuhr es Aimé, während er sich plagte, nicht unter die Wasseroberfläche gedrückt zu werden. ›Unersetzbare Dinge gehen für immer verloren …!‹ Dann konnte er wieder nicht mehr atmen. Panik und Todesangst überfielen ihn. Seine Schwimmbewegungen glichen immer mehr dem Umsichschlagen eines Ertrinkenden. Schließlich, schwer atmend und erschöpft, konnte er sich an einer Baumwurzel festkrallen. Die Indios stürzten sich ins Wasser und zogen, aufgeregt schnatternd, die beiden Verunglückten heraus.

Bonpland brauchte lange Minuten, um wieder klar denken zu können. Er spuckte Wasser aus. Sein Körper rebellierte mit Krämpfen und Schmerzen gegen die Tortur. Der Franzose verfluchte sein Leben und den Dschungel, die Flüsse und das ganze entsetzliche Land. Ächzend rollte er sich auf die Seite. Humboldt lag kalkweiß, mit verklebten Haaren und sandigem Bart neben ihm, atmete aber. »Unkraut vergeht nicht, mon cher – sagt ihr Preussen nicht so?«

Seltsamerweise lag auf Alexanders Bauch eine handbeschriebene Seite aus seinem Tagebuch, die ebenfalls an Land gespült worden war. Bonpland kroch zum Gefährten hinüber. Der fühlte sich eiskalt an, sodass Aimé erschrak. Er beruhigte sich aber, als er sah, dass Humboldt sich bewegte, und griff nach der Seite. Humboldt hatte geschrieben: »Wer die großen Ströme des tropischen Amerika nicht befahren hat, kann nicht begreifen, wie man ohne Unterlass, jeden Augenblick im Leben gepeinigt wird, wie eine Unzahl von Tieren weite Landstriche unbewohnbar machen. So sehr man auch gewöhnt sein mag, den Schmerz ohne Klage zu ertragen, so lebhaft einen auch der Gegenstand, den man beobachtet, beschäftigen mag, unvermeidlich wird man immer wieder davon abgezogen …« Danach verlief die Tinte.

»Wir haben Schwein gehabt, Humboldt, unendliches Schwein, mein Alter!«

Alexander hustete und spuckte Wasser; eine gelbliche Flüssigkeit kam zwischen seinen blassen Lippen hervor. Er versuchte zu sprechen, was ihm aber erst nach mehreren Anläufen gelang. »Ich bin es, der Glück gehabt hat, Aimé. Ich habe einen Gefährten, auf den ich mich immer verlassen kann.«

»Wozu sind Franzosen da?«

Die Expedition gönnte sich einen halben Tag Erholung, dann zog man weiter. Humboldt ließ sich nichts anmerken, er verhielt sich wieder rastlos wie eh und je. Auf seinem Gesicht aber war ein Ausdruck von Unsicherheit erschienen, den Aimé sofort bemerkte. Die erlebte Todesgefahr hatte den Forscher mehr gezeichnet, als er zugeben wollte. Doch Bonpland sah, dass er trotzig darüber hinwegging. War seine Stimme nicht eine Spur zu laut? Waren seine Gesten nicht fahriger als sonst?

›Andererseits hat er Recht‹, dachte Aimé. ›Das Beste ist, weiterzumachen. Ein einziger Zweifel, und alles ist nur noch schwerer zu ertragen – wenn überhaupt.‹

Der Orinoko beruhigte sich. Das Boot war ausgebessert und getrocknet. Der erlittene Schaden hielt sich in Grenzen, und den Instrumenten war nichts geschehen. Die Expedition setzte sich wieder in Bewegung.

Südlich der großen Wasserfälle lag unbekanntes Land. Was die Forscher darüber wussten, kannten sie nur vom Hörensagen. Niemals hatte jemand, der dort gewesen war, etwas darüber geschrieben.

»In einem Umkreis von tausend Kilometern leben hier nicht einmal ein halbes Dutzend weiße Missionare«, berichtete Humboldt, der sich nach dem Abenteuer frisch rasiert und die Haare ganz kurz geschnitten hatte, was ihm das Aussehen eines Studenten der Bergakademie gab. »Das sind einfache Männer, die selbst nicht lesen und schreiben können und den Erzählungen der Indios lauschen. An den zahlreichen Nebenflüssen des Orinoko leben zerstreute Stämme wilder Indios, die sich untereinander bekämpfen, wie Pater Zea wusste.«

Bonpland ließ die Indios befragen. Sie berichteten wieder von Fabelwesen, Waldmenschen und Hundsköpfigen. Carlos übersetzte: »Bei den braungelben Gewässern, dort wo die *aguas negras* fließen, besitzen die Wesen Münder über dem Nabel und Augen in der Mitte der Stirn. Die Padres haben sie gesehen – hinter den Katarakten ...!«

»Na gut«, konstatierte Bonpland, »damit kommen wir also in ein Fabelland.«

Sobald die Katarakte hinter ihnen lagen, gelangten sie tatsächlich in eine neue Welt. Sie fühlten es mit allen Sinnen; sie hatten eine Schranke passiert, die die Natur selbst zwischen den kultivierten Küstenstrichen und den wüsten, unbekannten Ländern im Inneren zog. Im Osten zeigte sich in blauer Ferne zum letzten Mal die hohe Bergkette des Cunavami. Ihr langer, waagerechter Kamm erinnerte die Forscher immer wieder an die Gestalt der Mesa im Brigantin bei Cumaná. Es kam ihnen so vor, als hätten sie dort an der Meeresküste, vor sehr langer Zeit, eine ruhige, schöne Zeit verbracht. Als die Sonne unterging, strahlte der Bergkamm feuerrot, mit einem darüberliegenden silberweißen Schimmer. Humboldt, wieder unermüdlich in seiner Neugier für alles um sich herum, hielt dieses Farbspiel für einen Reflex großer Talgblätter oder von Gneis, der in Glimmerschiefer übergeht.

»Das ganze Land besteht hier aus Granitgestein«, hatte

der Oberbergrat beobachtet, »dem da und dort, auf kleinen Ebenen, unmittelbar ein tonichter Sandstein mit Quarztrümmern und Brauneisenstein aufgelagert ist. Ich wünschte, der Minister von Heinitz könnte das alles sehen, er würde mehr Gelder bewilligen für Forschungsreisen der Studenten. Oder noch besser Forster. Der Anblick dieser Natur könnte seine Verstrickung in die Politik mildern. Oder Johann Michael, er wäre …«

»Wen meinst du?«

»Johann Michael Böhme. Ich studierte in Freiberg mit ihm – ein lebhafter, unzufriedener Mensch, der nicht in den Berg, sondern nur hinaus wollte. Später wurde er sächsischer Bergmeister.«

»Welch ein Schicksal!«, sagte Bonpland ironisch.

Humboldt musste lachen. »Überhaupt, alle die Freunde aus der Studienzeit – die meisten haben ihre Ideale von einst verloren. Was planten wir in Freiberg nicht für Exkursionen in die ganze Welt! Die meisten Gefährten haben sich später nur in bürgerliche Existenzen eingegraben. Wattenbach, MacLean, Freiesleben, mit dem ich quer durch Böhmen zog …«

»Alles Eisen will eben zu Rost werden«, meinte Bonpland trocken.

Der Orinoko lag nun spiegelglatt vor ihnen. Man übernachtete auf einer Felseninsel. Humboldt machte die ganze Nacht Sternbeobachtungen. Er maß die Erdtemperatur, die Lufttemperatur, den Barometerdruck, die Inklination der Magnetnadel und bestimmte die Breite der Insel mit 50 Grad, 4 Minuten, 5 Sekunden, die Länge mit 70 Grad, 57 Sekunden. »Mit anderen Worten«, erklärte er am nächsten Morgen, »wir befinden uns auf der Höhe von Nigeria, Sri Lanka und Pnom Penh.« Die Indios nickten lebhaft und lachten.

»Wo du auch bist und was du auch tust, man stimmt dir zu, Alexander«, amüsierte sich Bonpland.

Am Mittag verließen sie den Orinoko und fuhren auf einem Fluss unbekannten Namens weiter, auf dem sie zum Rio Negro an der Grenze Brasiliens zu gelangen hofften. »Carlos, frag die Männer, wie der Fluss heißt«, forderte Humboldt. Der Guaquerie übersetzte ihre Antwort: »Sie sagen, es ist der kleine Fluss, so wie der Orinoko für sie der große Fluss ist. Namen haben bei ihnen nur die kleinen Bäche, die um ihre Dörfer fließen.«

Humboldt gab sich damit zufrieden, notierte aber in seine Karte, dass es sich um einen Schwarzwasserfluss handelte; es musste also der Rio Atabapo sein.

Der Missionar in Atures hatten ihnen gesagt: »Sie müssen zuerst den Atabapo, dann den Temi, endlich den Tuamini hinauf.« Und er hatte hinzugefügt: »Können Sie bei zu starker Strömung der schwarzen Wasser nicht mehr weiter, so führt man Sie vom Fluss weg durch die Wälder, die unter Wasser liegen werden. Auf diesem wilden Landstrich zwischen Orinoko und Rio Negro leben nur zwei Mönche, aber in Javita finden Sie Mittel, um Ihre Piroge vier Tagesreisen weit über Land zum Cano Pimichin ziehen zu lassen. Zerbricht sie nicht, fahren Sie den Rio Negro nach Südost hinunter bis zur Schanze San Carlos, dann den Casiquiare von Süd nach Nord herauf, und kommen in Monatsfrist über den oberen Orinoko von Ost nach West nach San Fernando.«

Nach diesem Plan wollten sie reisen. Welche Hindernisse sich ihnen dabei in den Weg stellten, würde sich zeigen.

Flussaufwärts ging es weiter in gänzlich unerforschtes Tropengebiet. Humboldt hatte es sich in den Kopf gesetzt, wild lebende Yanomami-Indios zu besuchen. Man hatte ihn davor gewarnt, doch wo immer er konnte, suchte der Forscher den Kontakt mit Einheimischen, was in den wilden Regionen mehr als schwierig war. Aber nun hatte er schneller Gelegenheit dazu, als er ahnte.

Eines Nachmittags passierte ihr Boot ein flaches Felsplateau. Es herrschte trübes, drückendes Wetter; grauer Himmel und braune Wasser schienen zu verschmelzen. Da sah Carlos del Pino Gestalten am Ufer. »Yanomami«, sagte er nur und deutete mit dem Finger.

»Woher willst du das wissen?«

»Sie stecken sich spitze, weiße Stifte ins Gesicht und an den ganzen Körper. So wie die da.«

»Müssen wir aufpassen?«

»Sie sind unberechenbar.«

Vorsichtig fuhr man näher. Die Menschen schienen die Fremden nicht zu beachten. Eine Mutter beschäftigte sich mit ihrem Kind, zwei Männer kauten irgendetwas, kleine Hunde sprangen umher. Ein alter Mann saß einfach da und starrte über das Wasser, dorthin, wo es breit wurde wie ein See. Vor ihm badeten weitere Gestalten, und einige Mädchen betrachteten sich in Glasscherben.

Die Expedition legte von der Seite kommend an dem Felsplateau an. Jetzt schien man sie wahrzunehmen. Aber das änderte nichts an der gelassenen Haltung der Einheimischen. Sie waren nackt, trugen zickzackförmige Tätowierungen im Gesicht und die kleinen Holzpfeile, von denen Carlos gesprochen hatte, durch die Nase, in den Mundwinkeln, am Kinn und in beiden Wangen. Die Menschen bewegten sich ruhig und blickten die Fremden ernst, ja tiefgründig an, wie es Humboldt schien.

Carlos versuchte sich verständlich zu machen. Keine Reaktion. Humboldt fiel ein, was der Jesuit ihnen gesagt hatte: »Wenn ihr meine Mission verlassen habt, werdet ihr wie Stumme reisen.« Niemand konnte sich in den vielen unterschiedlichen Dialekten dieser Tropenregion verständigen.

Ein kleiner Junge stieß Humboldt an. Der Junge trug einen schmutzigen Verband um den Kopf; eine blutige Schramme lief über seinen Nasenrücken. Seine Blicke ruhten ausdruckslos und ernst auf der Gestalt des Fremden. Er deutete auf das Tagebuch, das Humboldt in der Hand hielt. Der Forscher gab es ihm. Der Yanomami-Junge blätterte ehrfurchtsvoll darin, dann brach er in Lachen aus, ließ das Buch fallen und rannte davon. Ein älterer Indianer mit Pagenhaarschnitt, dessen Unterlippe durch den Einsatz einer gummiartigen Masse ausgewölbt war, nahm das Buch auf und drehte es zwischen flinken Fingern herum. Er nickte dem Europäer zu wie ein Kritiker, der die schriftstellerische Leistung des Autors zu würdigen wusste.

Bonpland war fasziniert von den Kindern. Ihre ebenmäßigen Gesichter, mit vollen, scharf geschnittenen Lippen, geraden Nasen und mandelförmigen braunen Augen schmeichelten seinem ästhetischen Pariser Feingefühl. Ihm fiel jedoch auf, dass sie alle dunkle Ringe unter den Augen hatten wie Herzkranke. Er versuchte sie anzufassen, doch sie wehrten die Berührung des Weißen ab und entzogen sich schlangengleich.

Die schon tiefstehende Sonne tauchte für einen Augenblick blutrot hinter den Wolken auf und ließ das Felsplateau erglühen. Humboldt fühlte sich glücklich. ›Es gibt vielleicht bildsamere Volksstämme‹, überlegte er, ›aber keine edleren. Alle Menschen sind gleich zur Freiheit bestimmt.‹ Die Sonne verschwand wieder. Es sah aus, als würden Fetzen dahinjagender, dunkler Wolken sie in einen Schlund hinabziehen.

Die Yanomami luden die Ankömmlinge in ihr Dorf ein. Es lag zweihundert Meter hinter dem Ufersaum. »Gehen wir mit?«, wollte Humboldt von seinen Gefährten wissen. Aimé und Carlos nickten nur. Ihre Ruderer, die misstrauisch tuschelten, weigerten sich jedoch und blieben im Boot. »Nehmen wir die Gewehre mit?«, fragte Humboldt noch einmal. Man war sich uneins, verzichtete dann jedoch auf die Waffen.

Das Dorf bestand aus sieben lang gestreckten Hütten auf Pfählen aus Palmholz und Dächern aus Bananenstauden. Diese Unterkünfte waren im Kreis um einen Platz errichtet. Unter den Dächern baumelten Hängematten, und im Halbschatten bewegten sich undeutlich Umrisse von Menschen. Kleine schwarze Schweine liefen quiekend umher. Mischlingshunde mit kleinen, lang gestreckten Körpern und riesigen Ohren kläfften wütend. Ein Mann auf kurzen, dünnen Beinen, aber äußerst kräftigem Oberkörper lief auf dem Platz im Kreis herum. Er hatte die Arme ausgebreitet, als könne er fliegen. Und er sang einen rauen, atemlosen Gesang.

»Der Medizinmann«, vermutete Bonpland. »Ein Kollege.«

Die Yanomami luden die Fremden zum Sitzen in eine Hütte ein. Wieder bewunderten die Europäer die gelassene Würde der nackten Kreaturen. Man bot ihnen Maniokwasser, geröstete Ameisen und Bananen an. Dann schauten alle wortlos dem herumirrenden Medizinmann zu. Wie die Fremden erst jetzt bemerkten, trug der kleinwüchsige Mann grüngelbe Federn in den Ohren; sein Gesicht war mit Kreisen aus roten, parallel verlaufenden Linien bemalt, und sein Kinn schmückte ein Ziegenbärtchen. Er lief Stunde um Stunde in seinem beschwörenden Tanz herum.

Man sah ihm zu, trank Maniok und empfand die herabsinkende Dunkelheit wie einen gut sitzenden, schützenden Mantel.

Während der gelbe Sonnenball mit seinem roten Hof auf seiner Reise jetzt schon die Silhouetten der Baumwipfel berührte, hatte sich der Platz zwischen den Hütten gefüllt. Und wie auf einem bewusst ausgeführten, schön komponierten Miniaturgemälde, verteilten sich braune Menschen jeder Größe und jeden Alters darauf, saßen auf Baumstämmen, drehten sich zu leisen Trommeln im Kreis, spielten im Sand.

»Worauf warten sie bloß?«, fragte Aimé. »Man hat das Gefühl, wir hätten ihnen etwas versprochen.«

»Ich glaube eher, wir verstehen nichts von ihrem Lebensgefühl«, meinte Humboldt. »Sie werden sich nicht anders verhalten, wenn wir wieder fort sind.«

»Sie bleiben uns fremd, das stimmt. Und wir ihnen genauso. Es passt einfach nicht zusammen.«

»Deshalb glaube ich auch nicht an die *Conquista del almas*, die Eroberung ihrer Seelen, von denen die Missionare träumen. Die Bewohner des Dschungels lebten stets in einer anderen Welt, und sie werden es weiter tun.«

»Ob es ihnen bekäme, wenn sie aus dem Dschungel heraustreten? Wenn sie sich in den Städten der Kreolen und der Weißen niederlassen? Ich wage es zu bezweifeln.«

Es wurde dunkel.

»Bleiben wir die Nacht hier am Lagerfeuer?«, wollte Carlos wissen.

Humboldt entschied: »Nein, wir kehren zum Boot zurück. Unsere Indios werden auf uns warten.«

»Obwohl es hier schön ist, und friedlich«, bemerkte Bonpland. »Ich merke, wie der Friede in mich einsickert. Der

Rhythmus der Indios ist langsam und angenehm. Ich fühle mich heiter wie schon lange nicht mehr.«

»Ich auch«, erwiderte Humboldt, »aber vergiss nicht, die Yanomami gelten als kriegerisches, wildes Volk.«

»Wahrscheinlich nur, wenn sie sich wehren müssen.«

Je weiter die Forscher nach Süden vorstießen, umso fremder kam ihnen die Landschaft vor. Alles wurde anders, die Luft, die Farben des Wassers, die Baumarten am Flussufer, die Geräusche. Das lehmige Wasser des Orinoko mit seinem fauligen, bisamartigen Geruch, das die Männer zum Trinken durch Tücher seihen mussten, wich dem kühlen, klaren, köstlich schmeckenden Wasser des Atabapo. Obwohl es schwarz aussah, konnten die Forscher bis zu einer Tiefe von sieben bis zehn Metern die kleinsten Fische erkennen. Über den Fluten hingen weniger Stechmückenwolken. Humboldt merkte es zunächst daran, dass er ein Geräusch vermisste. Es war das gewohnheitsmäßige Klatschen, mit dem sich die Indios unaufhörlich und gleichmütig auf die nackte, schwitzende Haut schlugen, um die Quälgeister zu töten.

Südlich der kleinen Mission San Fernando del Atabapo versiegten sogar die nächtlichen Attacken der bösartigen Zancudos. »Hier fängt das Paradies erst wirklich an«, schwärmte Bonpland. Eine Serie klatschender Schläge vom hinteren Bootsteil her ließ ihn jedoch verstummen.

»Vergiss nicht, wir haben noch mehr als tausend Meilen vor uns. Wer weiß, was uns noch erwartet«, gab Humboldt zu bedenken.

Jeder wusste, dass die Milchstraße am Himmel mit ihren tausend Sternen die Spiegelung goldener Felsen in einem See war. Dieser geheimnisvolle und klaftertiefe See lag irgendwo zwischen der Quelle des Orinoko und dem Amazonas. An seinem schwarzen Ufer stand eine goldene Stadt, die Villa Imperial de Manoa, und der König von Manoa war der legendäre El Dorado, der Vergoldete.

Jeder wusste das, vor allem die Einheimischen.

Der Erste, der auf der Suche nach diesem Goldland unwiderstehlich vom Orinoko angezogen wurde, war der spanische Abenteurer Diego de Ordás, der zuvor als Kapitän von Cortés im Land der menschenopfernden Azteken gewütet hatte. Im Jahre 1531 machte er sich auf. 600 Mann in Eisenrüstungen und 46 dampfende Pferde folgten dem Fluss, mussten am Rio Meta aber wieder umkehren – Mosquitos und Yanomamis legten ihnen diesen Entschluss nahe. Zu gleicher Zeit drang weiter westlich Francisco Pizarro in das unerforschte Land der sonnenanbetenden Inkas ein, um ihre Kultur zu zerstören, und deutsche Kaufleute aus dem Augsburger Handelshaus Welser bahnten sich mit glitzernden Geschenken und blitzenden Säbeln einen Weg von der Küste bis in den undurchdringlichen Süden. Schließlich erreichte der Deutsche Nicolaus Federmann aus Ulm nach unermesslichen Strapazen 1539 das Hochland – ausgemergelt, unersättlich und glücklos.

So viele Eroberer, so viel Unglück. Ihrer aller Losung hieß: Gold.

Gegen Ende des 16. Jahrhunderts war die Legende vom Goldland in der Phantasie der ehrerbietigen Einheimischen und der ehrlosen Eindringlinge wieder ostwärts gewandert, zum oberen Orinoko. Der Spanier Antonio de Berrio kam gleich dreimal mit Musketen und entschlossenen Männern. Er fand keinen goldenen König, vermutete nun aber, das Goldland liege jenseits des rechten Ufers des Orinoko im Guiana-Hochland. Von ihm angeregt, berichtete Sir Walter Raleigh 1595 seiner schwergewichtigen Königin Elizabeth der Ersten, auf dem Guiana-Hochland sei alles aus Gold – Städte, Berge, Tapire, Menschen, auch das Gold selbst – einfach alles. Noch im selben Jahr ließ er sich eine Flotte mit fünf Schiffen ausrüsten und erstürmte das Orinoko-Delta. Doch er verirrte sich jämmerlich im Dschungel.

Alles das wussten die Indios. Und sie kannten auch den goldenen König: Dessen Untertanen bliesen jeden Morgen Goldstaub auf seinen eingeölten Körper. Dann badeten sie ihn in einem See, sodass der Goldstaub wie Regen auf den Grund sank. Dort wo der See war, lag das Goldland. Alle wussten es, vor allem die Einheimischen. Nur die Forscher ahnten nichts davon.

An einem klaren, kühlen Morgen setzten die indianischen Ruderer das Boot wortlos ans Ufer und berieten sich.

»Was ist? Was tun sie?«, wollte Humboldt von Carlos del Pino wissen. Doch der Guaquerie zuckte nur ratlos die Schultern. »Sie brüten etwas aus. Ich weiß nicht, was.«

Die Indios tuschelten. Die Forscher warteten ab. Sie nutzten die Zeit, um hinter den Bäumen Darm und Blase zu entleeren und anschließend ein erfrischendes Bad zu nehmen. Nach drei Stunden verlor Bonpland die Geduld. »He, Männer! Kommt zu einem Ergebnis!«

Die Indios beendeten ihr Palaver sofort. Ihr Sprecher begann, auf Carlos einzureden. Der Guaquerie hörte geduldig zu. Dann berichtete er: »Wenn man es zusammenfasst – sie wollen vermeiden, von diesem Fluss aus auf den Parú gespült zu werden, denn dort liegt der beunruhigende See aus Gold. Er ist ihnen heilig.«

»Was für ein See? Was für ein Rio Parú? Ich dachte, sie kennen keine Flussnamen?«, fragte Bonpland.

»Weiter östlich, Richtung Brasilien, vielleicht schon in diesem Land, aber jedenfalls gleich um die Ecke. Er liegt in der Sierra Parima.«

Humboldt meinte unwillig: »Ein solcher See, wenn es ihn wirklich gibt, liegt viel weiter westlich, nämlich nahe Bogotá in den Anden von Kolumbien.«

»Bist du sicher?«, wollte Bonpland wissen.

»Mein ursprüngliches Motiv für eine Reise hierher an den oberen Orinoko war einst, diesen mysteriösen Goldsee, von dem die Spanier wie hypnotisiert sind, ein für alle Mal von der Landkarte zu tilgen«, erklärte Alexander.

»Ah, verstehe. Stattdessen willst du etwas anderes Mysteriöses, den legendären Casiquiare, den niemand kennt, auf die Landkarte bringen.«

»Ganz richtig. Er ist friedlicher, er verschlingt nicht so viele Menschenleben. Leider ist der Casiquiare ein Fluss, den niemand kennen will. Aber er existiert, ich weiß es. Er ist schiffbar und verbindet den Amazonas über dessen Nebenfluss, den Rio Negro, mit dem System des Orinoko. Ich weiß, dass es diese Verbindung gibt.«

»Du behauptest es.«

»Ich weiß es. Niemand glaubt es. Alle denken, dass die Stromgebiete großer Flüsse durch natürliche Wasserscheiden voneinander getrennt sein müssen. Von dieser Überlegung sind alle besessen.«

»Gut, finden und vermessen wir ihn.«

»Immerhin hat der Missionar Manuel Ramón ihn angeblich vor 55 Jahren sogar befahren. Eines Tages, falls die Menschen einmal in Maschinen fliegen können, wird man es von oben her erkennen – einen verbindenden Kanal, der den Handel und Wandel ungeheuer in Schwung bringt, weil er zwei der wichtigsten Flusssysteme verbindet.«

»Das wäre wirklich eine Sensation!«

»Wir werden es beweisen, Aimé. Das ist wichtiger als das Goldland mit seinem König El Dorado oder ein See, dessen Grund von Gold verstopft wird! Sollen sich die Spanier und Portugiesen darum kümmern.«

»Oder die Preußen.«

»Die Preußen haben anderes zu tun. Sie müssen Verordnungen erlassen, damit die Bürger nicht den Rasen betreten.«

»Oder Havel, Spree, Rhein und Neckar von flussfahrenden Aristokraten säubern, deren Langeweile die Wasser verpestet.«

»Zwei durchaus ehrbare Beschäftigungen.«

Carlos sagte: »Die Indios wollen nicht nach Osten, sie wollen nach Süden weiterfahren.«

»Und wir fahren nach Osten, um den Casiquiare zu finden«, beharrte Humboldt. »Wenn das geschafft ist, werden wir uns darum kümmern, ob es einen goldenen See in der Sierra Parima gibt. – Einverstanden?«

Es brauchte fast zwei weitere Stunden, bis die Reise weitergehen konnte.

Die Indios führten das Boot eine Zeit lang durch schmale Kanäle, die sie Sendas nannten. Das Wasser war nur zwei Meter tief. Am Bug stand ein Indio und hieb mit einer Machete den Weg frei. Die Kanäle waren durch Überschwemmungen entstanden und kürzten den Weg ab. Sie dienten dem Verkehr zwischen weit getrennt liegenden Ansiedlungen. Plötzlich entstand voraus ein ungewöhnlicher Lärm. Als die Weißen sich aufrichteten, sahen sie, wie ein Schwarm fast zwei Meter langer Süßwasserdelfine auf das Fahrzeug zu schoss.

»Keine Panik, ich glaube nicht, dass sie uns gefährlich werden!«, rief Humboldt.

Die Forscher konnten den Anblick kaum fassen. »Delfine! Mitten im Wald!«, rief auch Carlos ungläubig.

»Toninas, Toninas!«, riefen die Indios. Die Tiere hatten unter den Ästen eines Bombax Ceiba gelagert. Sie umkreisten das Boot, sprangen sogar bis in Augenhöhe aus dem Wasser. Dann machten sie kehrt und schossen durch den Wald davon.

Am Abend lief das Boot in das Flussbett zurück, am nächsten Morgen wieder in die Kanäle des Waldes. So kreuzte die Expedition tagelang das sumpfige, unbekannte Gebiet. Auch der indianische Steuermann kannte sich bald nicht mehr aus. Am dritten Tag erreichten sie schließlich die kleine, christliche Mission San Antonio de Javita.

»Sie werden fünf Tage bei uns bleiben müssen«, erklärte ihnen ein kleiner, dicker Franziskaner mit lebhaften Gesten und einem Sprachfehler. »So lange dauert es, bis Ihre Piroge über den Trageplatz am Pimichin transportiert worden ist.«

»So lange? Damit haben wir nicht gerechnet.«

»Wenn Sie nach Süden weiter wollen, Señor Humboldt, aus dem Tuamini in den Cano Pimichin, der in den Rio Negro führt, gibt es keine andere Möglichkeit.«

Bonpland meinte: »Wir könnten unterdessen unsere Ekzeme an den Händen auskurieren. – Gibt es hier jemanden, der sich damit auskennt, Pater?«

»Ist es Juckreiz in den Fingergelenken und auf dem

Handrücken? Dann sind es Aradores, winzige Milben, die sich in die Haut eingraben.«

Bonpland zeigte die flachen Hände wie ein Schüler vor der Bestrafung durch den Rohrstock des Lehrers.

»Ah, ich sehe schon. Diese kleinen weißen Furchen auf ihren Händen da, Señores, sind die Aradores, die Ackerer. Sehr unangenehm. Ich kenne eine Mulattin, die wird Sie davon befreien.«

»Es ist noch das geringste aller Übel, aber es ist lästig.«

Nachdem sie sich in der Station eingerichtet hatten, kam ein junges Mädchen. Sie hatte einen seltsam nachlässigen, schlurfenden Gang, aber lebendige, neugierige Augen. Sie erhitzte an der Lampe die Spitze eines kleinen Splitters sehr harten Holzes und bohrte damit in die weißen Furchen auf der Haut. Sie holte kleine, runde Säcke hervor, die wie Insekteneier aussahen. »Aradores! Aradores!«

Die Operation hielt bis in die Nacht an. Der übermächtige Juckreiz blieb. Schließlich verloren die Forscher die Geduld und schickten das Mädchen weg. Am nächsten Morgen besuchte sie ein großer, dürrer Indio. Er wies entschieden auf einen Zweig mit lederartigen, glänzenden Blättern, den er trug.

Aus der Rinde machte er einen kalten Aufguss, der blau wurde, schlug ihn schaumig und forderte die Europäer auf, ihre Hände hineinzustecken. Mit einem Schlag hörte das Jucken auf. Auch die eiternde Entzündung schwand wenig später.

Erleichtert ruhten Humboldt und Bonpland sich aus. Sie aßen Tapirfleisch, tranken aufgekochte Maniokbrühe dazu und ließen sich Geschichten erzählen. Da es fast pausenlos regnete, förderte die Situation ihre Bereitschaft, eine gewissen Häuslichkeit zu pflegen. »Wenn es hier einmal zu regnen anfängt, hört es vier, fünf Monate lang nicht mehr auf«, erklärte der Mönch.

»Haben Sie noch mehr solcher guter Nachrichten?«, stöhnte Bonpland.

Doch Humboldt meinte: »Ein guter Ort für mündliche Überlieferungen. Mein Bruder Wilhelm wäre begeistert von solchen Verhältnissen.«

Als es einmal aufhörte zu regnen, sahen die Gefährten sich in der Ansiedlung um. Kräftige Indios vom Stamm der Poimisanos, Echinavis und Paraginis bauten Boote aus dreißig Meter langen Lorbeerbäumen. Überall brannten Feuer, die einen harzigen Geruch verbreiteten. Die Mission war eine Werkstatt im Wald.

Die Forscher gingen jeden Tag in den Dschungel, um den Transport der Piroge zu überwachen. Dreiundzwanzig Indios zogen das Boot mühsam auf Walzen aus Baumholz über die Berge und durch den Dschungel, der Meter für Meter freigehauen werden musste. Am Abend brachte man einen Indio in bedenklichem Zustand in die Mission; er war von einer Natter gebissen worden. Der Ärmste hatte Schaum vor dem Mund, erbrach und fiel in Ohnmacht. Wieder kam der Indio, der schon die beiden Forscher von der Milbe befreit hatte, und heilte ihn mit einem Aufguss von Raíz de Mato.

»Dieser Kerl ist ein wahrer Zauberer«, meinte Bonpland. »Wir sollten ihn mitnehmen.«

Am 5. Mai war es endlich soweit. Die Piroge war im Cano Pimichin angelangt. Die Forscher verabschiedeten sich von der Mission und mussten über natterverseuchte Sümpfe und durch Bäche waten, um zum Landeplatz zu gelangen. Sie hatten Glück und wurden von keiner Schlange gebissen, dafür mussten die Indios kleine, schwarze Bären verscheuchen, die sich plötzlich brüllend vor ihnen auf den Hintertatzen aufbauten. Humboldt fand neue Arten von Coffea, mit denen die Indios ein Barbasco herstellen, um die Fische zu betäuben; und er entdeckte auch die geheimnisvolle Liane, die als *vejuco de mavacure* in dem Ruf stand, tödliche Gifte abzusondern. Da auch Bonpland eifrig seine Botanisiertrommel füllte, kamen sie nur langsam voran.

Der Landeplatz am Pimichin lag in einer kleinen Pflanzung von überaus kräftigen Kakaobäumen, die das ganze Jahr blühten und Früchte trugen. »Kakao dürfen hier nur die Geistlichen trinken«, hatte ihnen der Mönch erklärt. »Aber wir beginnen schon damit, ihn auszuführen. Die Hofgesellschaften in Europa werden zunehmend närrisch auf dieses Getränk. Der spanische Hof in Aranjuez scheint es ebenso zu lieben wie Gold. Und stellen Sie sich vor, Sie trinken es *heiß!*«

Als sie bei Sonnenuntergang das Boot besteigen wollten, mussten sie erst einige drei Meter lange, auf dem Bauch weiße, am Rücken braun und rot gefleckte Mapanareschlangen totschlagen, deren Biss tödlich war und die sich dort häuslich eingerichtet hatten. Sie fuhren die ganze Nacht und erreichten bei Sonnenaufgang endlich den Rio Negro.

Die erhabene Pracht der Flusslandschaft und die Schönheit des kühlen Morgens erfüllte die Forscher mit einer übermächtigen Lebensfreude. Humboldt dachte: ›Hier gewöhnt man sich beinahe daran, den Menschen als etwas zu betrachten, das nicht notwendig zur natürlichen Ordnung gehört.‹

Bevor sich alle in die Matten rollten, um auszuruhen, schrieb Humboldt unter dem Schatten einer mächtigen

Weide in sein Tagebuch: »36 Tage waren wir in einem schmalen Kanu eingesperrt, das so unstet war, dass es umgeschlagen hätte, wäre man nur unvorsichtig aufgestanden. Wir hatten furchtbar an Insektenstichen gelitten, aber das ungesunde Klima hatte uns nichts angehabt. Wir waren über viele Wasserfälle und Flussdämme gekommen, welche die Stromfahrt gefährlicher machen als lange Seereisen. Nach allem, was wir bis jetzt durchgemacht haben, sind wir froh, dass wir die Nebenflüsse des Amazonenstromes erreicht, dass wir die Landenge zwischen zwei großen Flusssystemen hinter uns haben und nunmehr der Erreichung des Hauptzwecks unserer Reise entgegensehen: der astronomischen Aufnahme jenes Armes des Orinoko, der sich in den Rio Negro ergießt und dessen Existenz seit einem halben Jahrhundert in Abrede gezogen wird ...«

***

Bonpland brüllte. Er musste seine Stimmbänder schmerzhaft strapazieren, weil in diesem Moment einen Horde hellbrauner Wollaffen mit großväterlichem Doppelkinn direkt über seinem Kopf einen höllischen Lärm begann. »Da vorn! Was meinst du, Alexander? Ist er das?«

»Wo?«

»Zur Linken, an der Biegung! Hinter den Sandbänken.«

»Die kleine Öffnung an den morschen Baumstämmen vorbei?«

»Oder sind das Krokodile? Jedenfalls dort hinter den Bänken ...«

»Diese kleine Durchfahrt?«

»Sie öffnet sich, sie öffnet sich!«

»Tatsächlich! Das könnte er sein!«

Vorsichtig tastete das Boot sich weiter. In den letzten Tagen hatten Seekühe, die an Flussbiegungen plötzlich aus den trüben Fluten auftauchten, das Boot ein paar Mal in Gefahr gebracht. Humboldt schloss seine astronomische Breitenbestimmung durch das südliche Kreuz ab und starrte erwartungsvoll nach vorn. Dort öffnete sich noch immer eine Einfahrt, wurde stetig breiter – und ein neuer Fluss lag vor ihnen. Das musste der Casiquiare sein, den die Sessel-Geographen des alten Europa leugneten. Der Rio Negro verabschiedete sich nach Südwesten.

Bonpland stieß ein Freudengeheul aus. Er packte Humboldt, drückte ihn und bedeckte seine Wangen mit Küssen. Fast wäre das Boot gekentert. Humboldts Freude über die Entdeckung machte sich ebenfalls in wilden Gebärden Luft.

»Wir zeigen es ihnen! Er existiert! Wir werden es allen zeigen!«

»Achtung!«, rief Carlos. »Es gibt Riffe! Ich sehe überhaupt keine Durchfahrt …!«

Die indianischen Ruderer gestikulierten wild; jeder zeigte in eine andere Richtung. Jetzt zeigte sich, dass die glatte Oberfläche des Flusses trügerisch war, denn dicht unter dem Wasserspiegel zogen sich grün schimmernde Riffe wie eine Barriere von Ufer zu Ufer.

»Und der Schaum? Was ist das für ein Schaum auf dem Wasser – gibt es hier etwa Stromschnellen …?«

»Es ist kein Schaum. Du siehst die Wölkchen am Himmel. Der Fluss ist glasklar.«

»Tatsächlich!«

Die Riffe kamen näher. Da das Boot mit dem Strom schwamm, hatten die Ruderer alle Hände voll zu tun, die Fahrt abzubremsen.Kurz vor den drohenden Felsen fanden sie eine Durchfahrt, ein kleines, zwei Meter breites Tor. »Ich schlage trotzdem vor, wir verlassen für kurze Zeit das Boot und heben es über die Untiefen«, meinte Carlos. »Das Wasser ist trügerisch.«

»Aber wir sehen doch den Grund!«, rief Humboldt.

»Nicht überall. – Wollen wir riskieren, dass uns ein Felsen den Boden aufreißt?«

»Aber das Boot ist zu schwer! Der Felsen wird es beschädigen!«

»Wir ziehen es ganz langsam, Schritt für Schritt. Es wird gehen!«

Humboldt gab nach, blieb aber besorgt. Sie stiegen an einem flachen Felsen auf und hievten das Gefährt hinüber. »Vorsicht! Die Felsen sind scharfkantig!«

Beim Eintauchen jenseits der Felsen geriet der Bug unter die Oberfläche, und das Boot füllte sich mit Wasser. Da Carlos es rechtzeitig bemerkte, konnten sie es rasch hinausschaufeln. Danach glitt die lang gestreckte Piroge auf dem neuen Fluss in freudig erregter Fahrt dahin, wie es den Forschern schien.

Auf den ersten Kilometern erweiterten die Forscher den schwimmenden Zoo ihrer Expedition. Humboldt wollte unbedingt einen Tukan, Bonpland einen prächtigen, purpurroten Ana. Außerdem gab es inzwischen an Bord: sieben Papageien, zwei farbenprächtige Felshühner, einen eichelhäherähnlichen Motmot, zwei wilde Dschungel-Hennen, zwei zibetähnliche Manaviris, zwei Spinnenaffen, zwei Nachtaffen, einen schwarzköpfigen Cacajaoaffen, eine Viudita und drei winzige, gewitzte Pinseläffchen, die Humboldts Insektenzeichnungen zu verspeisen liebten. Die Forscher spielten mit den Tieren. Es war ein erfolgreiches Mittel, die Mosquitos zu vergessen, die auf dem Weißwasserfluss Casiquiare erneut über sie herfielen, seit sie den Rio Negro verlassen hatten.

Der Himmel verdüsterte sich, es wurde trübe. Aber der indianische Steuermann versicherte: »Bald taucht wieder die Sonne auf und frisst die Wolken.« Die Forscher hörten es umso lieber, als mit jedem bedeckten Himmel die drückende Hitze schnell stieg und die Stechmückenschwärme bösartiger wurden.

Die Nächte am Casiquiare verbrachten sie auf freistehenden Granitfelsen, sogenannten Piedras de Culimacari, die von Chirivapalmen umstanden waren, deren silberweiße, unten gefiederte Blätter ein schützendes Dach über ihrem Lager bildeten. Humboldt arbeitete auf diesen Granitbergen, die unverrückbare und prägnante Punkte in der Landschaft darstellten, an seinen Karten und bestimmte chronometrisch die exakten Längengrade. Die Sterne kamen so tief herab, dass die Indios unwillkürlich die Köpfe einzogen.

Die Guipunavis

Da auf der von Humboldt vorausberechneten Länge des Casiquiare von 225 Kilometer kaum Menschen lebten, waren die Reisenden erstaunt, eines Abends einem alten Missionar zu begegnen, der wie ein klappriges Gestell wirkte, dem man einen ledrigen Sack übergestülpt hatte. Er hatte seinen Vorposten in Mandavaca auf der Suche nach einem Menschenfresser verlassen. »Hier in der Gegend passiert es oft, dass die abscheulichsten Verbrechen geschehen«, berichtete der Missionar. »Ich habe bereits zwanzig Mosquitojahre am Casiquiare hinter mir, und jede Woche höre ich von Rachsucht und Verirrungen des Appetits.«

»Was hat der Indio getan, den Sie verfolgen?«, wollte Aimé wissen und drehte den Fleischspieß mit Stücken einer Mandavaca-Schlange über dem Feuer.

Der hungrige Alte starrte begierig auf den Spieß. »Es ist ein Alcalde seines Stammes«, sagte er. »Er hat eine seiner Frauen gefressen. Er nahm sie in seinem Conuco mit hinaus, mästete sie und brachte sie dann um.«

»Und das passiert in dieser Gegend oft?«

Der alte Missionar, dessen ehemals weiße Haut dunkelbraun von Wunden, Stichen und Schorf war, nickte bekümmert. »Wenn die Leute hier Menschenfleisch essen, so nie wegen Mangels oder gottesdienstlichen Aberglaubens – es ist stets eine Demonstration ihrer Überlegenheit. Der Sieg über feindliche Horden wird durch ein Opfermahl gefeiert. Oder man überfällt bei Nacht eine wehrlose Familie oder tötet einen Feind, auf den man zufällig im Wald stößt, mit einem vergifteten Pfeil. Der Leichnam wird zerstückelt und als Trophäe nach Hause getragen.«

Humboldt kratzte sich am Kopf. »Aber hält die Wilden nicht so etwas wie moralische Abscheu von solchen Handlungen ab?«

»Sie kennen nur ihre Familie, und ein Stamm erscheint ihnen bloß als ein größerer Verwandtschaftskreis. Sie verabscheuen alles, was nicht zu ihrer Familie gehört. Indios einer benachbarten Völkerschaft, mit denen sie im Krieg leben, jagen sie wie Wild. Keine Regung von Mitleid hält sie beispielsweise davon ab, Frauen oder Kinder eines feindlichen Stammes ums Leben zu bringen. Sie werden bei den Mahlzeiten nach einem Gefecht oder Überfall vorzugsweise verzehrt.«

»Wollen Sie sagen, Pater, dass der Hass der Wilden gegen alle Menschen, die eine andere Sprache reden und ihnen als Barbaren niederer Rasse erscheinen, hier besonders groß ist?«

»Ich rate Ihnen jedenfalls dringend, am Casiquiare größte Vorsicht walten zu lassen. Gehen Sie so selten wie möglich ans Ufer. Stellen Sie nachts Wachen auf. Seien Sie jede Minute auf der Hut.«

»Wollen Sie uns Angst machen?«

»Ich will nichts weiter sagen, als dass Sie kaum eine Chance haben, hier zu überleben, Señores! Die Giftpfeile der Menschenfresser sind leise und schnell.«

Nachts, während der Dschungel den Atem anhielt, schrieb Humboldt, erregt durch dieses Gespräch, beim Schein des Feuers in sein Tagebuch: »Anthropophagie und Menschenopfer, die so oft damit verknüpft sind, kommen überall vor; aber besonders auffallend erscheint in der Geschichte der Zug, dass die Menschenopfer sich auch bei bedeutendem Kulturfortschritt erhalten und dass die Völker, die eine Ehre darin suchen, ihre Gefangenen zu verzehren, keineswegs immer die wildesten sind. Diese Bemerkung hat etwas peinlich Ergreifendes, Niederschlagendes ...«

Am nächsten Morgen fand man die indianische Wache von drei Giftpfeilen am Hals durchbohrt. Der Mann lag starr wie ein Brett im Unterholz. »Pfeile von Guipunavis!«, sagte der Missionar ganz ruhig. »Ziehen Sie weiter, meine Freunde, solange Sie noch können!«

»Und Sie?«

»Ich bleibe noch einen Tag bei der Expedition. Sie fahren ja in meine Richtung, stromaufwärts.«

In der Nacht darauf verdoppelten die Forscher die Wache. Am nächsten Morgen waren die beiden Indios spurlos verschwunden. »Heute Nacht«, sagte Bonpland mit bleichem Gesicht, »hast du das auch gehört? Oder habe ich es nur geträumt?«

»Was denn?«

»Dieser Schrei. Ich bin davon aufgewacht und beruhigte mich damit, er stamme von unserem Simia Ursina. Du weißt, er schreit manchmal wie ein Mensch. Aber nun …«

»Wir müssen nach Spuren suchen. Wenn unsere Indios nicht vor Angst geflüchtet sind, dann wird man sie entführt und wahrscheinlich getötet haben. Und wenn das zutrifft …«

»… sind wir in höchster Gefahr. Die Menschenfresser – wenn es denn die sind, von denen Sie erzählen, Pater – gehen anscheinend systematisch vor.«

Der Missionar schaute besorgt drein. »Jede Nacht ein, zwei Opfer, und dann stehen wir plötzlich allein da. Es kann gut sein, dass sie es nur auf uns Weiße abgesehen haben.«

»Warten wir nicht ab – handeln wir«, meinte Humboldt. »Suchen wir nach den armen Opfern.«

»Das hat doch keinen Sinn, Señores«, beschwor der Missionar. »Sie haben keine Chance im Dschungel! Er ist dichter als irgendwo sonst. Und sie lauern überall.«

»Wir müssen die Entführten retten, das ist doch klar!«

»Wenn Sie nicht selbst vorher das Opfer geworden sind«, meinte der Missionar. »Aber gut, suchen wir die Ärmsten. Ich mache Sie nur darauf aufmerksam, dass es zum Plan der Menschenfresser gehören kann, Sie in den Dschungel zu locken. Denn für Guipunaves bedeutet weißes Fleisch die höchste Belohnung und den größten Beweis für ihre Überlegenheit. Insofern …«

»Hören Sie auf, Pater! Wir wissen, was Sie sagen wollen«, warf Bonpland gereizt ein.

Fünf Indios blieben beim Boot. Der Rest machte sich mit

den Weißen auf in den Dschungel. Es fanden sich tatsächlich Spuren im niedergetrampelten Gras, aber sie verliefen sich nach wenigen hundert Metern. »Sie kommen oft über die Bäume«, erklärte der Missionar. Er blickte die Forscher neugierig an. Suchte er nach Spuren von Furcht in ihren Gesichtern? »Sie sollten Angst haben, Señores. Diese Dschungelregion ist ein Teil der Hölle, glauben Sie mir.«

In der Nacht darauf schlief niemand. Stumm saß oder lag man beieinander. Humboldt wurde durch die Erzählung eines ihrer Indios aufgeschreckt, die der Missionar übersetzte. »Der Mann sagt, das Fleisch der Manimodasaffen sei schwärzer, schmecke aber genauso wie Menschenfleisch. Er versichert, seine Verwandten essen vom Menschen die Handflächen am liebsten ...«

Humboldt blickte seinen Ruderer scharf an. »Woher weiß er davon? Ist er etwa ein Guipunavi?«

»Ein Cabres«, erwiderte der Pater. »Eigentlich harmlos. Aber man kann bei diesen Burschen nie wissen, wann der Appetit wieder erwacht ...!«

»Großartig«, murmelte Bonpland. »Wir sollten den Kerl fortjagen.«

»Aber das wäre sein sicherer Tod«, wandte Carlos ein.

Nach und nach dösten die Männer ein, schreckten aber immer wieder auf. Die Wachen wurden alle zwei Stunden ausgetauscht. Am Morgen fehlte niemand.

Es folgten zwei weitere Tage und Nächte. Am dritten Morgen hing der Indio, der von seinen menschenfressenden Verwandten erzählt hatte, an den Füßen aufgeknüpft von einem Baum herab. In seiner Stirn steckte ein kleiner Giftpfeil.

Humboldt schrie auf, rasend vor Wut. »Wo steckt ihr, verdammte Feiglinge!«

»Aas«, murmelte der Missionar. »Ausgeburten der Hölle …«

Bonpland biss sich auf die Lippen. Weiß wie eine Wand sagte er: »Wir sollten versuchen, diesen verdammten Fluss mit seinen undurchdringlichen Ufern und bösen Kreaturen so schnell wie möglich hinter uns zu bringen. Keine Pausen mehr, wir schlafen im Boot.«

Humboldt nickte. »Der Zweck unserer Fahrt hierher ist ohnehin erfüllt, wir haben bewiesen, dass es den Casiquiare gibt.«

Sie beluden die Piroge und beeilten sich, weiterzufahren. Nachdem sie drei Tage und Nächte durchgehalten hatten, waren sie so erschöpft, dass sie wieder anlegen mussten. Jetzt organisierte man die Lagerstätte so, dass drei dichte Ringe von Feuern den Schlafplatz umgaben. In der Mitte lagerten die Männer. Nichts geschah. In der nächsten Nacht verfuhr man genauso.

Kurz vor Morgengrauen kam dann der Angriff.

Doch die Guipunavi fielen nicht leise über die Expedition her, sondern mit einem Gebrüll wie von Affen und spitzen Schreien von Dämonen. Die Dschungelhölle nahm Gestalt an. Schatten sprangen durch die Feuer. Dann waren nackte Gestalten über den Forschern, die von den Schlafplätzen hochtaumelten. Die Weißen griffen nach den Gewehren. Ein Schuss löste sich, und ein Angreifer fiel in die aufstiebende Glut des Feuers. Aber die Gegenwehr kam zu spät. Mit Knüppeln schlugen die Angreifer auf die Reisenden ein. Binnen drei Minuten war alles vorüber.

Nackte, rot bemalte Gestalten hockten auf den Überwältigten, die am Boden der Uferböschung lagen. Humboldts Mund füllte sich mit Sand, er versuchte, durch die Nase zu atmen. Und plötzlich ging alles ganz schnell. Alexander spürte soeben noch, wie eine Hand seinen Kopf an den Haaren packte und hochriss. Eine kreischende Stimme war über ihm, ein Messer blitzte. Er schloss mit dem Leben ab. Der Vater erschien vor seinem geistigen Auge – der würdevolle alte Herr mit seinem Bratenrock und den weißen Haaren blickte ihn missbilligend an.

Dann durchzuckte den Forscher ein greller Blitz; es war ein Schmerz, der ihn zu zerreißen drohte. Er schrie und schrie, als könnte er dadurch die Pein und alle Angreifer abschütteln. Doch was war das? Das Ungeheuer auf seinem Rücken sprang auf, und eine lange, blutige Klinge fiel neben Humboldts Gesicht zu Boden. Wieder drang Gebrüll an seine Ohren, diesmal vom Wasser her.

Kehlige Stimmen und Waffengeklirr. Säbel, die aufeinanderprallten. Stampfende Schritte. Alexander begriff nichts, sah nichts. Etwas Feuchtes lief über seine Stirn in seine Augen. Sein gesamter Körper schmerzte, die Arme waren taub. Er drehte den Kopf. Der innere Kreis des Feuers war bedeckt mit den Körpern der Reisegefährten. Aber hinter den Feuern tobte ein Kampf.

»Aimé! Bist du verletzt?«

Bonpland rappelte sich auf. »Schätze nein.«

Nach und nach kamen auch die anderen zu sich. Humboldt atmete erleichtert auf. »Was ist los? Wo sind die Angreifer?«

Der Pater humpelte heran. »Sie kämpfen mit irgendwem. Nehmen Sie Ihre Gewehre, Señores! Sehen wir nach!«

Mit grimmigem Gesicht griff sich der Alte einen der herumliegenden Knüppel und stürmte durch die Feuer. Jenseits davon erwartete alle eine Überraschung. Uniformierte Weiße in Lederkleidung, mit Stiefeln und Helmen waren dabei, die Guipunavis in die Flucht zu jagen. Schon lagen überall zerstückelte, nackte Leichen auf dem blutgetränkten Waldboden. Aber auch einer der Geharnischten sank in diesem Moment direkt vor ihnen, von einem Pfeil im Gesicht durchbohrt, mit einem Gurgeln zu Boden.

»Was sind das für Männer? Spanier?«

Humboldt schoss sein Gewehr in die Luft ab. Bonpland tat es ihm gleich. Sie luden nach und feuerten noch einmal. Erschreckt sahen die Indios zu ihnen herüber und schrien durcheinander. Schließlich ergriffen sie die Flucht. Kurz darauf waren sie im Dschungel verschwunden.

Jetzt nahm Humboldt die Kanus wahr, die am Ufer lagen. Ein Geharnischter kam auf ihn zu. »Señor Humboldt?«

»Allerdings. Woher wissen Sie …«

»Wir verfolgen Sie bereits seit einiger Zeit, Señor. Darf ich mich vorstellen: Felipe Almodovar, Leutnant in der Armee des Kommandanten Bolivar.«

»Bolivar!«, rief Humboldt. »Er operiert hier am Casiquiare?«

»Wir sind überall«, entgegnete der Leutnant, ein junger Bursche mit schmalem Gesicht und leuchtenden Augen. »Nach dem misslungenen Putsch in Caracas – Sie werden davon gehört haben – bleibt uns keine Wahl, als vom Dschungel aus den Freiheitskampf wieder aufzunehmen.«

»Wo ist Simon Bolivar?«

»Ich habe den Auftrag, Sie zu beschützen und davor zu bewahren, die brasilianische Grenze zu überschreiten. Denn das Land gehört zum feindlichen Portugal, und man hat bereits Anweisungen erteilt, Sie und Ihre Leute, die ja von der spanischen Krone legitimiert sind, zu verhaften und einzusperren. Wenn Sie wünschen, kann ich Ihre Expedition in das Lager des Kommandanten führen.«

»Ist es weit von hier?«

»Fünf Kilometer landeinwärts, wo die Berge beginnen.«

»Was machen wir mit dem Boot?«

»Meine Männer, wir sind insgesamt dreißig, werden eine Schneise in den Dschungel schlagen. Ihre Indios können es dann ziehen. Sie können es aber auch unter Bewachung am Ufer lassen, zusammen mit unseren Booten.«

»Lassen wir es hier«, riet Bonpland.

»Gut. Führen Sie uns zu Bolivar, Leutnant! Ich bin gespannt, ihn wiederzusehen.«

»Auf dem Weg dorthin zeige ich Ihnen, welcher Gefahr Sie wirklich entgangen sind, Señores. Wir werden einen kleinen Umweg machen.«

Humboldt schaute ihn verständnislos an. »Was meinen Sie?«

»Sie werden schon sehen. Aber versorgen Sie erst Ihre Wunden und die Ihrer Gefährten, Señor. Sie bluten im Gesicht.«

Jeder hatte eine Blessur. Die meisten bluteten am Kopf von den Knüppelschlägen der Guipunavis. Auch Humboldt hatte mehrere Platzwunden an Kopf und Stirn davongetragen, und seine Schultergelenke schmerzten. Bonpland verarztete alle. Zum Glück behielt niemand bleibende Schäden. Offenbar hatten die Angreifer geplant, die Gefangenen lebend in ihr Dorf zu bringen, um sie erst dort zu töten. Aber für das Leben der entführten Indios gab der Leutnant keinen Pfifferling. »Mit Gleichfarbigen von einem anderen Stamm machen sie kurzen Prozess. Es sind keine Menschen für sie.«

Auf dem Weg durch den Dschungel berichtete Humboldt dem Leutnant von den Ereignissen der letzten Tage. Der Kreole schien jedoch schon alles zu wissen. Nach zwei Kilometern Fußmarsch erreichten sie eine Ansiedlung, die man wegen des dichten Buschwerks erst im letzten Moment sah. Der Leutnant machte Zeichen, sich ins Unterholz zu ducken. Er kam in gebückter Haltung zu Humboldt. »Das Dorf der Guipunavis. Vielleicht finden Sie Ihre Ruderer dort und können sie beerdigen. Auf jeden Fall werden wir keine Gefangenen machen. Die Guipunavis sind nicht gerade unsere Freunde.«

Humboldt meinte: »Die Ansiedlung wirkt verlassen.«

»Es ist ein alter Trick von ihnen. Wir werden sehen. Halten Sie sich in unserer Mitte, Señores.«

Die Hütten wirkten tatsächlich menschenleer, doch zwischen den Bäumen stieg Rauch auf. Die Soldaten drangen wie ein spitzwinkliges Dreieck in das Dorf ein. Und dann sahen sie es.

Am Rand der Strohhütten hatten die Guipunavis ein zweistöckiges Gerüst errichtet. Die Weißen trauten ihren Augen nicht. Angebunden an Armen und Beinen hingen dort acht Menschen. Humboldt nahm nackte Indios und eine Leiche in europäischer Kleidung wahr.

»Um Gottes willen«, sagte Bonpland an seiner Seite.

»Da. Einer unserer Ruderer ist auch darunter. – Mein Gott…«

Der Leutnant kam zu ihnen. »Sie töten die Gefangenen und lassen sie dann tagelang ausdorren. Sie meinen, dann schmecken sie besser.«

»Das war es also, was Sie meinten. Das wäre auch unser Schicksal gewesen.«

»Ja. Deshalb hat man Sie nicht gleich totgeschlagen.«

»Eine Art Vorratskammer.« Bonpland schüttelte sich. »Ein menschliches Ersatzteillager für den Speiseplan.«

»Ungeheuer«, murmelte Carlos.

Zu Füßen des Gerüsts lag auf einer Art Brücke der andere der beiden Ruderer. Sein Bauch war aufgeschlitzt. Entsetzt wichen die Indios zurück. Humboldt wurde übel; er ermahnte sich aber, weiterzugehen. »Hältst du Menschenfresserei noch immer für die Einbildung überreizter europäischer Nerven, Alexander?«

Bonplands Stimme zitterte. Humboldt sagte nichts. Carlos meinte: »Wir müssen sie finden! Das darf nicht ohne Strafe bleiben!«

Die kreolischen Soldaten schienen solche Anblicke gewöhnt zu sein, sie marschierten unbeirrt weiter. Im Dorf rührte sich noch immer nichts. Totenstille lag über allem. Selbst die gewohnten Laute des Dschungels fehlten.

Schritt für Schritt drang der Trupp vorwärts, observierte mit Schwertern und Musketen die Hütten. Jetzt wurde der Geruch nach verwestem Fleisch stärker. Zur Linken bemerkten die Männer weitere Gerüste. Von ihnen hingen Netze herab, in denen Fische faulten. Von dort konnte der Geruch jedoch nicht kommen.

»Vorsicht!«, flüsterte ein Soldat. »Die Hunde verstecken sich nur.«

Der Leutnant gab ein paar Befehle.

An einer Art Brunnen aus Lehm hingen Kallebassen und ausgehöhlte Flaschenkürbisse. Dann sahen die Männer auch Totenschädel. Sie waren auf Pfähle gespießt. Als sie näher traten, bemerkten sie auch Knochen. Überall hingen Fetzen von Fleisch an Stricken herab.

Der Gestank wurde unerträglich. Die Männer mussten sich die Hände vor Mund und Nase halten. Die Soldaten fluchten. Einige schossen wild in die Luft, andere stießen ihre Lanzen in die Öffnungen der Hütten und zerschnitten mit ihren Säbeln die Leinen mit dem Fleischvorrat. Dann schossen alle wahllos in die Hütten und begannen, die Pfähle der Behausungen einzureißen.

Humboldt nahm eine dichte Wolke wütend sirrender Fliegen war, die über einer Art Schuppen hingen. Er näherte sich. »Alexander, was machst du! Sei vorsichtig!«, rief Bonpland warnend. »Bleib hier!«

Vor dem Verschlag hing an abgeschnittenen Affenschwänzen eine betörend duftende weiße und rosarote Orchidee mit ausgebreiteten Blütenarmen von der Größe eines Kraken herab. Humboldt trat fasziniert näher. Der Kontrast des Verwesungsgestanks mit dem süßen Geruch der Pflanze zog ihn magisch an. Er streckte die Hand danach aus. Da brach aus der Tür der Behausung ein Soldat heraus. Er stürzte zu Boden und übergab sich. Und dann sah es auch Humboldt.

Überall schwirrten wütende Insekten. Sie saßen auf irgendetwas. An Stricken aufgehängt, hing ein ausgeweideter Mensch. Man hatte ihm die Eingeweide herausgeschnitten, die Rippen glänzten vom Blut. Die Beine waren oberhalb der Knie abgeschnitten. Humboldt taumelte zurück. Er richtete die Blicke nach oben, wo durch die Sparren einer Leiter die Sonne ihr kraftloses Licht herabwarf. Der Himmel war so fern.

Im gleichen Augenblick brach ein weiterer Soldat zusammen, von einem Speer durchbohrt. Zwei nackte Gestalten, ihre Gesichter von Masken aus Fellen bedeckt, sprangen von draußen auf Humboldt zu. Sie bedrohten ihn mit ihren Speeren, konnten ihn jedoch durch die Pfähle des Verhaus nicht erreichen. Dann aber brach einer von ihnen in rasender Wut durch die Sparren, fraß sich geradezu hindurch. Geduckt sprang er auf Humboldt zu.

Der Forscher riss das Gewehr nach vorn und schoss. Er sah, wie unter dem Mündungsfeuer die Kugel in den Bauch des Angreifers drang und er zwei Meter durch die Luft geschleudert wurde, bevor er tot auf dem Rücken landete.

Humboldt keuchte. Sein Magen krampfte sich zusammen. Dann war Aimé an seiner Seite und riss ihn mit sich.

Jetzt brannte es überall. Es waren kaum noch Einzelheiten zu erkennen. Die beiden Gefährten versuchten sich zu orientieren. Durch die Flammen hindurch sahen sie plötzlich eine einzelne, hoch aufgerichtete Gestalt. Sie stand unbeweglich da und schaute zu ihnen herüber. Dann hob die Gestalt den Arm. Ein Speer wurde sichtbar, und der Indio sprang mit einem Schrei, der nichts Menschliches an sich hatte, durch das Feuer auf sie zu.

Humboldt war nicht fähig, eine Bewegung zu machen. Entsetzt und zugleich völlig ergeben sah er, wie der Angreifer sich näherte. Es schien Minuten zu dauern. Die feucht glänzende Gestalt des Guipunavi war mit Zähnen und Knochen behängt. Von seinem Gesicht waren allein die erstaunlich hellen Augen zu erkennen. Er holte mit dem Speer aus. Humboldt fühlte sich wie angenagelt. Er stand mit dem Rücken zur Hüttenwand, spürte hinter sich etwas Heißes. Dann senkte sich ein Schleier vor seine Blicke, und die Knie wurden ihm weich. Wieder zogen Bilder in rascher Folge vor seinem geistigen Auge auf. Eine junge Frau, die lachte. ›Caroline!‹, dachte er. ›Bist du es, Caroline?‹ Ein Kind. War das nicht er selbst? Ein schaukelndes Schiff.

Da zerriss ein ohrenbetäubender Knall die Dunkelheit in seinem Kopf. Ein Blitz folgte. Der Angreifer stürzte noch immer auf ihn zu. Er sah das Weiße in seinen Augen, Schaum trat jetzt auf seine Lippen, im Schreien spuckte er weiße Bläschen aus. Dann roch Humboldt den Blutgeruch und spürte den Leib des Menschenfressers auf sich, dessen Schweiß sich mit dem seinen vermischte. Der Angreifer krallte sich fest – und sackte zusammen. Hinter ihm kam

Bonpland zum Vorschein, die Muskete im Anschlag. Rauch kringelte aus der Mündung der Waffe.

Das Gesicht des Freundes war verzerrt, seine Haltung die einer Katze vor dem Sprung. Er atmete schwer.

»Aimé … mein Gott«, stammelte Humboldt.

»Komm, weg hier«, sagte der Gefährte bloß. Seine Stimme klang eigentümlich schrill.

Noch immer wurde überall gekämpft. Gerade brach eine neue Rotte von Guipunavis hinter den Bambuswänden ihrer Hütten hervor, insgesamt vierzig nackte Gestalten, die zweite Welle des Angriffs. Sie stürzten sich auf die Soldaten. Doch die Uniformierten bewiesen ihre Erfahrung im Dschungelkampf. Sie knieten in drei lang gestreckten Reihen im Staub und luden, schossen, luden, schossen. Dann warfen sie die Gewehre hin, sprangen auf und stürzten sich mit gezogenem Säbel auf den Feind.

Die Kämpfe wogten noch eine halbe Stunde lang. Dann neigte sich das Kampfesglück auf die Seite der Soldaten. Sie nutzten ihre im Nahkampf überlegenen Waffen und bekamen allmählich die Oberhand. Bald lagen Dutzende von Guipunavis mit zerfetzten Leibern am Boden. Der Rest floh in den Dschungel.

***

»Es ist erstaunlich. Nur drei Soldaten sind gefallen. Eine solche Truppe siegt überall.«

Humboldts Stimme war voller Bewunderung. Sein Gegenüber lächelte. »Es sind die besten Männer, das stimmt. Aber vor uns liegen auch große Aufgaben. Wir haben es mit einem hochgerüsteten Feind zu tun, der seine Privilegien mit Zähnen und Klauen verteidigen wird.«

Simon de Bolivar hatte sich binnen Jahresfrist so stark verändert, dass Humboldt ihn kaum wiedererkannte. Aus dem Salonlöwen war ein unbarmherziger Stratege geworden. Als sie sich in Cumaná auf dem Fest des Statthalters begegneten, hatte er für Humboldt jugendliche Eleganz und Draufgängertum verkörpert. Jetzt sah Alexander einen Mann mit Sorgenfalten auf der Stirn, die Mundwinkel heruntergezogen, die Haut von Pusteln übersät, die Frisur ungepflegt, mit wuchernden Koteletten, die über die weichen Wangen bis fast zu den Nasenfalten reichten. Er trug eine rot-schwarze Uniform, die aber schmutzig und zerschlissen wirkte, und an seinem breiten Gürtel hing wie zum Trotz ein blitzender Säbel mit goldenem Griff. Der drahtige kleine Mann war 22 Jahre alt, besaß aber etwas Schlaffes. ›Er muss in einem Jahr schreckliche Dinge erlebt haben‹, dachte Humboldt.

Sie saßen auf einer freigehauenen Lichtung an einer Feuerstelle. Doch jetzt, in der schwülen Tageszeit, brannten die Flammen nicht. Bonpland und die anderen ließen sich Waffen und Ausrüstung der Soldaten zeigen. Das Lager der Rebellen bestand aus 12 langen Zelten. Das Ganze machte den Eindruck eines Quartiers, das schnell abgebaut werden konnte.

Humboldt hatte sich für die Rettung bedankt, war sich aber nicht klar, ob Bolivar von reiner Menschenfreundlichkeit geleitet worden war. Warum hatte er seine Männer in Gefahr begeben? Was gingen ihn die Guipunavis an?

»Aber Señor Humboldt! Sie wissen, wie sehr ich Sie schätze«, schmeichelte Bolivar. »Ich kenne Ihre Schriften. Mit Ihrer wissenschaftlichen Autorität und Ihren Kenntnissen über Spanisch-Amerika haben Sie mir den Weg gewiesen. Kann ich einen solchen Mann den Wilden überlassen?«

»Wie lange wissen Sie schon, dass wir am Casiquiare unterwegs sind?«

»Ich verfolge Ihre Operationen, seit Sie auf dem Apure unterwegs sind, Señor Humboldt! Soll ich mich dafür rühmen? Ich bin jedenfalls über jeden Schritt informiert, den Sie gemacht haben, seit Sie die Llanos verließen.«

»Kaum zu glauben. In gewisser Weise schmeichelt mir das natürlich, aber ein leichtes Unbehagen, verzeihen Sie, verspüre ich doch auch bei dem Gedanken, ständige Verfolger gehabt zu haben.«

»Nun, wir waren Ihnen nicht direkt auf den Fersen, Señor Humboldt. Aber ich verfüge über ein ausgezeichnetes System von Informationen. Selbst hier, in den scheinbar unbewohnten Gegenden unseres Landes. Jedenfalls scheint mir für Ihre Sicherheit jeder nur denkbare Aufwand gerechtfertigt.«

»Bitte übertreiben Sie nicht, Bolivar. So wichtig bin ich nicht. »

Der Venezolaner nickte eifrig. »Doch, doch. Es ist so. Männer wie Sie sind sogar ungeheuer wichtig. Und wenn Sie gestatten– ich hoffe, dass Sie mir noch sehr nützlich sein werden.«

›Aha‹, dachte Alexander und sagte: »Ich wüsste nicht, wie ich Ihnen nützlich …«

Sein Gegenüber lächelte fein. »Man beachtet Sie. Ihr Wirken wird mehr wahrgenommen, als Sie selbst vielleicht glauben. Amerika war und ist Teil des spanischen Imperiums, und niemand hat es gewagt, auch nur gedanklich daran zu rütteln. Aber seitdem Sie auf diesem Kontinent sind … Ihre liberale Gesinnung, Ihr offener Geist …«

»Ich verdanke die Erlaubnis zu dieser Reise Kaiser Karl IV. von Spanien, vergessen Sie das nicht.«

»Dennoch! Ich lasse mir das nicht ausreden. Und wenn aus Spanisch-Amerika bald eine eigenständige Staatenwelt der Einheimischen entstanden ist, werden Sie, Señor Humboldt, einer Ihrer Väter sein.«

»Ich weiß nicht, ob ich darüber geschmeichelt oder verängstigt sein soll. Nehmen Sie mir meine Offenheit nicht übel, aber wenn der Bürgerkrieg im Land einmal zu Ende sein wird, möchte ich nicht als Beteiligter hingestellt werden. Wir hatten in Europa die Pariser Revolution. Und ich weiß, was mit den Anhängern dieser Bewegung geschehen ist.«

»Was denn?«

»Sie mussten aus ihren Heimatländern fliehen oder wurden getötet.«

»Nun, ich weiß. Sie sagten es mir schon in Cumaná. Sie sind ein Mann der Wissenschaft, nicht der Politik. Und was entgegnete ich Ihnen darauf in Cumaná?«

»Dass man von Zeit zu Zeit Partei ergreifen muss?«

»Excellente!«

»Ganz sicher. Aber das macht jeder nach seinem Vermögen. Ich habe immer betont, dass die Kreolen in Amerika gleichrangige Menschen sind, die den Spaniern in nichts nachstehen. Wenn man ihr Fehlen an Bildung beklagt, vergisst man dabei ihre Abhängigkeit von den Kolonialherren. Gleichberechtigung würde dieses Volk und diese Nation ungeheuer schnell voranbringen. Solche Ansichten, lieber Bolivar, sind genauso wichtig wie der Einsatz von Waffen, wie Sie ja selbst sagten.«

Bolivar lächelte. »Sie sind der geborene Diplomat. Und ich stimme Ihnen zu. Aber sehen Sie, wenn meine Soldaten Sie nicht mit ihren Gewehren und Säbeln herausgehauen hätten, würden Sie jetzt auf dem Rost der Menschenfresser braten. Und wenn Sie die Grenze nach Brasilien überschritten hätten, säßen Sie jetzt, mit Waffen dazu gezwungen, in einem verlausten, elenden Gefängnis der Portugiesen, ein Fraß der Ratten und Kakerlaken. Dann könnten Sie unserer Sache kaum nützlich sein. Ob das portugiesische Königreich mein Feind ist, weiß ich gar nicht genau, aber es ist bei der gegenwärtigen Weltlage der Todfeind Spaniens. Man macht mit Spionen kurzen Prozess. Und seien Sie ehrlich – sind Sie nicht ein Spion?«

»Was ich ausspioniere, schadet niemand. Im Gegenteil, ich hoffe, es nützt allen – grenzüberschreitend.«

»Lassen wir das. Ich habe mich nun einmal für meine eigene Lösung entschieden. Es gibt Krieg. Ich habe geschworen, die spanischen Kolonien zu befreien, und das wird nicht mit Worten gelingen, sondern nur mit Waffen. Die Spanier selbst verstehen keine andere Sprache, Humboldt.«

»Und Ihre Verbündeten, Bolivar? Können Sie Ihren kreolischen Mitstreitern trauen?«

»Bedingungslos!«

»Sind Ihre Landsleute nicht zu konservativ, zu antimodern, um einen Sturm gegen Spanien vom Zaum zu brechen?«

Bolivar blickte den Sprecher unwillig an. »Warum sagen Sie das? Wollen Sie uns beleidigen?«

»Natürlich nicht, und das wissen Sie. Aber ich bin der Meinung, dass Revolutionen antimonarchistische Bewegungen sind, die in eine Moderne nach liberalem Vorbild führen sollen. Mir scheint, die Kreolen hier im Land eifern eher dem monarchistischen Vorbild Spaniens nach.«

Bolivar schwieg. Er schloss die Augen. Als er den Blick wieder auf sein Gegenüber richtete, sagte er: »Wenn ich so denken würde, auch nur eine Sekunde lang, hätten wir schon verloren. Meinen Sie nicht auch?«

»Vielleicht«, meinte Humboldt. Er verstand die Situation des Rebellenführers gut. »Aber das alles darf Sie niemals dazu verführen, den Tatsachen nicht ins Auge zu sehen. Ich bin ungefähr acht Jahre älter als Sie. Das ist nicht viel, aber ich habe, verzeihen Sie, ein bisschen mehr Lebenserfahrung …«

Der Venezolaner wollte aufbrausen, beherrschte sich aber.

»Und ich rate Ihnen dringend, sich nur an die Tatsachen zu halten. Im anderen Fall erleiden Sie Schiffbruch.«

»Die kreolischen Eliten sind vielleicht konservativ. Aber ich rechne mit anderen Volksschichten. Ich werde die richtigen Leute ansprechen, da bin ich ganz sicher. Leute, die nichts zu verlieren haben und alles zu gewinnen.«

›Er will der große Libertador der Amerikaner werden‹, dachte Humboldt. ›Man kann nur hoffen, dass er sich nicht verhebt. Dann müssen alle darunter leiden.‹

»Señor Humboldt, lassen Sie mich Ihre überlegene Lebenserfahrung einmal praktisch nutzen. Glauben Sie, die spanischen Kolonien seien schon jetzt in der Lage, sich selbst zu verwalten? Was meinen Sie – gibt es hier genug wirtschaftliche und organisatorische Macht, um auf eigenen Füßen zu stehen?«

»Vergessen Sie nicht die Macht der Waffen.«

»Um die militärische Macht werde ich mich schon kümmern.«

Humboldt wiegte den Kopf. »In Ihren Ohren hört es sich gewiss wie eine Ausrede an, und vielleicht ist es sogar eine. Aber ich kann das nicht beantworten. Ich bin zu wenig Nationalökonom. Aus Preußen weiß ich, wie viele entwickelte Strukturen in Wirtschaft und Verwaltung es braucht, um ein Land zu führen. Aber Preußen ist vielleicht ein schlechtes Beispiel, denn dort herrscht ein Übermaß an Organisation und Aufsicht.«

»Hm«, machte Bolivar. »Das ist wirklich nicht sehr hilfreich.«

»Um Sie etwas milder zu stimmen. Ich kann mir durchaus vorstellen, dass die hispano-amerikanischen Kolonien ihre politische Reife bereits erlangt haben. Denn viel aufgebaut haben die spanischen Kolonialherren ja nun gerade nicht. Alles Wertvolle im Land scheint mir von den Kreolen auszugehen.«

Bolivar straffte sich. »Danke. Das wollte ich hören!«

Humboldt wollte noch etwas hinzufügen, schwieg aber. ›Ich weiß nicht‹, überlegte er, ›ob du der richtige Mann bist, die Sache der Emanzipation zu führen. Und wenn du versagst, wird die Rache der Spanier so furchtbar sein, dass selbst die Ärmsten darum beten werden, lieber wieder in ihrem alten Elend leben zu dürfen.‹

Bolivar beobachtete ihn aus halb geschlossenen Augen. Es sah aus, als könne er Humboldts Gedanken lesen. Keiner der beiden Männer sagte ein Wort. Alexander dachte: ›Er hat sich im zurückliegenden Jahr stark verändert. Und ich? Habe ich mich auch verändert?‹

Humboldt erschrak. Er blickte in sich hinein und sah ein rastloses Wesen, das er nicht erkannte. ›Wer war ich vor einem Jahr?‹, ging es ihm durch den Kopf. ›Und wer bin ich heute? Wer bin ich?‹

Zwischenspiel auf Schloss Langeweile

Musik schwebte über allen Häuptern. Sie zog sich wie eine Girlande um die glitzernden Lüster und Leuchter, webte ihre Gloriole durch den Saal, klang durch alle festlich geschmückten, weit geöffneten Räume, entzückte die Anwesenden. Sie lauschten wie erstarrt, als posierten sie für einen unsichtbaren Maler.

»Wunderbar!«, entfuhr es der Gräfinmutter von Wolzogen. »Dieser Künstler …!«

»Ja!«, hauchte eine erhitzte Baronesse.

In Tegel waren alle versammelt. Und alle lauschten den neuesten Etüden von Mendelssohn. »Er ist der Inbegriff der Romantik, finden Sie nicht?« Wilhelm von Humboldt sah die Fragerin höflich an. Er legte den Finger auf die Lippen. »In erster Linie ist er ein Neffe unseres hochverehrten Moses Mendelssohn, Gräfin. Aber sollten wir ihm nicht zuhören?«

Hundert gepuderte Perücken nickten und schaukelten jetzt im Takt, hundert Körper in Brokat, Seide, Flanell und teuren Tüchern wiegten sich verstohlen. Mendelssohn ließ die schlanken Finger leicht über die Tasten des Nordhoffschen Pianos gleiten; die Töne perlten dahin, als gelte es, mit süßen Klängen alle anderen Laute auszulöschen und hässliche Geräusche zu vertreiben – und mit ihnen die Alltagsgeschäfte.

Und doch bedeutete die Musik nicht für jedes der fünfzig geladenen Paare dasselbe.

Wilhelm lauschte ihr, um die seit Tagen in seinem Kopf raunenden, fremden Stimmen zu vertreiben, die ihm in einer unverständlichen Sprache Befehle erteilten.

»Was sind das für Stimmen?«, fragte Caroline besorgt.

»Es klingt wie von Treibern, die eine Karawane befehligen. Kehlige Laute von Bauern, dazwischen Blöken, Poltern, eine Art lautlose Atmosphäre. Dazu träume ich nachts von merkwürdigen beladenen Tieren, die vor schneebedeckten Berggipfeln dahintrotten, unter einem niedrig drohenden Himmel, ganz selbstgenügsam und doch irgendwie elend.«

»Was könnte ein solcher Traum bedeuten?«

»Ich muss dabei stets an Alexander denken. Will er mir etwas sagen?«

»Du meinst …?«

»Es wäre doch möglich …«

Caroline hakte sich bei ihrem Mann ein. Sie ließ den Blick durch den großen Raum gleiten. Er blieb an den Tafelbildern an der Längswand haften, die in jeder Größe Alexander im Kreis der Familie zeigten. Überall Alexander. In Pastellkreide von Johann Heinrich Schmid gemalt, als er fünfzehn war; ein Jahr darauf zusammen mit Wilhelm als großes Medaillon; von Aldenrath in Silber ziseliert, von Bollinger in Kupfer. Neben dem Vater Alexander Georg war er zu sehen, neben der Mutter Marie Elisabeth Colomb, und neben Wilhelm, zusammen mit der Schwägerin Caroline, auf einer schönen Farbstudie von Anna-Dorothea Therbusch. Und von seiner eigenen Hand radiert gab es den »Turbangekrönten Kopf«, den er schwungvoll mit dem Jahr 1788 signiert hatte. Alexander war ständig anwesend, auch jetzt, nach zwei geschlagenen Jahren in der Fremde, und Caroline war froh darüber.

Von den Klavierklängen geradezu magisch in Bewegung versetzt, verließ sie Wilhelm und setzte ihre Füße, die in weichen Schnürstiefeln steckten, immer einen kleinen Schritt vor den anderen, um kein Geräusch zu machen. Henriette Herz schaute sie aus ihren unnachahmlich wissenden braunen Augen an, die ein leichter Silberblick auf reizende Weise zierte. Henriette lächelte, Caroline lächelte zurück. ›Ob Alexander und Henriette, wie man munkelt, damals wirklich miteinander …?‹, fragte sie sich, rief sich dann aber zur Ordnung. Doch es war prickelnd, sich die Liebe zwischen den beiden vorzustellen.

Der Baron von Schulenburg mit seiner Gattin, die jeden Moment in Tränen auszubrechen schien, näherten sich.

»Gefällt Ihnen die Musik?«, flüsterte Caroline am Ohr der Dame mit kreisrunder Brille und Mittelscheitel.

»Hinreißend, wirklich!«

»Und Ihnen?« Caroline drehte sich zu einer üppigen Frau mit dunklem Teint um.

»Que? Que pasa?«

»Sie verstehen nicht? Verzeihung …«

›Ausländische Gäste‹, dachte Caroline, ›liebte Alexander besonders. Und auch Wilhelm lädt mit Vorliebe Menschen aus aller Herren Länder ein. Aber sie verstehen oft nichts.‹

Carolines Blick fiel auf die traurige Hedwig Pallas. Die Frau des Forschers besaß ein schönes Dekolleté, doch ihr Gesicht war von tiefer Hässlichkeit. Ein Mann mit grauem Bart, der ihm bis zum Bauch reichte, wandte sich langsam zu Caroline um. Man munkelte, er sei ein Wunderheiler, der den Magnetismus benutze. Hieß er nicht Goeder oder so ähnlich? Ein seltsamer Mann mit einer seltsamen Ausstrahlung.

Caroline fühlte ein Prickeln auf der Haut; ihr Haarflaum auf den Unterarmen stellte sich auf. ›Sind das nun aufgeklärte Geister?‹, fragte sie sich. ›So wie Alexander sie sich wünschte? Oder verstecken sie ungute Gedanken hinter ihrer adretten Fassade? Gibt es überhaupt aufgeklärte Geister? Wilhelm sagte immer, man fände sie hier ebenso wenig, wie in Frankfurt am Main, oder in Frankfurt an der Oder.‹

Caroline wusste es nicht. Die Menschen in Tegel blieben ihr oft fremd. Sie vermisste das Spielerische an ihnen. Sie waren so steif wie ihre Gehröcke und Mieder. Sie musste lächeln. Die kleine Gertie aus Hohenschönhausen schmuste mit ihrem frisch angetrauten Gatten, dem jüdischen Finanzier Blank, der ungestüm versuchte, ihren Hals zu küssen, wobei er seine weiße Perücke verlor.

»Dégoûtant!«, sagte jemand.

Und ein anderer ergänzte: »Lockere Sitten … obwohl, sie sind verheiratet …«

Der Hauslehrer Kunth machte ein wichtiges Gesicht. ›Vielleicht ist er der Einzige, außer mir und Wilhelm, der um Alexander trauert‹, dachte Caroline. ›Er hat nun keinen mehr, den er erziehen kann. Und seit die Mutter der Brüder tot ist, hat er auch niemand mehr, den er zu umschmeicheln vermag.‹

Caroline durchquerte den ganzen Saal, vorbei an Damen und Herren, Würdenträgern, Liberalen, Wissenschaftlern aus der Leopoldina, Naturforschern und glühenden Baronessen. Sogar ein leibhaftiger Bergarbeiter aus Sachsen war unter den Gästen, die Wilhelm zu Beginn des Herbstes eingeladen hatte.

Ein Klingeln riss Caroline von Humboldt aus ihren Gedanken. Die Musik war beendet; sie hatte es gar nicht bemerkt.

Wilhelm stellte soeben einen Mann vor, der in der Mitte des Saales stand. »Monsieur de Blanchard. Seine wissenschaftlichen Experimente verleihen den Entdeckungen unserer Magnetiseure und Galvanisten, Elektriseure und Mechaniker, Geodäten und Chemiker, von Messmer bis Watt, von Chaptal und Delambre bis Lalande und Lavoisier eine praktische Bedeutungen, die das neue Jahrhundert bereichern wird. Mit der Erfindung seines Lebensfeuers wird er alles in uns und um uns herum in Bewegung bringen.«

»Das Lebensfeuer! Ist es nicht herrlich?«, flüsterte die Gräfin von Zach, die aparte Gattin des Gothaer Astronomen. »Ich spüre es gleich.«

»Gebe Gott, dass es nicht die fliegenden Hitzen Ihres Klimakteriums sind, gnädige Frau«, gab ihr Nachbar zu bedenken, der Arzt Cuvier aus Potsdam.

Der von Wilhelm Angekündigte – ein kleiner, spitzbübisch aussehender Franzose – legte die Fingerspitzen an die Lippen und bedankte sich für die Einladung. »Das ist wohl wahr, lieber von Humboldt. Wir leben in einer Zeit großer wissenschaftlicher Erfindungen. Aber was mich noch mehr reizt, das sind die Entdeckungsreisen, wie ich sie nun im Ballon unternahm. La Condamine ist den Amazonas hinab gesegelt, Niebuhr hat das unbekannte Arabien durchquert, James Bruce war an den Quellen des Blauen Nil, Leichthardt im Norden des sechsten Kontinents, Mungo Park watete durch den Niger, Cook und Banks sind um die ganze Welt gesegelt!«

»Aber Sie, hochverehrter Meister! Sprechen Sie doch von sich!«

Blanchard räusperte sich. »Die Luftreise zu Berlin, ja, einfach wundervoll. All die begeisterten Menschen! Ich habe keinen freien Meter Wiese mehr gesehen. Der Exercierplatz im Thiergarten war für einen Tag Mittelpunkt der Welt!«

Er erntete Beifall. Eine Augenzeugin rief dazwischen: »Und die Fahnen knatterten so lustig im Wind!«

Blanchard deutete auf einen gelben Wandschirm, hinter dem er ein Geheimnis versteckte. »Es kommen der König und die Königin! Nun geben Sie sich beide die Ehre. Ich sage: Sire, voilà!«

Ein gelber Ballon schwebte plötzlich langsam hinter dem Wandschirm hervor und stieg zur Decke empor. »Oh!«, riefen die Anwesenden. »Wie von Zauberhand!«

»Mein ruhmreichster Aufstieg! Natürlich war mein Ballon größer. Ich sah von oben alles, was man mir zu verbergen trachtete!«

Caroline war entzückt über die lustige Vorstellung des Monsieur de Blanchard, dem Tagesgespräch von Berlin. ›Einmal in einem solchen Ballon über Berlin schweben können, das wäre herrlich!‹, dachte sie. ›Er ist fünftausend Fuß hoch in der Luft gewesen, er hat sich die dritte Dimension untertan gemacht – muss er danach nicht ein ganz anderer Mensch sein?‹

»Es war totenstill dort oben, meine Lieben, kein Laut …!«

»Ja«, rief eine Stimme dazwischen , »die preußische Windstille, sie stinkt doch schon zum Himmel!«

»Psst!«, zischte ein anderer.

»Monsieur, haben Sie sich in dieser Höhe Gott näher gefühlt?«, wollte eine Dame mit Seidenschal wissen.

Blanchard antwortete: »Ich habe keine Hypothese von

Gott, Madame. Ich glaube nur an die Vernunft meines Barometers und Thermometers.«

»Wie unser Alexander!«, warf Wilhelm ein. Nicht alle lachten. Einige Abgesandte des preußischen Hofes blickten finster; einer zückte einen Bleistift und machte eine Notiz.

Die Assistentin de Blanchards – eine zierliche dunkle Person mit blutroten Lippen – ließ sich in die Höhe stemmen und holte den Ballon an seinem langen, seidenen Faden von der Decke herunter. Sie lächelte glücklich. »Doch was dann!«, rief der Experimentator. »Ich schwebe mit meinem gelben Ballon davon, und schon sehe ich das Charlottenburger Schloss und die Schafherden in der Jungfernheide! Ich kann nicht mehr zurück, ich finde den Weg nicht mehr hinunter! Ich bin für immer verloren! Was jetzt?«

Die Gäste wurden unruhig. Ein spitzer Frauenschrei, Gemurmel. Blanchards Stimme wurde aufgeregt. »Ich ziehe an den Ventilen – nichts! Der Ballon schwebt höher und höher! Unten sehe ich die vielen Staubwirbel, die sich von den Karossen der Chevaliers erheben. Wollen sie mich zurückziehen in den Staub …?«

»Mein Gott, wie aufregend!« Der preußische Professor für Staatsrecht von Reventlow umkrampfte Carolines Arm.

»Ja, jetzt fassen Sie mich schon an den Bordüren, und Sie ziehen mich mit Fortune hinunter …!«

»Glauben Sie, meine Liebe, dass er die Wahrheit sagt?«

»Wer?« Caroline kam aus ihrer Versunkenheit zurück. »Wilhelm?«

»Blanchard!«

»Aber gewiss, schließlich ist er kein Politiker!«

»Aber Freifrau von Humboldt …!«

»Endlich wieder auf der Erde! Oh, wie habe ich sie vermisst! Ich bin wieder bei euch, meine Lieben und Verehrten!«

Begeisterter Applaus. Carolines Mund war ganz trocken geworden. Sie machte ein paar Schritte, ergriff den Ballon aus der Hand der immer noch glücklich lächelnden Assistentin und führte ihn durch die Menge, die ein Spalier bildete, an der Schnur nach draußen.

Im Vestibül schauten die Diener sie neugierig an. Caroline war wie in Trance. Sie rannte jetzt, ihre blonden Locken flogen, ihr schmales Gesicht glühte, ihre Brust hob und senkte sich schwer. Sie trat auf die Freitreppe des Schlosses und ließ den Ballon frei. Er stieg sofort empor, höher und höher. Die letzten Sonnenstrahlen erfassten ihn, ließen ihn für einen Moment erglänzen und stießen ihn weiter, bis er sich schließlich über den Wipfeln der Kiefern im märkischen Himmel verlor. ›Adieu! Bis bald dort oben!‹, dachte Caroline.

Sie kam wieder zu sich, raffte den Rock und ging hinein. Drinnen ging das Fest weiter. Als sie zurückkam, küsste Wilhelm sie auf die Wange. Und de Blanchard vollführte eine artige Verbeugung. »Kompliment, Madame!«

Caroline zog Wilhelm mit sich. Sie betraten den Spielsaal, wo es stiller war. »Wilhelm, ich bin so unruhig, ich weiß gar nicht …«

»Setzen wir uns an den Tisch mit den Patiencen, das wird dich beruhigen. Hier geht ja auch alles drunter und drüber. Man ist wie im Rausch, seit de Blanchard geflogen ist. Der 27. September wird für immer ein Berliner Feiertag bleiben.«

»Das ist aber auch toll, findest du nicht? Welche Grenzen sind uns jetzt noch gesetzt?«

Wilhelm von Humboldt, der mit seiner kräftigen Gestalt

und der dunkelblonden Mähne immer mehr Beethoven glich, lachte. »Na, ein paar gibt es schon noch.«

»Nämlich? Nenn mir eine!«

Wilhelm zog sie an sich. »Wir können uns nicht lieben, wo und wann wir wollen.«

»Aber Wilhelm, wie redest du«, sagte Caroline in gespielter Entrüstung. »Bist du nicht gerade preußischer Bildungsminister geworden? Du musst ein Vorbild sein!«

»Ich wünschte, ich wäre dir immer ein Vorbild, liebste Caroline! Und ich wünschte, der Bruder wäre hier. Ich vermisse ihn so! Warum lässt Alexander nichts von sich hören? In zwei Jahren kann man doch mehr als sechs Briefe schreiben! Vor einer Woche sollte eine Depesche kommen. Nichts! Ich bin in Sorge …!«

Das knackende Geräusch, das die glatten Karten auf den Spieltischen machten, schuf eine eigenartig traumwandlerische Stimmung in dem halbdunklen Zimmer. Jemand pfiff in unterdrückter Erregung.

Caroline verspürte plötzlich die unbändige Lust, auf einem Bein zu stehen.

»Aber was tust du?«

»Ich stehe auf einem Bein. Alexander hat es immer getan, wenn er guter Dinge war. Auf einem Bein sehen die Dinge ganz anders aus, sagte er immer. – Hoppla!« Lachend fiel Caroline gegen ihren Mann. Ihre Lippen glänzten, ihre Augen blitzten. Wilhelm küsste sie.

»Ach, hier in Tegel«, sagte jemand, »hier gibt es doch nur Sand, Moose, Flechten und Störche. Das Herbarium, das man hier anlegen kann, ich bitte Sie …«

»Was für Schätze werden die Weltreisenden zurückbringen! Mir wird schwindlig, wenn ich es mir nur vorzustellen versuche! Orchideen, Alligatoren, Lianenblüten, Zebras …«

»Die Zebras würde ich vergessen. Die gibt es nur in Afrikas Steppen.«

»Nun, und sind die beiden etwa nicht dort?«

»Aber ich bitte Sie. Humboldt und Bonpland sind in Westindien, also der Inselwelt des Karibischen Meeres und in den Tropen, jedenfalls auf der anderen Seite der Welt! In Nueva Barcelona, Kolumbien, Ecuador, womöglich sogar bei den Inkas in Peru.«

»Was für eine großartige Vorstellung!«

»Hat nicht schon Herder in den ›Ideen zur Geschichte der Menschheit‹ auf diese Region hingewiesen, durch die unsere beiden Hemisphären ein Schauplatz der sonderbarsten Verschiedenheit und Abwechslung werden? Unser Humboldt will ja das höchste Gebirge der Welt besteigen, die Kordilleren …«

»Ach, der Fall der Ströme, die Richtungen der Winde, die Grade der Hitze und Wärme, das alles erforscht er. Könnte ich doch an seiner Stelle sein …«

Caroline, die der Unterhaltung der beiden älteren Herren aus Stolpe gelauscht hatte, musste innerlich lachen. Was für kuriose Vorstellungen man sich von dieser Reise machte. Aber ging es ihr nicht ebenso? Sechs Briefe – und dazwischen endloses Schweigen. Und um die ganze Welt zirkulierten die wildesten Gerüchte, was auf dieser Reise geschah.

Ach, könnte Alexander doch zurückkommen und erzählen! Caroline vermisste seine lebhafte Art, die geistreichen Einfälle und den frechen Witz ebenso wie Wilhelm.

»Freifrau, möchten Sie eine Partie mit uns spielen?« Willdenow, der Direktor des Botanischen Gartens in Zehlendorf, schaute sie einladend an.

Caroline wusste, wie viel Alexander dem nur unwesentlich Älteren verdankte und stimmte schon deswegen zu. Sie setzte sich mit Wilhelm an einen Tisch. Dem Spiel folgte sie jedoch nur halbherzig. Bube auf Dame, König auf Sieben, Neun auf Pik Ass. Dazu flackerten die Feuer im Kamin; alles war so gedämpft, so sehr ein für alle Mal an seinem Platz!

»Nein! Verzeihen Sie, ich kann doch nicht! Ich kann mich nicht konzentrieren! Verzeihen Sie ...«

»Aber Caroline, was ist denn ...?«

Caroline war abrupt aufgestanden. Ihr Stuhl kippte polternd hintenüber. ›Es ist alles so streng hier, so wohlgeordnet‹, dachte sie. ›In Maßen ist alles gestattet, aber selbst die Gefühle sind proportioniert. Ich halte das nicht aus ...‹

»Wilhelm, begleite mich bitte hinaus. Verzeihen Sie, meine Herrschaften. Ich brauche frische Luft ...«

Caroline packte den Arm Wilhelms. Auf dem Weg durch den Spielsaal beobachtete man sie aus allen Ecken. »Patiencen, kameralistische Studien, der Betrieb von Grützmühlen, Staatsfinanzen – mein Gott, was für ein engbrüstiges Leben, Wilhelm! Manchmal denke ich, ich platze!«

Wilhelm rückte seine rote Halsschleife über der schwarzweiß gestreiften Weste zurecht, sie wurde ihm eng. »Du redest schon wie Alexander. Er sagte einmal, wenn Preußen das sklavischste Land Europas ist, dann ist dieses Haus das sklavischste in Berlin. Aber er hatte Unrecht. Und du bist ebenfalls ungerecht, Caroline.«

»Ich weiß, Liebster. Aber manchmal möchte man eben ungerecht sein. Auch er wusste es, er sagte einmal: Ich will ungerecht sein, jedenfalls in diesen vier Wänden.«

»Nur in engen Verhältnissen wird die Phantasie angeregt, weißt du das nicht? Alexander hat sich immer hinausgeträumt aus Tegel. Und die Träume wurden stärker, je länger er eingesperrt war.«

»Ja, er wollte immer nur eins: fort. Er war so unruhig. Ob er nun glücklich ist?«

»Nein. Alexander wird nie wirklich glücklich werden. Nirgendwo. Er ist niemals ruhig. Er wird nie mit sich zufrieden sein.«

»Ich befürchte, du hast Recht.«

»Mein Gott, wo mag er jetzt sein? Zieht er mit einem Treck durch die Berge? Ist er schon im Goldland Peru? Oder fährt er auf dem Magdalenenstrom durch die Stromschnellen? Was mag er in diesem Moment erleben? Ob er überhaupt noch …«

»Sei still, Wilhelm! Um Gottes willen!«

»Lass uns zurückgehen. Wir sind die Gastgeber.«

Das Fest war auf seinem Höhepunkt angelangt. Die Gäste tanzten zur Musik einer kleinen, in der Saalecke postierten Kapelle eine Quadrille. Es roch nach Schweiß, Schminke, Punsch und Parfüm. Mehrsprachige Wortfetzen flogen hin und her. Orthodoxe Jüdinnen drehten sich mit märkischen Kammerdienern im Kreis, Bergbaureferenten tanzten mit den üppigen Gattinnen von Erfindern, zwei Kinder wirbelten mit ernster Miene umeinander wie Erwachsene, die nicht groß geworden waren. Draußen war es dunkel geworden, drinnen strahlten die Lichter heller.

»Seitdem das Verbot des Alten Fritz, im Ausland zu studieren, wieder in Kraft gesetzt werden soll …«

Caroline hielt sich die Ohren zu. Sie wollte nichts von Politik hören. Sie wollte Musik, Vergessen, Freude. »Komm, Wilhelm, jetzt tanzen wir. Ich will spüren, dass ich Strumpfbänder trage!«

Froh darüber, dass Caroline sich wieder gefangen zu haben schien, führte Wilhelm seine Frau auf die Tanzfläche.

Und schon wirbelte er sie herum zur neu einsetzenden Musik eines beschwingten Walzers.

Alles drehte sich. ›Ein neues Spiel, die Erde ist rund, Paare und Feste‹, dachte Caroline närrisch. Wilhelm hielt sie ganz fest in den Armen. »Ich lass dich nie mehr los! Du kannst mir nicht mehr entfliehen …!«

»Aber will ich denn fliehen? Wie kommst du darauf?«

»Ach, Wichtigkeit …«

An der Spiegelwand, welche die Stirnseite des Saales krönte, war der Reigen zu Ende – und plötzlich auch das Fest. Gepolter ertönte. Jemand verschaffte sich Einlass. Zwei Boten mit schief sitzenden Dreispitzen auf dem verschwitzten Kopf stolperten auf das Parkett.

»Was ist? Wer hat Sie eingelassen?«

»Es ist die Depesche, Herr von Humboldt! Die lang erwartete Depesche von Ihrem Herrn Bruder!«

Caroline schrie auf, dann hielt sie sich die Hand vor den Mund. ›Mein Gott‹, durchfuhr es sie. ›Jetzt kommt der Augenblick der Wahrheit. Entweder Erschrecken oder irrsinnige Freude …‹

Stille, wie nach einem Schuss, herrschte urplötzlich im Saal. Die reitenden Boten überreichten ihre Botschaft; es waren ein versiegelter Brief und ein längliches Päckchen. »Soeben von der königlich-preußischen Post in Pankow angeliefert, Herr von Humboldt!«

Wilhelm schickte die beiden jungen Männer in die Küche, wo sie sich eine reichhaltige Belohnung abholen konnten. Dann schaute er sich um. Überall erwartungsvolle Gesichter. Seine Blicke suchten die Handschrift Alexanders, diese klare, ruhige Schrift, deren Zeilen aber schräg nach unten liefen, weil er die Angewohnheit nicht abgelegt hatte, auf den Knien zu schreiben. Er wog die beiden Poststücke in der Hand. ›Ein Brief und eine Zeitung‹, mutmaßte er.

»Ich werde vorlesen, meine Herrschaften. Was wollen Sie zuerst hören, den Brief oder das Journal …?«

»Bitte den Brief«, flüsterte Caroline. »Lies den Brief vor!«

Wilhelm setzte sich. Seine Knie waren weich. Man schob ihm mehrere Kerzenleuchter auf dem kleinen Tisch entgegen. Der Kreis von Mensch schloss sich eng um ihn. Er erbrach das Siegel. Acht eng beschriebene Seiten knisterten in seinen Händen.

Wilhelm räusperte sich. Dann begann er zu lesen.

»Quito, den 29. September 1801. Lieber Wilhelm, liebste Caroline! Seitdem ihr meinen letzten Brief aus Angostura erhalten habt, wo wir, bedingt durch die Strapazen im Regenwald des Casiquiare, zu Tode erkrankten, ist viel Zeit vergangen. Bonpland und ich, wir sind zäh. Wir haben uns wieder erholt. Inzwischen waren wir zurück in Cumaná, und nach unserem Eintreffen in Nueva Barcelona reisten wir mit dem Schiff nach Havanna in Kuba. Das war keine angenehme Reise; Windstille und Stürme, in denen wir beinahe Schiffbruch erlitten, hielten uns auf. Dann brach an Bord ein Feuer aus, dem wir beinahe alle zum Opfer gefallen wären. Es war fast Weihnachten, als wir nach einer überlangen Reise von 25 Tagen in Havanna anlegten. Diese Stadt ist der geschäftigste Hafen der Welt. Wir blieben vier Monate bis zum 8. März, gingen dann nach Westen und schifften uns am 30. des Monats nach Cartagena in Kolumbien ein. Hier und in Turbaco und Barancas Nuevas am Rio Magdalena sichteten wir alles, was wir bis dahin gesammelt hatten. Dann ging es bis Honda weiter, und von Honda nach Bogotá, eine schrecklich kalte Stadt. Wir waren Gast des berühmten Botanikers José Celestino Mutis – übrigens ein reizender Mann. Wir blieben länger in Popayán. Von dort gingen wir nach Quito, das liegt in Ecuador. In Ibarra trafen wir mit Francisco José de Caldas zusammen. Nun wollen wir hier die tätigen Vulkane besteigen. Gebe Gott, dass wir dies überleben. Aber haben wir nicht schon alle anderen Gefahren überlebt? Man glaubt nicht, was es in den äquatorialen Gegenden alles gibt.

Bonpland ist guter Dinge. Mein Freund und Sekretär ist für mich unersetzlich geworden … Ich habe alle Ursache, mehr als zufrieden zu sein. Er ist überaus tätig, arbeitsam, findet sich leicht in Sitten und Menschen, spricht sehr gut Spanisch, ist sehr mutig und unerschrocken – mit einem Wort, er hat vortreffliche Eigenschaften …«

»Er schreibt gar nichts über sich.« Caroline machte ein enttäuschtes Gesicht.

»So ist er doch immer. Man erfährt kaum etwas darüber, wie es in seinem Inneren aussieht«, erwiderte Wilhelm.

»Bitte lesen Sie doch weiter, Herr von Humboldt!«

Wilhelm zog einen Kerzenständer näher zu sich heran. »Auf einer Reise um die Welt zu einer Zeit, wo das Meer von Raubgesindel wimmelt, wo neutrale Pässe so wenig wie neutrale Schiffe respektiert werden, beschäftigt mich nichts so ängstlich als die Rettung meiner Manuskripte und Herbarien. Es ist sehr ungewiss, ja unwahrscheinlich, dass wir beide, Bonpland und ich, lebend zurückkehren …«

Wilhelm machte eine Pause. Man hörte Füßescharren und Geflüster. Caroline hatte das Gefühl, ihr Herz bliebe stehen. Schließlich las Wilhelm stockend weiter.

»Wie traurig wäre es in dieser Lage, die Früchte unserer Arbeiten verloren zu sehen. Sterbe ich, wird Delambre meine astronomischen, Freiesleben oder Buch meine geognostischen, Scherer meine physikalischen und chemischen, Blumenbach meine zoologischen und Willdenow meine botanischen Manuskripte unter Bonplands und meinem Namen edieren. Wilhelm, sei so gut, und lasse jedem ein Manuskript zukommen.

Lieber Bruder, liebste Caroline! Ich habe euch gesagt (verzeiht mein elendes Deutsch, da ich seit zwei Jahren nur mehr Spanisch und Französisch spreche), dass ich während der fünf Jahre, die meine Reise dauert, der Versuchung widerstehen will, etwas zu veröffentlichen. Kaum ein Zehntel von dem, was ich gesehen, habe ich auch gesammelt, alles bleibt bruchstückhaft. Fast den ganzen Rest zerstörte inzwischen das Klima. Die unermessliche Nässe, die Geilheit der Vegetation, in der es so schwer ist, alte, ausgewachsene Blätter zu finden, haben über ein Drittel unserer Sammlungen verdorben. Täglich finden wir neue Insekten, welche Papiere und Pflanzen zerstören. Kampfer, Terpentin, Teer, verpichte Bretter, Aufhängen der Kisten in freier Luft, alle in Europa ersonnenen Künste scheitern hier, und unsere Geduld ermüdet. Ist man vollends drei bis vier Monate abwesend, so erkennt man sein Herbarium kaum wieder. Von acht Exemplaren muss man fünf wegwerfen, zumal in der Guayana, dem Dorado und dem Amazonenlande, wo wir täglich im Regen schwammen.

Vier Monate hindurch schliefen wir in Wäldern, umgeben von Krokodilen, Boas und Jaguaren (die hier selbst Kanus anfallen), und ernährten uns nur von Reis, Ameisen, Maniok, Pisang, Orinocowasser und bisweilen Affen, wobei wir an Händen und Gesicht von Mosquitostichen geschwollen waren. In der Guayana ist es wegen der Mosquitos, welche die Luft verfinstern, fast unmöglich, bei Tageslicht zu schreiben; man kann die Feder nicht ruhig halten, so wütend schmerzt das Gift der Insekten. Alle unsere Arbeit musste daher beim Feuer getan werden, in einer indianischen Hütte, in die kein Sonnenstrahl dringt und in welche man auf dem Bauch kriechen muss. Hier aber erstickt man wieder vor Rauch.

Meine Gesundheit und Fröhlichkeit haben trotz des ewigen Wechsels von Nässe, Hitze und Gebirgskälte sichtbar zugenommen, seit ich Spanien verließ. Die Tropenwelt ist mein Element, und ich bin nie so ununterbrochen gesund gewesen als in den letzten beiden Jahren. Ich arbeite sehr viel, schlafe wenig, bin oft bei astronomischen Beobachtungen vier bis fünf Stunden lang ohne Hut der Sonne ausgesetzt. Ich habe mich in Städten aufgehalten, wo das grässliche gelbe Fieber wütete, und nie, nie hatte ich auch nur Kopfweh. Nur in St.-Thomas d'Angostura, der Hauptstadt von Guayana, und in Nueva Barcelona hatte ich drei Tage lang Fieber, einmal am Tag meiner Rückkunft vom Rio Negro, da ich nach langem Hungern zum ersten Male und unmäßig Brot genoss: das andere Mal, als ich von einem hier stets fiebererregenden Staubregen bei Sonnenschein nass wurde. Am Atabapo, wo die Wilden immerzu am Faulfieber leiden, widerstand meine Gesundheit unbegreiflich gut ...«

Wilhelm machte eine Pause. »Man glaubt es kaum. Wenn man Alexander früher erlebt hat, wie oft er kränkelte. Er hatte ja dauernd Fieber, und die Mutter kam aus den Sorgen gar nicht mehr heraus ...«

»Bitte, Exzellenz, lesen Sie weiter ...!«

›Ich verstehe ihn gut‹, dachte Caroline bei sich. ›Er hat seine Erfüllung gefunden, dann wird man nicht krank. Der Glückliche!‹

»... Meine Unabhängigkeit wird mir mit jedem Tag teurer, daher habe ich nie, nie eine Spur von Unterstützung irgendeines Gouvernements angenommen, und falls deutsche Zeitungen vielleicht einen englischen, mir übrigens sehr schmeichelhaften Artikel übersetzen, dass ich mit Aufträgen vom spanischen Gouvernement reise und zu einem hohen Posten im Rat von Indien bestimmt sei, dann lacht darüber wie ich. Falls ich glücklich nach Europa zurückkehre, so werden mich ganz andere Pläne beschäftigen. Ein Menschenleben, begonnen wie das meinige, ist zum Handeln bestimmt, und sollte ich unterliegen, so wissen die, welche meinem Herzen so nahe sind wie ihr beide, dass ich mich nicht gemeinen Zwecken aufopfere.

Ihr Lieben, ich will zum Ende kommen, denn draußen warten schon wieder alle Plagen auf mich. Und auch der indianische Schwimmer, der diesen Brief durch den reißenden Fluss transportieren wird …

Träume ich mir bisweilen ein glückliches Ende dieser gefahrvollen Irrfahrt, dann träume ich mich zu euch zurück, mache mir euer Antlitz recht lebhaft, und dann bin ich im Stande zu vergessen, dass in großen Unternehmungen die kalte Vernunft und nicht die Neigung den Entschluss leiten soll. Eine innere Stimme sagt mir, dass wir uns wiedersehen. Schreibt mir, meine Teuren, am besten zwei Briefe, da einer hier fast immer verloren geht. Adressiert nach Quito. Ich umarme euch …«

Als Wilhelm geendet hatte, brach Lärm von hundert Stimmen los. Jeder wollte seiner Aufregung Worte verleihen. Wilhelm blickte auf das andere Päckchen. Er zog eine gelbliche Zeitung aus dem Futteral. Es war eine Ausgabe des »Diario Quito« vom 1. Oktober 1801.

Wilhelm versuchte, die Überschrift zu verstehen, doch ein Schleier legte sich vor seine Augen. Er hielt die Zeitung Caroline hin. »Los Viajaeros se han morido!«

»Was heißt das? Ich verstehe kein Spanisch!«

»Ich auch nicht.«

Caroline erinnerte sich der Dame aus der Mitte der Gäste, die offensichtlich Spanisch sprach. Sie bat die Frau, näher zu treten. »Übersetzen Sie uns das bitte!«

Die Spanierin – sie war die Gattin des Gesandten aus Murcia – nahm das Blatt und radebrechte: »Los Viajeros se han morido. Es ist ein Unglück. Am Abend des 30. September 1801 erreicht uns die Nachricht, dass die deutsch-französischen Forschungsreisenden Alexander von Humboldt und Aimé Bonpland tödlich verunglückt sind. Bei der Ersteigung des höchsten Berges der Welt stürzten sie in eine eisige Felsspalte und kamen elend um. Der Chimborazo war stärker als die Bedauernswerten.«

Den Anwesenden stockte der Atem. Sie lauschten diesen Worten, wieder so erstarrt wie zu Beginn des Festes, als posierten sie einem unsichtbaren Maler. Aber diesmal war keine Musik zu hören. Nur ein Schluchzen aus der Richtung, in der die untröstliche Caroline saß.

Buch Drei

Himmel

4.

Schnee am Chimborazo

Montúfar

Mandelbäume, Zimtbäume, Chinarindenbäume, Muskatnussbäume. Ein Meer von Blüten, darüber das bunte Heer der Singvögel. Der Duft, der Gesang, eine Natur im Festkleid, wie eine Musik ohne Noten, begleitete die Reisenden. Sie stiegen höher und höher. Schon war die Hochebene erreicht, und noch immer ging es bergauf. 2700 Meter mussten zurückgelegt werden, um die Urwälder mit den riesigen Cinchonabäumen, deren Rinden fieberheilende Säfte ausspuckten, zu vergessen. Sie versanken hinter der Expedition ebenso wie die Erinnerung an die feuchte, dunkle Hölle der Flusstäler, an den sumpfigen Dschungel, an die verseuchten Wasserwege und die gefährlichen Ufer.

Doch je höher sie stiegen, desto mehr nahm Aimé Bonplands Malariafieber zu. Es hatte ihn tief unten in Angostura überfallen und seitdem nicht mehr losgelassen. Erst wenn sie ganz oben waren, würden sie es mit dem Chinin des Marqués Aguirre de Salvalegre y Montúfar, das Mutis entdeckt hatte, bekämpfen können.

Der Aufstieg in die Kordilleren dauerte vier Wochen.

Ein immerwährender Baldachin hoher Wachspalmen beschirmte sie vor der brennenden Sonne. Das Gewirr aus Orchideen und Fuchsien auf dem Weg durch die unbewohnten Gebiete mussten sie freihauen. Regengüsse machten notwendige Abstiege beschwerlich, dann sogar unmöglich. Stürme wüteten tagelang, und wenn Nebel über die leeren Flächen zogen, wurde es eiskalt. Die einzigen Pflanzen blieben dann niedrige, immergrüne Gräser.

Bonpland blieb immer wieder stehen, wandte sich um und genoss die Aussicht. Er zog Humboldt am Arm seiner Jacke und zwang den Ruhelosen, ebenfalls stehen zu bleiben. »Schau dort hinten, sieht das nicht wunderschön aus?«

»Was meinst du? Das silberne Band des Flusses?«

»Das auch, aber nein, dahinter!«

»Die schwarze Bergkette am Ende des Grüns?«

»Du weißt, ich bin Romantiker. Ich meine die Sonne, wie sie zwischen Erde und Himmel kämpft, ein großes, blendendes Auge – ist das nicht phantastisch?«

Alexander machte das nüchterne Gesicht des Naturforschers. »Sonnenuntergang, ja. Lichtwirkungen wegen der besonderen Beschaffenheit dieser Luft. Was ist so besonders daran?«

»Alexander! Du bist unerträglich!«

Dunkle Wolken schoben sich wie ein Deckel über das endlose Tal. Der Himmel zog sich am Horizont zu einem schmalen, gleißenden Strich zusammen, aus dem die langen Sonnenstrahlen wie Finger über eine tiefgrüne Ebene tasteten, die wie unter Glas lag. Als sie weitergingen, kamen sie an Rauchwirbeln vorbei, die aus noch tätigen Schwefelwasserstoffbecken aufstiegen. Und wenn sie die schmalen Grate noch tätiger Vulkane überquerten, hatten sie das Gefühl, zwischen der tiefschwarzen Asche und dem weißen Rauch verenge sich die ganze Welt auf einen furchterregenden Ausschnitt, den sie mit stolpernden Schritten schnell durchmaßen, in Angst vor Feuern, die in der Tiefe lauerten.

Manchmal mussten sie sich stundenlang unter die Zelte kauern, die ihre Indios vom Stamm der Cargueros aus Helliconiablättern aufgerichtet hatten. Die Stacheln der Wurzeln des zwanzig Meter hohen Bambusschilfes an den hochgelegenen Seeufern zerrissen ihnen die Stiefel. Immer wieder peitschten Schnee- und Regenstürme über die Hochflächen. Dann wieder stach die Sonne unbarmherzig, jubilierte die Vegetation. Und der Himmel rückte immer näher.

Und als sie endlich auf die Höhe gelangten und 4000 Meter hinunterblickten, bluteten ihre Füße. Sie wussten, dass sie keinen Meter weitergehen konnten, lehnten es jedoch ab, sich von den indianischen Trägern befördern zu lassen, die es gewohnt waren, Beamte der Minengesellschaften auf Stühlen, die man auf ihrem Rücken befestigte, durch die Berge zu tragen.

Seit ihrer Ankunft in Ecuador waren Humboldt und Bonpland so gekleidet, dass einer die Kopie des anderen schien. Hohe, umgekrempelte Stiefel, die nun allerdings in Fetzen hingen, gestreifte, sackförmig ausgebeulte Hosen, bunte Westen, gelbe Hemden, Zylinder. Humboldt umklammerte stets sein langes, dünnes Reisebarometer; Bonpland an seiner Seite stopfte alles, was er bekommen konnte, in seine Botanisiertrommel. Der Gepäcktross folgte ihnen in einem langen Band, das sich durch die Felsenlandschaft in die Höhe wand, und aus dem auffordernde Rufe, Schreie und eintöniger Singsang zu hören waren. In einer Pause schrieb Humboldt mit abgestorbenen, eiskalten Fingern in sein Tagebuch: »Wir haben gelernt, dass der Mensch nur auf das rechnen kann, was er durch eigene Energie schafft.«

***

Der Marqués war ein schneidiger Mann. Schon am ersten Abend ihrer Ankunft in Quito bestand er darauf, die Forscher zu retten.

Er behandelte den zu Tode erschöpften Bonpland mit der nötigen Medizin und steckte den unterkühlten Humboldt unbarmherzig ins Bett, versorgt von vier wärmespendenden Mulattinnen. Schnell gaben beide ihren Widerstand auf.

Nach 16 Stunden abgrundtiefem Schlaf konnten die Reisenden sich wieder aus ihren Betten erheben. Sie hätten jetzt Bäume ausreißen können und fühlten sich gesund. Wie Wölfe verschlangen sie das kräftige Frühstück.

Aus Caracas waren Briefe gekommen. Begierig lasen sie die Nachrichten des Ehepaars Salcedo. Sie berichteten von glücklichen Fügungen – Francisco durfte als Chirurg arbeiten. Alexander stellte sich die beiden lebhaft vor. Er würde ihnen antworten.

Der Marqués stürmte ins Zimmer. »Nun, Señores, fühlen Sie sich stark genug, heute Abend ein achtgängiges Mahl mit uns einzunehmen? Es wird mehr serviert als Ameisen und Maniokwasser!«

»Ohne Zweifel, Marqués, wir sind mit von der Partie. Nach all den Entbehrungen im Dschungel können wir es kaum erwarten. Es ist uns eine große Freude.«

»Dann bis acht Uhr!«

Als ihr Gastgeber wieder hinausgestürmt war, sagte Aimé: »Aguirre Montúfar ist Provinzialgouverneur, aber seinem Tempo nach zu urteilen, ist er reitender Bote.«

»Er hat eine wunderschöne Tochter. Hast du gesehen?«

»Ja, sie heißt Rosa. Und der Sohn, Carlos, will sich uns anschließen, soviel ich weiß.«

Der Tag verging mit dem Ausflicken der zerfetzten Kleidungsstücke und dem Sichten der Ausrüstung. Mit Entsetzen musste Humboldt einen Riss im Sextanten von Ramsden feststellen.

Am Abend war die Tafel so festlich gedeckt, dass die Augen der Anwesenden im Widerschein der hundert dicken, weißen Kerzen funkelten.

Der Marqués schickte sich an, eine Rede zu halten. »Herr Baron, Herr Bonpland, liebe Freunde! Sie bereisen und erforschen unseren Kontinent, von Venezuela bis Quito, um eine Herausforderung anzunehmen, der sich zuvor noch niemand gestellt hat. Sie durchquerten undurchdringliche Urwälder und gewaltige Ströme. Jetzt brechen Sie mit unserem Sohn Carlos dahin auf, wo noch nie ein Mensch war, zum höchsten Punkt der Erde.«

Bonpland stieß Alexander an, der neben ihm stand. ›Sieh an‹, dachte Humboldt. ›Es scheint schon ausgemachte Sache zu sein, dass Carlos uns begleitet.‹ Er sah verstohlen auf seinen Nachbarn zur Rechten. Der junge Carlos de Montúfar war so groß wie er selbst und so alt wie Aimé. Und er war kreolischer Freiheitskämpfer. Sonst wusste Humboldt nichts über ihn.

»Die heilige Jungfrau wird sie beschützen«, vernahm er die Stimme der Gattin von Don Aguirre. »Gott wird dafür sorgen, dass ihnen dabei nichts zustößt.«

Während ein Padre ein ausführliches Gebet sprach, hatte Alexander Gelegenheit, die Blicke schweifen zu lassen. Ihm gegenüber standen seine Gastgeber, ein Ehepaar in mittleren Jahren, eingerahmt von drei jungen, glutäugigen Töchtern; rechts und links davon saßen die übrigen Gäste – insgesamt dreißig – an der langen Tafel, die sich unter den Tabletts, Schüsseln, Schalen, Karaffen, Kannen und Geschirraufbauten bog. Im Hintergrund hielt sich das indianische Bedienungspersonal auf; ihre bunten Blusen und ernsten Gesichter leuchteten in den von draußen hereinfallenden letzten Sonnenstrahlen. Die männlichen Gäste, allesamt zur Elite des Landes zählende Kreolen, trugen Anzüge, weiße Oberhemden, grüne oder rote Schleifen und ernste, strenge Gesichter. Die Frauen waren mit duftigen, lang herabfallenden Abendkleidern mit großem Dekolleté bekleidet. Den Speisesaal der Villa des Marqués Aguirre de Montúfar schmückten Gobelins. Die Simse, die sich zu beiden Seiten an den Wänden entlangzogen, quollen über von Andenken, Blumensträußen in riesigen Vasen, darüber Tafelbilder mit Motiven aus der Geschichte des Landes Ecuador. Überall waren Spiegel.

Montúfar strich sich über den kräftigen Oberlippenbart. »Ich vertraue Ihnen meinen einzigen Sohn an, Baron. Er wird auf dieser Reise erwachsen. Bitte achten Sie auf ihn.«

Humboldt verbeugte sich leicht.

Die Marquesa, eine ehemals schöne Frau, die nun jedoch verblühte, lächelte huldvoll und wortlos. Ihr Gatte hob den Kelch. »Auf diese tapferen Männer! Auf ein unabhängiges Amerika, dem ihre Erkenntnisse dienen!«

Da auf der anderen Seite der Tafel alle ihr Glas erhoben, griffen die beiden Forscher ebenfalls nach dem ihren. Mit einem kräftigen Schluck Rotwein beendete Alexander das Zeremoniell und bemerkte interessiert, dass ein paar Damen sich sogar zwei Schluck genehmigten.

»Setzen wir uns. Speisen wir. Uns wird Folgendes erwarten …«

Humboldts Gedanken schweiften beim Essen ab. Er erinnerte sich plötzlich an Freiberg. Er hatte eine Schule für junge Bergbau-Adepten eröffnet, und alle hatten Wunderdinge von ihm erwartet. Er hasste Erwartungen. Auch hier starrten alle auf ihn und erwarteten alles Mögliche. Die Besteigung des höchsten Berges, das Besiegen des stärksten Krokodils, den Beginn der kreolischen Revolution – einfach alles. Alexander schwitzte plötzlich, wurde aber von seinem Nachbarn aus den Gedanken gerissen.

Carlos sagte: »Ich hoffe, Sie haben nichts dagegen, dass ich Sie begleite, Herr von Humboldt?«

Humboldt legte die Gabel zur Seite und antwortete: »Sie werden uns sehr nützlich sein, Carlos. Bonpland hält große Stücke auf Sie.«

»Ach ja?«

»Aber ich muss Sie warnen, es wird kein Spaziergang. Wir werden die höchsten Gipfel vermessen.«

»Ich werde sie vermessen, Baron. Es sind die Gipfel unseres Landes.«

Jetzt war es an Alexander zu sagen: »Ach ja?«

***

Die Schritte hallten im Gewölbe. Durch die Rosette an der Stirnseite fielen bunt zersplitterte Lichter in den Gang und ließen die schwere Tonnendecke darüber nur erahnen. Und dann traten sie aus dem kühlen Halbschatten der dickwandigen Villa hinaus in die stechende Hitze des Morgens.

Humboldt blinzelte in die Helligkeit, und sein Blick flog zu den sechstausend Meter hohen Vulkanen hinüber, die Quito zu allen Seiten umgaben. Die Glocken der kleinen weißen Kirche Maria Mira Flores bimmelten. »Sie haben Quito, unsere schöne Stadt noch gar nicht gesehen, und schon wollen Sie wieder fort!«

Humboldt entgegnete leichthin: »Wenn wir zurück sind,

werden wir Zeit haben, die Stadt anzuschauen, Don Aguirre. Die Berge ziehen uns magisch an, wissen Sie. Nach den Monaten im Dschungel möchten wir nur noch eins – dem Himmel so nahe sein wie möglich.«

Während die Männer zu den wartenden Mulis gingen, sahen sie, wie eine Prozession von Indios sich ebenfalls in ihre Richtung bewegte. »Die Einheimischen wollen Sie gebührend verabschieden«, meinte der Marqués. »Es heißt, Sie haben die Fähigkeit, die wütenden Vulkane zum Schweigen zu bringen.«

»Dann wünschen Sie uns Glück, Exzellenz!«

Alexander übernahm die Spitze des Trosses. Er hielt die Arme über der Brust verschränkt und ließ das Pferd, dessen Kruppe ein buntes Band zierte, einfach laufen. Hinter ihm hielten sich Carlos und Aimé. Dann folgten elf schwerbeladene Mulis, die kleiner und struppiger waren als die Tiere in den Llanos.

Alexander drehte sich noch einmal um. Auf der staubigen Straße standen die Montúfars in einer Gruppe und winkten ihnen unermüdlich nach. Doch bald passierte die Expedition die letzten flachen Häuser Quitos und stieg auf in die Berge.

Während die Hänge immer karger wurden, mussten sie einen steilen Pass erklimmen. Die Mulis rutschten ein ums andere Mal aus und schrien ängstlich. Alexander drehte sich nach Aimé um. Der Franzose hielt sich auffallend im Hintergrund. Sie durchquerten gerade einen Bach, in dem Geröll die Tritte unsicher machte, da drängte sich der junge Montúfar neben Alexander. »Ihr Begleiter, Herr Bonpland, scheint mich doch nicht so zu mögen, wie Sie sagten. Seit Beginn unserer Reise schaut er mich kaum an.«

Alexander sah sich um. Bonpland trottete hinter ihnen

her und machte ihm mit der Hand ein Zeichen, das für ›er plappert viel‹ stand. »Ach, das bedeutet nichts, Carlos. Er ist oft schweigsam und zurückgezogen, dann denkt er an seine Gräser und Moose.«

Das Geröll wurde so rutschig, dass sie absteigen mussten. Als sie ihre Reittiere am Zügel neben sich führten, meinte Carlos: »Ich will mich nicht zwischen Sie drängen, gewiss nicht, aber wir sollten meine Rolle während der Expedition klären.«

»Wozu?«, fragte Humboldt verwundert.

»Ich will es einfach. Ich brauche Klarheit.«

Unwillig erwiderte Alexander: »Das ergibt sich von selbst, Carlos. Fühlen Sie sich einfach als gleichberechtigter Bestandteil der Expedition, halten Sie die Augen auf, und machen Sie sich nützlich, wenn Not am Mann ist. Das ist alles.«

Doch Montúfar blieb hartnäckig. Später, als sie durch einen tief eingeschnittenen Canyon zogen, dessen wiesengrüner, steinloser Boden das Vorwärtskommen erleichterte, sprengte er erneut heran. Alexander erschrak, als der andalusische Schimmel Montúfars plötzlich dicht neben ihm wieherte und auf den kräftigen Hinterläufen in die Höhe stieg. »Baron! Herr Bonpland meint, ich soll das Ende des Trosses kontrollieren, weil es hier Berglöwen gibt!«

»Ja, und? Wäre das nicht eine reizvolle Aufgabe für Sie?«

»Spaßen Sie? Ich will an der Spitze reiten!«

»Carlos, was für ein Spiel soll das sein? Ich rate Ihnen, bringen Sie keine Unruhe in die Reise. Wir werden noch genug Ärger bekommen.«

»Ich will einfach, dass ich eine wichtige Rolle bei dieser Expedition spiele! Sonst heißt es hinterher, die Europäer haben uns ein zweites Mal erobert. Nein, ich will den Chimborazo erobern!«

»Sie sind ehrgeizig! Dagegen ist nichts einzuwenden!«

»Verzeihen Sie mir mein Ungestüm, Baron. Aber sehen Sie – es wird für uns keine amerikanische Heimat geben, wenn wir sie nicht selbst entdecken.«

»Sie haben ganz Recht. Warum soll ein junger Amerikaner nicht können, was ein Preuße und ein Franzose vermögen!«

»Ja, sind Sie denn nicht eifersüchtig auf Ihren Erfolg als Entdecker?«

»In Maßen, Carlos, in Maßen schon. Aber nicht um jeden Preis. Ich habe oft erlebt, wie der Ehrgeiz über die Weisheit siegte. Entdecken kann man übrigens auf sehr vielfältige Weise. Manche Entdecker zerstören ihren Gegenstand, während sie ihn entdecken.«

»Und Sie? Was tun Sie?«

»Ich versuche, mich ihm vorsichtig zu nähern und ihn so zu belassen, wie er ist.«

Carlos ließ sich nach diesen Worten zurückfallen. Doch wenig später war er wieder an Alexanders Seite.

»Wie konnte Pizarro mit nur 200 Soldaten Amerika erobern? Das will mir nicht in den Sinn.«

Alexander schaute den ungestümen jungen Mann mit dem breitflächigen Gesicht, dem dunklen Bartflaum und der wilden Haarmähne geduldig an. »Was meinen Sie denn, wie Pizarro das gelungen ist?«

»Es war leicht für ihn, zu siegen. Das Inkareich war geteilt und das Volk unterdrückt – so sehr, dass eine Hand voll Eroberer es spielend leicht besiegte. Unterjochte Seelen sind wehrlos.«

»Das sehe ich ähnlich. Ich frage mich sogar oft, ob man

die Einheimischen auf diesem Kontinent nicht aufwiegeln sollte, damit sie nicht alles erdulden.«

Carlos zügelte abrupt das Pferd. »Die Geschichte gehört den Kühnen und denen, die Wissen suchen. Sie sind einer davon, Baron.«

Humboldt ritt weiter. »Nein, nein, heroisieren Sie mich bloß nicht!«

»Ich möchte von Ihnen lernen. Nicht um Sie zu imitieren, sondern um ich selbst zu werden.« Je weiter Carlos zurückblieb, desto lauter wurde seine Stimme. »Auf dieser Reise will ich erfahren, wer ich bin …!«

›Hoffentlich erschrickst du dann nicht, mein Junge‹, dachte Alexander.

***

Humboldt erzählte: »Als wir von Kuba kamen, wollten wir gegen den Wind mit Gewalt in den Hafen von Cartagena einlaufen. Das Meer wütete fürchterlich. Unser Schiffchen – doch war es nicht meine Schuld, kein größeres genommen zu haben, da es zwischen Kuba und Kolumbien nur so kleine Schiffe gibt – widerstand der Gewalt der Wogen mit Mühe und schlug plötzlich auf die Seite. Eine entsetzliche Welle bedeckte es und drohte uns zu verschlingen. Der Steuermann schrie ›no gobierna el timón!‹ – und ich begriff rasch, dass unser Steuerruder tatsächlich nicht mehr reagierte. Wir hielten uns alle für verloren. Allein, da man noch das Äußerste versuchte und ein Segel abschnitt, das nun lose flatterte, hob sich das Schiff auf dem Rücken einer riesigen Welle wieder empor; und wir retteten uns hinter ein Vorgebirge. Doch hier drohte mir eine fast noch größere Gefahr. Es war Mondfinsternis; um sie besser beobachten zu können, ließen Bonpland und ich uns in unserem Boot an Land setzen. Kaum waren wir ausgestiegen, hörten wir Ketten rasseln. Baumstarke Schwarze, eben aus dem Gefängnis von Cartagena entsprungen, stürzten sich mit Dolchen in den Händen aus dem Gebüsch auf uns. Da sie uns unbewaffnet sahen, wollten sie unser Boot. Wir flohen zum Meer und hatten gerade noch so viel Zeit, ins Boot zu springen. Wir ruderten wie Besessene und konnten uns ins tiefe Wasser retten.«

»Sie erzählen mir das, um zu zeigen, dass wir auch auf dieser Reise dauernd mit Gefahren rechnen müssen, nicht wahr?«

»Nein, ich erzähle es deshalb, weil ich mich gerade daran erinnere – es ist ja nur ein paar Wochen her. Aber es stimmt, alles kann jederzeit passieren. Obwohl unsere bisherige, zehntägige Reise ja sorglos verlief.«

»Was meinen Sie, wie lange wird es dauern, bis wir oben sind?«

»Wenn alles gut geht, noch drei Tage. Wir werden den südöstlichen Anstieg versuchen. Die Indios halten ihn für den besten Weg, obwohl keiner je über die Schneegrenze hinauskam. – Und jetzt sollten wir aufbrechen, es wird bald hell.«

Alexander und Carlos de Montúfar saßen im Patio einer kleinen Herberge in Cajabamba, einem Marktflecken am Fuß des Chimborazo-Massivs, der aus etwa dreißig Häusern bestand, von denen die meisten nur windschiefe Holzhütten waren. Alexander hatte nicht schlafen können und die Zeit genutzt, um den Merkurdurchgang zu beobachten. Carlos hatte sich zu ihm gesellt.

»Darf ich seine Höhe messen, Herr von Humboldt?«

»Die Höhe des Chimborazo? Du hast es von mir gelernt.«

»Eben deshalb.«

»Du oder ich, das ist egal.«

»Der Chimborazo ist das Wahrzeichen Amerikas. Ich würde unsterblich ...«

Humboldt legte dem Kreolen die Hand auf die Schulter. »Dein, mein – das ist letztlich unwichtig. Wir vermessen ihn gemeinsam.«

»Ich vermesse ihn allein!«

Humboldt spürte erneut Zorn über den selbstbewussten jungen Kreolen in sich aufsteigen, zuckte jedoch nur die Schultern.

Gelbe Hunde mit großen Köpfen und Fledermausohren kamen aus den Hütten und kläfften die Gefährten an. Alexander nahm eine Fackel und betrat den lang gestreckten, von klobigen Bündelpfeilern gestützten Schlafraum seiner Männer in einem verlassenen Kloster. »Kommt! Aufstehen! Der Berg ruft! *Levantarse, vamos!*«

»Was für ein Teufel weckt uns mitten in der Nacht?«

»Ich bin es, Aimé. Das Ungeheuer aus Tegel.«

Bonpland rappelte sich auf. »Ist es schon so spät?«

Alexander grinste. »*Es incredible. Vamos a subir al punto mas alto del mundo, y tu duermes como un bebe.*«

»Bist du schon lange auf den Beinen?«

Alexander schnitt eine Kokosnuss auf und reichte sie Aimé. »Ich konnte nicht schlafen. Der Vollmond steht tief und weiß am Himmel, und ich bin Werwolf genug, ihn anzubeten.«

Die elf Indios erhoben sich lautlos und gingen sofort hinaus, um nach den Mulis zu sehen. Später würden sie eine Banane essen und einen Schluck Wasser trinken. Sie waren bedürfnislos wie Kamele.

Alexander schaute Aimé zu, wie er sich mit nacktem

Oberkörper wusch. Aus einem Holzbottich schüttete er ihm Wasser über Hinterkopf und Rücken. »Ah, verflixt kalt!«, prustete Aimé. »Du willst mich wohl auf Trab bringen für den Chimborazo?«

»Hast du Angst?«

»Nein. Du?«

Alexander befeuchtete sich flüchtig das Gesicht. »Doch, ja«, sagte er, während er sich abtrocknete, »vielleicht ist es ganz gut, ein wenig Angst zu haben.«

»Vor drei Jahren auf Teneriffa – der Pic de Teide hat uns gehörig die Ärsche verbrannt. Deine Jacke stand in Flammen. Erinnerst du dich?«

»Am Chimborazo wird es kälter.«

Bonpland sah ihm nach, als er den noch dunklen Hof zu den Mulis überquerte. Er konnte ein mulmiges Gefühl nicht unterdrücken. ›Unsinn!‹, schalt er sich. ›Wir haben schon andere Dinge gemeistert. Doch so hoch oben war noch niemand. Vielleicht irgendein Tier, aber kein Mensch!‹

In der Einsamkeit

Sie kamen nur langsam voran.

Unterwegs über zunächst grüne Pflanzendickichte, vermaßen sie die Windungen von Flüssen und fischten tropische Früchte aus dem Wasser. Im dichten Wald versanken die Maultiere einige Male bis zum Bauch im morastigen Untergrund. Später wurde der Boden karg und steinig, die Felsspitzen ragten wie Festungsruinen in den wolkigen Himmel. Am Boden zogen sich Lawinen aus Schlamm und Geröll zu Tal. Wind kam auf, die Temperatur kühlte immer mehr ab, die Feuchtigkeit nahm zu. Die Maultiere blieben unruhig, als ahnten sie, was auf sie zukam. Vielleicht waren sie auch nervös wegen der Skelette ihrer Artgenossen am Wegrand, die hier vor Kälte und Erschöpfung gestorben waren.

Die Indios erzählten sich unterwegs Geschichten vom Berg Capac, der einst höher gewesen war als der Chimborazo, aber eines Tages einstürzte, nachdem er viele Jahre lang gespien hatte. Dieses schreckenerregende Naturereignis fiel in die Zeit kurz vor der Eroberung von Quito durch den Inka Tupac Yupanqui.

Die Karawane befand sich bereits auf 3000 Meter Höhe, und es ging steil bergan. Manchmal hing der Tross wie ein Zug kleiner Ameisen an den Hängen. Dann wieder kroch er wie eine gefleckte Schlange durch felsige Artefakte, Schluchten und Hohlwege von nicht einmal einem Meter Breite.

Die beiden Europäer stiegen oft ab und liefen eilig umher. Es gab so viel zu sehen und zu sammeln! Bis fünf Kilometer Höhe entdeckten sie im oft plötzlich aufziehenden, wabernden Nebel baumlose Wiesen und sumpfige Hänge. Zahllose mannshohe Korbblütler und Kakteen hatten sich in der sonnenarmen Nebellandschaft den Temperaturen nahe dem Gefrierpunkt perfekt angepasst.

»Man kann nichts bestimmen! Wir werfen immer wieder einen Gegenstand weg, um einen noch schöneren aufzuheben!«

»Das stimmt. So wird das nie etwas. Aber was kann ich dafür, wenn hier alles so aufregend ist!«

Alexander sagte: »Wir kommen nicht recht voran. Am Abend müssen wir dreißig Kilometer geschafft haben.«

Aimé litt unter dem immer schlechteren Wetter, während es Alexander nichts ausmachte. Doch als ein plötzlicher

Hagelschlag allen Männern Gesichter und Hände zerschlug und die Kleidung völlig durchnässte, fluchte auch er.

Sie passierten einen Wasserfall. Wie ein Silberteppich, der nur ab und zu den Felsen berührte, stürzte das Wasser zu Tal. Die Karawane bewegte sich auf der Höhe weiter, in Nebel und Kälte.

»Wir können unsere Position nicht bestimmen, wenn die Sicht so schlecht bleibt!«, rief Alexander missmutig. Doch gefährlicher waren unmittelbar vor den scheuenden Reittieren auftauchende Schluchten, die erst im letzten Moment zu sehen waren und manchmal direkt vor ihren Füßen steil abfielen. »*Cuidado! Peligroso Camino*!«, rief der an der Spitze des Zuges reitende Alexander mehr als einmal seinen Gefährten zu.

In 4000 Metern Höhe begegneten ihnen Bauern mit weichen Filzhüten und in bunten Ponchos, die einen Holzpflug durch die Lavaasche zogen. »Kartoffelboden«, stellte Humboldt fest. Carlos befragte eine Indianerin, die inmitten einer Schafherde stand, im Staub hustete und an einer Handspindel Garn spann. »Sie sagt«, übersetzte er aus ihrer Sprache, dem Ketschua, »schon lange vor den Inka haben die Bauern dieser Gegend so ihr Feld bestellt. Weil weiter unten kein Platz mehr ist und die Böden ausgelaugt sind, müssen sie in immer größere Höhen ausweichen.«

Der Indio hinter dem Pflug, den zwei Ochsen zogen, rutschte in seinen dünnen Sandalen auf dem schrägen Feld mehr als einmal aus, machte aber unermüdlich weiter.

Alexander schaute eine Zeit lang bekümmert zu. »Diese dünne Bodenkrume wird in kurzer Zeit vom Wind verweht sein«, mutmaßte er, als sie weiterzogen. »Dann müssen sie noch höher hinauf.«

Hinter einem Abgrund aus schwarzem Lavagestein schossen plötzlich Wolkenfetzen empor, in denen das Sonnenlicht milchig waberte. Durch die Geschwindigkeit der Wolken verloren die Bergsteiger für einen Moment die Orientierung. »Hier geht alles kreuz und quer durcheinander!«, rief Bonpland.

Sie kamen ins Tal der Kondore. Humboldt beobachtete die mächtigen Vögel durch sein Fernrohr. Sie schwebten höher als alle Gipfel der Kordillerenkette über ihnen; im langsamen Flug glänzten spiegelartig die weißen Gefieder. Als einige Tiere landeten, stieg Alexander vom Pferd. Er schlich näher und zeichnete den Kopf eines der schwarzweißen Vögel mit dem faltigen, roten Hals in natürlicher Größe.

»Viele Indios halten den Kondor für eine gefräßige Bestie«, meinte Carlos hinterher. »Der Geier raubt ihnen das Vieh.«

»Er gehört aber zu den Kordilleren«, warf Alexander ein.

»Dennoch, er ist ein Raubvogel, und ein schlimmer dazu.«

»Stimmt«, meinte Bonpland, »aber ohne ihn wäre die Bergwelt weniger schön.«

Am Ende des Tages gelangten sie zu der blühenden Indiosiedlung Calpi, wo die Menschen von Schmuck und Stoffen lebten. Den Reisenden fielen die vielen bunt gekleideten, mit Kettchen geschmückten Kinder auf, die den hochgelegenen Ort dicht unter dem von Wolken verhangenen Himmel zu beherrschen schienen. Die Menschen waren geschäftig und aufgeschlossen. »Das scheint mal ein intaktes Dorf zu sein«, meinte Alexander.

»Vielleicht kamen die Spanier noch nicht bis hierher«, sagte Aimé.

»Sie leben als freie Bauern und sind begabte Weber. Ihre Tücher sind bunt und schön. Eine Ausnahme im ganzen Land«, erklärte Carlos.

Alexander meinte: »So könnte es überall sein.«

Sie fanden eine Herberge im »Haus des Inka«, wie Humboldt die klösterliche Anlage nannte. In der Mitte stand ein niedriger Steinbau mit einer Holzverkleidung. Der Padre des Ortes hatte den Kultraum der Indios zu einer Kapelle umgebaut, doch der ovale Grundriss war erkennbar. Drumherum standen im Halbkreis weitere Steinbauten, die mit niedrigen Balustraden verbunden waren.

Die Reisenden ließen sich von dem Missionar die Anlage erklären und bewunderten die fugenlose Mauertechnik. Steinquader auf Steinquader waren übereinander geschichtet, die in Lagen gegeneinander versetzten Basaltblöcke passten ohne Lücken ineinander und aufeinander. »Nicht mal ein Blatt Papier passt zwischen die Steine!«, rief Bonpland bewundernd aus.

Alexander fragte den Padre: »Wie haben die indianischen Baumeister das geschafft? Ohne die technischen Hilfsmittel, wie unser gerade angebrochenes neunzehntes Jahrhundert es kennt?«

»Es war ihr Glaube«, behauptete der Padre, ein hagerer Mann mit einer Narbe quer über dem Gesicht. »Sie schafften es durch die Zähigkeit ihres Glaubens, Stein für Stein – es hat Jahrzehnte gedauert. Und sie ließen ja ihre Sklaven für sich arbeiten.«

Am Tag darauf tauchte der Gipfel des Chimborazo zum ersten Mal aus den Wolken auf. Es war ein überwältigendes Bild. Vorn die Matten und graugrünen Wiesen, dahinter schwärzliche Hügelketten, dann das bizarre Massiv, das von weißen Wolken auf halber Höhe von seiner Basis wie abgeschnitten wirkte und den Forschern deshalb wie eine Fata Morgana erschien.

»6310 Meter«, sagte Bonpland voller Ehrfurcht. »Ein gewaltiger Koloss.«

»Der höchste Berg der Erde.« Auch Carlos schien beeindruckt.

Der Bergriese türmte sich vor ihren Blicken wie ein urzeitliches Tier mit grauem Fell auf. Schon von weitem waren seine scharfen Grate, die tiefen Eisspalten und die schroffen Wände zu sehen.

»Auf diesen erloschenen Vulkan willst du steigen, Humboldt?«, rief Bonpland in gespieltem Entsetzen. »Du musst verrückt sein!«

Alexander antwortete nicht. Ein böse Vorahnung hatte ihn plötzlich gepackt. Er schüttelte sie nur mühsam ab. ›Was unerreichbar scheint, hat eine geheimnisvolle Kraft‹, überlegte er. ›Man will zumindest versuchen zu erringen, was nicht besiegt werden kann.‹

Sie erreichten die grasige Hochebene von Sisgun, die im stetigen Wind einer gewaltigen Seeoberfläche glich. Jetzt war man auf der Höhe des Pic de Teide in Tenerife. Von hier aus ging es über stufenweise ausgedehnte Grasfluren weiter, Alexander fühlte sich an abgelaufene Becken der Alpenseen erinnert, die durch enge, offene Pässe verbunden waren.

Direkt an der Schneegrenze schlugen sie am Ende des zweiten Reisetages ihr Lager auf. Hier sollten die Indios mit den Mulis zurückbleiben. Humboldt wollte die Zeit für eine trigonometrische Messung nutzen. Doch der Gipfel des Chimborazo blieb in dichten Nebel gehüllt.

»Warum wollen Sie das gerade hier messen, Herr von Humboldt?«, wollte Carlos wissen.

»Hier ist es ganz eben. Deshalb könnte ich eine Standlinie für unsere Karte ausmessen«, erklärte Humboldt. »Aber mit dem Nebel geht das nicht.«

»Und ist dieser Punkt hier besonders dafür geeignet?«

»Die Höhenwinkel wären beträchtlich, da wir dem Gipfel nahe sind. Es bleibt ja nur noch eine senkrechte Höhe von weniger als 8400 Fuß. Bei der ungeheuren Masse der einzelnen Berge in der Andenkette ist jede Bestimmung der Höhe über der Meeresoberfläche aus einer barometrischen und trigonometrischen Messung zusammengesetzt. Ich hatte den Sextanten und andere Instrumente extra deshalb mitgenommen. Forscherpech!«

Die Entdeckungsreisenden nutzten nun das verbleibende Tageslicht für botanische Studien in der unwirtlichen Umgebung. Dabei kletterten sie an den Hängen jenseits der Hochfläche auf Händen und Füßen über scharfkantiges Gestein, das sie schmerzhaft verletzte. Aber die beiden merkten nichts davon. Die Geographie der Pflanzen hielt sie völlig in Bann. Sie entdeckten Calceolarien Cumerilias und eine besonders schöne Gentiana ernua mit purpurroten Blüten zwischen den Gräsern. »In dieser Höhe!«, rief Alexander begeistert aus. »Das ist erstaunlich.«

Aus dem Nebel, in dem ein seltsam saugendes Geräusch entstand, tauchte plötzlich eine herrenlose Herde Lamas auf. Die Tiere kümmerten sich nicht um die Menschen.

»Sie halten auch uns für Lamas«, flüsterte Aimé.

»Vor allem dich«, gab Alexander zurück.

Sie beobachteten, wie die anmutigen Tiere über braune Geröllfelder zur Schneegrenze zogen.

In der Nacht kühlte es bis unter Null ab. Die Männer schliefen unter gegerbten Lamadecken.

In aller Herrgottsfrühe brachen Humboldt, Bonpland und

Montúfar aus dem Basislager zum Gipfel auf. Sie trugen ihre übliche Straßenkleidung, dazu Stulpenstiefel und auf dem Kopf Zylinder. Man kalkulierte zwei volle Tage für Aufstieg und Abstieg und nahm nur wenig Gepäck mit. Jeder hatte aber zwei Ponchos zum Schutz gegen Kälte und Sturm dabei. Aus dem Nebel tauchte in diesem Moment der sonnenüberflutete, schneebedeckte Gipfel des Berges auf wie der langgezogene Kopf einer gewaltigen, weißen, vorzeitlichen Echse.

»Buen viaje! Volvereis con salud!«, riefen ihnen einige Indios hinterher. Die Bergsteiger winkten ein letztes Mal. Dann waren sie allein im völligen Schweigen der Natur.

Alle waren guter Dinge. Aimé pfiff sogar vor sich hin, gab es aus Atemnot aber bald auf.

Vor ihnen erhoben sich bräunlichschwarze Augitsteine, glänzend wie Pechstein. Die Säulen waren sehr dünn und bis zu 30 Meter hoch. »Fast wie die Trachytsäulen des Tablahuma am Vulkan Pichincha«, bemerkte Bonpland mit einer Stimme, die übellaunig klang, jedoch nur von Atemnot herrührte. Die steilen Mauern führten die Männer zu einem gegen den Gipfel gerichteten schmalen Grat mit einem Felskamm, in dem der Schnee so weich war, dass sie es nicht wagten, ihn zu betreten. Der Kamm bestand aus sehr verwittertem, bröckeligem Gestein. Sie mussten einen Umweg in Kauf nehmen.

Der Pfad wurde immer schmaler. Zur Linken war der Absturz mit Schnee bedeckt, dessen Oberfläche durch Frost wie verglast schien. Zur Rechten bot sich dem Blick ein tausend Fuß tiefer Abgrund, aus dem schneelose Felsmassen senkrecht hervorragten. Aimé, der jetzt voranging, hielt den Körper instinktiv mehr nach dieser Seite hin geneigt, denn ein Absturz zur Linken schien noch gefährlicher, weil sich dort keine Gelegenheit bieten würde, sich an vorstehenden Gesteinszacken festzuhalten. Die nachfolgenden Gefährten taten es ihm gleich.

Nach einer Stunde kräftezehrenden Steigens wurde der Felskamm weniger steil, doch der Nebel blieb so dick wie zuvor. Das Bergmassiv schien in die Höhe und Breite zu wachsen, je näher die Gefährten ihm kamen. Eine gewaltige, unbezwingbare Wand aus Granit, erstarrter Lava, Schnee und Eis türmte sich vor ihnen auf. Noch nie hatten die drei Männer sich so einsam gefühlt.

»Wir sind drei verdammte Punkte in einem riesigen, feindlichen Gemälde«, keuchte Carlos. »Wer immer dieses Gemälde gemalt hat, er hat uns nur als kleine, unbedeutende Insekten darin vorgesehen!«

»Nur die Ruhe. Wir sind erst am Anfang!«

»Ja, leider!«

In Schnee und Eis wurde der Hang wieder sehr steil. »Ich gehe voraus und sichere mit dem Seil!«, rief Alexander. »Haltet euch dicht hinter mir, wir müssen mit Steinschlag rechnen.«

Sie mussten sich mit Händen und Füßen abstützen. Bald bluteten ihre Hände. Einmal stürzte Bonpland und schlug sich die Stirn auf. Alexander verarztete ihn. »Das Gestein ist hier so scharfkantig wie am Pic de Teide«, meinte der Wundarzt. »Erinnerst du dich? Nahe am Krater des Pic waren unsere Hände aufgerissen von obsidianreichem Gestein.«

»Ich erinnere mich nur ungern, denn ich hatte auch eine Wunde am Fuß, die sich durch feinen Staub von Bimsstein entzündete. Es war eine Qual.«

Die drei Männer gingen weiter und blieben dich hintereinander. Da sie bei jedem Schritt prüfen mussten, ob die

Stelle sicher war, kamen sie nur im Schneckentempo voran. Nach zwei Stunden wurde der Aufstieg mühseliger, und sie passierten eine seltsame Formation. Inmitten des Eises fand sich auf einer hufeisenförmigen Anhöhe, die von schwarzer Asche bedeckt war, eine trichterförmige Senke, die 300 Meter abfiel. In ihrem Inneren stand ein kleiner runder Hügel, dessen Höhe den umgebenden Rand nicht erreichte. Rauch stieg auf wie aus einer Waschküche.

»Ein alter Kraterrand«, mutmaßte Humboldt. »Hier gibt es überall vulkanische Aktivitäten.«

»Vielleicht ist das der Vulkan, von dem die Indios erzählen, dass er am Todestag des letzten Inkakönigs ausgebrochen sei«, meinte Carlos. »Es heißt, dass eine Feuerkugel vom Himmel fiel und den Berg entzündete.«

»Wann soll das gewesen sein?«, wollte Aimé wissen.

»Der Inka starb 1548.«

Die letzten Meter waren eisfrei, doch die Stiefel der Bergsteiger fanden kaum Halt. Immer wieder rutschten sie aus, und es ging ein paar Meter abwärts. Nirgends bot ein Fels Halt. Während sie rutschten, wirbelten sie Staubfontänen empor, die in der dünnen Luft meterhoch aufstiegen.

Der schmale Grat führte ständig in die Höhe, war jedoch nur hundert Meter weit mit Blicken zu verfolgen, dann verlor er sich im Dunst. Als die Nebel sich für einen Moment verzogen, konnten die Bergsteiger bis tief ins Tal hinunterblicken. Zu ihren Füßen zogen weiße Wolken über Quito dahin. Geradeaus blickten sie über das mächtige Relief von Berggipfeln und Wolkenformationen. Die unterschiedlich gefärbten Kuppen standen majestätisch da, die Wolkengipfel umspielten sie verführerisch. Und über den Köpfen der Gefährten war nichts als tiefblauer, wie gefrorener Himmel.

Darin standen ein blasser Mond und eine weißglühende Sonne.

Schnell zog der Dunst sich wieder zu. Alexander bemerkte, welch unterschiedliche Formen der Nebel annehmen konnte. In einer Talsenke strich er wie ein Seidenschleier dahin, in der dahinter liegenden quoll er dick wie ein beweglicher Gletscher empor und wälzte sich ins nächste Tal, in dem er mit langen weißen Spinnenfingern über die Hänge tastete. ›All dies war einst Inkaland‹, musste Alexander denken. ›Sie haben die gleichen Nebel gesehen wie ich in diesem Moment. Aber sie sahen sie anders. Für sie hatte alles eine besondere religiöse Bedeutung. Für uns Europäer ist es bloß Natur.‹

»Wenn hier oben auf dem Gipfelgrat dieses Vulkans ein Sturm aufkommt, kann man sich nicht halten«, unterbrach Bonpland seine Gedanken. »Und das Wetter ändert sich schnell.«

»Deshalb müssen wir von diesem Grat herunter«, stimmte Carlos zu. Der junge Montúfar hatte Mund und Nase mit einem roten Halstuch bedeckt und den Poncho so über den Kopf gezogen, dass er wie ein Gnom aussah.

Einen mühseligen Kilometer weiter, der Schritt für Schritt erkämpft werden musste, hörten die Männer ein heftiges unterirdisches Getöse. Es hörte sich an, als würde es von einem Wind im Inneren der Erde begleitet.

Humboldt blieb stehen und lauschte. »Ich vermute, das ist ein unterirdischer Bach, der in eine noch tiefere Höhle hinunterstürzt.«

»Du meinst, unter unseren Füßen ist es hohl?« Aimés Stimme klang beunruhigt.

»Das kann gut sein. Wir stehen auf einem Berg, der durch natürliche Auswaschungen und Ablagerungen Stollen gebildet hat. Das schwarze Augitgestein ist zwar hart, aber der Sandstein wird ausgewaschen. Dadurch entstehen Hohlräume und unterirdische Schluchten wie in einem Bergwerk.«

»Reizende Vorstellung!«

Der Bergmann in Humboldt war erwacht. »Ich hörte, dass der Chimborazo trotz seiner ungeheuren Schneemasse nur wenig Bäche in die Hochebene hinunterschickt. Deshalb nehme ich an, der größte Teil seiner Wasser fließt ins Berginnere ab. Dadurch entstehen Schluchten.«

»Vor drei Jahren gab es unten in Calpi Einstürze«, erklärte Carlos. »Viele Indios sind dabei auf Nimmerwiedersehen verschwunden.«

Kurz darauf überfiel die Männer eine unerträgliche Übelkeit. Der Drang zum Erbrechen war mit Schwindel verbunden. Carlos sank sogar in den Schnee und war für mehrere Sekunden bewusstlos. Als sie sich wieder erholt hatten, taten sich vor ihnen urplötzlich Spalten im Eis auf, die mehrere hundert Meter lang und sehr tief reichten. Bonpland wäre um ein Haar in eine dieser Spalten gestürzt, denn sie lag unter einer Schneeverwehung verborgen.

Als sie den Gletscher erreichten, wurde der Aufstieg noch schwieriger. Der Weg war von Gesteinsschutt bedeckt, den der Eisriese langsam, aber stetig abwärts beförderte. Der lockere Schutt machte jeden Schritt zu einem Risiko.

Das Atmen wurde immer schwerer. Bald war es eine Strapaze, nur Luft zu holen. Plötzlich schrie Aimé auf. Er starrte Humboldt ins Gesicht und deutete mit dem Finger auf ihn. »Dein Gesicht! Deine Augen!«

»Was ist damit?«

»Merkst du nichts? Alles blutet!«

Humboldt erschrak, denn auch in den geschwollenen Gesichtern der Gefährten bildeten sich Blutfäden, die rasch verkrusteten. »Es ist der Druck, das ist … normal..«

»Auch das Zahnfleisch blutet! Mein Gott, es sieht fürchterlich aus.« Aimé war beunruhigt, doch der Arzt in ihm gewann die Oberhand. »Überall, wo dünnes Blutgewebe ist, tritt Blut aus. Du hast Recht! Es wird durch die Anstrengung herausgepresst.«

»Rasten wir einen Moment«, keuchte Carlos, dessen Augen ebenfalls blutunterlaufen waren. Beim Sprechen lösten sich lange Blutfäden von seinen Lippen.

»Wir schaffen es nicht, Alexander«, keuchte Bonpland. »Es sind noch gut eintausend Meter, und wir sind jetzt schon erschöpft.«

»Es ist nur die anfängliche Anstrengung. Bald haben wir uns an den Druck gewöhnt. Vielleicht sind wir auch zu schnell gestiegen. Wir werden langsamer weitergehen.«

»Wir müssen uns den Weg besser einteilen.«

Carlos sagte: »Nach meiner Schätzung haben wir noch 1200 Meter bis zum Gipfel.«

Alexander öffnete das Gefäßbarometer und bestimmte die genaue Höhe nach der Laplaceschen Formel. Es zeigte 13 Zoll 11 $^{2}/_{10}$ Linien, stimmte also mit den Schätzungen des jungen Montúfar ziemlich genau überein. Er grub das Thermometer drei Zoll in den Sand ein und maß plus 5,8 Grad. »Das ist erstaunlich warm«, meinte Alexander. »Wärmer jedenfalls als die Luft. Vermutlich hängt es mit der unterirdischen Wärme dieses Doleritberges und seiner aus dem Inneren aufsteigenden Luftströme zusammen.«

Nach einer Weile gingen sie weiter. Sie hatten die Blutungen jedoch nicht stillen können. Als sie sich umblickten, sahen sie die dünne, rote Spur, die sie im blütenweißen Schnee hinterließen. Humboldt versuchte sich einmal mehr mit dem Gedanken abzulenken, dass sie die allerersten Menschen waren, die sich in dieser Höhe bewegten. »Noch nie, noch nie«, keuchte er, »hat dies alles hier jemand gesehen.«

»Das hat den Nachteil«, gab Bonpland ebenfalls keuchend zurück, »dass wir hier ohne jede Kenntnis der Örtlichkeit herumtappen.«

»Das macht nichts. Wir finden den Gipfel schon. Ein paar Gipfel haben wir in der Vergangenheit ja schon erstürmt, Aimé. Auch dieser wird fallen.«

»Sparen Sie Ihren Atem, Baron«, riet Carlos, der sich wieder ganz erholt hatte. »Er fehlt Ihnen sonst am Ende, wenn es wirklich hart auf hart kommt.«

»Aber ich muss mich anfeuern, das gibt mir neue Kraft.«

Plötzlich, obwohl nicht der geringste Wind zu spüren war, zerrissen die Nebelschichten. Direkt über sich erkannten die Bergsteiger den domförmigen Gipfel des Chimborazo. Wolken und Nebelwülste quollen von der anderen Seite des Berges wie ein gefrorener, dann wieder flüssiger Wasserfall über den Gipfel und bewegten sich schnell auf sie zu.

»Weiter, weiter! Noch neunhundert Meter«, rief Carlos.

»Was ist es, was sich da über den Gipfel auf uns zu bewegt? Ist das fest?«

Humboldt sah ernst aus. »Ich glaube nicht. Es wird höchstens vereinzelte Eiskristalle geben, die in den Wolkenschichten stecken.«

»Es sind jedenfalls keine Lawinen, oder?«, fragte Carlos mit gepresster Stimme.

»Nein.«

»Noch 600 Meter!«

»Vorwärts! Das ist nur noch die dreifache Höhe des Petersdoms in Rom!«

Unerwartet schickte die untergehende Sonne gleißende Strahlen durch den zerreißenden Nebel herauf. Westwind kam auf. Und Alexander sah, wie weißliche Körper die Luft durchstrichen. Waren das im Sonnenlicht reflektierende Gefieder von Vögeln? Die Körper erhoben sich mit großer Schnelligkeit aus dem Tal und überstiegen die Gipfel der Nachbarhügel. Einige fielen früher auf den südlichen Abhang nieder.

»Seht ihr das?«

»Ja!«

»Was ist das?«

»Vögel?«

»Nein.«

»Ich glaube doch. Es sind Kondore. Sie lassen sich in der wärmeren Aufluft treiben.«

Die Stiefel der Bergsteiger hatten sich mit Schneewasser vollgesogen. Es fror schnell. Keiner der drei spürte mehr seine Füße. Jeder Schritt wurde schwer. Und er wurde noch beschwerlicher, wenn die Männer die triste Einöde um sich herum bewusst wahrnahmen.An diesen Hängen schrie alles vor Feindseligkeit und Abwehr auf. Es war kein Ort für Menschen.

Die Temperatur sank jetzt rasch auf fünf Grad unter Null. Haare, Brauen und Bärte der Bergsteiger waren längst vereist, verkrustetes Blut klebte in ihren Gesichtern. Sie mussten sich Eiskristalle aus den Augen wischen, und durch die Nase konnten sie nicht mehr atmen. Die eiskalte Luft brannte bei jedem Atemzug in der Lunge.

Es war jetzt sieben Uhr abends. Die Sicht wurde schlechter. Die Bergsteiger sahen jetzt weder den Gipfel noch einen der benachbarten Schneeberge, ganz zu schweigen von der Hochebene von Quito. Sie fühlten sich unendlich einsam und isoliert. ›Wie in einem Ballon von Blanchard. Immer höher, in immer dünnere und stillere Luft‹, musste Alexander denken, während er sich zwang, einen Fuß vor den anderen zu setzen.

Und dann ging alles ganz schnell.

Humboldt brach in einer Wehe ein. Er schlug lang hin und musste entsetzt feststellen, dass der Boden unter ihm nachgab. Bonpland schrie auf.

»Alexander …!«

Dann begann er selbst abwärts zu rutschen. Neben sich nahm er Carlos war, dessen Angstschreie ihm seine eigene Lage unangenehm ins Bewusstsein riefen. Sie stürzten über einen Felssporn in die Tiefe, rutschten weiter. Doch nach dreißig Metern war die Rutschpartie zu Ende. Als sie unsanft nebeneinander gelandet waren, blickten sie auf und sahen, dass sich über ihnen ein glitzerndes, tropfendes, eiskaltes Dach geschlossen hatte. Sie saßen auf dem Grund einer Höhle fest.

***

Sie hatten alles versucht. Wie Besessene waren sie in der Höhle umhergerannt, hatten gegen das Eis gehämmert und einen Ausgang gesucht. Sie waren auf dem lockeren Schnee, der sie nach unten befördert hatte, auf Händen und Füßen emporgekrochen, aber immer wieder mitsamt den Schneemassen abgerutscht. Sie hatten mit ihren Messern Stufen in das Eis gekratzt, einen diagonalen Tunnel gegraben, mit dem Seil einen Eiszacken über ihnen zu packen versucht. Alles vergeblich. Sie hatten sich in der zehn mal zwanzig Meter großen Spalte die Köpfe eingerannt. Und schließlich blieb nichts weiter als die schreckliche Erkenntnis, dass sie gefangen waren.

Kurz nach Einbruch der Nacht saßen die drei Männer zusammengekauert auf dem gefrorenen Boden des Eisspalts. Das Bewusstsein, alles getan und nichts erreicht zu haben, erschöpfte sie doppelt. Deshalb erheiterte sie auch der Zuckerrohrschnaps nicht, den sie in einem Schlauch kreisen ließen, aber er wärmte sie.

Plötzlich zeigten sich über ihnen große Körper, die gegen das klare Mondlicht Schatten warfen. Sie flogen hin und her. Der Nebel war verschwunden.

»Was ist das?«, flüsterte Carlos.

»Kondore. Geier. Sie wittern Aas«, sagte Bonpland mit gepresster Stimme.

Humboldt räusperte sich. »Fassen wir zusammen. Wir haben den Sturz unbeschadet überlebt und uns nichts gebrochen, das ist das Wichtigste. Vielleicht ist es sogar besser, die Nacht hier unten zu bleiben. Es ist auf jeden Fall weniger kalt. Wir müssen uns damit abfinden, vorerst hier festzustecken. Sobald es hell wird, suchen wir einen Ausweg.«

»Wenn wir dann nicht erfroren sind!«

»Ich glaube nicht, Carlos. Oben, bei Wind und Frost wäre diese Gefahr sicher größer. Nachts sinken die Temperaturen auf mindestens 15 Grad.«

»Und die Geier?«, fragte Bonpland.

»Die kümmern uns nicht«, stellte Humboldt kategorisch fest. »Die kommen nicht runter. Außerdem – noch sind wir ja bei guten Kräften und können uns wehren.«

»Trotzdem, wäre es nicht besser, jede Minute zu nutzen, anstatt herumzusitzen?«

»Wie dürfen nicht in Panik verfallen«, entgegnete Alexander. »Überlegen wir in Ruhe, was wir tun können. Dabei ruhen wir uns ein paar Stunden aus. Sammeln wir alle unsere Kräfte für morgen früh.«

»Wenn nur diese verfluchten Geier nicht wären!«

Die drei Männer rückten eng zusammen, um sich zu wärmen. Mit den dicken Ponchos und dem Schnaps gab es genügend Wärme, um ein paar Stunden zu überstehen.

»Lies uns was vor, Alexander. Du hast doch das kleine Buch mit deinen Aufzeichnungen mitgenommen.«

»Nein, bloß nicht«, widersprach Carlos. »Ich mag nicht zuhören. Dann wird das Schweigen dieses furchtbaren Berges umso lauter.«

»Ist ja gut, Carlos. Ist schon gut«, tröstete Humboldt.

»Ich will bloß nicht sterben, wissen Sie, Baron? Ich bin einundzwanzig und habe noch viel vor. Ich will mich Bolivar anschließen, wir schaffen eine gerechte Welt! Wenn nur diese Vögel da oben nicht wären …«

»So schnell stirbt es sich nicht«, sagte Alexander betont launig, obwohl ihn selbst gerade der Mut verließ. »Die Kondore bedeuten gar nichts. Sie sind hier überall.«

Dann sagte keiner mehr etwas. Alle blickten nach oben, wo – wie Alexander denken musste – die Freiheit und der Tod waren. ›Wir dürfen nicht aufgeben‹, sagte er sich. ›Wenn wir uns aufgeben, haben wir verloren. Aber vielleicht ist auch so alles vorbei. – Wie schnell das gehen kann, wie banal es ist.‹ Er fühlte Zorn, jedoch nicht übermäßig viel, dafür war er zu müde. Gleichzeitig rumorten die Gedanken laut und rüde in seinem Kopf.

Nach einer Weile schlief Carlos ein, von der Unbekümmertheit seiner Jugend beschützt.

Bonpland drehte den Kopf zur Seite und schaute Alexander wortlos an. Ihre Blicke trafen sich. Dann flüsterte der Franzose: »Alexander? Waren wir zu leichtsinnig?«

»Zu leichtsinnig? Nein, Aimé. Ich glaube nicht. Die Eisspalte war einfach nicht zu sehen.«

»Ich meine überhaupt – der ganze Aufstieg. In dieser Kleidung! Ich bekomme allmählich Zweifel, dass wir ein Recht haben, uns der Natur so zu nähern. Sie rächt sich.«

»Es hat keinen Zweck, jetzt darüber zu grübeln. Es ist zu spät.«

»Haben wir eine Chance?«

Humboldt zögerte. »Ich hoffe es. Vielleicht hat Carlos doch Recht. Wir sollten nicht zu lange untätig bleiben, das schwächt uns vielleicht zu sehr. Ich jedenfalls kann sowieso nicht einschlafen.«

»Ich auch nicht.«

»Dann lass uns lieber etwas tun. Ich bin nicht interessiert an dem, was kommt, wenn wir uns in unser Schicksal ergeben.«

»Das ist die richtige Einstellung!«

Die beiden Freunde blickten sich um. Da von oben nur spärliches Licht einfiel – sie waren froh darüber, dass überhaupt etwas zu sehen war – blieb der Hintergrund der Höhle im Dunkeln. Unter sich spürten sie blankes, von dünnem Schnee bedecktes Eis. Über ihnen war in ungefähr zwölf Meter Höhe zwischen den schräg abfallenden Schneewänden der schmale, rechteckige Ausschnitt des Nachthimmels zu sehen.

Bonpland sah unglücklich aus. »Etwas tun wollen ist eine Sache. Die andere ist – was *können* wir tun?«

»Es wird eine Lösung geben, glaub mir.«

»Lass uns um Himmels willen nachdenken, Alexander.«

Humboldt legte wegen der dicken Ponchos ungeschickt

den Arm um die Schulter des Gefährten und zog ihn dichter zu sich heran. Durch die Bewegung rutschte Carlos auf seiner anderen Seite nach hinten, schlief aber nach einem unruhigen Murmeln weiter. Bonpland sagte: »Ich wünschte, wir hätten diesen verdammten Berg nicht zu besteigen versucht. Lieber noch einmal den Pic, als dieses Ungeheuer.«

»Aimé, das ist nicht dein Ernst. Dann hätten wir gleich zu Hause bleiben können. Du am Montmartre, inmitten der Schönen vom linken Seine-Ufer, ich bei meinen Eidechsen in der Mark oder bei meinen Plüschbären auf dem Dachboden in Tegel. Wir sind losgezogen, um genau das hier zu erleben – weißt du denn nicht mehr?«

Bonpland schüttelte den Kopf. »Nein, ich glaube nicht. Es war irgendetwas anderes … Ich habe mir etwas anderes vorgestellt … Das hier nicht. Das hier ist genau das Gegenteil von dem, was ich wollte.«

»Sicher. Reisen ist hier in dieser Falle nicht drin«, meinte Alexander bemüht ironisch. »Wir wollten reisen, unterwegs sein, nicht festsitzen. Aber es gehört dazu, einen Unfall zu haben. Es hätte uns schon viel früher treffen können. Wie oft sind wir um Haaresbreite an der Katastrophe vorbeigeschlittert. In Cumaná, in den Llanos, am Apure, in den Stromschnellen, auf dem Orinoco, auf dem Casiquiare …«

»Beim Besuch der Menschenfresser …«, ergänzte Bonpland schaudernd.

»Ja, genau. Nun ist es eben hier passiert.«

»Ich hasse diesen Berg.«

»Denk daran, wir sind die Allerersten …«

»Alexander! Das ist mir völlig egal! Dieser verdammte Chimborazo ist ein stinkender Misthaufen!«

»He, mach es nicht noch schlimmer, Aimé. Der Berg

kann nichts dafür, wir sind es, die versagt haben. Wir waren nicht klug genug.«

»Ach was!«, sagte Aimé.

»Glaub mir. Ich sag das nur, damit wir uns morgen früh anstrengen. Dann können wir alles wieder gut machen.«

»Ich *will* keine Hoffnung. Ich *will* alles unendlich beschissen finden, verstehst du denn nicht? Ich will keinen einzigen Funken Hoffnung zurücklassen und nichts, was lohnen würde, weiterzuleben. Dieser Berg und dieses ganze Land – alles Dreck.«

»Hör endlich auf!«

»Gut. Lass uns damit aufhören«, sagte Aimé. »Es nützt wirklich nichts, zu jammern.«

»Wir finden einen Ausweg, du wirst sehen!«

»Ich bin müde«, sagte Bonpland.

Die Freunde legten die Köpfe zusammen. Sie schwiegen, blieben stumm sitzen. Als Alexander den Blick hob, sah er, dass sich oben am Rand der Spalte ein paar Kondore niedergelassen hatten. Sie saßen da mit verschwimmenden Konturen, regungslos, mit langen, roten, schrumpeligen Hälsen. Er wagte nicht, Bonpland darauf aufmerksam zu machen.

Als er die Augen schloss, sah Alexander im Geist Bilder ihrer Reise vorüberziehen. Es waren zuletzt immer die schlechten Erlebnisse, die blieben. Er erinnerte sich, wie ihr Kanu sich durch die äquatoriale, nasskalte Hölle des Magdalenenstroms quälte. Die aus zwanzig Mann bestehende Indianermannschaft hatte wegen völliger Erschöpfung nach Hause geschickt werden müssen, während sich an ihren eigenen Füßen übel riechende Geschwüre bildeten. Dann, als sie den Strom hinter sich ließen und in Richtung Bogotá aufbrachen, erkrankte Bonpland wieder an Malaria, wie schon in Angostura. Er war beide Male dem Tod ganz nahe gewesen. Das war eine der Sachen, über die er gern schreiben wollte – vielleicht einen Roman. Jedenfalls nichts Wissenschaftliches, nichts Objektives und Sachliches.

Sie waren wegen seiner Krankheit zwei volle Monate in Bogotá geblieben. Dann brachen sie wieder auf. Ihr Gastgeber José Celestino Mutis verabschiedete sie; sogar der Erzbischof war gekommen. Ihr Auszug aus der nebelverhangenen Stadt in den Bergen glich einem Triumphzug. Sie waren weitergezogen und endlich in Schnee und Eis angekommen. Der Schnee war so weiß gewesen, dass ihnen tagelang die Augen schmerzten. Dann wieder wurde er matschig; manchmal sah er aus wie Zuckerguss zu Weihnachten. Es gab Schneestürme. Die Kälte in den Tropen hatte sie überrascht. Und jetzt würden sie darin umkommen. Auch darüber, über ihre Ängste, über seine Gefühle, hätte er gern etwas geschrieben. Aber jetzt war es zu spät.

Alexander öffnete die Augen. Die Kondore saßen noch immer oben auf dem Eisgrat. Ihre Regungslosigkeit hatte etwas Unbarmherziges. ›Wir sind nur interessant für sie, weil sie uns sterben sehen wollen‹, dachte er.

Es waren jetzt doppelt so viele.

Nach Stunden des Schweigens sagte Carlos mit tonloser Stimme: »Es fängt so an, dass man nichts mehr fühlt. Keine Angst, keine Schmerzen, keine Hoffnungen.«

Alexander schreckte hoch. Auch Aimé erwachte aus einem oberflächlichen Schlaf. »Was … was meinst du …?«

»Seht sie euch doch an. Was führt sie hierher? Diese Bergregion ist riesig. Und doch schweben sie direkt über uns. Wittern sie, dass es mit uns zu Ende geht?«

Jetzt wussten die beiden anderen, wovon der junge Montúfar sprach. Sie verrenkten die steif gewordenen Hälse und blickten empor. Oben flogen die Kondore jetzt vor einem heller werdenden Himmel, so als sammelten sie sich.

»Verdammt!«, rief Bonpland. »Wenn ich ein Gewehr hätte …!«

»Du hast aber keins, Aimé. Also gib Ruhe! Die Vögel saßen übrigens schon vor Stunden da, jetzt fliegen sie eben. – Wie habt ihr beide geschlafen?«

»So lala …«, meinte Bonpland.

»Ganz gut«, sagte Carlos. »Wenn man es Schlaf nennen kann, was sich in einem abspielt, während man auf den Tod wartet.«

Humboldt überhörte diese Worte. Er stand ebenso wie Bonpland auf und schlug die Arme gegen den Leib. Über ihnen waren Flugschatten, die sich schnell bewegten.

»Ich rede nur«, murmelte Carlos. »Es betäubt die Angst.«

»Ist euch etwas eingefallen?«, wollte Alexander wissen.

»Alles Mögliche«, meinte Bonpland. »Aber ehrlich gesagt nichts, das uns weiterhilft.«

Carlos schüttelte nur den Kopf.

»Aber mir!«

Die beiden anderen blickten Humboldt wie elektrisiert an. Humboldt erschreckte die Verzweiflung in ihren Augen. »Hört zu«, sagte er. »Stellen wir uns die Lage dieser Höhle an der Basis vor. Sie zeigt im Aufriss diagonal, ja sogar zu sechzig Prozent abwärts. Richtig?«

»Ja, sicher. Wahrscheinlich. Und?«

»Wir haben bisher versucht, über die schrägen Wände nach oben zu gelangen, also den direkten Weg zu gehen. Das war nahe liegend, aber es ist uns nicht gelungen. Und es war auch nicht durchdacht. Dann haben wir einen Tunnel versucht – aber in der falschen Richtung.«

»Humboldt! Oberbergrat Humboldt! Spann uns nicht auf die Folter!«

»Wir müssen den indirekten Weg gehen. Ein Umweg führt oft schneller zum Ziel. Wir müssen nicht nach oben, sondern nach unten …«

Die Gefährten schauten ihn misstrauisch an.

»Ist das dein Ernst?«, wollte Aimé wissen.

Humboldt überhörte den Einwand. »Wir müssen graben! Und zwar *dort*!« Alexander deutete mit dem Finger auf die talwärts gelegene Seite. »So graben wir uns zwar scheinbar in den Berg hinein, aber in Wirklichkeit heraus. Denkt doch mal nach! Die Wand kann nicht dick sein. Der Berg führt ja, wie gesagt, zu 60 Prozent steil bergab.«

»Genial!« Bonpland war perplex.

In das Gesicht von Carlos kehrte ein wenig Farbe zurück. »Da können Sie Recht haben. Also, worauf warten wir!«

Verbissen machten sie sich an die Arbeit. Jeder besaß ein Messer, und im Abstand von je einem Meter stachen sie damit das Eis aus der Wand. Doch ihre Hoffnungen erfüllten sich nicht. Es ging so langsam voran, dass sie Tage brauchen würden, um den Durchbruch zu schaffen. Beinahe wäre die Klinge von Bonplands Messer abgebrochen, und er schnitt sich heftig. Aimé ließ sich erschöpft in den Schnee fallen. »Wir schaffen es nicht …«

»Ruh dich aus. Wir machen weiter.«

»Aber es hat doch alles keinen Sinn!«

»Aimé! Wir haben nur diese eine Chance!«

Humboldt und Carlos Montúfar hackten verbissen weiter. Auch Aimé schloss sich ihnen nach einem langen Moment der Resignation wieder an.

Aus Enttäuschung und Erschöpfung gruben sie immer

langsamer. Und plötzlich merkten sie, dass es dennoch insgesamt schneller ging. Die Messer schnitten tiefer in die Schneemassen, und sie konnten größere Mengen nach hinten schaufeln.

Verblüfft und mit neuer Hoffnung schauten sie sich an. »Es kann nur damit zu tun haben, dass das Eis poröser wird«, mutmaßte Humboldt.

Der Erfolg verdoppelte ihre Kräfte. Sie schafften jetzt pro Stunde fünf Meter. Und nach vier Stunden harter Arbeit brach vor ihnen plötzlich eine weiße Wand zusammen. Sie blickten hinaus – und sahen die gerade aufgehende Sonne, die sich weißlich-gelb über einen niedrigen Bergkamm im Tal von Quito schob.

Die Männer brachen in Jubel aus. Carlos schlug immer wieder mit der Faust auf das Eis unter sich. Alexander lachte nur glücklich. Bonpland redete unsinniges Zeug.

»Wir haben es geschafft, Oberbergrat! Du bist ein Genie!«, rief er dann.

Sie krochen ins Freie. Jetzt stand der Sonnenball schon in voller Größe über Quito, es war aber für die drei Männer erst nach einigen Sekunden zu begreifen, warum er sich zu ihren Füßen befand. »Wir sind eben oben, fast im Himmel«, sagte Bonpland.

Die Geier waren verschwunden.

***

Humboldt gab nicht auf. Er wollte weiter, wollte den Gipfel doch noch bezwingen. »Jetzt sind wir bis hierher gekommen. Wollen wir aufgeben – so kurz vor dem Ziel?«

»Aber Alexander!«, sagte Bonpland erschüttert. »Nach all den Gefahren willst du weitermachen?«

Auch Carlos schüttelte den Kopf. »Das kann nicht Ihr Ernst sein, Baron. Ohne mich!«

»Dann trennen wir uns. Ich gehe allein weiter. Ihr macht Euch auf den Rückweg. Wir treffen uns im Basislager.«

Alexanders Gefährten verständigten sich mit stummen Blicken. Dann meinte Carlos: »Also gut. Versuchen wir es. Trennung macht in dieser Höhe keinen Sinn. Wenn wir es schaffen, dann nur gemeinsam.«

›Du bist genauso ehrgeizig wie ich‹, dachte Alexander.

»Also weiter!«, sagte Bonpland.

Wieder übernahm Alexander die Führung, dann folgte Carlos, den Schluss übernahm Bonpland.

Da die Sonne kräftige Strahlen zu ihnen hinauf schickte, fühlten sie sich gestärkt und konnten auch den Boden gut erkennen, auf dem sie sich bewegten. Der Felskamm war nur mit einer dünnen Schicht Schneeflocken bedeckt und wurde breiter. Die Gefährten ließen sich beflügeln von der Aussicht, die letzten 600 Meter schon in den ersten Morgenstunden zurücklegen zu können.

Plötzlich hob Alexander die Hand. Er blieb stehen, und die Gefährten folgten seinem Beispiel. »Vorsicht. Hier ist es nicht geheuer.«

»Eine Schlucht!«, rief Bonpland.

Carlos schloss zu ihnen auf. »Der Felskamm geht drüben weiter«, meinte er.

»Ja, aber wir kommen nicht hinüber. Und umgehen können wir ihn auch nicht, soweit ich sehen kann. Er ist zu lang.«

»Verdammtes Pech«, meinte Carlos, doch es klang eher erleichtert.

Humboldt wollte es noch nicht glauben und schaute immer wieder an beiden Seiten des Felsrandes zu ihren Füßen entlang. Dann schüttelte er stumm den Kopf. »Es geht nicht, wir müssen umkehren.«

Bonpland legte ihm die Hand auf die Schulter. »Lass gut sein, Alexander. Wir haben viel erreicht.«

»Verflixt und zugenäht!«, schimpfte Humboldt. »Ich wollte unter allen Sterblichen derjenige sein, der am höchsten in der Welt gestiegen ist, und jetzt müssen wir umkehren.«

»Aber wir sind doch immerhin bis hierhin gekommen! Das ist doch kein Scheitern!«

»Bei meinem Anspruch schon, Aimé!«

»Nun gut, wie auch immer. Gehen wir zurück.«

»Was bleibt uns sonst übrig.«

Sie stiegen wortlos hinunter. Auf 5000 Meter Höhe fing Bonpland einen Schmetterling. Und weiter unten kreisten jetzt auch wieder die Kondore. Die Gefährten nahmen sie nicht mehr als Bedrohung wahr, sondern als Teil eines majestätischen Bildes.

Bald schlug das Wetter wieder um. Die Sicht trübte ein. Obwohl es auf Mittag zuging, wurde es wieder kälter. Die Männer beeilten sich, auf dem gleichen Felskamm zurückzugehen, auf dem sie aufgestiegen waren, mussten wegen der Unsicherheit des Trittes jedoch noch vorsichtiger sein als am Tag zuvor.

Alexander bückte sich mehrmals. »Was tust du?«, rief Aimé ihm zu.

»Ich sehe voraus, dass man uns nach der Rückkehr um ein kleines Stück vom Chimborazo bitten wird. Also sammel ich einige Stückchen«, gab Alexander zur Antwort.

Plötzlich fing es zu hageln an. Undurchsichtige, milchweiße Körner prasselten auf die Bergsteiger herab. Humboldt machte die Beobachtung, dass einige durch Rotation beträchtlich abgeplattet schienen. Zwanzig Minuten, ehe sie die untere Grenze des ewigen Schnees erreichten, verdrängte dichtes Schneetreiben die Hagelkörner. Die Flocken wurden so groß, dass die Männer keine zwei Meter weit sehen konnten. ›Wenn dieses Schneetreiben uns in 6000 Meter Höhe erwischt hätte …‹, ging es Alexander durch den Kopf.

Gegen zwei Uhr erreichte die kleine Expedition den Punkt, wo die Indios mit den Maultieren warteten. Die Indios liefen ihnen entgegen und klopften ihnen auf die Schultern. »*Excellente! Bastante bien!*«, riefen sie immer wieder.

›Nein‹, dachte Humboldt. ›Nichts ist gut. Es ist gescheitert. Ich habe versagt.‹

Den Rückweg nach Calpi traten sie über eine nördlichere Route an. Sie gingen dabei durch den pflanzenreichen Paramo de Pungupala. Schon um sieben Uhr abends erreichten sie wieder den lebhaften Ort und freuten sich über die vielen Menschen auf den lehmigen Straßen. Und Humboldt hatte den Eindruck, dass die bunt gekleideten Bewohner den Schrecken der Berggipfel, die an den Himmel gestoßen hatten, durch ihre Lebendigkeit völlig auslöschten.

5.

Das Unglück in den Anden

Die Feindschaft

Die braunen Hinterteile der Esel beschrieben eine unruhig schlingernde Linie. Die durstigen Tiere brüllten und warfen wütend den Kopf zurück. Denn zusätzlich zur Hitze und zum Staub des Weges drückte sie eine schwere, fremde Last. Die Kälte auf ihrem Rücken nahm immer mehr zu. Und die Feuchtigkeit löschte nicht ihren brennenden Durst, der sie schon den ganzen Tag quälte. So schleppten sie die mit Stroh umwickelten und eng verschnürten Blöcke aus dem ewigen Eis der Andenluppen zu Tal. Jeder Block ein halber Zentner vergängliche Last für den Markt von Riobamba. Dort unten, in der Hitze, warten die Verkäufer von Fisch, Fleisch und Getränken schon seit Stunden auf die kostbare Gletscherkälte und fluchen über die faulen Tiere und die trägen Treiber. Jede Stunde Verspätung bedeutet weniger Eis.

Humboldt, Bonpland und Montúfar saßen selbst auf Pferden und mussten den Staub des Mulitrecks schlucken, weil der Pfad aus den Bergen in die Ebene zu schmal zum Überholen war. Doch die Gefährten hatten es nicht eilig. Nach den überstandenen Gefahren am Chimborazo genossen sie seit fast zwei Wochen das gemächliche Schaukeln ihrer Reittiere auf dem Weg nach Süden.

Sie bewegten sich auf der Straße der Vulkane. Zu beiden

Seiten dieser alten Inkastraße erhoben sich die mächtigen Eiskegel der feuerspeienden Berge wie Wegmarkierungen. Den Pfad konnten sie deshalb nicht verlassen, weil links und rechts dicke Ascheschichten in unterschiedlichen Farben lagen. Jede Schicht war das Zeugnis einer verheerenden Katastrophe.

Die Gefährten waren frisch rasiert und frisiert, hatten ihre Kleidung gesäubert und sich von den Strapazen erholt. Quito hatte sie nicht lange halten können, nicht Lacatunga und auch nicht Ambato, obwohl die Honoratioren der Provinzstädte sie händerringend beschworen. Jeder wollte die berühmten Männer als Gäste haben.

Humboldt wollte in das gemäßigte Klima der Chinarindenbaum-Wälder und in das Land der Inkas.

Als sie nach Riobamba kamen, mussten sie ihre Pläne jedoch kurzfristig über den Haufen werfen. Ein Ereignis, das Humboldt in eine Feindschaft verwickelte, veränderte alles.

Riobamba, eine Kleinstadt am Fuß der Vulkane, machte auf die Reisenden einen verheerenden Eindruck. Daran änderte auch die kleine Kirche der Salesianer nichts, aus der Gesang und Licht drangen. Alles war schmutzig und liederlich; Straßenköter kläfften sie an; Betrunkene lagen im Straßendreck, und junge Huren lungerten in jedem zweiten Hauseingang.

Doch sie wurden von Carlos' älterem Bruder, dem Friedensrichter Francisco Montúfar, einem Mann mit dröhnender Stimme und meckerndem Lachen, herzlich empfangen und wohnten in einer grünen Oase, umgeben vom stets gegenwärtigen Staub der vierzig Vulkane.

Bei einem Empfang machte Alexander die Bekanntschaft mit dem jungen ecuadorianischen Forscher José de Casas. Der enthusiastische Jüngling fiel ihm sofort auf, weil sein Gesicht dem eines Affen glich, was an der eigentümlichen Frisur lag. Der niedrige Haaransatz zog sich im Bogen über die Stirn, ging schwungvoll hinunter zu den langen Koteletten und endete am Kinn. Aber Alexander fand, dass er schöne, ernste Augen und einen sinnlichen Mund besaß.

»Baron!«, überfiel de Casas Humboldt. »Sie müssen mich auf Ihrer Weiterreise unbedingt mitnehmen! Sonst sterbe ich!«

Humboldt antwortete amüsiert: »Geben Sie mir Zeit, mein Bester. Ich bin ja gerade erst eine Stunde hier. An einen Aufbruch ist noch gar nicht zu denken.«

De Casas kam jeden Tag ins Haus des Friedensrichters. Er versuchte, Alexander in Gespräche über seine eigenen Forschungen zur Botanik der Anden zu verwickeln. Eines Abends wurde Humboldt unfreiwillig Zeuge eines Gesprächs zwischen ihm und dem Gastgeber Montúfar.

Humboldt saß am offenen Fenster und schrieb an seinen Bruder Wilhelm. Einige Zeitungen behaupteten, die Forscher seien am Chimborazo gestorben. Falls deutsche Zeitungen diese Version übernahmen und Wilhelm davon gehört hatte, musste es ihn beunruhigen. Im Garten hörte Alexander plötzlich das laute Lachen Montúfars; dann sagte de Casas: »Was für ein gewissenhafter, scharfsinniger Astronom! Er hat meinen Himmel um 500 neue Sterne bereichert!«

Montúfar erwiderte: »Übertreiben Sie nicht, José, er ist nur ein sehr begabter Preuße!«

»Aber nein! Er ist der Newton unserer Zeit! Er zeigte mir eine Passage in seinem Tagebuch, die er in Popayan über mich geschrieben hatte, bevor er mich kennen lernte, und in der er meine Arbeit lobt. Ist das nicht großartig? Er stellt mir die Benutzung seiner wundervollen Instrumente in Aussicht! Ich bin so begeistert, dass ich meinen Wunsch kaum bändigen kann, diesem Mann bis ans Ende der Welt zu folgen und meine Arbeiten neben seinen veröffentlicht zu sehen!«

Humboldt verstand die Antwort des Friedensrichters nicht, umso ordentlicher aber die folgenden Worte de Casas. »Bitte beeinflussen Sie den Baron, dass er mich an seiner Expedition teilnehmen läßt. Und helfen Sie mir, die Geldmittel dafür zu finden!«

Montúfar warf ein: »Aber er hat doch schon Begleiter – und tüchtige Leute, wie mir scheint.«

»Natürlich, natürlich! Carlos ist hervorragend. Aber Bonpland? Er schwächelt oft. Er ist zu weich. Mir scheint, er ist nicht der Richtige. Aber ich! – O Gott, wie glücklich ich bin!«

Humboldt schloss das Fenster. Das Gehörte machte ihn auf seltsame Weise betroffen. Es versuchte es abzuschütteln; es war nur Gerede. Doch de Casas Worte drangen wie feine Nadelstiche ins Herz.

Er wusste selbst nicht warum, aber plötzlich überfiel ihn eine Art innerer Lähmung, eine Mutlosigkeit. Lag es daran, dass die unaufhörlichen Strapazen der zurückliegenden Monate ihn nun einholten, in einem arglosen Moment? Ahnte er die heraufziehenden Komplikationen, die feindselige Konkurrenz an diesem unerfreulichen Ort? Deprimierte ihn die Herabsetzung seines langjährigen Gefährten durch einen gebildeten Fremden, der sie beide kaum kannte?

Alexander wurde es im Zimmer plötzlich zu eng. Er musste hinaus. Kurz entschlossen griff er seinen Hut und stürzte aus dem Haus. Ohne die anderen zu informieren, rannte er durch den Garten auf die Straße, den staubigen Pfad hinunter nach Riobamba.

Schon gelangte er in die ausfransenden Ränder des Ortes. Die von der tiefstehenden Sonne beleuchteten Straßen schienen ihm jetzt noch schlimmer übersät mit Abfall, Unrat, alten Kleidungsstücken. Die Hitze waberte. Überall dampfte es und stank nach Exkrementen. Auf einer Halde lag ein Tierskelett. Hunde wühlten im Verein mit schwarzen Schweinen auf der Suche nach Essbarem im Dreck.

Alexander konnte sich keine Antwort darauf geben, was er hier wollte. Was suchte er? Er spürte nur diese Unruhe in sich, die ihn antrieb. Und ein tiefgehendes Unwohlsein, das immer mehr zunahm.

Auf der Schwelle zu einem niedrigen, auffallend sauberen weißen Haus, in dessen Fensterhöhlen rote Vorhänge leuchteten, saß eine junge Frau im farblosen Kleid. Humboldt schaute sie an. Sie blickte aus traurigen, klugen Augen zurück. Das Mädchen war höchstens 19, ihr Gesicht blass. Alexander hatte noch nie eine so schöne Indianerin gesehen. Beim Lächeln zeigte sie zwei Reihen glänzender Zähne. Sie nickte ihm zu. Humboldt hatte schon Hunderte solcher Aufforderungen ignoriert. Aber jetzt war er empfänglich.

Sie sagte etwas. Er verstand, ohne zu verstehen. Sie erhob sich, streckte die Hand nach ihm aus und zog ihn ins Haus.

Alexander war wie von Sinnen. Sie entkleidete sich mit aufreizenden Bewegungen ihres makellosen, jungen Körpers und zog ihn auf ein Fell, das auf dem nackten Fußboden lag. Er überließ sich ihren Händen und versank in einer Welle aus Wärme und Weichheit, Körperdüften und geflüsterten Worten.

»Wie heißt du?«, fragte er später. Sie deutete fragend auf sich. »Ja, du. Wie heißt du?«, wiederholte er.

»Araya.«

»Araya? Nein!«

»Araya! Araya!«

Als er sie verließ, hatte er das Gefühl, sie schon lange zu kennen. Doch sie sprach eine Sprache, die ihm völlig unbekannt war. ›Araya‹, dachte er, ›was für ein seltsamer Name! Ausgerechnet Araya!‹ Und ihn überfiel eine heftige, gestaltlose Sehnsucht, eine intensive, schmerzhafte Sehnsucht nach etwas, das lang zurücklag. Es war keine Erinnerung, schon gar nicht an die Halbinsel gleichen Namens vor dem Festland Venezuelas. Es war mehr – ein Extrakt aus allem Erlebten auf dieser seltsamen Reise, die ihm in diesem Moment wie ein fiebernder Traum vorkam, den er in einer einzigen unruhigen Gewitternacht geträumt hatte.

Er wollte umkehren, noch einmal zu diesem süßen, anziehenden und doch so völlig unbedeutenden Mädchen zurück. ›Etwas tun, das nicht gerechtfertigt werden muss‹, dachte er. ›Etwas Sinnloses, Verwerfliches, Abgründiges!‹ Er spürte, wie sein Herz schlug, dass er schwitzte und nach Atem rang. Es war wie ein Anfall.

Er ging ziellos weiter durch die dunklen Straßen des Ortes. Nach und nach wurde er wieder ruhiger. ›Ich muss es Forster schreiben‹, durchfuhr es ihn. ›Auch das gehört dazu, dieses Zurückfallen. Diese Abhängigkeit von empörenden Gefühlen.‹

Wenig später kam er an einer Gruppe junger Männer vorbei. Die Kreolen rauchten Zigarren und deuteten auf ihn. Einige kicherten. Alexander fühlte sich angesprochen und blieb stehen.

Sie redeten Spanisch auf ihn ein. »Komm mit hinein,

mein Freund!«, forderte ihn ein gut aussehender Junge mit glänzend pomadisiertem schwarzem Haar auf. »Wir trinken Feuerwasser. Komm mit, mach dein Glück.«

Alexander wusste nicht recht, was er von der Einladung halten sollte. Er kannte sich mit Krokodilen aus, aber nicht mit Kreolen.

Ein Junge mit sanften Augen zog ihn ins Hausinnere. Sie betraten einen schummrigen Raum mit einer Theke und ließen sich auf Strohsäcken nieder. Einige begannen zu trinken, andere lagerten sich um Humboldt und betasteten seine Kleidung. »Wo kommst du her, Amigo?«

»Aus Deutschland.«

»Deutschland? Wo liegt das?«

»Sehr weit weg.«

»Weiter als das Meer?«

»Hundertmal so weit.«

Der Junge lachte. »Das gibt es nicht.«

»Bleib bei mir, mach dein Glück!«, flüsterte eine Stimme an seinem Ohr. Ein kahlköpfiger Kreole mit einem dicken goldenen Ring im Ohr reichte ihm ein bis obenhin gefülltes Glas. Alexander trank es in einem Zug leer. Die Flüssigkeit brannte in seinem Hals. Er musste husten; dann breitete sich eine wohlige Wärme in seinem Körper aus. Er trank noch ein Glas. Und noch eins.

In Alexander stieg das Gefühl auf, in einen neuen, bisher unbekannten Bereich seines Lebens einzutreten. Er ahnte, dass dort etwas Irritierendes, vielleicht Gefährliches auf ihn wartete. Wieder fiel Forster ihm ein, und er hörte seine Worte: »Alexander, lernen Sie, sich selbst zu genügen!« – ›Du hattest Unrecht, Georg‹, musste Humboldt nun denken. ›Jeder ist nur vollkommen, wenn er mit anderen ist. Die kleinste Einheit ist ein Paar …‹

Kurz vor der Trunkenheit, die ihn belauerte wie ein Rudel Geier, gab es in seinem Kopf einen Stich. Alexander sprang auf. Er schüttelte die jungen Männer, ihre Fragen, ihre Gesten, ihre Nähe ab und taumelte aus der Spelunke. Auf der Straße atmete er tief durch. Die Rufe hinter ihm erreichten ihn nicht.

Er ging weiter.

Und am Ende des Ortes, dort, wo er im Unterholz verschwand, ließ er sich auf den harten Boden nieder. Tränen schossen ihm in die Augen. Er starrte blind zum Himmel empor. ›Alexander, lernen Sie, sich selbst zu genügen!‹ Forsters Stimme verlor sich in einem gellenden Lachen. Er lachte und lachte und entfernte sich dabei. ›Du bist ein gemeiner Ratgeber!‹, dachte Humboldt. Wieder schaute er zum Himmel und erblickte nichts als die kalten gelben Augen wesenloser Sterne. Hilfloser Zorn stieg in ihm auf, und er rief: »Starrt nicht so auf mich herunter! Ihr seid viele, und doch seid ihr tot! Ich hingegen lebe! Ich *lebe*!«

***

Als er am nächsten Morgen mit bohrenden Kopfschmerzen erwachte, saß Bonpland an seinem Lager.

Bei seinem Anblick überfiel Humboldt eine Welle von Sympathie. »Ach, Aimé, ich habe gestern über den Durst getrunken. Dass mir so etwas passiert …«

Aimé grinste. »Ein bisschen Triebabfuhr gehabt? Schnaps, Mädchen, Männer? Aber Herr Oberbergrat!«

»Spotte nur. Du bist ja perfekt!«

Bonpland wurde schlagartig ernst. »Wir sollten hier nicht lange bleiben. Ich weiß nicht, der Ort ist mir unheimlich. Keine gute Ausstrahlung.«

»Meinst du?«

»Lass uns verschwinden, Alexander!«

Der beinahe flehende Beiklang in Bonplands Stimme beunruhigte Alexander, doch er sagte: »Ach, übertreibe nicht. Ich finde ihn ganz behaglich. Wir bleiben noch ein paar Tage, *bueno*?«

»Du hast das Sagen.«

»Nur noch eine Woche.«

Bonpland blickte enttäuscht, entgegnete aber nichts.

Nach dem Essen kam de Casas. Humboldt beschloss, in die Offensive zu gehen. Er versuchte, den jungen Forscher davon zu überzeugen, dass es für ihn besser wäre, die Reise nicht mitzumachen.

»Aber Baron! Nein, nein! Das geht nicht! Ich bin noch heute Morgen durch die Stadt gerannt und habe Ihr Tagebuch geküsst, das Sie mir vorgestern gütigst zum Lesen gaben! Ich *muss* dabei sein, verstehen Sie?«

Humboldt atmete tief durch. »Nein. Wir reisen allein weiter. Tut mir leid, de Casas. Ich möchte die Zahl der Teilnehmer nicht erweitern, und wir brauchen niemanden mehr. Außerdem – verzeihen Sie – glaube ich nicht, dass Sie stark genug sind für die Strapazen einer solchen Reise.«

Sein Gegenüber erbleichte. »Das können Sie mir nicht antun. Es ist ausgeschlossen. Ich muss diese Reise mitmachen. Ich habe schon alle Vorbereitungen getroffen.« Seine Stimme glitt in ein ersticktes Flüstern ab.

»Das tut mir Leid für Sie. Aber wie konnten Sie so sicher sein? Ich habe keinen Anlass dazu gegeben.«

Der junge Kreole wollte noch etwas sagen, drehte sich dann jedoch auf den Hacken um und stürmte aus dem Zimmer.

Wenig später hörten Alexander und Bonpland ihn auf

dem Gang sprechen. »Die Atmosphäre von Riobamba ist vergiftet, gesättigt von Vergnügungen. Die Tugend ist in Gefahr.«

»Wovon reden Sie, verehrter de Casas?«, fragte die Stimme von Carlos Montúfar, der von einem Besuch bei seinen Verwandten zurückgekommen war.

»Man könnte glauben, dass der Tempel der Venus in diese Stadt versetzt wurde ...«

»Mann, de Casas, reden Sie nicht in Rätseln!«

»Der Baron. Es geht um den Baron – verstehen Sie denn gar nichts? Er betritt dieses Babylon. Er schließt Freundschaft mit ausschweifenden, obszönen jungen Männern, die ihn in die Häuser der unreinen Liebe schleppen! Ich habe es selbst gesehen.«

»Sind Sie wahnsinnig? Was reden Sie da?«

»Beschämende Leidenschaften sind das. Sie ergreifen offensichtlich sein Herz, blenden den jungen Wissenschaftler. Er ist Telemachos auf der Insel der Kalypso!«

»Sie reden wirr, José. Was ist mit Ihnen?«

»Es heißt überall, er sei großartig, nicht wahr? Aber hier ist er nur gewöhnlich.«

Carlos stürmte ins Zimmer. Sein Gesicht war gerötet.

»Alexander, da bist du ja! Olá, Aimé! Habt ihr gehört, was José da von sich gibt? Ist da was dran? Was ist hier überhaupt los?«

»Beruhige dich, Carlos!« Humboldt drückte den jungen Montúfar auf eine Sitzgelegenheit. »Ich habe keine Ahnung, was ihn gepackt hat. – Aber ich werde ihm das Maul stopfen!«

Alexander stapfte hinaus. Er blieb ruhig, wollte de Casas aber gehörig die Meinung sagen. Doch der Kreole war verschwunden.

Alexander überlegte. War er seinen Gefährten wirklich Rechenschaft schuldig? Nein. Vielleicht Bonpland, Carlos nicht. Doch auch gegenüber Aimé musste er sich nicht entschuldigen. ›Schon geht es wieder los‹, dachte er. ›Die Rechtfertigungen, die Disziplin, die Angst, stets moralisch einwandfrei zu handeln …‹ Sie hatten einst beide beteuert, in ihrem Handeln frei zu sein. Alexander beschloss, sich gegen jedes Schuldgefühl zu wehren. Mehr aus Trotz nahm er sich vor, das Mädchen noch einmal aufzusuchen.

Und von da an ging er eine Woche lang jeden Tag zu ihr. Sie überließ ihm ihren jungen Körper auf eine Weise, wie er es nicht für möglich gehalten hätte. Der dumpfe Druck der Anstrengungen von zwei Jahren fiel in ihren Armen von ihm ab. »Araya«, sagte er glücklich. »Ich möchte etwas für dich tun! Was kann ich für dich tun …?«

Und sie antwortete, plötzlich in klarem Spanisch: »Es gibt nichts, was du für mich tun kannst, Deutscher.«

Eine Woche lebte Humboldt wie in Trance. Er spürte keinen Antrieb, sich aus seiner trägen Empfänglichkeit für den Genuss zu befreien. Er war nur noch ein Tier, das seinen Instinkten gehorchte, ein Gefäß für Nervenbahnen, Sinne, pulsierendes Blut.

Das änderte sich jedoch, als er eines Mittags im Patio von Montúfars Haus erneut auf de Casas traf. Wieder vernahm er zuerst dessen Stimme im Garten des Anwesens.

Der Kreole sagte gerade: »Manchmal ist mir der Baron leid, aber manchmal bin ich erbittert und wünsche, Newton würde wieder auferstehen – Newton, der nie eine Frau gehabt hat. Verstehen Sie? Ich stelle mir vor, wie Newton mit zorniger Miene zu dem jungen Preußen sagt: ›Ist das der Weg, meinem Beispiel der Reinheit zu folgen, das ich meinen Nachfolgern vorgelebt habe?‹«

Alexander beschleunigte seinen Schritt. Er trat de Casas gegenüber, der im Gespräch mit dem Friedensrichter war. »José! Hören Sie auf! Ich verbiete Ihnen, so zu reden!«

»Aber Baron«, warf Montúfar ein, »in meinem Haus …«

»Verzeihen Sie, Friedensrichter. Aber ich kann nicht dulden, dass er mich verleumdet, schon gar nicht, wenn ich sein sinnloses Lamento mit anhören muss. Er macht mich vor meinen Gefährten schlecht, und damit gefährdet er den Frieden unserer Expedition.«

»Das mag sein, aber trotzdem appelliere ich …«

»Es geht niemanden etwas an, wie ich mein Privatleben führe. Niemanden, hören Sie! Ich habe de Casas gesagt, er könne nicht an der Expedition teilnehmen, und seitdem übt er sich in übler Nachrede gegen mich. Ich verbiete ihm …«

»Stimmt das?«, wollte Montúfar von dem jungen Forscher wissen. Doch de Casas zog es vor, zu schweigen. »Nun?«, bohrte Montúfar nach. Der Kreole stand auf und verschwand wortlos.

»Lächerlicher Firlefanz!«, schimpfte Alexander. »Was hat es diesen Kerl zu interessieren, was ich in der Stadt treibe? Wenn es überhaupt jemanden angeht, dann Monsieur Bonpland …«

»Tu, was dir gefällt, ob ich es billige oder nicht«, sagte in diesem Moment Aimé hinter ihm. »Ich schlage vor, wir brechen unsere Zelte hier ab, Alexander.«

Am nächsten Morgen stand die Guardia vor dem Haus. »Señor Humboldt?«

Der Hausbesitzer Francisco Montúfar blickte die Wachen unwillig an. »Was ist denn?«

»Hält sich ein Mann namens Humboldt bei Ihnen auf?«

»Was wollt ihr von meinem Gast?«

»Er ist Gast in Ihrem ehrenwerten Haus, Friedensrichter?«

»Selbstverständlich. Was ist also?«

»Hier ist ein Haftbefehl. DonJosé de Casas hat ihn beim Provinzialgericht erwirkt. Der Baron hat ihn nach seinen Aussagen übel beschimpft und sexuell genötigt. DonJosé …«

»Was? Blühender Unsinn! Ich war Zeuge der Auseinandersetzung. Es ist nichts. Gib mir den Wisch, ich zerreiße ihn!«

»Aber Friedensrichter! Sie wissen doch, was ein Haftbefehl ist!«

»Das Ganze ist ein Racheakt des jungen de Casas, nichts weiter! Er ist verwirrt. Ich bürge für den Baron!«

»Nichts zu machen. Er ist verhaftet.«

Der Friedensrichter dachte nach. »Der Baron ist im Moment nicht im Haus. Er ist unterwegs. Lasst das Papier hier. Ich verbürge mich dafür, dass er sich den Behörden stellt, wenn er zurück ist.«

»Sind Sie sicher …«

Montúfar donnerte: »Ich bin der Friedensrichter dieser Stadt! Der *Corregidor* unserer Provinzverwaltung! Und nun verschwindet!«

Er riss dem verdutzten Soldaten das Papier mit den Siegeln des Richters und des Präfekten aus den Händen und knallte das Tor zu.

Alexander und Bonpland hatten das Wortgefecht im Hintergrund mitgehört. »Was jetzt?«, fragte Alexander ratlos.

»Du wirst dich auf keinen Fall stellen, Alexander! Ich werde nicht dulden, dass du dich der Willkür dieser Behörden auslieferst!«

»Montúfar?«

Der Angesprochene wackelte mit dem Kopf. Er dachte nach. Dann verkündete er: »Sie werden abreisen. Ich halte die Behörden hin. Nach drei Tagen sind Sie ohnehin in Peru und damit dem Arm der ecuadorianischen Behörden entzogen. Mir wird schon etwas einfallen.«

»Wollen Sie das wirklich für uns tun?«

»Ja. Aber unter einer Bedingung.«

»Und die wäre?«

»Carlos wird Sie nicht begleiten.«

Humboldt spürte deutlich die Feindseligkeit und das Misstrauen in den Worten ihres Gastgebers. Er schien von Humboldts moralischer Integrität nicht mehr überzeugt.

»Was meinst du, Aimé? Lassen wir uns darauf ein?«

»Ich denke schon. Die Forschungen sind wichtiger. Wir sollten noch in dieser Nacht aufbrechen.«

»Was machen wir mit unseren Lasttieren? Unserer Fracht?«

»Ich lasse alles morgen früh nachkommen. In Macará, hinter der peruanischen Grenze, warten Sie dann auf die Karawane. Sie können sich darauf verlassen, dass ich alles für Sie regle.«

Die Verabschiedung von Carlos war kurz und herzlich. Humboldt bedauerte, den aufbrausenden, aber ehrlichen Kreolen zu verlieren. Auch Bonpland schien traurig. Sie umarmten sich aufrichtig. »Bevor du dich Bolivar anschließt, denke noch einmal gut über die Folgen nach, Carlos!«, riet Humboldt ihm zum Abschied. »Ich halte die Forschung für wichtiger als die Revolution. Und ob Bolivar der Richtige dafür ist, bezweifle ich ohnehin.«

Carlos erwiderte: »Bolivar jedenfalls führt die Revolte von Tupac Amaru fort, der vor zwanzig Jahren den Aufstand der Indios gegen die Spanier anführte und hingerichtet wurde. Einer muss die Sache in die Hand nehmen.«

»Ich weiß«, meinte Alexander. »Tupac Amaru verwandelte sich anschließend in einen Kondor und flog davon – *el condor pasa*! Man singt dieses Lied auf ihn hier überall. Pass auf, Carlos, das ihr nicht Legende und Wirklichkeit verwechselt. Versprichst du mir das?«

Carlos nickte nur.

Humboldt schrieb dem Mädchen einen Brief und steckte Geld hinein. »Bringen Sie es ihr in den nächsten Tagen«, bat er den Friedensrichter. Der wendete den Brief hin und her, als würde er sich davor ekeln. »Versprechen Sie es!«, verlangte Humboldt. Der Mann nickte mit süßsaurer Miene.

Um Mitternacht verließen Alexander und Bonpland in aller Heimlichkeit Riobamba. Sie ritten erst langsam, um keinen Lärm zu machen, dann schneller. Bald lag der Flecken tief unter ihnen im Tal. Vor ihnen lagen die alten Städte der Inkas.

Flucht zu den Inkas

Bei Macará, im Gebirge von Loja, überschritten sie die Grenze nach Peru. Die alte, insgesamt 3392 Kilometer lange Sonnenstraße der Inkas, die einst alle Provinzen des riesigen Landes verband, hatte sie schneller vorangebracht als erhofft. Schon am Mittag des dritten Tages trafen sie auf ihre von den Indios geführten Lasttiere. Jetzt konnte ihre Suche nach den legendären Palästen der Gottkönige beginnen.

Peru öffnete sich ihnen mit dichten, feuchten Wäldern. Nebel umgeisterte das üppige Grün der Ebenen. Dann tauchten sie wieder ein in gespenstisch wirkende Urwälder, deren Vegetation ein einziger, dunkelgrüner Teppich war, der undurchdringlich vor ihnen hing. Einmal passierten sie einen ausgedehnten Wald, dessen Bäume statt von grünen Blättern von dicht gedrängten, hell rosenroten Blütenblättern bedeckt waren. Finsternis und Kellerluft wechselten schlagartig mit Sonnenschein. Die Gefährten sehnten sich zurück nach der Bergregion Ecuadors, in der sie dem Himmel so nahe gewesen waren.

Bald öffneten sich ihnen die Hochebenen der Kordilleren von Guamani.

Kleine Bäche kreuzten immer häufiger ihren Weg. Doch die Wasser waren so reißend, dass die schwerbeladenen Maultiere Gefahr liefen, in der Furt fortgerissen zu werden. Humboldt ritt jetzt auf einem Schimmel. Das Tier weigerte sich, seinen Reiter über das Wasser zu tragen. Als Alexander aus dem Sattel geglitten war, bäumte der Gaul sich wiehernd auf und sprang dann mit einem einzigen weiten Satz über den Bach.

Bei manchen Maultieren mussten sie nachhelfen. Die beladenen Tiere verstanden es nicht, die Breite des Übergangs abzuschätzen. Eines, das besonders schwere Kisten trug, in denen die Manuskripte steckten, wollte es dem Schimmel nachtun und sprang mit einem Satz hinüber, anstatt durchs Wasser zu waten. Es verfehlte das Ufer, brach mit dem Hinterteil ein und knickte mit den Vorderläufen an der Böschung weg. Die Last zerschlug sein Rückgrat, sodass Alexander es mit einer Kugel töten musste.

Ein Teil der Manuskripte schwamm durch den Unfall davon und musste wieder herausgefischt werden. Doch die Tinte auf den Blättern war verlaufen.

An diesem und vielen anderen Ufern mussten die Gefährten jedes Mal mit unbehaglicher Spannung ausharren, bis die ganze Karawane hinüber und die Fracht gerettet war. Untätig blieben sie dabei nie. Alexander stopfte ständig Steine und Pflanzen in die Tasche. Die Indios tuschelten darüber. Einer meinte schließlich: »Sie benehmen sich wie Kinder. Der Baron muss ein sehr schwaches Gedächtnis haben, denn er schreibt dauernd Namen von Bächen und Dörfern auf.«

Bonpland legte eine neue Sammlung von Herbarien an und untersuchte Raupengespinste des Inkabaumes; er entdeckte dabei ein neues, natürliches Pflanzenschutzmittel. Alexander skizzierte sorgfältig das Rot der Lianenblüten im Dach des grünen Wasserbewuchses.

Während der Treck gemächlich weiterzog, erzählte Humboldt seinem Gefährten von den geheimnisvollen Inkas. Bonpland ließ sich einlullen von Alexanders beruhigender Stimme. »Die großen Werke im nördlichen Teil des Inkareichs, auf dem Hochland von Quito, müssen in weniger als 30 oder 35 Jahren vollendet gewesen sein – kannst du dir das vorstellen? Das war die kurze Epoche, welche zwischen die Niederlage des Herrschers von Quito und den Tod des Inka Huayna Capac fällt. Über das Alter der südlichen, eigentlich peruanischen Zeugnisse aus Kunst, Straßenbau und Kultur liegt dagegen ein tiefes Dunkel …«

»Erzähl nur weiter! Deine Stimme ist wie ein Schlafmittel.«

»He, he! Kulturbanause!«

»Nein, nein, ich meine das positiv! Du kannst schön erzählen.«

Alexander dachte nach. »Es gibt eine geheimnisvolle Erscheinung bei den Inkas. Sie heißt Manco Capac. Man setzt den großen Herrscher, von dem aber niemand etwas Genaues weiß, auf 400 bis 550 Jahre vor der Landung von Francisco Pizarro auf der Insel Puna im Jahre 1532 an. Aber die Reichsgeschichte von Peru kennt nur 13 regierende Fürsten aus der Inkadynastie – sie können also keine so lange Periode von 500 Jahren und mehr ausgefüllt haben..«

»Und? Was schließen wir daraus?«

»Unser Manco Capac ebenso wie Quetzalcoatl und Totschica, die beiden anderen großen Gestalten der Inkageschichte, sind mythische Wesen ...«

»Aha.«

»Ja. Und an ihre Erscheinung knüpft sich sowohl die Kultur der Peruaner wie auch die der mexikanischen Azteken und Maya. Da haben wir Quetzalcoatl, bärtig, schwarz gekleidet, ein Großpriester von Tula, später ein Büßender auf einem Berg bei Tlaxapuchicalco. Er kommt von der Küste von Panuco, also von der östlichen Küste von Anahuac, auf das mexikanische Hochland. Dann Botschica oder vielmehr der bärtige, lang gekleidete Gottesbote Nemterequeteba – er gelangt aus den Grassteppen östlich der Andenkette auf die Hochebene von Bogotá ...«

Bonpland schabte sich mit der flachen Hand über den stachligen Vollbart. »Sie alle hatten Bärte, was? Vielleicht sehen sie auch in uns Götter und Herrscher? Vielleicht *sind* wir, genau betrachtet, ebenfalls Götter und Herrscher?«

»Hör weiter zu! Vor Manco Capac herrschte schon Kultur an dem malerischen Strand des Sees von Titicaca. Die Burg von Cusco auf dem Hügel Sacsahuaman war den älteren Gebäuden von Tiahuanaco nachgebildet. Ebenso ahmten die Azteken den Pyramidenbau der Tolteken, diese den der Olmeken nach; und allmählich aufsteigend gelangt man auf historischem Boden in Mexiko bis in das sechste Jahrhundert unserer Zeitrechnung. Die toltekische Treppenpyramide von Cholula beispielsweise soll die Form der olmekischen Treppenpyramide von Teotihacan wiederholen. So dringt man durch die Zivilisationsgeschichte immer in eine frühere ein. Und da das Bewusstsein der Völker in beiden Kontinenten nicht gleichzeitig erwacht ist, liegt das phantastische Reich der Mythen bei jedem Volk stets unmittelbar vor dem historischen Wissen.«

Bonpland war eingenickt; das Pferd trug den Vornübergesunkenen weiter. Als Alexander schwieg, wachte Aimé sofort auf. »Und dann ...?«

Im Hochland hinter der Grenze begegnete die gemächlich dahinziehende Expedition einer Prozession von Indios, die ein schweres Kreuz für die Christuserscheinung von Ayabaca schleppten. Einige Pilger krochen auf allen Vieren. Zwei Kilometer weiter entging Bonpland nur knapp dem Biss einer dunkelbraunen, mit einem gelben Halskranz geschmückten Tarantel, die ihn aus ihren weißen Augen bösartig anstarrte.

Endlich zogen sie über einen engen Bergpass, der den Blick über das sonnenverbrannte Land gewährte, hinunter in einen Ort namens Guancabamba. Sie mussten dabei eine schwankende indianische Hängebrücke überqueren, die zu beiden Ufern von morsch wirkenden Stangen gestützt und dahinter an Felssporen aufgehängt war. Als sie drüben waren, atmeten sie auf.

Das Dorf stand in einem besonderen Ruf wegen seiner vielen Wunderheiler. »Die Indios sagen, es soll mehr Wunderheiler als Patienten geben!«, scherzte Bonpland. Unten angekommen, bestaunten sie die überall ausliegende tiefblaue Alpacawolle, die stoische Frauen zu Teppichen und Decken verwebten. Die Forscher erstanden einige besonders schöne Exemplare.

Sie beschlossen, in Guancabamba zu rasten.

Am Abend wurden sie Zeugen einer Wunderheilung. Ein hochgewachsener Mann namens Silvaro Penia führte ein Exerzitium durch, an dem zwanzig Indios teilnahmen. Humboldt und Bonpland waren neugierig und ließen sich von einer zahnlosen Alten mit zerknittertem Gesicht und harten Händen in ein unbewohnt wirkendes Haus am Dorfrand führen.

Der einzige Raum besaß eine klobige, verräucherte Holzdecke, die grob vermauerten Ziegelwände bedeckten bunte Tücher. Männer und Frauen saßen reihum im Halbschatten, den die flackernden Kerzen warfen. Der Wunderheiler stand in der Mitte des Raumes und erklärte mit leiser Stimme sein Vorgehen.

Bonpland deutete auf den Fußboden. »Die Utensilien, seine Fetische!«, flüsterte er. Alexander sah an einer freien Seite des Raumes ein kunterbuntes Ensemble: eine in den Lehmboden gerammte Machete, Flöten und Pfeifen, Lederpeitschen, Tiegel und Töpfe, Flaschen mit unbekanntem Inhalt. Kleine Heiligenbildchen und getrocknete, stark duftende Blüten rundeten den primitiven Altar ab. Dann entdeckte sein Blick noch einen menschlichen Schädel, der aus einem Sack lugte, und hinter einem Balken eine schwarze Puppe mit wulstigen roten Lippen, einem roten Hut und Schulterpailletten; ihr nackter Leib war mit silbernen Ketten behängt.

»Hoffentlich ist er kein billiger Scharlatan«, meinte Humboldt. »Dann vergeuden wir bloß unsere Zeit.«

Der Wunderheiler ergriff ein Fläschchen mit gelbem Inhalt und erklärte leise auf Spanisch: »Besonders wichtig ist dieses Getränk aus einem Kaktus, das nach dem Heiligen San Pedro benannt ist.«

»Es enthält sicher Mescalin«, flüsterte Bonpland.

»Ist es nicht Fieberrinde aus dem Tal von Loja? *Cinchona Condaminea,* durch die einst die spanische Vizekönigin, die Gräfin von Chinchon, vom Wechselfieber geheilt wurde? Viele Medizinmänner benutzen es.«

»Ich kenne die Geschichte. Die Gräfin brachte es 1640 von Lima nach Madrid, begleitet von ihrem Leibarzt Juan del Vego, der auch ihr Liebhaber war und eine legendäre Potenz besessen haben soll …«

»Genau. Also mit Fieberrinde haben wir es hier auch zu tun.«

»Nein, nein, mit Mescalin. Ich kenne es am Geruch. Ein starkes Rauschmittel. Es führt schon in kleinen Dosen zur Sucht. Ich benutze es selbst hin und wieder bei inneren Entzündungen.«

Der Wunderheiler rückte seinen breitkrempigen Sombrero zurecht. Man sah jetzt, dass er uralt und ein Mestize war. Er hatte nur noch vier gelbe Zähne. Der Alte schlug seinen schwarzen Poncho zurück und besprenkelte seine Utensilien mit dem Getränk, wie ein Mönch Weihwasser verteilt. »Guter San Pedro, mit deinen von Gott gegebenen Eigenschaften«, beschwor er mit tiefer Stimme, »in diesem Moment bitte ich den Herrn, die heilige Jungfrau und alle guten Geister, dass ich, indem ich diesen heiligen San-Pedro-Trank zu mir nehme, fähig werde, alle Fragen meiner Patienten zu beantworten, die richtige Medizin zu finden und alle zu heilen, die zu mir kommen. Dass ich mit Hilfe dieses Getränks die Visionen bekomme, in denen Gott mir sagt, wie ich für die Kranken Heilung und Wohlergehen erreichen kann.«

»Na los«, flüsterte Aimé gespannt.

Humboldt wunderte sich darüber, dass die meisten Anwesenden junge Männer und Frauen waren, sicher hofften sie auf einen kostenlosen Rausch. Nur zwei alte Weiber vervollständigten die Runde. Alle schauten dem Wunderheiler zu, grenzenlose Bewunderung in den Augen.

Der Mann hielt das gefüllte Glas in der Rechten, führte dann aber die Flasche mit der Linken zum Mund. Er pfiff plötzlich rhythmisch auf dem Flaschenrand, setzte dann die Flasche an die Lippen und trank sie in einem Zug leer. Den letzten Schluck versprühte er in Richtung der Zuschauer. Der Schnaps lief ihm von den Lippen das Kinn in den Halskragen hinunter. Er schloss die Augen und stöhnte plötzlich.

Während Silvaro Penia sich langsam im Kreis zu drehen begann, reichte eine der beiden alten Frauen jedem Anwesenden ein Glas mit grüner Flüssigkeit. Humboldt lehnte ab, doch als Bonpland ihn aufmunterte und selbst trank, griff auch er zu. Die Flüssigkeit schmeckte scharf und süß.

Der Wunderheiler begann nun damit, eine Reinigungszeremonie an zwei Patientinnen durchzuführen. Er schnitt den beiden jungen Frauen ein Haarbüschel ab, ließ sie die Machete küssen und bestrich mit der glatten Fläche der Waffe den Körper der Frauen. Dann zog er ihre ausgestreckten Hände an den Gelenken in die Länge. Inzwischen kreisten kleine Flöten durch die Reihen der übrigen Anwesenden. Ein schrilles Konzert begann.

Jetzt wurde Zuckerrohrschnaps herumgereicht. Währenddessen hatte Alexander das Gefühl, sein Verstand setze aus. Er schaute Bonpland an – und ein Skelett blickte zurück. Alexander schüttelte den Kopf und schloss die Augen. Als er sie wieder öffnete, saß der normale Aimé neben ihm. »Es berauscht einem die Sinne«, sagte er. »Ich phantasiere schon.«

Die beiden Patientinnen holten nun unaufgefordert Gegenstände vom »Altar« des Wunderheilers. Er nahm sie, drehte sie und legte sie einzeln auf einen Tisch hinter sich. Er besah sich das Arrangement der Fetische und deutete dann auf die Stellen der Körper, an denen er eine Krankheit zu sehen schien. Eine Patientin schrie auf.

Auch Bonpland erhob sich plötzlich und holte sich Flöten und Peitschen. Der Wunderheiler wollte sie nicht annehmen. »Du bist nicht rein, mein Sohn!«, krächzte er. Aber dann nahm er die Dinge doch entgegen, legte sie auf die Tischplatte und sagte: »Malaria! Du wirst nicht leben ohne Malaria!« – Aimé erwiderte: »Meinst du, ich werde sterben?« – »Du wirst nicht leben ohne Malaria!«, wiederholte der Wunderheiler nur.

Aimé taumelte zu Alexander zurück. Der stand auf. »Lass uns gehen, Aimé. Das wird ein Budenzauber hier.«

»Aber er hat meine Krankheit doch erkannt!«

»Ja, sie hinterlässt Spuren im Gesicht, aber mehr holst du nicht aus diesem Burschen heraus.«

Bonpland schwankte. Sie schauten zu Penia hinüber, der regungslos an seinem Tisch stand. Sein Sombrero warf einen Schatten; deshalb war sein Gesicht nicht mehr zu erkennen. Bonpland starrte den Mann an. »Er hat kein Gesicht mehr, sieh doch! Nur ein Loch! Er ist verschwunden … nur die Hülle ist noch da …«

Alexander zog den Gefährten, der wie von Sinnen war, mit sich. »Komm, lass uns verschwinden. Hier erfahren wir nur noch Unsinn, den wir nicht brauchen können. Kein Wunder, dass die Katholiken diese Rituale verbieten.«

»Aber er hat meine Krankheit erkannt …«, lallte Aimé.

Humboldt zog ihn am Arm aus dem Haus. In dieser Nacht schliefen sie acht Stunden lang tief und fest.

Als sie wieder zu sich kamen, stand die Sonne bereits am Himmel. Sie fühlten sich wohl und waren tatendurstig. »Es hat uns nicht geschadet«, meinte Bonpland. »Ich habe einen üblen Kater befürchtet.«

»Aber genutzt hat es auch nichts.«

Ihre Indios standen mit den Reittieren schon bereit. Sie brachen auf und ritten den ganzen Tag.

Am Abend entdeckten sie ein prachtvolles Gebäude. Humboldt zog eine Karte aus der Ledertasche und verglich eine Lageskizze darauf mit dem Haus. »Das ist es!«

Endlich standen sie vor dem ersten Denkmal der Inkakultur. Es war verlassen, und niemand kümmerte sich darum.

Der alte Palast ragte halb verfallen aus einem Hain wuchernder Palmen; eine drei Meter hohe Mauer zog einen Kreis darum, und über eine einzige, vierzehnstufige Treppe gelangte man ins Innere. Alexander zeichnete die Anlage in zwei Stunden. Dann machte er Notizen. Im Schatten der Hunderte von Jahre alten, fugenlos geschichteten Mauer schrieb er: »Denkmale von Völkern, die durch Jahrhunderte von uns getrennt sind, können unser Interesse auf doppelte Weise fesseln. Gehören Kunstwerke, die bis auf unsere Zeiten gekommen sind, Nationen an, welche schon einen beträchtlichen Grad der Kultur erreicht haben, so erwecken sie unsere Bewunderung teils durch die Harmonie und Schönheit der Formen, teils durch das Genie, das sie erdacht hat. Ich habe deshalb auf meiner Reise alles gesammelt, was meine tätige Wissbegierde in einem Land entdeckte, wo während ganzer Jahrhunderte voller Barbarei die Intoleranz alles zerstörte, was auf die Sitten und den Gottesdienst der alten Bewohner Bezug hat, wo man Gebäude niederriss, bloß um die Steine auf andere Weise zu benutzen oder um nach verborgenen Schätzen zu forschen …«

»Da fällt mir ein, dass wir völlig vergessen haben, nach den goldenen Felsen im Parima-See zu suchen!« Aimé hatte ihm über die Schulter geschaut.

Humboldt blickte ihn verschmitzt an. »Vergessen? Glaubst du das wirklich?«

»Hast du das Thema etwa absichtlich umgangen?«

»Ich will diese Legende von El Dorado endlich vom Tisch haben, sonst kommen noch mehr Abenteurer in diesen Kontinent!«

»Sehr gut! Von jetzt an gibt es keinen solchen See und kein Goldland mehr!«

»Lass mich aber schnell noch zu Ende schreiben, Aimé!«Humboldt öffnete sein Tagebuch erneut und schrieb: »Bei den Gebirgsvölkern von Amerika finden sich merkwürdige Denkmäler. Abgesondert in der Wolkenregion, auf den höchsten Plateaus der Erde, von Vulkanen umringt, deren Krater mit ewigem Eis umgeben sind, scheinen sie in der Abgeschiedenheit ihrer Wüsten nur das zu bewundern, was die Einbildungskraft durch Größe der Massen ergreift. Dort tragen ihre imposanten Werke auch das Gepräge der wilden Natur der Kordilleren … Kunst, Natur und Menschen gehören eng zusammen.«

»Was machen wir, wenn wir von hier aus einen Brief schicken wollen?«, fragte Bonpland später. »Es scheint hier überhaupt keinen Postverkehr zu geben.«

»Doch, es gibt einen.«

»Tatsächlich? Wo und wie? Man wirft den Brief in die Luft, und er segelt zum Empfänger?«

»Beinahe. – Ein schwimmender Postbote trägt die Briefe.«

»Er schwimmt?«

Humboldt nickte. »Die Indios nennen ihn *El correo que nada*. Es ist zumeist ein junger Indio. Er legt die Briefe in ein weites, baumwollenes Tuch, das er turbanartig um den Kopf wickelt. Bei den Wasserfällen verlässt er den Fluss und umgeht sie durch den Wald. Damit er vom langen Schwimmen weniger ermüdet wird, umfasst er oft mit einem Arm einen Stamm aus leichtem Ceiba-Holz und läßt sich treiben. Hier sind die Flüsse frei von Krokodilen.«

»Das bekommt sicher auch der Post besser! Ein gesegnetes Land!«

In unmittelbarer Nachbarschaft des Ortes mit dem Inka-Palast stießen die Forscher auf eine verlassene Karawanserei. »Eine Inka-Pilca!«, erklärte Alexander mit der Nase in einem Buch.

Der Ort war von einer Festungsmauer umgeben und mit Bädern versehen, zu denen Zuleitungen warmen Wassers verliefen. Die Karawanserei besaß einen tiefen Unterbau und war mit wohlbehauenem, schwarzbraunem Trapp-Porphyr gepflastert.

»Schau nur wie prächtig«, rief Bonpland begeistert. »Wer hätte das gedacht – mitten in dieser Einöde!«

Sie liefen herum und staunten. Das Hochplateau, dem sie jetzt zusteuerten, bot einen seltsamen Eindruck. Es wirkte auf die Europäer unwirklich wie ein Gemälde in gedeckten Farben. Die braune Fläche wurde am Himmel von weißen Wolken und darunter vom phosphoreszierenden Kranz blauer Berge begrenzt. Auf dem Plateau erhoben sich zur Linken wuchtige Bauten mit abgeflachten Dächern und zur Rechten ein Wald behauener Steinstümpfe. Einzelne Eukalyptusbäume und mächtige Zedern standen wie Attrappen da und warfen einen Schatten in die Nachmittagsglut.

»Hier ist man ihren Göttern am nächsten«, meinte Alexander beeindruckt. »In solchen Gebäuden der alten Inka soll es senkrecht abfallende Tunnelröhren geben, auf denen man ins Erdinnere gelangt.«

Von allen Seiten ertönte plötzlich klagende Musik von Schneckentrompeten und Schellen. Und sie sahen Menschen.

Drei Tänzer bewegten sich auf einer kleinen Plattform zur Musik, aber die Musikanten selbst blieben unsichtbar, und Zuschauer gab es keine. Die halbnackten Männer trugen wollene Schürzen, bunte Bänder an Knien und Ellenbogen, wehende, dünne Schals um den Hals und im Genick flatternde, flügelartige Gebilde. Auf dem Kopf thronten phantasievolle Aufbauten mit Tierköpfen, Schleifen und Federn. Als einer verrutschte, sah man einen verformten, hohen, spitz zulaufenden Schädel mit lang heruntergezogenen Ohren. Die Tänzer hantierten bei ihren geschmeidigen Tanzschritten mit speerähnlichen Stäben ohne scharfer Spitze, die sie in geduckter Haltung, wie bei einem Angriff, rasend herumwirbelten.

»Sie üben wohl für einen öffentlichen Auftritt«, mutmaßte Bonpland. »Aber lass uns mal bis ans Ende gehen, dort scheint es einen Ballspielplatz zu geben.«

Der Platz, den Aimé meinte, war wie ein doppelbalkiges T geformt. Etwas ähnliches hatten die Forscher schon auf Tenerife gesehen. Der Platz nahm ihre Aufmerksamkeit sofort gefangen. Er wurde von einem so tiefblauen Himmel begrenzt, dass die ganze Anlage wie in der Höhe aufgehängt erschien.

»He, Alexander, wie wär's mit einem Spiel?«, scherzte Aimé.

Alexander erwiderte: »Ich glaube, die machen hier viel Wirbel um *pelote.*«

»Das Ballspiel ist heilig«, bestätigte Bonpland. »Ich habe auf Tenerife davon gehört und darüber gelesen. Es findet stets im Schatten der Tempel statt. Das allein zeigt schon, wie wichtig die alten Peruaner es nahmen. Es ging um Leben und Tod, denn die Verlierer wurden immer zu Ehren der Götter geopfert. Und sie ließen es ohne jede Gegenwehr mit sich geschehen. Es war selbstverständlich für sie. Die Verlierer sind übrigens oft Gefangene, geschwächt durch Hunger oder Verletzung. Manche werden vor ihrem letzten Spiel zur Ader gelassen, und so ist der Ausgang oft keine Überraschung. Der Opferung der Verlierer kann ein neues Spiel folgen, bei dem der abgeschlagene Kopf des Anführers in Latex gehüllt und als Ball verwendet wird …«

»Ich bekomme Kopfschmerzen«, alberte Alexander und raufte sich die Haare.

»Wohl dem, der Kopfschmerzen hat, denn er hat noch einen Kopf …«

»Woraus waren die Bälle?«, wollte Alexander wissen, den der Platz trotz seines Abscheus vor den Einzelheiten seiner perfekten Symmetrie wegen mit Begeisterung erfüllte.

»Ich weiß es nicht genau. Ich glaube aus Holz oder Leder oder aus *chicle,* das ist eine Art Gummi aus dem Sapodilla-Baum. Die Mannschaften bestanden meist aus zwei bis vier Spielern. Am Ende musste der Ball durch den Steinreifen an den seitlichen Längswänden geschlagen werden.«

»Wie bei den Guanchen auf Tenerife«, meinte Alexander verwundert.

Am Tag darauf kehrte die Expedition in die kalte Zone der Berge zurück. Nun ging es immer höher hinauf.

Die Kordilleren lagen wie ein Dach vor ihnen, das die

Welt bedeckte. Wieder war der Pfad so schmal, dass der kleinste Erdrutsch den Absturz bedeutet hätte. Einmal ging es über eine natürliche Steinbrücke, welche die Wetter der Natur gehauen hatten, über den schwindelerregenden Kamin einer Schlucht, während darüber steile Felswände in den Himmel wuchsen. Weit unten in den Tälern glitzerten weiße Nebelwände.

Bei seinen regelmäßigen Messungen mit dem Kompass registrierte Humboldt, dass zwischen dem sechsten und siebten Grad südlicher Breite die magnetische Strahlung abnahm. Dann nahm sie schlagartig wieder zu.

»Da! Die Nadel schlägt um! Was sagst du nun?«

Bonpland ruderte begeistert mit den Armen. »Mann, sie kommen nicht umhin, dir noch ein weiteres Denkmal zu setzen!«

Humboldt legte seine Skizzen und Notizblätter auf einen alten Baumstumpf, der in Jahrtausenden versteinert war. Er setzte einen Fuß auf den Baumstumpf, breitete in gespieltem Pathos die Arme aus und rief: »Ich erkläre diesen Punkt zum magnetischen Äquator!«

»Bravo, Oberbergrat! Sie hätten Entdeckungsreisender werden sollen, Oberbergrat!«

»Ich habe noch mehr entdeckt. Hier! Wenn ich die elektrische Spannung des Luftkreises mit dem Voltaschen Elektrometer messe, schlägt sie in kürzester Zeit vom Positiven zum Negativen um.«

Bonpland schlug sich auf die Brust. »Und was hat der Botaniker entdeckt? He? Ist das vielleicht nichts? Die tropische Region der Paramos hier ist einzigartig auf der ganzen Welt. Was sagst du nun? Ihrer baumlosen Vegetation geben die Verzweigungen kleinblättriger, myrtenartiger Gesträuche, die Größe und Fülle der Blüten, die ewige Frische aller von feuchter Luft getränkter Organe einen einzigartigen physiognomischen Charakter.«

»Du willst sagen, wie froh du bist, mit mir zusammen hier zu sein, und nirgendwo anders!«

»Richtig.«

***

Wenn sie morgens aus unruhigem Schlaf erwachten, standen ihre Mulis wie Fabelwesen im Frühdunst der viertausend Meter hohen Ebene. Besonders wenn die Tiere den Kopf zurückwarfen und zum bedeckten Himmel schrien, wirkten sie wie mythische Gestalten, die die verschwundene Sonne beschworen.

Humboldt und Bonpland bewegten sich mit ihrem Treck weiter auf der alten Inkastraße. Es ging jetzt durch die Provinz Cajamarca und auf treppenförmig angelegten Steinstufen immer höher hinein in die Bergwelt. Der Boden blieb feucht und glitschig, die Mulis kämpften um jeden Meter, doch es waren behände Tiere, ausgezeichnet dafür geeignet, die Berge zu überwinden.

Die Indios trieben die Tiere mit Dornenzweigen an. »Macht langsam! Wozu die Eile?«, fuhr Alexander einen Treiber an.

»Hier leben böse Menschen. Sie hassen alle und töten vor allem Weiße«, behauptete der Indio. »Sie besitzen den Zauber, den *huaca mani*. Mit ihren Fetischen, den *conopa,* verhexen sie alle Reisenden, schneiden ihnen die Köpfe ab und nageln sie an die Wände ihrer Behausungen.«

»Was redest du denn da?«

»Ich habe es selbst gesehen, Señor!«

Die Vegetation war üppig und tropfnass, aber je höher es

in diesem Teil von Westperu ging, desto karger wurde sie, und der Pfad bestand bald nur noch aus geborstenen, flachen Steinplatten. Die Landschaft erinnerte Humboldt jetzt an die Hochmoore des Hohen Venn, die er mit Carl Freiesleben erwandert hatte. In den fernen Tälern stieg Rauch auf, und wenn der Nebel sich lichtete, schmückte der Lichtkranz der Sonne die Berggipfel. Es war wie ein Blick durch ein Fernrohr auf eine fremde Welt.

Als der Weg endete, ging es eine Weile durch Unterholz. Dornen zerrissen den Forschern die Kleider, die Mulis trugen schmerzhafte Wunden davon. Plötzlich standen sie vor den Resten eines Bauwerks. In großer Höhe hatten hier geheimnisvolle Baumeister eine Mauer errichtet, die so weit reichte, wie das Auge sehen konnte.

»Und jetzt? Wie weiter?«, wollte Bonpland wissen.

Alexander wischte sich den Schweiß aus den Augen. »Fliegen!«, meinte er sarkastisch.

Die Mauer versperrte ihnen den Weg. Sie war drei Meter hoch und bestand aus übereinander geschichteten Basaltquadern. Aus den Lücken ragten Gräser, Disteln und Dornenbüsche.

Ein alter Indio, der eine unwillige Ziege hinter sich her zog, trat plötzlich aus dem Gebüsch. Er ging in Sandalen, trug Hemd und Hose und hatte einen braunen Poncho umgehängt. Er verzog keine Miene beim Anblick der Fremden.

»Buenos! Was ist das hier für eine Mauer? Weißt du davon?«, sprach Bonpland den Mann an.

Dieser antwortete in der Ketschuasprache: »Puncu Chimú.«

»Sprichst du Spanisch?«

»Sí, Señor.«

»Was weißt du über diese Mauer? Wer hat sie gebaut?«

»Das weiß ich nicht. Das waren Leute von früher«, gab der Mann zurück. »Haben Sie Tabak?«

Alexander reichte ihm eine Zigarre. Der Alte setzte sich neben Kakteen ins Gras, steckte sie an und meinte dann: »Man sagt, dass sie alt sind. Überall hier, bis ganz unten, haben sie so gebaut.«

»Aber aus welcher Zeit stammen sie?«

»Von ganz früher.«

»Aus der Zeit der Inkas?«

Der Indio lachte amüsiert. »Nein! Von viel früher. Chimú, Chimú …!«

»Von den Chimús?«

»Ja. Es sind Rundbauten, einer neben dem anderen. Die Inkas haben nicht so gebaut.«

»Der Ort liegt strategisch sehr günstig«, meinte Bonpland. »Nach allen Seiten hat man freien Ausblick.«

Alexander sinnierte: »Er liegt so hoch oben, dass man fast behaupten könnte, er sei für die Ankunft himmlischer Götter gebaut worden.«

»Der Eindruck könnte entstehen, ja.«

Der alte Indio paffte und beobachtete sie neugierig. »Hier sind wir dem Himmel ganz nahe«, sagte er plötzlich. »Immer bereit für Besuch.«

Verblüfft fragte Alexander: »Was meinst du damit? Was für Besuch?«

Der Alte deutete nur nach oben und paffte eine dicke Wolke, als gäbe er Rauchzeichen. Dann lachte er meckernd, und seine Ziege fiel ein.

»Lebst du etwa hier oben?«, fragte Alexander den Mann neugierig.

»Sí, Señor. Meine Familie und die meines Bruders. Wir sind zwanzig.«

»Es ist einsam hier, nicht wahr?«

»Ja, die nächsten Häuser sind fünf Tagesreisen entfernt.«

»In Richtung Norden – ja, wir haben sie gesehen.«

»Aber das macht nichts. So sind wir nicht abgelenkt. Wir stehen bereit.«

Der Wind bewegte die Gräser und Pflanzen und schien mit ihnen zu sprechen. Sie nickten und bewegten sich. Plötzlich drückten dunkle Wolken über die Bergkämme herüber und näherten sich rasch. Die Europäer spürten die Fremdheit dieses Ortes und ließen seinen Zauber auf sich wirken.

Jenseits der Mauer, durch die der Alte ihnen schließlich ein Tor zeigte, einen *puncu*, nahm die Reise der Forscher immer mehr den Charakter einer Zickzackbewegung an. Der Treck verlor oft die Orientierung, wechselte die Richtung. Die Forscher ließen sich treiben. Bonpland sprach es eines Abends aus: »Ich habe nicht mehr das Gefühl, wir bewegen uns auf ein Ziel zu. Was wollen wir überhaupt noch erreichen?«

Erschreckt merkte Humboldt, dass er auf diese berechtigte Frage keine Antwort geben konnte. Er spürte seine Müdigkeit. Schließlich sagte er hilflos. »Ich für meinen Teil will nach Lima. Dort könnte ich den Weltreisenden Baudin treffen. Er umsegelt die Welt und will dort Station machen.«

»Vielleicht hat er seine Route auch geändert und segelt um Afrika herum nach Ostindien«, erwiderte Bonpland. »Ich kenne Baudin. Er ist ein Freund spontaner Entschlüsse und nicht sehr zuverlässig.«

»Du kennst Baudin?«

»Ja, ich habe ihn in Ägypten kennen gelernt, als ich mit Napoleon unterwegs war. Ich überlegte damals, ob ich mich ihm anschließe. Er machte die Reise dann aber ohne mich.«

»Er betrog seine Auftraggeber und landete im Gefängnis. Sie haben ihn jedoch rehabilitiert. Und ob er wirklich unzuverlässig ist, wie du sagst, bezweifle ich.«

»Nun, wie auch immer. Was tun wir?«

»Lass uns umherziehen. Hierhin, dorthin. Was hindert uns daran, dass wir weitermachen wie bisher?«

»Nein, Alexander. Das wollen wir doch beide nicht. Wir sind schon zu lange unterwegs, um hier herumzustolpern. Wir brauchen einen Auftrag, ein Ziel. Das bloße Abenteuer reicht mir nicht mehr.«

»Schade«, meinte Humboldt. »Mir kommt es immer noch sehr aufregend vor. Denn die Alternative ist die Rückkehr ins graue Europa, Verwaltungen, Vorschriften, Steuererklärungen, Katalogisieren von Akten, Konventionen ...«

Bonpland lachte. »Du hast schon Recht. Das reizt mich auch nicht. Aber gut – was können wir hier noch erreichen?«

»Lass uns nach Lima reisen. Es muss eine interessante Stadt sein. Im Hafen von Callao werden wir das pazifische Meer sehen. Dort beschließen wir, ob wir unsere Reise beenden oder nicht.«

»Einverstanden.«

***

Turmartige Ausbrüche von Porphyr und Trachyt, mächtige, gespaltene Säulen. Gebirgsrücken von klippenartigem, bald domförmigem Aussehen. Zwischen Guambos und Montan, viereinhalbtausend Meter über dem Meer, standen die Forscher ungläubig gigantischen Muschelversteinerungen gegenüber, stolperten über Austernschalen, rutschten auf den Knochen von Seeigeln und Isokardien aus und wurden von Ablagerungen des Silberberges Gualgayoc getragen. Sie kamen nach Cajamarca.

Am späten Nachmittag betraten sie einen Ort am Ende der Welt, dicht unter dem tiefen Himmel, in dem alle Laster der Menschen zuhause schienen. Cajamarca bot von weitem einen wunderbaren Anblick. Die Stadt lag im ovalen Cerro de Gualgayoc, durch ein tiefes, kluftartiges Tal vom Kalkberg Cormolache getrennt, eine isolierte Hornsteinklippe, von zahllosen Silbergängen durchsetzt und von pyramidenähnlichen Spitzen umgeben. Der Boden schien üppig, Quinuarbäume dufteten, und Mimosen blühten neben Rosaceen. Bäche durchzogen gelbe Weizenfelder und leuchteten überall im späten Licht.

Aber je näher sie kamen, desto trüber wurde das Bild. Rasch erinnerte der Platz Humboldt ungemütlich an Riobamba, und er bat Bonpland, weiterzuziehen. Aber Aimé meinte: »Einsame, von Lamaherden umgebene Ruinen haben wir genug gesehen. Lass uns wieder eine Weile unter Menschen sein.«

Sie ritten durch Pulks schweigsamer Arbeiter, die jedoch ohne Beschäftigung waren und die endlose Ausdehnung der Tage durch Nichtstun bekämpfen mussten, in den Ort ein. Auf den Gehsteigen spielten Kinder mit harten, kleinen Bällen. Sie stoben beim Anblick der Weißen davon. Auf der Plaza Mayor, einer erbärmlichen Ansammlung einstöckiger Häuser mit allerdings hübschen, grünen Veranden, standen Indios im trüben Tageslicht und schauten ihnen ausdruckslos entgegen.

Sorgsam gescheitelte junge Frauen in schmutzigen Kleidern trugen Babys auf dem Rücken durch die engen Straßen – mit so schweren Schritten, als plagten sie unheilbare Krankheiten. Unter dem Kirchturm des Ortes, dessen Dach eingestürzt war, balgten sich Hunde. »Dieser Ort war einmal einer der reichsten des Landes«, meinte Humboldt kopfschüttelnd. »Sie haben das Silber abgebaut und sind weitergezogen. Von den Einheimischen hat niemand etwas durch den Reichtum gewonnen.«

»Die Spanier haben die Länder immer nur ausgeplündert. Sie hatten doch nie Achtung vor Land und Leuten. Silberberge waren für sie immer nur eine Quelle der Gier.«

Humboldt meinte sarkastisch: »Der Bergbau als Spiel, in dem man so schnell reich wie arm ist. Rasch gewonnene Reichtümer büßt man auch schnell wieder ein.«

»Das erinnert mich an jenen Kriegsmann aus Pizarros Heer«, erwiderte Bonpland. »Nach der Tempelplünderung in Cusco klagte er, er habe in einer Nacht ein großes Stück von der Sonne beim Glücksspiel verloren.«

Auch hier, wie überall auf ihrer Route, funktionierte das Versorgungssystem. Junge Indios boten sich an, sich um die Tiere des Trecks zu kümmern. Sie führten Esel und Pferde zu Ställen am Rand des Ortes, in denen auch die Indios übernachteten. Mädchen sammelten die Trinkgefäße ein, wuschen sie sorgsam aus und füllten sie mit neuem, sauberem Wasser.

Die Gefährten nahmen Quartier in einem kleinen Hotel mit abbröckelnder, schmutzigweißer Fassade. Der Eingang bestand aus einem alten Lumpen, den der Wirt in die Türhöhlung gehängt hatte. Der Hotelbesitzer ließ ihnen feuchte Tücher bringen, mit denen sie sich reinigen konnten, dann servierte er Wein, Brotfladen und fette Suppe. »Ich kenne Sie und Ihren Gefährten!«, beeilte der Wirt sich zu versichern. »Ihr Ruf eilt Ihnen durchs ganze Land voraus. Sie sind die neuen Pizarros.«

»Na ja«, meinte Alexander nur.

»Übrigens – vor vier Tagen hat ein Mann nach Ihnen gesucht, Señor. Er schien keine gute Nachricht für Sie zu haben.«

Humboldt dachte einen Augenblick nach. »War er jung und schlank? Ein Kreole mit affenähnlichem Gesicht?«

»Si, Señor.«

»Allein?«

»Mit sechs Männern, Señor.«

›De Casas‹, konstatierte Alexander. Seine Wut war also noch immer nicht verraucht. Bonpland schaute ihn beunruhigt an, sagte aber nichts.

Die Betten waren weich, aber in der Nacht brachen Heerscharen von Wanzen und Flöhen über die geplagten Reisenden herein. Da sie aber durch ein Geschrei von Betrunkenen vor dem Haus ohnehin nicht schlafen konnten, nahmen sie es gelassen. Um sich zu erfrischen, wollte Humboldt Wasser trinken, aber es war zu einem großen Klumpen gefroren. Alexander maß die Temperatur; sie lag bei 1 Grad minus. Er erinnerte sich, dass Cajamarca früher Cassamarca geheißen hatte – die Froststadt.

»Sehen wir uns eine Silbergrube an«, schlug Alexander am nächsten Morgen vor, nachdem aromatischer Tee ihnen die von der Nacht abgestumpften Sinne angeregt hatte.

»Sehnst du dich etwa nach Freiberg zurück?«

»Ganz und gar nicht. Aber ich denke, in diesen Gruben hier kann man viel lernen über – alles Mögliche.«

Ein schöner, milder Tag kündigte sich an. Der Vormittag verging mit dem Aufspüren eines Grubenbesitzers, der sich anbot, ihnen seinen Bergbau zu zeigen.

Alberto Quesada, der Herr einer ausgedehnten Finca, wohnte mit seiner Großfamilie in einer Plantage weit außerhalb des Ortes. »Unser Berg ist ein Zauberschloss«, sagte der dickleibige Kreole und leckte sich die auffallend roten Lippen, *»como si fuese un Castillo encantado!«*

»Wir sind entzückt!«, erwiderte Humboldt. »Und der Abbau ist tatsächlich noch im vollen Gange?«

»Aber sicher. Wir beschäftigen zweihundert Mann.«

»Der Ort sieht nicht danach aus. Man vermutet eher die Stilllegung der Mine.«

»Nun, allerdings wird nicht mehr so viel abgebaut wie noch vor dreißig Jahren, als hier alles anfing. Damals hatten wir dreitausend Indios. Man muss dem Silber hinterher laufen.«

Ein steiler, schlüpfriger Weg führte durch die Felsen. Er brachte sie zum Eingang einer Höhle, die in den Berg führte. Der silbern und gelb schimmernde Höhleneingang schien kaum gesichert; überall war Gestein herausgebrochen und lag in Brocken am Boden.

Humboldt fielen natürliche Spaltöffnungen im Berg auf, durch die man das in dieser Höhe sehr dunkle Himmelsgewölbe sehen konnte. Der sonderbare Anblick wurde noch verstärkt durch die vielen kleinen Stollhäuser und die menschlichen Behausungen, die wie Nester am Abhang des festungsartigen Berges hingen.

Zerlumpte Bergleute kamen ihnen entgegen, und obwohl sie schwer schleppten, machten sie den Fremden Platz, damit sie auf dem schmalen Weg vorbei gehen konnten. Die schmutzigen, verhärmten Männer trugen das Erz in Körben auf dem Rücken zu den Amalgamationsplätzen ins Tal hinunter.

»Wovon leben diese Leute hier oben in dieser vegetationslosen Einöde?«, fragte Bonpland.

Der Besitzer sagte: »Kohl und Salat, wie Bergziegen. Alles andere muss aus dem Tal heraufbefördert werden – Weizen, Datteln, Mimosenwein. Das kostet, deshalb halten wir es in Grenzen.«

»Die Männer machen nicht unbedingt den gesündesten Eindruck!«

»Das täuscht. Sie brauchen nicht mehr, als sie haben. Sie lebten hier immer schon so. Schon bevor das Land erobert wurde, bauten sie unter diesen Bedingungen Gold und Silber ab. Die Fenster, die Sie da im Berg sehen, sind eintausend Jahre alt.«

Sie betraten das Berginnere. Sofort schlug ihnen ein übler, feuchter Geruch entgegen. Und beißender Rauch kam aus der Höhle, den Humboldt nur zu gut kannte.

»Wir sollten nicht zu tief in den Stollen gehen, es gibt gefährliche Giftgase dort«, erklärte Don Ignacio auch schon. »Erst vor wenigen Wochen sind Menschen gestorben.«

Die Ankündigung erschreckte Humboldt nicht. Er wusste um die Gefahren von Bergstollen. Aber er fragte: »Gibt es keine Schutzmaßnahmen? Ich meine, dort unten arbeiten doch Ihre Leute?«

Der Mienenbesitzer schaute ihn unwillig an. »Schutzmaßnahmen? Was für Schutzmaßnahmen?«

»Ach, nur so«, erwiderte Alexander. Er hätte es sich denken können, dass die Segnungen europäischer Bergwerkstechnik nicht bis hierher gelangt waren.

Sie gingen tiefer. Der kurvige, nicht sehr steile, langgezogene Weg konnte stellenweise nur gebückt passiert werden. »Wir haben an diesem Berg 32 Millionen Piaster verdient«, erklärte der Besitzer stolz. »Anfänglich bauten wir neben silberhaltigem Bleiglanz auch Gold ab, dann war es Rotgüldenerz. Am liebsten war mir immer das Gediegengold, von Silberfäden durchzogen. Ich liebe den Anblick.«

›Es bringt auch den größten Gewinn‹, dachte Alexander. Um sich von dem traurigen Anblick abzulenken, den die halbnackten Bergleute rechts und links und in der Tiefe boten, die in Feuchte und Halbdunkel schufteten, sagte er laut: »Mein Thermometer zeigt 20 Grad. Das bedeutet, dieses Gestein muss sehr wasserreich sein. Und das Vorkommen von Gediegengold sagt mir, dass die aus dem Innern der Erde ausgebrochenen Erze von der Natur des umgebenden Nebengesteins völlig unabhängig sein müssen.«

»Davon verstehen Sie mehr als ich«, gab der Besitzer zurück. »Ich bin nur am Gewinn orientiert – was ich freimütig zugebe.« Er lachte dröhnend, und seine Stimme hallte durch die Gänge bergauf und bergab.

Nach weiteren einhundert Metern langsam abfallenden Weges erklärte der Grubenbesitzer die Besichtigung für beendet. »Ab hier wird es gefährlich. Sie wissen schon, die Gase.«

Humboldt blickte den von flackernden Kienfackeln matt beleuchteten Gang entlang, der ins Ungewisse führte; weit hinten bewegten sich die Umrisse von Arbeitern. »Wann, sagten Sie, war hier die letzte Explosion der Wetter?«

Der Besitzer dachte nach. »Vor einem Monat, will mir scheinen. Ich weiß es aber nicht genau.«

»Und wie viele Leute kamen dabei ums Leben?«

»Ist das wichtig?«

»Ich finde schon.«

Er dachte nach. Dann sägten seine Arme durch die Luft. »Ungefähr fünfzig. Es war aber kein Problem, neue Arbeiter zu finden.«

›Für dieses Bergwerk würde ich dich in Preußen ins Gefängnis werfen lassen‹, dachte Alexander.

Bonpland hatte sich bisher zurückgehalten und war den anderen nur zögernd gefolgt. Jetzt sagte er: »Ich habe genug gesehen.«

Eine Viertelstunde später standen sie wieder draußen an der frischen Luft, die besonders der Grubenbesitzer gierig einsog. Humboldt bemerkte den Zorn in den Augen des Freundes, als Aimé sagte: »Es ist eine unselige Tradition. Warum habe ich das Gefühl, wir Weißen haben den Einheimischen nur Unglück gebracht!«

Der Mienenbesitzer erklärte: »Da müssen Sie erst mal zum Palast des Atahualpa hinüberreiten, Señores. Da sehen Sie, was Unglück ist!«

»Er ist hier in der Nähe?«, fragte Aimé erstaunt.

»Ein Zweistundenritt.«

»Das müssen wir sehen!« Humboldt war sofort begeistert.

Aimé aber sagte lustlos: »Schon wieder Unglück? Ich weiß nicht. Gibt es hier nicht eine Erfolgsgeschichte?«

»Aber Señor Bonpland! Die Geschichte um Atahualpa ist eine Erfolgsgeschichte. Es ist sogar eine der größten Erfolgsgeschichten der Menschheit!«

»Ja, für die Spanier!«

»Aber natürlich! Für wen denn sonst!«

Atahualpa

Sie ließen den Treck im Ort zurück und mieteten sich bei den Ställen einen Führer.

In den Bergen zuckten plötzlich Blitze über die karge, braune Hochebene. Hier gab es keine einzige Pflanze mehr.

Der Himmel zog sich schnell zu. Vor ihnen lag ein Panorama, das Humboldt wie der unpassierbare Rand der Welt vorkam. Alles Farbige schien der Landschaft entzogen. Himmel und Erde gingen eine kraftlose, mutlose Verbindung ein. Es gab nur noch die Abwesenheit von allem, was an die Existenz von Menschen erinnerte.

»Und hier sollen wir auf die letzte Bastion des Atahualpa stoßen?«, meinte Bonpland zweifelnd.

»Geduld, Señor. Noch eine Stunde«, erklärte der Führer, ein junger Bursche mit ungesunder Hautfarbe und lückenhaftem Gebiss. Unter seinen Augen lagen dunkle Ringe. Aber er besaß ein verschmitztes, zutrauliches Lächeln.

Wie er es angekündigt hatte, öffnete sich nach einer Stunde gemächlichen Rittes der Blick auf die alte Residenz des Inkafürsten. Sie lag als letzter Außenposten vor tief eingeschnittenen Tälern, deren baumbestandene Wände blau erstrahlten. In dieser Höhe leuchteten alle Farben ungewöhnlich; der Himmel zeigte jetzt ein so durchsichtiges Weiß, als gäbe es dahinter noch andere Himmel.

Als die Reisenden hinüberritten, sahen sie, dass die Mauern der Festung von Fruchtgärten und wiesenartig bewässerten Luzernenfeldern umgeben waren. In der Ferne bemerkten sie Rauchsäulen.

»Es sind die warmen Bäder von Pultamarca«, erklärte ihr Führer. »Schwefelquellen, 55 Grad heiß. Sehr gesund.«

»Kann man noch heute darin baden?«, fragte Bonpland interessiert.

»Sicher. Jedenfalls in dem, was der Zerstörungswut der Konquistadoren widerstanden hat. Atahualpa brachte einen großen Teil des Jahres in den Bädern zu. In dem *tragadero*, dem großen und tiefen Wasserbecken, ist sein goldener Tragsessel versenkt.«

›Schon wieder eine Goldgeschichte‹, dachte Humboldt. »Hat man danach gesucht?«

»Jeder sucht dauernd danach. Aber das Becken ist zu tief, man findet den Sessel nicht.« Die Stimme des Jungen klang triumphierend.

»Reiten wir ins Zentrum«, schlug Bonpland vor.

Der Führer stellte fest: »Von der Burg und dem Palast des Inkakönigs sind nur Reste geblieben. Schon zum Ende seines Jahrhunderts hat der Golddurst tief gegraben und die Mauern einstürzen lassen. Die Fundamente aller Wohnungen sind zerstört.«

»Überall das Gleiche«, meinte Humboldt zu Bonpland. »Hier ist man in einer Welt, die nur noch Ruinen kennt. Die Länder dieses Kontinents gleichen Grabfeldern, auf denen Leichenschänder sich bedienen.«

»Na ja, so glänzend wie früher einmal ist es jedenfalls nicht mehr«, meinte Aimé leichthin.

Sie erreichten den Palast des Inka. Er lag auf einem Porphyrhügel, der ursprünglich an der Oberfläche derart behauen und ausgehöhlt worden war, dass er die Hauptwohnung mauerartig umzingelte.

»Ein Stadtgefängnis und ein Gemeindehaus«, sagte der Indio. Er nahm seinen Filzhut ab, wischte sich mit dem Ärmel seiner farblosen Jacke den Schweiß von der Stirn und deutete auf guterhaltene Mauern aus Quadersteinen zur Linken.

Der Indio führte die Forscher zu im Felsen ausgehauenen Treppen, die zum Fußbad des Herrschers führten. Ein solches Fußwaschen war zu Zeiten Atahualpas von aufwändigen Zeremonien begleitet, deshalb befanden sich Hunderte von Privatwohnungen der Bediensteten in der Nähe.

»In diesem Felsen gibt es einen Schacht, der einst in unterirdische Gemächer führte. Von einem Stollen aus konnte man weit gehen, bis zur Santa Polonia. Es war für die Flucht in kriegerischen Zeiten gedacht. Atahualpa war stets in Gefahr.«

»Und konnte er fliehen, als die Spanier kamen?«

Der Führer schaute sie an. »Kennen Sie nicht die traurige Geschichte, Señores?«

»Nur so, wie die Konquistadoren sie erzählt haben – als Siegesfanfare einer überlegenen Nation über die unwissenden, heidnischen Feinde.«

»Folgen Sie mir.«

Sie durchquerten die Reste des Hauptgebäudes. Schließlich standen sie in dem Zimmer, in dem der unglückliche Atahualpa im Jahre 1532 neun Monate lang gefangen gehalten worden war. »Hier, Señores, sehen Sie? An dieser Zimmerwand hat er das Zeichen angebracht, bis zu welcher Höhe er den Raum mit Gold füllen wollte, wenn die Spanier ihn freiließen.«

Alexander sagte: »Bei Xerez in der Conquista de Peru und in den Briefen von Hernando Pizarro stehen ganz unterschiedliche Angaben, was die Menge des Goldes angeht.«

Der Führer streckte die Hand aus. »Der gequälte Fürst sagte: Das Gold in Barren, Platten und Gefäßen soll so hoch aufgetürmt werden, wie ich mit der Hand reichen kann.«

Alexander warf ein: »Garcilaso de la Vega, der Peru 1560 verließ, schätzte die Menge der Kostbarkeiten von den Sonnentempeln in Cusco, Huaylas, Huamachuco und Pachacamac auf 2.838.000 Ducados de Oro.«

»Sí, Señor. Aber sie töteten den Fürsten dennoch. Am 29. August 1533 starb der Inka. Alle Golddukaten haben ihm nichts genützt. – Aber kommen Sie, Señores, ich will Ihnen noch etwas zeigen.«

Der Führer brachte sie in die Kapelle des Stadtgefängnisses. Er deutete auf eine vier Meter lange, dünne Steinplatte aus Trachyt, die vor dem Altar lag. »Es ist der Blutstein. Hier starb der Fürst. Hier schlugen sie ihm den Kopf ab. Sehen Sie die Blutflecke? Sie haben sich unauslöschlich eingegraben – wegen der Schande.«

Humboldt beugte sich neugierig über den Stein. Er nahm tatsächlich vier Flecken wahr, die nach Blut aussahen. Aber der Forscher in ihm vermutete sofort, dass es sich bei den Flecken eher um Verfärbungen des pyroxenreichen Gesteins handeln musste. Und war der Inkafürst nicht erdrosselt worden? ›Sei's drum‹, dachte er, ›die Legende klingt schaurig-schöner.‹ Also sagte er: »Tatsächlich, hier sieht man sein Blut.«

Der Indio blickte ihn mit leuchtenden Augen an und sagte eifrig: »Der betrogene Fürst hat sich sogar taufen lassen, um der Wut der Spanier zu entgehen. Sie hätten ihn sonst bei lebendigem Leib verbrannt.«

»Ihre liebste Gewohnheit«, warf Bonpland sarkastisch ein. »Sie praktizierten das noch vor kurzem an ihren eigenen Ketzern.«

Der junge Indio war jetzt nicht mehr zu bremsen. Sein rotes Halstuch wehte im Wind. »Er nannte sich Juan de Atahualpa. Aber sein schändlicher, fanatischer Verfolger, der Dominikanermönch Vicente de Valverde, brach sein Versprechen und ermordete ihn dennoch. Der Leichnam hat nie unter diesem Stein gelegen, er wurde nach einer Totenmesse und feierlichen Beerdigung, bei der auch die Brüder Pizarro in Trauerkleidern anwesend waren, zuerst auf den Kirchhof des Convento de San Francisco und später nach Quito gebracht, in die Geburtsstadt des Fürsten. So wollte es der sterbende Inka, und diesen Wunsch wenigstens erfüllten ihm seine Mörder. Die feierliche Beerdigung, Señores, war Heuchelei. Sein zweiter persönlicher Feind, der verschlagene Ruminavi, richtete sie in Quito aus List und mit politischen Absichten aus.«

»Ruminavi? Ein Spanier?«

»Natürlich. Der Name ist *ketschua*. Er bedeutet ›das steinerne Auge‹, wegen der Entstellung seines einen Auges durch eine Warze. – Rumi heisst Stein, navi Auge.«

»Das also ist die Erfolgsgeschichte unseres Grubenbesitzers«, schloss Bonpland.

Der Führer sagte von da an nichts mehr. Erst als sie wieder außerhalb des Palastes standen, meinte er: »In Cajamarca gibt es noch Abkömmlinge des Königs. Es ist die Familie des Kaziken. Er heißt Astorpilco.«

»Ah! – Das ist gut. Kannst du uns hinführen? Ich möchte ihn gern kennen lernen.«

»Das kann ich, Señor.«

Ihr Weg führte sie an endlos wirkenden Zügen von Menschen vorbei, die über die grünen Wiesen am Rand der abgeernteten gelben Felder zogen. Es waren mit Rucksäcken beladene Frauen, die irgendetwas schleppten. Hinter ihnen zogen Indiokinder ihre Bahn; unter ihren hohen, leuchtend gelben Strohhüten, mit ihren gelb-rot-grün-blauen Kleidern und abgezirkelten Bewegungen, wirkten sie wie Spielzeugkinder.

Auf den Feldern zogen Bauern hinter Stieren tiefe Furchen in den braunen Boden.

Der Kazike wohnte mit Frau und sieben Kindern in einem flachen Haus am Rand von Cajamarca, das von einem Ziegenkral umgeben war. Er war zu Hause und machte eine einladende Geste.

Alexander betrachtete den vielleicht vierzigjährigen

Mann. Er trug einen Bart, war also nicht reinrassig. Die Inkamänner besaßen keinen Bartwuchs. Der Kazike lud sie zum Sitzen ein und ließ ihnen von einem Mädchen aus einer bauchigen Flasche einschenken, in der Hölzer schwammen.

Auf die fragenden Blicke seiner Gäste erklärte er: »Es ist Chinipompana, ein gutes Stärkungsmittel. Kosten Sie! Wenn Sie Feinde haben, dann nehmen Sie einen Schluck und kauen ein Stück von dem Holz, das mit der Flüssigkeit vollgesogen ist. Sehen Sie, so.«

Er fischte mit den Fingern einen dunklen Splitter aus der Flasche, brach drei Stücke ab und steckte sich eines davon unter die Zunge. »So machen Sie es.« Er reichte den Gästen zwei Stücke. Sie taten es ihm nach.

»Und dann?«, wollte Bonpland wissen.

»Sie behalten es zwei Stunden lang unter der Zunge. Hin und wieder trinken sie einen Schluck. Wenn ihr Feind sich nähert, schlägt seine Feindschaft in Liebe um.«

Alexander dachte sofort an de Casas. ›Lieben brauchst du mich nicht, aber komm mir bloß nicht mehr in die Quere!‹ Vielleicht konnte er den Fanatiker verhexen? Er kaute heftig auf einem Stück herum, das bitter schmeckte.

»Atahualpa hätte ein Stück davon gebraucht«, meinte Aimé.

»Sí, Señor. Aber die Spanier haben alles vernichtet, was die Inkas damals von der Naturheilkunde kannten.«

»In wie vielter Folge stammen Sie von dem Fürsten ab, Señor?«

»Das weiß niemand. Die vor dem Einfall der Spanier regierenden Söhne des großen, für einen Sonnensohn jedoch zu freigeistigen Huayna Capac, Huascar und Atahualpa, hinterließen keine anerkannten Erben – mehr wissen wir nicht. Huascar wurde Atahualpas Gefangener in den Ebenen von Quipaypan und auf dessen heimlichen Befehl ermordet. Auch von den beiden übrigen Brüdern des Atahualpa, von dem unbedeutenden jungen Torparca, den Pizarro 1533 zum Inka krönen ließ, und von dem ebenfalls gekrönten, aber dann wieder rebellischen Manco Capac, sind keine männlichen Nachkommen bekannt. Atahualpa hinterließ einen Sohn, als Christ Don Francisco, der sehr jung starb, und eine Tochter, Dona Angelina, mit der Francisco Pizarro im wilden Kriegsleben einen von ihm sehr geliebten Sohn gezeugt hat, des hingerichteten Herrschers Enkel.«

»Und von diesem stammen Sie ab?«

»Man kann es vermuten, Señor. In meinen Adern würde dann auch das Blut des Eroberers fließen.«

»Puh!«, machte Bonpland nur.

»In Cajamarca«, beendete der Kazike seine Ausführungen, »gibt es noch die Carguaraicos und Titu, das sind auch Abkömmlinge unseres gemeinsamen Vorfahren.«

Ein junger Indio, den Alexander auf nicht mehr als siebzehn schätzte, betrat in diesem Moment den Raum. Er gefiel Alexander sofort wegen seiner eleganten Bewegungen und seines klugen Blickes. »Mein Sohn Garcilaso«, stellte der Kazike ihn vor. »Er kann Ihnen die Reste unseres Wohnsitzes zeigen, wenn Sie wollen. Ich muss leider zu einer Viehauktion ins Tal.«

Der Sohn des Kaziken erwies sich als freundlicher junger Mann, der viel Phantasie besaß. Er schritt mit den Europäern durch die dürftigen Zimmer, als wären es tatsächlich prächtige Säle. Mit weit ausholenden Gesten und melodischer, beinahe singender Stimme malte er die Vergangenheit aus. Vor den geistigen Augen der beiden Forscher entstanden, während sie an porösen Mauern entlang gingen und Schutthalden überquerten, Bilder von unterirdischen Gängen, unendlicher Herrlichkeit und Goldschätzen.

»Wovon lebst du, Garcilaso?«, fragte Bonpland ihren jungen Führer.

»Vom Hüten der Ziegenherde. Aber eigentlich eher vom Hüten meiner Einbildungskraft«, erklärte der Junge lachend.

»Das merken wir! Du erzählst sehr schön. Berichte uns noch etwas!«

»Wenn es Sie wirklich nicht langweilt? Europäer hören nicht so gern zu, wenn ein Indio redet.«

»Wir sind keine Europäer, Garcilaso. Betrachte uns einfach als Neugierige, das ist eine weltumspannende Art.«

Der Junge lächelte anmutig. »Wenn Sie meinen. Also. – Einst verband einer meiner Vorfahren seiner Gattin die Augen. Er führte sie durch viele Irrgänge, die in den Felsen gehauen waren, hinab zu den unterirdischen Gärten des Inka. Die Frau sah dort kunstvoll nachgebildet im reinsten Gold Bäume mit Laub und Früchten, Vögel, die auf den Zweigen saßen, und den viel gesuchten goldenen Tragsessel des Atahualpa.«

»Von dem haben wir schon gehört..«

»Bueno. Der Mann gebot seiner Frau, nichts von diesem Zauberwerk zu berühren, weil die längst verkündete Zeit der Wiederherstellung des alten Inkareiches noch nicht angebrochen war. Wer nämlich früher sich davon etwas aneigne, müsse noch in derselben Nacht sterben.«

»Was nur gerecht wäre«, stimmte Aimé überzeugt zu.

»Nun. Die Frau hatte in der Folgezeit goldene Träume und immerwährende Phantasien. Sie plagten die Frau so sehr, dass sie alle Verbote vergaß und eine goldene Schale stahl. Noch in der folgenden Nacht erlag sie einem Schlangenbiss.«

»Und glaubst du, dass es diese künstlichen, unterirdischen Gärten wirklich gab, Garcilaso?«

»Ich weiß nicht«, antwortete der Junge beinahe verzweifelt. »Ich habe nie wirklich einen gesehen. Aber man sagt, die Spanier kannten sie und nahmen alles daraus mit.«

»Aber sie starben danach nicht an ihrem Frevel.«

»Sie starben nicht? Sind sie nicht tot?«

»Doch, schon. Heute. Aber damals nicht. Sie starben eines natürlichen Todes.«

»Es gibt keinen natürlichen Tod, Señores. Alles beruht auf der Rache der Inkafürsten.«

»Nun ja …«, meinte Alexander.

»Doch, er hat schon Recht«, warf Bonpland ein. »Cieza de Leon zumindest, der Geschichtsschreiber der Conquista, berichtete von solchen Gärten unter dem Sonnentempel von Cusco und im Tal von Yucay, dem Lieblingssitz der Herrscherfamilie.«

»Sogar in Cajamarca soll es einen solchen herrlichen Garten gegeben haben! Da wo die goldenen Huertas nicht unterirdisch waren, standen lebend vegetierende Pflanzen neben den künstlichen. Jedenfalls sagt man das.«

Alexander schaute den phantasiebegabten Jungen an. »Es wäre schön, wenn es solche goldenen Gärten heute noch gäbe. Dann könntet ihr alle sorgenfreier leben.«

»Ich verrate Ihnen ein streng gehütetes Geheimnis, Señor. Es *gibt* noch heute solche Gärten.«

»Hmm«, machte Alexander. Er wusste nicht recht, ob der Junge jetzt die Wahrheit sagte oder sich wieder in Geschichten verlor.

»Doch, doch! Hier, direkt unter der Stelle, an der Sie stehen, etwas zur Rechten, steht ein großblütiger Daturabaum, ein Guanto, von Golddraht und Goldblech künstlich geformt. Er bedeckt den Ruhesitz des Inka mit seinen Zweigen.«

›Luftbilder und Täuschung sind oft Trost für große Entbehrung und irdisches Leiden‹, überlegte Alexander. ›Aber hier ist es besonders ausgeprägt.‹ Er sagte: »Fühlen du und deine Eltern, da ihr so fest an das Dasein dieser Gärten zu glauben scheint, nicht den Wunsch, in eurer eigenen Bedürftigkeit nach den Schätzen zu graben?«

Der Junge machte ein betont gelangweiltes Gesicht. »Wir wollen seine Reichtümer nicht. Sie sind uns heilig. – Hätten wir die goldenen Zweige samt allen ihren goldenen Früchten, so würden uns außerdem die weißen Nachbarn hassen und schaden.«

Die Antwort machte Alexander betroffen. »Das heißt, ihr seid lieber arm, als angefeindet zu werden.«

»Wir haben ein kleines Feld mit gutem Weizen.«

Die Bläue des Himmels

Die Gefährten verbrachten noch drei Tage in der Stadt des Inka Atahualpa, dann wurde die Vorstellung von der Nähe des Ozeans übermächtig. Ihr Treck setzte sich wieder in Bewegung. Diesmal in Richtung auf die lange peruanische Sandwüste, die *Desierto de Sechura*, hinter der irgendwo das pazifische Meer liegen musste.

Humboldt, angeregt durch die Erzählungen des Sohnes des Kaziken, erinnerte sich an eine Geschichte, die er gehört hatte. Während sie der alten Inkastraße weiter folgten, die zwischen drohenden Gipfeln hindurch steil bergauf, dann wieder jäh hinunter führte, sagte er:

»Du weißt, ich bin empfänglich für Volksglauben. Und

es lässt mich nicht mehr los. Dass es Unglück über ein ganzes Geschlecht bringt, wenn man sich vergrabener Schätze bemächtigt, die den Inkas gehört haben, hätte zuallererst die Spanier treffen müssen. Warum wirkte der Zauber nicht?«

Bonpland glaubte ohnehin nicht daran. »Vielleicht trifft der Fluch eben nur auf die Indiogeschlechter zu und nicht auf Fremde.«

»Das könnte sein. Aber hör zu. Die Flucht von Manco Inka, dem Bruder Atahualpas, in die Wälder von Vilcapampa am Abhang der östlichen Kordilleren, der Aufenthalt von Sayri Tupac und Inka Tupac Amaru in der Wildregion haben im Volk bleibende Erinnerungen hinterlassen. Man glaubt, dass sich zwischen den Flüssen Apurimac und Beni oder noch östlicher in Guyana Nachkommen der entthronten Dynastie angesiedelt haben. Die von West nach Ost wandernde Mythe des Dorado und der goldenen Stadt Manoa – du erinnerst dich – bestärkte solche Annahmen natürlich. Walter Raleighs Einbildungskraft war davon so sehr entflammt, dass er eine Expedition auf die Hoffnung gründete, die Inselstadt zu erobern, eine Garnison von drei- bis viertausend Engländer hineinzulegen und dem Emperor of Guyana, der von Huayna Capac abstammt und sein Hoflager mit derselben Pracht hält, einen jährlichen Tribut von 300.000 Pfund Sterling aufzuerlegen. Das betrachtete er als Preis für die verheißene Restauration in Cusco. Spuren solcher Erwartungen einer wiederkehrenden Inkaherrschaft haben sich in den Köpfen vieler Eingeborener erhalten, soweit die peruanische Ketschuasprache verbreitet ist.«

»Aber es ist eben nur ein Traum«, erklärte Aimé. »Man hält umso stärker an etwas fest, je unwahrscheinlicher es ist. Hauptsache es bildet einen Trost für die erbärmliche Gegenwart.«

»Und die jämmerliche Wirklichkeit widerlegt die Legende nie. In ihren Augen starben die Spanier durch den Inkafluch – von diesem Glauben hält sie nichts ab.«

Sie kamen in ein Gebiet, das als ungesichert und gefährlich galt. Räuberische Banden ehemaliger Grubenarbeiter überfielen hier Karawanen und erpressten Lösegeld. Am Nachmittag zeigte sich in einiger Entfernung eine Anzahl bärtiger, abenteuerlich gekleideter Gestalten mit leuchtend roten Stirnbändern auf Maultieren. Sie waren mit Macheten bewaffnet, die wie Schwerter von ihren Gürteln hingen. Die Gefährten erschraken und gingen in Habacht-Stellung. Aber die Fremden belauerten sie nur aus der Entfernung und kamen nicht näher. Vielleicht hofften sie auf einen Fehltritt der Reisenden in dem schwierigen Gelände, um die Wehrlosen dann auszuplündern.

»Wenn wir heute Nacht im Freien schlafen, müssen wir Wachen aufstellen«, meinte Aimé.

Von Conturcaga und Aroma stieg der Treck im Zickzack an einem üblen, steilen Felsabhang 2000 Meter hinunter in das zerklüftete Tal des Rio Magdalena, der jedoch immer noch 1280 Meter über dem Meer lag. Ein paar elende Hütten tauchten auf, die in Geröllfeldern errichtet waren – es waren die einzigen Ansiedlungen. Sie waren von bleichen Wollbäumen umgeben. Die Vegetation des Tales war ärmlich, doch dazwischen leuchteten immer wieder verheißungsvoll rote Gebüsche der Bougainvillea.

»Schaffen wir es heute noch bis ins Tal?«, fragte ihr indianischer Führer. »Die Räuber kommen vor allem nachts.«

»Ich befürchte nein. Das Tal gehört zu den tiefsten, die wir auf der Reise durchquert haben. Es wird Stunden dauern, bis wir unten sind. Und ob wir eine passende Unterkunft finden …?«

»Das Tal ist ziemlich schauerlich«, meinte auch Aimé. »Dunkel, fast nur eine Spalte von Ost nach West. Wir sollten uns beeilen, hinunterzukommen. Im Gelände hier oben hätten wir bei einem Angriff keine Chance.«

Sie schafften es, spät in der Nacht im auffallend milden Tal des Magdalena anzukommen und fanden sogar ein Quartier. Es war ein kleines, sauberes Steinhaus, das einem Händler für Lamahäute gehörte, der es nur ein paar Mal im Jahr benutzte. In dem Ort namens Quebamba wurde Obst angebaut. Und so füllten sie ihre Packtaschen bis obenhin mit aromatischen Früchten, welche die Einheimischen Lechies nannten.

Als sie den Ort am nächsten Morgen wieder verließen, mussten sie auf der anderen Talseite den Alto de Aroma wieder hinaufsteigen, bis auf 1536 Meter Höhe. Humboldt registrierte dankbar, dass bei all ihren Klettertouren keines der Instrumente beschädigt worden war. Er nahm sich vor, die Indios am Abend zu belohnen.

Auf der anderen Seite des Berges empfingen sie wieder dichter Nebel und feuchte Kälte.

»Ich weiß nicht«, meinte Aimé unterwegs. »Langsam wird es mir zu eng hier in den Bergen. Ich hätte nichts gegen eine freie Sicht.«

»Angel!«, rief Humboldt. »Wann werden wir in der *Desierto de Lechura* sein und das Meer sehen?«

Ihr Führer deutete voraus. »Zwei Bergketten weiter. Wenn es keinen Nebel gibt. Richtung Lambayeque werden Sie die Ebene sehen – und vielleicht auch das Meer.«

Als sie auf den Gipfeln standen, sahen sie wie aus einem Luftballon herab ins Leere. »Man ahnt die Ebene und das Meer, aber man sieht nichts«, sagte Aimé enttäuscht.

Die Indios, die an die Hochebenen der Berge so gewöhnt waren, dass ihnen das Meer gleichgültig war, vertrösteten sie auf später. Als sie am Abend auf dem Kraterrand eines Vulkans an der Passtrasse von Guangamarca standen, deutete Angel wieder voraus. Aber die Reisenden sahen nur Felsmassen, die sich wechselweise inselförmig im wogenden Nebelmeer erhoben und verschwanden. Jedes Mal, wenn die Nebelschicht sich für einen Moment zu öffnen schien, hofften die Reisenden auf einen weiten Blick, aber jedes Mal türmten sich nur weitere, feindliche Felsgrate vor ihnen auf. Schließlich gaben sie es auf und trotteten einfach weiter.

Im nächsten Ort ihrer Rast kam es zu einer Verzögerung. Bonpland hatte sich beim Absteigen von seinem Pferd den Fuß vertreten und legte sich selbst eine Schiene an. Er verordnete sich zwei Tage Ruhe.

Der Ort hieß Tumbas. Hier rasteten zurzeit auch einige Goldjäger von der venezolanischen Küste. Alexander ließ deshalb eine doppelte Wache bei dem Gepäck. Die Kreolen feierten zwei Tage lang bis in den Morgen und amüsierten sich mit Frauen; man hörte noch lange ihr Gebrüll und raue Gesänge.

Am zweiten Morgen brachen die Gefährten auf. Alles blieb ruhig. Die Goldjäger lagen endlich erschöpft von den Ausschweifungen auf ihren Decken im Hof des Wirtshauses.

Humboldt und Bonpland blieben unruhig. Jeder Tag, den die Reise nun noch durch die öde Bergwelt ging, zerrte an ihren Nerven. Alexander dachte: ›Das Meer ist an sich schön. Aber es wird unerträglich schön, wenn man so lange auf Berggipfeln herumzieht wie wir. Überhaupt ist das Verlangen nach seinem Anblick bei mir, wie bei jedem

Menschen, mit zufälligen Jugendeindrücken verwoben. So wie mein Hang nach der Ferne im engen Tegel entstand, wo die Unwahrscheinlichkeit, jemals fremde Länder zu sehen, den Wunsch unerträglich machte, so entwickeln sich überhaupt Sehnsüchte aus dem Gegenteil heraus, das man gerade hat.‹

Aimé ritt plötzlich neben ihm. Er deutete auf seinen Fuß. »Es schmerzt immer mehr. Vielleicht ist es doch schlimmer, als ich dachte. Ich muss mich bald darum kümmern.«

»Wir können hier rasten, wenn du willst. Wir haben Zeit, Aimé.«

»Nein, nein. Ich will weiter. Ich krieg bald den Bergkoller.«

Als Aimé sich wieder zurückfallen ließ, versank Alexander erneut in seine unterbrochenen Gedanken. ›Wir haben das Sternbild des Kreuzes erwartet und gesehen‹, dachte er. ›Ebenso die Magellanschen Wolken, den Schnee am Chimborazo, die Rauchsäulen der Vulkane von Quito und auch die schlichtesten, baumartigen Farne ... das alles haben wir mit gespannter Sehnsucht erwartet. Jetzt sehnen wir uns nach dem pazifischen Meer. Es wird immer eine Sehnsucht geben, gleichgültig, wie sie heißt.‹

Es fiel ihm ein, wie er schon als Kind auf Schloss Langeweile den Erzählungen des Vaters gelauscht hatte, der von der kühnen Expedition des Vasco Núñez de Balboa handelte, des mutigen Mannes, der als erster Europäer von den Höhen von Quarequa auf der Landenge von Panama das südliche Meer erblickt hatte. Was war das für ein Abenteuer gewesen! Und wie tief war es in die Seele des lauschenden Jungen eingedrungen! Bald würde er an der Stelle von Balboa sein!

Endlich erreichte die Karawane den höchsten Punkt des

Alto de Guangamarca. Und plötzlich wurde es heiter, ein scharfer Südwestwind verscheuchte den Nebel. In der dünnen Bergluft erschien zwischen den engen Reihen der höchsten und gefiederten Wolken das tiefste Blau, das Alexander je gesehen hatte.

»Wir rasten!«, rief er. »Hier kann ich sie endlich messen!«

»Was denn?«, rief Aimé zurück.

»Die Bläue des Himmels, natürlich! Deshalb hast du doch bei diesem Ausflug angeheuert.«

»Ja, stimmt.«

Unter lauten Zurufen, Scherzen und Befehlen hielt der Treck. Die Männer stiegen ab und ließen die Tiere mit hängenden Zügeln stehen, damit sie sich Gras suchen konnten.

Alexander nahm sein Messgerät von einem der Packtiere. Er trug das Cyanometer nach Norden an den Rand des Passes und baute es auf. Bonpland hockte sich neben einer blühenden Agave nieder und schaute ihm zu. Ein andalusisches Sprichwort fiel ihm ein: Wenn die Agaven blühen, sterben die Freundschaften. Dann aber schüttelte er den Kopf und verdrängte das aufkommende, ungute Gefühl.

Er verstand nichts von solchen Messungen, doch wenn er Alexander arbeiten sah, vergaß er seine Schmerzen und die Ungeduld, die ihn sonst immer antrieb. »Es ist von Pictet nach dem koloriert, das Saussure auf dem Gipfel des Montblanc und am Col de Géant verwendet hat!«, rief Humboldt.

Aimé lächelte ihm zu. »Du kannst das tatsächlich, die Bläue des Himmels vermessen?«, fragte er. »Ich dachte immer, du machst einen Scherz.«

»O nein! Ich kann die Bläue der Anden nicht nur messen, ich kann sie auch mit der in den Alpen vergleichen. Das wird interessant!«

Alexander benötigte zwei Stunden. Dann hatte er alle Daten notiert »Und das Ergebnis?«, fragte Aimé.

»Das Blau ist das Blau«, antwortete Alexander nur. »Aber hier ist es einzigartig.«

»Wir sollten wieder aufsitzen«, riet Aimé. »Vor uns liegt noch ein Ritt von Stunden.«

Doch bevor sie weiterzogen, drehte Humboldt ihnen den Rücken zu und pisste im weiten Strahl in den Sand, dorthin, wo er als Erster die Bläue des Himmels der Anden vermessen hatte.

Callao de Lima

Die Männer beschlossen, einfach weiterzureiten. Da sie im Tal von Chal keine Herberge fanden und nicht im Freien übernachten wollten, schliefen sie während des Reitens auf den Tieren. Um nicht herunterzufallen, banden sie sich am Sattel fest. So schaukelte dieser seltsame Zug mit schwankenden Gestalten auf müden Reittieren durch die unendlich scheinende, hitzeflimmernde Landschaft.

Nach drei Tagen strapaziöser Reise erreichten sie die Ebene von Molinos. Hier begann die Wüste. Nun trennte sie nur noch ein zwanzig Kilometer breiter Streifen vom ersehnten Meer.

Alexander kam der Anblick wie ein Traum vor. Wohin er auch sah, wogte vor seinen Augen ein Meer aus Sand. Wellenförmig spülte der graubraune Untergrund über einzelne Felsblöcke und Quarzgestein. Kein Vogel war zu hören, kein Lebewesen hielt sich hier auf. An das Sammeln von Pflanzen war nicht zu denken, nur einmal fand Bonpland, der den Boden vom Pferderücken herab sehnsüchtig wie ein schnüffelnder Hund absuchte, eine *Tillandsia purpurea*, eine wurzellose Pflanze, die sich aus der Luft ernährt.

»Was für ein Unterschied zum Dschungel!«, rief Alexander. »Erinnerst du dich an den Orinoco, Aimé?«

»Ob ich mich an den Orinoco erinnere? Ich erinnere mich auch an den Apure, den Rio Negro, den Casiquiare! Soll ich dir meine verschorften Beine und Arme zeigen?«

»Drei Jahre und drei Welten entfernt! Dort wucherte alles – Boden, Wald, Luft quollen über vor Leben! Hier ist alles anders.«

Als sie einmal eine zehn Meter große Anhöhe bestiegen, sahen sie allerdings im Landesinneren einen Treck von Lamas, Ziegen und Schafen, angetrieben von drei Frauen mit tief herabgezogenen Hüten. Der Treck wirkte wie ein unwirkliches Spielzeug in der ungeheuren Einöde aus Sand, Felsen und Hitze.

Das Meer war nahe. Schon glaubten die Gefährten, es riechen zu können. Doch der Natur war eingefallen, vor dem Anblick der See noch eine Barriere zu errichten. Ein endlos scheinender Streifen von Sanddünen türmte sich als Küstenwüste bis zum Horizont vor ihnen auf. Humboldt schätzte die Höhe der Dünen bis zu 1000 Meter. Vom ständigen Wind verursacht, hatten sich bizarre Linien, Muster und Ornamente in den elfenbeinfarbenen Sand eingegraben.

»Wie sollen wir dieses Gebirge überwinden?«, rief Aimé verzweifelt.

Der Sand wurde jetzt so tief, dass die Reittiere bis zu den Kniegelenken darin einsanken. Ständig gab der Sand nach, und die Tiere rutschten vom Kamm der Dünen hinunter; es war, als lebte der Boden. Die Mulis brüllten vor Angst, und die Männer mussten absteigen. Auch einige Instrumente mussten nun getragen werden. Dennoch kam der Treck fast zum Stillstand.

Die Gefährten wurden nervös und übellaunig. Ihre Phantasie und Lebhaftigkeit erlahmte zusehends. Auch den anderen Teilnehmern der Expedition war anzusehen, dass sie ein Ende herbeisehnten; wenn Humboldt in die Runde schaute, erblickte er mürrische, bleiche Gesichter. Der böse Gedanke keimte in ihm auf, die Expedition sei verhext und würde kurz vor dem Ziel scheitern.

»Wann werden wir endlich den Ozean sehen?«, fragte Bonpland den indianischen Führer. – »Bald, Señor!«, versicherte der Mann und duckte sich unter seinem breitkrempigen Hut. Diese Auskunft hörten die Gefährten nun öfter. »Nach einer Meile!« – »Hinter der nächsten Kurve, Señor!« – Doch die Küste blieb unsichtbar.

Und dann, als Muschelkalk immer häufiger den heißen Wüstenboden durchsetzte und der Sand wieder flacher wurde, ging es weiter. Die Erstarrung löste sich allmählich, und die Männer kamen wieder zu sich. Ihr indianischer Führer steckte einen Finger in den Mund und hielt ihn hoch. Bonpland spuckte fluchend Sand aus; sein Gesicht war von einer hellen Kruste überzogen. Und Alexander hob den Kopf. Fliegen summten plötzlich um sie herum wie ein Trommelwirbel. Irgendetwas veränderte sich zusehends. Was war das?

Plötzlich wehte eine Brise einen unverkennbaren Geruch herüber.

Salzluft!

Eine Sekunde standen sie wie gebannt. Und dann ließen sie ihre Maultiere stehen und rannten den vor ihnen liegenden Sandhügel empor. Bonpland stieß einen französischen Schrei aus. Hunger, Krankheit, Gefahren, Entbehrungen, Wunden,

Ängste, Enttäuschungen und eine Sonne, die sie ausgedörrt hatte – das alles wurde mit einem Schlag unbedeutend.

Das Ziel war in Sicht. Jetzt waren sie sicher, dass alles gut würde.

Und dann sahen sie das Meer.

Möwen schrien, eine frische Brise trieb die Vögel durch die unendlichen Lüfte, hoch und höher. Alexander schien es, als läge über dem Meer eine ungeheure Lichtmasse, so als hätte das Licht sich hierher zurückgezogen, wo es frisch und erträglich war. In diesem Meeresausschnitt lag eine Insel, eine flache Hügelkette, lang hingestreckt und unbeweglich wie ein Krokodil am Orinoco.

Nach all der großen, unbändigen Erwartung dieses Anblicks war Alexander beinahe enttäuscht, dass sich am Strand keine goldene Stadt zeigte, in der ein Empfangskomitee aus hübschen Mädchen und hohen Würdenträgern sie unter Fanfarenklängen begrüßte. Kein Geschrei einer begeisterten Menge, kein Te Deum laudamus frommer Priester, kein Geschmeide an den Brüsten von Jungfrauen, keine goldenen Pokale mit frischem Wein.

Was sie unten vor sich liegen sahen, bestand lediglich aus feinkörnigem, weißem Sand und der metallen spiegelnden Scheibe blau schimmernden Wassers im gleißenden Licht. Aber es war wunderbar!

***

Dies war der große Ozean! Und darüber der endlose Himmel, der alle Inseln und Küsten im Westen überspannte.

Alexander konnte sich nicht satt sehen. Das Meer hinter den schroffen Bergen, grünen Hängen und undurchdringlichen Dschungeln. Das bisher nur geträumte, unbekannte

Meer, das Kolumbus und alle seine Nachfolger gesucht und nicht gefunden hatten. Das Meer, an dessen Ufer nur ein Balboa gestanden hatte; es umspülte gleichzeitig Amerika, Cipango, Indien und Afrika.

Und im Moment umspülte es die Füße der todmüden Reisenden.

Lange saßen die Männer nackt am Ufer. Sie hatten sich in die Fluten gestürzt und das kühle, schäumende Wasser auf ihrer sandigen, rissigen, ausgetrockneten Haut genossen. Sie schauten müde und stolz in Richtung auf den Horizont, an dem der Sonnenball soeben entlangrollte, bereit, sich dahinter schlafen zu legen.

»Die Südsee! Welch eine Freude. Wie habe ich in Tegel davon geträumt!«, sagte Alexander glücklich. »Man glaubt einen alten Freund zu sehen beim Anblick des Meeres. Das Herz öffnet sich, tausend Gedanken der Hoffnung …«

In der Nacht genossen die Männer die Kühle, den Wind und die Abwesenheit von Insekten. Am nächsten Morgen wusch man die Kleidung aus und ließ sie in der Sonne trocknen. Als die Gefährten sich wieder angekleidet hatten, zogen sie weiter.

Jetzt ging es nach Süden, immer den Strand entlang, nahe dem Wasser, wo der Boden fest war.

Sie mussten feststellen, dass die Ufer des Ozeans kaum besiedelt waren. Auf hundert Kilometern begegneten ihnen nicht zehn Menschen. Eintönig breiteten sich die Ufer aus, das Meer lag ruhig in seinem Bett, nur eine leichte Brise fächelte herüber.

Als sie in ein kleines Dorf kamen, das nur aus einer sandigen Straße bestand, an der zu beiden Seiten grüne Schuppen standen, fühlten sie sich nach Afrika versetzt. Hier lebten die Nachfahren der Negersklaven, die wie eine Ware gehandelt und von Europäern nach Amerika verschleppt wurden. Diese Menschen hier waren frei, doch ihr unsteter Blick verhieß nur Unglück.

Die Gefährten beeilten sich, weiterzureiten. Die Dünen am Strand türmten sich nun wieder höher auf.

Zwei Tage später wäre einer der Indios bei einer plötzlichen Flutwelle beinahe im Meer ertrunken. Die Welle kam in Sekundenschnelle, als die Luft plötzlich totenstill geworden war. Humboldt wusste, dass es an der peruanischen Küste solche tödlichen Flutwellen gab; die Indios nannten sie Tsunamis. »Sie entstehen seismisch durch Meerbeben. Im Jahre 1746 haben sie in einer Nacht Tausende von Erbarmungswürdigen mit sich gerissen und getötet.«

Dann, am 14. September des Jahres 1802, erreichten sie endlich die Hafenstadt Callao de Lima. Mit widerstrebenden Gefühlen ritten sie zwischen den Häusern ein. Sie wussten, hier war der Endpunkt ihrer Reise.

Alexander von Humboldt feierte am Abend seinen 33. Geburtstag. Aimé Bonpland schenkte ihm eine kleine Gallionsfigur aus Mahagoni, die eine in die Ferne deutende, barbusige Jungfrau zeigte. Er hatte sie in den Trümmern eines gestrandeten Schiffes gefunden.

***

Lima und sein Hafen Callao erwiesen sich als triste Städte. Dunkle Wolken und düsterer Seenebel hingen über den Dächern. Der Hafen war fünfzig Jahre zuvor von einer zwanzig Meter hohen Flutwelle einfach weggewaschen worden, man hatte ihn notdürftig und hässlich wieder aufgebaut. Nur die Festungstürme Real Felipe waren bei dem Unglück stehen geblieben.

Überall am Strand lagen zwischen Schutt auf Böcken und Stangen aus dem Meer gezogene, mit verkrustetem Schlick übersäte Fischerboote. Ihre grünen Planken und verblassten Aufbauten wirkten traurig – wie große Tiere, die in eine Falle geraten waren.

Humboldt und Bonpland nahmen Quartier im Haus des peruanischen Zollverwalters, es war eines der wenigen Häuser, in dem die Malaria nicht wütete. Es war unerträglich heiß.

Die Hauptstadt Perus, mit dem Sitz des spanischen Vizekönigs, war übervölkert und platzte aus den Nähten. Humboldt schätzte die Einwohnerzahl auf 50.000. Er hatte sich gefreut, hierherzukommen, doch aus der Nähe machte Lima auf die Europäer den Eindruck einer verkommenen Stadt. »Es gibt anscheinend nicht ein einziges gut eingerichtetes Haus und keine einzige gut gekleidete Frau!«, schimpfte der enttäuschte Humboldt bald. »Nachts ist es unmöglich auszugehen. Alle zehn Meter wird das Gespann wegen der vielen Straßenköter und der Eselskelette aufgehalten, die überall herumliegen und verwesen. Und an jeder Ecke gibt es Straßenräuber.«

»Lima dreht sich um sich selbst, hier kann man nichts über irgendwas lernen, schon gar nicht über Peru«, urteilte Bonpland.

Sie hatten gehofft, sich von den Strapazen der Reise ablenken zu können, doch außer Stierkämpfen gab es keine öffentlichen Vergnügungen. Und das ständige Kartenspiel der Einheimischen langweilte sie bald. Dazu kam der ständige Lärm einer vergnügungssüchtigen Jugend ohne Ideale.

»In Callao ist es noch schlimmer«, meinte Bonpland.

Als auch noch die Feria de Octubre begann, sich die engen Gassen mit Feiernden in purpurnen Gewändern füllten und lärmende Prozessionen Woche um Woche die Nächte zum Tag machten, flohen die Forscher nach Miraflores, einem Ort auf den Klippen am Meer.

Dennoch war die Zeit nicht ganz verloren. Die Gefährten entließen ihre Indios, verkauften die Mulis und kümmerten sich um die Instrumente. Sie sichteten ihre Schätze und verpackten alles in wasserdichte Kisten, die sie im Hafen für eine Passage nach Frankreich aufgaben. Bonpland schickte etliche kostbare Tiere und Pflanzen an Mutis, den »erhabenen Patriarchen der Botanik«, wie er formulierte. »Grüßen Sie de Casas – nicht«, notierte Alexander am Ende des Briefes.

Die Freunde schrieben Briefe nach Europa. Alexander berichtete seinem alten Freund und Lehrer Carl Ludwig Willdenow: »Entgegen allen Berichten lebe ich noch! Wie viele Schwierigkeiten habe ich überwunden! Vergeblich auf Baudins Reise um die Welt gewartet, dann Ägypten und Algier nur einen Schritt nahe, dann in Südamerika, und nun wieder in der Südsee – wie wunderbar ist ein Menschenleben verkettet!«

An seinen Bruder schrieb er: »Du allein fehlst mir. Bald schon sehe ich dich wieder, guter, guter Bill!«

Und an die Schwägerin: »Liebste Caroline. Alles hier erinnert mich an dich – alles ist so lebendig! In den Wäldern des Amazonenflusses wie auf dem Rücken der Anden erkannte ich, wie von einem Hauch beseelt, von Pol zu Pol nur ein Leben ausgegossen ist in Steinen, Pflanzen und Tieren und in des Menschen Brust ...«

Da der Weltreisende Baudin ihnen depeschiert hatte, nicht nach Lima zu kommen, fassten die Gefährten einen raschen Entschluss. Sie buchten ihre Schiffspassage. Der Gedanke machte sie übermütig, und sie sprangen am Pier herum wie Kinder: In vier Wochen würden sie den neuen, wilden Kontinent verlassen.

Inzwischen konnte Alexander den Durchgang des Merkur vor der Sonne beobachten und bestimmte die Abweichung seines Chronometers, der seit seiner Justierung in Cartagena die 2000 Kilometer lange Reise mitgemacht hatte. Sie unternahmen eine Exkursion zum Rio Guayas, um bei Babahoyo zu botanisieren. Mit Kähnen ließen sie sich über Felder staken, die überflutet waren und deren Wasser 36 Grad warm war. Wieder zurück, hielten sie sich tagelang an den Brutplätzen der riesigen Kolonien von Kormoranen, Pelikanen und weißen Seeraben entlang der Küste und auf den davorliegenden Inseln auf.

Alexander entnahm Proben einer merkwürdigen Substanz. »Es ist Guano, eine dicke, zähe Masse aus Vogelexkrementen und anderen organischen Resten. Ich werde sie zur chemischen Analyse nach Paris senden. Es sollte mit dem Teufel zugehen, wenn das Guano nicht eine außerordentliche Düngefähigkeit besitzt.«

Die letzten Wochen vergingen.

Das Mondreich

Kennen Sie das Mondreich der Chimú, Señores?« Humboldt und Bonpland sahen den Fragenden, einen Mestizen, dessen Gesicht von Pockennarben übersät war, ratlos an. »Ich kann Sie hinführen. Sie sind doch Abenteurer?«

Alexander wollte darauf seine Standardantwort geben: »Nein, wir sind Forscher!« Aber er witterte etwas Besonderes und sagte deshalb: »Ja, wir sind Abenteurer – und was für welche! Was ist das Mondreich der Chimú?«

»Neun Könige haben es gebaut. Ich führe Sie hin.«

Da die Forscher sich in Callao und Lima ohnehin fehl am Platze fühlten – die ständigen Feste mit vulgären Vergnügungen langweilten sie –, schlossen sie sich dem Mestizen an. Vorher versicherten sie sich jedoch seiner Vertrauenswürdigkeit. Sie hatten von Straßenräubern gehört, die Fremde in die Wüste führten, um sie dort zu töten und auszurauben. Doch Trujillo, so hieß der Mestize, besaß trotz seines wenig Vertrauen erweckenden Aussehens einen guten Leumund. Er ernährte als treuer Ehemann und Vater eine Großfamilie von insgesamt 32 Personen.

Die Reise in die Hauptstadt des Mondreiches dauerte einen Tag. Sie ritten auf frischen Pferden zunächst den Küstenstreifen entlang nach Norden, dann, bei einer Bucht, in der Hunderte winziger Einmann-Balsaboote von Fischern im Wasser lagen, bogen sie ins Landesinnere ab. Was die Reisenden bald zu sehen bekamen, übertraf all ihre Erwartungen.

Zunächst erreichten sie eine heiße, trockene Karstlandschaft, die sie in zwei Stunden durchqueren mussten. Danach versperrten Berge ihren Weg. Sie sahen sich gigantischen, von Wind und Wetter korrosierten Hügeln gegenüber, die in der Abendsonne glühten. »Die Hauptstadt!«, sagte Trujillo nur.

»Die Hauptstadt von was?«, wollte Aimé wissen. Doch ihr Führer ritt weiter.

Die Sonne beschien die Hügelhänge und bohrte sich in tiefe Furchen, die vom Boden bis zur Kuppe reichten. Waren es alte Krater? Alexander wunderte sich jedenfalls darüber, dass die Hügel in ihrer Mitte Höfe besaßen, die tief sein mussten, denn lange Schlagschatten verdunkelten sie wie geheimnisvolle Zisternen.

Als sie näher heranritten, öffnete sich vor ihren Augen ein unerwartetes Bild. Ein riesiges Viereck merkwürdiger, weißer, dann wieder grün und rot schimmernder Bauten lag in einem Tal, das von zitronengelben Mauern umgeben wurde und sich wie ein unendliches Rechteck nach Westen zog, bis dorthin, wo die Abendsonne unterging. Das Ganze sah aus wie ein Feldlager unbekannter Wesen mit unbekannten Gewohnheiten und Bedürfnissen, die nach anderen als irdischen Gesetzen gebaut hatten.

»Chan-Chan«, sagte der Mestize und deutete mit weit ausholendem Schwung über das ganze Tal, als gehöre es ihm. »Es ist ein Labyrinth. Ohne Führer verlieren Sie sich darin und sterben.«

»Wir haben ja dich, Trujillo. Führe uns also.«

Die Forscher kamen tatsächlich in ein Labyrinth von Straßen, Plätzen und Gebäuden. Und sie trauten ihren Augen nicht – alles war aus Sand und Salzkristallen gebaut! Humboldt zügelte wie verzaubert sein Pferd. ›Das ist es!‹, dachte er. ›Das ist meine Zauberstadt. Ich wusste immer, dass es sie gibt! Jetzt habe ich sie doch noch gefunden.‹

Und Bonpland sagte wie ein Echo seiner Gedanken: »Zur Hölle mit Lima! Das hier ist unsere Stadt!«

»Die Hauptstadt des Mondreiches!«, erklärte Trujillo lachend.

Sie zogen in die Stadt des Mondreiches ein. Versunkene Gärten kündeten von einstiger Pracht. Die Pflanzen waren überkrustet von glitzerndem Weiß. In den staubigen, aber sauberen Straßen begegnete ihnen niemand, auch Tiere ließen sich nicht blicken, nur Vögel saßen auf Dächern, putzten ihr Gefieder und äugten zu ihnen hinunter.

»Alle Gebäude sind wegen des Zorns der Vulkane aus Erde gebaut, Señores!« Trujillo gab sich Mühe, sich auf eine

Weise auszudrücken, die er für gebildet hielt. »Die Chimú haben die Stadt einst errichtet. Es ist schon lange her. Im Jahre des Herrn 1460 wurde sie vom Tupa-Inka erobert. Sie war ein Hort von Gold. In den Häusern, den Palästen, unter der Erde, in allen Gärten – nichts als Gold. Danach verfiel sie.«

Sie betraten einen unbebauten, ebenen Platz, von dem Alexander annahm, er müsse so groß sein wie ganz Berlin. Wohin die Forscher auch blickten, breitete sich festgestampfte, weiße Erde aus. Sie kamen sich klein vor, denn in der Ferne ragten weitere, bizarre Formationen von Hochhäusern aus Sand und Salz auf; einige schienen Gesichter zu besitzen. »Es ist unglaublich!«, entfuhr es Aimé. »Was für eine Zivilisation!«

Die aufragenden Wände ringsumher besaßen Ornamente, Schraffierungen, Linien – so als hätten die geheimnisvollen Baumeister hier Nachrichten in den Felsen geschrieben. Alexander hatte das unbestimmte Gefühl, diese Nachrichten würden nicht in Wind und Wetter verschwinden, sondern jetzt, bei ihrer Ankunft, aus dem Hintergrund hervortreten.

Bonpland schüttelte immer wieder den Kopf. Manche Gebäude erinnerten ihn an die Pyramiden Ägyptens. Als sie eines betraten, fühlte er sich in die Cheops-Pyramide versetzt. »Ziegel!«, sagte er fassungslos, »Millionen ungebrannter Ziegeln, fugenlos verbaut!«

Auch Alexander war sprachlos vor Staunen.

»Wie ist das nur möglich!«, sagte Bonpland, noch immer begeistert. »Wo sind wir hier? In Nordafrika? Nein, in Südamerika. Wie können so weit entfernte Kulturen so gleich bauen!«

»Das Mondreich«, meinte Alexander nachdenklich.

»Wieso Mondreich? Sie pflegten hier offenkundig einen Sonnenkult.«

»Vielleicht heißt es Mondreich, weil der Glanz dieses Sonnenstaates sich irgendwann in der Geschichte mit einem Schlag verfinsterte und starb?«, mutmaßte Aimé.

»Ein Indio fand hier in dieser Grabkammer eine Million Piaster in Gold und Silber! Können Sie sich das vorstellen, Señores?« Trujillo blickte sie triumphierend an.

»Hier kann ich mir alles vorstellen!«, entfuhr es Aimé.

»Und der Indio fand noch mehr. Ein vollständig erhaltenes Balsafloß mit Ruder und Segel. Was hat ein Balsafloß in der Grabkammer einer Pyramide zu suchen – können Sie mir das erklären, Señores?«

Sie konnten es nicht.

»Kommen Sie, Señores, kommen Sie!« Trujillo lockte sie weiter.

Bald fanden die Forscher sich nicht mehr zurecht. Die Straßen und Gassen schoben sich wieder zusammen; alle Gebäude sahen jetzt gleich aus – hoch und glitzernd. Die Stadt schloss sich um sie.

Plötzlich sahen sie vor sich im Sand ein menschliches Skelett. Alexander fiel auf, dass die Knochen nicht so angeordnet waren, wie man es von einem Menschen erwarten konnte, der hingesunken, liegen geblieben und in dieser Stellung gestorben war. Etwas musste ihn in großer Wut zerfetzt haben.

Als sie ein Gebäude betraten, fiel hinter ihnen mit dumpfem Geräusch etwas zu. ›Eine Tür!‹, dachte Humboldt. ›Jetzt sind wir doch in die Falle gegangen!‹

Doch Trujillo hatte nur die Sättel abgeworfen, und das Geräusch hallte in den leeren Gemäuern. »Wir übernachten hier«, sagte er. »Draußen ist es zu gefährlich.«

Alexander atmete auf und schalt sich einen Narren, der immer wieder seinen kolonialen Vorurteilen gegenüber den Einheimischen erlag.

***

Den Heiligen Abend verbrachten die Gefährten an Bord des königlichen Kriegsschiffes »Castor« nach Quayaquil. Und während der gemächlichen Reise die Küste entlang, die Humboldt mit dem Fernglas absuchte, machte er an den Anlegestellen am Ufer auch Messungen der Flut und der ozeanischen Strömung. »Das Wasser ist ungewöhnlich kalt – nur 16 Grad«, sagte Alexander nachdenklich. »Wie kann das sein, in dieser tropischen Gegend? Das ist eine merkwürdige Fahrstraße im warmen Ozean.«

»Bravo, wieder eine Entdeckung!«, rief Bonpland. »Nenne Sie doch – Humboldtstrom!«

»Unsinn. Die Strömung hier ist seit 300 Jahren allen Fischerjungen von Chili bis Payta bekannt. Ich habe sie nur zuerst gemessen. Und ich will sie kartographieren. Und weil sie wegen des Planktons eine flaschengrüne Farbe hat, nenne ich sie lieber – den grünen Strom.«

»Und was denkst du, warum ist das Wasser so eiskalt?«

»Bin ich Humboldt? Aber im Ernst – es scheint eine Strömung zu sein, die aus der Antarktis kommt und an der Küste entlang nach Norden fließt. Das Seegebiet hier zählt zu den Auftriebsregionen des Weltmeeres, die sich unter dem Einfluss der Passatwinde an den Ostküsten der Kontinente befinden – übrigens überall, von Nordamerika bis Afrika. Das Wasser bewegt sich als schätzungsweise 3000 Kilometer langes und 80 bis 100 Kilometer breites Band von 32 Grad Süd bis Cabo Blanco in Höhe der Galapagos-Inseln.

Die Kühle von nur sechs bis acht Grad erklärt sich durch den Auftrieb aus etwa 200 Meter Wassertiefe. Das Wasser zirkuliert quer zur Stromrichtung.«

»Beeinflusst die Strömung das Klima?«

»Weiß ich nicht. Ich könnte mir jedenfalls vorstellen, dass sie zu Störungen führt. Wenn es an den Flanken einen warmen Gegenstrom gibt, könnte der sich im Küstenraum nach Süden vorarbeiten – mit katastrophalen Folgen für das Wetter. Hochwasser wären die Folge. Und die Fischerei an der Küste wäre die Leidtragende. Aber davon habe ich noch nichts gehört.«

»Gut. Weil heute Heiligabend ist, nennen wir den warmen Gegenstrom Christkindstrom – einverstanden.«

»Einverstanden. Oder noch besser: El Niño, das Christkind. Was meinst du?«

»Ich meine, wir sollten darauf anstoßen.«

***

Nach ihrer Rückkehr aus Guayaquil luden Schwarze sie zu einem Fest ein. Schon von weitem war das Dröhnen der Trommeln zu vernehmen. Die Musikinstrumente erwiesen sich dann jedoch als Kiefernhälften verendeter Rinder, gegen die Halbwüchsige mit Pflöcken schlugen. In dem lang gestreckten Raum hielten sich mindestens zehn Familien auf, alte Männer und Jungen mit borstigen Frisuren wie Palmwedel tanzten im Schweiße ihres Angesichts zu den klappernden Rhythmen. Und ein Schwarzer sang so laut dazu, dass Aimé argwöhnisch befürchtete, seine angestrengten Halsmuskeln könnten jeden Moment reißen.

Alle gaben sich dem Augenblick hin. Die arme, schmutzige Welt draußen schien in sich zusammenzufallen. Da aber der Schnaps in Strömen floss, begann bald eine allgemeine Prügelei. Die Gefährten verabschiedeten sich schnell wieder.

Sie wollten ein besinnlicheres Weihnachtsfest, eines, das sie an die Heimat erinnerte.

***

Am 15. Februar 1803 schifften Humboldt und Bonpland sich mit ihrem gesamten wissenschaftlichen Schatz von Callao aus ein. An Bord der Fregatte »Atlante« standen sie achtern an der Reling und schauten nach Osten.

Ein letztes Mal beobachteten sie, wie die Küste Südamerikas am Horizont verschwand.

›Ich werde wiederkommen‹, dachte Alexander.

›Ich werde gewiss wiederkommen‹, dachte Aimé Bonpland.

Aus der Ferne nahmen sie plötzlich wahr, wie im Norden ein Vulkan ausbrach. Nach einem Donnern und leichten Erschütterungen drang ein hohles Geräusch aus der Tiefe des Ozeans. Es wurde durch das Wasser übertragen. Endlich erhoben sich dunkle Wolken in den klaren Himmel, sie stiegen und stiegen. Und plötzlich fielen daraus schillernde Fackeln rötlichen Lichts zur Erde.

»Es ist der Chimborazo!«, rief Aimé. »Seine Asche deckt die Spalte zu, in die wir gefallen sind. Er schüttet sie zu. Juhu!«

Unwillkürlich tastete Alexander nach den kleinen, pulverisierten Gesteinsproben des Vulkans, die er seit ihrem Aufstieg in einem kleinen Beutel als Glücksbringer um den Hals trug. Er hatte das Gefühl, dies sei sein größter Schatz.

Aber der Vulkan entfernte sich unaufhaltsam. Und mit ihm die von feinen, weißen Nebeln verhangene Küste.

Noch 300 Kilometer vom Küstenstreifen entfernt, der längst versunken war, hörten die Gefährten über dem Rauschen der Bugwellen und dem Knattern der Segel ein donnerndes Getöse.

»Es ist sein Abschiedgruß!« Humboldt war zu Tränen gerührt. Doch Bonpland wusste, es war nicht wegen des Chimborazos.

Die Spielzeugkiste

Er nennt mich Bill! Guter, guter Bill!« Wilhelms Kopf mit der Beethovenmähne tauchte in der Bodenöffnung auf. Der Bruder Alexanders schwenkte einen Brief. »Er spricht von seinen Abenteuern am Chimborazo, alles ist gut gegangen. Stellt euch vor, Alexander hat den Brief vor vier Monaten in Peru geschrieben und kündigt seine Rückkehr an!«

Caroline schrie auf. »Mein Gott, er lebt! Er und Bonpland leben! Welch ein Glück!«

Die beiden anderen männlichen Gestalten im Schummerlicht des Dachbodens ließen Jubelschreie hören, packten und schüttelten einander.

»Und das an seinem Geburtstag!«, sagte einer von ihnen, ein blonder Junge mit verschwitztem Gesicht. »Welch eine Freude!«

»Ach, Freiesleben, könnte er doch mit uns feiern!«

»Das wäre schön, Caroline …«

Der andere Anwesende sagte: »Wollen Sie den Brief Alexanders nicht vorlesen, Wilhelm?«

»Vielleicht später, nach dem Abendessen, lieber Wegener. Ich will ihn selbst noch einmal in aller Ruhe lesen.«

»Verstehe. Wenn Alexander unter uns säße – würde dann auch nur ein Funken Aufmerksamkeit auf uns fallen, Caroline?«

»Wilhelm Gabriel! Wie können Sie so reden? Sie sind mir doch alle teuer!«

»Ich finde, Wegener hat Recht«, ließ Wilhelm von Humboldt sich von der Luke zur Dachleiter her vernehmen. »Alexander hatte die Fähigkeit, Frauen zu verhexen. Alle anderen Gestalten werden sofort unsichtbar!«

»Gar nicht wahr!« Caroline nahm ein Stofftier und warf es in gespielter Entrüstung nach ihrem Mann. »Alexander bekommt immer nur die Anteilnahme, die er verdient.«

»Ich habe übrigens Kunth mitgebracht. Er ist so neugierig wie wir, was in der Kiste ist.«

Caroline winkte dem Hofmeister zu, der auf der Stiege hinter Wilhelm erschien. Einmal mehr fiel Caroline auf, dass er hinter seiner dicken Brille stets unglücklich blickte. »Kommen Sie, lieber Kunth, setzen sie sich neben mich auf diese Truhe. Aber Achtung, alles ist staubig, zwanzig Jahre märkischer Staub.«

Gottlob Christian Kunth nickte den Anwesenden zu. »Es kann nicht so staubig sein wie in der Universität zu Frankfurt an der Oder, liebe Freifrau. Ich erinnere mich, wie Alexander die Kameralistik verfluchte, zu der ich ihn verdonnert habe – weil in den Räumen dieser Fakultät ein feiner Staub von den Erdbauarbeiten draußen stets über allem lag. Alexander hustete sich durch das ganze Studium.«

Carl Freiesleben, Alexanders Freund von der Freiberger Bergakademie, lachte. »Hat er Ihnen deshalb seine Reisevorbereitungen auf die Tropenzone des Neuen Kontinents und das Erlernen der spanischen Sprache verschwiegen, Herr Kunth? Weil er befürchten musste, Sie würden ihn wieder zurück nach Frankfurt zwingen?«

»Unser Freiesleben hat ein freches Mundwerk!« Wilhelm blickte den jungen Mann freundlich, aber mit kritischem Unterton an.

»Nicht mehr als Alexander, mein Lieber. Ich habe es genau genommen sogar von ihm gelernt.«

Vor Caroline stand eine Spielzeugkiste. Sie deutete darauf. »Hierin verbergen sich alle Geheimnisse Alexanders. Wollen wir hineinschauen?«

»Dürfen wir das? Jetzt, wo wir wissen, er kommt bald zurück?« Kunth blickte skeptisch.

»Aber ja«, entschied Wilhelm. »Er hat die Spielzeugkiste ja nicht verschlossen. Sie steht auf dem Dachboden. Und auch von mir sind ein paar Dinge darin.«

»Nun machen Sie schon, Freifrau«, drängte Freiesleben. »Deshalb sind wir ja zusammen gekommen!«

Sie öffnete die Kiste.

Sogleich kamen kuriose Dinge zum Vorschein. Obenauf lag ein Pappmodell des Montblanc, daneben mehrere dreidimensionale Darstellungen des Riesengebirges. Darunter kleine, handgeschnitzte Pfeifen, ein Medaillon des Vaters, mehrere mit einer roten Kordel verschnürte Briefe von Thaddäus Haenke aus dem Böhmerwald, und ein Buch von Willdenow, den Alexander bei seinem ersten freien Ausgang mit 19 Jahren besucht hatte.

»Zu Willdenow ist er gegangen, man könnte eifersüchtig werden«, sagte Wilhelm Gabriel Wegener. »Schließlich hatten Alexander und ich damals im langweiligen Frankfurt an der Oder den engsten Kontakt. Obwohl ich Theologie studierte, ein Fach, mit dem er nichts anzufangen wusste.«

»Tja, aber Willdenow hatte damals kurz zuvor die Florae Berolinensis Prodromus veröffentlicht, und Alexander fing gerade an, für die Botanik zu schwärmen!« Caroline schaute den jungen Wissenschaftler kokett an. »Und was hatten Sie zu bieten?«

»Freundschaft!«, entfuhr es Wegener, unfreiwillig bitter.

»Vielleicht ist das Alexanders einziger Mangel«, sagte Kunth nachdenklich. »Er pflegte zwar leidenschaftliche Freundschaften, aber Menschen, die ihn förderten und wissenschaftlich anregten, waren immer interessanter. So konnte er durchaus ungerecht sein.«

Caroline zog einige in Leder gebundene, schmale Bücher aus der Spielzeugkiste. »Er war nie Kind«, sagte sie, »immer schon Wissenschaftler. Es war ihm in die Wiege gelegt.«

»Aber nein, das stimmt nicht«, warf Wilhelm ein. »Wir spielten so oft Abwerfen, dass ich dauernd blaue Flecke hatte. Es war Alexander, der nicht genug davon bekommen konnte. Er war ein spielender kleiner Junge. Und vielleicht ist er es noch heute.Würde er sonst durch den Dschungel marschieren?«

»Hier!« Caroline deutete auf die Bücher. »Physik der Erde. Theorie der Erde. Physikalische Geographie … das hat er mit 17 gelesen..«

»Vielleicht hat er beides verbunden. Kindliche Neugier auf die Menschen und wissenschaftliches Streben nach Aufklärung.« Freiesleben blickte nach Antwort heischend in die kleine Runde.

»Ich weiß nur eins«, meinte Kunth und rückte sich die Brille zurecht. »Alexander hat immer den Menschen im Mittelpunkt gesehen. Er hat ihn stets im Sinn der Aufklärung in die Wissenschaft einbezogen. Einmal sagte er zu mir: Das eigentliche Studium der Menschheit ist der Mensch.«

»Ein schöner Satz!«

»Hier, ein Schuh aus der Zeit in Franken, als er seine erste Freie Bergschule eröffnete. Warum eigentlich ein Schuh? Sehr merkwürdig. Nun, es wird seine eigene Geschichte haben. Daneben liegt ein Liebesbrief eines seiner jungen Schüler. Er hat schon 1793 seine ergebenen Schwärmer gehabt.«

Caroline beförderte immer neue Dinge aus der geheimnisvollen Tiefe der kupferbeschlagenen Kiste ans Tageslicht. Darunter ein Bild eines jungen, rehäugigen Mädchens mit schwarzen Kringellocken. »Wer ist das?«, fragte Caroline. Auch Wilhelm kannte das Mädchen nicht. »So gibt es doch noch ein Geheimnis in seinem jungen Leben!«

»Oh!« Wilhelm wedelte mit dem Zeigefinger. »Es gibt viele Geheimnisse bei Alexander. Bei wem war er beispielsweise, als er 1788 für zwei Wochen spurlos verschwand? Er hat es auch mir nie gebeichtet. Oder ... was vergrub er im Park hinter der Familiengruft? Ich ertappte ihn mit dem Spaten in einer Vollmondnacht. Ich weiß noch, er wurde knallrot. Dann wütend. Er warf mir Sandklumpen an den Kopf, als ich neugierig blieb. Oder was war mit Ihnen, Freiesleben? Hat er Ihnen nicht versprochen, Sie würden eines Tages ungeheure Dinge von ihm erben?«

»Das ist wahr.«

»Und was glauben Sie, wird das sein?«

»Vielleicht der passende zweite Schuh aus Freiberg ...«

»So ist dieser hier der Ihre?«

»Ich kann es nicht leugnen.«

Alle lachten. Nur Caroline sah wehmütig drein. »Schließlich bleiben immer nur Gegenstände übrig. Alles andere verflüchtigt sich. Man kann nichts festhalten! Und einige Menschen häufen umso mehr an, desto schmerzhafter ihnen dies bewusst ist. Ist das nicht schrecklich?«

Wilhelm umfasste die Schultern seiner Frau. »Deshalb muss man Dinge, die man liebt, ganz besonders festhalten – solange es noch geht.«

»Hier. Noch ein Brief. Mal sehen – ah! An Sie, Wegener. Aus dem Jahre 1789. Darf ich daraus vorlesen? Er schreibt: »Wie kann ich dir das Vergnügen schildern, welches mir dein Brief gewährt hat! Je länger ich dich kenne, desto teurer wirst du meinem Herzen. Je weiter ich mich von dir entferne, desto stärker wird meine Sehnsucht nach dir. Die glücklichen Tage in Frankfurt sind entflohen. So froh kehren sie nie wieder zurück. Doch meine innige Liebe, meine Freundschaft zu dir, soll unsterblich sein wie die Seele, die sie empfindet …«

»Oho! Zärtliche Geständnisse.« Freiesleben kicherte.

Kunth sagte: »Er war immer schwärmerisch. Das heißt aber nicht, dass er …«

»Was, lieber Kunth?«

»Ach, nichts.«

»Diesen Brief«, sagte Wegener, »habe ich übrigens nie erhalten – ich kann mich jedenfalls nicht erinnern. Er hat ihn nicht abgeschickt, sonst läge er ja auch nicht in der Kiste.«

»Ah, er scheint schon früh ein kleiner Apotheker gewesen zu sein!« Caroline brachte weitere Dinge zum Vorschein. »Getrocknete Blumen, Schmetterlinge, Bienen, Kräuter … Muscheln und Steine. Alles mit Etiketten versehen. Seht doch mal, diese kindliche Handschrift!«

»Das ist aus der Knabenzeit. Und es ist nicht alles von ihm. Ich habe das auch gesammelt. Wir haben dann alles zusammengelegt.« Wilhelm machte einen langen Hals.

Caroline schaute ihren Mann zärtlich an. »Du warst ihm immer am nächsten. Ihr habt die ganze Kindheit und Jugend über ein Zimmer geteilt.«

»Das stimmt. Aber er zog oft allein los. Zugegebenermaßen war es mir meist zu langweilig, durch die Sanddünen der Seen zu stromern und nach Kieselsteinen zu suchen. Aber er wollte auch meist keine Begleitung. Er zog allein durch die Wälder und die Ufer der Havel entlang. Einmal hatte er sich bis Oranienburg im Niederbarnimschen verlaufen. – Nun hat er die Havelseen mit dem pazifischen Ozean getauscht. Ich kann es immer noch nicht glauben.«

Kunth sagte: »Ich musste noch den jungen Heranwachsenden oft davon abhalten, in die Birkenwälder zu entwischen, wenn es darum ging, Sprachen und Mathematik zu erlernen.«

Wilhelm meinte: »In der einsamen, vertrauten Natur fand er Zuflucht vor den ihm auferlegten Zwängen. Er schuf sich Traumwelten.«

Dagegen protestierte der Hofmeister Kunth: »Ich habe ihm keine Zwänge auferlegt, Herr von Humboldt. Weder ich noch Campe, noch seine Eltern zwangen ihn zu etwas. Aber da war das Schulpensum ...«

»Ich verrate euch allen ein Geheimnis! Alexander war ein schlechter Schüler!« Wilhelm blickte triumphierend in die Runde. »Er lernte nur langsam, fühlte sich oft elend und erschöpft, schaffte sein tägliches Pensum nur mit äußerster Anstrengung – Sie können das bestätigen, Kunth!«

»Ja.« Kunth nickte. »Sie, Wilhelm, waren begabter. Sie waren das Idol der Familie, schon früh der Kandidat für ein höheres Staatsamt.«

»Nun ja ...«, wehrte Wilhelm verlegen ab.

»Aber das besagt gar nichts!«, rief Freiesleben eifrig. »Er

war eben in anderer Hinsicht begabt. Das zeigt sich ja jetzt.«

»Er war immer unruhig«, erinnerte sich Wilhelm. »Ich befürchtete lange Zeit, er wolle Soldat werden. Doch sein besonderes Talent lag eigentlich im künstlerischen Bereich, nicht im wissenschaftlichen. Er bemalte die Wände im Schlafzimmer mit Landschaften und anderen Motiven. Überall hingen Bilder von ihm.«

»Und wo lernte er die Naturwissenschaften, in denen er jetzt so brilliert?«, wollte Wilhelm Gabriel Wegener wissen.

Wilhelm antwortete: »Er erhielt nie irgendeine Unterrichtsstunde auf diesem Gebiet – ist es nicht so, Kunth?«

»Nicht nur das. Er zeigte auch nicht das geringste Interesse an der Botanik, Zoologie, Geographie, Chemie und dergleichen.«

»Wirklich erstaunlich!« Caroline pustete sich eine Locke aus dem Gesicht. »Aber soweit ich weiß, galten Naturwissenschaften sowieso nicht viel. Sie besitzen kein Ansehen in der modernen Gesellschaft Preußens und werden nicht gefördert. Wie und wo sollte Alexander sich also dafür begeistert haben?«

»Aber er tut es jetzt! Also muss es irgendwo Schnack gemacht haben!«, meinte Freiesleben mit einem Fingerschnipsen.

»Vielleicht im Salon von Marcus Hertz«, meinte Kunth. »Er hielt in seinem Haus allgemein verständliche Vorlesungsreihen über Physik und Philosophie und illustrierte sie mit bemerkenswerten wissenschaftlichen Versuchen. Alexander erlebte diese Experimente damals zum ersten Mal. Es muss großen Eindruck auf ihn gemacht haben.«

»Ja, und als Folge konstruierte er den ersten Blitzableiter

von Berlin und brachte ihn auf Schloss Tegel an«, amüsierte sich Wilhelm.

»Na, da haben wir ja den Punkt, wo es Schnack gemacht hat!«, sagte Freiesleben. Caroline kommentierte die Bemerkung mit einem weiteren Fingerschnipsen.

»Caroline hat übrigens ganz Recht«, meinte Wilhelm nachdenklich. »Die Berliner Akademie der Wissenschaften war zur damaligen Zeit ein Witz. Man konnte dort beispielsweise allen Ernstes verkünden, Gold ließe sich aus verdichtetem Jodsalz herstellen, oder die Pyramiden in Ägypten seien in Wahrheit Vulkane! Niemand hatte eine Ahnung – und niemandem fiel das auf! Erst später in Göttingen, wo ich studierte, war es anders. Im Frühjahr 1789 kam Alexander übrigens auch an die Universität von Göttingen und studierte hier, zusammen mit dem jungen Grafen Metternich, eine Vielzahl naturwissenschaftlicher Fächer, unter anderem Chemie und Physik.«

Caroline kramte weiter. Sie zog ein weißes Halsband aus der Kiste. »Oh, wie schön! Aus Seide, mit Perlen gestickt!«

Wilhelm beugte sich interessiert vor. »Lass mich mal sehen …«

Kunth sagte verlegen: »Ich weiß, von wem das stammt.«

»Und?«

»Von Henriette. Henriette Herz – Sie wissen schon.«

»Ah, dann ist alles klar. Sie war seine große Liebe!« Wilhelm lachte.

»Und sie genoss die Bewunderung ihres jungen Schützlings. Er war ja nicht nur intelligent und geistreich, sondern auch gut aussehend. Und man vergisst oft, dass Alexander darüber hinaus in den Salons auch als vorzüglicher Tänzer galt. Schließlich war er der Erste, der Henriette die Schritte des neuen Menuets à la Reine beibrachte – ich war dabei.« Kunth schien sich gern zu erinnern.

»Stimmt, ich erinnere mich ebenfalls«, meinte Wilhelm. »Damals war es übrigens nicht unbedingt empfehlenswert, mit Juden Verkehr zu pflegen. Sie besaßen ja noch weniger Bürgerrechte als heute. Aber uns erschienen die Abende im Salon der beiden Hertz' wie Aufenthalte in Oasen nach langen Reisen durch die Wüste.«

»Alexander waren Vorurteile dieser Art immer egal. Er ist der einzige wirkliche Liberale, den ich kenne!«, sagte Kunth aus tiefster Überzeugung.

»Ja, er ist alles immer hundertprozentig – Liberaler, Forscher, Freund. Bei ihm gibt es keine halben Sachen.«

Caroline schaute ihren Mann neugierig an. »Aber Wilhelm, das klingt fast abwertend …«

»Nein, durchaus nicht. Ich erinnere mich an Hamburg, wo Alexander weiterstudierte, nachdem er aus dem Paris der Revolutionszeit zurückkam. Es war die jämmerlichste Studierstube, die ich je gesehen habe. Ein kleiner, karg möblierter Raum, allerdings sehr hell. Er arbeitete 16 Stunden am Tag. Versteht ihr – zuerst die Revolution mit der Masse auf den Straßen und dann das Mönchsleben. Die einzige Unterbrechung war das Bimmeln der Glocke, die ihn mittags und abends zum Essen rief. Sonst verließ er seine Bücher nicht, die üblichen Ablenkungen der Kommilitonen waren ihm egal. Ja, was er tat, das tat er richtig.«

Wegener warf ein: »Einmal schrieb er mir einen Brief. Darin stand ungefähr Folgendes: Es ist ein Treiben in mir, dass ich oft denke, ich verliere mein bisschen Verstand. Und doch ist das Treiben so notwendig, um rastlos nach guten Zwecken hinzuwirken …«

»Er lernte fast manisch, als säße ein Dämon in seinem Inneren«, meinte auch Wilhelm. »Aber erst in der Zeit, als das Lernen seine eigene Entscheidung war.«

»Stimmt«, fiel Caroline ein. »Mir schrieb er auch einmal von seinem Studienpensum. Er lernte Tag und Nacht. Das war mir unheimlich. Ich dachte damals: Er verschraubt sich, er schnappt noch über. Ich fürchtete um seinen Verstand.«

Sie wurden im Gespräch unterbrochen, denn draußen waren laute Geräusche zu hören. Unten näherten sich Gefährte. Es klang wie unbereifte Fuhrwerke, die den Kiesweg vor dem Schloss entlang rollten. »Erwarten wir jemanden?«, meinte Wilhelm verwundert. Caroline schüttelte nur den Kopf und lauschte.

Wilhelm nahm seinen Gedankengang wieder auf. »Es fällt mir erst jetzt auf, wo wir darüber sprechen. Er ging immer an seine Grenzen. Sowohl in geistiger als auch in körperlicher Hinsicht hatte er etwas Besessenes.«

Wieder war Lärm vor dem Schloss, Stimmen erhoben sich. »Ich werde einmal nachsehen«, sagte Wilhelm.

»Ach, bleib doch!«, bat Caroline, »es ist gerade so gemütlich.«

Wilhelm setzte sich wieder. »Alexander war ein lieber Junge. So einen Bruder kann man sich nur wünschen. Und doch … er wollte manchmal gern auf andere wirken, wie bei einem Test. Er tat Dinge, die bei anderen wie Eitelkeit wirken mussten, kramte irgendwelche Kenntnisse hervor, suchte Menschen zu blenden und zu gewinnen. Dann wusste ich oft nicht, mit wem ich es eigentlich zu tun hatte. Ich verstand ihn nicht, blickte nicht in ihn hinein.«

»Wer versteht schon den anderen«, meinte Freiesleben.

»Jeder hat sein unerklärliches Rätsel. Später danach zu suchen, ist überflüssig«, warf Wegener ein.

Caroline spielte nachdenklich mit dem Halsband und dem Bild des unbekannten Mädchens. »Vielleicht sind das die Schlüssel für Alexanders wahre Geheimnisse … diese unschuldigen Dinge. Welche geheime Rolle mögen sie in seinem jungen Leben gespielt haben …?«

Wilhelm war ganz in Gedanken versunken. Er schüttelte den Kopf, als spräche er mit jemandem. »Diese Anschauung fremder Größe und Schönheit! Diese anspruchslose Bewunderung, wenn er jemanden traf, der ihm dafür geeignet schien. Er wollte stets Idole finden und sie feiern – ich dachte manchmal, dass ich bei ihm selbst eigentlich nichts Großes entdecken kann, er orientierte sich an den anderen …«

»Aber das kann man doch nicht sagen!« Kunth glühte jetzt. »Denken Sie an seine Wärme, die Herzlichkeit gegenüber Fremden. Er besitzt eine große Anhänglichkeit und Treue und kann sich aufopfern, wenn er es für notwendig erachtet. Das sind doch Tugenden, weiß Gott!«

»Aber ja, ja!«

»Dennoch, ich bleibe dabei«, sagte Wilhelm. »Niemand wird später erklären können, was Alexander wirklich antrieb. Was dazu führte, dass er nun ruhelos um die halbe Welt zieht. Alle Erklärungen werden nicht ausreichen.«

»Nimm dieses Halsband als Erklärung«, sagte Caroline leise. »Es ist so schön. Vielleicht wollte er es für sich erringen.«

»Oder seinen Verlust vergessen«, sagte Wegener.

»Oder mit seinem Besitz auch die geheimnisvolle Trägerin besitzen.«

»Wir werden es nicht ergründen.« Wegener schüttelte den Kopf.

Caroline meinte: »Überhaupt sollten wir aufhören, über

Alexander zu reden wie über einen Verstorbenen. Mein Gott, er ist doch unter uns! Wir werden ihn bald wiedersehen!«

»Richtig, Caroline. Wir werden …« Wilhelm stockte, als irgendetwas polterte. Im Flur zu Füßen der Bodenstiege war Lärm entstanden und näherte sich. Schwere Schritte kamen über die Stiege zum Dachboden. Jemand räusperte sich in der Nähe.

Dann erschien ein hutloser Kopf in der Luke.

Im ersten Moment erkannten die Menschen auf dem Dachboden des Tegeler Schlosses nicht, wer da kam. Das Zwielicht lag über allen Gegenständen.

Caroline war die Erste, die begriff. Dieser Kopf mit den zerstruwwelten Haaren, deren Lockenfransen in die klare Stirn fielen. Diese freundlichen braunen Augen, der Mund mit den sinnlichen Lippen, das warmherzige Lachen …

»Hallo, jemand zu Hause?«, fragte der Ankömmling. »Was treibt hier denn hier so?«

Caroline wollte etwas sagen, gab dann aber nur einen leisen Schrei von sich und verschluckte sich dabei. Fassungslos und mit einem heißen Glücksgefühl schlug sie beide Hände vor den Mund.

ENDE

Anhang

Die Lebensdaten Alexander von Humboldts

14. September 1769
Alexander von Humboldt wird als zweiter Sohn – nach Wilhelm, 22. Juni 1767 – des adligen Gutsbesitzers und Majors Alexander Georg von Humboldt und der Mutter Marie Elisabeth, geborene Colomb, in Berlin-Tegel geboren.

ab 1777 Gemeinsame Erziehung der Brüder durch Hauslehrer und den Oberhofmeister Kunth.

1779 Tod des Vaters am 6. Januar.

1787-1788 Studium an der Universität Frankfurt an der Oder.

1788-89 Beschäftigung mit der Botanik, angeregt durch den Direktor des Botanischen Gartens von Berlin, Karl Ludwig Willdenow.

1789-1790 Studium in Göttingen, Studienreise mit Jan van Geuns über Heidelberg, Speyer, Mainz, Köln, Münster. In Mainz macht Humboldt die Bekanntschaft mit dem Weltreisenden und deutschen Jakobiner Georg Forster.

1790 Dreimonatige Reise mit Forster über Köln, Brüssel, Amsterdam nach England, auf der Rückreise durch Frankreich.

1790-1791 Studium an der Handelsakademie von Büsch in Hamburg.

1791-1792 Studium an der Bergakademie Freiberg in Sachsen. Reise durch das Böhmische Mittelgebirge mit dem Freund Johann Karl Freiesleben.

1792 Abschluss des Bergbaustudiums, Ernennung zum fränkischen Oberbergmeister. Reisen nach Wien und Krakau.

1793 Übernahme der Bergbauleitung in Oberfranken. Humboldt wird Mitglied der Leopoldinisch-Karolinischen Akademie der Naturforscher.

1774 Beförderung zum Bergrat. Reisen durch Böhmen und Polen, nach Westfalen, den Niederlanden, dem Rheinland, nach Rheinhessen und in die Eifel. Vorbereitung auf den Staatsdienst.

1795 Beförderung zum Oberbergrat. Reisen in die schweizer und französischen Alpen und nach Oberitalien.

1796 Tod der Mutter, Erbschaft. Humboldt beginnt seine Amerikareise vorzubereiten und scheidet aus dem preußischen Dienst aus.

1797 Besuch bei Schiller und Goethe in Jena, Veröffentlichung der ersten beiden Bände der »Versuche über die gereizte Muskel- und Nervenfaser«.

1798 Abreise nach Paris, wo Humboldt den vier Jahre jüngeren Arzt und Botaniker Aimé Bonpland kennenlernt. Am Jahresende Aufbruch nach Spanien.

1799 Reise mit Bonpland über Barcelona und Valencia nach Madrid. Erlaubnis zur Einreise in die spanischen Kolonien durch den königlichen »Rat von Westindien«, Seereise von Coruña nach Teneriffa, Überfahrt nach Cumaná in Venezuela, Küstenreise nach Caracas.

1800 Reise von Caracas nach Süden, Fahrt auf dem Orinoco, Atabapo, Rio Negro, Casiquiare, Reise durch die Llanos, Überfahrt nach Havanna.

1801 Reisen durch Kuba, Überfahrt nach Kolumbien, Flussfahrt auf dem Rio Magdalena, Bekanntschaft mit dem Botaniker José Celestino Mutis in Bogotá, Reise nach Quito, Ecuador.

1802 Aufenthalt in Quito, Besteigung der Vulkane Pichincha und Chimborazo, wobei letztere in Gipfelnähe scheitert, Weiterreise nach Peru.

1803 Abreise nach Mexiko, Reisen durch Mexiko, Besteigung des Vulkans Jorullo, Seereise nach Havanna, Kuba, von dort nach Philadelphia, USA. Drei Wochen Aufenthalt bei Präsident Jefferson in Washington, Abreise nach Europa, wo Humboldt und Bonpland am 3. August eintreffen (Bordeaux).

1805-1807 Arbeit am insgesamt 34bändigen, amerikanischen Reisewerk in französischer Sprache («Voyage aux régions équinoxiales du Nouveau Continent«), Besuch von Bruder Wilhelm in Rom, Treffen mit dem venezolanischen Freiheits-kämpfer Simón Bolivar, mit dem Humboldt bereits

	korrespondiert hatte. Im November 1806 Abreise nach Berlin.
1808	Der Verlag Cotta veröffentlicht die »Ansichten der Natur«.
1808-1827	Humboldt lebt in Paris, arbeitet unermüdlich an seinem Reisewerk.
1827	Vorträge und Vorlesungen in Berlin, zu denen auch Nicht-Akademiker eingeladen werden.
1829	Ernennung zum »Geheimen Preußischen Rat«, Aufbruch zur großen Russlandreise, die durch Sibirien bis an die chinesische Grenze führt.
1830-1848	Unterwegs in diplomatischer Mission, oft in Paris.
1834	Tod Wilhelms am 8. April.
1834	Humboldt beginnt in Berlin mit der Arbeit an seinem großen wissenschaftlichen Werk »Kosmos«.
1845-1858	Der »Kosmos. Entwurf einer physischen Weltbeschreibung« erscheint in vier Bänden bei Cotta.
1859	Humboldt stirbt am 6. Mai in Berlin. Beisetzung unter höchsten Ehren am 11. Mai im Park von Schloss Tegel.

Chronologie der grossen amerikanischen Reise

1799	Vom Januar bis Mai sind Humboldt und Bonpland in Spanien, wo sie eine große geographische Reise unternehmen und das Land vermessen. Am 5. Juni reisen sie von La Coruña am Atlantik ab. Vom 19.-25. Juni auf Teneriffa, am 21. Juni Besteigung des Pico de Teide. Am 25. Juni Abfahrt nach Venezuela, Ankunft in Cumaná am 16. Juli. Bis zum 16. November bleibt die Expedition in Cumaná und Umgebung (Guacharó-Höhle, Halbinsel Araya, bei den Chaymas-Indios). Vom 16. bis 21. November Schiffsreise nach Caracas.
1800	Vom 21. November 1799 bis zum 6. Februar 1800 in Caracas und Umgebung. Am 7. Februar Abfahrt nach San Fernando de Apure, wo Humboldt und Bonpland am 30. März eintreffen. Bis zum 9. Mai auf dem Apure und über den Orinoco zum Rio Negro. Zwischen dem 10. Mai und 10.

Juli von San Carlos an der brasilianischen Grenze über den Casiquiare und wieder auf dem Orinoco bis Angosturas, dem heutigen Ciudad Bolivar, wo Humboldt und – noch schwerer – Bonpland an Typhusfieber erkranken. Zwischen dem 10. Juli und 23. Juli durch die Llanos nach Nueva Barcelo-na, danach bis zum 17. November Küstenfahrt zwischen Nueva Barcelona und Cumaná. Vom 24. November bis 19. Dezember Seereise von Nueva Barcelona nach Havanna in Kuba.

1801 Zwischen dem 19. Dezember 1800 und dem 8. März 1801 Forschungsfahrten auf der Insel Kuba, danach bis 30. März Seereise von Kuba nach Cartagena in Kolumbien. Vom 30. März bis 20. April in Cartagena, Turbaco und nach Barancas Nuevas am Rio Magdalena. Zwischen dem 21. April und 15. Juni Flussfahrt auf dem Rio Magdalena bis Honda, danach bis 6. Juli von Honda nach Bogotá. Dort sind Humboldt und Bonpland Gäste des berühmten Botanikers José Celestino Mutis, der ihnen wichtige Informationen gibt und Geschenke macht. Vom 29. September 1801 bis zum 6. Januar 1802 reisen die Forscher von Popayán bis Quito in Ecuador, dort treffen sie mit Francisco José de Caldas in Ibarra zusammen.

1802 Zwischen dem 6. Januar und 21. Oktober in Quito und Reisen in Ecuador. Humboldt und Bonpland besteigen den Vulkan Pichincha; Versuch der Besteigung des Chimborazo. Danach Aufenthalt in Lima, wo sie zwischen 2. Oktober und 5. Dezember bleiben.

1803 Vom 5. Dezember 1802 bis zum 23. März 1803 Seereise von Callao, dem Seehafen von Lima über Guayaquil in Ecuador nach Acapulco in Mexiko. Zwischen dem 23. März und 11. April von Acapulco über Taxco nach Mexico City. Bis zum 20. Januar 1804 in der Hauptstadt und auf zahlreichen Reisen durch das Land.

1804 Zwischen dem 20. Januar und 7. März Reise von Mexico City nach Veracruz, danach bis zum 29. April Seereise nach Havanna und zweiter Aufenthalt in Kuba. Vom 29. April bis 19. Mai Seereise von Havanna nach Philadelphia in den USA, wo Humboldt und Bonpland vom 19. Mai bis 9. Juli reisen und drei Wochen lang Gäste bei Präsident Jefferson in Washington sind. Zwischen dem 9. Juli und

3. August Seereise von Philadelphia nach Bordeaux in Frankreich, wo sie am 3. August landen. Anschließend in Paris.

1805 März bis Oktober: Verschiedene Reisen nach Rom zum Bruder Wilhelm, der dort als preußischer Gesandter tätig war, und nach Neapel. Anfang November Rückkehr nach Berlin.

Aimé Bonpland

1773 in La Rochelle geboren, examinierter Wundarzt mit der Vorliebe zur Botanik. Er kehrte mit Humboldt 1804 nach Paris zurück und wurde von diesem mit der Aufgabe betreut, das Pflanzenmaterial der Expedition zu klassifizieren und zu veröffentlichen – insgesamt rund 60.000 Exemplare von 6.000 Arten, von denen mindestens die Hälfte für die Wissenschaft völlig neu waren. Bonpland trat unmittelbar nach seiner Rückkehr aus Südamerika den von Kaiserin Josephine ausgeschriebenen Posten als Verwalter der Gärten von Malmaison bei Paris an und schuf einen der schönsten Blumengärten der Welt.

1816 kehrte er zu einer Pflanzen-Expedition nach Südamerika zurück. In Buenos Aires ernannte ihn die neue republikanische Regierung zum Professor der Naturwissenschaften. Vier Jahre darauf unternahm er eine Expedition nach Gran Chaco und Bolivien. An der Grenze zwischen Argentinien und Paraguay wurde er in der Nacht des 3. Dezember 1821 von einer Reitertruppe des gewalttätigen Diktators Dr. Francia überfallen. Man tötete seine sämtlichen Begleiter, verwundete ihn selbst mit einem Säbelhieb am Kopf und legte ihn in Ketten. Ins Innere Paraguays verschleppt, war er später, weiterhin gefangen, als Garnisonsarzt tätig. Auch die Intervention Humboldts führte erst neun Jahre später zu seiner Freilassung.

1830 ließ er sich in Santa Borja an der brasilianischen Grenze nieder. Er lebte unter primitivsten Verhältnissen, wenn auch auf der eigenen Plantage, mit einer eingeborenen Indianerin zusammen, zeugte mehrere Mischlingskin-

der und lebte von seiner im Jahre 1805 von der französischen Regierung bewilligten jährlichen Pension von 3000 Francs, die Humboldt, mit dem er weiterhin im brieflichen Kontakt stand, ihm pünktlich überwies.
Nach Europa kehrte er nie mehr zurück. Er starb im Mai 1858 in Santa Borja, 85 Jahre alt, genau ein Jahr vor seinem Gefährten Alexander von Humboldt.

»Gott ist ein Krämer. Eines Tages wird er auch dir ein Angebot machen, dem du nicht widerstehen kannst.«

London im Jahr 1330: Der achtzehnjährige Jonah hat kein leichtes Leben als Lehrjunge im Haushalt seines Cousins. Einzig seine Großmutter schenkt ihrem verwaisten Enkel ein wenig Zuneigung. Doch eine Begegnung mit König Edward und Königin Philippa lenkt Jonahs Schicksal in neue Bahnen. Er findet Aufnahme in der elitären Londoner Tuchhändlergilde, und gemeinsam mit Königin Philippa revolutioniert er die englische Tuchproduktion. Aber je größer sein Erfolg, desto heimtückischer werden die Intrigen seiner Neider, und Jonahs Schwäche für Frauen – vor allem für die Königin – macht ihn verwundbar ...

ISBN 3-404-15218-2

BASTEI LÜBBE

Der Fürst, der Ketzer und die Frauen – ein prachtvolles Sittengemälde der Renaissance

»Wir sind das Salz von Florenz«, sagt Lorenzo de' Medici zu seinem Bruder Giuliano, als beide auf der Höhe ihrer Jugend und Macht über den Domplatz gehen und die Huldigung des Volkes entgegennehmen. Aber Girolamo Savonarola, der finstere Prediger von San Marco, ist überzeugt, dass das Heil der Welt in der Abkehr von allem liegt, was Freude bringt. Nur die junge Laodomia Strozzi lässt sich von ihm nicht täuschen. Trotz Willkür und Glaubenswahn sucht sie mit ihren Freundinnen, der Magd Petruschka und der lebenshungrigen Fioretta, unbeirrt ihren eigenen Weg. Der prächtige Fürst, der fanatische Mönch und die schöne Patrizierin – durch ihre Augen öffnet sich der Blick auf die dramatische Zeit der Renaissance.

ISBN 3-404-15200-X

BASTEI
LÜBBE